2021
文学榜
中短篇小说

《收获》文学杂志社——编

上海文艺出版社

目录

3	地上的天空
15	等下雪
33	信使
44	孔雀
61	水怪鱼糖
77	架上的蜘蛛网
100	晚秋
118	誓言
125	朱花板
140	鸣蛩的声音

散文卷

粉松
轻雾
叶听雨
万物有灵
遇见青草
三三
城内
石一枫
汪千雄

钩沉卷

155	以春草之名	邓 海
193	御奢师	黄灵香
217	负 往	宏 伟
255	那又苍凉苍茫之旨	韩松落
279	鱼腾排	开寒亲
312	我陪在烟火上	甘 甜
346	晋 米	王 剑
387	月亮陪上	李宏伟
437	仰头一看	林那北
474	终 点	翼 表

■ 附录：2021 欢迎文学榜榜单

中篇卷

水浒文学探索 | 短篇卷

地上的天空

钟求是

授奖词

我们朝夕在焉却能坦然隐然在焉，分裂的日常生活被钟求是《地上的天空》诚恳地敞开。小说"小"事，"我"给离世的友人朱一围处理藏书，从他地上光明的生活通向其隐秘的地下生活。悖谬的是一直作为我们地上生活想象异邦的天空，只能被朱一围和陈宛小心移放到地下（来世）生活。故而，所谓地上的天空，只是天空在大地的倒影。如果筱蓓、陈宛和朱一围——他们都是如我们大多数人一样的无章者和无名者，都承担着命定地上生活的局囿；与此同时，我们头顶的天空存在着，也是我们想象合理和必须的到达，那么，朱一围的一"围"之脱困，从地上走向天空的路在哪里？小说的答案之处恰恰是提问之处。《地上的天空》作为短篇小说的魅力，在于它是经由狭小的切口而曲其微而幽其深地洞开，进而在不可能处开凿可能的审美秘径。（何平）

朱一围病逝三个月后的一天,其妻子筱蓓给我打了电话。电话的中心意思,是让我帮忙解散掉家里的藏书。筱蓓说:"吕默,我家房子本来不大,不能让书房一直做着老大。"筱蓓说:"吕默,这些书是随着一围的,一围一走,它们早晚得散了。"筱蓓又说:"晚散不如早散……我不图钱,要是能找到合适的去处,一围会高兴的。"

这是个有点突然的求助。我握着手机静了嘴巴,把事儿想了几秒钟,又想了几秒钟,才慢着声音应接下来。

我当然明白,筱蓓把此活儿交给我,不仅是因为我原先在市图书馆当过差,容易找到收留这些书的地方,更是因为一围朋友稀少,对这种事能够上心的也许只有我。

我依着记忆算了算,一围的藏书应该有四千余册,其中作家签名本为三四百本。这些藏书在一围手里很受宠,所以占着家里的一个大间,而上高中的儿子周末返家,只能在客厅里打地铺。儿子是个未来理工男,对文学书籍压根儿瞧不上眼,显然无意继承父亲的爱好。现在一围抽身而去,书本们在家中自然也失去了贵宾身份。毕竟对三四万元一平方的房子来说,它们的存在有些喧宾夺主。

我左右琢磨一天,又打一天电话,把事情大体办妥了。四千多册书分成两拨儿,捐给两家区图书馆。之所以没有联络老东家,是因为我心里还存着一小块别扭,而且市图书馆撑着派头,态度容易怠慢。区图书馆就不一样,不仅可以上门取书,还颁证书发消息,其中一家更掏出诚意,准备专门立一个捐赠书柜。这就有点意思了,至少对一围是个远距离的安慰。

情况跟筱蓓一说,果然获得好几声谢谢。她表示这两天就把书收拾好,分成两组。我提醒说:"那些签名书送图书馆不合适,别让他们拉走。"筱蓓说:"你的意思是签名书……另有价值?"我说:"签名书价值可大可小,你收在家里价值就不小。"筱蓓说:"吕默,一直等我老了,我可能也不会打开这些书,还是早点让别人去看吧。"我停顿一下,说:"那好……我另外想想办法,反正不能亏待了这批书。"

话儿说出来顺嘴,真做起来却不易。若赠送给图书馆,有朱一围三个字在扉页上号着,这些书到底派不上用场。若放在网络书店上一本一本的卖,不仅费劲儿,也会惹得一围在那一头不高兴。当然了,我也想过由自己接管,存住朋友的遗物,但我毕竟不是文学先生,不读小说久矣,又因为在图书馆待过,反而少了藏书的兴致。更重要的是,我心底里还是尊重这批书的,觉得应该有更好的投奔之处。

这批书之所以有些重要,一是因为书的作者大多是国内或省内之知名作家,笔下的文字和故事上得了台面;二是因为一围为求签名很下功夫,费了不少心思和时间。在这个城市,有好几位收藏作家签名书的爱好者,一围是其中一位,而且是比较卖力的一位。早些年,他采用写信求的方式,寄书向作家索要签名。这几年,作家的作品分享会、文学对话会多了,他就携着作家的一本或几本书跑去蹭会,在会后凑到作家跟前,一脸真诚地打开书页并报出自己名字。有时获得一个著名作家的签字,他会兴奋得像洗了个澡,一身痛快地拍照下来发给我看。有一次一围在微信里夸口说,自己已拿下近百位作家,按这样的节奏往前走,不出十年就能搞定中国所有的重要作家。十年不算一个很奢侈的数字，但对一围而言终于成了一个遥远的虚词。大约一年前，他一头撞上一种叫下咽癌的东西，先是在喉咙部位割开一个小洞，然后一日日地与这个小洞做着斗争。在那段时间，他失去了声音和精力，但床头一直放着一本名为《第七天》的小说——小说讲的是一个人死后进入另一个世界的故事，扉页上有作者的签名。有一天我去看他，他在白纸上写下一行字：我准备好了，去另一个世界。

往前一些年，一围有着温润的声音和满格的精力。那时他在邮政局上班，我还在图书馆做事，有一天晚上，两个人因为一位共同的朋友在一百米高的酒桌上相遇。共同的朋友刚刚炒股赚了一笔钱，想分撒一下大好的心情。为了表示股票走高，他特意订了一幢三十层大楼顶部的餐厅，又为了忆旧论今，他记起了一些久未联络的朋友。那天一大桌人，场面热闹纠缠。我和一围凑巧坐在一起，两个人在热闹中都显着安静。我酒量比较薄，喝了三两白酒便脑袋起热，耳朵受不了嘈杂。我起身出去抽根烟，找到了大厅旁边的一个小阳台。过了片刻，一围也来了。他不抽烟，是想躲一会儿清静。既然是躲清静，我们俩就没有多说话，只是靠在栏杆上，默默看着远处明明淡淡的灯光。

后来饭局收尾时，我和一围先站起身，一块儿坐电梯下楼。一围积极打了车，顺道把我捎回了家。

本来那次聚会只是蜻蜓点水似的交集，但大约是因为我的图书馆职员身份，一围第二天便联络了我。一围说自己在邮局工作，却不喜欢收集邮票，倒喜欢收集文学签名书。我说，你干这事儿我其实给不了什么帮助。一围说，我不需要帮助，我只是想让你知道我也在跟书打交道。我问他，为什么玩这个，是因为喜欢读小说诗歌吗？一围嘿嘿地笑，说自己也看不了几本书，只是日子太平淡了，总得找点儿有趣的事。他说话的口气不让人讨嫌，我接受了他的靠近。如此开了头，一年跟着一年下来，我竟成为一围为数不多的好友之一。

我是在第三天才想到一个不错主意的。城市之大，免不了市民重名，我想尝试找一位（或者两位三位）名字也叫朱一围的人。这些书在其他人眼里没价值，但到了姓名为朱一围的人手里，岂不身价大增。若新的朱一围喜好或敬重文学，那更是书之善缘。

我在脑子里编好寻人赠书的一段话，再变成手机上的文字，从微信朋友圈发出去。大约这种事比较好玩，不多时间，便引来一大群人的点赞。有人留言：纸书存之，可添雅气。又有人留言：我百度了一下，没见到朱一围的名字。也有人表示：此等趣事，我已转发。

尽管这样，我对找人之事并无过多的期待。毕竟不是刑事追人什么的，朋友圈热闹半小时便过去了，再则朱一围的名字相当稀罕，这个城市很难说有第二人的存在。

过了两日，有人在我手机里要求添加朋友，并提示与寻人赠书有关。我点了接受，对方是一位号称"衣艺者"的女士。我送一个"握手"图标给对方，问：你是哪一位？我认识你吗？对方写：你不认识我，但我知道你叫吕默，我帮你找到了一位朱一围。我吃了一惊，写：还真有人也叫朱一围？线索靠谱吗？对方：不是线索是实物，他是我男友。我给出一个疑问的

"微笑"：那他为什么不亲自现身？对方：我想把书拿到手，送他一个意外惊喜。我：那我怎么相信确有其人？先给身份证让我一看。对方：人民币比身份证更可靠，我是准备用钱买书的。我：用钱买书？你知道有多少本书吗？对方：我知道你那位朱一围留下不少签名书，我全买下。我又吃一惊，之前发出的寻人文字比较简单，没说一围的病逝，也没说书的数量，看来这位"衣艺者"有备而来呀。不过真用钱买书，倒说明对方对这批书确是看重的。我问：这位女士，我想知道你的实名。对方：陈宛。我：好吧陈女士，你有什么具体打算？对方：我想早点看到这批书，然后给出价格。我答应了：那我说个时间，明天晚上吧。

第二天傍晚我在公司加一会儿班，又在食堂胡乱吃过一点东西，便出门去了一围家。筱蓓开了门，直接引我进入书房。房内的书已经基本清空，只剩下靠里的一墙书架还饱满着。我抽出几本翻到扉页，上面均有作家署名，署名之上则题"朱一围先生一阅"、"朱一围先生正之"等俗语，也有一本亲昵些，写着"朱一围先生在阅读中进步"。可以想见，一围待在这间书房里，回味着与"一阅""正之""进步"这些词儿相关的签书场景，心里是多么的受用。一围是个活络不足、古板有余的人，平常在场面上混酒交友的时候很少，与我酒桌结识实在是一个例外。但一围把书房的门一关，脸上大约是有亮色的，因为书架上聚着许多他结识过的人呢。

正这么走着神儿，外边响起敲门声。筱蓓走过去，很快将一位女客领进书房。这是一位三十多岁的标致女人，大约因为穿着有些轻软的绸衣，身形微胖而不显。她似乎有点紧张，一进来眼光找到我，才松了脸一笑。我说："是陈宛陈女士吧？"女人说："你叫我陈宛就好。"我一指筱蓓："她是这儿的主人，书的事她说了算。"筱蓓说："没关系的，您先看看合适否，这种事讲的是缘分。"女人点点头，眼睛慢慢扫一圈屋子，走到书架前直着脖子看。她抽出一本瞧了瞧放回去，又抽出一本瞧了瞧放回去，然后手伸到上格取下一本蓝皮书，目光停在了封面上。我凑近一步丢去一瞥，是小说《第七天》。女人说："这一本好。"说着打开扉页细细地看，仿佛淘到了一见如故的藏品。我说："不光这一本好，每一本都有点意思。"女人抬起眼睛，承认地点一下头。我说："如果你愿意，现在就可以说个价。"女人说："我还得先问一句，为什么要把这批书处理掉呢？"我看一眼筱蓓，筱蓓说："我老公……一走，这些书就用不上了，放着也是放着，还不如找个用得上的地方。"女人说："为什么说还不如呢？剩下这一墙书架，也不算太占地方。"筱蓓说："人走了，这一墙书架却像是一种提醒，我不喜欢这种感觉。"女人说："像是一种提醒？提醒什么？"筱蓓微露不悦："别走题好吗？我可不是为了钱，我本来就没打算让这些书变成一桩买卖。"筱蓓这么讲有些傻了，至少会露出心里的待价底细，对方分明在话中夹着试探呢。我打着掩护说："是的，转让收藏品不是买卖，靠的是眼缘和心缘。"女人说："好吧。切入正题……我提个数字，你们看合适否。"她默一下脸，伸出两根手指说："二十万。"我暗吃一惊，同时瞧见筱蓓的眼睛使劲睁大了一下——这个数字远远超过期望，让人觉得是耳朵听错了。

书房似乎安静了片刻。我用手推推鼻

证的日子,你怎么不备些彩礼?至少也得送束鲜花递个戒指呀。朱一围说,我想过了,那二十万就折成一份彩礼,虽然有些少,但总归按着规矩走了步骤。陈宛说,你还真给彩礼呀?朱一围说,当然得给,不然把这份协议显轻了也显假了。

陈宛讲述的时候,没有理会我脸上的惊讶表情,因为这是她能预料到的。大约口渴的提醒,她缓一缓气,端起茶杯喝了两口水。我这时才想起自己应该讲些话,便说:"一围是个二分之一认真二分之一古板的人,有时候不通世俗但不会迂腐,他真的认定下一辈子事情可以弄到纸上?"陈宛说:"一围是个二分之一认真二分之一古板的人,所以在外边也不应该有一位我这样的女人,对吧?"我无法应答,就没有吭声。陈宛又说:"在这几年里,一围多次跟我提到你,但他没有跟你提到我,这不是对朋友留一手。我的意思是说,一个人在最好的朋友跟前,也会有属于自己的秘密东西,譬如女人啦譬如对来世的看法啦。换一句话说,他对来世的看法是一种秘密态度,跟迂腐什么的没有关系。"

显然,陈宛是个细腻的女人,她的话并不浅淡。我沉默一会儿,说:"也许你说得对,对别人包括对一围,我只是看到了能够看到的那一部分。现在我想看看另一部分可以吗?我是说那份协议。"陈宛有准备似的点点头,摁几下手机调出协议图片,递给我看。我细看一遍协议文字,又盯看一眼下面的签名。两个人的名字一个认真一个随意。

我将手机递还,问:"签了这份东西,你有什么感觉?"陈宛说:"开始没怎么在意,不就是一张纸吗?后来慢慢地生出异样的感觉。"我追问:"什么异样的感觉?"

陈宛说:"你想呀,以前两个人喝茶逛店看电影,再靠近也还是朋友。有了这张协议垫着,待一起时我偶尔会恍惚,觉得自己像一位未婚妻。"我说:"你喜欢这种感觉吗?"陈宛说:"不喜欢。"我说:"为什么?"陈宛沉吟一下说:"我对一围有好感,但没有依靠感。"我说:"你是说不爱他?"陈宛"嗯"了一声说:"还不到那个程度,这也是我……没把身体交给他的原因。"我说:"那你相信有来世吗?"陈宛说:"以前呀真没注意这种事儿,眼下的日子还应付不过来,哪有心思去想很远的未来。但自打签了这张纸,心里像是多了一件事,时不时的会琢磨一下。不是说人的认识是有限的嘛,万一真有转世呢,万一灵魂长生呢。"我说:"这么说你有了担心,担心那张协议以后真的会生效。"陈宛轻笑一声说:"那会儿我想起手头还有一本小说《第七天》,以前没正经打开看呢。我读了一遍,好像没读懂,就又读了一遍。读着读着我对自己说,不管人死后有没有来世,你得先把这事儿看作有。"

陈宛把自己的故事讲完,一个小时刚好过去。但我的沉默拖住了她,两个人仍坐在那里,似乎还有话要说。过了片刻,我问:"你把二十万元还回去,是想单方面撤出协议?"陈宛说:"也别这么说,这毕竟是我欠一围的债,他治病也花了不少钱。"我说:"如果一围还活着,你会把解除协议的想法说出来吗?"陈宛说:"不知道会不会马上说出来,我原以为将来的事还远着呢。可他走了,走得这么快。来世的事情他已经知道了真相,而我什么也不知道。"我说:"在这一个小时里,我接收到了你的不安,同时我也一直在琢磨,你把这个故事告诉我为的是什么。"陈宛说:"是的,里买流行服装的书，听到好几个人说着话儿往旁边活动室走。她好奇地过去瞧一眼，原来是一位著名作家与一位主持人对话，介绍一本三年前出版现在仍被讨论的书。她没见过这样的场面，就怂恿自己留下来听一会儿。周围的脑袋很多，把整个活动室挤满了，她只能在中间通道上站着。站了片刻，有人指挥通道里的人坐到地板上。她穿着白色裙子，又不是粗条随意的人，神情便有些犹豫。这时旁边椅子上的男人站起身让出座位，自己坐到了地板上。她不好意思地坐下，朝让座的男人送出一笑。分享会结束后，她受了诱惑，到文学书柜找《第七天》，这时又遇到了那位让座的男人，他刚好也来取此书。让座的男人告诉她，自己有八折优惠卡，可以替她付款。她认真地道了谢，因为省下的小钱里有人家的好意。随后她加上对方微信，将打折的书钱发去——此时她知道了对方名字叫朱一围。

到了晚上，朱一围在微信里打招呼，并把作家签名发来给她看。从此开始，两个人时不时进行文字聊天，她说些服装走势的事，他说些签名收藏的事。陈宛很快知道，朱一围是个实诚的人，朋友很少，但认对了人就会往深里走。此时陈宛离了婚正单着身，心里装着一堆郁闷，这也促进了双方交往。过了不久，两个人把对方视为可以讲心里话的人。又过了不久，两个人约在一起泡茶室、逛书店，偶尔还一块儿看一部电影。再往后的一些情节可按快进键，因为陈宛没有细说。她对此的表达是：两个人的朋友等级相当高，除了身体没有合并。

大约一年半前，陈宛想开一间服装店，"衣艺者"的店名都想好了，可左腾右挪仍缺一截资金。把情况说给朱一围，暗想也许能获援三五万的，不料几天后她的银行卡上颇有气势地长出二十万。她吃了一惊，又有些不安的感动。在她的印象里，朱一围花钱并不豪放，在家中也不打理财事，所以凑起这笔款子得花多少心思呀。这么一想，她觉得自己跟他更贴近了一步。又过了一些日子，有一次两个人一起喝茶，喝着喝着朱一围起了感叹，说咱们相遇太晚，这一辈子不能娶你，下一辈子你嫁给我吧。陈宛说行呀，下一辈子咱们早点儿遇上。朱一围说，这不是玩笑话，为这个念头我已经琢磨了好几天。陈宛便笑，说不就是来世嫁你吗？没问题的，你对我这么上心，我不能那么小气。

这样的话说过，陈宛仍然以为是玩笑。她不信佛不进教堂，从未想过瞧不见摸不着的来世之事，再说自己的年纪离终点线还差着几条街呢。不料过了两天与朱一围再见面，他从衣兜里取出一只信封，再从信封里取出两张相同内容的纸，纸上放着醒目一行字：下一世婚姻协议书。下面文字则简约清晰，写明了两个人下一世自愿结为夫妻，共同敬爱相处，不违背对方。陈宛问，这是什么意思？让我签名字吗？朱一围说，这是自由婚姻，你愿意了就签上，一式两份。陈宛说，下一辈子的我能由这一辈子的我来做决定？朱一围说，转了世你还是你，你的婚事当然由你做主。陈宛说，这协议签了你拿在手里真觉得有用？朱一围说，我相信哪个世界都有律条也都有规约，拿着这份协议我心里踏实。话说到这个份上，朱一围又拿着如此的认真劲儿，陈宛就不好拒推了。她嘻嘻一笑，又拍拍朱一围的手臂，在纸上写上自己的名字。完了她调皮地说，今天算是领结婚我说:"大隐隐于市,原来陈女士藏在了这里。"陈宛站起身一笑说:"来得挺快……就不能叫陈宛吗?"我说:"好吧陈宛,这个店开几年啦?生意不错吧?"陈宛说:"三年了,生意马马虎虎。"我说:"不能马马虎虎,马马虎虎怎么能掏钱买书再送出去呢?!"陈宛翘了眉毛给我一眼:"知道这个啦?怪不得又是微信又是打上门来。"我说:"我可不敢打上门来,我这是上门求教。"陈宛说:"想打探为什么把那批书赠送给学校图书馆吧?"我点点头:"我有点好奇。"陈宛说:"我那位朱一围早年在那个学校上过学,放在那儿比放在家里好。就是这么简单!"我说:"那个中学是你男友朱一围的母校?真是巧了。"陈宛说:"巧什么?"我说:"我朋友朱一围的儿子也在那儿上着学。"陈宛"噢"了一声:"这不挺好吗?父亲的书最终到了儿子的学校,用报纸语言叫一段佳话。"我说:"可是……玩这样的佳话代价不小。"陈宛说:"我明白你的意思,我也不是把书全送去学校的。"她一摆头,引着我走到T恤挂墙前——其中几件T恤不同颜色,胸前均印着《第七天》的扉页签名,图案清晰别致。陈宛说:"我做了三百件文化衫,我可以赚些钱的。"我用手指推一推鼻子,说:"有点意思,到底是衣艺者。"陈宛说:"要是喜欢,可以送你一件,你自己挑个颜色。"我呵呵一声没有拒绝,左右看一看,选了一件浅蓝色的。衣服上的作家签名挺有力道,我用手摸了一下。

陈宛说:"看着这衣服,你心里的问号有没有去掉?"我说:"没有!三百件文化衫就是全卖掉,又能赚多少钱呢?"陈宛说:"看来你是个较真儿的人……朱一围有你这么个朋友也是幸运。"我说:"朱一围才是个较真儿的人。他已经不能遛达过来说话了,我是替他较真儿。"陈宛说:"好吧,为了去掉你心里的问号,我再请你喝个茶。"我说:"又是送衣服又是请喝茶,我是不是应该不好意思?"陈宛笑了说:"其实呀让你过来一趟,我就是想和你去茶室说些话的。"

年轻店员将T恤包好,我卷起来塞入携包。陈宛引领着我,出了店门右拐走一段路,进了一家外相低调的茶室。茶室厅堂不大,但看上去藏着安静。陈宛熟络地要下一个小包厢,点了绿茶和茶点。我说:"瞧这架势,要跟我长谈呀。"陈宛说:"不长谈,一小时内把事儿说明白。"我说:"一小时够长了,抵得上大半部电影。"陈宛说:"长话短说……我刚才撒了个谎,那个受书的中学其实不是朱一围的母校。"我说:"那为什么把书送去?"陈宛说:"因为他儿子在那儿上学。在儿子眼里,他是个没有能力不能出彩的人。他曾经说过要为儿子挣点儿面子……"我说:"等等!你是说你那位朱一围也有一个儿子在那儿上学?"陈宛说:"我说的就是你的朋友朱一围。"我端着杯子一笑:"嘿嘿,你把我说糊涂了。"陈宛说:"我的朱一围其实也是你的朱一围,两个人是同一个人。"我喉咙差一点被呛着,使劲伸一伸脖子吞下茶水,又咳出一口粗气。陈宛笑一笑说:"你别把惊讶动作弄得太夸张,我做的事里没有阴谋。"我说:"之前你一直在说,朱一围是你的男友。"陈宛说:"男友这个说法还真是不准确,可我找不到一个合适的词儿扣住我和他的关系。"

在接下来的时间里,陈宛轻着声音讲述了她和朱一围之间的故事。她清晰地记得,俩人的相识是在小说《第七天》的作品分享会上。那天她正在一家书店大厅子，一边生出一些警惕，说："你开的这个价，含有别的附加条件吗？"女人摇摇头说："没有。这么多签名书，值这个钱。"筱蓓说："您这样说我挺欣慰……我能不能知道，您是做什么的？"女人淡笑着说："别以为我很有钱，我是想让男友高兴。我相信我这么做，他会高兴的。"我说："我也问一句，你男友喜欢文学吗？"女人拍拍手中的《第七天》，说："喜欢的。他爱读小说，还向我推荐过这一本。"噢，若是这样，逻辑是成立的。我舒口气说："那你这一次做对了！女人要拿住男人，不能光喂他好话，你得让他真正的心跳一回。"这句自作幽默的话有点勉强，但多少把气氛说松了。随后双方又来回讲些话，议定了付款方式和搬运时间。

在我的眼里，两个女人的脸上都渗出了满意。

日子的推移有时是不知不觉的。四五月间，我在公司里帮着打理一个非遗产品展示会，出策划书、做VCR什么的，嘴巴和手脚经常一起忙碌着。待弄完了松口气，天气已经转热。站在办公室窗口抽烟时往街上一瞧，路人们开始躲着阳光了。

这天午休小憩后，我习惯地划开手机，瞧见筱蓓一条微信：事情不明白，有空电话一下。我坐到办公桌前，打电话过去。筱蓓在手机里咿咿呀呀发着声音，讲了十多分钟。原来昨天晚上她跟住校的儿子进行每日例行电话时，儿子顺口丢了一句，说学校图书馆出现咱家的藏书。她问什么藏书？儿子说小说签名本呀，上面有老爸的名字。她有些纳闷，说你也开始读起小说啦？儿子说我眼睛哪里忙得过来呀，是班里一同学在看。她想一下，让儿子去拍张小说扉页照片。过一会儿，照片真的发过来了，情况属实。为此她琢磨一晚上再加一上午，脑子还是糊涂。

我一边听着一边也直眨眼睛。花一笔钱买签名旧书，一转身送了学校，这实在有些稀奇。不过让书籍到达图书馆，也算物尽其用，没什么不高兴的。我说："这种事儿是人家的权利，咱们不能说她做得不对。"筱蓓说："我没有说她做得不对，我只是感到奇怪。"我说："干什么事儿都有内在逻辑，只是咱们不知道而已。"筱蓓说："一围的书，我多少得知道一些吧？方便的时候你联络一下她呗。"

我静一静脑子，在手机微信里找到"衣艺者"，先打一声招呼，然后试探地问：那批书给男友后，他惊喜了吗？对方许久没有回复，过了半小时才跳出一句话：你这是产品售后调查吗？我写：毕竟是朋友的书，我得关心一下。对方：那你来一趟吧，我允许你见一面。我给一个微笑图标：我又没提出这个要求。对方：透过手机屏幕，我看到了你脸上的企图。我：那怎样才能找到你？对方：浣纱路北边，衣艺者。我：呀，你是衣店女老板。对方打出一个眯起单眼的调皮图标。

放下手机，我脑子似乎有点不稳定，坐了片刻终于按捺不住，就找个借口离开办公室去了街上。坐几站公交车又走一截路，到了浣纱路北段。两旁有一溜儿花花绿绿的商店，我东张西望一会儿，眼睛一亮见到了"衣艺者"三个字。这是一间门面不大的售衣店，推门进去，里边倒是清爽开阔，挂卖的衣服热闹而有秩序。一位年轻店员迎出来刚想说什么，我已绕过去往里走，因为我看到了坐在售台后面的陈宛。

我把你约过来是有目的的,你是一围最好的朋友,我想请您帮个忙。"我说:"讲讲看。"陈宛说:"那协议一式两份,另一份在一围手里。"我明白了:"你想把另一份协议也拿到手,然后一起撕掉。"陈宛吸一口气吐出来,说:"拜托你先探问一下,好让我心里有个数。那份协议现在变成了危险的东西,要是抖露出来对谁都不好,吕哥你说对吗?"她第一次叫了我吕哥,在这个下午结束的时候。

是的,这是个让人吃惊的下午,一张协议书更改了我对一围的认识,至少是部分认识。在许多个日子里,一围除了收藏一些书,对生活基本没有想象力。他的工作是平淡的,坐在柜台里办理汇款取款,还有订阅杂志什么的。他的家庭是平静的,与筱蓓相处得不热也不冷,有点一起慢慢老去的样子。他还跟我说过,自己在家中不乐意担事儿,时间一久,排起序来便做不上一号人物。就是这么一位配角男人,却悄悄自己给自己做了一回主。

我无法揣测一围怎么保管自己那一份协议。也许已经撕了或烧了,反正他内心认定协议将在约定世界里生效。也许放在某个暗处,随着他的离去而彻底消失。但日子里哪有彻底的事,若是某一天筱蓓一不留神看到,心中会长出一个长久的痛点吗?

我可以肯定,陈宛所要的忙我是帮不上的。或许她也只是一说而已,并不真的指望我能取到那份协议。但此时我心里又探出好奇的手,想抓住一些未知的东西。我甚至负责地觉得,既然自己听到了这件事,就不能再做一个偷懒的局外人。

从茶室出来我没有回家,在街上闲逛一会儿又用过简单的晚餐,看看时间合适了,向筱蓓递一声招呼,随后打车去了她家。一围的书房已经变成卧室,无法再进去了,我只能坐在客厅沙发上,像一个派遣出去的打听者向女主人通报书籍的事。我告诉筱蓓,自己已见过陈宛,那批签名本确实赠给了学校图书馆,因为那中学也是另一位朱一围的母校,他想给自己添点面子。筱蓓随即做出一个判断:"看来他们是有钱人。"我说:"这个不知道……眼下这年头有钱没钱哪能一下子看出来。"筱蓓说:"不然为什么要花这笔钱呢?"我说:"那位陈宛在街上开了一家服装店,她把扉页签名图做到T恤上。这种文化衫现在挺流行,应该能赚钱的。"我从携包里取出那件T恤,铺在沙发上让筱蓓看。她摸了摸衣服胸前的图案,脸上出现解惑后的满意。她说:"想不到签名还能在衣服上派到用处。"又说:"那些书放在学校里挺好的,虽然是那位朱一围捐送,但儿子的同学都知道书的真正出处。"我说:"一围知道了这样,心里也会高兴的……我说的是咱们的朱一围。"筱蓓思忖着说:"他们毕竟花了一笔不小的钱,我心里好像过意不去……我得感谢一下。"我说:"怎么个感谢?"筱蓓说:"我想请他们吃个饭,你也一块儿去。"我摇摇头说:"不用的,这只是一次花钱购书,你没必要跟他们交朋友的。"筱蓓说:"我想见见那位朱一围,共用一个名字怎么也是缘分。"我心里摇晃一下,嘴里已形成一句谎言:"他们俩是双城记,那位朱一围不在这个城市。"说完觉出漏洞,赶紧又补一句:"陈宛告诉我,他在这儿读的中学,大学毕业后留在了外地。"筱蓓说:"那好吧,就跟那位陈宛聚个餐也行。两个女人都找了名字叫朱一围的男人,总有些话可聊的。"我不能马上再否决,就点点脑袋"嗯"了一声,又记起什么似的转过话头:"有句话我一直想问,一围临走时说了什么话吗?"筱蓓一指自己喉咙说:"吕默你迷糊了,一围那时候已经不能开口说话。"我耸耸肩说:"我是说他有没有留下文字?"筱蓓说:"你为什么问这个?"我说:"不知怎么,这两天我挺惦念一围的……我在回想他最后的那些日子。"筱蓓沉默几秒钟,让话题进入了我想要的轨道。

筱蓓说:"吕默你有没有记起来,最后那些日子你到医院探望时,在一围脸上看到了什么?"我眨眨眼说:"是骨头浮上来的那种消瘦。"筱蓓说:"消瘦里还有东西……是高兴。"我愣了一下,最后几次去见一围,他的情绪的确不差,但那应该是面对朋友时的强打精神。我说:"那高兴是撑着的吧?朋友一走就收回去了。"筱蓓说:"不是的,那些日子他一直挺愉快。"

筱蓓停一停,回忆了一些细节。一围刚住院时,心情也是不好的。做了喉部手术后病情不仅没刹住,反而向坏的方向滑去。那些天他因为不能说话,整天想着什么,想着想着忽然就开朗了。微笑先来到他的嘴角,然后出现在眼里。他开始找些书看,譬如那本《第七天》。再到后来,他身上力气少了下去,看字儿容易累眼,便让筱蓓读小说。有时筱蓓读着读着,他眼睛慢慢眯上就睡过去,脸上还搁着安适的神情。

筱蓓抿一抿嘴,慢慢地说:"一个人离死亡很近时,一般是恐惧的或者痛苦的。如果此时这个人开心起来,你觉得他会是什么样子?"我回答不了这样的问题,摇一下头。筱蓓说:"诗人。我是说诗人的样子。"我说:"为什么这么说?"筱蓓说:

"那会儿一围整个人是轻的,不是瘦了以后身体的轻,而是心里丢开负担后的轻……他脑子里时不时会出来一些好词好句。"我说:"好词好句?他不是不能动口吗?"筱蓓说:"不是动口是动笔,有一天他取了一张纸,先写一句:有一种动静,叫太阳的声音。又写一句:蓝天上的白云结了冰。再写一句:真正无限的,不是死亡而是生命。我奇怪地瞧着他,他笑一下用笔告诉我,这些话是作家们说的。"

随后几日,一围还试图体验作家们说的这些话。他穿着棉衣坐在轮椅上,让筱蓓推到住院部楼下院子里。冬日的阳光有些松软,把他的影子投到地上。他瞧着地面却没有在看,因为他静着耳朵去听太阳的声音。听了片刻,进入耳朵的只有院子里一些嘈杂的声响。他有些不满意,便让筱蓓推着轮椅出了医院,往安静的地方走。远处有一片草地,颜色已成枯黄。在枯黄之中,卧着一块不大的水池。经过水池时,一围突然激动起来。他看到水面结了一层清亮的薄冰,上面倒映着蓝色的天空和天空上的白云。他身上似乎长出了力气,想从轮椅上站起来,但没有成功。筱蓓将轮椅再往水边靠几步。一围安静了,身子久久不动。也许在此时,他眼睛看到的是水池里的白云在结冰,耳朵听到的是太阳化开冰面的声音。在他的意识里,那应该是一种冲突中的美丽。

筱蓓说:"在那一刻,他喉咙里竟嘶嘶的发出一些声响。他好像要发点儿感慨,可是我没法听明白。"我说:"白云结冰呀太阳声音呀这些虚的东西有啥含意吗?对一围意味着什么?"筱蓓说:"谁知道呢!人在这个时候吧,脑子里出现一些古怪念头也不奇怪。"筱蓓顿一顿又说:"那天从水池边回到病房,一围又在纸上写了一些字递给我看,意思是白云可以从天上到地上,人也可以从地上到天上,天空也是一个大水池。"我轻笑一声说:"这时的一围,的确越来越像诗人了。"筱蓓说:"这时我也知道,一围剩下的日子不多了。"我说:"那后来他还有什么遗言吗?"筱蓓说:"也没什么正儿八经的遗书,但他写了几句话,让我把书房里的书处理掉,不要存在家里。"我愣了一下:"把书散掉是他的意思呀……他为什么呢?"筱蓓说:"他知道这些书对我和儿子没啥用,想让它们遇到阅读的人……这是我的猜测。"我点点头,一围虽然爱书,可这种想法到底没有错。

该问的话已经问过,时间也不早了,我站起身准备告辞。筱蓓想起来说:"对了,一围最后还写了两句话,只是我不明白。"我问:"什么话?"筱蓓说:"一句是:对书上的文字,一双眼睛便是一次公证。另一句是:在对不起上面贴上邮票,从那边寄给这边的你。"我沉吟一下用手推推鼻子,说:"这也是哪个作家说的吗?"筱蓓说:"也许吧,那会儿我已习惯了他这样,也就没问。"我说:"真像是半个诗人呀,也不枉藏了这么多年书。"筱蓓沉默一下说:"我跟他也待了这么多年,可他的一些想法我还是不明白。"

告辞出门来到街上,我心里晃晃的还不想回家,上出租车后往市中心随便指一个方向,最后在一个灯光热闹的路口停下。

我站在人行道上给陈宛打了电话,告诉她已见过筱蓓。陈宛嘴里出来几个问号,想知道筱蓓的反应和协议的下落。我说筱蓓神情没有异常,不像知道了这件事。我又说那张协议的藏身处只有朱一围知道,所以也许是永远安全的。陈宛说:"也许是永远安全也许是定时炸弹。"我哈了一声说:"你不能把这份协议说成是定时炸弹,不然一围会不高兴的。"陈宛不吭声了,过几秒钟才说:"吕哥你说得也对,我不应该担心……我又没做亏心事。"我把筱蓓约请吃饭的事说了,问她愿不愿意在一张餐桌上聊聊。陈宛说:"聊什么呢?"我说:"两个女人在一起,总可以聊些话的。"陈宛哑笑了一声:"可以呀,我和她又不是敌人。"我说:"到时候我陪着你们,让一个男人听两个女人聊话。"

搋了手机,我沿着人行道无目的地往前走。两旁一些商店已关了门,一些商店还没关门。我走过一些关了门的商店,又走过一些没关门的商店。我脑子里突然跳出一个念头,一围也许把那张协议书夹在某本书里呢,这是很好的存放方法。临走之际,他改变了躲藏的想法,要让协议跟着书籍流出去,到达某一位有缘分的读者眼里。"对书上的文字,一双眼睛便是一次公证",他不怕了,他愿意让别人见证自己收藏的情感和来世的日子。当然啦,这只是我的猜想,一时无法去验证。说实话,我现在有些吃不准一围内心的真正样子了。

这么溜着神儿,我的目光就有点散,不经意间掠过街道对面一幢高楼里的灯火。又走一小截路,我刹住脚步再望那高楼一眼,正是一些年前我和一围首次相遇的地方。我脑子一醒,原来今晚我是想让自己到这儿来呢。我掉转脚步,穿过斑马线走几分钟来到大楼跟前。在这个时间点,大门仍进进出出不少胖瘦不一的男女。我想一想,走了进去。

坐电梯上了顶层,那家餐馆还存活着,而且吃喝的喧闹此刻仍未散尽。我一时不知道干什么，就在待客区的椅子上坐下，把携包搁在腿上。我微眯眼睛，脑子里出现了第一次遇见一围的情景。那天他撑着精神，脸上有一种认真的和气，而且老露出微笑，但他的内心，对酒桌上的豪华气氛是有些胆怯的。这一点被我瞧出来了，因为我当时的心情也是这样。可能正是这种暗中的相似，让两个人能够走近。在后来相处的日子里，我不时能见到一围收的一面——不是收敛的收，而是收缩的收。记得有一次我们聊天，不知怎么说到"撤退"这个词，我起了点想法，认为自己和一围的性格里都藏着"撤退"元素，可称为"撤退人士"。之所以这么说，是由于此前我因一件挺无聊的公事跟馆长闹了不快，他觉得这件公事不仅不无聊还很重要，指责我办砸了。我在单位并无斗志，正好借此恁恵自己从图书馆撤出，去了闲散一些的文化公司。

当时一围问："这撤退人士怎么个理解？"我没有拿出自己的事，而是举了生活例子："譬如撤退人士是A，那么三个人散步，A十次有九次不会走在中间，而一堆人拍集体照，A十次有九次是站在旁边的。"一围说："这话儿也是在说，十次中还有一次是例外的。"我一提声音说："九次往旁边靠的人，会在剩下的那一次使劲往中间挤吗？"一围嘴角露出一丝神秘的微笑，说："只有在例外的地方，才能找到秘密的出口。"一围又说，"这是一个作家说的。"

旁侧响起什么声音，我弹开眼睛望过去，有一个男人从一扇甩门里出来，手里还拿着一只烟盒。噢，想起来了，那是个小阳台，我和一围曾经在那儿站过一会儿。我起身走过去推开门，仍然是记忆中的样子——一个外伸的弧形阳台，面积不大却有点儿凌空感。

我站在栏杆前，目光往下扫过去，看见了一大片与房子们相缠的灯光。又抬一抬眼睛，看见了更大的一片天空。此刻站在高处，天空似乎也近了一些，几朵白云和几颗星星在夜幕中显出来。夏风吹过来，让人似乎轻了身体。我举着脑袋，突然想到如果让自己跳出阳台，会不会在身子下落的同时灵魂飞向白云？一围就是这么认为的：白云可以从天上到地上，人也可以从地上到天上。

当然，我是不会允许自己这样做的。不过很快，我脑袋里又生出一个念头。我拉开携包，取出那件T恤抖展开来，又看一看胸前的签名图案。图案在暗色里仍是清晰的。

我吸一口气，将T恤伸出阳台，一片浅蓝色在我手里飘动起来。我一松手，衣服猛地蹿了出去，先在空中兴奋地转一个身子，然后轻盈地跑向远处。我的目光跟着它，就像跟着一个移动的秘密。

但夜色中我终于没有看清，那片浅蓝色是落到地上，还是飘向了上空。

等下雪

赵　松

授奖词

似乎有意恪守着某种属人的局限，赵松从不轻易拉下情节的布幔，而是始终保持着叙事的克制，耐心追摹着每个细节可能的完整因果，人物也在绵密的日常中一点点透露出自己的隐秘心思，从而能够让我们觉察到人性深处那些微妙的皱褶、潜藏的欲望、深埋的悲欢。（黄德海）

依我观察，世界仅是儿童的游乐场，我日夜都在静观世间事态的变化。
——（巴基斯坦）米尔扎·迦利布

结束了，她说。

听着手机里的沉默，他起身来到咖啡馆外。下午三点多，附近行人稀少，车也不多。路口右侧的斑马线尽头，红灯正缓慢闪烁，数字如虫变形，9、8、7、6……绿灯亮起时，一个戴墨镜的女人，牵着条大黑狗，穿过斑马线走了过来。

她的声音在手机里复现时，他正弯下身子，把烟头塞入下水井盖上的小孔里。在哪里？她深吸了口气问。他刚从烟头落水的瞬间想象里回过神来，就把咖啡馆的名字和地址告诉了她。好，我过来，她挂断了。他把定位也发给了她，那个悬浮的绿点，看上去似乎明显偏离了实际位置，而它下面的淡蓝色圆形阴影的边缘，甚至都没能触及咖啡馆这里。

那条大黑狗从他身边经过，吐着舌头，嗅了嗅他的腿。看着那湿漉漉的浅黑鼻子，听着那古怪的呼吸声，他没有动。本已走过去了的那女人停下脚步，用力拉了一下绳子，它这才摇晃着脑袋，走开了。空气中有股浓郁的香水气息。

淡金的阳光从云层里透射出来，照亮了路旁那些银杏树的明黄叶子。那个女人渐行渐远的深灰色修长背影也被照亮了一会儿——她的身体不时后仰，以拉住企图撒欢奔跑的大黑狗。微风拂过，偶尔会有几枚银杏树叶从枝头脱落下来，每个都在空中缓慢留下极不规则的无痕轨迹。转眼间，那个女人跟黑狗都不见了踪影。

附近没有停车位了。她开着车子绕了好几圈。你还是出来吧，她说。我们可以去个远一点的地方，趁高峰期还没到，开快点的话，大概一个小时就到了。他没意见，反正也没有别的事。站在马路边，他点了支烟等着。远远地看着她的那辆红色新车慢慢转弯过来了。车子离他几米远时，一缕阳光穿透了某个树冠及挡风玻璃，照亮了那张浓妆的脸，还有涂得黑红的嘴唇。她也戴了副墨镜。坐到副驾驶位置上，他也没看出她的神情。

我样子很奇怪么？她把双手搭在方向盘上，看着前方，车又前行了。

多少有那么一点，他说。看着就像……刚结束演出的艺人，还没来得及卸妆。

哦，她点了下头。我是故意画的浓妆，多点安全感……我一大早就爬起来，花了半个多小时的工夫，才画出这种效果……你该捧束鲜花，祝贺我演出成功，就完美了。

那我祝你演出成功，他说。

谢谢，她点了下头。虽说没有花，也没听出诚意，但我还是非常感谢你们的支持。

有点意思，他笑了一下。本色出演的感觉。

那倒也不一定，她侧过头来，看着他。不要低估一个浓妆女人的心理复杂度……你不为我感到高兴么？

我么？他顿了顿。还可以。

高峰期临近了，高架上的车流在慢慢加大密度。

有十几分钟，他们都没说话。前方的那些车辆，两侧流动起伏的建筑物，还有浮在半空中的那些树冠，都被夕阳染上了淡金色。在此期间，他们看到一只很小的猫被丢到了高架上，瑟缩着，尽力躲在边上，身上的毛在风里竖立着……它在叫，可车子经过它时，他听不到。

可以抽烟的，她说着，把两侧车窗降了下来。风涌进车里，略有些凉意。他给她点上一支烟，自己也点上了。他把烟伸到窗口，结果烟灰被风吹了进来，落到裤子上。他掸拂了几下，还是在黑色裤面上留下了些灰斑。她递给他一张纸巾，又找了个正方形口香糖小绿盒子，放在了他们之间，用来弹烟灰。

夕阳落下之前，忽然又亮了亮，把最后的光焰投射到那些建筑物上，还有一些树冠上，随即就隐没了。他看着。车内的导航女声不时发出提示，前方两百米处有监控摄像，或是请靠中间道行驶之类的……他偶尔看看那屏幕上的路线，始终没搞清楚这是要去哪里。

随着逐渐远离市区，车速明显加快了。金红的余晖已退尽，暗蓝的天空正缓慢铺展，而远近流动的物体则渐露暗淡的轮廓，然后散现星星般的灯光。在目力所及的四外边际，暮色正像潮水般悄然漫上来。

你那个律师朋友，她说，没给对方任何机会……那些证据，也让对方无言以对。真的，我好久没这么痛快了……我说得很少，多数时候只是在听着。她忽然侧过头来，而他看到的仍旧是那副仿佛遮了半张脸的墨镜。车内已暗了下来，仪表盘发出诡异晶莹的绿光。

你脸上，她淡淡地道，好像很多油，气色也暗淡，没睡好吧？

在外环的一个出口处出现了拥堵。那些缓缓下行的车辆尾部，都纷纷亮起了红灯，它们就像装在形状各异的玻璃罐子里的炭火，在漫过来的暮色里显得异常的鲜艳动人。

他点了点头，最近好像睡觉也不容易了……每次都像在练跳水，一头扎下去，没多久就会又浮了上来……结果，每个晚上都像在不断重复跳下去，再上来，直到筋疲力尽……不过，天亮前终于睡着的那一觉，倒是挺舒服的，就像前面之所以睡不踏实，完全是因为体内还有多余的能量没耗尽。

有意思，她伸出舌尖舔了舔嘴唇。不把能量折腾干净，就睡不踏实。她长出了一口气，他就是个喜欢折腾的人，哦，我前夫，他折腾人，折腾自己……你知道么，他最后在法庭上对我说什么？他说，别高兴太早，还没结束呢。我说，谢谢了。当时他的脸色，白得像张纸，皱巴巴的……八年了，我还是头回觉得他的那张脸这么老气，乏味，脆弱。她突然踩了脚刹车，车子晃动了一下，她猛按喇叭。前面有辆车违规变道。一个傻叉！她把烟头丢到了车窗外，然后见他已不再抽烟了，就把车窗都升了起来。

每次吵完，他都会说我是个病人，她继续说道。我跟他说，你也有病，别不承认，可咱们家不是医院。有病就得找地方治，你找你的，我找我的，这样才比较合理，否则容易交叉感染，最后一起完蛋。那样的话，你的那点秘密就可惜了。我还想多活些年呢。他就一声不吭地在那里喝起了白酒，我也喝，坐在他的对面，虽说他好喝酒，但他喝不过我。最后他总是会以莫名其妙地哭起来，然后自己就出去了，像一场闹剧的幕间休息。

现在，她过了会儿说道，咱们可以考虑一下你答应的事了。

什么？他一时没回过神来。

她摇了摇头，你的记性，难道跟金鱼一样么？

哦，他想起来了。之前她在情绪极度低落的时候，忽然说起她还没去过东北，没见过下大雪。他一时兴起，就答应她，等到冬天，可以一起去一趟，专门看下雪。这是他的弱点，容易为安慰别人轻率承诺。不过这也没什么。他们可以悄悄地去，再悄悄地回来，不跟他老家的人联系。本来他也没想去看谁。另外，他也有好多年没见过东北的雪天了。

这大半年里，她带他去吃过很多馆子。吃饭的好处，就是面对面不说话也不会尴尬。食物可以慰藉胃，能让人对嘴巴的说话功能忽略不计。每次她都会换家新的馆子。她说，承认吧，我抓住了你的胃。确实，每次她挑的地方，他都很喜欢。他目前唯一的爱好，就是吃了。另外，长这么大，他没遇到过像她这么用心请他吃饭的。当然，这是因为他一直在帮她出主意，打那场离婚官司。律师是他的发小好友，尤其擅长这种纠缠不清的官司。当初他离婚时，也曾想去找这哥们，但后来又放弃了——出乎所有人的意料，他选择净身出户。

他跟她聊过此事。她表示无法理解，你精神不大好吧？他想了想说，可能是吧。好吧，她歪了下头。不关我的事，我只是随便说说而已……大家反正都是病人。当初，他说，我跟她只见了三面，就结婚了……我们生活了六年。她给我的规矩，是晚上九点后回家，只能睡客厅……而我那时经常十点后才能下班。后来，她就经常回娘家住，或是住在闺蜜家里，她说这样不管我几点到家，都不用睡客厅了。

可怜，她想了想说道。

是啊，他点了下头。她沉默了。他继续说了下去，离婚后，我就把工作辞了，租了房子，就想试着过一段自己整天待着，什么事都没有的日子。

可哪里会有什么事都没有的日子呢？她像在自言自语。不管你想，还是不想，总归是会有什么事的，在你想都想不到的时候，忽然找上你。

是啊，他说。所以有段时间，我才会到处加群，最后在那个读书会的群里，碰到了你。

她愣了一下，忽然笑道，你要是不说这些，我还是真看不出来，你其实跟我挺像的，都是那种能努力把日子过得惨不忍睹的人……你竟然还能帮到我，跟个私家侦探似的，这不科学吧？我做生意这么多年了，也算阅人无数，可你这种，我还真没见过。

说这些话，还是三个月前。那个时候，他已通过跟踪调查，找到了她老公出没的那个小区，确定了具体人家。让他多少有些意外的是，那个女人其实相貌平平。后来，他假扮煤气公司的安检员，以做煤气管线安检为名，进入这套装修简单的两室一厅的房子，趁人不注意，在厨房里找到角度合适的隐蔽处，装了个微型摄像头。在客厅里，他看到了足疗店里才会有的那种可调角度的沙发，还有木桶跟一些配套用品。过了一周左右，等他把那些视频资料整理好，拿给她看的时候，她着实震惊了——那就是她老公的秘密而又幸福的生活场景。那个女的给他按脚、揉肩，按背。还有个五十几岁的女人在为他们烧菜做饭。而每次回到自己家的时候，这个男人却像个监狱看守，除了监视她的行踪，偷看她的手机，就是不时因猜疑而对她泄愤。不过，他从没对她动过手，这也是事实。甚至在她因为愤怒而忍不住抽他的时候，他也不会还手，而是在那里动也不动，露出让她感到恐慌的古怪神情。

其实后来，在想到自己鬼使神差地参与了她的这次离婚事件时，他觉得自己在很大程度上只不过是因为无聊，才会怀着恶作剧的心理做了她的私家侦探，而并不是因为她在某些时候留给他的强势印象里隐藏的某种野性意味。当然，也正因如此，事后他才会有意不客气地收下她给的那笔酬金，作为彼此终归是合作关系的象征。当时她表情奇怪地打量着他，说你其实不太像有做生意的天赋，换别人接了这种单子，完全可以要个好价钱的。

她带他去的，是家远郊的奢华度假酒店。他从没听说过。据说那里有温泉，还有很好的日料和西餐，尤其是有家威士忌酒吧，让她赞不绝口。他们到的时候，天已经黑了。现在不是旅游季，也不是周末，酒店里也就没多少客人。她预订了两个房间。办理入住手续时，因为需要人脸识别，她才摘下了墨镜。这时候他才发现，她涂了深深的眼影。

在底层的那个花园式餐厅里，他们吃了日料。他吃了很多。她则吃得很慢，也很少，只是一直在喝那种日本烧酒，不知不觉，就喝了很多。她觉得就像在喝水，没什么味道。他注意到一个细节，就是擦掉了黑红口红之后，她的嘴唇似乎又变得饱满了。尽管有浓妆，可是她的脸看上去仍旧显得有些庄重的浮肿。吃过饭，他们就去了地下一层的温泉馆。这个时间，室外的温泉池都已关闭了，而室内的温泉则是男女分开的。

那个男温泉池，装饰风格跟他在日本泡过的近似，用了很多粗糙陈旧的乌黑木料，而那个不大的池子，也是用青石砌就的，旁边的窗户也没有玻璃。虽说是地下一层，但从窗户看出去，却发现下面就是黑漆漆的山涧，能听到深处传来的流水声。他这才意识到，这家酒店其实是建在小山坡上的。

这里除了他，还有一个老人，正泡在池子里，闭目养神，花白稀疏的头发在头顶挽起一个髻，水池边上放了包烟和打火机。让他有点意外的是，老人那瘦得皮包骨的后背上有很密的文身。等他也下到水里，透过冒着热气的水面，他发现，老人胸前也满是文身，仔细看了看，才发现图案的主体是三只狼头。

冷风从窗口不时吹进来，池子里的热气不断蒸腾。他先在池边坐了一会儿，然后才下到了池子里，让水没到脖子。就这样，过了好长时间，当他感觉睡意袭来，浑身绵软的时候，又看了眼墙上的那个电子钟，发现不知不觉中已过了四十多分钟了。他从池子里爬了出来，走到那个挨着柱子的大木桶旁边，里面是冷水，上面漂着个木勺，他拿起木勺舀满水，浇在左手上，有点凉。放下木勺，他又把双手浸入水中，等了一会儿，打了个冷战后才退出来。老人仍旧是一动不动地泡在水里，闭着眼睛。等他重新下到水里时，老人才慢慢睁开了那双有些血丝的眼睛。他冲老人点了下头。老人回头拿起那包烟，抽出一支，朝他扬了扬，他赶忙蹚水过去，接过烟，并伸手抢先拿到打火机，给老人先点上，自己再点上，再回到原来的位置上。

泡温泉，老人悠悠地说道。抽烟不好，很伤身体的。

他笑了，却又不知道该怎么回应。

抽半支，就可以了。老人露出自嘲的笑意。一个人？

他点了下头。

我也是，老人说道，然后重新闭上了眼睛。

在更衣室换衣服时，他拿起手机，发现有四个未接来电，都是她的。直到手机里传来她的声音之前，他都还觉得自己像是站在梦境的边缘。是她那慵懒倦怠的声音把他唤醒的。她在酒吧里等了有段时间了。穿过那个七转八转的回廊时，他忽然觉得有些困倦。在那个光线幽暗的酒吧里，他坐到她的对面，发现这里其实只有他们两个客人。

根据她的要求,服务员拿来了四种威士忌,详细介绍了产地和年份,以及口味特点。每种都尝了尝之后,他也不知道该选哪种。其实他当时脑子里反复浮动的,还是那个温泉池里的老人的形象,主要是那文在前胸的三个狼头。就这样,他们默默地喝着威士忌。后来,她忽然问他,在想什么呢?什么都没想,他答道。就是有点困了……之前泡温泉的时候,就很困了,再喝了酒,就更困了。她笑了笑,过了会儿才说道,你看,这就是一个人的好处,困了,饿了,有心情,没心情,都是自己的事儿,不需要别人操心,也不用为别人操心。

他点了下头。他们各自面前放着四个酒杯,每个杯里的酒,都只有四分之一。她的都加了冰块,而他的则都没有加。那个服务生一直在不远处注视着他们。

你见过狼么?他的这个突如其来的问题,让她有些摸不着头脑。在电视里看到过,她想了想道。没见过现实中的,在动物园里也没见到过……你见过?他出了会神,然后说,我见过三只狼,围着一个老人,就像狗那样,把头贴在他的胸前,动也不动,都睁着眼睛,却又都像在睡着。她听着,眯起眼睛,点了支烟,吸了一口,吐出一个烟圈儿,你不会是做梦梦到的吧?另外啊,我发现,我对你还真的不算很了解……你忽然讲到了这个,是不是有什么寓意?我的逻辑思维能力比较差,你不要用太难的问题考我哦……你预感到了什么?要是的话,你就直接说出来,不要让我猜。

我们今晚是要住在这里吧?他又问。她仔细打量着他,你不会是要告诉我,现在你想赶回去吧?这里可能叫不到车哦……不过别担心,你要是真想回去,我可以开车送你的。

我不是这个意思,他说,就是忽然想到了……刚才说的那个话题,其实是我在泡温泉的时候,忽然想起小时候听过的一个故事,说有个日本老人,捡到了三只小狼仔,养大了,就又把它们放回了山里,然后请人给自己在身上文了三只狼的图案……后来,又过了几年,他死了,那三只小狼已经长大了,在夜里赶了回来,把他的尸身叼走了。村里人连夜进山围捕它们,最后找到了那个山洞,发现老人的尸骨已被它们吃得所剩无几……他们就把它们都打死了,然后跟老人的遗骨放在一起,放了把火,都烧了。

听到这里,她眨了眨眼睛,然后呢,没了?他点了点头,没了。

好吧,她低声说道,恕我愚钝,完全没听明白你这故事到底说的是什么意思……我也累了,准备回去睡了,咱们把剩下的酒都喝掉吧。浪费什么,也不能浪费酒啊,你说呢?

好,他依次把那四些威士忌都喝掉了。他知道这些威士忌很好,可就是喝不惯。站起来的时候,他还紧闭着嘴,感觉过于浓郁的酒气升腾在鼻腔的顶端,逐渐渗透到眼睛里了。停了片刻,他才长出了一口气。在一旁的她,只是默默地看着他。

在黑暗里,躺在宽大的床上,他有些头晕。他听到窗外隐约传来的流水声。就这样听着,又过了好久,他才迷迷糊糊地睡着了。他睡得仍旧不算踏实。后来,半梦半醒的,他听到走廊里有人在大声说话,有人还时不时地按隔壁房间的门铃……随后又是一阵激烈的争吵声。他以为自己是在梦境里。接着就是漫长的寂静。没过多久,他就彻底地睡着了,睡得很沉,什么梦都没有做。

是手机铃声把他叫醒的。他摸到手机,屏幕上闪烁着她的名字。早上六点半。她的声音听起来非常的疲惫和沮丧。她问他能否现在就起来,到她的房间去,她有话要说。他犹豫了片刻。她就问他,有问题么?我这就过来,他说完就草草地洗漱,穿上衣服,去隔壁找她。门开了,她穿着睡衣,头发凌乱,眼皮是肿的,那张卸妆后的脸也明显有些浮肿。

他来过了,她黯然说道。我前夫,半夜里来……他在我车里放了跟踪定位的东西,就找到了这里,真是阴魂不散……他以为我会跟别的男人住在一起呢,想来出我的丑,结果让他失望了……我们没有吵,他就一直站在门口,不让我关门。他说他有的是时间,不管我到哪里,他都会找到我的……他说你可以报警,也可以找人收拾我,但只要我还有口气,就会一直跟着你,无论你跑到哪里……后来,我就打电话叫来保安,保安又打了110,警察没多久就来了,也拿他没办法,就把他带走了。他很顺从地笑着走的。

他尴尬地承认,自己睡得太死了,完全没听到什么。

她说昨天晚上,其实她是想过要给前夫点补偿的,就是在处理完财产的事情之后,给他打笔钱……可他竟然又搞了这么一出闹剧,就让她彻底打消了这个念头。就这样吧,她说。我倒是要看看,他还能折腾出什么花样。他被警察带走时还故意那样笑着,其实很可怜,像只丧家犬……他还说我是个阴谋家,是世上最虚伪的女人,你看,到头来,好像只有他是最无辜的,是唯一受伤害的……是不是很荒诞?

他们是中午离开那里的。

在回城里的路上,她始终是不声不响地开着车。他也无意说话。后来,在不知不觉中,他睡着了。等进了市区,车速放慢了,他才忽然就醒了。外面阳光灿烂,天空淡蓝,几大朵白云静止在空中。在一个路口等红灯的时候,阳光晒到了他的腿上,很是温暖。她降下车窗,然后点了支烟。他也点了支。

过了一会儿,她问他要去哪里,她可以送他过去。他想了想,就说了家电影院的名字,还有具体的位置。她歪了下头,设定了导航路线。然后她又忽然想起来似的问他,你要看的,是什么电影呢?

他想了想,最近好像是有电影节,我也不知道能碰上什么片子,就是想看场电影而已,并没有具体想看的……我也不喜欢什么事都要计划好了才去做。

哦,她轻轻点了下头。这样,也挺好。

看着那辆红车远去之后,他就坐在了电影院门外的台阶上,抽着烟,晒着太阳。

这个时间,电影院里正在放映的,是一部十多年前就放过的经典老片子。他是在看那些海报的时候,忽然决定不去看了的。坐在这里,他慢慢地回想着它的情节。有些忘了,有些还记着。就这样,他漫无边际地想了很久。其间他还试着回想一下看这部片子当年发生的一些事,还有一些人,但多数都模糊不清了。很多空白。他就想,可能在别人的记忆里,我也只是个空白点吧。想到最后,他甚至都不知道自己在想些什么了。

那天的太阳实在是近乎完美，晒得他整个都软掉了。这让他觉得，空白不空白的，本来也不重要。他之前帮她做的这些事，虽说想想挺可笑的，可是又有什么大不了的呢？至少，比他过去那么多年忙忙碌碌中干的多数事情有点意思吧……说到底，他发现自己喜欢所有能把人变成单个状态的事。就像某些无聊家居时段里，他会从米袋子里捧出雪白的大米，放在餐桌上，然后再花上很长时间，耐心地把它们一粒一粒地分开，散布在桌面上，每一粒都是彼此分离的，然后看上很久，像在看夜空里的那些遥远的星星。

那天晚上，差不多快要到十二点的时候，她在微信里问他电影好不好看。他过了很久才回复，还可以。她要他说说具体的内容。他犹豫了一会儿，还是算了吧，不剧透比较好。过了几分钟，她才回复，好吧，不勉强。

后来，差不多有一个多月，他们都没再联系。

他平时很少出门，整天窝在床上，看电视剧，好莱坞电影，都是战争题材的。他的房间里经常充斥着枪炮声。以前忙碌的时候，他也是用这种方式休息的。越是血腥残酷的伤亡画面，就越是能让他能放松下来，仿佛自己是个战场里的幸存者。他始终都没有打开电脑，还把手机里多数APP都删了，微信朋友圈也设置为只有自己可见。想到之前最无聊的日子里，自己曾加入了那么多的群，在里面寻找类似于她那样的奇怪之人，他就觉得自己其实一直都有特别幼稚的一面，哪里像个四十岁的人呢？

冬天了，每天中午，他都会在北面阳台上站一会儿，俯身注视着下面小区里的那些日渐稀疏的树冠。弯弯曲曲的小路上，几乎看不到落叶，而那些草坪上，灌木丛上，则满是颜色深浅不一的落叶。

这一个多月里，他几乎没看微信。等他想看看时，发现已有几百条未读信息。他略过了大多数，只挑了几个老友的看了看。让他有些意外的是，在过去的这个十一月里，有四个比他年长的熟人相继去世了。他们年纪都不大，最大的一位，也不过五十六岁。还有一个比他小几岁的老友，中了风，命是捡回来，却已半身瘫痪。那几个老友以各自的方式表达着人生无常多多保重的感慨。由于他始终没回复，其中两个老友还问他，你还好吧？要多保重身体，不要再熬夜了。于是他就一一回复相同的内容，我还好，放心，在国外休假中，大家都要保重。

他回想了一下那些故去之人的样子，发现都有些模糊了。而且，他发现实际上自己跟他们都有几年没见过面了，除了偶尔在朋友圈里互动一下，再无任何联系。跟陌生人没什么区别。这也是自然脱落的一种方式吧？而他们的离世，则是另一种脱落。不管怎样，总归都是要脱落的。关于这个问题，早在自己还处于拼命加班的时期他就想明白了。那段时间，在忙碌之余，他还喜欢跟几个热衷于享受生活的朋友混迹各种夜场。他们都很有钱，喜欢为美酒和女人大把花钱。那时他跟着他们经常混在一起，表现出乐在其中的样子。他们都挺喜欢他的，觉得他也是性情中人。那时他经常喝多，但每次都会留出最后一点清醒，打车回家。他发现自己喜欢光着身子躺在床上唱歌。有时候，他还会半路下车，走很长的路回家，然后累到失眠，躺在床上，睁着眼睛直到黎明。后来，有个姑娘告诉他，你可以找本《金刚经》，搁在床头，睡不着时就翻翻……要是读不进去，就默念：一切有为法，如梦幻泡影，如露亦如电，应作如是观……这样也可以的。那姑娘是家他们常去的KTV里的"公主"，就是负责给客人倒酒的，也陪酒。就为这四句真言，他对她印象特别好。每次跟朋友去那里，都要叫她过来。别人都在唱歌、喝酒、玩吹牛，他就和她在一边闲聊，讨论《金刚经》。朋友们就称他们是这里的一股清流，是佛学小组。

这姑娘样貌普通，瘦瘦的，属于走到人群里会认不出的那种。他常在微信上跟她聊天。知道她在沈阳开了家小服装店，但生意不好，在这里上班，就是为了多挣点钱，支撑那个小店……还知道她白天都是在四处逛商场、服装店和服装批发市场。每天晚上在这里都要喝酒，她的胃就喝坏了。他就去找熟悉的老中医，给她开了一大堆中药，都是煎好了装在塑料袋里的，快递了给她，要她坚持喝完。她答应了。后来见到她的时候，他发现她又在悄悄地捂着肚子，就问她什么情况。她就老实地说，那药实在太苦，喝了一半左右，就没再喝了……不过你不要担心了，再过些日子，我就回老家了。临走前一天，她约他去服装批发市场。到了之后他才知道，她是想给他买点衣服，以答谢他的关照。他接受了。晚上，他们一起去江边吃的饭，然后沿着江岸步道走了很久。这是两年来她在这座城市里头一回在江边看夜景。

后来，她就跟他回了家。在出租车里，他们沉默了很长时间，多少有些尴尬。后来，她说起自己的偶像，是德林老和尚，已在多年前圆寂了。七十年代末，德林从佛学院毕业，被派去高旻寺做住持。到了以后，发现寺里只剩下那个大殿，一座佛塔，跟两个很老的和尚。他就发愿重建寺院。然后他就借了条小船，放了个功德箱，每天在江上摆渡募款。就这样一直摆渡了十年。他的诚心感动了很多人，都来帮他做重建的事，慢慢地就把这高旻寺建了起来。然后他又发愿，要把这座寺做成佛学重地……这些事，都是我在地摊上买的那本《德林老和尚讲金刚经》里看到的，后面还附了张CD，录的就是他讲经的现场，我经常在夜里下班后躺在床上听它入睡。他讲的，其实我也听不大懂……最打动我的，还是他摆渡的事。对了，他就是在摆渡过程中领悟了《金刚经》的。为此他还写了副对联，现在我都还能背下来呢：不住此岸，不住彼岸，不住中流，问君安身何处？无过去心，无现在心，无未来心，还汝本来面目。至于究竟是什么意思，我到现在也是似懂非懂。

那天夜里，他们聊了很久。午夜时，她饿了。他就去厨房给她下了碗阳春面，还卧了两个鸡蛋。她就坐在床上吃，他抽着烟看着。她有点不好意思，但还是把那一大碗面都吃了。后来躺在床上，她给他看左手腕，上面有道很明显的疤，说这是一年前留下的，为了一个骗了她的积蓄然后人间蒸发的人。其实那个家伙已骗过了很多人。当时她想不开，就割脉了。然后躺在床上等死。等她醒过来时，发现自己已在医院的急救室里。是跟她合租的小姐妹碰巧提前下班，叫了救护车，保住了她的命。在讲这些事的过程，她始终都很平静。等出了院，她就去了扬州，到高旻寺里，在安葬德林老和尚的佛塔前发愿，一年后回老家，好好打理那个服装店，从此再不出来。

　　当时也是在冬天里，夜间气温已接近零度。她穿着衬衣衬裤钻进了被子里，依偎着他，像个孩子。不知为什么，她的这个动作，让他有些难过。他就把她搂在怀里。她闭着眼睛，过了良久，才幽幽地说，给我讲讲你的事吧。讲什么呢？他想了想，先从离开家乡到这里工作的事讲起，怎么变成一个工作狂的，如何整天整夜不吃不喝也不睡的。还有匆忙结婚，又离了婚，变成没人管的孤家寡人。后来，见她听得兴致颇浓，他就索性把自己的感情生活都讲了。听的过程中，她偶尔也会忽然发笑。就这样，差不多清晨五点多的时候，他还在讲着一段感情经历的结尾，发现她已睡着了。他就一动不动地躺着，望着黑暗，全无睡意。

　　他还记得，她跟他说起过，当时她在住处养了好多植物，还有个大鱼缸，里面有多条金鱼。她拍过照片，还有视频，在微信里发给了他。她给每盆花和每条金鱼都取了名字。他觉得听起来都有点像出家人的。她就笑道，放心，我是不会出家的。转眼间，她离开这个城市已有两年多了。在为数不多的微信联络里，他知道她的生意还是不大好，但她在坚持。后来渐渐地，联系就中断了。他问候过她几次，都没有回复。看她的朋友圈，发现那张原野夜景的图片下面，只有一片空白。而签名档上，仍留着德林老和尚的那副对联。

　　我不跟你联系，你也不跟我联系？

　　在时隔一个多月后的凌晨三点多，她忽然在微信里给他发来了这句。这个她，就是之前他帮忙打离婚官司的那个女人。

　　有时候，她继续发着。看着对话框，

我是想着跟你说点什么的，可又不知从何说起……其实我想说的是，我发现，你这个人，骨子里挺冷漠的。你帮我的时候，我还觉得你是个少有的热心肠，可是，那天我们分开后，你就无声无息了……我发现，只要我不说话，你是不会跟我说话的。后来，我以为你又在恋爱了。可是我发现，你不过是在过着每天深居简出的生活而已，什么事都没发生……对，我调查了你的行踪，还在你那个小区里转过两次。我没想打扰你，就是想感觉一下你的环境。我还听说了你的一些感情"逸事"……当然都是过去的事了。说这些，并不是表示我多关心你，我只是有点好奇。不管你经历过什么，总不能就这样一直丧下去吧？我想帮帮你。你是个重承诺的人，你答应过的事，现在也该兑现了。当然了，要是你确实不想，我也不勉强……给你一天时间考虑，想好了，告诉我。

　　他反复看了几遍这些文字，一时不知该如何回复。它们还是起了作用的。让他在次日早上七点多就起了床，还做了早餐：烤了两片吐司，煎了两个鸡蛋，热了一杯牛奶，还泡了杯红茶。这也是他最近半年来吃的第一顿早餐。随后他出了门。先是坐地铁，去那家之前去过的电影院，看了场电影。然后又在附近的商业中心吃了顿丰盛的午餐。下午，他去了家浴场，泡了澡，搓了背。接着去了十几公里外的一家偏僻的旧书店，在那里待到天黑才离开。回到家里，他打开电脑，查了沈阳十五天内的气象预报。发现在第十三天是中雪转多云。想了想，他就把这个信息发给了她。几分钟后，她回复了。是一周内的航班信息。最后他们确定，四天后，星期六下午出发。

过了片刻,她又问他,要回家看看吧?

他回复,不了。

那朋友总要见见吧?她又问。

他回复,也不见了。

你就不能光明正大点么?

他想了想,回复道:你不就是想看下雪天么?

过了一会儿,她又写道,你该见谁就见谁啊,我看下雪,也不需要观众的。

在机场的候机大厅里,他等了很久。当然,主要是因为他来早了,而又她比约定的时间晚到了近半个小时。一家咖啡馆里,他默默在观察着来来往往的人。这些人是要去哪里的呢?每一架飞机升空,都意味着有一些人消失了。其中有些人,可能再也不会回来了。而那些还会回来的人,则又是仿佛不存在一样。就这样胡乱想着,他后来就有点怀疑,自己为什么非要出现在这里呢?他并不想回东北。最近这几年,他几乎从没有回去的念头。要是那些曾经熟悉的老友们中的某一个,在街头忽然看到了他,还有她,那肯定是会惊诧得不知道该说点什么好了吧?

她走路的时候,好像总是侧扬着头。拖着那个很大的黑色旅行箱,她从远处走来,走出了一条笔直的线。她的那身紧身衣服也是黑的。在慢慢地走近他的过程中,她的表情有些奇怪。等到在近前,她就若无其事地说,我看你对此行也是没什么兴趣……说句实话,我都做好了你临时反悔的准备了,你不去,我也会去。没什么的,不要有负担。

这个就是你不了解我了,他说。我这个人呢,偏偏就是喜欢这种突发奇想的事,闲着也是闲着,去真正的冬天里转转,说不定也是件有意思的事,你说呢?

嗯,我得承认,她说道,我确实是摸不透你的真实想法……可能你本来也没什么想法,对吧?不过我还是挺喜欢你的这种会忽然意外发作的行动力,可以没来由地就做了,还可以没来由地中止……有一点我是肯定的,那就是你其实也不了解女人的心思,当然也没兴趣去了解,我说不大好,就是那个意思吧。

了解什么呢?他把手机揣到了衣兜里,看了她一眼。像咱们这样,谁也不了解谁,然后一起出远门,不也挺好的么?

嗯,她想了想。说得也是。

飞机滑行,起飞。透过舷窗,他看到城市在铺展,变成了布满灰色斑点的广阔平面。飞机爬升到云层之上,就看不到下面了。只有厚厚的云层在展现出丰富的肌理,还有些飞速流动的小股云气,以及从西面射来的耀眼阳光。他拉下了遮光板,戴上了眼罩,做出要睡觉的样子。旁边的她,则拿出了笔记本电脑,处理生意上的文件。

他并无睡意。不知为什么,他忽然想到了前妻的样子。她是那种娇小型的女人,看上去比实际年纪小得多。见她第一面时,就是这种样子吸引了他。她当时还在德国留学,学的好像是公共艺术,这也让他好奇,但她明确表示,自己对艺术其实没什么兴趣,是父母给她选的,他们喜欢艺术,从小就让她学画画,可是她从没喜欢过这事,苦不堪言。前两次见面,间隔了七个多月。第三次见面,则隔了近一年。在漫长的时间里,他们只是偶尔视频,每次都只是闲聊几句就结束了。总是没什么话题。她会偶尔发点照片给他,不是食物,就是风景。那次决定命运的见面，是在一家中餐厅里。在闷头吃完饭后，她忽然抬起头，很淡定地对他说，咱们结婚吧。他愣住了，可是随即就说，好。她笑了，爽快人，那就这么定了……估计我爸妈听到这个消息，会热泪盈眶的。她端起酒杯，合作愉快。两个月后，他们就结婚了。婚礼是在莫名其妙的混乱中结束的。双方父母都颇为不满。尤其是他领导作为来宾代表的致辞，令他们大为光火。那位领导为展示其幽默，说我们这位小伙子，是个工作狂，有时候我以为他简直就是长在办公室里的……甚至还以为他真正喜欢的，其实是男人，而不是女人。今天谜底揭开了，他是喜欢女人的。此时此刻，我相信他肯定会觉得自己就像进入了一个童话。现在回想起来，他也没搞清楚，领导究竟是想表达什么。是指不真实么？而且，他一直都觉得，这位领导无疑也是榨汁机型的，无论什么样的人，在其眼中都像个水果，需要考虑的只是以什么样的方式把它榨干。那么，他被榨干了么？直到他提出辞职的那一刻，他也没想清楚。而在签字的瞬间，他在领导的表情中解读出来的似乎是，你输了。

就这样想着，他竟然也能睡着。他还很应景地做了个梦：领导邀他去自己的别墅做客，在一个周末的晚上。吃过饭，带他到那个半地下的酒窖里，参观收藏的葡萄酒。领导对他说，我觉得你确实不了解女人，完全不知该怎么打开她们……要是哪天，我让你在这个酒窖里独处一个晚上，那我估计你是有可能想明白的。至少，你能弄清楚，装在木桶里的酒，跟装入瓶子里的酒，有什么区别。说完这话，领导忽然就不见了。他左右看了半天，也没找到酒窖的出口在哪里。于是他就试探着往深处走，发现那里连着一个隧道，没有尽头。

飞机落地时的震动把他弄醒了。他摘掉眼罩，机舱内的白色灯光很是刺眼。在广播声里，人们纷纷起身，取下自己的行李。等他注意到她时，发现她早把东西都收拾好了，戴着墨镜坐在那里，注视着人们。后来，等到乘客们都走光了，她才站起来，取下箱子，头也不回地走在前边。他跟在后面，走出了机舱。外面并没有想象得那么冷。傍晚时分，空气里弥漫着浓重的煤烟气。站在舷梯口，她掏出口罩戴上。飞机仿佛停在了机场的中央。摆渡的大巴就停在不远处。

有预订好的车来接他们。去酒店的路也很顺畅。在离开机场大厅之前，她就把羽绒大衣和皮靴换好了。他也换上了棉服。坐到车里，他们就好像挤在一起似的。她有点意外的是，就这么两个来小时，他竟也能睡得踏实。快到酒店时，她忽然问他，要是一直不下雪，那咱们怎么办呢？是一直等下去，还是等不到就算了？

他默默看着车窗外的暮色，还有城区里浮现的数不清的灯光。

酒店就在他过去熟悉的太原街上。办完入住手续，他们到各自房间里放下行李，就下楼来到外面的街上。街上虽然灯火通明，店铺都在营业，可是行人却不多。他带她去了一家正宗的东北餐厅。里面人声嘈杂。他们坐到最里面的位子上。在他身后的墙上，挂了台挺大的液晶电视，声音开得很大，正在播放普法类节目。他点的菜，没多久就上齐了。两个人就闷头吃了起来。她不时抬起头，边吃边看电视。听电视的声音，他知道节目内容是从几个月前的一件影响很大的新闻说起的，一个男的带着怀孕的老婆去泰国旅游，然后把她推下了悬崖，以骗取巨额保险的案子，结果她被树枝挂住了，没死。看到最后，饭也吃完了。她放下筷子，看了他一眼说，还有比这个更残忍冷血的呢……有个男的，二十几岁吧，喜欢打游戏，老婆不让他打，他就把她杀了，然后切成几块，放到了冰柜里，继续打游戏……过了好长时间才败露。庭审时，他就跟没事儿似的，特别的淡定。

后来，他们在那条街上漫无目的地逛了很长时间。路过那家新华书店时，发现已经关门了。他就指着门的左侧说，以前，这里有个很小的音像店……其实就是个柜台，那时还是卖磁带的。里面坐个十七八岁的小姑娘，白白净净的，就那么一动不动地坐在那里，低着头，不知道在看什么书，或是杂志。后来有一天，也是在冬天里，天刚黑，我在这里等人……当时忽然下起了大雪，一点风都没有，那些雪花真的都像鹅毛似的，安静地落着……音响里播放的是莱昂内尔·里奇的老歌"say you, say me"……她就在那里坐着，头上戴着那种羽绒大衣上的帽子，白色的，还围着一条红围巾……那首歌也不知循环播放多少遍。后来，我等的朋友因故来不了了，我就走了。

听着有点像什么电影里场景，她出神地想了想说。挺煽情的桥段。

当时我的脑子里，好像一片空白，他说。跟眼前的大雪倒是挺搭调的。

这样说着，他们来到了一家服装店的门口。她走了进去。他跟在后面，低头看着手机。里面有个年轻的女店员。收银台那里，还有个女人在低头核对账单。他慢慢地踱着步，下意识地跟在她的身后。这里并不大，三十平方左右。不知不觉间，他就来到了收银台那里。他抬了下头。那个一直在看账的女人也抬起了头。两个人四目相对的瞬间，都愣住了。对，估计你应该能猜得到，这个女人是谁了——她歪了下头，露出了他熟悉的笑意，但转瞬即逝。

我们这就要打烊了，她说道。不过你们可以再看看，或者改天再来看，也可以。

他点了下头。为了不至于显得尴尬，他又问了句，今年这里下过雪么？

好像还没有哎，她收拾着东西，看着他。去年的这个时候，早就下过几场了，还都是挺大的雪……今年，就不知道了。

他们走在寂静的街上。有些店铺的灯已熄了。他听到身后不远处那家店铺的关门声。他回了下头，发现灯也熄灭了，那路上又多出了一段幽暗。回到酒店里，他们互道晚安，就各自回了房间。他洗过澡，就躺到被子里，拿起手机，打开微信，找到那个曾令他印象深刻的女人，佛学小组成员，想给她发条微信。想了半天，最后才写了这么一段话：我是陪那个朋友来这里看下雪的，听起来是不是挺搞笑的？她是我的一个客户，我最近帮她打赢了一场官司，为了答谢，她就请我来这里看雪。没想到，还能遇到你。

差不多到了午夜时分，她的回复才来：你们大概要待多久？

一周吧，他回复道。也可能十来天，还不确定……本来也没什么事。

那还好，她回道。还有时间，你有空的话，可以来店里找我。只是不要影响你们在这里玩儿……不过我估计，你们很有可能看不到下雪，这么干燥的天气，不大像会下雪的样子。刚查了一下天气预报，好像也没有说十五天内会有雪。当然这个也不大准的了,还是要再看看。说不定哪天忽然就下了雪,也不是没有可能。

随后的一周里,他们去逛了故宫、省博物馆、北陵公园、东陵……后来,他们还坐出租车去了几十公里外的那个结冰的水库。那里周围都是低矮的丘陵,满是幽黑的松林。水面的冰并不厚实,很多地方都只是薄薄的一层。阳光照耀在冰面上,看着好像随时都有可能融化。

他们在岸边走了很久。因为穿得都很厚实,又被太阳晒着,他们感觉浑身都在发热。他告诉她,这个水库其实不算大,水也不深,再往东有七八十公里的路,有个更大的水库,要是把里面的水都放出来,会把这里都淹没掉。其实说这些的时候,他脑子里在想的,是那个女人的样子——好像也没有什么变化,跟他记忆中的差不多,只是稍微胖了一点。

在回去的途中,她沉默良久。后来忽然问他,将来,你有什么打算呢?总不能就这样一直闲着吧?

我么?他发现她又习惯性地把墨镜戴上了,偶尔照射进来的阳光确实很强烈。说实话,我也不知道自己能做点什么……好像也只能慢慢地等着,具体是什么,不清楚……有时候,又觉得自己像是走进了一个没有尽头的隧道里,还不知道是不是该退出来,怎么个退法……需要有个起搏器吧,就像心脏病人用的那种。

日子总归还是要过下去的,她平静地说道。要不要考虑一下,等你休息得差不多了,到我公司里来,跟我做点事。

等我休息够了,他看着窗外说道。再考虑这个事吧……想到工作,上班,我就会不由自主地有点紧张。

不会是因为我吧?

不是,我跟你,还不至于紧张。

那就好,到时候,你考虑清楚了,不管来不来,都要告诉我。对了,她又补充道。我说句实话吧,这个城市,我真是喜欢不起来……不过倒也不影响我在这里等着看下雪。

我也谈不上喜欢,他说,或者不喜欢……这次回来,看着它,也陌生了。毕竟好些年没回来了。这几天到处走着,始终觉得我都没真的在它里面,到哪里都好像隔了层东西,不真实。

要是真的就是一直都不下雪呢?

那也没什么了,他望着外面缓慢流动的树。这时已回到城里了,很多树都是被修剪过的,力度跟以前一样大,有好多都是整个树冠被削掉了,留着浅白的断面。说不定,哪天忽然就想走了呢,他接着说道。那也就走了。

后来有几天,到了晚上,雾霾特别重。他们都有些不适应,就干脆不再出去了,甚至白天也窝在酒店里。他们只是偶尔在微信上聊聊,其实也没什么可聊的。多数时候,是她在说,而他只是偶尔简单回应。

那个开服装店的她,出了几天门,终于回来了。

当天晚上,他就去店里看她。进了很多新货,她不得不理清楚。他就在旁边看她忙碌。等到都理完了,她长出了口气,直起腰身,说出去走走吧。她关了店门。沿着那条街,他们一直走了下去。她说其实有很多事情,以前都没跟你说起过,现在倒是可以说了……你听了肯定会惊讶的。就这样,她说着,他听着,走了很远。在他听来,那些事,就像发生在另一个世界里的，而当事人也并不是眼前的她，而是另一个女人。后来，在一个路口转弯处，有家杂货店还亮着灯。门外有个儿童玩的电动塑料小马，就是那种投币后会放歌谣摇晃的。她就进杂货店换了几个币，投币后就骑坐了上去。那个塑料马就摇晃起来，放着歌谣：门前大桥下，游过一群鸭，快来快来数一数，二四六七八……

她看上像个孩子一样，在那微笑着，摇晃着。他默默地看着她那摇晃中的脸。

气温在下降。他担心她冻到，就过去扶着她的肩头，等她再摇晃一会儿，就说，咱们再走一会儿吧。

那天晚上，她说很多自己的经历，比如小的时候，在学校里，她就像个男孩那样疯，喜欢跟男孩在一起玩，喜欢打抱不平，个性强悍，不论男女同学都要怕她三分。她三岁时因为家里穷，被过继给叔叔家。其实叔叔家也并不富裕，但对她很好，供她读到了高中。但叔叔的意外病故，让她放弃了继续读书，开始出来打工，以帮助叔叔家的生计。二十岁那年，她就嫁了人，男的是她初中同学，主要就是因为熟悉。三年内，她生了两个孩子。然后就离婚了。因为他不仅游手好闲，还跟不止一个女人有染。后来她把孩子交给自己亲生的父母照看，来了南方，在他的城市里挣钱。她之所以去那个KTV里上班，是因为她前夫的姐姐在那里做领班，跟她关系一直都还不错。有时她会跟客人出去，姐姐也是知道的。

那天晚上十点左右，她说她租的房子就在附近，她要是还有时间，就带他去看看她养的花和金鱼。他去了。那是个很旧的小区，她住七楼，没有电梯。里面的暖气倒是充足，进去之后，他不得不把大衣脱掉。那套一室一厅的房子收拾得很干净。确实，她养了很多花。有菊花、月季、茉莉、石榴、君子兰，还有海棠。每种都有几盆。从门厅到卧室，到处都有一簇簇的盛开的花，不同类型的香气混合在一起，弥漫着。在南面窗台旁边，有个长方形的长方形玻璃鱼缸，里面有五六条肥硕的狮子头金鱼，缓慢地游动着，不时穿过墨绿的水草。鱼缸里还配了个小型空气泵，持续冒着细小的水泡。她没开顶灯，只开了鱼缸旁边的落地灯，铝制的灯罩低垂着，散发着橙色暖光，在地板上留下一个不大的光圈。

你看，她说，这都是我到这边后重新置办的，不是原来那些了……每天回来，不管多晚，我都要好好地打理一下它们，然后才能睡得安稳。孩子们跟我爸妈住在县城里，我周末会回去看他们。平时我都是住在这里的。她又仔细地给他介绍了那些花的品种，还有这种金鱼的生活习性等等。他耐心地听着。他感觉自己很久没这样放松了。要不是酒店里的那个她发来微信，问他睡了没有，他甚至都忘了自己身在何处。

他看了看手机，并没有回复。她烧了水，给他泡了杯茉莉花茶。茉莉花是从她养的那几盆茉莉上采的。他坐在床边的沙发上，喝着茶，简单说了说自己这些年的经历。没说多久，他就觉得说这些有些无聊，倒不如听她随便说点什么。就这样，又过了半个多小时，他起身跟她道别。

你看我过得是不是还不错？她送他到门口时说。所以你就不要担心了，我过得还是可以的。店里的生意不算好，但也可以维持下去……就是不知道什么时候还能再见到你了，你多保重吧。

他转过身去，拥抱了她一下。她轻轻拍了拍他的后背。他让她关好门，不要送出来了。她答应了。等她关上门，他就下了楼。从这个小区到酒店，他走了一个多小时。临近午夜时的气温更低了，他感觉浑身都冷透了。有几次，遇到出租车在他面前停下来，他都摇摇头，表示不需要。后来终于回到了酒店，他没洗澡就钻进了被子里，在黑暗中睁着眼睛，很久都没有入睡。

昨晚，你好像出去了？
是啊，出去了。
去逛街么？
没有，去看一个老朋友。
女的？
嗯，女的。
你以前跟我讲过的人里有她么？
哦，好像没有。
刚认识的网友？
就是朋友，认识有些年了。
她的样子，看上去人不错。
样子？
嗯，就是那个服装店的小老板啊。其实当时我就发现了，你们关系不一般。
也就是朋友而已。
嗯，这倒也是事实。我是说你们曾经关系不一般……不是现在。其实昨天白天，我就到她店里转了转，她不在。我觉得她的店生意不会太好，进的货有问题。我倒是可以帮到她的，要是你不介意的话。
我不介意啊。
那好，我想想，找时间去见见她，跟她说一下我的想法，说不定对她会有用的。
好，谢谢你。
咱们还要客套么？

一直都没有下雪。
等了整整两周后，他们觉得可以离开了。

这期间，她白天里的多数时间都在忙自己的事。他则不是待在酒店里，就是出去随便走走。他又去过几次那家服装店，结果她都不在。问那个店员，说是回家里处理事情去了。他在微信里问候过她几次，也都没有回应。他也没再问，不想打扰她。

这段日子里，每天都是晴朗的天。白天气温经常是零上十度左右，完全不像在深冬里。只是在临走前的那个晚上，气温才骤然下降，降到了零下十度左右，还起了风。这样走在外面，感觉就特别冷。她不在酒店里，说是在外面跟几个客户聚会。他吃过饭，就去街上转了转。当然，他是想去那家服装店再看一眼。还是那个小店员在里面，见他来了，就忙站了起来，说她还没回来呢。哦，他说没事，我只是刚好路过这里。

他顺着那条街，按照那天走过的路线，一直走了下去。

他的方向感不错，很顺利地就来到了那个小区里。站在她家楼下，他仰头看了好半天，窗户是黑着的。小区里的风小了些，但还是冷。准备离开的时候，他忽然注意到，在楼门口的侧面，靠着墙，有个略微反光的东西。走过去细一看，他就愣住了。是鱼缸。应该就是那天晚上在她家里看到的那个鱼缸。他打开手机里的电筒，蹲下身子，仔细照亮了它，看了很久。在手机里射出的银白亮光里，他发现鱼缸里已结了冰，只是这冰的质地是混浊的，看起来根本就不像是水结成的冰，倒像是什么汤汁冻结后的状态，所以根本就看不出里面究竟还有没有金鱼了。从上面俯看，那个空气泵还在，露着被剪断的电线头。有那么一瞬间，当他看到一些有点像突起的鱼鳍似的冰茬时，心里顿时抽紧了，又仔细了看了看，这才松了口气，原来只是些在扭曲中被冻在冰里的金针菇。他不知道发生了什么事。他不知道那些金鱼去了哪里。

航班是早上的。她要赶回去参加一个重要的会议。天不亮，他们就去了机场。在出租车里，他显得非常疲惫。她也一样。她说昨晚又喝多了，吐了，也没睡好，现在胃里还在翻腾着。他脑子里反复出现的，就是那些金鱼，还有那个结冰的鱼缸。但他也没有想要说点什么的愿望。他不想去向任何人询问点什么，也不想知道究竟发生了什么。他只觉得，自己的脑海里也好像结了冰，上面落满了厚厚的煤灰。

飞机起飞了。进入平流层后，她并没像来时那样打开笔记本电脑，而是默默地想着什么。他也没像来时那样戴上眼罩，只是注视着前方悬在不远处的那个小屏幕。过了一会儿，她转过头来，看着他。他呢，眼神冷漠，像在面对一个令人厌恶的陌生人。

被人知道了秘密，她语气平和地问道。是不是很不舒服？

不一定吧？他面无表情地反问道。不要以为自己什么都能看明白。

我有说我什么都看明白了么？她似笑非笑。你好像把我当作仇人了……要不要现在就拉黑我呢？然后从此老死不相往来，就当彼此从未存在过？

咱们这是在飞机上，他忽然冷笑道。不是在舞台上，你的话，太像台词了。

好吧，她松了口气。我没去找她……你的那个开服装店的小老板。我只是借了她那个店员的手机，给她打了个电话……你不想知道我都跟她聊了些什么？我们聊了有半个多小时呢。凭我的直觉，我断定她是喜欢你的，只是没明说而已。至于你呢，只不过是心里还有这么一个人，就像藏了件小东西，你自己也说不清它是什么，仅此而已。不过你放心，我并没跟她聊这个。我只是对她表达了对她的生意，她的生活，还有作为女人的理解……对了，我确实说到了你，尤其是你的那种骨子里的冷漠。当然，她礼貌地反驳了我。她觉得，从根本上说，她跟我，跟你，其实都是在不同的世界里的，有点关系，也只是偶然，多数情况下，是不可能有什么关系的。我跟她说，也许有一天，我会得到他的。她笑了，说你其实不需要告诉我这些的，你们怎么样，跟我又什么关系呢？我不认识你，你也不认识我。

飞机忽然又震动了起来。广播里说，飞机遇到了气流，请大家系好安全带，暂时不要离开座位。她沉默了。过了一会儿，她又语气低沉地说道，这些天，我没有告诉你的是，其实他，我前夫，在上周六就到了，住在我们那个酒店里。为了不让他影响到你，我才一直在外面。他跟踪我，我到哪里，他就跟到哪里，也不靠近，也不说话……我很想跟他谈谈，他就躲开了。直到前天，他才消失了……刚才在这里坐下的时候，我还有种错觉，好像他也在这个航班上，在去洗手间时我仔细地看了一遍两边的人，当然没有……前天晚上，我确实是喝多了，就给你的那个她打了个电话。我想去她家里坐坐。出乎我的意料，她答应了。我们也是走着过去的,跟你们走的是同样的路线……爬上那个七楼,我感觉喘不过气来,就吐了。她这个人确实不错,清理完之后,还给我泡了杯茶,等着我缓过来……后来,我就跟她说,你是对的,咱们确实都不在一个世界里,除了偶尔遇到,就再也没有别的可能了。然后我就走了,也没道别……听着是不是挺可笑的?

他什么都没有说。

刚好在这个时候,飞机又开始震动了。在另一股强烈气流里,伴随着广播里的安全提示,整个机身都在剧烈地震动着,那感觉就像坐在疾速行驶在坑坑洼洼的土道上的大巴车里,他们的身体也在剧烈地摇晃着,她的脸色是惨白的。

所有的一切都在摇晃着的过程中慢慢地变得模糊起来了。

悬在前面的那个小屏幕上早已没有了图像,只有快速抖动的雪花点,看起来就像都在另一面猛烈地扑打着屏幕,他凝视着它,就仿佛是在一个很小的窗口里,看到了一场无声的暴风雪。

信　使

铁　凝

授奖词

铁凝的《信使》是爱与罚的深情故事，也是启蒙与救赎的人间童话。作家以一贯温润与明朗的笔触，塑造了美丽的"信使"李花开的形象——她就是铁凝作品里曾出现的农村女孩香雪、红衣少女安然、《玫瑰门》里的小苏眉、《永远有多远》里的白大省。她们一路走来，初心不改，带着梨花的芬芳和铁皮石斛的刚烈，长成了《信使》里的李花开。李花开得知真相后从房顶上的纵身一跳，是信义与道义的骐骥一跃，也是步入经典女性人物形象长廊的精彩一搏。（徐坤）

四月的这个下午，空气清透，雾霾不在。街边的樱花、榆叶梅忽然就盛开了，白丁香、紫丁香也这里、那里喷放着苦而甜的团团香气。陆婧坐在车里，车窗关着，也能感受到樱花的烟云带给她的眩晕，丁香的苦甜有点呛人。她落下车窗，像有意咂摸这春天的"呛"，享用这扑面而至的"呛"带来的鲜亮欢喜。

在一个嘈杂的路口，车遇红灯。陆婧偏头看着窗外，眼光落在临街一间门脸不大的体育用品商店。一辆人力三轮车停在门前，两个年轻人正从车上卸货。一个腿有残疾的女人从店里出来，身体歪向一边。她跛着脚走到三轮车前，弯腰从地上拎起两摞半人高的捆绑在一起的鞋盒，板鞋？跑鞋？当她抬起头无意间扫一眼路口停滞的车队时，陆婧的眼光刚好对上了她的扫视。这是一位已不年轻的妇女，一头染成灰咖色的整齐的直短发，颧骨的颜色偏酡红。同样已不年轻的陆婧早就是戴花镜读报的视力，可瞬间还是认出了这张脸：李花开！

李花开是陆婧三十多年未见的故人，虽然这故人如今拖了一条残腿，但陆婧还是很肯定，她就是李花开。拎着鞋盒的李花开没有认出坐在车里的陆婧，她扫视的是车的洪流，临街店铺的门前，哪天没有车流呢。很快，她两手各拎着一摞鞋盒，斜着身子进店去了。

绿灯亮了，车子倏地驶过路口，陆婧甚至没有看清那间商店的名字。她不打算叫车停下，开车的是她丈夫。副驾驶座上的女儿，正掏出气垫粉饼补妆。陆婧盯着女儿的后脖颈，女儿的丸子头使后脖颈落下一些散发，故意落下的吧，看似不经意的慵懒和风情。她们母女并不交流这方面的内容，但在这个下午，陆婧从女儿的后脑勺上明确地看见了三十多年前的自己：克制地追逐时尚，貌似叛逆，有点虚荣。三十多年前，陆婧和李花开同在一个城市，一个名叫虽城的北方城市。

那还是一个人人需要单位的时代，没有单位的人总显得可疑。幸运的是她们都有稳定的单位，陆婧在一个地方戏研究所当编辑，李花开在市属的印刷厂做文秘。一个时代有一个时代的词汇，二十世纪八十年代，陆婧和李花开是大学同学，是朋友。套用时下的说法，她们是"闺密"。这"密"后来又通俗成了腻乎乎的"蜜"。当年的她们漠视一些老词，不像今天，人们把老词翻腾出来再做揉捏变作另一种时尚。传统意义上的闺中密友大多联带着两家通好，陆婧和李花开的两家长辈却互不相识。

从西客站回家时，陆婧在副驾驶就座，女儿已下车，乘高铁去了外地出差。陆婧的方向感很差，这时却发现车子是循着原路返回，再遇那个路口，她那混乱的方向感突然明晰起来，她觑着眼朝马路对面一溜商铺望去，看见了那个小店"时代体育"。

她认出这是东单，同仁医院附近。医院附近的车多人乱又给她的方向辨别带来了困难。她是急切地想要记住"时代体育"的准确位置么，还是对跛脚的李花开怀有好奇？想不到三十多年后李花开也来了北京，她丈夫，那个叫起子的也来了吧。陆婧心里加重着"也"字的分量，好像北京是她的地盘，李花开的现身让她有种不适感——曾经的闺密往往最方便成为仇敌。什么时候她的脚给跛了？敢情她也受过伤啊。"也"，她心里玩味着这个字，刚刚迎接着她的这个美得眩晕的春天，那呛人的丁香、樱花们不也慷慨迎接着从"时代体育"里走出来的李花开么。

1

那是她们共同的激情时代。先是李花开突然告诉陆婧她要结婚了，对方是虽城的远房表哥。李花开说，表哥在街道办的一个镜框社画出口彩蛋。陆婧嗤之以鼻地抢白道，那也叫单位呀。李花开说就算不是单位吧，可他有房，私房，独院儿。硬道理在这儿呢，陆婧想。

李花开是当年系里的美人，有男生为她那长而柔韧的脖颈献过诗。她的脖子洁净、细润如骨瓷，女孩子拥有这般脖颈，会显得傲然，且十分方便左顾右盼。可她并不自知自己有条好脖子，不会搔首，亦不懂弄姿，还常常爱犯轴脾气。轴，在北方语系里通常形容性格而非品德，和一根筋、死心眼相近。李花开穿家做布鞋，常年背一只紫红两色方格交织的土布书包，好比特意拿自己的乡村出身背景示众。她家在离虽城百里外的山区，穷。大二时，一次李花开的下铺丢了几张饭票，认定偷窃者是上铺的李花开。李花开激愤地绝食两天以示清白。第三天，同宿舍的陆婧强行背着李花开到校医务室去输生理盐水、葡萄糖。过了一个星期，下铺的饭票找到了，在她送回家去洗的一包脏衣服里。和李花开不同，陆婧家就在虽城，工作之后仍然和父母同住。李花开住印刷厂的集体宿舍，周末经常被陆婧拉着去家里吃饭。陆婧记得母亲第一次见到李花开时还感叹了一句，真是高山出俊鸟呢。

冬日的一个周末，陆婧随李花开去了她将要嫁进去的私房、独院。推开吱嘎作响的单扇榆木院门，眼前的院子只是一条狭窄的夹道。夹道一侧仅两间西屋，另一侧是院墙，院墙即是前院人家的后山墙。若从西屋推门出来，仿佛走几步就能撞墙。虽不能比喻成开门见山，却可以说是出门见墙。西屋窗下整齐地码着蜂窝煤，挨着蜂窝煤的，是被旧提花线毯盖着的同样码放整齐的大白菜和鸡腿葱，叫人嗅出过日子的烟火气。当年的陆婧们不屑于这类烟火气，眼前的蜂窝煤、大白菜只让她相信，李花开真的要结婚了。李花开说这是表哥的爷爷留下的一点房产，爷爷从前是个经营南方竹货的小业主。想必，经过了那场革命，这院子是被挤占去了大部的剩余吧，陆婧思忖。

那天陆婧见到了李花开的表哥，一个微胖的长发青年，李花开叫他起子。起子热情地和陆婧握手，三人进屋后他还伸手从李花开肩上择下一根头发，或者不是头发，是线头，或者什么都没有，他只是愿意让人看见他在她肩上择。这个表示关切或男女关系不一般的动作让陆婧觉得多余，但那感觉仅仅一闪，因为房间正中一只铸铁蜂窝煤炉子引起陆婧格外的好奇。那本是一只普通的青黑色铸铁炉，圆柱形炉身正方形炉盘。在暖气并不普及的时代，北方城市大多人家都有这类炉子，取暖、做饭、烧水，间或也充当烤盘：烤馒头、烤窝头、烤包子、烤枣儿。起子家这只炉子所以引人注目，是因为它那锃光瓦亮的炉盘，陆婧还没见过谁家的铁炉子能有这样一尘不染，这样光明可鉴，这样泛着蓝幽幽光泽的镜子般的炉盘。他们围炉而坐，受着这炉子的吸引，又好像这神气活现的炉子才是这家的主人，乃至屋内所有家具的主人。炉子上坐着一把熟铝壶，壶中水已烧开，壶盖噗噗响着，壶嘴冒出缕缕水蒸气。起子拎起壶去给客人沏茉莉花茶，他把热茶端给两位女客，顺手抄起铁炉钩，从炉前铁畚箕里钩起同样锃光瓦亮的炉盖，半遮半掩盖住炉口，复又将水壶错开炉口坐上炉子。这样水能保温，炉口减弱的火力也不至于把壶烧干。陆婧喝着热茶，问起这炉盘如何能这般明亮。起子说用猪皮擦的。他母亲在世的时候每天必擦几遍，即使在肉类凭票供应的年代，也总能想法子省出指头长的一块猪皮供炉盘去"吃"。擦了二十几年，生是把一块粗糙的铁炉盘擦成了镜面。母亲去世后,他接过这活儿,有空儿就擦,才保持了这炉盘的成色。

陆婧喝着热茶,想着一个大小伙子除了画彩蛋,就是手持一块猪皮在炉盘上擦呀擦的,她好像还闻见了猪皮蹭上热炉盘那嗞嗞的响声和轻微的油烟,不臭,也不香。看看李花开,李花开显然对猪皮擦炉盘不感兴趣。煤是金贵的,她家烧柴火灶,上大学之前她就没见过铁炉子,也很少见过真的煤。结婚以后起子会让她擦炉盘么?她可不情愿。这需要耐心,更多的是一种情趣。就陆婧对李花开的了解,她不具备这方面的情趣。出了那院子,李花开只问了一句,你说值吗?陆婧没有回答,眼前只闪过一个模模糊糊的影子,李花开对她讲过的一个中学同学名叫锁成的,和她同村,后来她考上大学了,他没考上。

几天后,一个坏消息震惊了她们:当年那个下铺的母亲,因为厂里分房不公平,吞了过量的安眠药。李花开说,房比命大么?陆婧说,房是命的一部分吧。李花开又问,你说值吗?她没有听见应答。很快,她嫁给了表哥。很快,陆婧也恋爱了。

2

陆婧的恋爱像是一场无药可救的疟疾。民间对疟疾的归纳有间日疟、三日疟等等,意指隔日发作一次或三日发作一次,高热、高寒乃至抽搐。陆婧的爱之疟疾却持续了近两年。对方名叫肖恩,是她父亲的同学,且有家室。陆婧刚读初中时,肖恩随着他的单位——北京一个大部的文工团来到虽城做集体改造锻炼,他们被安置在当地驻军大院,过着半军事化、半农场农工的生活,军队有自己的农场。平时不准离院,每周休息半天。肖恩在这座举目无亲的城市联系到了他的大学同学,陆婧的父亲。当革命和运动使熟人、朋友都断了消息的时刻,陆家为肖恩在虽城的出现尤为高兴。那段时间,陆婧的家是肖恩吃饭解馋、放松身心之地。每周的半天休息,他差不多都是在陆家度过。那时陆婧叫肖恩叔叔,逢肖恩感冒生病,或者为部队演出突击排练不能前来时,陆婧会自告奋勇地骑上自行车,为肖叔叔送去母亲烹制的鸡汤、榨菜炒肉丝。满满一罐榨菜肉丝够肖恩吃一个星期,也要用掉陆家半个月的肉票。那个推着自行车站在部队大院门口、冒着寒风等待他出来的陆婧,那个围着大红围巾、戴着厚厚的棉巴掌手套、晶莹的鼻头冻得通红的孩子,给肖恩留下了美而干净的印象。他送给陆婧一双淡绿色斜纹卡其布芭蕾鞋,足尖嵌有软木的真正的芭蕾舞鞋,正热衷于校文艺宣传队各种活动的陆婧,连续一个星期每晚睡觉都把这双鞋供在枕边。后来陆婧并没有在舞蹈方面有所长进,以她当时的年龄,腿已经太硬,开胯也不再容易。当年那些小女孩对文艺的热爱,充其量相当于今天的时尚女生对奢侈品的追逐。

十年之后,肖恩已是北京那个大部文工团的业务团长,陆婧的父亲也做了虽城文教局局长。肖恩的文工团有时来虽城演出,他带着演出赠票和茅台,到陆家和老同学畅饮。肖团长和陆局长一改从前的落魄,精神、气色俱佳,就像换了个人。陆婧从旁看着想着,人没换啊,换的是人间。

换了人间。肖恩再见十年后的陆婧,他惊喜地打量着她,喃喃自语着小姑娘已经出落得、出落得……他始终没有完成那后半句话:她出落得怎样?但半句话对陆婧足矣，她尤其喜欢"出落"这个词，一个带有弹性的神奇蜕变的好词。陆婧突然不叫肖恩叔叔了，她叫他肖老师。每逢文工团来虽城演出，陆婧便也忙了起来。她为同学、朋友、同事、近邻向肖恩讨要招待票，她替当地媒体联系采访肖恩以及团里的男女演员，她不是名人，但她已是个认识名人的名人，她为此得意、满足，她和肖恩的关系也就落入了那个时代可能的套路。肖恩开始邀请她去北京看戏看电影——一些尚未公开、只供圈内人优先欣赏的外国电影，陆婧自己也频频寻找去北京的理由。一个地方戏研究所原本没有更多出差北京的机会，多数时间她利用周末自费前往。那些日子她轮流住遍了亲戚家：姑姑、叔叔、舅舅、姨妈。她庆幸他们的家都在北京，就像从前她的父母一样。在北京疯跑的时光里，她作为一个曾经的北京孩子，常常生出些情不自禁的得意和略带焦灼的期盼。

秘密恋爱固然秘密，却仿佛必得选出一个可靠的人分享才够秘密。几个月之后，陆婧把李花开约到一家卤煮火烧小馆。她脸色潮红、嘴唇颤抖，十指交叠着扭绞着，忽又神经质地把双手搓来搓去。她的讲述琐碎累赘而又宏大激昂，她顾自笑着，眼里有泪光，她已经为自己这高级的恋爱所倾倒，她的闺密李花开也必将为她这不凡的倾诉所倾倒。

李花开的嘴里却只是偶尔迸出一句："我娘！"逢关键时刻，李花开的山村口头语还是会冒出来，比如"我娘！"听着生硬，但干脆、有劲。这是一个本身不含褒贬的感叹词，但在此刻，李花开喊出它来表达的是决不同意。两人争吵起来，昏天黑地。陆婧急赤白脸，碗中的卤煮火烧一口没动。李花开连吃带喝，一海碗卤煮火烧下肚，也没能堵住她那张压着嗓音、连呼反对的嘴。直到碗空了，她才发现了陆婧的一脸憔悴，她闭嘴了。或许恋爱中的憔悴才能唤起人的怜悯，而绝对平等的友谊也并不存在，似乎总有一方在紧要关头非服从另一方不可，比如让卤煮火烧和争吵弄得满头是汗的李花开。陆婧判断李花开有缓和的迹象，再添些央告加耍赖的言辞，李花开到底让了步。她答应保密，还答应了陆婧的提议：肖恩写给陆婧的信从此寄往李家。在一场无法光明正大的恋爱里，情书寄往当事人的单位是危险的，李花开的家，那私房、独院在陆婧看来最是安全。

北京寄往虽城的平信隔天可到，陆婧一个星期至少两次去李花开家取信。那个当初在她看来有点陈旧、俗气的小院，如今在她生命中已变得如此要紧，如此友善而温暖。她多是在晚上下班后赶往李家，弓着身子把自行车骑得飞快。不能用奔向或跑向来形容她的姿态，那是扑向，扑向一团情话或者简直就是一场约会。她进了门，敷衍地和李花开或者李花开的丈夫——那位叫起子的寒暄几句，接过李花开递上的有点压手的厚厚的信封，便逃也似的夺门而去。她不急着回家，此刻家也危险。她急不可待地找一根电线杆把自行车和自己都靠上去，就着昏暗的路灯开始捧读肖恩写给她的大段的文字。她的心大声跳着、酥着、醉着。在夏日，那些粗糙的松木电线杆上爆裂的木刺有时会扎进她的衬衫。当她回家之后脱下衬衫小心择着上面的细刺时，她会偷着笑。她被扎疼过么？这样的时刻，疼也是幸福。

有时李花开在厂里加班回家晚，陆婧

奔到李家推门进屋后，永远在家的起子会代替李花开把信送至陆婧手中。他并不留她坐一会儿，像通常主人对客人那样。他知道她不需要，就像陆婧也明白起子已经知道了她的恋爱，他和这幢私房、独院共同知道了她这场恋爱，再坐下假装等李花开回家反倒虚伪了。第一次从起子手里接过肖恩的来信，她只是稍显尴尬，也仅是稍显，对肖恩来信的渴望压倒了一切，一切都不在话下。

3

又是冬天了，起子画了一会儿彩蛋，外贸公司的订单，复活节前要发货的。画彩蛋是个手艺活儿，类似简单的重复性劳动，起子得心应手，或者说熟能生巧。初中没毕业他就跟着邻居一个师傅学画彩蛋，多少年画下来，有时他也感到腻烦，看着纸箱中被瓦楞纸板隔开的那一排排花里胡哨的蛋们，常常觉得自己就是个卖鸡蛋的。李花开没有嫌弃他这份活计，他不用出去上班正好在家做饭。可那个陆婧从一开始就对他怀有轻蔑。那轻蔑是暗含的不易觉察的，起子还是莫名地感受到那轻蔑的蛛丝马迹。他是个小心而敏感的人，又是一个随着惯性生活的人，每当自卑心翻腾上来，他便会拿他的私房、独院将其打压下去。是啊，在计划经济时代，福利分房时代，有人会为分不到住房吞一把安眠药的时代，他起子能够坐拥一个院子一套私房，你们还要怎么样。"你们"是指他的对立面，有时指李花开和陆婧吧，多数时间是泛指。这时他的情绪又昂扬起来，他尤其喜欢"坐拥"这个词，这是个主动、气派、敞亮的词，他不仅坐拥房子院子，还坐拥单纯貌美之妻子。生活对他不薄。

想想这些，起子放下手中的彩蛋，揉揉眼——画彩蛋费眼。他花三分钟做了一套自编的用力眨眼的眼保健操，接着他要犒劳一下自己。他把沾着颜料的手仔细洗干净，行至那炉盘锃亮的著名炉子跟前，拎起那把铝壶，壶中水开着，顶得壶盖噗噗响着。他沏上一杯茉莉花茶，搬把椅子坐在炉前，喝两口热茶，放下茶杯，起身把房门锁好，然后才从他的彩蛋工作案的小抽屉里拿出一封信，邮递员刚刚送到的北京来信。他举着信复又坐回炉前，将信封一端凑着炉盘上铝壶壶嘴里冒出的徐徐水蒸气来来回回扫那么几次，信封一端便软塌下来。他就势拿根牙签轻轻挑开信封封口一角，封口轻易就打开了，如同吃酥皮点心时用手揭去那层层酥皮，绵软、无声、可心。起子从大张着嘴的信封里抽出不薄的情书，从容不迫地欣赏起来。一些段落仍然让他耳热心跳，但情绪已不像初读第一封信时那般亢奋了。他始终腻歪的是肖恩在信中把陆婧称作"我的小软木塞"。他常常半是艳羡、半是鄙夷地把过目后的信推送进信封，再小心翼翼地用胶水封好，以手掌外侧轻轻按均匀，宛若终于为肖团长放行的秘密检察官。

第一次把北京来信送到陆婧手上，他就已经生出一种身在暗处的优越感。这时期的陆婧，却仿佛处于下风头上。陆婧不时会给他们夫妻带些礼物，给李花开买过马海毛的毛衣，还送过起子一件当年正时髦的沙色皮夹克。这本是朋友间的心照不宣，却渐渐让起子愈加不满足了。优越感是什么呢？那就像是人生的一种主动，起子就在一次次优先阅读那些北京情书的亢奋中获得了既朦胧又主动的渴盼，难道他当真要画一辈子彩蛋么？

这天上午，陆婧在办公室接到起子的电话，只电报式的两个字："有信"。这是个善解人意的电话，起子的积极热情使她连矜持一下的表演也用不着了，她决不打算等到晚上下班后再去取信，甚至中饭也不吃，骑车直奔那"有信"之地。

他和她对坐在炉前，炉膛里淡橘色的火光恰到好处地映着两人的脸。她本不想坐下，打算拿了信就走的，但起子邀请她坐下。她发现他手里没有信。他当然看出了她的疑惑，随即从裤兜里抽出一个他们都已熟悉的信封：红蓝两色斜线圈边的航空信封。在这儿呢。他说。他微微前倾着身子从炉口上方把信封递向对面的陆婧，在陆婧看来这很危险，好像那信是要蹚过炉火才能抵达它的目的地，又好像起子原是要把那信封丢进炉中的。陆婧伸出双手在炉口上方托住那信封，手背让炉火炙烤得一阵干疼。当她终于将那沉甸甸的信封"引渡"到自己胸前，仍然双手托着它，就像托着一个刚从火海里得救的人。接着，她觉得这姿势有点失态，便把信封平放在腿上，这又仿佛肖恩正把嘴吻在她腿上，说着绵绵絮语。她的腿一阵阵酥麻，腿暗示了她拿起信封，掖进棉大衣口袋。这时起子说出了他的想法。

陆局长肯定能办到，群众艺术馆啊，艺术学院啊，画院啊，都行。他说。

你和李花开商量过么？她问。

这不重要，我的事还是我直接说更好。他说。

可人的调动需要多种条件，特别是艺术类的单位，不是普通人就能去的啊。她像是在提醒他。

但我觉得我不是普通人。他坦然地看着她，也像是对她的提醒。

她听出了话中的厉害，也领会到这位起子的"不普通"。想到李花开随厂领导去南方几家印刷厂参观学习，两个星期才能回来，起子是特意选了这个时间的空当来和她谈如此要事吧？

她从炉边站起来，眼睛并不看他，只答应回家试着跟陆局长去说。

陆婧选了一个晚饭时间对陆局长提及起子的事，晚饭时间家里的气氛是轻松的。陆局长却立刻拒绝了女儿的请求，"异想天开，异想天开！"他很生气地把筷子拍在饭桌上，一迭声地重复着这四个字，不知是讥讽起子，还是斥责女儿，也许二者皆有。基于对父亲的了解，她知道结果会是这样的，曾经闪过的一点侥幸之念确凿地破灭了。

这天，她又在办公室接到了起子的电话，还是两个字："有信"。

4

她和他对坐在炉边，这次他没有空着手，给她开门便及时送上捏在手中的信封，仿佛以此迎接她将带给他的好消息。她迅速把信揣进大衣兜里，就像生怕这信会遭遇不测。

开口是艰难的，但她必须开口。她向起子道了对不起，说再等等看还有没有其他办法。这明显的官腔让起子十分不悦，他举了某某熟人因为有关系而进入了似乎不可能的单位。

她打断他说，在我们家真的不行。

他直视着她，放慢语速说，要是不行也得行呢？

她这才有点警惕地向后揹着身子问道，

你这是什么意思？

他说，我不是在央求你，是在要求你。

她觉出了他的无礼和过分，但大衣口袋里那沉甸甸的信封可是经由他的手抵达她手中的，她努力使自己克制并且客气。她站起来说，等李花开回来咱们再一起商量也许更合适。

起子也站起来，果决地告诉陆婧不用商量，他就是要去陆局长所管辖的那些单位。

陆婧到底没能把持住自己，她扫了一眼对面的起子，第一次发现他那一头打绺儿的"艺术范儿"长发滋着过多的油脂，好像每每以猪皮擦完炉盘都会捎带着再往头上蹭去。她恼火起来，边向门口走边提高嗓音说，你有什么权力命令我啊，你以为你是谁！

在她背后传来起子的声音。我知道我是谁，更知道你是谁！你不就是肖大团长的小软木塞吗？

她那刚伸向门把手的手缩了回来，后脑勺仿佛遭遇了棒击，似有一个黄豆大的小气球在颅内的某个位置炸了，一个瞬间，嗡的一声，她脑海里一片白色。她还是顶着一颗白色的头颅转过了身，并努力站稳自己，身体却已有点瑟缩，像曾经有过的梦境：她裸体着站在街上，到处找不到要穿的衣服，而街上面目不清的人们正肆无忌惮地看着她，比如此刻的起子。

起子就像听见了她那无声的感受，加码似的继续抖搂：是啊，不怕你笑话，我全看过，七十七封信，包括现在你大衣兜里这封。

她一边下意识地将手伸进大衣口袋，死命握住那信封，好比攥住了肖恩的手，一边咕哝着你怎么能、你怎么能……

我怎么不能？起子复又在炉边坐下。凭什么你们里里外外、明的暗的都是体面，又体面又浪漫，我就非得窝在这儿画一辈子彩蛋不可呢？我，我们全家还得替你收着、守着这些个不体面的信。说到不体面，我的要求不过是要通过这些不体面的信得到一份体面的工作，为了我们全家、我们未来的孩子，这有什么过分吗？

她不动地方地站着，拼力捕捉着他话里的信息，她想到了李花开，不敢去想这是他们夫妻的合谋，可难道他们不是夫妻吗？还有孩子，李花开是不是怀孕了？陆婧的恋爱袭来之后，目中已无他人，所有的时间更不情愿分配给他人，识趣的李花开也久已不主动和她联系了。她不甘心着还是喃喃着：李花开知道你……

他不等她说完，截住她的话说，知道怎样？不知道又怎样？用不着假装清高，也别想对我使用什么不好听的词儿。我就这么一件事，陆局长动动小手指头的事，有什么办不了的呀。

清高，陆婧想到了父亲。本来她有些抱怨父亲那决不通融的清高的，但在这时，她忽然感叹世间毕竟还存在着这么点清高。为了这点清高，她决不打算接受这蛮横而阴暗的命令。她不接受，还得显出不示弱，她一字一顿地对炉边的男人说，还——就——是——办——不——了！

起子站起来，遭受了冤屈似的，走到撂在地上的彩蛋箱子跟前，从最下面的箱子里拽出一只白得刺眼的纸袋，举起来冲陆婧晃着，叹了口气说，都在这儿呢，六十七封。我用微距拍好，借朋友暗房冲印出来的，后来的十封没来得及冲洗，不过已经足够了。说着从中抽出一张印满小字的黑白放大照片，送至陆婧眼前。

陆婧只瞄一眼便认出了肖恩的笔迹。

起子这层层递进的胁迫宣告着陆婧的节节败退,她平生第一次感受到巨大的惊恐和侮辱。她的小腹突然开始酸胀下坠,伴随这酸胀下坠的是两条腿的绵软。于是她知道,腿软并不是从腿开始的,是小腹里酸胀下坠的物质游移到耻骨再无情地沉降至大腿、小腿、脚底、脚趾,迅速侵蚀着那里所有的骨骼、韧带、肌肉、血液……接着无腿感袭来,她的小腹好像直接落在了地面,人也顿时矮了下去。她拼命用意念寻觅着腿脚,顽强地动了动灯芯绒棉鞋里仿佛已经虚无的脚趾,脚趾总算有了些微的痉挛。那么,她是有腿的,她还在站着。她迈前几步,本能地伸手要夺下那刺眼的白纸袋把它投进炉火。起子将纸袋背到身后说,胶卷还在我这儿,烧有什么用呢?如果陆局长帮了我,我肯定当着你的面连胶卷一股脑儿烧了它。不然,你能猜到后面会发生什么。

她腿软着,绝望地站在他面前,望着这个在炉子边上踱着小步的男人,就像望见了一个非人类的物种。比如鳄鱼,不!鳄鱼甚至也要好于眼前这个物种。她把涌到嘴边的所有形容词都压了回去,她的绝望使所有的词语都已失效,这绝望却也迫她从溃败的谷底捞起了她久已失散的自尊。她被亮在眼前的杀手铜打蒙的同时,仿佛也被打醒了。当她确信自己的两条腿能够带她迈出这间屋子时,她把大衣扣子一个一个扣好,接着,她以自己也未曾料到的动作,突然奔向那炉子,拎起坐在炉盘上那把沉甸甸的铝壶,高高提起,壶嘴向下,向着那炉火正旺的炉膛猛地浇灌起来。霎时间水火交战的炉膛发出刺刺嘎嘎的怪响,一股股灰白色气体伴着浓烈呛人的臭屁味儿冲上屋顶,弥漫着房间,也吞噬了炉边的男人。烟雾中她把空壶"哐当"丢在地上,拼力拉开屋门,又狠劲把门摔上,就像将一切的担惊受怕,一切的提心吊胆,一切的错愕、愤怒乃至一切的恶心,全都摔在了身后。她听见门玻璃碎了,那起子没有追上来。

她想找个没人的地方大哭一场,但急切地要给李花开打电话声讨的愿望压制了她的大哭。她没能和李花开通话,她的青春年代,和远在南方几个省出差的人长途电话联系尚不那么便捷。她又跑到邮电局给肖恩打电话,在排队等待接线员叫号的时候,她在长途电话间的门玻璃上看见了自己的脸。一夜时间她的脸怎么会变成这样?腮帮子嘬着,太阳穴瘪着,鼻翅儿扇着,耳朵片儿干着……这是刘宝瑞先生一段相声里的句子,形容的是一个受不孝儿子虐待、饭都不给吃饱的老太太的凄惨面相。她不是那位倒霉的老太太,以她的年龄,也还不具备自嘲的能力,她的脸让她突然想到相声里那老太太的脸,只激起了她更加强烈的愤懑,更加确切的无助。她和肖恩通了电话,当她语无伦次地讲了这边的事,对方始终沉默着。

第二天,陆婧单位的领导收到了起子制作的黑白照片,本市的平信当日可到。陆局长也收到了。两天后肖恩团长的上级领导也收到了。

李花开出差回来,陆婧立刻把电话打到了印刷厂,那是一个悲愤加绝交的电话,一个鄙视的不容分说的电话,一个曾经的"闺密"必须洗耳恭听的电话。陆婧那一波又一波语言的风暴如耳光噼啪,痛打在电话那头的李花开脸上。陆婧只听见李花开一迭声叫着:"我娘!我娘啊!"又听见她"呕呕"了两声,像在呕吐。陆婧摔了电话。

肖团长受到了处分。

陆婧受到了处分,被陆局长轰出家门。

5

四月的又一个下午,太阳很好,雾霾不在。陆婧打车来到"时代体育"。朋友送了她两张老时光博物馆的门票,她看看地址,发现就在东单,离那间"时代体育"小店不远。这正好是个自然的理由:可以先到"时代体育"看看,再去博物馆参观,这样,走进商店便显得更像顺路。

"时代体育"有年轻的顾客出入,咄咄逼人的青春扑面而来。陆婧掺在其中,自觉有点碍眼。她在跑鞋柜台驻步,但她从不跑步;她在泳具柜台驻步,她也不打算游泳。她在等一个合适的时机,和坐在收银台的李花开打一声招呼。其实她一进门就看见了这位故人,三十多年未见的故人,即便是仇敌,难道不也能生出几分亲切么。就算谈不上亲切,她至少怀有那么点不愿承认的屈尊的好奇。

时间是毒药,也是偏方。她记起哪个作家的句子。

店堂里人少的时候,她来到收银台前,将胳膊肘架上齐胸高的台面,明确地招呼了一声:"嗨,李花开。"

李花开抬起头,她认出了陆婧,随着一声:"我娘!"陆婧看见了她脸上的惊奇和真切的欣喜。

……

她们对坐在一间粥铺喝粥。李花开说她常到这儿来,离店面近。陆婧要了蔬菜鱼片粥,李花开要了皮蛋瘦肉粥,又点了拍黄瓜和两个芝麻烧饼。

这几十年我常常想着要看见你,第一句话到底怎么讲,千头万绪的。李花开说。

是我摔了电话。陆婧说。

我放下电话就去单位找你,哪儿都找不到你。后来,单位说你报了一个什么进修班,去北京了,和谁都不联系。过了几个月,又听说你出国了。

是出国了,陪读。算是闪婚吧。年前刚退休,业务荒疏大半,职称副高。女儿自立,丈夫厚道。陆婧以短信似的句子讲述了自己的三十多年。

你呢?

离了。李花开端起粥碗又放下,这粥碗挺大,小西瓜似的。陆婧恍惚又坐在了当年那个卤煮小馆。

就为我?陆婧心有不安地问。

我最怕的就是你这么想。不是为你,是非离不可。李花开的讲述也很简明。开始他不离,让她替肚子里的孩子想想。她上了房,站在房顶逼他同意,不然她就跳下去。他跪在院子里求她,不松口,不信她会真的跳。刹那间她迈前两步,眼一闭就跳了下去。

陆婧的心像遭到突然坠落的重物的击打,一阵沉闷的钝痛。她下意识地望着李花开的脖子,岁月给这优美的脖子增添了几纹皱褶,但依旧柔韧、光润,且不松垮。从房上跳下万一戳中了脖子……她不敢想了,后脖颈被冷汗浸湿着。她不愿用自惭形秽来形容此刻的自己,只朝桌子对面伸出手,却不好意思去握李花开的手。三十多年的隔绝,让人无法产生轻易的肢体接触,即便是曾经的"闺密"。她收回了手,机械地问着,后来呢?

后来就离了。李花开淡淡一笑,告诉陆婧,她原是要把孩子"跳掉"的,这孩子却结实。她残了一条腿，回老家生下儿子，在县中学当了老师直到退休。儿子从小就善跑，初中选进省体工队，再后来又进国家队，亚运会拿过名次。就好像，她拿自己的残腿，换来了儿子日后超速的奔跑。

你这是，轴得不要命啊。陆婧用了一个"轴"字，觉得不恰切，又找不出更合适的词。

李花开把身子靠上椅背说，谁愿意不要命呢，可当时我已经站在房上了。我站在房上往下看，索性想着跳下去无非就是两条，要么死得更快，要么活得更好。

陆婧竭力眨着眼往回憋着泪说，你是活得更好的。

李花开说，那也先得敢往下跳哇，况且，还得有信使给鼓着劲。

"信使"两个字是陆婧的忌讳，那是旧年的伤口，尽管那伤口已经疲惫得睁不开眼，可她们的会面又无论如何绕不过这两个字。李花开说，其实你也是我的信使。我第一次把信送到你手上的时候，你就已经是了。到最后，没有那些事，没有你摔电话，我也下不了决心去奔真心想要的日子。记得我跟你提过我那个中学同学吧？

陆婧猜到了什么。但他的名字她早已记不得了。

他在老家当导游，我们那儿穷，山水可好看。从前北京人不知道，玩到十渡就不往里走了，其实越往深里走越奇崛，大峡谷，风动石，空中草原。后来他自己建了旅行社，和县旅游局一块儿开发。我回老家后，他一直照顾我，生孩子都是他守在身边。这么多年，我们过得挺好。李花开猛地扬了扬下巴，郑重地介绍说，他叫锁成，姓赵。

这间店呢，"时代体育"。

是儿子的。儿子退役后盘下这个小店，有时间我就过来帮他照应几天。往后他该忙了，区体校聘他当教练，准备国庆游行呢，其中一个方阵有他们参与。

她们共同意识到，这是二〇一九年的春天了。陆婧仿佛又闻到了白丁香、紫丁香那一团团苦而甜的香气。

两人出了粥铺，天已经黑透，李花开要回"时代体育"，和陆婧在此道别。陆婧望着眼前车的河流人的河流，意犹未尽地说，那年我一气之下逃到北京，才知道偌大个北京不会安慰你的委屈。

可偌大个北京能够包容你的委屈。李花开接上陆婧的话。晚风吹拂着她略微倾斜的身体，吹拂着她的短发，那样子实在很飒。

几天后陆婧去了老时光博物馆。她从家里走路去的，有点远，大约十公里。她换了运动鞋，打开手机的百度导航，调至"步行"模式，方向感再差便也不会迷路。她很久没有这样专注地、长时间地在北京街上走路了，她要用尚是健康的腿脚而不是车轮，把北京仔细走一走。她走得挺好，近三个小时，顺利到达目的地。那是一间展览旧器物的民间博物馆。在众多旧物件里，她意外地发现了那只曾经那么神气活现的炉子。如今它的炉盘已不再锃光瓦亮，但炉膛里却闪着橘色的火光。她走近前，把脸探向炉口，发现炉膛里填充着仿不规则煤块的LED盐灯。LED是冷光源，炉子并不发热，只让参观者感受着一种亦真亦幻的安全的温度。

孔 雀

叶昕昀

授奖词

两个残缺的人相遇了,他们小心翼翼地在彼此的残缺里寻找一种圆满的可能。他们彼此试探、摸索、有限度地触碰,他们进入得越深,就发现伤痕和黑暗越多,生活简直就是一场接一场的悲剧。青春文艺剧和港台警匪剧里的元素在这里几乎都出现了,且快速地推进,这使得作品在某些关键点上的停留不够久,而梦境的频繁使用也让故事的逻辑显得不那么坚实。不管如何,叶昕昀的《孔雀》依然值得推荐,她是一位新作者,却有着成熟作家才能具有的个人风格的鲜明。(杨庆祥)

她约张凡到大觉寺看孔雀那天是六月十九。到寺庙上香的人很多,流通处厢房买香烛和文疏的人几乎没有间断。她那天脑子昏得很,人家说要一把香,她递两把,说要三道文疏,她递五道,昏头昏脑地到下午三四点,几乎忘了看孔雀的事。四点寺庙关门,人渐渐散去,她一样一样清点货品,发现柜台里的绿松石手串少了一个,不算贵,二十来块钱,买去图个吉利的,但少了要她补上,多少觉得亏损,只能怪自己不留神,再一想,又怪老刘今天没来,她一个人应付不过来。

大概就是埋怨到老刘头上的时候，张凡到了。他们此前没有见过面，是经常来寺里做事的周嬢从中牵线，说让两人见个面，算是没有明说的相亲。她没有拒绝。

他从外面探头进来，大热天还穿一个皮夹克，个子挺高，皮肤是云贵高原紫外线塑造的黝黑。他问，杨非在吗？她点点头，说，在呢，你面前。他一下子就笑了。她看他，你是张凡吧。他说，是，我是张凡。

她注意到他挺拔的身躯和稳重的步伐，然后低下头去，说，你在旁边的椅子上坐一会儿，我还有事没做完。她习惯点两遍货品，算是某种强迫症，现在还差一遍。张凡问，这里忙吗？她低着头，说，看日子，香客多的时候一刻也不得闲，你待会儿再跟我讲话，我现在忙不过来。

张凡便不说话，坐在椅子上看院子里的三角梅，他的右眼视力好，看得清相隔二十米对面佛殿牌匾上不大的字，是地藏殿，他想问地藏殿供的是哪个菩萨，话到嘴边又咽了回去。他往地藏殿旁边看，佛殿的匾额被一棵贝叶棕遮住了，他将目光收回来，看厢房门口浮着睡莲的青褐色石缸，里面有几尾金鱼，天气太热，一直往外吐气泡。他盯了很久，听到杨非说话，你定力挺好。他回过头去，杨非又说，走吧，去看孔雀。

她把柜台的隔板抬起来，张凡过去扶住，让她出来。她解下身上的墨蓝色罩衫，把身后那条长长的黑发拨到胸前，平视的视线只能达到他的腰际。他系着一条黑色皮革的腰带，印着老虎头的金属闪着光。她说，要劳烦你。张凡就走过来，站在她身后，微微蹲下，两只手托起她轮椅两侧的把手，缓慢地抬起来。她比他预想中轻很多，即使加上轮椅的重量也还是很轻，跟他儿子的重量差不多。他感觉到她的双手紧握，后背往下靠，他尽量使自己的步子平稳。他抬着她的轮椅跨过厢房的门槛，到了台阶，那里有专门的木板搭成的小坡，可以让轮椅下去，他没有放下，直接将她抬下台阶，然后安稳、缓慢地让她落地。

杨非对他说谢谢，声音很轻。张凡假装没有听见，预备推着她往前走，杨非用手卡住轮子，说，不用，我自己来。张凡就撒开手。

寺庙的路都是石子铺成，她划动得有些吃力，张凡放慢步子，跟在她后面。她在石子路最里面的禅房门前停下，说，里面的木桶里有玉米粒，你用碗装一点，碗在木桶旁边。他走进去，禅房的案桌上立着一幅观音送子的画像，香已经燃尽。他绕过案桌，在角落里看到木桶，旁边放着一个不锈钢碗，他从桶里舀起一碗玉米。

她看见他走出来，说，把门带上。他回过身去关门，转头时她已经往前走了。他跟着杨非，绕过大雄宝殿，来到寺庙的后院，远远就望见那只被一片铁丝网围起来的孔雀。

孔雀站在罗汉松旁一动不动，杨非滑着轮椅过去，将扣住铁丝网的钩子移开，然后回头看张凡，说，放里面吧。

食物就在面前，孔雀仍站在原地不动。张凡蹲下，将碗往里面推了推，孔雀警惕地扬起脑袋，头上的冠羽轻轻地晃动。张凡这才注意到孔雀蜷缩着一条腿，准确来说不是蜷缩，而是萎缩，它只凭一条腿立在那里。张凡突然想知道它怎么走路，于是又往前走一点。孔雀意识到入侵，往后退，它萎缩的右腿落在地上，右半边身子大幅倾斜，左腿立即向后迈一步，将身子稳住。

张凡觉察到这样有些残忍，他于是向后退去，直到走出它的领地，关上那片铁丝网，与它保持最初的距离。

张凡到杨非身旁，孔雀还是待在退后的位置，没再往前。张凡说，它挺怕生。杨非说，分人。张凡点头，我确实吓人，别人都这么说。杨非说，这挺好，没人敢欺负。张凡笑，它怎么不吃。杨非滑着轮椅退后，说，人走了它才吃。张凡说，还挺有个性，养了多少年了。杨非想了想，说，二〇〇八年老马从版纳带回来的，也有十来年了。张凡问，谁是老马？杨非说，以前经常给寺庙捐钱的富源煤老板，后来煤矿倒了，就没再来过。张凡点点头，那也挺老了。杨非问，谁？张凡说，孔雀。杨非没说话。张凡往左边跨了一步，说，这是绿孔雀吧。杨非说，不知道，我不懂。张凡说，这是绿孔雀，我当兵的时候在怒江集训，见过这种孔雀，现在是濒危动物了。你们养得不好，毛色都变了。杨非问，你在怒江当的兵？张凡说，算是吧，滇西那片都待过。杨非问，怎么样，那边。张凡说，不好在，不如东边。杨非没再说话。

张凡退到杨非身后，他们站在松树下面。一片云彩飘到太阳底下遮住光，天微暗下来，吹来一阵风，张凡觉得凉快，又觉得有些恍惚。空气中有从前院寺庙飘过来的檀香气味，在此刻短暂的静止中，他心里生出一种久违的隐秘和平静。

从后院出来，她觉得饿，提议去寺外的清真街吃凉粉。张凡说好，他们便往外走。张凡说，我推你吧。她说，不用，走到千佛塔的时候，又说，好吧。他走过来扶住她的轮椅。她抬手指着千佛塔，说，上学的时候来参观过吗？他说，没有。她问，那你知道这是什么时候建的吗？他说不知道。她告诉他，是元代。他说，没谱气，历史没学好。她说，有六七百年了。他说，噢，是古物。她身子往后靠了靠，说，我刚来寺庙的时候，每天就在塔下面看，看到太阳刺得眼睛睁不开才回屋，后来视力就降了，总是看不清楚。他说，那你配个眼镜。她说，不用，能看清人就行。他说，人你看不清。她岔开话去，问他，你知道这塔有多少龛佛吗？他说，千佛塔千佛塔，上千吧。她笑，你回去查查。他点点头，好，塔尖的两只鸟是什么。她随着他抬起头来，一齐看那座二十米高的佛塔，她笑，那是鸡，金鸡。他说，我看着倒挺像后院那只孔雀，你看，它也蜷着腿。

他们在凉粉店外坐下来。有几个人在里屋，杨非说热，他们就在外面坐下。杨非是熟客，老板娘笑问，今天吃什么？她说，两碗凉粉，我那碗不要米线，你呢，她转过头去问张凡。张凡说，我要多一点米线。杨非笑，问他，你现在做什么工作？张凡答，司机，给领导开车，之前跑长途货运。杨非点点头，介绍人没跟我仔细说你的情况。张凡看着她，你想知道什么，随便问。杨非摇摇头，现在不用了。张凡说，我离过婚，有个儿子，跟了他妈。杨非没说话。张凡又说，我爸死得早，家里有个老母亲，现在城里住的房子是我大伯的，我前些年在开发区买了套电梯房，还有辆二手车，大众的。杨非说，吃东西吧。

和张凡分开的那天夜里，杨非发起了高烧。房间里很闷热，她想也许是明天要下雨，然后想起张凡眼睛上的那颗痣，又想起洒在地上的玉米粒和落在泥土里的月季花瓣。她渐渐魇在清醒的梦里，小腹传来的疼痛没有减弱过，从子宫右侧的某个点开始，呈放射状地蔓延着疼痛，它不是持续的，大概隔几秒加剧，躯体的痛楚将梦境变成一堆破碎的画面。她有时听见开门声，有时听见有人在耳边低语，有时看见灰褐色的水泥广场和漫长的延伸到铁轨的马路，然后那个男人模糊的身影又开始出现，慢慢靠近，她感觉到自己在坠落，然后是奔跑，似乎有风从她耳边穿过，又拂过她的小腹，她摸到自己的双腿，突然从梦魇中清醒，像是沉溺在海底又浮出水面的一瞬间，那种熟悉而恒久的绝望。

一丝光从蓝色的窗帘透进来，她盯着窗帘上跃动的斑点，很久以后，那种梦境带来的无法言说的感受仍在持续，那种针刺般的、小小的欲望从她腿骨的一处开始蔓延。天渐渐亮起来，光充满空荡的房间，充满她内心某块凄清的空白。

她终于听见父亲起床的声音，她轻轻喊着，但嗓子几乎发不出声音来，她张着嘴吐出无声的语言，然后抬起右手，从空中降落，锤击在床沿，只是发出轻微的响声。过了很久，她听见父亲推开她的门，说，起床了。她没有回应他，他于是走过来，看她暴露出青筋的脸庞和手臂，以及肿胀的眼睛。他摸了摸她的头，说，我去买针水。她感觉到内心突然滋生起来的与悲伤相掺杂的怒火如同落在床上的拳头一样，软绵地四散开来，散布到身体的每一处。

那天她没到寺庙去，第二天也没去。第三天的时候，张凡找上门来。下午三点，父亲刚下中班回来，他在附近的小区当保安，三班倒。她坐在阳台上吹风，父亲走到她背后，说，你有朋友来了。她转头，短暂的诧异之后，她看见张凡的脸。透过窗户的光照在他的脸上，印出三条长形的条纹。

张凡走过来，把手里的水果放在茶几上，父亲咳嗽了两声，走进房间，关上门，将她和他隔绝于那间落满斜纹光影的客厅。张凡站在客厅中央，说，我去寺庙找过你。她没有说话。张凡又讲，阳台上晒，要不要我推你进来。她自己把轮椅退回来，摇到茶几旁边。

她请张凡坐，要给他倒杯水，张凡拦住她，说，我自己来。他在她面前站起来，身体挡住她面前的光，她注意到他今天换了一条腰带，棕色皮质。他握着杯子在她面前坐下来，说，我想了想，觉得我们能处。杨非说，怎么处。张凡转动着杯子，说，你看我的眼睛。杨非看着他。他说，左眼。她就看他的左眼。他说，你仔细看。杨非说，怎么弄的。张凡说，在勐海的时候，抓捕一个毒贩，他拿刀朝我眼睛捅过来，我没来得及躲。她问，勐海在哪里？张凡说，在版纳，对面就是缅甸。她说，挺狠毒的。张凡抬起手摸了摸左眼，说，他没下狠手，他本来可以朝我脖子捅，我肯定死。两人沉默，她又看他，说，这眼睛挺逼真，是马眼睛吗？小时候丝厂大院里有个男孩，被鞭炮炸掉了眼睛，在眼眶里装了一只马眼睛。张凡摇头，不是，是玻璃的。杨非点点头，不仔细看看不出来。张凡问，你们以前住在丝厂？

杨非摇着轮椅过去给自己倒了一杯水，说，以前我爸在丝厂缫丝车间，做到车间主任，我们就住在生活区，十平米的房子，没有厕所，整栋楼都是尿腥味。后来丝厂倒闭，我们就搬了出来。张凡站起来，在屋子里四处转着，说，丝厂是二〇〇〇年左右倒的吧。杨非说，好像是，想了想，又说，是，那年我初三。

张凡在电视柜的几张照片旁边停下来，他仔细看了很久，转过头问杨非，你小时候跳舞？杨非说，是，从小就学，拿过县里挺多奖。张凡说，真厉害，学过舞气质不一样。杨非没接话。张凡又说，你应该开个舞蹈班，教孩子跳跳舞。杨非说，我这样子怎么教。见张凡有些尴尬，她又说，我不喜欢小孩子。

张凡感觉到杨非兴致不高，他在那些照片旁边停了很久，说，要不然今天出去，你喜欢看电影吗？一中对面的商业中心新开了一家电影院，环境不错。杨非说，我不方便。张凡笑，有什么不方便。杨非说，我不爱出门。张凡说，要适当出去走一走，外面都大变样了，我带你去看看。

杨非没有拒绝。

她这几年相了很多亲，要遵从彼此匹配的原则，所以对方都缺胳膊少腿，像是照镜子，相互看见都觉得尴尬。她与张凡的第一次会面却不尴尬，这是她少有的体验。另一个觉得不尴尬的是一个乡镇中学的语文老师，右腿车祸截肢，爱读史铁生和路遥，眼镜总是滑到脸中央，笑起来眉头就皱在一起。他们那时几乎快成了，后来男方家里又嫌她工作不好，要她陪嫁一套房子，父亲几乎要妥协，她找到语文老师，说我们还是算了，残缺的地方不一样，彼此补不起来。

张凡是第一个以四肢健全的姿态站在她面前的男人，她观察他，想要发现他的残缺，最后得到的却是他的无比健全，她竟觉得恐惧。她早发现他的眼睛问题，可这种残缺和她的残缺并不对等，和她比起来，他仍旧是健全的。她厌恶他的健全，却又贪恋他的健全。

张凡开来一辆吉普，是单位的车。他将杨非推到院子里，上车的时候，他犹豫了一下，但这种犹豫没有持续太久。他说，我抱你上去，轮椅放在后面。杨非同样地犹疑，她看着张凡的腰带到达她的眼睛，突然觉得有些滑稽，她点了点头，双手从扶手抬起来，张凡蹲下来，轻轻咳嗽了一声，靠近她的身体，将她的双手搭在自己肩上，抄手绕过她的双腿，扶住她的后背，轻轻地，将她抱了起来。她轻轻贴着他的胸膛，大脑里有一瞬间的空白，除了父亲，这些年来，她再没有这么近距离地靠近过一个男人，他的军绿色衬衫上有着炙热的汗味，带着腥气，她的体内突然又升起那小小的刺痛感。

张凡将她轻轻放在副驾，她的重量在他手上消失的时候，他的衣衫上沾湿了一片汗渍。他关上车门，在炙热的空气里轻轻呼出一口气，提起地上的轮椅，放进后备箱。他记得那天热得出奇。

她坐在副驾，看着放置在她前面的车辆通行证，下面印着一个大大的政府红章。她轻轻吐出一口气，一种陌生的未知在她面前展现。

张凡上车，侧脸看了看杨非，说，系一下安全带，最近查得严。她拉过背后那条长长的黑色带子，始终找不到能够扣住的地方，她的脸憋得通红。他终于伸过手来，拉住她的安全带，轻轻扣进去。她没觉得得救，而是更重的沉溺。

一路上，他们没有说话。他推着她从地下车库走进电梯的时候，她尽量使自己不低下头去。电梯门快关上的时候，一个穿黑色裙子的女人跑进来，眼神在杨非身上停了很久,她与他们并排站立,毫无掩饰地表达出对于他们的好奇。从地下二层到一楼,电梯的空间始终呈现一种密闭而窒息的状态,从电梯出来,她再次感受到那种从海面浮起来的感觉。

  他去买票,她在后面等。后来让她回忆,她完全记不得那天看的到底是什么电影。工作日下午看电影的人很少,售票小姐的声音在空荡的大厅里听得很清楚,售票小姐说,两张是吗?张凡说是,售票小姐问,是后面那位女士吗?张凡说是。售票小姐微笑着说,凭借残疾证可以半价。张凡说,不用,两张全票。售票小姐说,好的,请稍等。

  她突然想立刻逃回去,逃回那间此刻已经落满日光的房间,一个人藏在被子里,睡上漫长的一觉,等到黄昏来临的时候,去感受房间空荡的凄清。但她终究待在原地,像她人生中所面临的所有选择。她看见他朝她走过来,她一时分不清他哪只眼睛是真的。他看着她,说,我们走吧。

  她在梦境里再次沉溺,在梦境那片荒凉的废墟里,那种只属于她的昏黄色调的梦境里,她始终有一种不想再醒来的愿望。

  那天从电影院出来,他说,你喜欢看飞机吗?她问,什么?张凡说,城外的军用机场,附近有一个很高的水坝,小的时候我经常去那里看飞机。

  小城是云南最大的坝子,抗战时期在县城西南边建了军用机场,驻扎美国空军部队,建国后成了空军训练基地。张凡小时候跟爷爷住,就在机场旁边的村子,每天听见飞机在头上轰隆轰隆地飞过。他问爷爷,是不是要打仗了?爷爷抱着水烟筒,你想不想打仗?他说,想,电视里演的可刺激了。爷爷摇摇头,不说话。老家的墙上现在还挂着一张黑白照片,一个美国大兵,搂着一个小男孩的肩膀,男孩裸着身子,骨瘦如柴,瞪着眼睛看镜头。那个男孩就是爷爷,爷爷的父亲曾经是修建机场的民工,每天都要拉着巨大的石碾压碾机场跑道。有一次爷爷跑去机场给父亲送饭,美国人给他拍了一张照,后来洗出来送给他,爷爷一直视为珍宝。那个大兵,是开战斗机的嘞,爷爷说。张凡说,那我以后也要开战斗机。

  他们最后去了盘江河边。盘江属珠江水系,绕县城四十余公里,这是距城最近的一段。河边新建了一片别墅区,修了宽大的柏油路和河滨公园。杨非小时候来过,那时候这里还只是一条长长的泥土路,在土堆里能找到大大小小的海蛳螺。那些童年的海蛳螺使她相信课堂上老师所说,这里原来是一片海洋,后来海水退去,成了一片平原,一片在云贵高原中低洼处的显眼坝子。

  那时太阳已经落下去一点,没有建筑的阻挡,阳光恣意地、大片地照耀着柏油路大道,他推着她沿树荫下走。他原本想沿台阶下到河边,但台阶很高,没有适合轮椅下去的坡道,他就放弃了。他感觉她有些累了,便在一片树荫下的石凳坐下来,旁边是一棵炮仗花树,长出来的花红得像一串串鞭炮。在路的对面,一排排空着的商铺贴着招商广告,中间有一家突兀的小超市,他说,我去给你买瓶水。

  她坐在炙热的大地里,转过轮子,去看河水。已是汛期,河水涨了上来,河流里挟着从上游漂流下来的松木枝和各种垃圾。河岸的斜坡上间杂地长着各色矮牵牛,偶尔有羊群从公路穿过,不听话的几只就跑下来，咬几口岸边的花，再留下一堆小小细细的粪蛋，等赶羊人长长地喊一声，它们又跃跑着追上羊群。

等她转过身来的时候，他已经给她拧开了瓶盖。他指着河对面那片红墙建筑说，我初中就在那个中学。她点点头，九中。他说，你在一中吧。她说是。他喝了一口水，看来学习好。她笑，学习不好，小升初是舞蹈比赛保送。他便惊叹起来，真是厉害。她突然愿意谈论这个话题，说，我读书读不好。他说，我更老火，看见字头就疼，天天想着能开飞机。她笑，你想当飞行员？他说，从小就想，但我连高中都没考上。她说，你当兵了，也算是接近。他说，不一样的。他扎你眼睛的时候你疼吗，她突然问。

张凡看着河流上的大桥，那桥算是一个城乡分界线，驶过那座五十多米长的大桥，便算出了城。从前那只是一座不到三米宽的小石桥，每天晚上下自习，他就骑着自行车穿越那座小桥，去大伯家里。他借住在那里，留给他的是一个三平方米的小房间，之前是他的奶奶住，最后奶奶死在这个小房间里。大伯和父亲将奶奶从房间里抬出来，她睡得很安详，那对陪伴她大半辈子的、长长的玉石耳坠将她的耳朵坠到了底。小时候他曾问奶奶，你什么时候死？奶奶摸着耳朵，说，等我这个洞坠到底，就死了。他被那把尖刀戳穿眼球的时候，脑子里突然就想到奶奶那只坠到了底的耳洞，他觉得自己的眼睛也坠到了底。

他说，当时没有感觉，后来才觉得疼，觉得自己会死。她看着他的眼睛，说，后来呢，那个毒贩。张凡拍了拍自己的胳膊，抬起手来，臂膀上印着一只虫子的尸体。被战友击毙了，一枪穿破了脑袋，他说，就倒在我面前。

杨非不再说话。

张凡帮她赶了赶面前的飞虫，问，你以前跳什么舞？她看了看他，似乎自己也有点疑惑，顿了一会，才说，学的民族舞，老师说我跳孔雀舞好看，后来就一直跳孔雀舞。杨丽萍你知道吗？张凡点头，知道，我妈喜欢吃的那个糕点，包装上印着她。杨非说，当时老师天天让我看她的录像带，我还逼着我爸买了台VCD。张凡说，你爸对你真好。杨非沉默下来。

读书的时候追你的人很多吧，张凡突然问。杨非说，还行。张凡笑，看样子很多，有谈朋友的吗？

杨非说，有一个。张凡问，什么样的？杨非说，长得还行，就是有点胖，都叫他胖子。他爸是县里的官，有钱，每天都给我送早点，买礼物。张凡点头，是，男友有钱就魅力大增。杨非没搭话。张凡说，我能抽根烟吗？杨非说，你抽。张凡从裤兜里掏出一包红塔山，点了火，嘴里含着烟说，电视里都这么演，男人没钱，女人就要跑。杨非看着他，你觉得我是贪你的钱么？张凡说，我不知道，我也没钱，但我觉得你贪别的。杨非望着他，什么？张凡不说话。杨非说，麻烦烟借我一支。张凡看她，没说话，拿食指敲出一支烟，把自己的烟头凑近，点燃，递给她。张凡说，你会抽烟。胖子教的，杨非说。后来呢，张凡问，你和胖子。

太阳又落下去一点，杨非往树荫下挪了挪，后来我出事了，休学，没再联系过。张凡说，现实。杨非两只手叠在一起，望着对岸。

两人聊到天已有些擦黑，那时晚饭后到河边散步的人渐渐多了起来，张凡说，我们走吧。他推着杨非向路边的车走去，打开门，轻轻抱起她，放到副驾驶座上，他碰到她的双腿，觉得异常冰凉，他看了看她，她只是抿着嘴不说话。

她到家的时候，父亲坐在桌边。她叫，爸。父亲点点头，吃饭吧。她扒拉了几口，说吃饱了。父亲说，在外面吃了？她答，没吃，就是吃不下。父亲动了动嘴，没说话。

她回到房间，去抽屉里翻相册。门锁坏了，她就推着轮椅背靠着抵住门，一面听着外面父亲洗碗的声音，一面一张一张地翻照片。照片右下角印着的暗红色的日期在提醒她，在某个时刻，她曾在某个地方对着镜头笑过。与张凡聊天的时候，她发现自己似乎陷入一种失忆之中，记忆并非她想象中连贯的线条，而变成一些细小的、随时可以丢弃的碎片，这使她感到一种被记忆背叛的恐惧。这是第一次，她涌出一种强烈的、回忆过去的渴望，那些回忆曾被她强制压在脑子某一处黑暗的角落。

她突然听见父亲向她房间走来的脚步声，她左手抵住门，右手将相册往床底下滑过去，留出一个边角，她没来得及过去塞起来，父亲就推门而入。

父亲端着菠萝水进来，她从小就喜欢吃这个，用冰糖煮菠萝，放凉以后搁到冰箱里，冷透了再拿出来吃。以前没有冰箱，父亲总是煮好一锅，笑嘻嘻地去楼下的小卖部，放在小卖部的冰柜里，晚上去拿，给小卖部舀了大半，剩下的半锅端回来。

她接过菠萝水，问，今天不上夜班吗？父亲说，待会儿就去。父亲站在她面前，看她吃完几块菠萝，说，今天那个男的就是你周孀介绍的？她说，是。父亲说，还是找个真心实意的好。杨非说，他挺真心实意。父亲递纸给她，让她擦嘴。还是条件相当一些的好，父亲说。杨非吃下最后一块菠萝，菠萝卡在她的喉咙，等她吞咽下去，喉管里却始终残留着一段可感的空隙。父亲接过她手里的碗，转身出去，轻轻关上门。

她把纸巾捏在右手手心，用左手滑动轮椅到床边，用轮子推了推那本相册，她低下身子去，没有够到相册，她再弯下去一点，还是够不到。她的身子趴在自己的腿上，随即缓缓抬起，她扬起手，重重地捶在腿上，没有一点知觉。

张凡和杨非开始定期见面。一般是一周一次，张凡空下来，就去找杨非，他在寺庙外一条巷子等她，开车去河边，或者是公园。他们第一次亲吻是在月亮湾公园。那是一个废弃很久的公园，荒草长得老高，池里暗绿色的水发出阵阵臭味。是她提议去的，说是小时候去过公园里跳蹦蹦床，五毛钱两个小时，她很喜欢那种腾空的感觉，比跳舞时的那种腾空要精彩得多。那边，她指了指公园东北角，以前蹦蹦床就在那片空地上。张凡朝她指的方向看过去，现在堆满了一层层破碎的石棉瓦和几个废旧的皮沙发，越过围墙，旁边是一片居民区，居民楼窗户里漏出的光照在那片废墟上，能看见灰尘的颗粒在黄色的光晕里流动。

他们选择了一片草比较浅的石凳，他挨着凳子的边沿，扶着她的轮椅。她说，给我讲讲你当兵时候的故事吧，我爱听。她喜欢他那些与此刻不同时空的故事，带着残酷的荒蛮和猎奇。她也喜欢他讲故事时的神态，眼睛微微眯起来，仿佛与这个世界隔着一层主动的疏离，然而她却能穿过那层疏离，轻易地走进他的世界。

他说，我入伍的时候，跟的是李哥，就是我跟你说过，用枪打破毒贩脑袋的那个。他跟我是同乡，比我早几年入伍。李哥带我们去边防站查检，是个半夜，我记得挺清楚，刚下过暴雨，看得见蓝色的天空和白云。我们上一辆卧铺车检查，大部分人还在睡觉，各种奇怪的味道混在一起，我的脑子猛地清醒起来。几个男人坐了起来，抱怨一趟车要检查多少次，李哥低吼了一声，车里立刻安静下来。我跟在李哥后面，车门处的卧铺坐起来一个女孩儿，十六七岁的样子，头发黄黄的，看上去像发育不良。李哥挨个查身份证，让我搜他们的随身行李，其他几个战友搜车厢里的大件物品。那女孩低着头看我，嘴唇发白。她移动身子从床上下来，我在她卧铺上翻找，李哥提醒，床铺什么的都要翻，我一一照做，最后是她的包，一个黑色皮革的背包，表面的皮革剥落，我让她把包里的东西倒床上，仔细查看每一件物品。然后第二个人。我们没有发现什么，我松了一口气，有点像以前看考试卷子上的分数，明明知道结果，还是会心惊。我和李哥走到车边的时候，李哥停留了一下，随即我们下车，就在下车的时候，那个女孩一下子扑倒在地上，嘴里吐着白沫，李哥看过去，说，他妈的。

杨非问，她藏毒？

他说，是，塞到下体的毒品破了，我们的女兵从她阴道里掏出几百克海洛因。我现在还记得那女孩的样子。后来没抢救过来。

杨非问，她为什么？张凡点上一支烟，开始沉默。不知怎么，他突然想起，曾有一次，他也这样问过李哥。在李哥退伍的前一年，那时候他的眼睛也还没坏，李哥给他讲过这样一个故事。李哥说，那时队里接到一条情报，派他去中缅接壤的一个村子里和毒贩接头。那个村子里原先有十几户人家，全部吸毒或者贩毒，后来死的死，逃的逃，成了一座空村。他就躲在村里一间土基房旁的石头后面，听见毒贩在外面开枪，他听到是手枪，但不能分辨型号，不知道对方子弹打完没有。等对方的枪声停止，他拿那把步枪抵着毒贩脑袋的时候，才看清楚，那人是曾带过他的一个老兵。那时张凡问李哥，他为什么？李哥摇摇头，过一会儿，突然问他，如果你是我，你会怎么做？张凡说，我会开枪。李哥又问，如果你拿枪指着脑袋的那个人是我呢？

想什么呢，他的回忆里闯进杨非的声音。烟灰落到裤子上了，杨非说着，伸手过来帮他拍了拍裤子上的烟灰。他笑了笑，突然说，我以前不抽烟。她抬起头，说，是吗？他说，当了兵以后才学会。她点点头。他说，那时候我们要整夜整夜地守着山头，全靠烟撑着。他抬起手里的烟，说，李哥那时候教我，在烟屁股上涂万金油，然后深深吸进去，整个肺都凉透了，脑子才清醒起来。那时候我们还开玩笑，说这么抽一口，跟吸毒没什么两样。

你尝过吗，毒品，杨非问。她的眸子望着他，似乎要从那只玻璃眼珠里发现些什么。

张凡没有直视她，说，不能算尝，有时候需要用牙床验毒，尤其是海洛因，纯度越高，味道就越酸越涩。张凡再点起一根烟，他的烟盒里已经没剩下几支了。越了解那东西，越知道不能碰，张凡说，以前我们队里一个老兵，缉毒的时候被灌了毒品，现在还在戒毒所。戒了又吸，吸了又戒，那东西根本不可能戒得了。

夜色深了下来，张凡听着那栋老旧的居民楼传来电视剧的声音，似乎是一对夫妻在吵架，在停火的间隙，他听见杨非问他，你杀过人吗？张凡吐出烟圈，烟雾随着气流缓缓上升，融合，然后消失。他说，杀过。

张凡第一次出任务，去山上伏击毒贩，李哥让他负责射击。对方是支土枪，估计是个新手，听见动静后虚空放了一枪，张凡没多想，朝着枪声的地方开了几枪，开完枪的手还不停颤抖着。李哥给他点了烟，接过他手里的枪，走到毒贩旁边，还没死透，又朝毒贩开了一枪，说，不要命的孙子。

那之后整整三个月，我天天梦见他，满身是血地看着我。张凡说完，低下头去，听见风吹过草丛的声音，他把烟蒂按在椅子上，烟灰随着风吹到一旁的草丛里，未熄灭的火星子闪了几下。然后他抬头，看见杨非的眼睛。她握住他的手，手心里全是汗珠，湿腻腻的，他就低下头去亲她的嘴唇。他听见她加大的喘息，闻着她脖颈里淡淡的香气。轮椅朝一旁摇了摇。他握住轮椅，将她放到面前来，用双腿固定住她的轮椅，他看见她脸上渗出的汗珠。

她从他的手臂里挣脱出来，觉得身体里的东西炙热得可怕。他稳定了自己的情绪，握着她的手。

她问他，后来为什么退伍，是不是因为怕死？他说，不是。过了一会儿，他又说，是。她看他，他说，不是怕自己死，是怕别人死。他说完，低下头去含住烟。她不说话，只是移过去，把头搭在他的肩膀上，一仰头，就看见稀疏的星星。

他们去河边约会的一个晚上，他送她回家，在路灯投入车内影影绰绰的光影中，他说，今晚别回去了吧。

张凡把车停在城边的一间旅馆，老式的招待所样式。张凡拿身份证去开房，杨非坐在车里等他。她看着旅馆闪着红灯的招牌，"鸿瑞宾馆"，在心里默念出声。"鸿"字的三点水掉了一个，"馆"字的颜色比其他三个字亮一些，应该是新焊接上去的。在心里默念的时候，宾馆两个字背后确切的含义慢慢在她脑海里显现，她的心脏开始加速跳动。她看见张凡走出来，站在"宾"字下面，随着闪烁的灯光点起一支烟，他厚厚的下唇兜住烟雾，再轻轻吐出来，她的目光和烟雾一起上升，停留在他那只玻璃眼珠前面，随着他轻轻的咳嗽，烟雾散去，她看见他那只在夜晚格外明亮的眼睛。她身体里小小的炙热升腾起来。

他终于走过来，打开车门，看着她有些异样的脸，说，我背你吧，不那么显眼。她说，好。伏在他背上的那一刻，她脑海里浮现出父亲的脸庞，那张蜡黄得如同牛皮纸揉在一起的脸庞，牛皮纸的褶皱里堆满了岁月对他的耗损，她觉得刺眼，将头转到另一边，侧靠在他的肩上，看着地上，他们重叠的身影缓缓拉长，又缩短，再拉长，进入大厅的时候，影子消失了。有那么一刹那，她有些恍惚地问自己，怎么到这个地方来了，到底是什么样的欲望将她推到这里，这种隐藏着无数污垢的地方。也许明天便会传到相识的人耳朵里，他们会用怎样的目光看她，会像当初他们盯着她残缺的双腿那样？她不知道。她的双手只是更紧地搂住他的脖子，带着一种下定决心的决绝。

他背着她上楼，步子放得很慢，一步一步，像是行军时跋涉险途的谨慎与警惕。楼道很窄，他小心地掌控着自己的力度，不使她的身体碰到发黄的墙壁和掉漆的栏杆。她失去知觉的双腿被握在他宽大的手掌之中，随着每一步的攀爬而更紧密地与那片肌肤相触碰。他握着她，随着每一步的颤动，想象着每个清晨她怎样醒来，如何将那条纱裙套进身体，再轻轻抚摸过双腿。

他们终于到达，他腾出一只手，推开黄漆的木门，一股长久未透气的霉味扑面而来。他的皮鞋踩上厚厚的地毯，地毯已经看不出原本的花纹和颜色，上面有很多小小的洞，虫子蛀的，或者是烟头烫的，这些小洞和地毯表面显眼的污渍告诉他们，这里住过很多人，很多同他们一样、或者不一样的人。灰尘从地毯上扬起，他听见她轻轻咳嗽了几声。

他将她放在床上，碰到老旧的木桌，发出嘎吱嘎吱的响声。他的气息扑到她脸上，带着一丝理智问她，你做过吗？她没说话。他便把手伸到裙子下面。她握住他的手，说，我有点怕。他带着耐心，抽出手来，摸着她的脸，说，也许是灯太亮了，我去关灯。她又拉住他的手，说，你来吧，轻一点就行。

她很瘦，一摸就碰到骨头，两条腿的肌肉已经开始萎缩，默然地、软绵绵地蜷缩在那里，他轻轻摆弄她的身体，将双腿轻轻抬起，试图去验证是否真的没有知觉。他一直注意着她的表情，她闭着眼睛，右手紧紧握着脖子上的玉观音，不发出声音，疼的时候皱一下眉头，仿佛在经受某种既定的惩罚。她始终没有直视他的眼睛，将目光放在可及的老式电视机和布满黄色污渍的热水壶上。她闻见白色床单散发出浓重的漂白剂气味，在床单米黄色的暗纹里，她想象曾有多少身体在此刻她容身的床上留下过痕迹，她的喉咙里突然涌出一股酸水，她闭上嘴，酸水又顺着她的喉咙回返到她的胃里，她感觉到一阵恶心。

得不到回应，他很快就结束，她轻轻挣脱他，身体扭向一边，握着玉观音的手始终没有松开。

他光着身子起来，去洗手间。她望着床头柜上落满灰尘的台灯，几只小飞虫绕着灯泡旋转，黄色的灯罩上，团着一片片黑色的小点。他出来的时候，手上沾了水，湿漉漉的，他抽出电视机旁的抽纸，擦干手，走到床沿坐下，床垫便陷下去一片。

你的腿很凉，他说，但并没有转头看她。她轻轻咳嗽几声，说，今天晚上天气凉。不是那种凉，他说。她没说话。他问，是不是不太舒服。她有些恍惚，想了一会，答，还好，像是以前练舞时压腿那样，总是想尿尿。然后她问他，你觉得这个有意思吗？他说，我抽根烟，然后弯腰去地上捡衣服里的烟盒，没有找到打火机，他又将衣兜和裤兜翻了个遍，最后在衣服内衬的口袋里找到那个印着白酒广告的黄色打火机。打火机里剩的气体不多，只划出小小的蓝绿色的火星，他又用大拇指重重划了两下，听见黑色塑料清脆的响声之后，黄色火焰腾地升起来。

我不喜欢这个，她说。他深吸了一口烟，说，没关系，我不强迫你。她笑，那你找我图什么？他说，不图什么。她说，说实话。他问她，那你图我什么？她说，图你没缺胳膊少腿。他回过头去，说，我图你好看。她说，瞎扯。他说，真的，看见你照片的时候就觉得你好看。她说，那有老的一天。他说，老了再说。顿了一会儿，又说，老了我也喜欢。

抽完一支烟，他钻进被子里，和她并排躺在一起。他将手放在她的腿上，问，你腿怎么弄的？她说，一个事故。他说，什么事故。她没说话。他说，没关系，我就随口一问。过了一会，他又说，你腿太凉了，我给你按按吧。她饶有趣味地看他，你知道怎么按吗？他笑了笑，在床上坐起来，对着手掌哈了哈气，然后轻轻放到她的腿上。在她大腿中部的外侧，他的大拇指按下去，说，这是风市穴。她轻轻笑，你真的会？他的手往下，摩挲过她的肌肤，转到她的大腿内侧，按住，说，这是血海穴。她笑出声来，继续。他抬起头来，也笑，说，就记得这两个，以前训练腿疼，一个战友教我们按过，他爷爷是中医。借助他的胳膊，她微微坐起来，然后去握他的手。他抬头看她，她不说话，拉着他的手，顺着大腿往下，到达膝盖，她将他的手掌伸展开，扣住那片肌肤，说，这是足三里。他点点头，她带着他的手往后绕，按住腘窝正中，她抬起头看他的眼睛，说，这是委中。他的眼神又重新蒙起一层雾来，她还没有结束，拉着他的手，顺着小腿向下，他感觉到她皮肤细腻的纹理，她带他的手到达脚踝内侧，按住中间一点，她说，这是三阴交。他的手掌缓缓握住她细细的脚踝，就这么望着她，然后低头去亲她的嘴唇，她避开，握着他的手，到达脚踝下方，她告诉他，那里是昆仑。他看着她，到昆仑了？她笑，到昆仑了。

他用左手稳住她的脑袋，右手仍旧在她的双腿停留，然后再次去亲吻她。这一次，她顺从地、长久地停驻在他有些冰凉的嘴唇上。她闭着眼睛，听见自己血管里血液流动的声音，温热而缓慢地，从她的双腿往上涌，她明知那双腿已没有知觉，却在他手掌停留的部分，觉察到更深的灸热。面对这种奇异的知觉，她显现出自己的贪婪来，她双手扣住他的双臂，感受他健壮的躯体，她像台灯下的那只飞虫，绕着他的灸热旋转，一圈又一圈，直到再忍不住，飞蛾扑火一样撞向岩浆喷薄而出的地心，被灼伤了躯体，才本能地尖叫着退回来。她停靠在他的胸膛，轻轻喘息，在岩浆四溅而呈现白色画面的一瞬间，她又从那片高空狠狠地坠落下来。

当喘息平静下来的时候，他们又重新并排躺在床上，两手交握。他听见她说，丝厂倒闭那年。嗯，他应。她说，我爸没了工作，我学跳舞费钱，九几年的时候上一节舞蹈课五十块。他说，真贵。她接着说，我爸说要出去打工，但不放心我一个人。他问，你妈呢？她说，跟人走了，我六岁的时候。其实我能理解她。他问，怎么说？她说，我妈长得很漂亮，像香港电影里的女明星。你见过我爸吧，那么一个小矮个子，长得也不好看，我妈当时图他什么呢？他说，也许是对你妈好。她说，她那时候怀孕了，临时找的我爸，给她接盘呢。大概就是图我爸老实，也确实老实，对她挺好，她没舍得立马就走，拖了五六年，她大概也觉得仁至义尽。他说，怀的那个是你？她说，是。他说，那你亲爸是谁？她说，我不知道，知道了也没用。他点点头。她说，这里没什么能赚钱的工作，我爸去了昆明，把我放在二孃家。我问他做什么也不说，就让我好好学习。那年我初升高，没考上一中，去了二中。二中离我二孃家远，每天去学校要蹬三十分钟单车。那时候我和胖子还好着，他出钱继续上了一中，每周我们见一次。我记得是高二刚开学的一天，那天晚上下自习，我们约在开发区一幢刚完工的楼。我到了楼顶，他还没来。我准备走，上来一个戴着黄色安全帽的男人，他问我在这里干什么，我说没什么。我要走，闻见他身上的酒气。他拉住我不让。我挣不过他，他捂住我的嘴，把我按在地上，脱我的裤子。力气有点大，我一使劲儿，楼道没有护栏，直接从楼上摔下去了，再醒过来，就成这样了。

张凡看着她，说，那个男人呢？她说，听说死了，也从楼上摔下来，脑袋着的地。张凡问，什么人。她说，不清楚，我也没问。

他突然坐起身来，又开始找他的烟盒，打火机再打不出火来，他有些恼怒，一把掰掉了银色金属的防风罩，急躁地持续划动，点火头终于升起微小的火苗，他急不可耐地凑上去，点燃他的烟。

他背对着她，默默抽完那支烟，烟雾在房间里四散，他听见她的咳嗽声，他起身，掐灭烟头，说，走吧，这里睡不着，我送你回去。

中午吃过饭，杨非想起还没喂孔雀，端着玉米粒到后院，看见老刘正给孔雀喂水。

老刘回头看见杨非，说，小杨最近不对头，天天忘记喂孔雀。杨非没说话。老刘又说，前面总来找你那个伙子呢，最近怎么不见？杨非知道老刘嘴碎，也不搭理。老刘叹了口气，和孔雀聊起天来，你这个大鸟啊，现在老得不爱动了，记得老马刚送你来庙里的时候，你天天嚎着嗓子叫，现在连眼皮都懒得抬起来咯。杨非抬头看了看天，东边的乌云渐渐飘过来，应该是要下雨了。孔雀似乎也有感觉，瘸着腿跳到石棉瓦搭的棚子底下，立在正中，羽毛随着风轻轻吹向一边。

遇上要下雨的天气，杨非总觉得身上的骨头也随着空气中湿润的气息松软下来，甚至她感觉到小腿的关节骨也咔嚓咔嚓响起来，像她从前练舞时那样，每个动作都伴随着她骨节清脆的响声。她想起张凡说她的腿很凉，父亲也总这样说。出事后那几年，每天睡前，父亲就坐在她的床边，一遍一遍地帮她搓腿，让血液循环起来。他布满老茧的手按着她的双腿，告诉她每一个穴位的名字，他也不过刚从别人那里学过来，就要开始在她面前炫耀。她的腿并没有知觉，但想起小时候父亲总是喜欢用那双布满老茧的手帮她擦脸上的眼泪。母亲脾气不好，时不时地发火，总拿她出气，要么罚站要么不准吃饭，有时更过火，一个巴掌就甩在她脸上。父亲护着她，把她拉到一边，用手轻轻揩掉她脸上的泪珠，小声说，待会儿带你去买小蛋糕。她才止住眼泪，说，爸爸你的手好疼。父亲就笑，告诉她，是"爸爸你的手擦得我脸好疼"，不是"爸爸你的手好疼"。她记不住，等到下一次，还要这样说，父亲总是不厌其烦地纠正她。她想，如果她的双腿还有知觉，父亲手上的老茧摩擦在她的腿上，她应该也会说，爸爸，疼。

后来她来庙里工作，也许是常活动的原因，父亲说，腿没有从前那样凉了。当时为了这份工作，父亲托了好些关系，工资虽然不高，但拿的是县里文物管理所的编制，保障很好。和父亲同期进丝厂的好些人后来都身居县里各种高位，父亲是个脸皮很薄的人，为了这份工作到处求人，她能想象得到父亲卑躬屈膝站在他那些老同事面前窘迫的样子。起初她并不是很愿意去，后来还是妥协了。从小旁人就夸她懂事，她想，她只是见不得别人难堪。她那时已经不喜欢父亲再给她按腿，觉得别扭，父亲笑，说她长大了。她说，我到了这个年纪才长大。

杨非感觉耳边落下来雨星子，这才摇着轮椅往回走。到了前院，雨滴落大了，她看见老刘从厢房小跑出来，拿塑料布去盖院子里晒着的橘子皮。一只山树莺从树上飞下来，低空掠过地面，发出带着自然转音的叫声。杨非想起，好像张凡来的那天，她也听到了山树莺的叫声。

和张凡再次见面是一个月后，杨非主动给张凡打电话。

杨非告诉张凡，她爸给人捅了，在县医院抢救。

张凡赶到抢救室，在走廊上远远看见坐在轮椅上的杨非。她垂着头，双手杵着脑袋，旁边人来人往，几乎要把她淹没。张凡走过去，把她推到长椅旁边，蹲下来，握住她的手。杨非缓缓抬起头来。张凡问，怎么回事？杨非的眼睛布满了红血丝，她哑着嗓子说，他昨晚值夜班，有几个混混要进小区，他没让，听说还吵了一架。今天早上他刚换班，在小区旁边的那条巷子里，被那几个混混给捅了。扫地的看到，报了警。

张凡陪着杨非坐在抢救室门口等，接近傍晚的时候，杨父被推出来，转到重症监护室。张凡推着杨非去医生办公室，杨非几乎没有力气说话，医生只好告诉张凡，病人原本就有严重的肝病，加上过量失血和伤口感染，引发了败血症，现在非常危险，就看能不能熬过去。张凡点点头，轻轻拍了拍杨非的肩膀。说完，医生又急匆匆地去赶另一场手术，末了，不忘提醒杨非，抓紧去窗口缴费。

你能送我回趟家吗？杨非说。好，他说。他推着她的轮椅，穿过医院两旁茂密的李子树，走到高原炽烈的阳光底下。她抬起手遮了遮眼睛，觉得整个身子轻飘飘的，像浮在云里。她想起六七岁的时候，也是这样炽烈的太阳底下，父亲骑单车载着她，送她去学舞蹈。她坐在单车的后座，两条腿轻轻在空中摇晃，听父亲嘴里哼着："人们说，你就要离开村庄，我们将怀念你的微笑。你的眼睛比太阳更明亮，照耀在我们的心上。"她闭上眼睛，张凡将她抱进车里，她脖子上挂着的玉观音在她胸口来回摇晃，她想起今晨在病房里，她握着父亲的手，那些厚厚的老茧也瘫软下来，不再像以前他给她擦眼泪时那样，硌得她生疼。

张凡在三门柜顶层，那件黑色的皮夹克口袋里，找到一张用卫生巾包裹着的银行卡。他从椅子上跳下来，穿上皮鞋，回到客厅，将银行卡递给杨非。杨非划着轮椅回到房间，背朝张凡说，帮我换条裙子吧，上面沾了点血。

张凡将她抱到床上，犹疑着，伸手去帮她脱身上那条带血的裙子。今天怎么没开那辆吉普，杨非说。张凡顿了顿，我没在那干了。杨非问，你要去哪儿？张凡停下手上的动作，接了个单子，跑趟长途。什么单子？杨非问。张凡终于将她的裙子褪到膝盖处，他头上透出汗滴，说，就运输。杨非问，运什么？张凡在床上坐下，说，孔雀。

他从兜里掏出烟，点燃一支，缓缓吐出烟雾，说，李哥联系我，说遇到了点麻烦，让我帮忙运些东西。杨非偏头看他，说，就运孔雀？他没有回答，掐灭烟头，将衣柜里那条白底红花的丝绸长裙拿出来，穿过她的脚踝，慢慢往上。提到骨盆处，他用右手轻轻将杨非抱起来，左手将裙子提至腰际，然后缓缓放下她，走到客厅。

他给自己倒了一杯水，在沙发上坐下，他能看见卧室里杨非随窗外的风扬起的裙角。为什么躲我，杨非的声音从卧室传到客厅，仿佛梦境里一句轻飘飘的呓语。

张凡仿佛没有听见，他重新点起一支烟，说，李哥退伍以后，我们就没联系过。他轻轻呼出一口气，像是在跟自己说话，我眼睛被戳穿的时候，是李哥开的枪。停顿了一下，张凡又说，他暴露了位置，被毒贩埋伏的同伙射穿胳膊，摔下山去，那条胳膊再没能抬起来。张凡抬头看窗外，第二年，他就退伍了。

太阳顺着西边的窗户照进来，落在张凡的身上。他深吸了一口烟，剧烈地咳嗽起来。咳嗽平缓下来时，他说，那年我爸也出了事。

房间里很静，听得见两人细微的、此起彼伏的呼吸声。客厅也似乎空旷起来，他的声音甚至带着一点点回声。他看着房间里杨非的裙摆，说，他早年喝酒好赌，家里欠下好些债。后来在工地做建筑工，就现在开发区购物中心那片地，他晚上喝多了，强奸一个女学生，不小心摔下楼来，死了。张凡的声音有些嘶哑，他捏着还未燃尽的烟蒂，说，他下葬后一个多月，我才接到电话。我妈在电话里哭，说，儿，我们欠了天大的债。

窗外的光影从他身上移开，他听见杨非在床上动了动。

我们走吧，杨非说，该去缴费了。

张凡掐灭烟头，说，好。

人是下午没的，在张凡出发的前一天。

他赶到医院，看见杨非的轮椅靠在走廊窗前，她佝偻着腰，低头在腿上的通知书上签字。光将她的右半边脸颊晒得通红，颧骨上那块褐色的晒斑更加显眼。他走过去，低头扶住轮椅，她将背轻轻往后靠，声音有些轻飘飘的，说，几点了？他答，四点一刻。她说，哦，这么晚了。然后看着前方，目光却没有落在任何一处。

他陪她站在光影里，晒得他右边肩膀有些发烫的时候，他说，我先送你回家？这时她朝他轻轻仰起头，带着几分茫然，似乎在辨认他是谁。看见他眼珠的一刻，她的目光才重新聚焦起来。他似乎看见她轻轻笑了笑，然后听见她说，你不是说过，要带我去看飞机？他迟疑了一下，问，现在？她把头转回去，轻声说，现在。

他开车带她往城外去。

沿着盘江河上那座大桥出城，傍晚的风从对面广阔的田野上吹过来，他在后视镜里看见她随风扬起的头发。在他们的前面，有一辆拉豆秆的卡车，在公路凹陷的地方，卡车往左边侧了侧，掉下许多干掉的蚕豆，他开车压过去，听见空气中轻微的声响，携带着夏天汗渍的声音，使他想起幼时稻田里起伏的微风。

公路两旁种满了翠竹，只能从密密的竹叶里看到流过的盘江，偶有几个地方缺了一片竹子，便能往外看到不受遮拦的河水。沿着公路开到一个大的岔路口，他往左边拐过去，没走多远，道路就狭窄起来，他放慢车速，稳稳绕行几条乡间小路，再穿过一个村子，前面突然就开阔起来，他们看见一大片一望无际的平原，延伸到很远处的青色的群山。

车在平原上加速驶过，几个戴草帽的村民沿着公路行走，听见喇叭响，就往一边靠一靠。在村民的前头，几头水牛在车窗外一闪而过。最后，车子进入一条土路，他再次减缓速度，沿着不宽的路慢慢往前，直到那片漫长的穿越平原的水坝在他们面前展现。

他将车停定，解开安全带，说，这里轮椅上不去，我背你。

她搂住他的脖子，紧贴着他的背脊。他背着她穿过面前大片的豆田，鞋子陷进土里，他提起脚，沿着山坡继续向上，她感觉到他身上沁出的汗珠。

他一步一步，背她登上坡顶，站在水坝之上。坝中的水汹涌向前，涌入等待灌溉的土壤。

他问，怕么？她贴着他的背，答，不怕。他说，那我们就坐在这里，小时候我经常爬上来玩，淹死过几个孩子。她说，那小心一点。

他将她从背上放下来，让她侧身扶住旁边的石块，在地上坐定，然后他将她扶到坝边，轻轻将她的双腿放下，她整个身体立即感受到流水的凉意。

太阳渐渐落下来，远处就是那片机场，可以看见长长的跑道。一架银色的战斗机训练完毕，低空掠过他们的上方，向机场返航。她抬头，问，那是什么飞机？他握着她的手臂，保持在水坝上的平衡，他们听见脚下湍急的水流。他说，是歼20，它的机身是菱形，刚服役。她说，是吗？他又说，之前还有歼10和空警500，有一次就贴着我的头顶飞过去，是离我最近的一次。她说，飞机太吵。他说，听习惯就好。

他说，我查了。她问，什么。他说，我查了县志，千佛塔一共有一千六百九十一尊佛。不对，她说，是一千六百十三，我数过的。我数了很多遍。

他说，其实我早就认识你。她看他，什么时候。他说，九九年。她说，那时我上初中。他说，是，你上初二，我记得。他又说，那年澳门回归。她说，是。他说，县里的中学在你们学校礼堂办庆祝活动。她说，文艺汇报演出。他说，我们学校唱那个"你可知马靠，不是我真姓"。她补充，《七子之歌》，闻一多写的词。他说，我们临时胡编乱凑去的，还跟好几个学校重了节目。

你们表演舞蹈，我记得，张凡说，跳的是孔雀舞，你是领舞。杨非点点头。张凡说，你穿一条白色的裙子，裙尾拖地，上面都是绿色的孔雀羽毛。那时你的头发比现在长，一直拖到腰。我那时看见介绍人给的照片，一眼就认出了你。她说，所以你是有预谋的。他说，可以这么说。她说，挺有意思。他说，是，有意思。

接近傍晚，水边的虫子渐渐多了起来。她问，什么时候走？明天，他答。

天渐渐暗下来，他低着头，点开手机的闪光灯，放在一边。那群细小的飞虫便凭借着趋光性聚集到闪光灯的周围。他点燃一支烟，抬起手，火光落在远处的山峦上，风一吹，山峦上便布满了点点火星。他突然想起爷爷家门口那条长长的石子路，两侧都是低矮的瓦房，缝隙里插种着柏树，天一黑，柏树便伸着顾长的枝叶在晚风里晃荡，月亮隐在灰蒙蒙的山峦背后，间杂着狗吠和此起彼伏的虫声，却生出最令人孤寂的冷清来。

你帮我挪过去那边，杨非指着不远处与土坡分离，悬空的一段水坝。他这才回过神来，犹豫了一下，还是抱起她，小心地往那边挪动，然后让她抓住他的手臂，移到悬空的一段。

她不再面对水面。低头向下，是距离水坝七八米高的地面。她张开双臂，两只手臂交绕，傍晚的风从她的指缝、从她的胸口穿过。她听见舞蹈老师说，预备，她的小臂带动双手举向空中，食指与拇指相碰，形成孔雀的样子。旋转，直到天际的蓝与地面的灰相融，她看见那只孔雀站在对岸，轻轻颤动着，展开尾屏，消匿在远空暗紫色的黄昏。

又一架飞机飞过。胖子，杨非突然说。张凡转过头，什么？

杨非闭上眼睛。胖子向她走来，按住她的身体和喉咙，短暂的窒息之后，那个无数次出现在她梦里的男人现在终于在她眼前清晰起来。他从后面赶上来，试图帮她推开胖子压在她身上沉重的身体，却被轻而易举地推到一侧。他抓住胖子的手臂，胖子往旁边一推，他就从楼道旁的缝隙往下坠落。几乎是一瞬间，她本能地伸手去抓他，然后一起，穿过那个夜晚黑暗的尽头，在地面上降落。全部的，父亲断气前干枯的面孔，五岁那年母亲离开时喷的茉莉花香的香水，那天晚上胖子按住她的身体和喉咙的短暂窒息，统统从她的身体里奔涌出来。

她终于睁开眼睛，夜已经暗下来了，没有光，她在黑暗里，踩着脚下悬浮的、虚空的影子。最后一架归程的战斗机从她的头顶掠过，发出巨大的轰鸣。她在轰鸣的余音里回头，他仍旧站在她的身后，仰头看着天空。她将双手在狭窄的水坝边缘撑起来，缓缓地离开悬空，退回岸边，伸出她的手。她等待着，等他握紧她，她就回到他的身后，告诉他关于她的一切，然后和他一起，缓缓降落在地面。

水果硬糖

万玛才旦

授奖词

一个不幸的母亲生了两个儿子，一位接受现代教育，成为了一名小有名气的医生；一位则是活佛转世灵童，被送进了寺庙。小说试图在传统与现代，信仰和理性之间找到一种和解——最后这兄弟俩彼此似乎理解了对方，但这理解并非是认同，而是对生命无常的恐惧和敬畏。万玛才旦的叙述干净、简洁、节制，是对当代写作过于"修饰性"的一种反拨。（杨庆祥）

我有两个儿子，两个儿子的年龄相差十八岁。

先说说我第一个儿子多杰加。多杰加长得尖嘴猴腮，村里人都在暗地里取笑他，我也经常为他的长相担心，想着这样一副长相，长大了谁家的姑娘还愿意嫁给他呀。多杰加出生后还不到一个月，我们村里一个平时口无遮拦的女人来看月子，她看了一眼我怀里的婴儿，不无担心地说："这个孩子长得这么难看，长大了可怎么办啊？"虽然我知道自己的儿子长得丑，但是还没有人当面这样说过。我心里就把这个女人给恨上了，之后两三年都没跟她说过话。他长到三岁时他的阿爸就死了。是病死的，不是什么意外。刚开始我没法接受，后来就慢慢接受了。他从开口说话开始就说他想念书。我想，不识几个字，人就跟个瞎子似的，在社会上没法混。所以，从七岁开始，我就让他去我们村里的小学念书了。从小学一年级开始，他每个学期都拿回一张"三好学生"的奖状来。我很高兴，我想，他这么聪明，将来也许有姑娘愿意嫁给他呢。我用面粉做好糊糊浆，把奖状都粘在了我家灶房的墙面上。到了五年级时，我家灶房的墙面上全贴满了奖状，花花绿绿的，很好看。念完五年级，就算是小学毕业了。我们这里有个习惯，就是大儿子一般要留在家里继承家业。我只有他一个儿子，自然就要留他在家里继承家业了。我把这个意思跟他讲了。他半晌不说话，最后才说："阿妈，求求你了，我想念书，你让我念完初中再说吧。"他这样一求，我心又软了，继续让他念了初中。

念完初二，我就下定决心不让他继续念了。初二的最后一个学期结束之后，他依然带着一张"三好学生"的奖状回来了。我用面粉做好糊糊浆，把奖状粘在了我家灶房墙面上的某个角落里。

之后，我转过身对他说："家里人手少，你阿爸走了之后，阿妈既要做女人又要做男人，一个人顾不过来家里所有的事啊！你识的字也够你用一辈子了，以后你就别去上学了吧。"他看着我不说话，不知道在想什么。

一会儿之后，他走过去，把我刚刚粘在墙上的奖状撕下来，揉成一团，扔到了火塘里。随后，"哗"的一声，奖状烧成了灰烬。

我有点不知所措。我看了看他说："阿妈知道你念书很厉害，可是家里阿妈一个人实在是顾不过来啊！你是家里唯一的男人，你要担负起这个家啊！"

他看着我说："阿妈，你就让我继续念书吧，以后我来养你，我把你带到城里头生活，以后咱们就不要这个家了。"

我打了他一耳光，说："你别想让这个家败在你的手里，你这样我没法面对你阿爸的在天之灵！"

他也不看我，走过去又从墙上撕下一张奖状扔到火塘里烧成了灰烬。

我叹了一口气说："你再撕也没用，你就死了继续念书的心吧。"

后来，每到早上，我就发现墙上的奖状少了一张。暑假快结束时，墙上的奖状就全没了，墙面上空荡荡的，有点不适应。

我问他："你把奖状都藏哪儿了？"

他说："我都烧掉了。"

我很生气，瞪着他说："你烧了也没用！你把整个墙烧了，你把整个房子烧了，你把整个家烧了也没用！我就是不想让你再去上学了！我也是个人，我也需要个帮手！"

他看了看墙面，墙面上已经什么也没有了。要是墙面上还有奖状，他肯定又跑去撕下来扔到火塘里烧了，我想。

开学之后，我没让他去上学。他也不说什么，跟着我帮着干各种家务活。我心里想，有个儿子长大了可真是好啊！

开学后过了一个星期，他的班主任找上门来了。班主任是个三十多岁的男子，卷发，戴着一副眼镜。我想他一定是看了很多书，上学时肯定也和我儿子一样拿了不少奖状。

他给我献上了一条哈达。这是很高的礼节，我有点受宠若惊，一时不知道该怎么办。

他说:"我听说了,你是想把你儿子留在身边给你做帮手。"

我说:"我实在没办法了,家里的事情太多了,身边没有个帮手我顾不过来!"

他说:"这个我理解,可你的儿子是个天才,你不能毁了他的人生。"

我问:"天才是什么?"

他好像被问住了,一时不知道该怎么回答。他看了看我的儿子,我的儿子也正在看着他。

他说:"就是说在这个世界上这样的人不多。"

我说:"你是说像他这样长得很丑的人不多吗?"

他笑了,马上说:"不是这个意思,不是这个意思,天才不是这个意思,天才跟长相没有关系。"

我更加不明白了,继续看着他。

我儿子看着我俩笑了。

他显得有点尴尬,又使劲想了想说:"你们这儿的活佛多不多?"

我立即说:"不多,我们这边的寺院就一个活佛。"

他也立即说:"他就是那样的人,那样的人很少,一百年才出现一两个。"

我立即说:"你不要拿他跟活佛比,那样比不好,那样比会折损他的福气。"

他一时不知道该怎么说了。他挠了挠头皮,想到了什么似地说:"你儿子每个学期拿来的那些奖状你都看见了吧?"

我看了看墙面,说:"当然看到了。"

他继续说:"那些奖状不是随便就能拿到的。你儿子从小学一年级开始到现在每个学期都拿到了'三好学生'的奖状,这是很不容易的。"

我继续看着墙面,有点遗憾地说:"可惜那些奖状都被他撕下来扔到火塘里烧了。"

老师看了看我,又看了看墙面。他似乎也看到了一些蛛丝马迹,说:"烧了?真的烧了?"

我看了看我儿子说:"真的烧了,不是我烧的,是他自己烧的。"

老师看着我的儿子。

儿子低着头说:"我阿妈说不让我上学了,我就把那些奖状给撕下来烧掉了。我想留着那些奖状也没啥意思。"

老师看着我儿子,最后才摇着头说:"那些奖状烧了就烧了吧,也就是些纸片而已,主要是他现在要继续上学。"

我儿子看着我不说话。

我态度坚决地看着老师说:"你说什么我也不会让他继续上学了!我也不是这个家里的驴,我也需要个帮手,长大了连个帮手都做不了,我生下他,把他养大干什么?"

老师很生气,瞪着我,大声说:"你这是在造孽!"

我也有点生气,问:"造孽?我不让自己的儿子念书也算造孽吗?"

老师更加生气,喘着气说:"当然是造孽!你这样造孽你死后是要堕入地狱的!"

我有点害怕了,问:"真的假的?"

老师说:"当然是真的!你想想,当初要是宗喀巴大师的母亲不让他去寺院学习经论,会有后来被称为第二佛陀、格鲁巴创始人的宗喀巴大师吗?"

我觉得他说的有点道理,没办法反驳他。

他接着说:"要是她当时不让宗喀巴大师去拉萨的寺院学习经论,她死后肯定会堕入地狱的!"

停了一会儿,他又说:"你现在不让你儿子继续念书,你死后肯定也会堕入地狱的!"

我相信因果报应,我相信今生来世,我当时真的被他这句话给吓坏了。

下午,卷发老师就带着我的儿子回去了。

第二年夏天我的儿子初中毕业了,考上了州上的高中。村里很多女人问我你怎么就生了这么个厉害的儿子,都考了全州的第一名。我心里高兴,嘴上却说:"我怎么知道,就那样不小心生了个天才呗。"

女人们问我啥是天才,我想起了老师的话,说:"就是说那样的人不多。"

我想她们理解不了天才的意思,但没想到她们却说:"那样的人当然不多,要不然怎么能考上全州第一名呢!"

高中第一学期结束寒假回来时,他空着手回来了。我有点好奇,有点意外,笑着问他:"这次你是不是没有拿到奖状啊?"

他严肃地说:"拿到了。"

我问:"在哪里?"

他说:"我在路上烧掉了。"

我有点遗憾地说:"烧掉它干吗?拿回来贴在墙上不是挺好吗?"

他说:"就一张纸而已,留不留着都一样。"

我没再说什么。后来几个学期寒暑假时他空着手回来,我也没再问什么。

高中毕业之后他就考上了大学。我们村里的那些女人们又都说我儿子是以全省第一名的成绩考上大学的。她们问我就说我不知道。她们却说,你儿子是天才,考个全省第一名是区区小事。

其中一个女人又说:"听说你儿子到了大学要学医,是真的吗?"

我说:"当然是真的,我儿子考了全省第一名,想学什么到了大学都随便选!"

那个女人赞叹着说:"俗话说'活佛的母亲死后要堕入地狱,医生的母亲死后要进入天堂',你可真是有大福气啊!"

我脸上带着笑,心里却骂道:"死儿子,将来要当医生了也不告诉我一声!"

儿子上大学前,有一次我问他:"你到底有没有考上全省的第一名。"

儿子看着我笑了笑说:"我不是第一名,我是第三名。"

我有点失望,问他:"你不是天才吗?你怎么就考了个第三名?"

儿子说:"你以为第三名就那么好考吗?我是天才人家也是天才,考第一名、第二名的都是天才,甚至考第四名、第五名、第六名、第七名、第八名、第九名、第十名的也都是天才!"

我就说:"要是早知道你考不上全省第一名我就不让你去了,咱们村那些女人们都以为你考了全省的第一名,要是知道你考了个第三名,我可怎么向她们交代?"

儿子说:"你不用向她们交代什么了,我以后不回来就是了。"

我说:"你要是敢不回来我就打断你的腿,不让你去上大学。"

第一个学期结束后的寒假他就没有回来。他派了一个他的同班同学来跟我汇报他不回来的事。

我问他的同学:"我儿子为什么不回家?"

他的同学说:"他想寒假打打工,挣点钱。"

我问他:"你们在学校开销很大吗?"

他说了个数字,超出了我的想象。上学前我给我儿子的钱很少,远远不够他平时的开销。

我问他的同学："你的生活费和平时的开销是谁给的？"

他的同学说："都是我爸妈给的。"

我问他的同学："你爸妈是做什么的？"

他的同学说："我爸在政府上班，我妈当中学老师，教学生唱歌。"

我感到很伤心，不由流出了眼泪。

他的同学不解地看着我。我说我的儿子要是也有像你一样的爸爸妈妈，就不用假期留下来打工了。

他的同学说："阿姨，你千万不要这样想，你的儿子很聪明，你的儿子是个天才，你儿子将来一定会比我们有出息的！"

我问他："他这个学期有没有拿到'三好学生'的奖状？"

他的同学说："大学里一年才评一次。你的儿子下学期肯定能拿到'三好学生'的奖状的，而且还能拿到奖学金。"

我问他的同学："奖学金是什么？"

他的同学说："就是钱，评上了'三好学生'就有钱发。"

我有点纳闷，就问："'三好学生'的奖状不就是张纸吗？怎么换成钱了？"

他的同学笑着说："大学里评上'三好学生'不但有奖状，还发钱呢！"

我问他的同学："他的学习成绩真的很好吗？"

他的同学说："真的很好，是我们班里的第一名。"

大学毕业之后，我儿子多杰加就真的成了一名医生了。但是他没有回来，我听说他被他同班的一个拉萨的女同学给拐走了，拐到拉萨的什么医院了。拉萨好是好，那里是菩萨的圣地，那里的人们福气多，可是我听说拉萨的女人们不喜欢劳动，家务事都是由男人来做。我真的有点替他提心吊胆了。我们村的几个女的也在到处说风凉话，说没想到我那个天才儿子被一个拉萨女子拐走了，可惜了，还说当初要是不让他上什么学就好了。

接下来说说我的第二个儿子，我的第二个儿子叫多杰太。

多杰太是在多杰加十九岁的时候生的，那是多杰加考上大学后的第二个学期。刚生下来的多杰太，眼珠子一动也不动，脸上也没有任何表情，懵懵懂懂的，像是活在另一个世界里。我担心我这次生下的是个傻子。

说到我的第二个儿子多杰太，不得不说一下他的父亲。我第一个儿子多杰加的父亲死得早，在多杰加三岁的时候就死了。他的样子、他说话的语气我都记得很清楚，有时候还梦见他。但是我问多杰加，对他父亲有没有什么印象，他说他完全不记得父亲是个什么样。

第一个儿子多杰加上了大学之后，因为太孤单，我跟夏天到我们这儿割麦子的一个男人好上了。我第一次看见他，就对他有一种很亲切的感觉。那个男人比我小几岁，他的长相和说话的方式跟我死去的男人有点像，这可能是我跟他好的主要原因。他先是到我家割麦子，我给他工钱。他很能干，力气大，吃得多，割麦子也很厉害。后来他就在我家里住下了，开始帮别人家割麦子，还把帮别人家割麦子挣到的钱带回来给我。

那年的收成很好，粮食都堆满了粮仓。农忙季节过去之后，我也怀上了多杰太。

第二年生下多杰太之后过了三个月，又是一年一度的秋收季节了。男人很心疼我，说今年他来收庄稼，让我好好在家里休息。我有点感动,觉得有一个男人在身边真好!

庄稼收到一半时的一个中午,一个女人来找我了,那个女人还带着两个小女孩,两个小女孩的脸蛋红红的,看上去很可爱。她说她是来找自己男人的。我问她你找自己的男人怎么找到我这儿来了,她说我的男人现在就住在你的家里。我一下子明白是怎么回事了。女人还指着两个小女孩说这是他们的女儿,两个小女孩看着我笑。我也看着她俩笑了笑。那个女人没有跟我大吵大闹,说等男人回来让他自己决定吧。女人看着我怀里傻乎乎的儿子问,这个是你跟我男人生的孩子吗?我犹豫了一下之后点了点头。她又说,你不会是生了个傻子吧?我说不会,我大儿子现在在上大学呢,他是以全省第一名的成绩考到大学里的。女人看着我怀里的儿子没再说话。

黄昏时分,男人割完麦子回来了。他的样子看上去有点疲惫。他看见女人和两个小女孩,愣在那里一动也不动。女人看着他,也没说什么。两个小女孩"阿爸,阿爸"地叫了两声,跑过去牵住了他的手。女人一下子就哭了起来。哭得伤心欲绝,完全停不下来。男人不知道该说什么,看看两个小女孩,又看看哭泣的女人,最后把目光落到我和我怀里的小儿子身上。女人哭到最后,嗓子眼也干了,完全哭不出声音来了,一下一下地打着嗝。我那不到一岁的儿子像是受了惊吓一样,傻傻地看着那个不断打嗝的女人。

等女人的情绪稍微稳定下来之后,我对男人说:"你还是回去吧,一个女人家带两个孩子不容易。"

男人和女人有点意外地看着我。

女人看着我问:"那你怎么办?"

我说:"没事,我一个人带一个孩子顾得过来。"

女人没再说什么,男人一直没有开口。

我就给他们做晚饭,我把家里仅有的那条羊腿煮了给他们吃。男人吃了一点,女人几乎什么也没吃。他们的两个小女儿吃了很多,嘴巴鼻子全是油。他们吃了晚饭我就让他们上路了。外面的夜很黑,我还给他们拿了手电筒。女人很感激我,握住我的手不知道说什么好。我假装生气地骂了她一句:"还不带着自己的男人赶快走!"她才跟着男人走了。我看着他们走了很远之后才回到屋里。

回到屋里时,我那个不到一岁的儿子还没有睡,傻傻地在看着我。看着他的样子我就忍不住地大声哭了起来,像那个女人一样,哭到最后嗓子也干了,眼泪也流完了。

到第二年割麦子时,我的小儿子多杰太长大了一点,但还是不说话,总是傻傻地看着我。我把他用一根绳子拴在地头,一边割麦子一边回头看他。麦田一眼望不到边际,感觉麦子越割越多,累得我直不起腰来。多杰太在地头"哇啦哇啦"地哭个不停,这让我心烦意乱,我又跑过去给他喂奶。孩子喝了奶就睡着了。这时,我远远看见男人和他老婆向这边走来了。

女人远远地就喊:"我们帮你割麦子来了。"

我也远远地喊:"就你们俩啊?你们的两个女儿呢?"

女人喊:"放在我姐姐家里了,没事,放心吧。"

待他们走近后,男人看着已经睡熟的儿子说:"已经长大了啊。"

我也看着儿子说:"还是不说话。"

女人说:"有些小孩说话就是晚,不是什么问题。"

我说:"不会真是个哑巴吧?"

女人的脸马上红了,说:"我上次不是那个意思。"

我说:"我说的可是真的,你看他不像个哑巴吗?"

女人:"怎么可能呢!我两个女儿都像个话匣子,说起来没完没了的。"

男人也说:"这个孩子肯定会说话的,就是个迟早的问题。我听人说开口说话晚的孩子都是福气很大的孩子呢。"

他们的话把我逗笑了,说:"我也不奢望他有多大的福气,我就希望他正常、健康,长大了能够待在我身边就可以。"

男人说:"这个孩子长大了肯定能当你的帮手的,我们好好教育他。"

听了男人的话,我真的希望这个孩子快快成长起来。

男人和女人帮我割完麦子就回去了。村里人对我们的这种关系也习以为常了,早就不在背后说我们的闲话了。

冬天时,大儿子多杰加放寒假回来了。他看到他的同母异父的弟弟多杰太就看着我问:"这个小孩子是谁?"

我说:"这是你的小弟弟啊。"

他问:"我怎么会有个小弟弟?"

我笑着说:"你离开我去了大城市,阿妈就给你生了个小弟弟。"

有天他去村里的一个聚会,回来就显得很不开心的样子,他身上还有一些酒气。

我问他:"你怎么喝酒了?"

他不回答我的问题,看着我怀里的多杰太说:"他怎么看上去像个傻子一样?"

我说:"你不能这样说他,他是你的弟弟。"

他说:"我没有这样的弟弟,他就是个傻子。"

我说:"他只是还没有开口说话而已,他不是傻子。"

他说:"村里人都说他是个傻子。"他的表情里还有一点嘲讽的意思。

我打了他一耳光,说:"傻就傻,傻一点更好,傻一点就不用去读什么书了,傻一点就不会像你一样远走高飞了,傻一点就可以留在我身边了。"

之后的几个假期,他就没再回家,我知道他心里对我有一股怨恨。

多杰太到了四岁时还是不说话,看他的眼神和表情还是像个傻子。我心想,完了,自己真的生了个傻子了!

那年夏天,我的大儿子多杰加大学毕业了。他让他同学捎话说他跟着他女朋友去拉萨了,暂时回不了家。后来,他又捎话过来说他和他女朋友分到拉萨的一家大医院了。我给他的那个同学捎话说:"你就告诉多杰加,拉萨可是好地方,是菩萨的圣地,他能去拉萨阿妈很高兴,以后只要回来看看阿妈就行了。"他的同学说:"其实多杰加一直跟我说起您呢。"我脸上带着笑,心里却有一股酸楚的感觉,说:"这个孩子终于熬出个头了。"

有天晚上,我做了一个梦,梦里我们村嘛呢康的一尊佛像开口跟我说话了,说了什么,天一亮我又全不记得了。

那天早晨,我醒来时已经九点多了,太阳的光透过窗棂照进了屋里,令人眼花缭乱的,有一阵子我以为自己还是在梦里面。

我赶紧起来走出屋子时,看见我的多杰太端坐在一个方凳上看着我。

我感觉他有点不一样,不由地向他走

67

去。待我走近他时，看见他脸上带着一种神秘的表情，完全不是平时那种傻傻的表情。我正在纳闷时，他突然开口说："阿妈，你终于醒来了。"

我好像突然被雷击中了，怔在那儿说不出话来，却不由地流出了眼泪。

到了六岁时，他已经能流利地说一些话了。他很听话，一天到晚跟在我的后面不离开，我心里想，生了个聪明绝顶的儿子没留住，这次这个看上去有点傻的儿子终于可以留在身边，可以作为自己一辈子的依靠了。

那年春天，我带着他正在地里锄草时，突然来了几个穿着袈裟的僧侣。我儿子看见了那几个僧侣，也向他们跑去了。

僧侣们抱起我的儿子，左看看，右看看，嘴里不停地说："这下好了，终于找到了，终于找到了！"

我看着他们的样子心里很紧张，走过去从他们手里抢过我的儿子大声说："这是我的儿子，你们要干什么？"

一个年龄稍大的僧侣微笑着对我说："莫大的荣幸降临到你们家里了，你这个儿子是我们苦苦寻找的卓洛仓活佛的转世灵童。"

我被完全搞懵了，嘴里突然冒出一句："卓洛仓活佛？！我的天哪！这怎么可能！"

几个僧侣也不管我说什么，已经开始向我的儿子磕头了，嘴里还念念有词。

我一听到卓洛仓活佛这个名字，心里一下子想起许多年前的一件事情。那时我还是个小姑娘，大概十八九岁。那天我和几个小姑娘去河滩挑水，正在路边休息时，其中一个姑娘突然说："快看，那是卓洛仓活佛！"我们都往她指的方向看。在我们村子中央的那棵老松树边上，一个人正站在那儿，看着前两天被大风折断的一段奇形怪状的枯树枝出神。据我们村里的老人们说，这棵树已经有一百多岁了，村里人早就把它当作一棵神树，树枝上挂满了各种哈达、红布条、白色的羊毛之类的。我们再仔细听时，听到卓洛仓活佛看着折断的枯树枝自言自语着什么。卓洛仓活佛是扎玛寺的寺主活佛，"文革"期间还俗娶了老婆，还有两个儿子。我们村里有一个他在过去劳改期间的拜把兄弟，所以会经常来他家串门。他跟其他的活佛有点不一样，就是平时喜欢喝点小酒，每当他来我们村找他的拜把兄弟，回去时总是有点醉醺醺的样子，嘴里含混不清地说着一些谁也听不懂的话。我平时看见他就有点害怕，总是绕着走，尤其在他喝得醉醺醺的时候，心想一个活佛怎么能这样，但是我身边的人都说他有很高的道行，我们普通人是理解不了的。当我们挑水正要离开时，我看见他快速地朝我们走来了。我们都有点紧张地赶紧放下水桶，双手合十对他做出很恭敬的样子。没想到他径直向我走来，一只手抓住我的手，另一只手摸着我的手心说："你的小手真是可爱啊！"我当时都不知道该做什么、该说什么，浑身就像触电了一样，麻酥酥的感觉。他捏住我的手继续说："姑娘，你长得真是好看，你叫什么名字啊，今年多大了啊？"旁边的两三个姑娘也很紧张，赶紧帮我报了我的名字和年龄。卓洛仓活佛还是捏着我的手说："好好，我知道你的名字和年龄了，我记住你了。"说完，他就松开了我的手，从裤兜里抓出一把水果硬糖给了我，之后一个人摇摇晃晃地往前走了。姑娘们看着我嘻嘻地笑，我赶紧把手里的水果硬糖分给了她们。

她们剥了水果硬糖的皮子，放到嘴里，慢慢地咂摸着，都说糖的味道好。回去的路上，一个平时不太说话的小姑娘悄悄跟我说："能不能把卓洛仓活佛给你的剩下的水果糖给我？"我停下来看她，拿眼神问她。她继续说："我奶奶可能快要死了，我想让她尝一下卓洛仓活佛给的水果糖，她平常老是说她死后能让卓洛仓活佛为她念念超度经就好了，就圆满了。"我明白了她的意思，把剩下的水果糖全给了她。她有点不好意思地说："一颗就够了，剩下的你留着吧。"剩下的水果糖其实也没有多少，就三颗，我让她全部带给她奶奶。她说她奶奶一定会感激我的。

看我一副发呆的样子，一个年长的僧侣说："家里出了个尊贵的人中珍宝，是莫大的荣幸啊，你应该感到高兴才对！"

我似乎一下子清醒了，立即说："怎么可能，这怎么可能，不可能，你们搞错了，你们一定是搞错了！"

说完，我抱起儿子就往家的方向跑。我听到后面乱作一团，叽哩哇啦地喊着什么。

我到了家就把大门从里面给顶死了。

没过多久，我听到了一阵杂乱的敲门的声音，伴着各种嘈杂的声音。

很快，他们拿来梯子搭在我家的院墙上，一个小孩顺着梯子爬进我家院子里，打开了我家的大门。

一下子，外面的人群潮水一样一股脑拥进了我家的院子里，男女老少都有。很快，我儿子多杰太的脖子被各种颜色的哈达给围住了，很快他几乎淹没在哈达里面了。一些虔诚的信徒已经开始在向他磕头了，一些跟他差不多大小的小孩看着眼前的这个同龄人，一脸的羡慕。

我们村一个德高望重的长者走过来向我献了一条哈达之后说："你儿子多杰太被认证为是卓洛仓活佛的转世，真是我们村的福气，更是你们这个家的福气啊！"

一些女人更是拿羡慕的眼神看着我说："你真是有大福气的女人啊！大儿子多杰加考了全省第一上了大学，现在已经是拉萨大医院的医生了。现在小儿子多杰太又被认证为卓洛仓活佛的转世，你这是上辈子积了什么德啊！真是让人羡慕啊！"

那个我曾经给过水果糖的小姑娘现在也是两个孩子的妈妈了，脸上脖子上全是肥肉，她挤到我跟前说："你还记得你曾经把卓洛仓活佛给你的水果糖给了我吗？"

我说："记得记得。"

她说："当时我把水果糖给我奶奶吃了，她可高兴坏了，高兴了好几天。那时候我就觉得你真是个心地善良的女人。"

这时，旁边的一个女人接话说："这么善良，肯定是个空行母的转世，不然怎么会生出个活佛儿子呢。"

其他的男男女女也说着各种赞美的话，那短短的时间里，我觉得我把世界上各种赞美的话都听完了。

我看着我们村里的男男女女们不知道该说什么好。之后看到前面那几个僧侣也进来了，就突然清醒了似地大声对他们说："我不想让我儿子做活佛，我要他这辈子留在我身边就好。"

人群中一阵喧哗，我听到有人说这个女人是不是疯掉了。

那个德高望重的长者走上前来说："你不能这样说啊，你千万不能说出这样的话啊！这是神的旨意，神只是让上一世卓洛仓活佛的转世降生在了我们村里、你们家里而已，现在这个孩子已经不属于我们了。"

我更加紧张了，赶紧说："他们肯定是搞错了，我这个儿子到了该说话的年龄连话都不会说，很多人都说他像个傻子一样，你们肯定是搞错了！"

这时，其中一个僧侣微笑着上前握住我的手说："不会错的，你放心吧，我们已经考察很久了，肯定不会错的。这个孩子将来肯定是个大成就者，他只是表面上看上去不那么机灵罢了，一般大的成就者都有这样的示相，电视里演的济公活佛不也天天喝酒吃肉整天醉醺醺的，像个疯子一样吗？"

僧侣说完微笑地看着我。

女人们也在一边叽叽喳喳地说："你千万不能乱说话啊！你的福气真是太大了！要是我们的儿子能考上个大学或者能认证为卓洛仓活佛的转世，我们高兴还来不及呢！这么好的事情还需要犹豫吗？"

我被众人七嘴八舌地说得有点晕乎乎的，耳朵里嗡嗡地响，不知道该怎么办才好。这时，我突然发现我小儿子多杰太的脸上露出了一种我从未见过的笑容。他看了看我，又看了看那几个陌生的僧侣。他脸上的陌生的笑容把我吓了一大跳。我突然记起这陌生的笑容就是许多年前卓洛仓活佛盯着我看时他脸上的笑容。这也太神奇了。

几天之后，我只好把我的儿子送到寺院了。去寺院时，我们去了很多人。我们村的村长，几个德高望重的老人，还有我这边的几个亲戚，都去了。还有几个亲戚也很想去，但人数有限，就没能去。

寺院的迎接仪式很隆重，僧侣们在寺院门口排着长长的队，吹起了唢呐和白海螺。附近村庄的信徒们也恭敬地举着哈达在路两边站立着。这阵势把我给吓着了，有点做白日梦的感觉。

到了寺院之后，我儿子被几个僧侣簇拥着进了一个僧舍里，很长时间都看不见他的影子。后来，我接触到我儿子的机会就越来越少了。我心里有一种空落落的感觉。

两天之后我们就回去了。路上我的眼前总是浮现出我儿子那傻乎乎的样子，心想这么个傻乎乎的家伙怎么可能是大名鼎鼎的卓洛仓活佛的转世？一定是他们搞错了，想或许过几天之后寺院就会把他给送回来。

但是十天、二十天、三十天之后，寺院还是没有把我的儿子送回来，我也就逐渐地死心了，想这个儿子可能就真的回不来了。

半年之后，寺院为我儿子举行了盛大的坐床典礼，我们很多人也去了。坐床典礼上，寺院主持还宣布了他的法名叫洛桑丹巴，这意味着他的俗名多杰太从此就不能用了。但我还是觉得多杰太这个名字很亲切。典礼上，我突然在人群中看见我儿子的父亲和他的女人也在。他们看见我就向我这边走来。我这才发现他们后面还跟着他们的两个小女儿，她俩显然已经长大了。男人显得有点激动，凑过来说："咱们的儿子被认证为卓洛仓活佛的转世了，我想也没想到啊！"他的女人也羡慕地看着我说："你真是有大福气的女人啊。"我一时不知道说什么好。

男人依然很兴奋，说："听说今天是坐床典礼，我们就把他的两个小姐姐也带来了，拜一拜，沾沾弟弟身上的福气。"

中午，寺院招待参加典礼的信徒们吃饭。我儿子被几个僧侣抱着走出大殿大门时还伸长脖子往我们这边看。他的表情有点疲惫，伸出小手臂指着我们大声说："阿妈，宴会结束了你们不能走啊，你们得留下来陪我啊。"

我的心一下子像是被什么东西击中了，再也忍不住了，眼泪夺眶而出，放下手里的碗，头也不回地跑出了寺院的大门。

时间过得真快！那年冬天，多杰加终于回家了，还带着一个女孩子。女孩子叫央金，看上去有点腼腆，说话轻声细语的。央金说她父母是拉萨人，当小学老师。多杰加说我们今年夏天结婚了，今年过年特意带央金回来让我看看。我对多杰加说你遇到了一个好女孩，多杰加也说央金很好。

私下里我问央金："多杰加长得这么难看，你怎么就喜欢上他了？"

央金笑着说："他虽然长得难看，但他是个天才，我就喜欢他这点。"

我也笑了，说："有人能喜欢上他这个丑八怪，也算是他有福气。"

央金就又笑着说："也是我的福气，他除了是个天才，他的心也很好。"

我心想，央金真是个好姑娘啊！

多杰加回家后一直没有问弟弟多杰太的事。晚上吃饭时，我就把多杰太被认证为卓洛仓活佛转世的事告诉了他，还把他的法名告诉了他。他说了声"我知道"之后就不说话了。

大年初一，我们三个去寺院看了多杰太。我看见来给他拜年的信徒们都在给他磕头，我就小声问多杰加和央金，你们要不要也拜一下啊？多杰加装作完全没听见，走过去坐在了炉子旁边的炕沿上，用奇怪的眼神看着在给信徒摸顶赐福的多杰太。央金跟着信徒们拜了拜，也过去坐在了炉子边上的一个小凳子上。

等信徒们拜完离开之后，我的活佛儿子就招呼管家给我们倒茶。

多杰加和多杰太坐在一起就好像一个大人和一个小孩坐在一起一样。他俩坐在一起一点儿也不亲近，感觉是两个陌生的人坐在了一起。我心里有一种说不出的难受。多杰加一直盯着多杰太的脸看，看得多杰太有点不安。多杰太让管家又给我们添了茶。

我们正在喝茶时，多杰加突然问多杰太："你真的相信你是卓洛仓活佛的转世吗？"

多杰太愣了愣，看着多杰加的脸说："相信啊。"

多杰加没再说什么，一直盯着多杰太的脸看，他的表情很奇怪，他的眼神也很怪异。

最后，多杰太有点不知所措起来，竟"哇"一声哭了起来。

管家过来瞪着多杰加说："你一个大人，吓唬小孩干什么？"

多杰太还在哭，管家又说他："你一个仁波切，你哭什么哭？不要再哭了！"

我也安慰他，说："多杰太，你不要哭了，哥哥我们是特意来看你的。"

管家提醒我说："你现在不能再叫他的俗名了。"

多杰加看了一眼管家，说了声"我先出去抽个烟"就起来往外走了。我在那里很尴尬，央金也显得很尴尬。

过了大年十五，多杰加和央金说要带我去拉萨住一段时间。我说我不去了，家里事情多，脱不开身。

第二天，他俩就回拉萨了。我继续过我的日子，我很少听到他们的消息。

第二年夏天，寺院把我活佛儿子送去塔尔寺学习了。去之前我去寺院送了他。

他和他的管家相处得很好，我看着就像一对父子一样。我心里有一种奇怪的滋味，觉得我和我这个活佛儿子之间的距离越来越远了。

夏天结束、秋天刚刚开始的某一天，央金又从拉萨来看我了。她来得很突然，之前也没给我捎什么话说要来。

央金跟我说："阿妈啦，多杰加特别希望你来拉萨住一段时间，上次你没去成拉萨，这次你可一定要去啊。他最近特别忙，特意让我接你来拉萨。"

我没有说什么，央金又继续说："多杰加这两年老是说起你，经常跟我说他对不起你，说他心里很愧疚。"

我还是没有说什么，但心里已经想哭了。

我和央金吃了晚饭，随便聊了很多。我从央金的嘴里知道了多杰加上班的医院里的很多事情。我突然有点想去拉萨了，想去看看他在拉萨生活的样子。

当天晚上，我就决定要去拉萨了。央金给我俩买了飞机票。我问央金："坐飞机去拉萨很贵吧？"央金说："再贵也坐飞机去。"

第一次坐飞机，还真是有点不适应。飞机在天上飞了两个多小时后落下了，央金说阿妈啦我们已经到拉萨了。我真的有点不相信，这么快就到了拉萨。多杰加来机场接我们了，他很高兴，说："阿妈，你终于来拉萨了。"我说："我就想看看你在拉萨生活的样子。"

车开进了拉萨市区，远远看见布达拉宫之后，我才确信真的到拉萨了。但还是有一种恍惚感。

多杰加在拉萨生活得很好，我就放心了。但他和央金还是没有孩子。有天晚上我问央金，她说："阿妈啦，我们现在还在创事业，忙不过来，过两年再说。"我说："你们忙事业，我可以帮你们带孩子啊，反正我也闲着。"央金笑了笑说："过两年再说吧。"

时间过得真快，我到拉萨已经三个月了。虽然说拉萨是菩萨的圣地，但我还是待不惯。我提出我要回去后，多杰加有点生气，摇着头说："阿妈，你这人就是个吃苦的命，让你在圣地拉萨待着享几天清福你都享不了，真是没办法！"

我笑着说："阿妈看到你和央金在拉萨生活得很好就放心了，现在该回去了，家里还有很多事。"

他们又坚持让我坐飞机回去。到了机场，我跟他们说："等你们有了孩子一定送到我那里，我帮你们好好看孩子啊。"

到了机场，我活佛儿子和他的管家来接我了。

一见面，活佛儿子就问我："阿妈，你怎么不在拉萨多待一段时间啊？"

我突然觉得他长大了很多，说："该拜的地方我都拜过了，再待下去待不惯，我就回来了。"

他说："回来也好，这段时间我也挺想念你的，以后我也要带你去一次拉萨。"

听到他的话，我很高兴，眼眶都有点湿润了。

他说他开始在塔尔寺学习了，学业很忙。他的管家让司机把我送回了老家，他们打了一辆出租车回塔尔寺了。

回到村里之后，很多人都很羡慕我，对我投来羡慕的目光。一些婆婆妈妈的男人女人问得最多的就是坐飞机什么感觉，我也具体说不出是个啥感觉，就说起飞和降落的时候有点害怕，心脏都塞到嗓子眼里了。他们听得不太过瘾，看他们的表情就知道。我又说，快，就是快，两个多钟头就到了拉萨了。他们好像有点明白了，说这也太快了，以前徒步去拉萨朝圣都要好几个月呢，要说磕长头去拉萨那就更长了，一年都到不了。我也说确实是太快了，两个多小时就到拉萨了，我也不敢相信。一些男人女人就伤心遗憾地说，我们这辈子可能是没有坐飞机去拉萨的命了，只能祈祷下辈子了。看他们的表情，听他们的语气，我心里有一种亏欠他们的感觉，不知道该怎么安慰他们才好。

之后的几年里，两个儿子都没有回家，他们都说很忙，抽不开身，但他们时不时寄一些钱给我。

那一年多杰太已经十六岁了，他还在塔尔寺学习。多杰加应该已经是三十五岁了，我听人说他已经是他们那个医院的副院长了，比以前更忙了。我总是在心里惦记着两个儿子，但感觉他俩离我已经很远了。

那年夏天，男人和女人还是来帮我割麦子，我们看着彼此，笑着说我们都老了。女人说他们的两个女儿，一个已经出嫁了，一个在县上读中学。我说两个女儿跟着你们一起长大，真是幸福啊。她说你才是幸福的女人，两个儿子都这么好。男人说你现在虽然各方面条件都好了，没有个人在身边，也挺不容易的。我一下子沉默了，不知该说什么好。

快过年时，女人疯疯癫癫地跑到我家里哭了起来。我问她你怎么了，她回答我说男人突然得了重病，到医院没两天就死了。我看她很悲伤的样子，就想方设法地安慰她。我心里也被一种悲伤的情绪占据了。我对她说需要我做什么就尽管跟我说，她说男人死之前有一个心愿，就是希望他的活佛儿子能亲自给他念超度经。我问她出殡的日子是哪天，她说还有三天时间。我让女人先回家了，我一个人下午去了塔尔寺。我托一个僧人把我的活佛儿子叫了出来。他看见我就说："阿妈，你怎么来了？"我说："你得跟我回去一趟。"他说："我们正在上课呢。走不开。"我说："你必须得跟我回去一趟。"他问："家里出了什么事情？"我说："你阿爸死了，你得回去为他念超度经。"他愣了一会儿，说："你从来没有跟我说过我的阿爸是谁？"我说："我有我的苦衷，现在他死了，你得去为他念超度经，这是他的心愿。"他有点冷漠地说："但是我从来没见过他。"我说："他见过你，坐床典礼那天他还专门去看过你，有你这样一个儿子他很骄傲。"

在男人出殡那天，他带着几个僧人来念了超度经。男人的尸体被众人抬着往外走时，女人们哭了起来，大家的表情都很悲伤，我注意到坐在僧人们中间念经的我的活佛儿子的表情也很悲伤。

我的活佛儿子和僧人们准备回寺院时，我把男人和女人的两个女儿叫到我面前说："这两个是你同父异母的姐姐，以后她们有什么事，你要好好地照顾她们。"

两个姐姐小声地啜泣着，他抓住她俩的手不断地安慰着。

第二年夏天，女人带着两个女儿又来帮我割麦子了。两个女儿很能干，说你俩年纪大了，应该多多休息。我们两个女人就烧茶做饭，到了中午把热乎乎的饭菜送到地头让她俩吃。吃了午饭，我俩也帮着她俩割了一会儿麦子。她俩不让我俩割麦子，让我俩好好休息。我刚要坐下来时，突然一阵眩晕，倒在地里起不来了。女人和她的两个女儿喊来村里的几个小伙子，把我放到一辆拖拉机上送到了乡卫生院。乡卫生院的说这个病我们治不了,得赶紧送到县上的医院。这时候,我们村的村长也到了,他们又把我放到拖拉机上送到了县上的医院。县上的医院又说这个病我们也治不了,得赶紧送到省上的医院。村长很生气,问他们是不是在推卸责任,他们的一个老医生语重心长地说我们不是推卸责任,是为了病人好。之后,医院用救护车把我送到了省上的医院,只让村长一个人跟着。路上,救护车的声音让我心烦意乱。我问村长我是不是得了什么大病啊,村长说没事的,放心,省上的大医院,没有啥治不了的病。到了省医院做了各种检查之后,医生问村长你是不是这个病人的家属,村长说我是我们村的村长,不是她的家属。医生又问她的家属在哪里,村长说她的两个儿子都不在她身边。医生就把村长叫进了一个办公室。过了好久村长从医生办公室里出来了,他看上去有点沮丧,问我有没有两个儿子的电话号码。我问村长刚才医生怎么说的,村长却再次问我有没有两个儿子的电话号码。我把两个儿子的电话号码给了村长。村长说他去街上打个电话,让我好好休息。村长拿着电话号码出去了,我突然有了一种不祥的预感。

过了一天,我的大儿子多杰加从拉萨坐飞机来看我了。他请村长在外面吃了顿饭,就让村长先回去了。

我大儿子见过医院的大夫之后对我说:"阿妈,咱们需要去成都治疗,那儿有我认识的医生,医疗条件也比这里好一点。"

我直接问:"儿子,你说实话,阿妈是不是得了什么不好的病啊?"

他说:"没事,不是什么大病,能治好的。"

我问:"央金这次没有来吗?"

他说:"她这段时间有点忙,过两天到成都看你,她让你好好养病。"

我又笑着问:"你们怎么没要个孩子啊,我一直等着帮你们看孩子呢。"

他说:"我们暂时不打算要孩子,等以后事业稳定下来再说。"

我说:"你已经三十六了,再不要孩子就太晚了,到时我也没精力帮你们看孩子了。"

他只是看着我,没再说什么。

第二天,我们坐飞机去了成都的医院。

那里的条件好像确实是好一点,多杰加好像跟他们也很熟,不停地跟他们说着一些我听不懂的话,又不时用眼睛看我。

晚上,我问他多杰太怎么还没到,他说他正在参加格西学位的考试,明天就来。

过了一天,我的活佛儿子多杰太也赶来了。他没穿僧服,穿着一套便装,走过来坐在我的病床前,看着我流出了眼泪。

我悄声说:"你不能随便流眼泪啊,你要记住你是个活佛。"

他脸上带着泪笑了笑,看了看周围说:"怕什么,他们又不认识我。"

我问他的格西学位考得怎么样,他说没那么难,很容易就拿到了。

晚上,他们俩一直守在我身边不离开。

他俩随意地聊着天。

多杰加问多杰太:"多杰太,我还可以叫你多杰太吗?我是你哥哥,我不想用你活佛的称呼叫你,我叫你多杰太觉得很亲切。"

多杰太说:"这个名字我也有点陌生了,但是阿妈一直叫我这个名字,我也觉得这个名字更亲切一点。"

多杰加笑了笑说:"你现在还认为你就

是卓洛仓活佛的转世吗?"

多杰太说:"我记得你以前也问过我这个问题。"

多杰加盯着多杰太的脸:"是,很多年前我也问过你这个问题。"

多杰太笑着不回答。

多杰加催他:"快回答我的问题。"

多杰太这才认真地说:"自从那次你问我这个问题之后,我就一直在想这个问题。有时候,我也很恍惚,想是不是人们搞错了。但是再后来我又想,这些已经不重要了,既然有人给了你这个尊贵的称号,你一定要自己努力才能配得上这个尊贵的称号。"

多杰加就盯着多杰太的脸看。

多杰太笑了,说:"求你不要再那样看我了,我记得小时候你那样看我把我给看哭了。"

多杰加就笑了,说:"你现在已经长大了。"

多杰太说:"当然,我不会再像那时候那样哭了。"

多杰加很认真地说:"现在我倒是真正觉得你就是卓洛仓活佛的转世啊。"

多杰太笑着说:"你这样说我很高兴,我就把自己当作卓洛仓活佛的转世,好好学习,以后好好为信徒们做点有意义的事情。"

这一刻,我觉得我的两个儿子是那么地亲近。他们坐在我的床沿,离我也是那么地亲近。我心里想:我这一辈子,有这样两个儿子真好!

他俩还在聊着天,我有点困了,就闭上了眼睛,打算休息一会儿。

我听到多杰太对多杰加说:"阿妈睡了,我们出去说话吧。"

听到这话,我的困意又一下子没有了。他们出了病房的门,在外面的走廊里继续闲聊着。过了一会儿,我听到多杰太压低声音问多杰加:"说句实话,阿妈的病有没有治好的可能性?"

我听到多杰加犹豫了一下说:"阿妈最多还有一个月的时间。"

多杰太停顿了一会说:"既然你们的医学救不了她,就不要让她在医院里受苦了,我们带她去拉萨吧,她一定会很高兴的。"

多杰加说:"可是阿妈已经去过拉萨了。"

多杰太说:"我知道,那是你带阿妈去的拉萨,我也许诺过要带阿妈去一趟拉萨。"

多杰加说:"阿妈其实在拉萨待得不太习惯。"

多杰太说:"那是因为没人陪着她,这次去了我们好好陪一下阿妈。"

多杰加没再说话。我的心里突然有一种莫名的感动,泪水不听话地夺眶而出了。

第二天,央金也到了。我从她的脸上看到了她心里的伤感。

我却笑着跟她说:"我一直等着帮你们看孩子呢。"

她的眼泪涌出了眼眶,说:"我们回去就生。"

他们买了后天去拉萨的飞机票。

第二天,办完出院手续,他们就带着我去外面逛。到了一个自由市场门口,央金对我说:"阿妈啦,进去了你喜欢什么就跟我们说,我们都买下来。"

我笑着说:"我什么也不需要。"

我们去了市场里面,各种东西琳琅满目,让我目不暇接。他们把我带到卖衣服的地方,拿来各种衣服让我试,我说我不要新衣服,身上这身衣服还可以穿个两三年呢。最后，由央金做主给我挑了一件适合我这个年龄穿的衣服，买上了。他们让我把旧衣服脱下来，把新衣服穿在了身上。他们都说这件衣服很合身，就像专门为我定做的一样。

他们又带我去了食品区，问我有没有什么想吃的。各种食品也是琳琅满目，让我看花了眼。央金说着这个好吃、那个也好吃，挑了很多食物。我们到了一个卖各种糖果的柜台，柜台上摆满了各种各样的糖果。我突然被一种看上去很普通的糖果吸引住了，觉得曾经在哪里见过这种糖，很眼熟。我走过去拿起一颗糖仔细地看。突然间我想起来了：那是许多年前，当我还是一个少女时，卓洛仓活佛塞到我手里的那种糖。

一个胖乎乎的售货员过来问我："要买这种糖吗？"

我点了点头。

售货员就拿来一包一模一样的说："水果硬糖，划算，一包才十块钱。"

这时，央金过来说："阿妈啦，你想吃糖的话给你买个好一点的，这种糖不好，现在都没人吃这种糖了。"

我说我就要这种糖。央金看了看我，没说什么，掏出钱包准备付钱。我阻止了她，说："这个糖便宜，就让阿妈自己买吧。"

央金就没说什么。我从裤兜里拿出钱包，取出十块钱，给了售货员，售货员也把那包糖给了我。

出了自由市场的门，我撕开那包糖的塑料包装袋，说："来，你们尝尝这种糖的味道。"

他们都有点不太情愿的样子，谁也没有拿糖。

多杰加还说了一句："阿妈，现在谁还吃这种糖啊，看看这包装，像个假冒的，这种糖肯定不好吃。"

我看着他们说："阿妈小时候吃过这种糖，你们也尝尝吧。"

然后剥了一颗糖的皮子，放进了自己的嘴里。

他们也学着我的样子，每人拿起一颗糖，剥了皮，仔细看了看，小心地放进了自己的嘴里。

我嘴里含着糖说："你们不要把糖一下子嚼碎了，一定要含在舌头底下慢慢地品尝它的味道。"

我看他们都照我说的做了，各自把糖含在舌头底下慢慢地、细细地品尝着。

过了几分钟之后，我说："来，现在说说你们都尝到了什么味道？"

多杰加说："我尝到了一种酸酸的味道，一开始是淡淡的，现在越来越浓了。"

央金说："我尝到了一种甜甜的味道，一开始是淡淡的，现在越来越浓了。"

多杰太说："我尝到了一种苦苦的味道，一开始是淡淡的，现在越来越浓了。"

我看着他们笑了，他们也看着我笑了，说："这种糖以前从来没有吃过，吃起来味道还挺特别的。"

我还是看着他们笑。这时，央金就问我："阿妈啦，你尝到的是什么味道？"

我想了想说："一开始尝到的是一种淡淡的酸酸苦苦的味道，慢慢地就变成了一种淡淡的甜甜的味道了。"

央金说了声"我也要尝尝你那种糖的味道"，就在装糖的塑料袋里面翻找起来。

冻土观测段

董夏青青

授奖词

未知生，焉知死？小说却以死亡降临于死者与生者的点点滴滴过程，来反复辨识死亡之于价值的确认。在董夏青青的叙述中，人们感到需要成全一种比现在更美好的生活、更庄严的人性；更重要的是，相信人们有能力争取上述二者的实现。这是至难的目标。因为在经历了现代主义文学的洗礼之后，携带着价值意涵的叙事，必须从教条化的道德诉求与空洞化的人格符号中选择出自身，文学叙事必须弥合"可爱"与"可信"之间的裂隙。董夏青青迄今几乎所有的创作，都处于向上述至难目标的跋涉途中，就此我们也见证了一位青年作家的信仰、耐心与文学技艺。（金理）

一

那日的军事斗争结束后，他和另一个人把一名倒在地上的小个子兵架到盾牌上。俩人抬着盾牌，跟随四周到处响着的叫喊声朝后方走。

原本围在医务帐篷门口的人，自动退开一条让他们过身的路。那些背对他的，此时转过脸。这有一张豁开了的嘴，那边有个额头开花的脑袋。小个子兵被放到医疗床上时睁开眼，问了句我活着吗？

你活着。军医凑近了告诉小个子兵。

我想睡觉。小个子兵说。

踏实睡一觉吧。军医说。

两名护士。一个剪开小个子兵身上被划烂的衣物，另一个往他皮肤上贴大片的发热贴。

我好冷。小个子兵说。

军医捏了捏小个子兵的大脚拇趾。

我在捏你哪个脚趾头？军医问。

小拇趾。小个子兵回答。

右腿和右胳膊折了。军医小声对一个在流泪的护士说。准备吊水吧。

冻得太狠了，血管根本找不见。护士说。

找矿泉水瓶子灌温水，挨着手脚摆上一圈。军医说。

走出帐篷之前，军医请他帮忙把一旁铁架子上的棉大衣拿过去给小个子兵盖上。小个子兵睁开眼睛看着他。

排长，你也被搞伤了。小个子兵喃喃地说。你的头破了。

走出帐篷，逆着后撤的小股人流，在往前方回返的人当中，他看到一个年纪很小的兵。即便隔了一定距离，绷带挡住了他半张脸，还是能判断出这个兵非常非常的年轻。他有些明白那边的外军为何叫他们学生兵和童子军了。

他慢慢靠上去，跟在那个士兵后边朝前走。不远，临近河道的滩地上聚集了一些人。

拿绳索，拿绳索去啊！有一个战士背向人群，喊叫着冲他的方向跑过来，与他擦身而过。

将要靠近人群时，走在他前头的兵忽然扭过头来。

排长，是你吧？排长。年轻的声音说。

你是谁啊？他反问。

是我啊。那个声音又说。

你不去帐篷，跑回来干吗？他问。

您是不是来找我班长的？年轻的声音说。

你班长是谁？

许元屹。

对，许元屹，许元屹在哪？他又问。

排长，您是不是不知道我班长在哪？

我不知道。他回答。

那个年轻的兵转过被绷带缠住的半边脸，继续朝河道走去。

河道边围着的人里面，有他还能一眼认出来的。但被认出来的人根本没有回头看他。那些人紧盯着河道，不动声色的表情如此一致地惊愕和悲恸，以至于他觉得有必要去看一眼他们在看的东西。他走过去。看到的是汩汩涌动的河水。水流里有一身鼓得溜圆的荒漠迷彩服，明显被河床里的石头缝卡住了，还卡得很牢。瞬间又能根据它起伏的力度判断它附着于具有一定重量的物体上。过一会儿，膨胀的迷彩服带动水下某件东西翘起来，跃出水面。

他又看了一眼，打算辨认那个跃出水面的、圆的东西。他的喉咙里不受控制地发出一声呻吟。

一个人头脸朝下，四分之三的身体陷在水浪里不受控制地摆动和摇曳。融雪后冲下峭岩的洪水力道很大。这样一具躯体，卡在河道里是不现实的。

没人告诉你吗？排长，那是许元屹班

长。年轻的声音从一旁对他说道。

打捞从傍晚开始，用了很长时间。

一个排的人分成五个小组。士兵们一面冻得抽噎，一面手挽着手，慢慢地朝这具身体靠拢。好不容易靠近了，他们轮流上前抓住那个身体或者衣物的一部分，动作谨慎却用力地向外拖拽。每个人都试过了。每拽一次，那具身体都往河道里卡得更紧一点。明明是被几块石头卡住了腿，那个软乎乎的身体就是拽不出来。

夜里。河道边的滩地上。他入神的目光顺着河水望去，瞥见那具身体还在水里浮动。

谁把篝火拨动了一下，火旺了一下又暗下去。烟向水边缭绕，明亮的火苗也朝那个方向飘舞。稍稍往里踢点土，火星就向天空飞去。下过水的士兵们围坐在火边，他们的脸上被篝火烤出了皱纹，面颊凹陷下去。有一个战士，从口袋里掏出家信撕成一条一条，抠出石缝里干了的苔藓，弯着腰给大家卷烟。

离篝火更近的，还有两个那边的人。其中一个躺着，已经死了，另一个坐着，还活着。

刚才有一个土气十足、身子骨扎实的中士坐在他旁边。战斗结束后，这名中士在清查现场时，从崖壁下的洞穴里发现了这两个人。当时这俩人都受了伤，蜷缩在洞里，其中一人伤得更重。中士喊来翻译，让翻译指挥受伤较轻的那个背上受伤较重的，听他的指令往后方走。翻译告诉中士，受伤较轻的人不愿意，说同伴明显快死了，而自己也受了伤，背不动。中士说不背可以，那就谁也别走，耗死为止。受伤较轻的人等翻译说完，让翻译帮他把受伤较重的人抬放到自己背上。但那人坚持不让同伴趴在自己后背上，不肯与这个人头挨头。翻译说，受伤较轻的人认定同伴就快死了，而他害怕死人。

翻译走在前面，中士跟在他们后面，看见轻伤者驼着腰，倒背起自己的同伴往前走。重伤者的两条腿被使劲拽住，垂下来的脑袋和胳膊都在地上拖着。

中士走上去喊，说你他妈的不能这样对你兄弟。轻伤者似乎没有听见，只把重伤者的两条腿又往肩上拽了拽就继续朝前走。中士赶上前，抬起被拖在地上的人的脑袋，托住了他的肩膀。翻译转过身看了一眼，示意轻伤者停下，接着走到近前半蹲，让中士把重伤者抬放到自己背上。

送到滩地的篝火跟前不久，那个被背过来的人就断气了。借着火光，他看到那个人脸上的瞳孔散得很开，嘴唇张开，保持着临死前呼吸异常艰难的表情。

中士让翻译告诉坐着的轻伤者过去把同伴的眼睛阖上。翻译说，那人说自己害怕尸体，不想去。

你兄弟是你他妈给拖死的，你必须去。中士让翻译转告那个人。

轻伤者沮丧着脸，慢腾腾地爬过去。伸出右手食指，照那个人脸上眼睛的位置，飞快地一边戳了一下。再爬回来时，脸上如释重负。而地上那张面孔，生命尽管一滴不剩，仍旧半睁的双眼还被什么驱策，紧盯外面的世界。

他忍不住回想那个人方才用一根手指头，戳了戳同伴眼皮的动作。又偏过头来看着那个人此时把手伸进敞开的方便面袋子里。因为手哆哆嗦嗦，袋子簌簌作响。

次日晌午，连夜开进沟里的挖掘机下了河。将许元屹从水里打捞上岸时，很多人都在。他记得身旁有个人，一直以手覆额挡住眼睛，哑着嗓子飞快地说：操他妈的，操他妈的。

许元屹被送走时，他看到前一晚遇上的那名年轻的列兵跟在担架左侧。上回和那边的人发生口角冲撞，这名列兵还是第一次进沟。连长组织他们对等反击时，这名列兵退到旁边的崖壁下尿了裤子。那日冲突平息后，连长把列兵叫过去，给了列兵一枚那边的人撤离时遗落的小钥匙扣。

后续增援的作战单位和医疗小组陆续进沟驻扎，有人带上来一桶白石灰和两把工具刷。在靠近许元屹上岸的滩地的崖壁前，挖掘机车斗又一次升起。昨晚篝火边的那名中士在崖壁上写下四个楷体大字：山河无恙。一阵叫喊声升起来，尘沙似的落了下去。

滩地上的人陆续走回帐篷。刚站在他身旁絮语的那个人仍旧立在原地，由着烈风摇撼身体。他看了一眼那个人痉挛的煊红色面孔，从这个狂叫着的像树似的人面前走了过去。

不多时，山脉、岩峰、土阜都变暗了。在鸽灰色浓雾的重压下，太阳对准山脊西麓深深一啄便弹飞而去。

他一度确信，那天有关战斗的每个细节都会被所有人牢牢记着。包括记着过河时水没过腰，全身抖得牙齿磕碰，眼泪迸溅；攀爬和振臂呼喊时，缺氧的哽窒、眩晕；从山坡上方滚落的，被投下的石块击中的身体压伤他左臂；他摘下镜片碎裂的眼镜框，咬住一条镜腿，背过身挡住跪坐在地上呻吟的战士，伸手捂住战士流血的后颈窝；不断缩紧的包围圈里，四周狂热刺耳的叫喊声扫掠内脏……

然而没过多久，连贯的场景就有了皲裂的迹象。仿佛头脑断定他无力悉数消化，就让他往后再想起的时候，一次只照见一截片段。

军事斗争结束半月后，他将那天晚上半边脸被绷带缠住的年轻的列兵叫进帐篷。

"班副跟你们说了是写战地日记么？"帐篷里，他捏着两页纸问站在跟前的列兵。

"说了。"列兵回答。

"你写的什么？"

"战地日记。"

"不对。"他抬手晃了晃薄薄的两页纸，"这是咱们开春刚进沟巡逻的时候，某个晚上发生的事，不是那天的事。"

列兵点头。

"你得写那一天。"

"好多事我都不记得了。"列兵小声地说，"一开始我跟着班长他们冲上去反击，然后我受伤了，我被那边扔过来的石头砸晕了。醒来的时候，他们说我班长从山上掉进河里面，牺牲了。"

"可是之前……"他耐着性子说，"指挥所让你们写情况说明，你是写了的。"

"是的。"列兵垂下头。

"那为什么呢？"

"情况说明我只写了几句话。"列兵说，"我写了冲突之前班长怎么背着、抱着我们过的河，他的腿冻坏了，他的脚被冰碴儿搞伤了才牺牲的。班长说，团长说过，老皮芽子咋过河我都不管，这些娃娃的腿不能冻下病根儿……"

"那你现在写这个下雪的故事又是为什么？"

"我觉得重要。"

"哪儿重要？"

"很重要。"列兵咕哝了一声。

"好。"他抬头看着列兵童稚的眼睛，"去忙你的吧。"

他不是想教训人才把那名列兵叫过来，这篇战地日记也没有任何问题。那天过后，上级各单位的调研人员接踵而至。当时沟里没有电脑也不通网，个人情况汇报无法整理成可以被反复拷贝的书面材料。副团长、副政委和营长分拨组织留营的战士，由他把战士们一次次地带进指挥帐篷，陪他们回忆、述说并写下那天他们能记得的事。有的人开了口滔滔不绝，旁边的随声附和，几个人像电线上的鸟；有的人瞪大眼睛，单个词语往外蹦，重复别人说过的话。有一名战士从帐篷出去后径直走到河沟边，趴跪在地上把头反复蘸入水里，直到被营长拖回岸上。

列兵写的两页纸还在他手里拿着。一个他无比熟悉的声音就在其间。热心的、粗剌的声音，少了一点许元屹平常的逗弄，却比许元屹在时说话的声音更为平和。

这时副团长掀开挡雨布走进帐篷，让他带通信兵出去架设从沟口到河岔口的单机磁石电话机线路。从哪个方向下河沟、从哪一侧放线，说了很多。副团长还让他留意看看河岔口点位的场地，听说要在那一块地方建活动板房供前线的人居住。

他将手里的两页纸叠好放进胸前左侧上衣兜里，随后走出帐篷。

到了沟口，他带两名通信兵下车看了地形，开始放线。其中一名通信兵很聒噪，他一直听不清那个兵在说什么，只觉得耳朵眼和脑仁都疼。忙活了一个来小时，他感觉眼前起了一层雾，看什么都模糊，带他们过来的猛士车停在哪个方位还得想半天。

费劲爬上车的副驾时，他浑身发冷。为了放线，猛士车的后门开了半扇，寒风夹着雪子、辛辣的尾气直往他鼻腔里灌，眼泪清清不停。

放线完成，进行通联测试的时候，从团部过来的物资车正好到了。他让通信兵上那辆大厢板返回营地，随后让猛士车的司机开快车，带他赶到河岔口的点位上看一眼。

回程时，他让司机打开暖风，但没用，车里还是越来越冻。

回到营地，他只记得自己走进医务帐篷，找了张床就脱下衣服盖在身上躺下了。他脸皮燥热，但身上又感觉不到什么温度。每道骨缝都酸。向左侧翻身时，灵魂一下被挤出身体，飘在空中向下望着自己。过会儿有人跑进来，他已毫无意识。

他再醒来已到晚上十一点多了。睁开眼他哼唧了一声，坐在一旁的营长立刻抽过头去看他。

"感觉咋样？"营长问。

"我发烧了？"

"三十八度，过半小时再量一次，应该能下来一点。"

"离我远点，小心是病毒。"

"是伤口有炎症。"营长说，"你的头都这样了，自己不疼吗？"

"头咋了？"

"他们说你的伤口处理过、抹了药是这

个颜色，根本不是，刚才军医过来看，你这个血痂都硬了，肉长到一起了。"

"自己长好了挺好啊……"

"军医说这肯定留疤了。"

"没所谓。"他有气无力地说，"留吧。"

"你是被干傻了吧。"

"可能都死了，我自己不知道而已。"

营长忽然噎住，颤抖的声音喘吁吁地说："狗怂，你活得好着呢。"

他望着低矮的棚顶，有一瞬间以为那频频闪烁着的，是点点滴滴渗透的白天的亮光。接着喉咙里泛上一阵腥味的涎沫。

"弟兄们一直觉得，是我们那个点位危险、得干起来，所以跟我说这事儿的时候，他妈的一点准备都没有。"营长说。

"我们没戴钢盔就去了……"他说，"没想到那边抄着家伙过来，硬他妈碰瓷。"

"那天下午六点多。"营长说，"刚准备烧个火搞点吃的，他们就跑过来找我，说刚通报你那边对峙了，让我们这头的任务分队上车待命。我们在车上等到凌晨三四点，又给我们通知，改成回帐篷里待命。我们就坐着迷迷糊糊等到第二天早上八点多。我八点五十分的时候跑了趟厕所，回来就看到机操手在等着我，跟我说你们那边打了两个电话急着让我接，我守着电话，回拨了五六分钟才接通。是许元屹带的那个报务员，跟我说，报告营长，昨晚沟里对峙了，我班长没了。接着政委给我打电话，说目前局势不稳定，一定要我把带出来的分队做好稳控，随时做好应对突发事件准备……有人牺牲的事暂时保密……后面的话我脑子一片空白……我全都答应了。"

"我召集骨干开了会，安排了工作，安排人找点纸准备烧一烧。原因我没说。早饭我没过去吃，然后突然有人跑过来，有个许元屹的同年兵，一脸子惶急带泪，说营长，沟里出事了，许元屹没了，好些人伤了。我想叫他快闭嘴，话就梗在脖子出不来。我一把搂住他脖子把他架出房子，出了门我崩溃了，把帽子从头上拉到眼睛上，哭了十秒，跟他把早上首长的指示说了一下，问他还有谁知道这个事，他说他们值班室的都知道了。想瞒也不可能了。"

他听人说，营长刚进沟口就把一拨人给怼了。他当时想，一方面确实是营长目前担着管控风险的压力太大，另一方面，大概还是想到了牺牲、受伤的这些人。他的连长和指导员，连长后脑勺缝了四针，指导员左肩脱臼，门牙断了。团里让他们下山养伤，俩人不肯。指导员在斗争结束后第三天，坚持要在教育动员大会上也讲一课。当时有上级指挥所的主官在会上旁听，讲话前每个发言的人都交了讲话稿，但指导员在台上讲了近二十分钟，和交上去的稿子几乎没几个字能对上。

那日晚上开饭前，他和指导员跟着营长去了河边。营长蹲在河边，往河里扔了一包没拆封的软中华。

元屹，营长对着层层卷卷的水浪说，有的人流血牺牲，有的人贪图安逸，有的人蝇营狗苟，好像仗是他们打的，长城都他妈是他修的。我要是不操练这些人，就是对不起一线，对不起你。

他用手指轻轻地拨动输液管。

"给我打的左氧？"他问营长，"不用隔离？"

"炎症压下去就好了。"营长说，"副团

长要你过两天带物资车下山。"

"行……"他闭上眼睛说,"还得提醒你一句,收敛点脾气别再怼人了。上面的、下边的、兄弟单位的,能忍就忍。"

"你听谁说什么了?"

"驾驶员说拉你进沟的路上,你把上边派过来的人给练了一顿。"

"我没练他。"营长说,"翻达坂的时候,那怂晕车一直吐。吐完了说就这鬼地方,给他一个月发五万块钱他都不来,我说对,我们都是冲沟里那点儿补贴才干到现在的。

"我跟那怂说,不是谁都能和这么好的弟兄死在一块,比方说你就没有这个福气。"

他感到太阳穴跳动时绷住了眼眶,胀得头疼难忍。"有个东西给你。"他顿了顿说,"许元屹带的一个兵,写了一篇许元屹的日记。不是那天的事,是我们在沟里巡逻宿营的一个晚上。"

半响,营长既没有起身,也没有吱声。就那么在马扎上弯着腰,缩着身子,向前探出的两只手交握。

"上衣兜里,左边。"他说。

营长走过去,翻他的兜取出日记。

"那天晚上。"他说,"那边有两个人被我们的人发现了,带回来的时候,一个死了。我们就跟另一个人说,你去把他的眼睛阖上吧。那人就爬过去,伸出了一根手指头,朝死人的眼皮上一边戳了一下。真的……当时我真的想不通……这是你的兄弟,你怎么就用一根手指头……一边戳一下?"

"凌晨五点来钟,那边来了人领伤员。我就盯着过来的人一个一个地看,没有一个人在哭,你知道吗,没有一个。快六点钟,那边又过来一个男的,三十六七岁,走过来看到了地上躺着的那个死人。等看清那人面相的时候,这男的眼睛红了。我就看着他走过来,两只手抱起那个人的头,放到自己膝盖上,伸手给他把眼睛阖上了。"

"说实话……"他说,"那一下,不是那个死人……好像是我自己解脱了。"

他迷迷瞪瞪地半阖着眼。脸前的亮光逐渐减弱,昏暗的空间更加狭小。到处透出温热的臭气。随后涌入的、活的场面在他双眼的虹膜中飞旋,折返,了无声息。

悬停。

巡逻途中,他们跪着攀爬的山地冰面犹如被剥去表面那层的皮芽子,反射冷硬而纯净的幽光。迟迟进来的,他们的声音,从令人麻木、攒到了顶点的寂静中流出,带着深重的金属般的回音。

待会儿蹲坑的时候,许元屹对那名列兵说,一定要记住隔半分钟就站起来前后甩一甩、晃一晃。

知道为啥吗?许元屹一旁的中士说。

那名刚止住鼻孔出血,嘴唇干裂起满了泡的列兵摇摇头,又点了点头。

你要是敢一直蹲着不动,你的那根小短腿就用不成了,冻上了知道不。中士说。

知道为啥你的小短腿一直没啥事吗?许元屹扭过头望着中士说。因为你的小短腿长在你该长脑子、该长心的地方了,脱光了也冻不死你个傻毬。

许元屹抓起一把雪塞进嘴里,又往那名列兵嘴里塞了一把,拍拍列兵的肩膀说,去那块大石头后边蹲着吧,蹲一会会就站起来摇晃摇晃。

那天是他们进沟后的第二个星期六。

起初他还敦促他们中午去河边往脸盆里多凿点冰，放太阳地里化了水刷牙洗脸，再往后他也不催не说了，大家伙都胡子拉碴，手上、脸上结了一层黑紫色的硬壳。太阳再一晒，皮爆开了就露出小块发红的嫩肉。

那天夜里。深蓝和紫罗兰色交混相融的星空下，冻僵的一群人围在篝火旁，俩人分食一袋自热干粮，吃完就枕着睡袋看存在手机里的小视频。

那名列兵在时隔不久后，交给他的那封战地日记中描述的场景，带着毫不狂烈的情绪，随列兵轻而鲁顿的嗓音再度降临——

我永远不会忘记……
我永远不会忘记那天晚上的月亮是那么的明亮。又大又圆的月亮静静地悬挂在夜空中，旁边有无数的星星在闪烁，一闪一闪的，漂亮极了。

月光静静地散落在每一寸的土地上，我和许元屹班长被这美丽的夜空牢牢吸引住了。

慢慢的，我和许班长在这夜空的照耀下进入梦乡。在我睡得正香的时候，一阵冷风吹来，我不禁拉了拉睡袋。拉一拉，却感到有雪进来了，凉凉的。或许有一种懒惰在作怪，这冰冷的雪并没有使我起来看一看情况，而是继续入睡。

天亮了，我被他人的呼喊声吵醒。当自己想要动的时候，却发现自己的身体完全被雪压住了，想动完全动不了。在我挣扎的时候，许班长过来伸出手塞进了我的睡袋中，找到我的手，把我从厚厚的积雪中拉了出来，在拉出来的同时，正如我的家乡话所说的，透心凉。

这是我最难忘的战地经历，当时如果不是许班长把我从雪中拉出，我想我有可能就不在了。我想，没有什么比让人在死亡的边缘走了一趟更难忘的了。

列兵的声音微弱而至淡出，一团烈焰在他腹腔弥散开来。不用低头就能看见那在双肋之间肃肃燃烧着的、锡色的火焰，正让他整个身体通过全然尽然的焚烧而至冷却。

二

各个病房的电视机里都在播放电视剧《亮剑》，从病床上支棱起来的脑袋，有不少都包着绷带。从病房门口挨着走过去看，像一盒一盒新发的黄豆芽。

下山的伤员都在分区医院集中住着，看护他们的营教导员在二楼要了一张值班室里的床位，跟一名过来学习输液的卫生员同住。

他带车刚从山上下来那天，一楼的护士告诉他找教导员就上二楼值班室，他敲门进去，屋里只有那名卫生员在。没坐多久，话也只说了几句，卫生员就被他身上、衣服上的气味熏得招架不住，跑到厕所的盥洗池子跟前干呕。教导员解完手回屋，见着他刚打了招呼想近前，又接连大步退出屋子。他冲教导员招手，说快给我找身衣服。

换上教导员的作训服，又到水房冲了个头，他身上那股刺鼻的臭气才轻些。他在值班室拧开一瓶水，坐下跟教导员讲，下山路上，过九道弯那条达坂路的时候，当报务员的上等兵刚憋过三道弯就忍不住顶起前胸吐了，污秽物直接喷在他和一名士官的头上、身上。之后车里除了他和司机,其余的人多少都跟着吐了些。晚上,兵站里问了一圈都没有寻见谁多带了一套干净衣服,只得扒下来拿抹布擦了擦,搭在床头晾干,第二天又套身上穿下了山。

教导员问,那名上等兵是不是许元屹带的报务员徒弟,他点头。这名上等兵要在山下的营区教导队培训三个月,由他带过去报到。他给教导员讲,同班的人说上等兵晚上总做噩梦,大喊大叫,醒过来了就发呆。营长说上等兵是觉得对不起自己班长。那次行动,许元屹说为了锻炼上等兵,一直让他抱着电台,其实谁都明白,电台在谁那里谁出事的概率就小。

教导员问他山上目前的情况,他就拣记得的、大面上的事说了说。说起临下山那天中午,连长带着一帮人做完拚刺训练,正在讲评。指导员脱下防弹衣绕到帐篷背后。要下山的车就停在那。他走过去拉开后备箱往里扔背囊时,看见指导员偎身坐在地上,嘴里含着棵烟,两条胳膊搭在屈起的分开的双膝上。指导员衣袖右臂的位置,写着"许元屹"三个字。

见到他,指导员抬起下巴,眯缝着眼,将烟夹到手上,嘴里的烟雾朝半空吹吐。

他冲指导员喊了一声,指导员,你不是发誓这辈子不抽烟吗?指导员仰脖子冲他一笑,说扛不住了,得学。

教导员听他讲着,给他也递了根烟。他接过去,点着了含到嘴里,将右脚盘到左腿底下垫着。一手拿住烟,朝肺里嘬了一口。

教导员告诉他,许元屹的父母过来,是自己陪着政委接待的。他说下山时,听拉他们的司机班长说了。

这名班长刚从汽车团的高原班抽调过来,许元屹的同年兵,俩人老家也隔得不远。当时许元屹上了岸就是司机班长开车去接的,也是司机班长和军医一道给许元屹擦了身体,拿棉纱布堵上七窍,再把人拉到停直升机的山口平台。

教导员也给自己点了根烟,抽到一半跟他说,从未见过许元屹的爹妈那么刚强的人。许元屹的父亲来时穿着一条单裤,卷着裤腿,坐着政委的车走了一天上山。到烈士陵园,西北风夹着砂刮得几个人眼睛通红。许元屹的父亲一滴眼泪没掉,挨着把每块墓碑看了一遍。到自己儿子墓碑跟前,也没说话,站了几分钟,扭头就走回车上了。

许元屹的母亲在招待室坐了半天,下午拿了一兜她在家里烙下的面饼子要去医院,说想看看那些娃娃。教导员问她有什么想法,尽可以提,他都会向上级报告。许元屹的母亲说,她想知道自己儿子最后的表现是不是勇敢,又问了教导员一句,我儿子,他是英雄吗?

教导员说自己参军这么些年,两个兵的父母最叫他难过。一个当然是许元屹,还有一个蒙古兵的父母,儿子巡逻时突发脑水肿,那天山上狂风骤雪,直升机无法起降,从下午拖到第二天早上,人就过去了。

蒙古兵的父母是牧民,从老家赶过来,那位父亲见到教导员就说,我儿子每个月都给家里很多钱,他有没有欠连队的人、欠你们的钱?我儿子不在了,可儿子欠的债还有他父亲来还。继而又说起那夜,蒙古兵的父母在连队浴室的担架床上为儿子擦拭身体,教导员和他们一道,用带来的白色粗布将蒙古兵从头至脚缠裹起来。

他用心听着。忽然就想起许元屹被挖掘机车斗捞上岸的那天，身旁那个人一直以手覆额挡住眼睛，哑着嗓子不停地说：操他妈的，操他妈的。

这年头只顾自己的人多了，但遇事先为别人着想的人不是没有了啊。教导员絮絮地说着，间歇地喷吐烟圈。

许元屹的妹妹，跟她爸妈一块儿过来了吗？他问教导员。

教导员想都没想就答了他，没有，没过来。

他爸问许元屹一个月工资多少了吗？他又问。

没问。教导员告诉他。

他一个月工资多少没告诉他老子吗？教导员问他。

他摇头，小声说了句许元屹拿钱在供妹妹上学，妹妹在师范大学读研究生。

教导员唔了一声没再多问。他把烟熄在喝空了的矿泉水瓶子里，烟头碰着瓶底的一点水，呲了一声。俩人半晌空坐。

把许元屹带的上等兵送到教导队后的第二天下午，教导队的队长打来电话叫他赶紧过去一趟。

那天正好赶上县城疫情封控，出租车停运，院子里的车没有提前批示用车手续的也没法动，他便步行从医院往教导队的营院走。途中路过一家小饭馆，门脸十分熟悉。他站定想了想，记不得究竟是自己在里面吃过饭，还是见谁在朋友圈里发过。

到营院门口，教导队的队长正等在那里。往宿舍楼走的路上，队长跟他讲，分区的心理医生正在给上等兵做干预治疗，每天中午做一回，预计得持续半个月。

他问队长，上等兵进营院大门之前还好好的，怎么突然就崩了？

队长说，上等兵昨天晚上排在队列里进食堂吃饭。因为是周五，食堂会餐，炊事班熬了羊汤，炖了肘子和酱牛肉，主食备的拌面、炸馍、手抓饼和小蛋糕，饮料除了酸奶还有果仁奶和奶啤。上等兵没等打上饭，抱着餐盘蹲在地上大哭起来，说自己班长临走时饿着肚子，从早上起来到下午人没就咬了两口压缩饼干。

晚上熄了灯，有战士去水房洗漱，看见上等兵站在水房的镜子跟前鞠躬，一边鞠躬一边反复地说，对不起，对不起。

战士把情况报告给队里，队长晚上把上等兵带到自己屋里，想叫他说说话，可上等兵进了屋一声不吭，只呆着发愣，过会儿说困了，想睡觉，队长就给他送回了屋。

第二天一早，和上等兵同屋的战士过来找队长，说起床号响了以后，他们都着急穿衣服、扎腰带准备下楼跑操，只有上等兵不紧不慢，穿戴齐整了站到阳台上开始打敬礼，自己喊，敬礼！然后啪地立正打一个敬礼。他们把上等兵拉回屋里，上等兵就自己在屋子里倒着走来走去。

站在队长宿舍门前，他隔着门上的透明玻璃向里看。上等兵佝着身子坐在两张床铺中间的书桌前，面朝窗户。在他身侧，床沿儿上坐着一位年纪大约在三十五岁到四十岁之间的女人，正同他讲话。

小屋里，从上等兵面向的窗户照射进来的阳光，叫他想起年初在山上的团部营区，还没有进沟的某天。

那天吃过午饭，他和军医、营长、许元屹在医务室里烤电暖炉、抽烟。正聊着天，上等兵进来了。上等兵说他养的狗病了，好几天不吃不喝，总拉肚子，想找军医给开点药。

军医说现在开药都得开单子，人好说，给狗怎么写？许元屹往军医嘴里喂了根烟，点上火说，你该咋写咋写啊。军医坐到办公桌前拿出一张医药单，瞅着上等兵说，那你说，照你说的写。

姓名？军医问。

花虎。上等兵回答。

性别？

男。

年龄？

三个月。

单位？职务？

单位……勤务保障连？职务……看家的。

提提身价，给它写保障处吧。军医说。然后……科别和保障卡的账号花虎都没有……

病情及诊断？军医又问。我说你给它下的啥诊断？

拉肚子。上等兵回答。

那就写腹泻。军医一边自言自语一边写。先给开一周的甲硝唑氯化钠注液吧。

哎，你。军医抬头又瞅了上等兵一眼。知道怎么给它打针吗？

我会，我练了。

在哪练的？

我拿自己练的。上等兵说。

尽管上等兵此时背对着他，脸低得快挨到桌面，他仍能清晰想见上等兵的神情。正如那天中午，上等兵一板一眼地回答军医接二连三提出的问题。事关生命存续的问题。

从教导队回到分区医院时已近傍晚。他爬上二楼值班室，推开门见教导员正盘腿坐在办公桌前对着摊开的笔记本下神。

"那孩子没啥事吧？"教导员见他进屋，松开咬在嘴里的笔。

"强制心理干预，先观察一段时间再说。"他说，"老团长他们上山了？"

"吃完午饭就走了，这会儿快到兵站了，应该能赶上晚饭。"教导员趿拉上鞋，身子转向他，"有意思吗你说，这是老团长调到野战师当副参谋长以后头一次回咱团里。"

"你感觉呢？"他说，"这回指派他上去是参加谈判么？"

"司令肯定会让他参与。"教导员说，"那边儿就有他认识的，都打过多少年交道的。那个死胖子又升了军衔，据说二老婆又生了个儿子。这回要是副参谋长见着死胖子，谈也肯定想好好谈，可想到许元屹还有受伤的弟兄们，肯定想扇他，至少要威胁他们两句吧？

"再有，估计也考虑到了让他上去把握分寸。咱们和他们，就是过后上来的人……两拨人就跟斗牛和耕牛一样，培养目的和评估标准都不一样。现在这种情况必须两条腿，但首先这两条腿得稳当、得协调吧？他不是总说么，只要不是打仗，当主官的就别把下面的兄弟带病了、带残了、带没了、带监狱里去了，尤其把冲动和血性分清楚。别学那边的人，拿弟兄们的血给自己贴金。"

"这次带上山的石灰和刷子，是你给准备的吧？"他问。

"是啊。"

"他的一些思路，团里倒是坚持没有中断过。"

"是啊。"教导员若有所思，双手合掌放到双腿之间，身子轻轻地前后晃动。

"说话还那么有激情？"

"太有了，上午去病房慰问就当场开讲。"教导员说，"对我和那几个病号说，眼前这份罪我们受得奢侈啊。看看瑞士和梵蒂冈，它那面积存在这么个问题吗？压根儿用不着考虑。还有日本，跟他们聊退一步海阔天空？退两步就掉太平洋里了。可是买商品房你能挑邻居，国家没有这个自由。摊上了，又不是全靠拉铁丝网就能掰扯明白。现在只能往极端里说，弟兄们站着生、站着死的地方就他妈的一寸都不能退也不能丢⋯⋯"

他想起副参谋长还在团里的时候，有一天带队巡逻，副参谋长当时对照地图找了一块向阳的山坡，要他们用从河坝里捡来的石子，在山坡上摆出版图的轮廓，说对面要是放无人机过来，正好取上全景。那天中午，就在摆好的图形旁边，他们拿出带的干粮、背的矿泉水。吃完喝完，他捡起瓶子往包里装，老团长冲他喊，说塞进去干啥，都扔外边让大风吹走，吹到哪，就证明这边的人到了哪里、能到哪里。

"今天临走，关车门之前还在给我布置任务，让我准备一堂课。"教导员说，"也讲讲许元屹，让那些从其他单位调派过来预备上山的战士们先听一听。可你跟战士谈意义，特别是谈生命意义，是非常难的一个事。而且⋯⋯我老觉得许元屹还在，能怎么讲⋯⋯"

教导员说着把手中的笔塞回嘴里，转身面向办公桌，手指蜷缩在笔记本上，反复地轻叩。

他下山前听营长说，沟里对峙时教导员正在老家休假。团部的电话打到工作手机上时，教导员正带着六岁的女儿坐在游乐场的卡丁车上。团部参谋急切汇报沟里斗争的情况和车场训练员让立马开走的喊叫声搅到一起，教导员等脚踩下油门时才清醒过来，顺势抢了把方向盘，将卡丁车撞停在赛道旁的轮胎墙上。教导员之前没给女儿系安全带，女儿的头冲前直接撞上车框。教导员的妻子从一旁飞跑上前，自己抱上女儿去了医院。教导员归队之前，女儿还在医院躺着，左侧脸颊的颧骨粉碎性骨折。

晚饭过后，卫生员去三楼练扎针，他和教导员在值班室一同整理文档，这也是副参谋长提的议。教导员手里存了一部分之前战士们写的家信，还有那日斗争之后，一些人写的遗书与请战书，包括眼下还在病床上躺着的人，也有人写了请战书，请求把伤养好之后即刻返回前线。副参谋长说，这些家信、请战书、遗书还有一些人写的格律体出征小诗，都是往后复盘时的佐证。

教导员边整理，边挑出几句讲文法的、高昂的话念给他听。他仔细翻阅不同大小和厚薄的纸张，使劲辨认纸面上潦草的字迹。纸上的、眼里的、教导员念出来的交叠、混淆、膨胀。一阵辣气从他胃里顶入食道。

急！急！急！
拂晓接令，千里狂奔只为敌。
险！险！险！
风紧气寒，沟深山高冰河远。

烈日悄无息，寒风无情欺。
萧然生死别，筹谋到戟迟。
思绪泛涟漪，告别胜相见。

未及平生顾，遗书抒我志。

假如战争爆发，上阵杀敌是我们义不容辞的责任，牢记连训！针锋相对、寸土必争！回想起军人誓词：时刻准备战斗，誓死保卫祖国，这就是我的决心！我请求参加此次作战任务，到一线打头阵。报国戍边！无需马革裹尸还！

妈，孩儿当兵已经一年多了，我知道您在家里一直担心我。担心我在部队能不能吃饱饭，有没有受苦，有没有受冻等等。担心孩儿遇到一点小事，就想躲进避风港一样的家里。但是孩儿已经不再像小时候那样什么事都需要您一一操心，孩儿已经长大了，像雄鹰一样飞向天空了，而且您所担心的事情在部队不会发生。因为这里每一名战友之间相处得就像家人一样，互帮互助，还有班长排长、连队主官就像长辈一样照顾着我们。遇到事了，永远抢先站出来保护我们。也有一群老兵在教我们知识，而且在他们的教育和照顾下，我正一步步成长了起来，做什么也不像以前那样不经过大脑就乱来，而是在做事情之前都想一下后果是什么。所以您可以放心了，孩儿已经长大了，也不需要继续在您的臂膀下躲避了……

当他打开一个班排的人写在一条床单上的请战书，看见上面密密麻麻带血的指印时，教导员昨夜向他转述的许元屹母亲的那句话又直入脑海：我儿子最后的表现是不是勇敢？我儿子，他是英雄吗？

他在想。有谁能把那个许元屹说得明晰？谁会告诉他们，许元屹是由他母亲生在了麦地里？谁知道他为何去到贵州安顺的工地上做工？什么讲稿能包囊许元屹负

荷累累、志气未曾衰减半分的强力生命？

他将手盖着受伤一侧的额头，手指使劲摁压突突刺痛的太阳穴。

在山上犯头疼的时候，他会把许元屹叫来一块抽棵烟，说说话。每回巡逻进沟，手机信号中断，十好几天里也就几个毛人来回瞪眼。夜里，大家伙尤其是刚下连队的新兵，都指望许元屹那天别累着，留点精力给他们讲故事。

许元屹时常说，不比你们，我小的时候吃过苦啊。

新兵就接着许元屹的话再问，班长，您小时候吃过啥苦？

许元屹便低下头掰响手指的骨节，开始第多少遍地讲起自己小时候的事。

我妈当年快生我的时候，我奶奶还让我妈去小麦地里割麦子。

我啊，就被我妈生在了麦地里。

你们看着我矮，我妈说了，都怪我小时候老扛麦子，压的。一袋麦子百十来斤，我一个肩膀就扛动了。要不说，扛你们过河不在话下。

生我之前，我爷爷奶奶和我爸分家过日子。离开爷爷奶奶家的时候，奶奶给了我们家一点粮食，就是用化肥袋子装了八袋麦子，然后给了山顶上的一块地、三间房，还给了八十块钱。我爸觉得光有三间房没个院子不成，就在屋后刨地修整。第二天早上，我爷爷从屋里跑出来把我爸的头给打破了，说我爸占了他和奶奶的地。

当时我们那儿喝水也得靠拉水。一米二高的铁桶，灌满了水的要卖八毛钱一桶。我们家没有自来水，也打不起井，我爸就想找奶奶用一下家里的井，可我爷爷奶奶都不让。最后也不知道买水喝了多久，

八十块钱用完了,还欠了人家八块六毛钱。卖水的人说,你得先把欠的钱还上,不然这水就不能再拉走了。

我爸去找我爷爷,说上一年跟着我爷爷帮人修车,说好了要给工钱,眼下缺钱,让我爷爷给结一点。我爸当时想的是,按市面上的工钱差不多能结三百多块钱,我爷爷怎么也能给二百块钱。可我爷爷掏遍了身上的兜,凑了不到十块钱给我爸,说他就这些了。还上前头欠的,我爸把几袋小麦卖掉才又能往家拉水了。我爸说,我奶生他的那会儿难产,后来别人算了一卦,说我爸是来讨债的,不可太亲近。

我妈生下我六七个月后,我爸就跟着同村的人上北京打工。我四岁那年,我妈怀上了我妹妹。一九九六年那时候,计划生育查得很严,我妈想躲,但还是被管计生的人抓住了。我爸回来的时候,我妈肚子大了正好八个月。管计生的人跟我爸说,这个孩子不能留,必须打掉。我爸就哭了,拉着我一块给那个人跪下。

我爸说,求您给孩子扎针的时候不要往头上扎,扎脖子,要是孩子没了我们认了,要是命大能活下来,我们一辈子感念恩人。管计生的人和旁边的医生商量了商量,就一针扎在了我妹脖子上。

我妹生下以后,脖儿上留了一个明显的针眼,休息不好、情绪激动,就往外流分泌液。流一流,自己就结痂,过段时间不好了,又往外冒。

我人生前三十年,头等的大事就是攒钱给我妹子,只要她想考学,考到博士我也供她。等她工作了,我俩把钱凑巴到一块儿,一定医好她的脖子。

这几年间,许元屹总朝身边几个关系不错的人叮嘱,不管他家谁来电话问一个月工资挣多少,都别说实话。许元屹一个月万把块钱工资,五千打给妹妹学习和生活,三千给家里,两千来块钱自己存着,能不花则不花。

许元屹曾告诉他,二〇〇八年汶川地震后,老家有不少搞工程的人过去参与重建。许元屹的父亲跟着一位老板干电焊,攒了点钱。回村后不久,支部书记动员许元屹的父亲包一座山头种果树,既能个人致富,也帮助当地绿化,果园达到一定规模还能享受一笔农业补贴。许元屹的父亲动了心,就把存折上的钱全投了进去。只没想到果园还没建成,和许元屹的父亲商量事的支部书记就退了,履新的书记将补贴用在了其他亟待投入的项目上。许元屹家的果园一直没拿上补贴,资金后续跟不上,许元屹的父母又并不懂果树培育,本钱赔得精光。

许元屹对他说,父母为了家庭没少折腾,只是脑筋和运气都差了点儿火候。

从沟里往山下走的那天,途经团部。车刚开进院子,就看见球场上停着一辆工商银行的流动服务车。团里的人告诉他,这段日子他们在山里通讯中断。家里房贷、车贷还不上的、亲人生病住院的、生孩子的、老人没了的……着急的家属们纷纷往团里打电话,有个别的包了地方车辆跑上山来询问情况。为了钱的事方便,团里找县里调派了一辆银行的车上来办业务,先安排还不上贷欠了银行信用款的家庭解决问题。又单独安排了一名排长每天接打电话,转告家属询问的战士情况,解释这次任务出动得紧急,目前人都平安。

他也记得,那天下山的车刚停在烈士陵园跟前,手机信号恢复的信息提示就进来了，接着上百条未读消息、未接来电的提醒……他给父亲拨去电话时，父母的声音同时在话筒那边出现。他的心攥紧又再跳动。

父亲说，那天吃饭时听见新闻发言人就某地的边境形势讲了几句话，知道字越少，事越大。连着几天联系不上他，母亲托人找了位懂易经的师父给他批八字，看目前人还在不在。那位师父给的消息还算吉祥，说在西边，喘气，能动，要受皮肉之苦。

同父亲小学时就相识的叔叔随即也打来电话，告诉他这么多年，头一回见他父亲哭，说儿子找着了，还活着。又说他爷爷奶奶也都挂牵，盼他尽早回家探亲。

军校毕业临去报到之前，他和父母到爷爷奶奶家道别。爷爷是市里钢铁厂的老厂长，退休十来年后中了风，只有半侧身子能动，口齿不清，极少言语。那天爷爷抽了两口他带去的烟，对他说了一句，我名下两套房，你回来就是你的。

放下电话，他走进陵园。那时许元屹已经收葬。他站在许元屹的衣冠冢前，看着碑前新置的香炉、祭奠的酒和尚未打蔫的水果，遂想到那天黎明时分，他和许元屹蹲在崖壁底下那个洞穴里，打着手电写家信。

当许元屹听他说如果有谁牺牲了，这封家信就会被寄送家属时，立刻把刚写好的一页信纸撕了塞进石缝，怼上块石子，又掏出裤兜里一枚早就空了、搓皱的烟盒，就手撕成方方正正的一块纸片，在上面写了一句话。

我只是死去，请为我自豪。

他从桌前站起，走出屋时眼前一阵发黑。教导员并未察觉他的反常，还在耐心往电脑里誊录纸上内容。

他走到楼道的水房洗了把脸，摸兜时记起烟搁在了值班室。

许元屹以前问他，排长，你什么时候学的抽烟？他如实说，是本科在军校里，站夜哨时学会的。他又问许元屹，许元屹说，当年为了供学习成绩更好的妹妹读初中，他跟着同村的人去贵州安顺打了半年工。在一家工地，跟着旁人打模板、扎钢筋、搞电焊。

工地上有一对本地的父子，常把家酿的米酒带到工地上请工友们喝。夜里，工人们聚在一起，光喝酒划拳不过瘾，还要抽烟，许元屹说自己就是那个时候学会的。起初许元屹也买一包两包的烟给教他做工的师傅抽，后来听说他出来打工是为了供妹妹读书，谁都不肯再接他的烟，不让他在烟钱上破费。

他印象中，许元屹有一回抽得最凶。

有年春节，年三十那天晚上，连队的人都在连队营房里和家里人视频。十点多时，点位上的光缆坏了，信号一下中断。连长跑到机要参谋屋里找许元屹，叫许元屹赶紧准备工具修光缆。当时他也在机要参谋屋里，跟着一道跑出去上了车。

营房离点位二十几公里，那天夜里雪很大，等开到点位已经过了十一点。跳下车时他才看到许元屹没穿电暖靴，他要跟许元屹换一下鞋，许元屹说不用，熔个光缆，费不了多长时间。

猛士车的车灯照着，连长和他给许元屹两侧打着手电，许元屹很快找到了断点。

熔光缆时不方便戴着手套和防寒面罩,许元屹都摘了扔在一边,用手一点点地把保护层、涂覆层剪了剥开。天太冷,玻璃丝是脆的,一熔就断,等熔接好回到车上,已到了大年初一。

往连队返的路上,司机开大了暖气。车里刚暖和几分钟,就听见许元屹哎哟了一声。他扭头一看,许元屹满脸通红,淌着泪,哼唧说疼。连长问哪里疼,许元屹说浑身上下整张皮都疼,连长让司机赶快把暖气关了。

车到连队时,许元屹已僵在座椅上。连长赶紧叫了四名小个子战士过来,钻进车里把许元屹搬下去,抬进连队。军医叫人去炊事班后窖里敲了一块冰抱出来,拿高压锅烧,化出来的水倒进桶里凉到三四十度。之后把许元屹扶起来,两脚放进桶里,反复搓洗。之后又叫人烧了一锅水,给许元屹不停地搓洗胳膊和手。

凌晨三点多的时候,许元屹总算会张嘴说话了。虽说几天之后,他的两颗脚趾甲冻黑脱落,手上被玻璃丝扎穿的一个地方掉了痂,变成一个死肉疙瘩。但那天晚上,缓过来的许元屹第一时间叼上了烟,眼泪汪汪。

他和连长检查了许元屹耳朵、身上露出来的皮肤,没有冻起水泡,随即放下心,给许元屹接着续上烟。

大年初一中午会餐,许元屹被搀进了饭堂。许元屹坐的那一桌上有个小碟,盛着几颗比鹌鹑蛋略大的西红柿。那是连队通了长明电以后,种植员在大棚里多用了几个千瓦棒才种出来的,想等年后领导上山视察时显摆。在许元屹还睡着的时候,连长找几位主官开小会,举手表决摘了果子,作为对许元屹前一夜抢修光缆的奖励。

许元屹捧着果子,一瘸一拐端到了种植员所坐的那一桌,种植员接过去,又端到下排不久的新兵那桌。最后全体举手表决,给三位临近复转的班长一人分了两三颗。

这回上级单位的首长到医院慰问,给评了功的战士每人奖一台笔记本电脑。有一名战士还询问首长,能不能把发给自己的电脑折换成钱,拨给连队搞温棚建设,大家伙都喜欢看带秧子的瓜果。又说起许元屹曾从老家背了一袋子土上山,想先把土质改善了,种西瓜。首长听罢说电脑照发,温棚的建设也帮忙想办法搞,种出来了让新兵给陵园也送一份去。

他走出水房下了楼。那晚在山上帐篷里打过照面的军医在楼前的空地站着,手里拿着一个游戏手柄似的遥控器正在摆弄。

他走过去和军医打了声招呼。

"喏,迎宾大道。"军医把夹在遥控器上手机屏幕里的动态图像放给他看。

他凑到近前看:"挺气派,就是看不到几辆车。"

"封城么,到处冷清。"军医说。

"你不回家看看?"他说。

"算了,疫情一来,我老婆带孩子上娘家去住了。"军医说,"我儿子刚打视频过来,我说要他好好学习,别惹他老娘生气,我有好几只眼睛能看见他。把航拍的视频发过去让我儿子看了,找找自己家房子在哪。"

他和军医接着又看了看离分区不远的法桐大道。城虽封了,路灯和景观灯都璨璨地亮着。

飞机落回楼前空地,军医收起手柄遥控器放进包里。

"不休假回去看看你对象?"军医说。

"还不急找。"他说。

军医点头:"你年轻,沉两年再找也不耽误。"

"这回就挺怪的。"他说,"事情一出来,原本要留下接着干的,不干了,原本想走的,要求留下来。对象也是,原本要结婚的不结了,死活要分的,经过这一段时间找不着人,不肯分了又。"

"我是有一年突然觉得该把这事儿办了。"军医说,"我还仔细品了品,是不是自己的妥协,后来发现是基因。它们让干这事儿是这个基因该往下传递了,没有现代科学和医疗条件,人也就活到三十五六岁,你可能不着急,可你的基因着急。"

"有烟吗?"他说。

军医从兜里掏出一包荷花烟递给他。

"都抽荷花啊。"他说。

"自从老大抽这个,从官到兵,都抽。"军医说。

"这一批上山的核酸报告出来了吗?"他问。

"三四百人呢,估计得到明天中午了。"军医说,"教导员在干吗?"

"准备教育材料,讲课。"他说。

"费那劲干吗,拉到前线转一圈就是教育。"军医说。

他和军医走到空地东侧的一棵梧桐树下,在石桌前靠着抽烟。

军医向他讲起自己去年八月份跟着上山保障会晤,那回是现任团长带队。军医说那边的人当时故意迟到几分钟,往近前走的时候,长官远远落在后面。前面先过来了几个人手提肩扛,施工队似的,一到地点立马开始张罗,架桌子、支椅子、撑遮阳伞。见长官要走到了,两个人抬出来一卷红地毯,往地上一推一铺,又抬过来一个弹药箱,铺上毛毡毯,摆好碟子,瓷杯置放其上。长官在阳伞下站定,摄像的人帮着拍了照,这才坐到椅子上。这时旁边有人又立刻从兜里掏出咖啡来,抱起水壶冲泡。军医告诉他,团长当场就看乐了,说这么大阵仗,泡个速溶实在可惜。

他告诉军医,这回那边的人列阵喊冲的时候,长官站在斜侧方让兵先上,眼看这边援兵愈多,有的扔下自己人掉头跑得飞快。

"那天晚上我救了他们那边的一个人,是被他们自己人逃跑撤退的时候踩断腿了。"军医说,"我到安置这帮人的医疗帐篷送药,有个指挥官就拉着我说,让我先给他治,过会儿又给翻译说,让我们单独给他安排地方,他的身份尊贵,不能和那些七七八八的人呆在一起。我当时准备给一个人缝线,看那个士兵搞成了那个毬样子,实在忍不住了,我说你好意思吗?把你的兵带成这个样子还张得开嘴?"

"是不是采集视频的时候还让那人出镜了?"

"对。"军医眯着眼点头,"上来就'I love you,China',一顿瞎白话,说我们对他们可太好了,天天给他们冲咖啡。操,可有意思。"

"前年东线不也搞了一回么,我也在。"军医说,"有一道山脊线特别难投送物资,刚上去的时候什么都缺,有人都偷偷喝尿。"

"那回也有一个。"他说。

"对。"军医说,"我一个战友救治伤员过劳,犯美尼尔了,和那个烈士一块儿被送下山的。"

军医讲,直升机运送那名烈士和几位

伤员的时候，也把他的战友抬上去了，就躺在烈士旁边。飞机落地准备出舱前，军医的战友看见烈士的手忽然从担架上掉出来垂在那儿，就伸过去自己的手，牵了牵烈士的手说别着急啊，这就到了。

"等我这战友病养好了，头不晕了。"军医说，"就开始每天做梦，梦到在抢救伤员，怎么也救不过来。"

军医踩灭烟头，插着兜，一只脚踏在树下的石凳上前后拉抻。说后来单位给那个战友批了年假，战友一个人开车，从老家开到西安，从西安到成都，又从成都走318到了拉萨，在拉萨呆了几天，然后转到冈仁波齐，到札达土林。再从阿里走219到新疆全境转了一圈，最北到了喀纳斯。

"我那战友说过后想想，也许'生''死'留给我们最大的困难就在于能不能接受。战友也好，亲人也好，你不知道怎么接受就是因为这太突然了，没有一个人提前告诉你，或者让你知道这是他离开的最好的方式。比如说他突然战死、突然病死，而你可能会想到一百种比这种方式更好的方式，对么？"军医看着他，"你知道我说的那谁。"

"许元屹背战士过河的时候把脚脖子弄伤了，又被石块砸中，所以才会从崖壁上掉下去……"他端详着手指间燃得溜长的一截烟灰，"有人脑壳被石头砸裂了，但我们把他从那边儿抢回来了，现在人被转到战区医院，颅骨镶了钢板，再动两回手术就能打着视频和人吹牛逼了……"

"听着都太不像是二十一世纪能有的事……"他说，"所有战斗手段，都比战斗还古老。"

那个许久没有阖上眼睛的人的面孔随即出现了。他在想。吃喝嫖赌抽，坑蒙拐骗偷，喜怒哀乐悲惊恐。这些乱七八糟毫无秩序又非常系统组合在人身上的，加上诸如徒手将农用工具改造成趁手的武器，嗜血、暴力与残忍的本能。如何控制和调节这些恐惧与需要，让人的情感与行为得以形成？背后主宰一切的力量也真辛苦了，要亲自上手编写这么复杂纷乱狗屁不通的人性、畜生性和草木性……

"我不知道心里边有种什么感觉。"他自言自语地说，"所有人都说我们只是履职尽责，可我总感到胃里恶心……"

"恶心就对了……"军医沉默了片刻，"你闻着粮食香，是因为大脑皮层离不了碳水化合物。要是吃屎对身体好，人闻屎就是香的。要是你放倒一个人、看见一个人被放倒，不恶心反而高兴，那你就完了。所有人都不恶心，人类就完了。"

"看那个新闻了么？"他说，"得了新冠的病人嗅觉会变，以前闻着香的东西，现在觉得臭，以前臭的反而不臭了。"

"那也有个改变的底线。"军医说，"我向你保证，人的基因里永远不会写入一条：屎香，可食。"

晚上。他和衣躺在床上，听手机里播读的郑振铎译的《飞鸟集》。

听到困意袭来，他侧了侧身，胳膊护着肚脐就闭上了眼睛。

夜里寒气重，他想起身拉开被子盖上，却梦见自己一伸手够被子，醒了。

梦里。他看了眼手表，正是早上五点多不到六点。他推开猛士车的车门下去，许元屹和两名战士已经在河坝边砸开了一道冰口。许元屹和那俩战士架好油机，接上水车的水管就开始抽水。

抽水时,他见许元屹双手托扶水袋,两只手结结实实冻在上面,一边扶着一边哭。他说许元屹你快撒手吧,旁边的战士说,不行啊排长,一撒手不走水管子就冻住了,油机熄火再发动不着怎么办?

他走近看,许元屹的手掌这时已粘在了水袋上,肿得发紫。他从耳后摸了根烟,塞进许元屹嘴里。

许元屹眼珠和嘴唇上凝着冰霜,像哭像笑地冲他喷了两口烟雾。

三

带车回山上的前一天下午,他去教导队把那名上等兵带出院子,让上等兵跟自己去超市,照着下山前弟兄们给他列的货品清单采购物资。

临下山时,副政委嘱咐他到了能买东西的地方,也给山上的几名地方人员捎带一些吃喝用度方面的东西,团里掏钱。他印象中,深圳一家无人机公司的两名工人一直同他们住在一起,这俩人除了协助无人机侦察任务,那晚也帮着医疗队救助伤员。看增援人员来了吃不上热饭,又跟着炊事班捡柴做饭。两人一个左脚骨折过,一个右手扭伤打着夹板。还有开装载机、推土机和挖掘机的几名驾驶员。那晚为了增援部队走近道进沟,彻夜开路,第二天一早从车上爬下来时,一个十九岁的驾驶员脚刚着地就喷了鼻血。

在超市,他和二等兵一人推了辆推车。上等兵一手推车,一手拿着清单念念有词,来回扫看货架上的商品。

"你要给谁带什么也都拿上,我一块儿买了。"他说。

"不用。"上等兵说,"别的估计都能互相凑合,我给我们班拿了十条烟,您带给他们。"

"十条?"

"嗯。"上等兵点头,"每个人先分几包,等我上山了,再给他们多带。"

"你还上山?我记得是你家里挺有钱吧?上个月家里人都找过来了。"他说。

"如果是咱们连有钱的,应该是我。"上等兵说。

"开飞机修理厂的我记得是。"他说。

"对,在珠海,给私人飞机维修保养。"上等兵说,"我家那条街道有征兵任务,谁家都不肯去。我爸正好是一个什么委员,发扬风格,就让我来了。我要是今年走,回去就发我二十万服役津贴。只要我肯回家,我妈同意我随便提一台什么车。"

"挺好。"他说。

"好吗?排长,你觉得好吗?"上等兵停下推车,望着他。

"听你们队长说,你最近情况好些了。"他错过上等兵的眼睛,拿起货架上的一瓶洗头膏扔进面前的推车里。

"是,排长。"上等兵还是站着不动,怔怔地盯着他,"我有些问题,觉得还是只能和那天在山上的人说。我想跟您说说,行吗?"

上等兵将他带到那天夜里,他步行时路过的那家眼熟的餐馆。餐馆门上贴着疫情期间暂停营业的告示,门前屋檐下摆着一桌两凳。

上等兵拉出凳子坐下来:"这是我班长最爱吃的一家店,每回下山休假,他都先过来吃一顿。"

"那天路过瞅着眼熟,就想不起来。"

他说,"他在朋友圈里发过这个店。"

"是,排长。"上等兵说,"我班长爱吃兰州拉面。"

"你的问题。"他说,"说吧。"

上等兵双手抄兜,许久才开始说话。

"排长,我想留队。"上等兵说。

"家里同意么?"他说。

"我跟他们说了,我病了。"上等兵说,"我自己知道,好起来也容易,以后替班长把他的活儿接着好好干下去,干明白,病就好了。"

"谁告诉你的?那个女医生?"

"不是。"上等兵摇头,"我先给您说两件事,然后我再问问题。"

"有一回,军区电台联网组训,"上等兵说,"班长叫我给他校报,他读得太快,我就把报校错了。班长当时特别气愤,说你学了几个月的专业,报还能校错?你有你的责任,有你的使命,这要是打仗了,你这校窜行了,还窜了两行,仗得怎么打?我当时也没忍住,冲他发火,我就骂了,我说我从当兵第一天就是奔着退伍的,在这鸟地方气喘不上来,尿撒不出来,他妈的我脚上全长了冻疮,头也疼得不行,你还骂我。说完我就走了,老子不校了,叫我滚蛋还正好。但是我班长还一直在发报,我走的时候,他手也没离开发报机。然后我还没走出门口,就听见砰的一声,一看,我班长连人带椅子倒在地上。我赶紧过去把他扶起来,翻抽屉找速效救心丸。等班长吃了药缓过来以后,说晕倒不怪我,是他手上的汗流到发报机的键盘上,键盘又通着电,给他打晕了。"

"还有一个事。"上等兵继续说,"我刚下连的时候,班长晚上给我们开了个欢迎会,会上问我们有什么问题要问。我说我有问题,我想知道,我们在这个地方当兵,每年创造的利润是多少。入伍之前,我家里面安排了饯行的酒席。我一个开加工厂的堂哥就说,当兵无非也是个工作,拿命换钱而已,说白了有多高尚?所谓牺牲也就是个概率问题,一百年打不了一次世界大战,这要是有个大师能预言未来三五年不打仗,纳税人何必花钱养着这帮人?"

上等兵说完,望着印在桌面的象棋棋盘。

"说完了?"他问。

"说完了。"上等兵说。

"那你现在想不通的,还是这个利润问题?"

"我是想问您。"上等兵抬起头看着他,"我班长那么好的人死了,就是为了保护我们这样的人吗?"

树上蝉鸣和风吹动梧桐枝叶的声音落下来。良久,他问了一句:"你有喜欢的女孩吗?"

上等兵点头:"有。"

"记得她的样子吗?"他伸出手指头在自己的脸前比画,"她的轮廓……"

上等兵的眼神失了焦,轻声说:"记得。"

"你记得她、认得她……"

"嗯。"

"是因为她的轮廓……"

"是。"

"边界……"他说,"国家的边界就是它的轮廓。我们在这里,是因为我们所有人都希望这个轮廓不要改变,要一直像我们心里记得的,还有那些死去的战友们记得的,这个地方最好的样子。"

"上上任团长走的时候,全家三口人在

团部大门口，跪下磕了三个头。"他说，"上上任团长的儿子，就是咱现在的营长，也来了这个地方。我从小一进陵园就特别害怕，但是去咱这的烈士陵园一点都不怕，还有在被保护的感觉。"

"给我看病的心理医生也这么说……"上等兵说，"她下山轮休之前还去了一趟。她说有一回在陵园，她给一位班长放完糖，蹲下来想帮他把碑前打扫一下，突然那颗糖不知道什么原因，掉在她的手背上，她说那一下，她特别开心，也难过。可山上的经历，给内地很多人说他们也不能理解，他们看了，就只是富人看穷人的感觉。"

"还有件事……排长。"上等兵磕绊地说，"我学飞机构造的时候，教我的老师是英国人，我懂英语。那天有个那边的人受伤了，他就躺在地上一直大喊大叫，说不要抓我，我家里还有老婆孩子，上级授意他才过来的，不关他的事，要我们救他，他不想死……我老也忘不了他的哭声……排长，我忘不了……想想我班长我应该……可我忘不了……"

"知道你班长的原名叫什么？"

上等兵流着泪摇头。

"叫许元义，不是屹立的屹，是义气的义。"他说，"他小时候老跟人打架，他爸觉得是名字起坏了，老讲江湖义气不行，就给他改了名，改成了'中华民族屹立于世界民族之林'的那个'屹'。后来他自己也觉着改了挺好，'屹'字，一个山一个乞丐的乞，别忘了自己是山沟里出来的乞丐一样的人，做事只能比别人做得更好。他练发报的时候跳字了，自己拿尺子抽自己手背，尺子都抽断了。"

"我这两天想，什么叫有仁有义。"他说，"义字好理解，仁呢？"他在面前的棋盘格子里划出仁字的字形，"仁，就是一个人他有点儿二；仁就是得有俩人，有了'对方'才能谈。"

"那边有个小士兵，每次巡逻碰上我都给他递烟抽，他就特别认我，说在我们这边当兵好。那天快打起来的时候，我第一反应就是在人堆里找他，我特别害怕他也在里面，最后我俩遇上。那种时候不该想这些，可要是这个良心没了，也不配穿这身皮。等我以后有儿子了，就给他起名叫'大同'，这个名字，你指望你堂哥那样的，给儿子取名叫托尼杰瑞的人去理解么？"

清晨临出发前，团里小卖部的两位老乡揣了两条烟、抱着一箱子蜂蜜蛋糕站在车跟前等，要他带上山给弟兄们，是他们一点心意。当时沟里发生对峙，两位老乡应了团里需求，雇来一位地方司机开了一辆皮卡上山，想先送一批货进沟。没料想过九道弯时坡道溜冰翻了车，司机当场就没了。团里给这两位老乡算了笔账，这一年都是白忙。

他在车跟前推托再三，两位老乡不遑多言，东西搁进后备箱就走了。

车辆一旦驶过兵站，目所能及之处，天空比打火机喷出的火舌更蓝。高原汽车班的人都知道自己班排出过事的地点，路过时常以三支香烟拜祭。再向山中行驶，司机班长从车窗往外扔烟的地方也更多了。

及至越过达坂，峰岩雄踞，太阳雪白。夏之炎炎已全然留在法桐树荫郁郁覆盖的边陲小城，冰雪与寒风汹汹，接管身心与灵。

途经烈士陵园，车停在路边。

他们刚下车，司机班长就听见有人叫自己，马路另一侧，下山方向停着一辆大厢板。大厢板的司机跳下车走过来，司机班长也立即跑过去，走近时同那人拍了拍肩膀，站在路中间聊起来。过会儿他走过去，司机班长向他介绍，说这是兄弟团的汽车班长，自己的亲大哥，两人先后入伍，至今已有六年未见过面。司机班长的亲大哥说，因为有过路的旅行者将烈士陵园里许元屹的墓碑拍照传至网上，如今墓碑已被换成一座无字碑，刻字的墓碑先行埋入一旁的地里，日后可以宣传时再挖出重立。

他和几位同车的人将带上来的一瓶酒洒在路边基石上，又立上三根香烟，站了会儿就返回车上。司机班长拿着大哥给自己的一盒口香糖和一副墨镜，小跑带颠地坐回驾驶座。司机班长搓搓手，戴上墨镜，扳过后视镜左右照了照。

"许元屹啊，你这个安排真可以，我和我哥记你的好。"司机班长系上安全带，长按喇叭，发动了车。

进沟前。在最后一处有信号的地方，司机班长停下车，让车上的人向家里人再报声平安。

他打开手机里一个游戏应用。那是许元屹花九百多块钱买了一只智能手机后，他帮许元屹下载的，是许元屹玩过的唯一一款游戏。许元屹对他说，自己带的兵年纪越来越小，要是不会玩这个，跟这些兵就没话说。可自从他带许元屹进了联盟，许元屹从未花过半毛钱氪金，总被联盟里的人叫"穷鬼"。

他将联盟花名册下拉至末尾，看到许元屹的名字。不知是谁，也许是医院里那些伤员中的某个，在公屏上打出了赠与许元屹游戏号的元宝、铠甲、银票和兵符。他想了想，便给许元屹送出了人参果、体力丹、葡萄酒与夜光杯。

车子快开过九道弯时，从车窗探身出去吐了一嗓子的中士坐回座位。不远处，"冻土观测段"的路牌标识在他眼前迅疾掠过。

中士甩甩脑袋摇上车窗："以前山上风再大也不四处刮沙，现在改了脾性啊。"

"车多人多，加上飞机，沙土都给带起来了。"司机班长说。

"行，热闹了。"中士说着掏出纸擦了擦嘴，抄起胳膊压在胸前。

他问中士，怎么团里批二十天休假，中士只休了一半时间就返回了。中士讲，自己回到家后和一帮大专同学聚会，同学将聚会安排在了海底捞。饭吃到中间，一群服务员突然围上前来，给中士戴上生日帽，齐声合唱生日快乐歌。中士说，那天并不是谁的生日，同学们只为逗乐。看四周人眉开眼笑，中士无从解释，兀地想一拳捣在蛋糕上。散了火锅局，中士独自遛达到巷道里一家酒馆，点了两杯酒。先端起自己一杯，又端起许元屹的一杯，左手碰右手，一并干了。

"现在能品出山上饭菜的味道了。"中士说，"看视频刷到一家饭店，招牌菜端上来雾气腾腾，说是盘子里放了干冰。这干冰哪比得上在山上吃饭时候见的。那天你们谁在？立夏那天中午下了一场毛毛雪。当时我把菜摆在引擎盖上，捧着饭碗，雪花从空中飘下来落在碗口，沾在碗沿儿上。每粒雪花融化前都有个形状，真个好看……"

"你就是这么吃凉饭把胃搞坏的。"司

机班长说。

"那天你在我记得。"中士说,"拿走我一盒肉罐头。"

"王八蛋拿了你罐头。"司机班长说。

"拿就拿了,骂自己王八蛋干吗?"中士说。

司机班长哼了一声:"我就是这么谦虚。"

他在座椅上正了正身子,拉展了胸前的衣兜。衣兜里装着两片梧桐树叶。

他想,回到沟里便把叶子烤干了给那名年轻的列兵卷上一根。抽一口,列兵就会知道今年山下的夏天是什么滋味。

晚　春

三　三

授奖词

《晚春》是三三以人之子而不是庞然的一代人写给父辈的理解之书。从父辈的1972到"我"和父辈的2021，一个中国普通家庭半个世纪的长史被"短篇"收纳。作者"三三"和三三本名的真身都隐身叙述者"我"之"他"，从而为自由表达赢得空间，那些年轻一代写作的文学资源、时代记忆和个人经验得以释放，包括三三个人的可能和局限。被时代吸附，或者被时代抛出，俗世儿女们最终面对的只是一己之身的世界，且如此之小世界，对于单个的人也可能是未知的、晦暗不明的、危机四伏的，故而一切小儿女的哀痛、忧惧、孤独、念念不忘以及生而为人的进退失据在《晚春》皆见之于叙事的节奏和语言的发微。（何平）

1

收到父亲来信，是晚春的一日。外面天气很好，阳光猛烈，扰人多时的湿寒似已祛除。沿街芍药翻香，脂粉调晃悠悠，从皱瓣里钻出来。行人也渐多，带着各自的目标与心事，往暖风中呼出小剂量的声音。我略微拉开窗帘，使房间与外界的光线连通。于是，四周之物变得可以辨认，原本被幽暗侵占的空间都还回来了。

信写得很古怪，用一种偏紫的墨水。字迹也潦草，与我印象中父亲的字不同，仿佛写于情急之下。信纸边缘，有两三处同色墨水的指纹，大概是不慎沾了手又拓下的。

润安，
父有难，乞速归。
见面须谨慎，来信一事切不可让雅红知晓。
父　清河

信在桌上摆了三天。水仙盆景正值凋敝，几日下来，不少焦炙的花骨落在信封上。

第四天，我清理掉覆在表面的碎花，叠好信，将它与一盒钉针同放进抽屉。中午，便买了车票，从北京回到杭州。

"回"字用得并不贴切，尾随它的宾语理应指向一处故地，一处曾与我相互紧攥、不时会触及哀愁根须的地方。杭州远不及此标准，只不过是父亲再婚后定居的地方。继母在江干区有房产，房屋虽老，面积近百平米，维持一段中晚年生活也足够。他们的婚姻运转到第九年，期间我到过杭州数次，继母从未露过面。初时她羞赧，或担忧她的在场会打扰我与父亲的交谈，后来又受各种病痛、家务阻挠，始终没能与父亲一起出现。这些缺席的理由，往往都附随着本地特产，由父亲代为送达。

原本没打算住多久，只提一个旅行包的衣物。到清江路的旅馆安顿下，在地图里搜索父亲的住址，相距大约两公里不到。

南方炽热更盛，树梢间遍是嘤鸣与由此波动的枝叶之声。走动时不觉得，稍一静立，虚汗从衣服布料下蒸出。就在卫浴间冲洗一新，换上长袖衬衫，棉麻贴身如挠痒。因为担心父亲，我很快往他们家中赶去，中途买一些水果作礼。

寓所位于一个老式小区内，多层建筑的楼房，一度在八十年代末流行。他们住在一楼，进出便捷，只不过每天日晒短暂。冬至凛冽处，阴湿之气把房子养成一个洞穴。我按几次门铃，无人应答，才发现门铃的接线被剪断了。敲门后，听见里面一阵走动声。我不禁心跳加快，配上手表里秒针的转响，形成一种怪异的内外二重奏。

一个女人开门，见到我，微微一愣。很快又热情起来，如一炬忽然被点亮的蜡烛。"润安吗，我见过你的照片。"

"你好，我来找我爸……"

我被她拉进门，不知所措，站在原处不动。门口的地毯很新，绘一只孟加拉虎，背衬浓绿的阔叶林。她蹲下来，在鞋柜中翻客用拖鞋，一边和我讲话。

"你爸爸出去散步了。"她把鞋递给我，领我到沙发前，"这里附近有一条贴沙河，你听说吗？是杭州城的护城河，唐懿宗年间开凿的，用来泄钱塘江的水。每天下午，你爸爸都要去那里走一程。"

我坐的位置恰与她相对，这时便看清了她的样貌。她长得很美，瓜子脸，载了一套柔媚的五官。尽管看上去五十岁出头——远小于实际年龄，但脸上集了一些居心叵测的皱纹，将她命中的艰涩外化为一种苦相，也挟带由此积成的阴鸷。所幸她秉性并不严肃，笑时则稍好：眼尾如浪蜷曲，卧蚕松弛，随移动而轻晃；她好像全神贯注地望着某处而笑，又好像什么都没看，只是任由眼睛睁着——倒不是更显年轻，反而是凭美人迟暮之感，唤起了人们的宽容。"她本可以得到更多"，接着是一个遗憾却不可挽回的转折语调。

"五点前，你爸爸会回来。"她转头看了一眼墙上的钟。

"好的，谢谢阿姨。"我说。

"叫我雅红就好了。"她低头，又羞涩地笑起来，"雅红有点俗，你不要笑话。我刚工作时，给自己重新起过一个名字：沈临秋，取自'东风临夜冷于秋'一句。我以前是小学语文老师，你爸爸跟你提起过吗？"

"讲过一点，说你每年都评上先进个人，后来就不工作了。"我记得她当年离职与前夫有关，具体不便多问。

"抽烟吗？"她从茶几下挑出一包黄鹤楼雅韵。

"不抽。"

"真好，这样对身体好。除非客人来，我现在也不抽的。"我这才意识到，她说话很柔顺，像一层迎面而来的卷积云。

她把我买来的水果拎到厨房，先后传来水流、开罐、金属碰撞的声音。不久，她端一盆水果来，菠萝削得剔透干净，切成小块，滤过一层盐水；另半边盛樱桃，浑圆的一粒粒，摆盘像一种古代阵法。

"你真会买，这是'春果第一枝'。"她指着樱桃，情绪似乎很好。

2

父亲回来得并不准时，进门已五点过半。乍一见，竟未认出父亲。他的整张脸向内陷落，皮肤紧裹在骨骼和动脉上，侧身时更明显。身体随之枯瘦，他伸手又缩回，举止木讷，与去年判若两人。仅仅用衰老，并不足以概括他的改变。他更像周游过一个神秘异境后，重新返回人间。

雅红责怪父亲几句，替他把拖鞋摆好，又转向我解释说，"你爸爸丢过好几次手机，现在干脆不用了。到时间还不回家，太让人担心了。"

站在父亲身边，雅红像一个晚辈，很难想象他们同榻的无数夜晚。雅红回身入厨房，父亲在门边擦完手，缓缓坐到我旁边。电视机正开着，放一场缭乱的综艺，镜头在几张稔熟的明星面孔上切换。父亲握住我一只手，一言不发。他的瞳孔周围一片悬浊，粘黄的膜若隐若现。当我试图和他说话时，他移开了眼睛。

雅红手艺极佳，厨房端出醋鱼、油焖春笋、豆腐羹。因留了我一起吃饭，又多炒一盆虾仁。我时常一个人饮食，吞咽以效率为重。雅红嘱咐我吃慢些，说这都是时令杭帮菜，细品才入味。三十多年前，她从上海嫁到杭州，如今尽得钱塘气韵。见到她本人，我终于理解父亲当年执意娶她的原因。然而，事态似乎已暗中发生偏转——父亲浑身颓丧，当初的喜色荡然无存。他端着碗，手腕上间歇迸发出细小的抽搐，牵引筷子轻轻敲击瓷碗的边缘。白炽灯下，父亲水泥般的脸色始终不曾缓和，显得褴褛、死气沉沉，使人想起多纳泰罗雕塑的圣像。

在餐桌上，雅红问起我的行程。我如实相告，已请了剩余的年假，可在杭州小住十日。得知我入住快捷酒店，雅红有些懊恼，让我退房住回家里。父亲对此不置可否，好像注意力全集中在晚间新闻。等雅红吃完离席，父亲也停下进食，偷偷把饭倒进垃圾桶。

或许是时机不巧，那天夜晚，房间里弥漫着一种微妙的晦暗。落在父亲、雅红的举止之间，则体现为疲倦与迟钝。八点出头，我起身告辞。父亲想送我回去，雅红记挂他的安全，面露难色。我眼见父亲的身体状况，便也劝阻。往来几次，他只好悻悻妥协，但非要送我到小区门口。

我们从一条细道中穿过，父亲走得缓慢，似在用步伐把黑夜一裁为二。两侧有樟树夹道，走到中段，腊梅香也急来送行。我又听见与下午相同的鸟鸣，一种不知名的品类。在北京，最多见的是灰喜鹊。偶尔也逢乌鸦群栖，号叫声将狰狞从漫漫长夜之中刨出形状。我正想问父亲，来信究竟怎么回事，父亲先开了口。

"有一件事情，我先问你。"父亲说话时，反应似有解冻，比先前敏捷一些，"你能给我点钱吗？"

"多少？"我疑惑不解。

"我也不确定。五万，你有吗？"

"到底什么事？你怎么弄成这样，是赌博吗？"

小路上不曾设灯，除了高处零散的光线，月亮是眼下唯一的光源。父亲久久看着我，神色闪烁——像在辨认我，或是推敲这一场景在他命运中的意义。不知为何，我突然想起儿时收集的一只蝴蝶标本，通体半透明。我把它藏在一个玻璃盒子里，隔许多年再找到，盒中只剩一撮珠光粉末。

"是雅红。"父亲嗓音低沉，处于一种适合描述秘密的波频。"我怀疑，她在给我投毒。慢性毒药，每次一点点，最后我会死得像患病一样。现在家里全由她打理，我什么都不知道，手里也没钱。如果你给我一点，我可以自己找个地方安顿。接下去的钱，我再想办法。"

"你不要胡思乱想，投毒是犯罪的。"父亲的说辞听来匪夷所思，如果不是因为他过于严肃，我根本不想和他讨论这些。

"从今年年初起，我身体越来越差，经常头晕、胃疼，有时还呕吐。去医院里查，也查不出什么大毛病，可我总觉得哪里不对劲。我以前在农村听说过，这是砒霜中毒的症状，和胃病差不多。"

"你有什么依据吗？"我打断父亲。

"没有，但我知道就是她。她这个人很古怪，一直没什么知心朋友，结婚后也不常出门。最近不知道为什么，经常往外跑，外面肯定有别的男人。"

"怎么会呢，你们好不容易才在一起。何况，她看起来也不像……"我仍然半信半疑，不是信息的逐渐补全、而是父亲言谈中流露的恐惧，多少使我动摇。

"对了，有件事情你不知道。"父亲忽然想起似的，"她前夫就是胃病死的。以前说胃癌，忽然又改口了，说是胃不舒服，腹泻、吐血死的，蹊跷得很。"

3

一九七二年是一道分水岭，平稳的生活被拦腰截断，自此分为此岸与彼岸。在踏入该年之前，他们就从历史的依据中得到信号，知道这一年要轮到他"上山下乡"了——孟清河，也就是我的父亲。半年以来，他们常在黄浦江边散步，谈论未来的趋向，从每一个微小迹象中寻找提示。等待，似是唯一可做的事，而这个过程多少助长了他们的忧虑。当时雅红刚满十六岁，是父亲小学同学的妹妹。他年长雅红三岁，因与她哥哥关系亲近，几乎见证了雅红的成长。到了某一个年份，像突然掌握调试的诀窍，模糊的占有欲蓦地转向锋利、清晰，于是两人各自向对方赠献了初恋。

夏日收尾时，父亲收到通知书，他被分配到九江庐山的一个农场。相对而言，江西离上海近，寻常的亚热带季风气候，生活条件也不至过于颠荡。那时，父亲还和几个姐弟住在老南市区的弄堂里。雅红在天井里站着，不肯进去。她拧开公用笼头，冲了很久手，水池底部的青苔浮游于水中。父亲在旧地图册找九江的位置，用食指将它和上海相连，示意雅红看。父亲说，很近的，每年都可以回来。为这件事，雅红已经哭了许多次，往后仍有许多哭泣的机会，但那天她只是点了点头。父亲说，你自己好好生活，我会给你写信。雅红看了他一眼。临别时，雅红告诉父亲，她会一直等他回来。

父亲给雅红的最后一封信，是进农场后第四年写的。写时并未做告别的打算，潦草一段，也不长。紧接而来的日子里，农场突然忙碌不迭。父亲每日凌晨起来插秧，到夜里才休息；又逢开垦荒山，山中荆棘丛生，五斤重的开山锄常常被虬曲的根茎弹回。如此昼夜不停，攒一身酸痛。有时父亲握着锄头，双眼忍不住合上，迷糊之际一心盘算的，只有如何调往九江市里的工厂。等稍加空闲，农场里的青年们组织郊游，或隔三差五回城看电影，父亲也热衷参与其中。一转眼，便已一年多没向雅红去信了。后来春节回家时，雅红托哥哥将父亲的信件、礼物一并归还，两人不再见面。

那些年里，父亲逐渐明白，那个所笼罩他的世界已改变了侧重点。上海消沉于回忆之中，他的父母离世早，姐弟们各自撑搭生活的一角——那些饭桌上的絮语、从屋顶翻进果园所做的微不足道的偷窃、去遥远的北新泾挑菜、姐姐出嫁时房间里野蛮而温和的哭泣，像溺水前浮于眼中的幻景。它淡化、消逝，成为梦魇的一部分。而真实生活在这里，尽管他仍然想着有一天回去，但不可否认，只有这个农场才是可以感知的，是他一切生命力量复杂而强势的来源。

过了两三年，父亲如愿入职九江仪表厂。父亲年轻时仪表堂堂，又自繁华都市来，不少热心人为他物色对象。经父亲的一个同事介绍，他认识了母亲。没过多久，几乎是依循着一种顺理成章，两人懵懂地步入婚姻。

在我的童年时代，每逢父母剧烈的争吵结束，父亲便带我去看长江。我们望着水的尽头，一条深藏若虚的色线，消隐又呈现。青山与城楼相对出，架在浑浊的水面上。黄昏从宇宙的某一面远道而来，衬着翻浪的声音，仿佛世上一切都是松弛易碎的。父亲对我说起九江，"三江之口，七省通衢"，如此反复地介绍。等很多年后的一日，我突然明白过来，唯有异乡人才会用那种端正的口吻谈论九江。父亲失去了故土，成为一层真空的塑料膜，只能靠模仿他人来抵达应有的生活。

父亲从未意识到这一点，他所体察到的，只是无尽的、矢量乱序的压力。他想作出改变，辞职、做生意、喝酒、认识朋友，但都无济于事，或者说有效性极为短暂。最后，离婚的提议在厮打之中落成，又终被双方接受。自此以后，我只在道听途说中知晓父亲的人生。

父亲回了上海。祖宅由大姐打理，念高中的侄子低头钻进矮门，与父亲打招呼。大姐小心翼翼地问他今后打算，他注意到大姐眉眼间的算计——眼下，他是一个外敌，这个拮据的家庭决不允许他将户口迁入，更不会有他的安身之处。

那天夜晚，他独自散步到外滩。他曾热切盼望重回此地，可真的回来，上海早已面目全非。从前熟悉的店铺都被拆除，黄浦江沿岸增设了栏杆，再也无人下水游泳——隐形的新规则在此滋长，人群变得沉默而端庄。对岸浦东新建了高楼、电视塔，他往跨江望远镜里投了五毛，凑近一看，却发现投一元才能用。他摸遍口袋，找不到任何多余硬币。这一刻，他终于真切地体会到，在离去的那些年里，这座曾赋予他许多生命经验的城市彻底背叛了他。

4

翌日中午，我与陈鹏约在凤起路，想饭后可往西湖一游。陈鹏是我的本科同学，毕业以后，回杭州考了建设局的公务员。我则待在北京，通过相关专业考试，留任财务岗位。读书时，我和陈鹏曾为球友，每周参加篮球队集训，离校后却鲜有联系。

我赶到餐厅时，陈鹏已入座，身旁还坐一个年轻女孩。据陈鹏介绍，女孩叫小榛，目前在浙理工读研。我问起两人的关系，小榛一口否认为恋人，说只是在陈鹏办公室实习。陈鹏露出尴尬，却也未加解释。

店里人不多，仿古木雕的窗户一扇扇敞开。气候晴和，一枝翠绿斜逸过来，从里往外望，嵌入窗框，如点缀一幅画。他们已经点完菜，我加了一瓶啤酒。虽然和朋友叙旧，但心中总想着父亲老态龙钟的模样，便不觉对他们提起。我告诉陈鹏，此行主要是来看望父亲的。

"你和你爸不是……"陈鹏有些惊讶，"你们和好了？"

"说不上和好，大家都有各自的生活，最多一年见一次。我告诉过你吗？后来他又结婚了，继母是他初恋，不过看起来过得也不顺心。"我想了想，还是没把父亲怀疑雅红投毒的事情说出来。

"你呢？混得风生水起了吧。"陈鹏笑道，"听说你在北京买房了？"

"陈鹏一直说，你是他们班里最有前途的同学。"小榛给我们倒酒，抬眼向我一望，轻声说，"能留北京真不容易，我毕业也想去北京工作。"

念本科时，我并非最出众的一类学生，只不过凭刻苦拿过几次奖学金。现在工作勉强算中等，除去租金、开支，尚有盈余而已，买房全然是妄言。但见陈鹏似对小榛吹嘘过我，怕扫了他面子，也就没多作解释。

午餐过后，我们移步湖畔。北山街三步栽一棵梧桐，正值好光景，满枝擎着鲜嫩绿意。虽然梧桐干茎粗粝，一眼望去，却陡生一种细弱的气息。北山街的一侧临湖，另一侧散布着商铺。正午，人声鼎沸，日光使店里零落的灯光变得不起眼。

踏入白堤，我们已气喘吁吁。小榛对我家里的事非常好奇，不断提问。

"所以，雅红怎么会原谅你爸的？"小榛皱着眉，仿佛过剩的日光惹恼了她。

"他们再次见面，已经过去二十多年，自然就原谅了吧。"我随口说，"也许她对初恋的真挚难以忘怀？"

"你没女朋友吧，真是一点都不懂女人。"小榛笑出来，口气带有一种与她年龄不符的确信力。"我一直觉得女性比男性更叛逆，更倾向于靠仇恨、而不是荣耀的记忆生活。怎么说呢，不是狭义的仇恨，你可以想象成一件精制器物上有一个缺口，女人们日思夜想，构建出几百种方式补齐这个缺口，哪怕不值得也会去做。正因为整个过程可能是无意义的，当有一天意识到这一点时，有些人理所当然会索取弥补。"

"你想的太复杂了。当年我爸和雅红分开，完全是顺应时代的无奈之举。命运究竟如何形成，依赖的还是一种巧合。他们那代人经历、境遇都与我们截然不同，凭我们是很难猜测的。"我说，对小榛的长篇大论不以为然。

小榛神秘一笑，不再和我多谈。恰好陈鹏双手夹三瓶饮料，匆忙赶回来。他示意小榛拿温的，小榛偏挑了一杯冷的。陈鹏拦住不住，欲言又止。天气很热，春至晚境已炙烧起来，穿衬衫都汗流浃背。我们一路前行，突逢一段隆起的斜坡。在波峰稍站一阵，不断有行人、跑步者以各种速度从旁经过。

"我们去划船吧。"小榛拉着我的袖子，眯起眼睛。

"不愧是杭州，钟灵毓秀。"我不禁感叹。

"是还行。但我家在北方，受不了南方冬天。"小榛说。

5

夏至日渐接近，晚饭后往父亲家去，天色竟还有几分余亮。父亲在旧报纸上练书法，临的是魏碑《张玄墓志》，正写到"君秉阴阳之纯精"。父亲握笔太高，腾空时手依然颤抖不止，笔尖贴到纸面上则好一些。我对书法没有研究，见他端坐少动，好似一尊墓中陶俑。

我一进门，成为屋中一颗制造混乱的行星，把他们吸出了原来的卫星轨道。雅红像早料到我要来似的，殷切地揽我过去，一盘坚果与什锦糖已经摆好。儿时过春节，家中总有类似摆设，往往是母亲从超市买的散装零食。为一两毛零钱，斤斤计较半天，回家则迁怒于父亲的无能：城里来的人有何稀罕，什么都不会干。父母常年争吵不断，瓷碗筷摔过许多次，后来因舍不得浪费，全都换成了木制品。

"润安，我和你爸爸商量过，你就住家里吧。"雅红柔声说。

"但我已经在清江路……"我不知如何拒绝，望向了父亲。

雅红把我领进一间小客房，与上次参观时相比，房间焕然一新。原先空荡荡的板床上，已铺好席梦思垫子。一套藏青色的家纺品置于床上，淡淡的云纹四下舒卷，像广告里一样蓬松、惹人困倦。床头放着一套睡衣，与床单同色系。房间内也做了简单的调整，红曲柳木桌与书橱换了方向，采光得以增亮。桌上摆一个仿宋代的细颈瓷瓶，新簪几支杏花。不久，父亲也踱了进来。

"外面哪有家里舒服。家附近有一个轻纺市场，这些都是新买的，你什么都不用操心，直接住进来就好。你和你爸爸见得少，难得来一次，多陪陪我们也好。"雅红拉着我，她的手透出一阵凉湿之感，我不由得一惊。

"住几天吧。"父亲说。

我勉强点头，却总有一股疑虑，或许出于步入一段复杂生活前自然产生的规避之心。趁雅红去洗漱，父亲小心地关上小房间的门，轻声告诉我，雅红很敏感，说话做事一定要谨慎。既然住在家里，也可以借机察看家中情况，雅红究竟如何下药，外遇到底是什么人。

说完话嘴唇翕动，是父亲旧有的一个习惯。如今他整个人衰败，像一件划痕遍布的金属器皿，这习惯使他尤显寒酸。我注视着父亲，听他吐完破碎的词语，蓦地发现，自己已比父亲高半个头。我们最后一次去看长江时，我只到他肩膀。"上山下乡"的那几年里，父亲随知青们学了许多苏联歌曲，时常哼唱《莫斯科郊外的晚上》，只是每次歌词都有错乱之处。那天，他唱的是《永隔一江水》——我的生活和希望，总是相违背；我和你是河两岸，永隔一江水。我还想和父亲说些什么，但他担心雅红察觉我们窃窃私语，就拧门前去客厅。

我独自回了旅馆，与前台的女孩商量好退房。一天至此，过得疲乏不堪。刚想去淋浴，手机屏幕被小榛发来的消息点亮。

小榛说，我掉了个耳环，你在哪里看到过吗？我摸了摸口袋，里面只有一张两周前打车的发票。我回复她，我这里没有，长什么样子的？小榛说，是一粒葫芦，用珍珠串起来的，你今天没注意看吗？我说，记得不清楚了。小榛发出一个嫌弃的表情，又接着说，都怪你，应该是划船时掉的。我想起下午时，小榛在船上因日光刺眼而后退，以至于差点被我绊倒。我想理应道歉，就说，真不好意思，过两天请你们吃饭。聊天框里显示小榛一直在打字，但很久才发出一句。她问，你觉得陈鹏这人怎么样？我回忆与陈鹏过去的交集，似乎能想起一两件具体的事情，例如一起在学校门口的拉面摊吃饭，或是球场上细小的摩擦——平淡、充满毫无意义的细节，却缺乏情感上的记忆。我忽然意识到，我与所有人的关系都是如此，相处仅作为一种物理上的陪伴。我回小榛，他这个人挺热情的，怎么了？她"哼"了一句，说，我家也在江干这边，不如后天请我去电影展。我想来也无所事事，就答应了她。

我躺在床上，虽熄了灯，昏昧的光线透过窗帘流进来。先前的疲倦演变为一种慢性病，让人犯困却失眠。过去家里一共两间房，父母住卧室，我睡客厅的沙发床。半夜常听见房里传出打骂之声，像拉错的二胡弦音，一阵阵摩擦的疼痛渗入脑神经中。久而久之，我不再信任夜晚，我是时刻想着从风吹草动中识别惊变的虚弱动物。

后来，我和母亲搬过几次家，转眼又入大学，留在北京。然而不知为何，我常在梦里回到小时候的家。有一次，梦见面泛莹绿的僵尸从墙里涌出来。我惊恐万分，甚至没察觉自己早就离开了这间房子。

6

依照雅红说的，我在地毯下摸到备用钥匙。圆形钥匙扣，上悬一块蓝色塑料片，表面有密集的波浪式弯曲。握在手中，薄片的边缘在掌心划下凹痕。

打开门，父亲和雅红都不在。房子的朝向整体偏东，这时日照早已移开。逢此时节，闷热像一种浓汤灌进每户封闭的人家，沉寂、窒息。我小心地走进阳台，把窗户推出一条缝，接着在房里四下环顾起来。

客厅的墙原由白漆刷成，因居住多年，墙上偶有淡淡的黄斑。家具实际上并不多，可他们喜欢用重木料，使整体氛围显得浑厚，房间像被某种力量压在地面。餐桌上，父亲前一晚练字的报纸还摊着，到"君临终清悟，神消端明"就没写下去。"明"字的勾笔有些重，像一滴溅落的墨。桌子左侧摆一个立式长柜，高处有半杯水，杯上雕着鱼类的花纹。

我逐一打开抽屉。第一格中，一堆杂志整齐相叠。两三本与针织有关，其余均属文学类。虽然都是多年前的刊物，品相却十分整洁。抽屉底部有一个男式手表，已不再走动，指针停在十一点五十的位置。牛皮表带几乎烂尽，但仍可看出最靠内的两粒小孔是手工扎的，足见手表主人极其瘦弱。我一惊，想到雅红前夫——那个多年前死于胃病的男人。再看手表时，只觉一股难以言说的瘆人。第二格抽屉则混乱一些，满是瓶装或纸版的药。我拧开一些小罐，彩色药片发出悉索声响。因为缺乏医学知识，所见不过是一片眼花缭乱。正准备细读说明书，看是否真有砒霜一类的东西，猛地听见了开门声。

客厅正对大门，来不及细思，雅红已经提着两袋食品进来。我们面面相觑，惊吓之余，我什么都说不出口。抽屉半开着，此时像张口吹出一阵嘲弄。一部分已检查过的药，被我放在柜子顶部。我稍稍一动，旁边的杯中水荡起一层波澜。

雅红僵硬地移开脸，我瞥见她满脸苍白，血色尽凝于嘴唇。新烫的卷发垂在肩头，弧度夸张，仿佛她是一个等待觉醒的美杜莎。转身以后，她进了卧室。不久，柔弱的声音穿过门框而来。

"人年龄一大，就成了药罐子。"雅红慢吞吞地说，"这些都是你爸爸的药。有的早上吃，有的晚上吃，你根本没法通过外形看透一粒药丸。"

"他今年变化太大了，到底得的是什么病？"我快速把药放回原处，嘴上应承着雅红的话。

"什么病……"雅红重复一遍，传出似笑非笑的声响，"你知道他的，年轻时不注意休养，现在体质特别差。心血管有问题，去年血糖也开始不稳定。据说这和遗传有关，你爷爷奶奶有得糖尿病的吗？"

"不知道，我出生前他们就去世了。"我说。

"真可怜。"她说话声音本就轻，传播时又折损了一半分贝。

"没办法。也许因为我爸结婚晚，也许因为……"

话说到一半，突然被从卧室出来的雅红截断。她穿上一身缎面睡裙，浅绿色，经烟雨反复洗漂的新芽。裙体宽松，动作之间，她的肩胛骨忽隐忽现。这时我明白过来，刚才她在卧室换衣服，竟也没关门。熟悉的神韵重又焕发，一丛流焰，一盏新拧亮的灯火。她的面孔富于表现力，笑意从五官波纹中徐徐酿出。因背后意志力的掌控、节制之余，暗露一种机黠。

"你摸摸看。"雅红扶起我的手，从她的腰间划至大腿。"怎么样，丝绸是杭州的特产，可以买给你女朋友。你有女朋友了吗？"

"暂时还没考虑……"一股咸涩在我咽喉里弥漫，如木料被烤得过于干燥后轻轻蜕皮。一开口说话，不自觉变得结巴。

"你要加把劲呢。"雅红低头，转而蹙起眉说，"我真担心你爸爸。他近来瘦得不成样，还总说吃不下饭，我看他是得了心病。"

"什么心病？"听她怪气地一说，似有言外之意，我顿觉心惊肉跳。

"最可怕的就是疑心病，他总觉得有人想迫害他……你知道他有肩周炎吧，上次陪他去医院做针灸，都坐在位子上了，他死活不肯让医生扎金针,说人家想把他弄瘫痪。"雅红摇头,尽显无奈。

我一时说不出话,雅红见我发愣,笑着捏了捏我的手臂。"你不用紧张。人年纪大了,糊涂,在所难免。我不是怪他,只是你有空可以劝劝他,他最听你的话。"

我点头,雅红一笑便走了。

良久,我回过神来,见阳台上的窗已开得最大。内外空气对流,一个个隐形的气体旋涡激涌又散去。外面一条窄道,鲜有行人,浓荫跋扈地统御了周遭一切。一只白鸟收身入群枝,如万花筒转动间变调的元素。蝉鸣更盛,人们永远不知道这些无穷的翼动究竟在召唤什么,只道夏日行将立威,而晚春即逝。

7

千禧年前后,一场嶙峋怪梦迸发于父亲的夜晚。父亲已摒弃深思的习性,只要有路,就往前走,同时将警惕织成一身铠甲——他是以这种步伐压住梦的边缘,旋即一跃而入的。梦境呈粉紫基调,色彩中暗含惬意、松盈,气氛像一个半娱乐性质的康复中心。一种近乎美的东西包围着他,以至于在空无一人之地,他突生与人们拥抱的激情。正当他随心所欲地飘荡之际,整片空间最远处的光线(在梦里,他清楚知道那一束光意味着2000年)蓄势袭来。就这样,一个年份化作一条光的长绳,紧紧系住他的脖子,将他悬吊在一棵很高的树上。四面黑暗莅临,如旧友重逢,他感到痛苦而安心。

在漫长的白日里,父亲却从没有过这样的想象力。自从对劳碌而平庸的命运加以默许后,他身上的许多特性已被剥夺。那几年,他在老房子附近租了一间商铺。白天卖水果,晚上就睡在后屋。闲来无事,有些老邻居来看他,顺道挑走一些半烂的果品。他几次想要他们付钱,可总是说不出口。姐姐一家倒是从未出现过,或许在刻意避让他。

没有未来可想,甚至"现在"都只是"过去"的一种投影——这是父亲有一天突然明白过来的。这块区域除了童涵春药店,格局几乎改尽。药店对面,原有一家胭脂店,老板娘是他小学同学的母亲。儿时逢暑假,他和同学各拿一支冰棍,再去前面沪南电影院,花一毛钱买票进场。然而,回沪后又住了好几年,他却根本记不清现在药店对面是什么地方。和老邻居聊天,讲的也是早已消散的往事,以及那些除他们之外再无人认识的逝者。只要稍加出神(尤其夜晚),他会在家附近迷路,过去碎片式的干扰使四周更具迷宫的魅惑性。他踩在尚未干透的柏油马路上,脚底留下魆黑的印子……时代变迁的细小印记,人从这里来来回回,一刻都没有停止过。

父亲和老同学偶有聚会,关于雅红的消息,都是从她哥哥处听来的。雅红自师范中专毕业后,在小学当了多年语文教师。她向来是受风情青睐的人,随气质成熟,魅力更是不动声色地四溢。她似乎对教学颇为热爱,无论课堂或纸面文件,都能交出一份臻于完美的样本。学校领导赏识她,她的学生缘也很好。孩子们乐于赋予她牧羊人的权利,把各种心事倾囊相告,她也尽可能帮他们。唯一美中不足的是婚恋,她以没时间恋爱为借口,逐一回绝旁人的介绍。结果有一天,她突然辞去工作,嫁到了杭州。

父亲要了雅红的联系方式,休三天店

铺,独自一人坐高铁去杭州。会打扰她吗?当然想过这个问题,只是好些年里,他为那么多咄咄逼人的命运攻势让了步,不想再替别人考虑了。更何况,他不过想见雅红一面,若她生活美满,他也可放生一些愧疚之心。

他趁夜色的庇护拨通电话,另一端传来嘈杂、聒噪、猛烈的鼓点,背景乐带动他的心跳速率。稍后,噪音下降,风声与雅红的声音混为一道,一种阴晴不定的温柔。他本没想当天就见雅红,但雅红给他留了她当时所在的地址——一家KTV俱乐部。他打车前去,穿过镜面球灯反射的彩光,像钻进一只苍蝇的复眼。中央舞厅里人声鼎沸,烟味和酒气随处助兴。另有KTV和桌球包间,他走了一圈,没看见雅红,或许见了也不再认得出。于是,他回到门口等候,发消息给她。

父亲蹲在门边,各色男女从旁进出,忽然听见有人叫他的名字。他弹跳着站起来,一双明艳而凌厉的眼睛紧盯着他,像要用目光将他固定在某处。他脑中有一个拼凑而成的雅红,拼图取自印象、推演、传闻,可是与眼前的人丝毫没有共通处,她的变化全然超出他的预期。雅红穿着一双玫红色高跟鞋,紧身裙,经风一吹略微发抖。她的脸上敷满白粉,浓妆并未如愿雕琢出美貌,反使她显得落魄。父亲一低头,胸腔里上涌一阵心酸。

父亲说,你怎么在这种地方。雅红半天不语,忽然笑道,这有什么不好的,很多朋友都在呢。父亲问,你们要玩到几点?雅红说,早的话两三点,兴致好就通宵了。父亲一惊,经常这样吗?雅红瞥了父亲一眼,划醒火柴,点燃一根烟。她不屑地吸一口,像咽下一种平淡无味的食物,并把深红的唇印留在烟蒂上。雅红说,我现在又不工作,整天无所事事,除了泡吧、打麻将,你让我干什么去呢?父亲问,那为什么不找份正经工作?雅红说,你受教育受习惯了,很多事情都不懂。父亲问起她丈夫,语带磕绊。雅红出神地望着马路,什么都没说。

两人就此恢复联系,但往来并不频繁。父亲第二次去杭州,天气转凉,雅红穿一件白色棉服,外形与气息都素净下来。在一间临湖的茶馆包厢里,他们久坐,断断续续地讲话。雨水乘泡云而来,淅沥沥往湖上洒一阵。他们看雨密集起来,水花像微小的流弹溅向玻璃,源源不断,一种怀有强烈表达欲的陌生语言。对外界的视角,被分割成了一滴滴水粒。一片湖景既经水光放大,又因多道水絮乱流而遭拆解——一个重重矛盾并立的世界。

临别时,雅红面露严肃,问父亲,如果我没结婚,你会永远和我在一起吗?父亲有些措手不及,一愣罢,谨慎地点了点头。雅红凝视他,许久只说一个"好"字。

她双手掩面而上,捋过蓬松发亮的鬓角。父亲注意到她的下巴,微微向外突起,一具雅致、却平凡的骨骼。接着,父亲听见雅红抽泣的声音。

不出一年,传来雅红丈夫病发身亡的消息。

又过两三年,父亲和雅红结了婚。因雅红在杭州继承丈夫的房产,父亲便迁居到杭州。

8

影展在一家大剧院举办,离我们住处不远。今年主题是好莱坞黑色电影,多上映于20世纪50年代。热门的几部早就售罄,余下几场里,小榛选了尼古拉斯·雷的《兰闺艳血》。电影原名作"In a Lonely Place",直译"在孤独之处",但那几年引进的黑色电影,总被起一些香艳名字,仿佛死亡、性本就装在同一个神秘祭坛里。

我们买了上午十点场,放映结束,小榛自然地拉起我的手,往一家西餐厅走去。我食欲尚未展开,只点份意面,她根据自己口味把牛排、小食配齐。点餐完毕,她把菜单倒扣在旁边一桌,靠在椅子上发愣。

"亨弗莱·鲍嘉长得也像杀人犯了,不管什么电影,我看到他都好紧张哦。"小榛说。她和我坐同侧,攥紧的手心有些湿热,像某种海洋动物喷出的黏液。

"那可以不选这部的。"我说。

"你不知道,这电影很邪典。女主角格洛丽亚·格雷厄姆和导演原来是夫妻,拍这部电影时,两人关系已经恶化到极点。拍摄期间,女主角时刻忍受着导演的折磨,恰好她在电影里演的角色,也是一个被丈夫暴力倾向所恐吓的女人,这种互文性很微妙。你不觉得这个女演员很压抑吗,在应该高兴时,她也死气沉沉的,只靠挑眉毛等一些技巧强打精神。"小榛接着说,"还有一个巧合,现实生活中,男女主角后来都死于胃癌。"

我忽然想到什么,不禁皱眉。"你还记得电影开头的故事吗?一个女人爱上一个海员,于是想办法溺死了丈夫。"

"这没什么特别的,《聊斋》里也写过,最出名的不是潘金莲吗?"小榛不以为然。

"我在想,现实中这样的事情可能很多,只是没人知道而已。"我说。

"这说不准。我同学爷爷去世后,家人总觉得当时爷爷还能救,是奶奶偷偷拔掉了输液管。不过都是瞎猜的,根本没什么证据。"小榛说。

"如果真的有所记恨,为什么不干脆离婚呢?"我说,也是我近来常想的问题。

"图财、图利、不想失去眼下的生活⋯⋯不过你想的有问题,离婚完全是两回事,程序正义意味着一种裁决。对故事里的女人来说,离婚就是让她暴露在众人面前,承认自己的错误;但我想,她抗拒正大光明的途径,也许潜意识里根本不认为自己有错吧。"小榛推了我一把,笑着说,"故事里都是极端情况,想这些干嘛。"

已上桌的菜分散了我们的注意力,牛排刀的锯齿侧对我们,小榛用它顺着纹理切开肉。由于想借鉴小榛的看法,我对她讲了雅红的事情。小榛专注地嚼咽嘴里的肉,我转过脸等她答复,却只看见她的颧骨带动下颌做一场撕拉运动。终于,她露出一种若有所思的微笑,仿佛在触碰问题前已预知了它的解法。这种表情我似乎在别处也见过,但一时想不起是谁。

"多半是你爸瞎想。不过,你可以带我回家,我来看看这个雅红到底什么货色。"小榛说。

下午,小榛回学校办事,我步行往家的方向去。

天气清怡,为了在春意中浸享得久一些,我绕弯从滨江公园里穿过。散步的人不少,三五成群,自说话语调到步伐都怀藏一种绵柔。树木以一种高于寻常行道规格的密度,叠种在路的两侧。法梧、香樟、栾树、掌形的枫香树,由于风为漫天飞絮提供燃料,便可知不远处还有柳树。日光与树枝的影子像一种针织法,罩落于晚春形形色色的衣衫上。在北京,尽管公园里也有清闲的老人跳舞、谈天，但节奏全然不同，不像南方市民自带一种对什么都不在意的气质。

我走了一路，越来越多的心事垒在体内——小榛是家庭之外新的一笔，骆驼背上一根紫红色的稻草，使我只感到自己相较于外界美满的疏离。走出公园，我隔着刷过漆的铁栅栏向里回望：整个公园发着光，看上去遥远、动人，而我是一粒脱离这个星系的变异原子。

我回到父亲住所的门口，摸钥匙时，与正在张探的邻居打了个照面：一张3D地图般沟壑横生的脸，乍看难以区分性别。头发向后梳拢，几近雪白一片，细辨才从头发长度上认出她是女人。她一开口，更佐证了这一判断。

"你是他们家什么人？"她朝我笑，还算客气。声音像卷着砂砾，让人想到她喉咙深处翻滚的某种液体。

"我是……孟清河的儿子。"我犹豫着说。

她发出一声又慢又长的"啊"，转而又问，"你准备搬来这里？"

"不是，就住几天，来看看我爸。"我说。

"没事，来吧。"她怪异地一笑，像要开导我似的说，"这个女人不好相处，有点疯头疯脑，但对你爸还算可以。有一次你爸在拉面店和人吵架，她冲过去把人骂得狗血淋头。哎哟，特别狠。"

这时，我已打开门，向她唯唯诺诺一番便进去了。

她说的女人想必是雅红，仅看这几天，根本难以想象雅红破口大骂的模样。我倒了杯水，困惑地徘徊在房间里。又打开抽屉，把她那些杂志大致翻了一遍。一个人的过去像一颗涡流，以至于他者与其最深的共鸣不过是一阵痛苦的晕眩。

9

为了跟踪雅红，早晨六点，我就循着细弱的动静醒来。我屏抑呼吸，动作尽可能轻，迅速换上一身低显色度的灰衣裤。床头柜里，藏着提前准备好的口罩、棒球帽、一本供低头时看的书。听见雅红外出关门的声响，我连忙佩齐装备，掐算好时间，尾随出行。

我对这一带已想当熟悉，快步走上直通小区大门的捷径。这一日算不上晴朗，阳光淡得像被稀释的黄油。因是熟人，我尝试和雅红保持着二十米的距离，再远怕跟丢。此前，虽然也在电影里见过跟踪，但亲身躬行还是很紧张。我一边紧跟，一边说服自己：没有人会注意到我，我只是白日街道上的一个幽灵。

雅红的路线有一个常规的开头：一家农贸市场。雅红挑了一点鸡毛菜，又蹲下选西红柿。我佯装闲逛，跨过一个又一个摊位，绕向远处。跟到海鲜铺位时，一股浓烈的腥气扑面而来。我担心身上异味会引起雅红的注意，便去菜场对面一家咖啡店等候。大半个小时过去了，还没看见雅红的踪影。我不由得焦躁起来，唯恐她在我出神之际已经离开。我坐立不安，却也无他处可去。如此又过十分钟，雅红拎着袋子往外走，手中还捧一把韭菜。

接着，她去了一次超市。我格外注意雅红经过药店时的反应，其中一家，她往里看了一眼，却也没走进去。十一点出头，雅红回到小区里的运动区域。她把手中食物挂在一旁，一抬步，踩上太空漫步机。四周没有人，她费力迈开步子，全神贯注地对抗着机器。我躲在丛荫里，她的喘息声被风隐隐推来，而她始终没停下。

虫群寄宿在绿植之间，此时已在我皮肤裸处留下许多红印子。我匆忙退出树林，为了制造和雅红的时间差，就去外面吃了午饭。

等我下午回家，雅红正在擦地。雅红极爱干净，但她不相信清洁工具的除垢能力，非要每天亲手擦一遍地板。她把头发扎成一束，有一两卷从额前滑落。身上仍然穿着那件睡衣，由于跪在地上，我一眼便从V型领口中窥见她的肉体。细密汗珠在她胸前凝起，像撒过一层糖霜。看见我，她抬头一笑。

"你爸爸在里面睡午觉，这个人呐，睡着的时间比醒着还多。"她匆匆往房间一指。

"他要是先去世，你打算怎么办呢？"话说得鬼使神差，我自己都吃了一惊。

"你想要我怎么办？"她已结束手头的事，搓完抹布，坐到我身旁。为了不影响父亲午睡，她凑得很近，说话如吹气，我这才发现她笑起来嘴有点歪。"老实说，你看他现在的样子，我怎么可能没想过这个问题？人各有命，不能强求，我总要自己生活好的。你放心，就算真那样，我每年也会去看他的，锡箔、香烛、瓜果，一样都少不了。"

她语气平淡，我却听得惊心动魄。我竭力装作平静，回答说，"你能想通，是好事。"

"只要你理解，我就满足了。"雅红说。

她轻拍了一下我的手背，一种痒扩散至我全身。我们坐得太近，她几乎贴着我的手臂，我笨拙地往旁边挪了一些。

"我女朋友也在杭州，过两天能来吃个饭吗？"我想拿小榛来救场。

"好啊。"她有点惊异，但很快压了下去，面色呛得泛白。"你什么时候有的女朋友，没想到你真行，口风紧，我一点都不知道。"

"嗯，有了，昨天电影就是和她看的。"我说。

"电影好看吗？"雅红斜目问到。

"还行，50年代的黑白电影。讲一个女人爱上别人，就把丈夫杀了，伪装成游泳溺死的样子。"我故意本末倒置，改编了故事，一面偷觑雅红的神情。

雅红站起来，低叹一声，凝重如雾凇在她眉目间结起。从我所在的角度看，一种腐蚀性的沉郁使她双目浑浊，似在刹那间露出年龄的本相。雅红轻声说，"可怜的女人，一定是找不到其他的出路了。"

10

父亲有一个随身听，深蓝铝壳，款式过时。每日沿贴沙河散步，他就公放音乐——都是几年前他自己用口琴吹的旋律，苏联歌曲。除了《莫斯科郊外的晚上》，还有《喀秋莎》《红梅花儿开》等。他不喜欢《三套车》，说曲调太悲凉。

父亲按下关闭键，音乐戛然而止。静阒环绕上来，慢慢地，我们才重新听见自然界正常的声音。大风逆向吹来，拂过耳膜时如一声声闷鼓。父亲走得很慢，我想扶他，但他推开了我的手。父亲问，"怎么样？"

"我把家里的橱柜都翻了一遍，没找到哪儿藏砒霜的。也跟了雅红几天……"趁着单独散步，我本就想把情况告诉父亲。

"我是问口琴吹得怎么样。"父亲不自

觉紧张起来，似有一根暗绳，猛地抽束他全身。见他如此，我也没再谈论音乐。我们默不作声走了一阵，父亲终于又问，"你看见她和什么男人在一起吗？"

"没有。"我往跟踪的回忆里确认了一遍，对父亲说，"她喜欢在每家店里待很久，对着展示柜反复看，有点奇怪。但我跟了几次，没见什么人和她一起。"

父亲低着嗓子"嗯"了一声。河道似进入景观地带，亲水平台替代了此前的围栏。再往前，竖着几块立面水波纹护栏，上面刻了苏轼游望海楼所作的绝句：沙河灯火照山红，歌鼓喧喧笑语中。近黄昏，西侧有橙色的光斜来，把湖面染得神秘莫测。

"我不相信她，我从来都不信她。"父亲忽然快速地说，"她这个人很情绪化，什么事都做得出来，我一直有点怕她。"

"那怎么结婚了呢？"

我思忖着和雅红相处中的别扭之处，不管投毒是否为无稽之谈，雅红都是一个过于孤独的人——那些对外表的悉心维护，那些怀藏目的的取悦，还有看不见的盘算，对于尚未发生的遭遇的种种预防，或许她也在担心衰弱、失控、再次被抛弃。这点恐惧，足以让她变得凶狠不可测。

"我没别的选择。"父亲叹气，带有一种山雨欲来的低气压，缓缓说，"当时没钱，没地方住，生意也做不下去。想想来杭州是个重新开始的机会，'重新开始'，听上去多好啊。"

父亲恍惚地继续说着，絮絮叨叨。"有时候，我怀疑是自己的问题。我也不相信上海的亲戚，手足兄弟，为点利益就断了联系。我十九岁到庐山，后来又去九江、上海、杭州，没有哪里算得上归宿。周围一起玩的人，换了又换。在九江的时候，别人都回去了，我因为结了婚不能走。厂里老师傅劝我，我还记得他怎么说的：人之所以想不开，是因为他们总是把当下所在的地方看成终点；要往前看，以后路还长。但现在没什么路了，我每天都在想，大概自己离死不远了。这辈子浑浑噩噩，到底做过点什么呢？每次都弄得一塌糊涂，是我自己的问题，怪不得别人。"

"也没人怪你。"我宽慰他，听见自己的声音在湖边消散，像出自另一个人之口——一个疲惫而无能为力的人，靠痛饮安慰剂，以对痛苦背过身去。

"其实还是在九江最安心，不过当时没感觉。"父亲嘿嘿一笑，"你小时候，我一直带你出去玩的，你记得吧？"

只有长江边那些模糊的画面，人来人往，我们在一个嘈杂而开阔的避风港里。忘记父亲与母亲之间的倾危，忘记同样的困境还会循环发生。有一次，父亲告诉我，年轻时他很喜欢晚春的黄昏，感觉世界正向无尽之处延展，野火烧亮每一道深渊。他说的想必是更年轻的时候——真正的年轻，你不会在意现实中暗藏的任何棱角，受伤也不过是诸多体验的一种。然而，父亲并未意识到，说这话时，其实他也正年轻，坐拥对人生走向的选择权。

"我好久没回去了。"我说。

"你妈身体还好吗？"父亲谨慎地问，多有犹豫。自从离婚以后，除了微薄的抚养费往来，父亲从来不过问母亲的事。只要不谈论过往，就会有命运真的被重置的幻觉。

"挺好。她把房子卖了，现在和她二姐一块儿住。"我说。

本以为父亲会追问，或借此表达对这

段误入生活的歉意,但他只是背着双手走路。忽而,父亲伸手拍了拍我的背,说,"没关系,至少你赶上了好时代,到处都是机会,好好珍惜。"

"那你们准备怎么办……你和雅红。"我问。

"和她一分钟都待不下去。"讲完那些以后,父亲似乎舒畅许多。这话说得轻描淡写,像在开一个玩笑。

11

等我开始为这场约定后悔时,早已错过了制止的时机。

在小榛的催问下,我不得不把住址发给她。小榛在陈鹏单位的实习期尚未结束,说下班过来。自上回游西湖后,我和陈鹏再未见面,联系寥寥——或许这是老同学最适宜的社交方式,偶尔一见,平时互不相关。在此之前,我自认与小榛只是一段模棱两可的关系,可不经意间,它已制造出了责任。照小榛计划,她一毕业就来北京求职,同我一起生活。她说得果断又率真,好像除此以外别无可能性,这使我无法回绝。

为了迎客,雅红早就开始筹备:从房间细部的清洁做起,摆置水果、零食,洗切晚饭食材。她穿行于几个房间,偶尔匆忙地向我瞥一眼。临近五点,雅红突然想起还缺饮料,便让我去附近超市一趟。

得益于跟踪雅红的经历,我熟知那个超市的位置。白天,卷帘门缩在顶部,锈迹模糊而遥远。往里走,几乎没有人,空间被一排排货架整齐切割。以前来这里,只顾靠货架遮蔽自己,以免被雅红看见。直到此时,才有机会观察每一层的物品——这些日常生活的切片,雅红也曾迷失其中,反复逡巡而不知所需。我想到小榛将与雅红见面,她又会作何种评判?这场暗涌丛生的晚餐让我心悸,我却无力阻止。

回杭的这些日子里,我逐渐意识到,也许自身的怯懦正是从父亲这里继承的:真正阻止我们改变的,是基因里不祥的代码,天性中的某种毁灭性;而命运,只不过是一种用以印证的介质。

由于在超市耗时过久,回到家,天色已黯淡。卧室的门都关着,客厅只开了一盏昏黄的台灯,一种古怪的沉寂砌在屋里。小榛还没来,父亲似乎也不在家。雅红独自坐在桌边,连衣裙很宽松,完全掩藏住她的身形,使她看上去只剩一颗头颅。幽暗的蓝色从窗外溢进来,渗入雅红冷峻的面孔。她的五官本就立体,如今显得格外生硬,阴影往脸上投射。

僵持三五分钟,我勉强开口问,"他们都到哪里去了?"

我不敢直视雅红,假装往桌上放饮料。许多餐盘已搁在那里,大部分是熟的,但已无热气;还有一两盆生的,泛腥味。一瞬间,强烈的失措令我体感内陷。我对外界无所知觉,却能感到血液在肢体里流动,以及各处神经同时微微膨胀。

"她不会回来了。"雅红说,声音很轻,如同一种幻听。

"谁?"我吓一跳。

"那个女孩。"雅红说,"你为什么骗她?你在北京哪有房子,你自己户口还在九江呢。"

我本想解释,可张口结舌,不知该说些什么。

"你和她乱说什么,都没关系,但是你记住——"雅红继续说,"男人永远不能骗女人，否则要遭报应的。"

或许因为房间里太安静，雅红的话激起一阵回音。语调阴柔，像一把针轻轻刺进来，我不禁头皮发麻。猛一寒颤，想到小榛可能已把我对她说的全盘托出，雅红知晓一切，此刻她俨然是一个审判者，正在计量我和父亲理应受到的惩罚。

我只觉毛骨悚然，呆立在原地，浑身贯穿一种历经山崩地裂后长久不息的麻痹。

12

收到父亲去世的消息，是回京半年以后的事。

那几天，我碰巧发了一场高烧。皮肤皲裂，手尤其蜕皮得厉害，如有火源在不知名之处不断炙烧。舌头也肿胀，轻轻抵住上颌，刺痛难耐。我请了病假，成天躺在床上，以解药物嗜睡的副作用。醒来时，常闻到房间里充满异味——那些不健康的呼吸织出一障迷雾，让我晕头转向。便是在那种状态下，白日梦与现实开始混淆。

在混沌的境遇之中，替代父亲形象的是一只漆黑的硬壳虫。它无规则地到处乱爬，迫使我紧盯它的轨迹。困惑、焦虑、压抑，如波浪迭起，令人窒息。我的脑皮层下似有一张银箔糖纸，悉索作响，反射各种刺眼的光线。在那些折叠出的镜面碎片上，与杭州相关的回忆慢慢显现。

自那夜晚以后，我再未见过雅红。第二天，父亲送我去火车站。出租车一路前行，外景流线一般滑动。我们究竟说过些什么，关于雅红、生活，或只是当下不重要的感受。临出发前，我从站台里的ATM机里取了一些钱。父亲不用手机，对电子账户更是一窍不通，他只信任可以触摸的实物。钱并不多，薄薄一叠，父亲把它们折好，小心地放进口袋。我望着他审慎的模样，忽然心生凄凉，为这命运尾声种种有限性的返照。

在后来的一通电话中，父亲告诉我，他已和雅红分居，独自住在上海。他讲了一个小区的名字，如今已消弭在极不稳定的记忆陀螺中，但也可能我从未记住过，他说出口时我就不曾听清楚。那段生活或许算得上平静，父亲和管理社区垃圾站的老头关系不错，偶尔去帮忙清扫。作为回报，老头允许他领走一些废弃品。父亲说，你不知道，人们可能把任何东西丢弃，有些明明新的。

往后不久，父亲就去世了——无需药物、毒剂的催化，他凭自己也能走到这一步。一个陌生号码拨来，告诉我这个消息。对方说，大殓已经结束，我不回去也没关系。他向我告知父亲所在的墓园，目前骨灰寄存在租赁的格子里，将在小寒后入葬。放下电话，我上网检索了墓园的情况。墓园在港口新区，黑底金字的石碑排得密集，逢清明、冬至等大节根本站不下人。官网简介里写到：园内共栽绿植一百二十七种，亭台楼阁一应俱全，造景四时变幻。但我想，那些景象仅仅作为寓意而存在，大部分时候，墓园空荡荡一片，只有从东方海面上远道而来的风。

一些更恍惚的时刻，我好像重新置身于杭州。

日落以前，我沿贴沙河而行。是几乎无风的天气，云层瓷厚，边缘沁出一圈荧光的橙红。世界正趋于黯淡、静谧，仿佛河底的妖兽逐渐停止了呼吸。我脚上穿了一双运动鞋，小时候母亲买的打折商品，现实生活中我已经很久没见过它了。我一边往前走,一边怀疑笼罩着我的只是一场梦,但一个人真的能分清梦与回忆吗?快上桥时,我远远看见雅红站在拱桥顶。她的嘴张得很大,面孔狰狞。稍凑近,才听见哭声。一开始尖细,似乎自制意识的藤蔓尚能拉住她的理性;一声声拉扯之间,声音变得越来越响,转为一种骇人的嘶吼,就像猛兽身处绝境时,靠空耗力量来拆解自己,以比死神早一步毁灭自己。

我犹豫着是否要上前,父亲突然拉住我。我一惊,想问他什么,比如我们怎么走到这一步,接下来又要往哪里去。可父亲摇了摇头,或许让我不要轻举妄动,或许示意一切已经结束,或许没什么意思,只是一种停顿。

于是我们站着,对着即将降临的墓园般沉默的春夜,什么都没说出口。

跳 马

路 内

授奖词

　　熟悉文学江湖的中国当代文学读者，自然也可能熟悉每一个江湖有其声名的写作者所属的文学纲目。不同的文学纲目，自有其经得起溯源的路线图。所以《跳马》的抗日故事、乡村权力生态和乡民日常等的勾描，不是路内的小说，不是我们熟悉的"十七岁的轻骑兵"和"雾行者"。《跳马》中，昔是体育教员和读书郎，现为抗日队伍正副大队长的两人，他们未来中国的想象着陆在训练一个父母双亡无羁的小孩学习"跳马"。逃亡途中小孩腾身一跃的起跳和完成，放在小说设定的历史时间内，寓现实的沉痛和想象的飞动，正是我们熟悉的路内小说灌注的神气。（何平）

　　小孩小名叫阿毛，姓董，副队长到嘉定拉队伍时，他正在路边讨饭，不知怎地跟定了副队长，就一起到了镇上，听口音是上海本地人。福元问了好几次，小孩不肯讲他的身世，只说爹娘都被日本人炸死了。问他几岁，回答十三。大队长对福元说，这么小的孩子，不会是奸细，就带在队伍上吧，只是不要给他耍刀玩枪，出去贴贴标语也好，暂先住到你家。福元点头，我们不管他，他就饿死了。小孩是读过点书的，国民革命、江抗、新四军、抗日救亡，全都会写，只是缺乏管教，满口脏话，两个队长调教了好些天，现在可以带出去了。

这支队伍上，大队长是体育教员，三十一岁，副队长是学会生的读书郎，只有十八岁。小孩有一天问福元，阿叔，我是不是跟错了人，我娘批想跟一个杀人不眨眼的大王，天天与日本人干仗，能一刀劈开汉奸的脑壳。我怎么跟了两个先生？不但不发枪给我，还要读书写字，要练游泳和跳马。福元大笑，说你要是实在不满意，就去投靠孙庆荣的队伍，他们除了抗日以外还打家劫舍。

昨天夜里，两个队长去见抗日救亡队的徐主任，商量关于孙庆荣公开投敌的事。徐主任说，不劳贵军动手，我自己清理门户。又说孙庆荣素与大队长有仇隙，如今得了日本人的钱粮军火，必来寻衅，提议队伍撤出上海。两个队长告辞出来，连夜召集人马，大队长却崴了脚，只得回家休养，副队长孤身往西走了。

天亮时，福元带着小孩去看大队长。大队长说，咦，你们两个还在？福元说，副队长留我下来做你警卫员。大队长说，你带小孩去芦苇荡避避风头吧，若有情况再说，让你老婆也去娘家。福元嫌小孩走得慢，大队长说，这小孩在外面贴标语多日，也早就暴露了，不要留在镇上。临别，大队长摸摸小孩的头，问说，跳马练得如何？小孩说，报告司令，矮一点的木箱能跳过去。大队长说，你记得我说的话，练好体育，等你长大，去参加奥林匹克运动会，日本人的跳马水平很高，不要输给他们。小孩说，司令，都打仗了，还参加什么运动会，开运动会也是跟日本人拼刺刀罢了。大队长说，体育和读书写字一样，让你学会做人，亡国奴才是没有资格上赛场的。

两人一出门，小孩就骂，福元，娘批，我什么时候动作慢了？我跑得比你快！福元说我只是找个由头，你话太多，动静太大，带着你容易暴露。小孩说，你终归是怕死，你去参加运动会吧。福元不语，回家找他老婆阿娣。阿娣很胖，她才是那个跑不动路的人，但她比谁都不怕死，她说随便好了，老娘嫁给你，脑袋就挂在裤腰带上了，你逃进野地里，总要有人给你送吃的，不然你们两个互相吃屎吗。福元又劝了半天，阿娣答应去莲芳家的茶馆躲一躲，再也不肯多跑半步了。

福元背着步枪，唉声叹气，带小孩往西走。走了一段，福元数落小孩，阿娣前年嫁过来的时候，讲话细声细气，现在被你带坏了，你嘴巴太脏了。小孩背着箬篓，一颠一颠敲打着屁股，正要还嘴，福元大声说，副队长有命令，不许你再骂脏话！小孩闭了嘴。

这是八月的天气，没有一丝风，到了湖边，福元口干舌燥，掬了水要喝，小孩大声说，司令有命令，不许喝生水，染上痢疾掉队死得快。福元把小孩拽过来，翻他身后的箬篓，只翻出两卷标语纸，写着抗日救亡驱逐日寇等等。福元说，你娘批，吃的喝的不带，带这个。过了一会儿又说，我都已经是游击队员了，还能指望天天早上去茶馆泡茶喝吗？小孩卸了箬篓，脱掉衣裤往水里跳，福元气急。小孩说，我捞虾给你吃，你这个不会游水的旱鸭子。

八月的湖水是温热的，岸边的芦苇长得很高了，福元点了一根香烟，蹲下身子，一会儿又站起来手搭凉棚看远处。道路明晃晃，无人经过，另一边是树林，福元在里面搭了两个窝棚。他数了数口袋里的子弹，还有六发。

阿叔，你手上这杆枪是我搞来的。小孩从水里冒出头说，当天副司令只带了我一个人去警察局，为什么？因为我年纪小，副司令说就扮个书童吧。给我换了件干净衣服，说我们去借东西，借了也不会再还，必须穿得体面些。警察一问副司令才十八岁，胆气冲天，又不像土匪，又不像帮会，吓死了，不肯借枪。后来司令进来了，司令是本地人，警察有点相信他了，问他会不会打枪。司令借了一杆，哗哗地拉了枪栓，走到街上，又往对面巷子里走了五十步，一枪就把警察局的招牌给打下来了。警察很生气，副司令就说，日本人马上要到了，你这招牌反正要换，至于你的枪嘛，日本人能留几杆给你？警察一听就服了，问他们的来头，副司令说，区区一个学生，江抗嘉定青年团副队长。司令说，鄙人曾是中学教员，教体育的，如今是队长。警察就说，二位的气度，能带十万兵。备长枪十支，短枪两支，子弹五箱，送至府上。那是我第一次见到司令，我问他教体育的为啥会打枪，他说射击也是体育嘛。

你不用介绍大队长，我从小就认识他。福元说。

小孩在水里扑腾，福元扔了烟屁股。小孩嚷道，阿叔，你这样会暴露。福元说，你动静忒大，游起来哗啦哗啦的，要静悄悄地游。小孩说，游得快，动静肯定大。福元说，我们是游击队，要静悄悄地游，日本人养的狼狗，耳朵很灵，你哗啦哗啦的，我们就全暴露了。

日本人就是狼狗×他娘的×出来的。小孩游了回来，递给福元一只虾。福元放

嘴里嚼着。小孩说，我饿了，我游了娘的半天才摸到一只，你将箩筐给我，我好捉多些。福元让小孩噤声，大路上有马车经过。小孩矮身，摸到岸上套裤子，福元看了看他，忍不住又打趣说，莲芳讲了，等你毛长齐了就把她堂妹许配给你，王桥村的那个小姑娘，叫啥名字。小孩说，叫芳蕙，不大识字，跑得比我还快，司令说她可以做田径运动员，司令天天想开运动会。福元说，大队长就是这样的，他是体育教员。

福元决定进树林，日近中午，想着夜里未必能睡好，窝棚里可以眯一觉。小孩却不肯跟他走，一再嚷道，跟日本人干仗，宁可跳水里，不可躲树林里。福元又气又笑，说，你搞得自己像老兵似的，你跟几个日本人干过仗？小孩还嘴说，我当然见过日本人，倒是你们，拉队伍三个月没朝日本人放过一枪，干来干去都是汉奸，徐有芳，孙庆荣，卢得奎，还有几个打家劫舍的土匪。福元说，斗争形势复杂，大队长讲过我们全凑齐了才五六十个人，大概都算上你和阿娣了，你想怎么打？小孩说，反正孙庆荣已经投敌了，砍他的脑袋就像砍日本人的脑袋。福元不想再听小孩嚷嚷，拉着他的胳膊进了树林。

这片树林很深，背靠一座小山包，林间一片空地，是平日练兵的场所。枪靶和人形草垛早已收走，如今仅剩一个大木箱，是大队长亲手量出的尺寸规格，并辟了一条跑道，让队员们练习跳箱。小孩撂下箩筐，沿着跑道奔过去，箱子于他而言太高，停住了招呼福元，你来试试。福元摇头说，我也不会跳马，弹跳力不行，只是力气大，大队长说我应该去练举重。小孩哈哈大笑，爬上木箱，腾空起来蹦到福元面前，做了

三个侧手翻。福元让他动静小些,找到窝棚,用树枝扫了扫,抱枪钻了进去。

你既然睡觉了,枪不妨交给我。小孩说。

我怕你拿了枪就去找孙庆荣拼命,你一个人冲过去不够人家填牙缝的。福元又打趣。

我娘批才不想死在中国人手里呢,小孩说,老子的命要留着跟日本人拼刺刀的。

福元只想浅睡一会儿。小孩也算是老兵了,不必交代就能自觉放哨站岗,迷迷糊糊听到他跑动的声音,猜想是在跳木箱。大队长曾经叹息,说我军颇有些十五六岁的少年兵,小小年纪便要上阵与日人血战,思之不忍。福元想,仗是打不完的,过了今天,还是求队长把小孩送到酱菜店去做个学徒吧。

小孩站在林间空地上,有一会儿听到福元打鼾。远处窸窸窣窣的声音,必是有动物钻过。小孩怕蛇,想起大队长教的,便捡了一根长树枝,往草丛里扫一圈,一些灰蓝色的小蛾子飞了起来,在树木阴影里浮动。小孩知道这是坟头上的蛾,又爬到木箱上,向镇子方向眺望,那一带起了薄薄的烟,没有枪声或叫喊,必是有人家在做午饭。福元的鼾声大了起来,小孩想,像这副样子是做不了游击队的,倒头就能睡死。小孩渐感无聊,走过去看了看木箱,大队长曾说找漆匠来刷一下,日本人来了几次后,队伍化整为零,练兵场便也荒废了。他上了跑道,踢掉鞋子,挺腰抬腿,按大队长教的做了几个预备动作,随后跑向木箱。这一次居然跳了过去,且稳稳地落在地上。小孩十分高兴,寻思是否要叫醒福元,让他也看看,这时听到有布谷鸟叫。游击队的暗号,不是学鸟叫,就是学猫叫。小孩喝道,是谁。只见芳蕙从一棵树后面绕了出来。

福元也醒了,吓得不轻,摸到枪,从窝棚另一头爬出去,这才站起来看。芳蕙与小孩同岁,个头比小孩还略高一点。福元问,你是怎么知道这里的?芳蕙笑嘻嘻说,阿娣带我来的,阿娣在后面,她跑不动路了,挎了一篮子烧饼。福元松了口气,又打趣,说你来看你卵子阿哥了。芳蕙脸涨得通红。春天时,她让小孩教写字,小孩抬手写了个卵,被副队长训斥一顿。自此福元就在芳蕙面前喊他是卵子阿哥。说话间,三人听到沉重的喘息声,树枝哗啦啦响,知道是阿娣。福元心想,要都像阿娣这动静,有多少人马都得落在敌人手里。等了好一会儿,阿娣才出现,左手挎篮子,右手拎着一罐水,热得两颊通红,几乎累成一摊泥。福元和小孩欢呼一声,揭开布头各抓了一个烧饼啃,又喝饱了水。小孩说,大事不妙,我要去拉屎。从箩筐里捡了一张纸,直往山丘后面跑去。

福元还在啃饼,阿娣拽他,说,我和芳蕙来时遇到一队兵。福元即刻警惕,问是哪家的兵,有多少人。阿娣说,中国兵,二十多个人,都穿便装背长枪,往镇上去了,有个看上去是长官的还拦住盘问我,我说送自家妹子回村,他就放我走了,顺手拿了我一个饼,还拍了我的屁股。福元问,他们是鬼鬼祟祟地走,还是大摇大摆地走?阿娣说,我看他们鬼鬼祟祟的,不如你正派。福元说,你不要觉得我是你男人就正派,我是游击队员,我们出去干仗都是鬼鬼祟祟的,大摇大摆就暴露了。阿娣说,那我觉得他们大摇大摆的。福元说,这时节敢集结人马往镇上去的,十有八九,是孙庆荣的兵。

福元咽不下饼了,蹲在地上想了一会

儿,将长枪背上肩,说要回镇。阿娣不解。福元说,孙庆荣已经投敌了,我得去通知大队长,实在不行把他背出来也行,总之不能让他落在敌人手里。福元拍拍芳蕙的肩膀,又说,卵子阿哥拉屎回来你就让他去找副队长,我们的人都在你家王桥村的祠堂,告诉他赶紧带救兵来。说罢往镇上飞步奔去。阿娣两头不是,抱起水罐喝了几口,对芳蕙说,你就跟卵子阿哥一起回家吧。追着福元也走了。

芳蕙还是笑嘻嘻的,小孩从山丘后面跑出来,她已经骑在木箱上。小孩说,这个木箱你跳得过去吗?芳蕙说,司令讲过,木箱是男人跳的。小孩点头。芳蕙说,司令讲我跑得快,可以去参加短跑比赛,要是他学校没有被日本人炸掉,他就推荐我去那里训练了,专门教体育的学校,将来我可以做个女体育老师。小孩端起水罐,发现里面已经空了,问福元和阿娣去了哪里,芳蕙说,有一队兵进镇了,他们回去救司令啦,让我带你去王桥村的祠堂找副司令,找来副司令,就可以去救司令啦。小孩说,娘批啊,这么重要的任务你为何不早说,还在这里与我闲聊,笨得要死,只会瞎跑。芳蕙愣了一会儿,哇哇大哭起来,几乎从木箱上掉下来。

芳蕙是个爱哭的小姑娘,她父母是王桥村上弹棉花的,她虽然不识字但一门心思想跟着游击队走。因为大队长说她可以成为体育老师,副队长说她聪明伶俐可以成为读书郎,福元说她相貌标致可以成为女演员,总之不必跟着父母学弹棉花。这样一来,她就变得不一样了,任何人训她都会招致她大哭。小孩连忙拍打芳蕙的后背,她抽抽噎噎,讲不出一句话。小孩想,这样下去简直没完没了。便说,你再哭的话,我只能一个人去王桥村了。芳蕙说,你走,你走,你晓得王桥村在哪里?小孩摇头,说,那你别再哭了,赶紧带我去王桥村,若去晚了,只怕副司令也遭了暗算,你堂姐这一腔单相思就落进棺材板里去了。芳蕙说,呸啊。

此地距王桥村尚有十里路。两人出了树林向西走,太阳高照,没有一丝风。芳蕙步子快,一会儿工夫就走到小孩前面去,又慢下脚步等他。小孩说,司令说过你能跑,你也不必这样吧,真跑起来我不会输给你的。说完拔腿狂奔,芳蕙喊了一声,在后面急追。跑了有半里路,芳蕙早已遥遥领先,站在一棵树下等他。小孩喊道,不行,这么跑的话,用不了多久我就瘫了。芳蕙得意,说,我能从王桥村一直跑到娄塘镇上,要不然,你在后面慢慢走,我先跑去找副司令。小孩说,那也不行,我是传令兵,任务被你做掉了,我军法从事。芳蕙问何谓军法从事,小孩说,轻则关禁闭,重则砍头。

小孩走到树下,在阴凉处喘了一会儿。芳蕙将他的箩筐背在自己身上,问道,我堂姐的事你是如何知道的。小孩吐了一口苦水,说,莲芳想嫁给副司令人人知道的事。芳蕙说,堂姐也跟我说过,只是不让我告诉别人。小孩说,大家看得出苗头,副司令一到镇上,莲芳就涨红了脸,催着阿娣带他去茶馆。芳蕙问,你觉得莲芳配得上副司令吗?小孩说,福元阿叔告诉我,大敌当前不可儿女情长,不过副司令少年儒将,有好女子相中他,也是人之常情。芳蕙说,我问的是他俩般不般配。小孩说,般配,般配,我现在歇够了,赶紧上路。

芳蕙从箩筐里拿出了标语纸,边走边看,那上面的字多半不认得。小孩说,这一张写的是驱逐日寇、抗战到底。芳蕙又展开一张，小孩说，这一张是今早写的，孙庆荣临阵投敌，死无葬身之地。芳蕙说，孙庆荣为啥投敌了？小孩骂道，孙庆荣这个婊子养的，全队人马齐刷刷做了汉奸，司令早说他匪性难改，墙头草两边倒，孙庆荣的嘴就是婊子的×，靠不住。芳蕙说，副司令不许你再骂脏话。

　　路越来越窄，周围尽是稻田，又经过一片小树林，远远看见一座小石桥。小孩问，前面是不是王桥村。芳蕙摇头说，那是张家桥。就在这时，听到一阵嗡嗡的声音，不知从哪里传来。芳蕙四处张望，小孩顿时紧张起来，不好，日本人的飞机来啦。芳蕙大骇，往树林里跑，小孩一把拽住她背后的箩筐，说，躲到桥底下啦。两人奔了一阵，下到河里，那水却很深，不敢往桥洞下钻，只得紧贴在桥垛北侧。果然两架飞机从南边过来，飞得很低。小孩说，这是要回他们虹口的飞机场。想了想，又说，遇到飞机，你要记得，不可往树林里躲。

　　飞机像是在头顶盘旋了一圈，发出巨大的声响，芳蕙捂住耳朵。又等了好一会儿，见两架飞机掠过头顶，向北飞去，像两只大鸟。芳蕙觉得小孩在发抖，拍了拍他，等到飞机远了，听到小孩的牙齿发出咯咯哒哒的声音。芳蕙说，你害怕了。小孩没说话，打了自己一个耳光，方才镇定下来。

　　芳蕙爬上岸，鞋全湿了。小孩光着脚，从她的箩筐里拿出鞋子，套在脚上，又跑回河边，蹲下喝了两口水，洗了洗脸。芳蕙也想喝水，小孩却说，你要记得，不喝生水。芳蕙说，你刚才喝了。小孩说，我实在渴得忍不住了，我是传令兵，完成任务要紧。他站起身，看了看远处，飞机已不见踪影，这才说，孙庆荣投敌，我们的人马在镇上待不住了，要往西撤，找主力部队，什么时候回来只有天晓得，你在这里不要说认识我，也不要说认识司令他们，也不要说认识福元，这是我要交代你的第三件事。芳蕙说，前两件是什么？小孩说，飞机来了不要躲树林里，不要喝生水，其他没了。小孩说完上桥，走出几步回头去看，芳蕙捂住了脸，站在桥上不动。

　　我想跟你们走但我阿爸不答应，他说你们迟早都会死光。芳蕙哭道。卵子阿哥你不要去跟日本人拼刺刀。

　　司令说过，等到要拼刺刀的时候，哪有什么你情我愿的，是个活人就要上去。小孩说。

　　太阳已经西落，逐渐沉到他们眼前。小孩加快了步伐，到黄昏时，看见远处两棵大树，一间大屋，芳蕙说，那是王桥村的祠堂。小孩松了口气，跑进祠堂，见队伍里的王大贵正在香案边上抠脚底板。小孩过去踢了王大贵一脚，问副队长在哪里。王大贵说，副队长刚走，有些人肯跟他撤，有些人不肯跟他撤，有些人不知道该不该跟他撤，他在想办法。小孩说，你屁话多，找到副司令，我有要紧的情报。王大贵哦了一声，慢吞吞穿上鞋子往外走，小孩追上去问，娘批，你的枪呢？王大贵说我没领到过枪，我只有一颗手榴弹，一把刺刀。小孩揪住王大贵，说，武器留给我，天黑了你要是寻不到副司令，老子就把手榴弹丢到你家里去。王大贵一道烟地跑了。

　　小孩觉得很累，脱下鞋子看了看，脚上没有起泡。大队长说过，若走路脚上打泡，便没有资格做游击队员。芳蕙不知道去了哪里，猜想她是回家了。小孩想找个地方睡觉，看了看香案，觉得太短，高度与他下午跳过的木箱几乎是一样的。他只能坐在地上，背靠墙壁，双手抱腿，一会儿就打起了瞌睡。迷迷糊糊中听到有人进来，抬头看是芳蕙，她端着一碗米粥。

这碗粥怕是你的晚饭吧，我吃了，你吃啥？小孩说，与你一人一半吧？芳蕙说，我已经吃过了，你不用分给我，吃饱了去我家睡一觉。小孩说，军令如山，我得在这里等副司令。接过碗筷，粥是凉的，上面放了一块咸豆腐干。小孩说，你对我的好，我决计不会忘的。芳蕙也坐到地上，与他并排靠墙。芳蕙说，你好讲讲为啥飞机来了不能躲到树林里吗？

我吃完了告诉你。小孩说。

天色渐暗。芳蕙忽然又跑了出去，片刻后回来，手里摇着一把蒲扇。芳蕙说，我帮你赶蚊子。小孩已经把碗吃空，让芳蕙坐到身边来。

去年，日本人是从海上登陆的，离我家不远，打了七天七夜，炮声越来越近，我爷娘不敢在家待了，带着我和我阿妹逃难。到了大路上一看全是人，拖儿带女，拎着大包小包的。日本兵从后面追了上来，远远地开枪，一枪打死一个，有时一枪打死两个。大家拼了命地逃，大包小包都不要了，儿女都不要了。我被人群冲到了一个水沟里，日本人的飞机来了，很多人往树林里躲，我爷娘带着阿妹也躲了进去，喊我快点跑过去。那树林里全是人，比庙会还挤。飞机往他们头上扔了一串炸弹，轰的一下，整个树林全飞上了天，起了大火。我又被震飞到了水沟里，起来一看，很多冒烟的人尖叫着爬出树林，衣服都被炸没了，还有人在火里面跳，跳着跳着，就变成了一段焦炭，倒了下去。

我懂了。芳蕙说。

小孩讲完这些，睡了过去。梦见大队长带着自己练跳马，福元与兄弟们围观，皆尽扛着长枪短炮，歪把子机枪三挺，刺刀明晃晃。小孩沿着跑道奔跑，那木箱却越来越远。小孩转头去看大队长，已经变成一个体育教员，穿运动背心，脖子上挂着铜哨，四面全是哨声，催促他往前跑。小孩醒了过来，睁眼看外面天色已黑，月光笼罩田野，芳蕙仍在身边扇着蒲扇，间或扑打着他的脸和腿。问是什么时辰，芳蕙说，天刚黑不久。小孩说，我刚才听见司令吹哨子。芳蕙说，司令没在，你刚才听见的大概是蚊子叫。

小孩又睡了过去，这次睡得沉，上一个梦没有接续上。不知过了多久，被一阵讲话声惊醒，眼睛却睁不开。那声音他一听就知道是福元。福元说，大队长已经牺牲了。福元哭了起来，接着是副队长的声音，问怎么牺牲的。福元说，我要背他出来，他不肯，给了我一份名单，全是我们的人，然后让我快走，我来不及出镇，只得躲进茶馆，过了一会儿莲芳跑进来告诉我，孙庆荣的兵进了大队长家，绑了他，在后院开了枪。

小孩心想，我肯定是在做梦。努力睁开眼，见祠堂外面点着几束火把，副队长带了七八个人站在空地上，福元蹲着。大队长是条汉子啊，福元边哭边说。

小孩爬了起来，向祠堂外面跑去，被芳蕙的腿绊了一下，直刺刺扑倒在地，摔岔了气，喊不出声音来。芳蕙醒了，连忙爬过来看他，往他背上拍了好久，小孩放声大哭。

娘批啊，司令都不知道我能跳过木箱了。

124

半张脸

石一枫

> **授奖词**
>
> 当所有人都戴上了口罩,所有人都只剩了半张脸,自我就消失了,故事就开始了。小说捕捉到了当下的普遍特征,半张脸,是具象的,也是形而上的,是时代的准确隐喻。(吴玄)

"我仿佛在哪儿见过你。"

"真的是你?"

对话是这么开始的,既顺理成章又猝不及防。

夜晚明亮,但毕竟是夜,因而也有难得的、幽暗的角落。俩人坐在一个过道里,头上缀满半街霓虹。滑不溜秋的台阶下,石板路通向熙攘的四方街。再往远看,那个标志性的大水车遥遥在望,白天也不动,这时却似随着光的流溢而缓缓旋转。

发起这场对话时,单眼皮男人已经给自己留好了退路——一旦对方感到冒犯,那么他可以声称认错人了,随即全身而退。而这又是多么陈腐的路数,甚而带有某种怀旧色彩。在他生活的北方城市,类似的一幕曾在不同时空反复上演。就连单眼皮男人本人也尝试过不知多少次了,在酒店大堂,在夜店舞池,在停车场里进口跑车的车窗内外。每次都是同样的话,一字儿不差:我仿佛在哪儿见过你。说得多了,近乎箴言,更像咒语。但那往往是一句失效的咒语。大多数被搭讪的姑娘会翻个白眼儿唯恐避之不及,而他则自我安慰:这未见得说明她们讨厌他,毕竟都挺忙的。

到了他这个年代，连拒绝也缺乏必要的仪式感。

哪儿像传说中的当年，"飒蜜"会啪啦抖开一柄扇子，上书两个大字：有主。

唯一有点儿意思的是在某所著名艺术院校的内部餐厅里，受其滋扰的姑娘立刻露出了八颗牙的标准微笑，转眼掏出一根签字笔来：

"我只能给你签个名，合影的话得问我经纪人。"

因此，对于这位搭讪爱好者来说，眼前双眼皮女青年的回答，不亚于一场意外收获。简直是对他锲而不舍的精神的奖励，天道酬勤啊。

单眼皮男人打了个激灵，至此才第一次认真打量起了对方。在刚才，他只是晕头转向地溜到酒吧门外，找个公共厕所卸掉膀胱中的残留物。酒吧有卫生间，但和他一起的那些人正在排队，老家伙们的前列腺多半又不太好。所以他才差点儿踢到台阶上这个单薄的背影，进而腿一软坐了下来，又进而判断出对方的身份——女的，活的——随后便甩出了那句陈词滥调。那话脱口而出，滑溜得像嚼过无数遍的口香糖。即使放在单眼皮男人那并不漫长的搭讪史中加以考量，这也是少有的、未经踌躇的率性而为。

在某种意义上，也要感谢他们所处的这块地方。古城里尽是陌生人，天南海北，虽然陌生却建立了熟悉的共识，因而同时具有陌生人的轻松和熟人的热络。记得刚下飞机时，他就看见了赫然写着"约吗"的广告牌。那时他就觉得类似的召唤过分直接了。

嗯，缺乏仪式感，是他这个年代的通病。

所以现在，单眼皮男人正在尽力补上那一课——郑重而不失谨慎地凝视着双眼皮女青年。对方眼神儿没躲，令他如受激励，愈战愈勇。除去长了一双明艳的大眼睛，这位女青年给人的整体印象是清瘦、镇定，脑门儿还幽幽映着微光。头发半长、略黄，在脑后随意扎了个辫子，像喜鹊的翘尾。在他的印象中，类似面貌经常属于学校的女田径队员，脸部造型或如鹿类般温婉，或带有肉食尖嘴小兽的狡黠。在他还是个孩子的时候，就曾对上述两种脸型的异性着迷，并拖着书包郁郁寡欢地在操场外围假装来回路过。

可惜他只看见了半张脸，脸的下半部分蒙在蓝色医用外科口罩里。

这当然也不奇怪，这是今天世界的常态。在来时的大巴上，一车人只有半张脸；在民宿的前台，茶几背后端坐着半张脸；在载歌载舞的表演现场，篝火照亮的都是披金戴银的半张脸。防疫举措不能停，佩戴口罩常洗手。已经有多久了？身边人们习惯了除去吃和睡，仅以半张脸示人，尤其是陌生人。也正是在诸如此类的不懈努力下，他这样的异乡来客才有机会离开半张脸的城市，登上半张脸的飞机，降落在半张脸的古城。

没错儿，此刻他的脸上同样蒙着这玩意儿。而对面的半张脸也在盯着他，并声称认出了他的半张脸。这才是令单眼皮男青年倍感振奋的原因，同时还有些许诧异。他不确定自己的半张脸是否有那么特征突出，分明也没有刀疤或者少了条眉毛嘛。

于是单眼皮男人清了清喉咙："我可没跟你开玩笑……"

不料，双眼皮女青年也清了清喉咙："我像是在跟你开玩笑吗？"

听这话时，单眼皮男人忍不住竖起耳

朵，试图辨别对方的口音。很可惜，那是一嘴纯正的、近乎于播音腔的普通话，不带任何地域特征。经过又一轮的试探，对方的反问愈发笃定，这倒令单眼皮男人有点儿心虚了。难不成他果然偶遇了一个故人，并且对方还先于他而认出了他？倘若如此，倒真是一件神奇的事儿，不过想来也不是没有可能。毕竟这些年来，他匆匆忙忙见过太多的人，却与其中的大多数再未发生什么交集。他们变成了通讯录上的一个号码，抽屉底部的一张名片，或者社交软件上永不互动的一个好友。这是他的生活状态所决定的，也可以说，与今天人们的普遍状态相关。我们活得兵荒马乱，天知道哪个回合就被取了首级。那么话说回来，眼前这姑娘是谁？他到底在哪儿碰到过她？还有，尽管他是发起对话的那一方，但凭什么她对他有印象而他对她没有，她的记性怎么就那么好呢？

还是说，他具有某种令人过目不忘的特殊气质——起码对她而言？

这么想着，单眼皮男人不禁稍微有些得意。但想想又是多么可笑，他这个岁数的男人了，居然还不放过任何一个自我陶醉的机会。妈的，油腻。除去建立必要的仪式感，我们生活中的另一要义就是避免油腻。单眼皮男人纠正了他的"北京瘫"，改为正襟危坐，姿态略显谦恭。他还有意无意地把右手放在左腕上，遮住了伯爵手表和硕大的紫檀手串。与此同时，他继续打量并努力辨认着对面蓝色医用外科口罩上方露出的那半张脸。

无数人影从他眼前飘过，无数场景在他心里重组。他像个积极配合警方调查的目击者，正在尝试根据草图复原嫌疑人的长相——然而未果。

这又让他焦躁起来，与之伴随的还有惭愧。

终于，他抬起手来，伸向耳畔的口罩系带——如果他这样做了，那么对方也应报以同样的坦诚和互信。世界骤变之后，也只有真正的熟人之间才能裸脸相见。再打个夸张的比方，就像老夫老妻才敢于不带避孕套去过性生活。

而按她的说法，他们不是早就认识了吗？都熟到仅凭半张脸就能彼此相认了。

但立刻，单眼皮男人听见双眼皮女青年说："别，千万别。"

他听出她话音打颤，如同畏惧。难道她是一个防范意识极强的抗疫模范？这当然也不稀奇，他的生意伙伴里就有那种开门之前都要用酒精擦拭一遍把手的老大姐。只不过倘若如此，她又何必来到这个古镇，出现在摩肩接踵的酒吧街呢？

单眼皮男人站起身来，向后退了两步。他示意给对方留出了安全距离，并再次揪住了口罩。然而双眼皮女青年也警觉地站了起来，背手靠在墙上，眼光流向台阶之下，一副随时要逃之夭夭的模样。酒吧里的光换了个角度照在她的半张脸上，如同兵刃出鞘。突如其来地，单眼皮男人有了似曾相识之感——他的确认为自己"仿佛在哪儿见过她"了。但陡然，他又听见双眼皮女青年的口气软了下来，甚而是在哀求：

"……还是算了吧。"

"什么算了？"单眼皮男人愣了一愣，反问她。

"我们就戴着口罩聊会儿吧。"双眼皮女青年沉吟片刻，又说，"反正我们也早就知道对方长什么模样了……不是吗？"

单眼皮男人迟疑着点了点头，使得双眼皮女青年松懈下来，但她又像怕冷一样把外衣拉链往上提了提。这个动作其实没有必要，正是高原的春季，白天阳光肆无忌惮，留下的余温尚未褪去。单眼皮男人自己只穿了一件松松垮垮、形同道袍的定制款亚麻衬衫，还热得微微冒汗呢。他也注意到她穿得挺"潮"，尽管是一身破洞牛仔裤配运动帽衫，但牌子相当讲究，做工也不像淘宝上买的冒牌货。而纵观他在与异性交往方面取得的成就，又有多久没被这种"痞帅范儿"的女青年另眼相看过了啊。

尤其这两年，在他彻底改头换面以后，贴上身来的就尽是些肉隐肉现的十八线网红了，以及少数靠装疯卖傻来博取关注的女文青。没劲，俗。他一边和她们周旋却一边避免琢磨她们，他的周旋是套路却为她们的套路而感到乏味。

随即，双眼皮女青年的另一个动作又让单眼皮男人心里怦然一跳。何止是怦然，简直是轰然。只见她反手拽了拽运动衫背后的帽子，从里面掏出一包香烟与一只打火机来。那动作灵巧而滑稽，让人想起猴子在挠痒痒。女孩身上兜少，如此这般携带不值钱的零碎物品也情有可原。不过，她干嘛宁可不背包，倒把帽子当成了百宝囊呢？

双眼皮女青年从烟盒里掏出一支，两指夹住，另一只手正要点火时却噗嗤一笑。她好像这时才想起自己也戴着口罩，而口罩除了防止病毒以外还可以防止吸烟。她耸了耸肩，把那盒混合型的"中南海"放在他们之间的台阶上。

单眼皮男人接手捡起烟来，也掏出一支。

他不抽烟，但他宁可夹起一支陪着对方，尽管对方同样有烟抽不了。经由那个反手从帽子里掏烟的动作，他开始回忆。

大概是七八年前了吧。地点是他所来的那个北方城市。二环里，金融街，两栋玻璃外墙的写字楼之间。人在这种地方会幻觉自己的影像被重叠倒映，一直反弹到天上去。那时单眼皮男青年已经在一家银行工作了若干年，刚从柜台转为大堂经理。

他总会在午休时间来到写字楼之间的小花坛。花坛没花，一圈儿水泥台子，对面的垃圾箱前放了两个半满水的可乐罐，权当吸烟处。写字楼里不让抽烟，因而此处人们络绎不绝。前面说过，他不抽烟，但他愿意过来透透气。

他相当累，但越累越得拿出振奋的模样。不仅人前如此，独处更不能松懈。他会脱了西装，小心地叠好装进塑料袋，然后蹦蹦跳跳，在没有花的花坛上压腿。午饭有时也在这里解决，吃的是从自助餐厅里拿出来的三明治。中午不要摄取过多的糖分和脂肪，那会造成下午犯困。饭后他还会打开手机播放广播体操的音乐，像个中学生一样做操。

这一天，身后恍然多了个人。当他停下来，扭头看见身后站着一位双眼皮女青年。不是半张脸而是一张脸，像即将上场比赛的女田径队员一样清瘦、镇定。对方从容地收拢胳膊，并起双腿。她刚跟他一起完成了一套"调整运动"。

做个操也有人凑热闹。单眼皮男人似乎这才从疲惫中醒过神来，话也滑了出来："我仿佛在哪儿见过你……"

在那时，他还没培养起和异性搭讪的勇气，更没有随时随地找点儿乐子的闲情逸致，因而这话仅仅是它字面的意思。他单纯地感到双眼皮女青年有些眼熟。

而对方朝一旁甩了甩头："没错，就那儿。"

顺着尖下巴的指向，他越过对方的肩头，往垃圾桶和可乐罐望去。那个角落簇拥着另外几个男女青年，岁数都比他小不少，虽然套着各式制服但一律衣冠不整，此外染着黄头发、打着耳钉，还有两个男孩胳膊上盘旋着大片纹身。那些孩子抽着烟，嘻嘻哈哈地观望着他们。很显然，他们把双眼皮女青年的行为视为了一场即兴的游戏。

也很显然，那些孩子虽然和他同在一片写字楼里，但却属于另一个族群。他们不是金融机构的雇员，连公司前台都不是，而是些楼下底商的售货员、服务员和外卖员。通常情况下，单眼皮男人也只有在叫快餐、和客户喝咖啡或者结束加班后去便利店买夜宵的时候才会与他们发生简短的对话。在他的印象里，他们也是这片楼里活得最悠闲的一个族群了，所以有大把的时间溜到外面来厮混，也不知怎么就那么大的烟瘾。他不仅会在每天中午的休息时间瞥见他们，有时呆立在银行大堂里，以肃穆的站姿两手捂裆茫然望向窗外，也会看见他们正凑在花坛旁边打闹——夸张的造型夸张的表情夸张的动作。

在那时，他又会做出经典的政治经济学判断：这些孩子活得如此悠闲，并不是因为有着悠闲的资本，而是因为注定无法获得"不悠闲"的资格。而为了不沦为这一族群中的一员，他又曾经付出过多么持久、勤奋的努力啊。

所以他再看回双眼皮女青年时，分明带有隔阂的冷漠，目光是俯视性的。

对于他的言外之意，双眼皮女青年当然有所察觉。对方本已露出了半个笑脸，突然眼里一凛，两颊也绷了起来。在对方看来，他这人起码"不太识逗"。

双眼皮女青年搪塞了一句："我看您天天做操，也想跟着动弹动弹……"

说完转身，走向她的同伴。她一定吐了吐舌头或撇了撇嘴，男孩女孩们哄笑起来，还有人噗地喷出一口烟。这无疑让单眼皮男人不快，如果是在对方工作的店里——通过她罩在运动帽衫里的围裙，他已经知道她是一楼茶餐厅的服务员了——那么他很可能会发起一场投诉，就像那些银行里不耐烦的客户会不分青红皂白地投诉他一样。

也就在这时，啪啦一记声响打断了他的迁怒。

地上落着一枚打火机，它掉出来的地方，居然是运动衫的连体帽。单眼皮男人这才看清，双眼皮女青年正在做出一个灵巧而滑稽的动作，试图反手从帽子里往外掏香烟，好像一只猴子正在抓痒痒。不巧围裙绷得太紧，碍手碍脚，于是没拿稳。基于条件反射，单眼皮男人捡起了打火机，递回给对方。他在银行大堂里总这么做。

双眼皮女青年接过打火机，点了颗"中南海"："谢谢啊。"

单眼皮男人顺势问："东西干嘛放这儿？"

"店里有规定，上班不让带包，身上兜儿又少。"

单眼皮男人又接口道："这是哪门子规定？"

"老板宣布的，怕我们往外'顺'吃的。"

双眼皮女青年好像在说一句天经地义的事儿，单眼皮男人却忍不住替她委屈了起来，同时顾影自怜。他联想到了自己工作中的种种规定。有些当然是白纸黑字，还有些就是领导的潜规则了，旨在拢住优质客户，防止被他这样的小年轻"挖角"。因为犯过此类忌讳，他还遭受了排挤，否则也不会在此时孤零零地晃悠到写字楼外。而在那一瞬间，他甚而感到和这个打搅了他的女青年同病相怜了。他们都像防贼似的被人防着。

所以他面无表情，牙缝里呲出一个"操"；气流很轻，听起来像"擦"。

一"擦"之下，双眼皮女青年眼里似有火苗晃动，两人之间的温度也提高了似的。在某些情况下，人们对于某些事情的态度会让他们拉近距离，好像突然认出了"自己人"。双眼皮女青年也"擦"了一声，然后把话头拽回去：

"你做的是第八套广播体操吧？"

"您"变成了"你"。单眼皮男人问："你也学过？"

"那当然。"她说："不过我上学的时候，已经改成第九套了。"

回忆着上述场景，单眼皮男人和双眼皮女青年正在古镇里踽踽而行。他们漫无方向，不时躲避着身穿纳西服或汉服或破洞乞丐服的游人。也不知是谁先走起来的，反正他们下了台阶，开始游荡，每人手上夹着一支无法点燃的香烟。除去吃喝以外，迎面飘来的满街男女也尽是半张脸，这是一座昼夜不分、今古不分、中外不分的半面之城。

对话是由单眼皮男人发起的，但换个地方，就变成了双眼皮女青年喋喋不休，而他顶多在对方喘口气的时候"嗯"、"哦"、"啊"一声，像个滥竽充数的捧哏演员。但也怪了，双眼皮女青年所说的话却跟往事无关，她的注意力似乎尽被眼前的景象吸引了。当然也可以从眼下的特殊时期来理解：整个儿世界都在经历萧条，国内也刚复苏不久，因此仅仅是摩肩接踵的人群就足够令人兴奋的了。

她的话音缠绕在他耳边：

"这种'云腿'煲汤反而浪费，按伊比利亚的做法切片配乳扇就挺好。"

"国际友人寥寥无几了哈？民俗贩子们的生意不好做了。"

"都什么时候了怎么还尽是敲鼓唱民谣的？哼，千篇一律的时髦。还有那些门脸的装潢，用昆德拉的话说，这就叫脱俗也即媚俗吧？"

她似乎对这地方很熟，透着来过不止一次。而她又是什么时候开始对昆德拉感兴趣的？这就有点儿不像印象中的双眼皮女青年了。即使他这个受过高等教育的人，也是近年来才开始恶补那些拗口的文化符号——主要目的是为了混进另一个圈子，同时也有提高搭讪品位的功效。但话说回来，毕竟时隔已久，或许在这些年里，双眼皮女青年也经历了一些变化。此外还可以猜测她过得不错：昆德拉、服装牌子以及来到古镇这个行为本身，都说明她八成不再是一个职高毕业、薪水日结的服务员了。

单眼皮男人一边走神，一边揣测，一边继续回忆。如果她果真过得不错，也就说明那件事情并没对他构成什么影响。这令他心安，甚而可以说是今晚的另一个惊喜。而那件事情又是怎么发生的呢？临时起意还是酝酿已久？他仿佛第一次有了反思的愿望。

在此之前，还得说说他们在那段日子的日常交往。还和广播体操有关。有了第一次，在日复一日的午休时刻，双眼皮女青年每每会不打招呼来到他身后，和他一起做操。可见她不仅以模仿他来取乐，她的确是一个广播体操的拥趸。这当然也没什么好奇怪的，现在的孩子总有些不合时宜的复古爱好，还有人在网上收集不同版本的《毛主席语录》呢。

不光是她，就连她的那些同伴也加入了进来。孩子们在他身后列成阵势，随着手机宏亮的功放，扩胸、踢腿、下腰。初时还是凑热闹，到后来居然一个比一个认真，打完收工，每人额上一层薄汗。这就构成了两栋写字楼之间引人注目的一景。人多势众，连他都觉得此时的做操又和往日不同，不再是宣泄，倒像示威了。

同事都问他："你怎么跳上广场舞了？"

还有人评价："没想到这哥们儿是个搞行为艺术的。"

说时用力挤眼，好像意在证明他是一个多么古怪的、不合群的人。

单眼皮男人无言以对。的确，他也知道自己在原来的群落里不受待见，同时意识到自己无意间开拓出了另一个群落。在新的群落里，他拥有发言权，可以决定是做第八套广播体操还是第九套广播体操；他展示了慷慨的气度，可以把留着招待客户用的"软中华"拆开两盒分给大伙儿；他还建立了不怒自威的仪态，现在那些孩子称呼他时，都是在姓氏后面加个"哥"了，透着亲热与敬重。令他稍感可悲，孩子头儿不都是那种甘愿自降身份的成年人吗？但这个角色又给他带来了一丝欣慰。他想起自己小时候，也爱跟在工厂宿舍区里的几个青工屁股后面转悠，人家多看他一眼就能让他激动不已。只可惜当他也到了可以培养一群狐假虎威的小跟班的年纪，宿舍就拆迁了，连他父母都一并搬到远郊去了。

他甚而还获得了行侠仗义的机会。做了约摸一个多月的操，包括双眼皮女青年在内的几个孩子试用期满，拿到了劳务公司发下来的合同，围在花坛旁互相比对。而他扫了一眼就发现了纰漏：基本工资低于法定标准，没有节假日的加班费，更关键的是连保险都没上全。他把问题指出，引得众人一片"擦擦擦"，但也表示没辙，还怕一有怨言就把他们换掉，连班儿都没得上。都是本地孩子，看着挺"野"，骨子里还是老实，既好管又好骗。单眼皮男青年笑了笑，给他们讲清形势：依照劳动法，这种情况一告一个准儿；再说打工的需要店，开店的需要人，说到底都是博弈，你以为现在低端劳动力就不紧缺吗？

又是"博弈"又是"紧缺"，说得孩子们直犯愣，连那个戳人的"低端"都给忽略了。后来就决定，去找劳务公司闹一闹，有枣没枣打三杆子。他还给他们介绍了一家跟银行有业务关系的律所，那种地方为了扩大影响，会做点儿法律援助之类的公益事业。一竿子下去，果然打下来仨瓜俩枣，各人的合同条款纷纷得到了改善。一切反动派都是纸老虎，大家表示，他这个"哥"可真不是白当的。

有了战果就要庆祝，众人同去撸串，不过后来还是"哥"请的。那天他也没少喝，晕头转向地走进西二环里狭窄的胡同，身边只剩下双眼皮女青年。

前面还没说吧，这时他跟她已经很熟了。俩人除了中午做操，还养成了晚上溜胡同的习惯。他们每天结束加班的时间刚好相似。溜的时候往往也没话，各怀心事。胡同其实不黑，头顶就是通体放光的写字楼，还有那些网红店的半街霓虹。他们踽踽而行，不时侧身避开迎面飘来的魑魅魍魉，就和多年以后单眼皮男人在古镇所经

131

历的情形相仿。

往复几个来回,一个奔了地铁站,一个去赶末班公共汽车。

只是那天他没想到,双眼皮女青年会突然一拍他肩膀,接着就把脑袋拱到他胸前,在他的制服上发出了类似于擤鼻涕的声音。然后他才发现这姑娘哭了起来。不过这同样没什么好奇怪的,谁喝多了情绪都不稳定,哪个酒吧门口没坐着俩一把鼻涕一把泪的"果儿"?

接着,双眼皮女青年就说:"你有对象吗?没有我去你家。"

就连这也不奇怪。混得久了,他知道她那个族群在男女方面相当随意,身边没合适的还能网上约。这就和他所处的环境不一样,起码占了个磊落,不像他的前女朋友,在一家赫赫有名的公司做销售,自打好上就没让他碰过,有一天正逛着街突然血崩了,送到医院急救,才知道子宫都快被刮漏了。

单眼皮男青年反问:"我要有对象呢?"

双眼皮女青年就说:"那咱们去宾馆。"

说得单眼皮男人格格一乐,随即摊开一只手掌,按在双眼皮女青年的天灵盖上。她的脑袋在他手里像个小皮球,而按她那个岁数人的流行用语,这个动作被称为"摸头杀"。杀了一会儿,他把那只小皮球轻轻挪开:

"我看咱们还是聊点儿别的吧。"

也和多年以后的情况相仿,当他们走到古镇的另一端站定,单眼皮男人突然提议:"我看咱们还是聊点儿别的吧。"只不过事先省略了那记"摸头杀",这是因为对方不再是个可以让人随便胡撸脑袋的孩子了。唉,她也大了,而他都快老了。

对面的半张脸问:"咱们不是一直都在聊吗?"

单眼皮男人说:"但聊得太务虚了。我是说,可以聊点儿具体的,跟我们有关系的……"

"我们有什么关系吗?"双眼皮女青年突然怼了他一句,又带着十足的挑衅意味问道,"那你说吧,你想听点儿什么?"

单眼皮男人既搪塞又试探:"可以聊聊你这些年……"

"我这些年?你还有工夫关心这个?"双眼皮女青年咄咄逼人地再次插嘴,俄尔一笑,古怪而讽刺,头颅也随之微微转动,向他露出了侧脸弧线。刚才的一路上,单眼皮男人注意到,她总是乐于将侧脸朝向他,或许她对自己这个角度的视觉效果更有信心。根据他所了解的知识,这叫作"侧颜杀"。只不过印象里的双眼皮女青年是没有这个习惯的,此外如果从侧面看去,眼前的双眼皮女青年似乎也和过去不太一样了……怎么说呢,她的耳朵变尖了,腮部轮廓呈现出近乎西方人的棱角……不过他好像也记不住她以前侧面的长相,再说人都在变……单眼皮男人这么说服着自己,打消了蠢蠢欲动的疑虑。

"瞧你说的。我是挺忙的,但还是会时不常地想起你来,毕竟我们……"他继续搪塞并试探着,"对了,你后来去哪儿工作了?"

这时他听见双眼皮女青年说:"去了深圳那家公司,做媒体运营。你给介绍的门路还挺地道,没忽悠人——所以我得谢谢你呀,师兄。"

单眼皮男人也正是在这时意识到事情不对的。他按住了口罩,也按住了口罩下面尚未合拢的嘴,近乎惊悚地瞪着双眼皮女青年。

跑偏了，两岔儿了。单眼皮男人仿佛看到两条缠绕在一处的曲线，原本越来越近几乎重叠，突然间却往相反的方向滑去。

比方说，他记得他们是在距今更为久远的年代认识的，那时银行还可以称为一个热门行业，苹果手机也刚出到第五代。但按照双眼皮女青年的说法，当他们开始"交往"之时，大批纸媒已经开始纷纷倒闭转型了，而他送了她一台 iphone 8 plus。再比方说，他们从没去过那座城市北部的上地和西二旗一带，可在双眼皮女青年的叙述中，两人的见面地点却总在"联想"总部斜对面的"孵化器"附近。所谓"孵化器"其实也是一栋写字楼，楼下恰巧也有一个吸烟处。还比方说，他明记得是她先来招惹他的，如果不是她跟他有样学样，他们才不会结成一个做广播体操的小分队。然而双眼皮女青年却把他描述成了一个相当孟浪的形象——径直把手伸到她的帽子里，掏出烟来点上，然后眉飞色舞地等她相认。

更遑论他们压根儿就不是什么"师兄"和"师妹"。

一言以蔽之，认错人了。刚开始是她认错了他，后来他也认错了她。现在就像肥皂泡被戳破，留下一片真相大白的空洞。

至于认错的原因，首当其冲当然是口罩喽。他们所露出的半张脸一定与对方以为的"那个人"高度相似，无论是眉眼、年龄还是神色。其实自打惯于戴着口罩出门，单眼皮男人就总在怀疑，如果只看半张脸的话，人与人之间的相似程度会陡然增高。你完全有可能把丑陋的认成俊俏的，把猥琐的认成端庄的，把晦暗的认成明艳的。除此之外，口罩也过滤了他们的声音，一律失真地发闷，都变成了老款收音机里的质地。他还有一个经验，在口罩的掩护下，完全可以碰上不想打招呼的人却坦然地视若无睹。

可既然如此，他们又为何非要如此积极地"相认"呢？这就不能不涉及到俩人的另一个心态了——在某种意义上，他们也许同时渴望着他乡遇故知的戏剧性效果。

回看方才走过的那段路，也堪称一个小小的奇迹：他们不仅不明就里，而且还像还真正的熟人一样相互鼓劲，已经远离了人烟稠密之处，顺着崎岖的台阶，直爬到一座半山腰上来了。朝远方望去，白天银装素裹的雪山成了一团暗影，漂浮在墨蓝色的云里。身边是一家新开的客栈，门可罗雀且散发着新木头和漆的味道。到底氧气稀薄，双眼皮女青年两手撑膝喘了会儿气，而后走进那道门里。

临进门她说："师兄，我们坐会儿吧。"

客栈自带回廊露台，提供茶水饮料，他们相向坐在靠边的桌旁。

也奇怪了，在单眼皮男人的视线中，刚才怎么看怎么熟稔的半张脸，现在就怎么看怎么陌生。可见在某种意义上，"认识"只是一个心理概念，要先"认"后"识"。不识庐山真面目，只认他乡作故乡。

更奇怪的是，他居然迟迟没向对方指出那个错误。现在的情形是他心知肚明，对方却还一派懵懂。这就有点儿成心了。难道他还指望着以"师兄"的身份和"师妹"发生点儿什么吗？当然，事情虽然略显诡异，但还不至于发展成一出拙劣的喜剧，"谁家师妹上错床"之类的。当双眼皮女青年喘息甫定，又开始继续她的讲述时，单眼皮男人便屡屡涌起冲动，想要结束眼下的尴尬场面了。看看对面的半张脸，他还隐隐担忧会不会陷入什么意想不到的麻烦。别人的事儿最好不要知道得太多,尤其是陌生人。只不过他又发现,局面已经变得骑虎难下——如果此刻贸然戳穿,对方又会怎么看他?会不会认为他实际上已经将错就错地窥探了自己的隐私,进而认定他是个居心叵测的变态呢?

尤其是在这样一个前提下:双眼皮女青年刚一落座就声称,当初她和"师兄"交往也并不是因为"喜欢上了对方",而其实是"另有所图"。

"所以你大可不必自我感觉良好,至于我呢,说得损点儿跟'卖'也差不多。"说这话时,她的口吻变成了近乎恶毒的坦率。

这让单眼皮男人愈发心悸。他又寄希望于外界因素能帮自己脱困,于是向吧台招了招手。什么都可以,看着上就行。上来的又是啤酒,对待仅有的一桌客人,服务员反而心不在焉。但这就够了,喝什么倒是其次,关键是"喝"这个动作所伴随的必要条件——单眼皮男人再次将手伸向口罩,并尽力装得像个下意识的动作。

他又听见双眼皮女青年断然厉喝:"打住——停。"

双眼皮女青年冷峻地盯着他,眸子像猫眼一样扩张放大。对于单眼皮男人的小把戏,她洞若观火。对于只能"戴着口罩聊会儿"的原则,她保持着毫不通融的坚守。单眼皮男人忍不住叫起屈来:"这又何必呢?一定要蒙着脸吗?你要是不放心,我可以向你出示我的健康码,比绿帽子还绿……社区还要求我做过好几遍核酸,都没问题……"

双眼皮女青年说:"你别装傻了,我不摘口罩可不是因为这个。"

"那为了什么呢?这不是自己折腾自己吗?"单眼皮男人试图说服她,"你觉不觉得闷得慌?我都快喘不过气来啦——"

双眼皮女青年又说:"为了什么你还不知道?当初不是你答应,我们再不见面的吗?"

单眼皮男人恍惚道:"你是说——只要戴着口罩,那我们就不算见面?"

"是这个意思。"

"这就有点儿自欺欺人了——"

"自欺欺人就自欺欺人吧,反正我就是这么觉得的:说了不见就不见。"

"那你又干嘛非说认出我来了呢?你明明可以掉头就走,像碰上一个臭流氓一样让我哪儿凉快哪儿呆着去。如果你那么做,朗朗乾坤我也不敢造次吧?"

"你当然不敢。但我一直好奇,如今你对那件事是怎么看的?"

"哪件事?"

"你又装傻,该不会连那件事都想否认吧?"

俩人语速越来越快,又在一瞬间定格,迷茫地看着对方。

那是半张脸与半张脸的面面相觑,单眼皮男人越发猜不透对面的口罩下藏着什么了——可能并不是一个鼻子一张嘴,而是空洞,是云团,是他从未到过也难以想象的未知之境。他还心惊胆战地意识到,原来他们的心里都藏着一个"那件事"。在这个异乡之夜,令他们互相吸引的与其说是误会、是寂寞,倒不如说是"那件事"。

与双眼皮女青年那半张脸上的锋芒毕露相反,单眼皮男人的半张脸上写满了无奈。不仅无奈,还有疲倦。事实上,他已经装不下去了。他缓缓站了起来,扫了双眼皮女青年一眼,然后迟疑地转身,朝客栈门外走了两步。既然他掉进了一场错乱而对方又不给他纠正错乱的权力，那么还是适时地抽身而出吧。再多说一句，他已经察觉到这个双眼皮女青年有点儿不正常了，他很后悔自己选错了搭讪对象。

临走前，他拿起啤酒，在另一瓶啤酒上碰了一记，权当是个告别。

但他又对自己失算了。当他听见背后传来一声"回来"，立刻就回来了。对面的口罩里传来一声"坐下"，他立刻就乖乖地坐下了。他怎么变得这么听话？像被慑住了一般。慑住他的是双眼皮女青年那偏执的、不容争辩的态度，还是古城之夜亦幻亦真的氛围？抑或仅仅是"那件事"——藏在他们心里但又呼之欲出的"那件事"？

正当单眼皮男人既战战兢兢又魂不守舍之时，双眼皮女青年便开始了新一轮的讲述。她的嗓音不再尖锐，语调也变得和缓。她眼里的光芒熄灭了，口罩上方的半张脸也好像暗了一层。与之相应，连她所说的话都不再没头没尾，而是逻辑清晰地串联在了一起，前后照应且环环相扣。就像一个醉酒的人忽然醒了，或者一个癫狂的、胡言乱语的家伙忽然意识到自己正在作报告。但也恰因如此，单眼皮男人心里又升起了一个疑虑：如果她是在对"师兄"讲述，而师兄又是"那件事"的当事人，她又何必事无巨细地从头讲起呢？是时隔久远因此她怕"师兄"忘了，还是说，她其实早已知道他并不是她的"师兄"？

念头划过，像触电一样，令单眼皮男人脑中嗡然一响。

但还没等再深想下去，他已经被裹挟进了一个与己无关的陌生故事。他半推半就，随波逐流。故事的内容，乍听起来不过是一场常见的男欢女爱，简直常见到了男不欢女不爱的地步。双眼皮女青年也是在写字楼下的吸烟处遇到了"师兄"，她那时刚毕业，正在熬过如履薄冰的试用期，并不知道自己能否留下，此外还刚结束了一场旷日持久的异地恋。趁虚而入，当"师兄"认出了她，俩人就此好上了。也按照她此前的说法，双眼皮女青年之所以会开始这场逢场作戏的办公室恋爱，图的无非是在公司里有个靠山罢了。他们那个新媒体公司是做"内容服务"的，写手们采访热点事件，写成报道出售给网上的公号，再按照点击数量从广告费里分成。谁的报道上头条，谁的报道动用更多资源去推，已经混成策划总监的"师兄"还是有发言权的。毕竟不是在学校里的时候了，游戏规则大家都明白。

这样的关系，俩人谁也没真当回事儿。事实上，没过多久，双眼皮女青年就不再到"师兄"那儿去过夜了。相看两厌，连自己都讨厌。又然后，"师兄"替她介绍了一个薪水不错的新职位，地方在深圳。这说起来是"替她打算"，当然更主要的还是免得为个"萌新"在公司里落人口舌。游戏规则大家都明白。

听到这里，单眼皮男人几乎在口罩后面打起哈欠来了。晚上第一场没少喝，又鬼使神差地出来溜了一圈儿，酒劲儿返上来了。对于那位"师兄"的做法，他不仅理解，而且还认为处理得相当得当呢。有那么两次，他也是如此这般摆脱麻烦的。

但他又听见双眼皮女青年说："你也别觉得我是想缠着你，我现在不用靠……男人过日子了。我想说的还是那件事。"

单眼皮男人机械地重复："那件事？"

"是啊。"双眼皮女青年再度无法压抑情绪，蓦地拖出哭腔，"咱们玩儿就玩儿，你让我走我就走，干嘛逼我去害别人呢？"

话题终于绕回到了"那件事"上。而单眼皮男人意识到，他等的其实是这个。他叹了口气，任由双眼皮女青年疾风骤雨般地倾吐着言语。这时她就没有能力故作镇定了，话含在嗓子眼儿里像一口滚水，必须在最短的时间内排空，否则会把她烫伤。单眼皮男人也终于听明白了："师兄"还希望她做一件事，就是把她所在的微信"写手群"里的某些聊天记录截屏发给自己。群里有个老写手，姓岑，在报社做深度调查出身，爱发些不合时宜的牢骚。而那位老岑死盯着不放的两个案子，正好与深圳那家公司有些利益冲突，人家忌恨他很久了。如果能找个由头敲打敲打老岑，让他收手，也算是双眼皮女青年带过去的投名状。

就连"师兄"也有好处：趁机整顿一下写手团队，将来做事更顺畅些。对于这一点，"师兄"未曾讳言。毕竟有此前的关系在，谁也不必遮掩什么了。

"所以你后来还不是……"听到这里，单眼皮男人插嘴道。这话几乎是替那位"师兄"说的了，他还想开导双眼皮女青年：做都做了，就别事后瞎琢磨了。

但双眼皮女青年说："对，我答应了你……我太需要一份工作了，毕业以后漂了两年，房租还得管家里要，我爸我妈唠叨得我脑袋都快炸了。那时我也没想到那么做会有多大后果，觉得顶多是内部警告老岑两句罢了。可谁想到你们把他的话断章取义放到网上去了呢？又谁想到正好赶上了一个网络风潮，那帖子会产生那么大的影响，还有那么多不相干的人旷日持久地声讨他人肉他，导致公司不得不开除了他——你知道他现在怎么样了吗？"

"怎么样了……"单眼皮男人只好再替"师兄"问道。

"你们没问过吧？我打听过。他没再找着工作，别处都不敢要他。他老婆本来就有抑郁症，后来崩溃了，从楼上跳了下去，脸都摔没了一半。去年他来到古城隐居，租了间房子住着，文章也不写了，靠在工艺品商店给人看摊儿糊口。也不瞒你说，我刚去看过他，都戴着口罩，半张脸也没被认出来……不过就算认出来也没意义，他到现在还不知道当初是谁把那些截屏传了出去，再说我也不敢承认……"

双眼皮女青年的语速慢了下来，音量渐小，但她的两眼又开始灼灼放光，死盯着单眼皮男人。她还做出了一个举动，划开手机找出一张照片，展示在单眼皮男人面前。照片上是一家古城常见的商店，做旧的木门脸，柜台旁坐着个黑瘦男人。单眼皮男人下意识地一闪。他与此事无关，尽管被迫听了但他与此事无关，他这么提醒着自己。而再回过头去，却看见双眼皮女青年面色潮红，太阳穴上凸出了淡蓝色的青筋。

她霍地起身，连手机也没拿，快步冲向一侧的卫生间。

木板门后传来断断续续的呕吐和冲水声，单眼皮男人这才意识到对方其实也早喝多了。俩人身上的酒味儿混在一处，此前竟未留意。风一吹，她终于也上头了。而他刚刚经历了什么？酒后吐真言吗？她又希望"师兄"作何反应？忏悔？道歉？无地自容？此外还有，此刻在她眼里，他又是谁？到底是不是"师兄"？如果是的话，方才的问题又回来了，她何必把"那件事"画蛇添足地再讲一遍呢？

在酒与重重疑虑的共同发酵下，单眼皮男人几乎不知自己身在何处。然而他的手却做出了一个明确的动作：拿起双眼皮女青年落在桌上的手机，点亮屏幕。刚才他就看见了对方的解锁密码，只要在沿着九个小圆点画出一个"Z"就行，也幸亏双眼皮女青年没给手机设置面部识别。这动作充满了冒险，也很不符合他现在的身份，此外他还觉得吧台后面那个半张脸的服务员正在鄙夷地审视着他。然而单眼皮男人不由自主。

微信里没什么好看的，她看起来没有男朋友，交际面也很窄，和他这种人恰好相反。关掉微信后，单眼皮男人又扫了一眼双眼皮女青年的常用软件，这才发现了那款他从没用过也没听过的APP。一个蓝色的小方格子，中间有片不规则的红色印记，看了一会儿他才辨别出那图案是一张嘴。软件的名称叫作"说出秘密的一百万种方法"，从商业推广的角度考虑，这恐怕不是一个好名字，太长了。

单眼皮男人的手指在屏幕上悬了几秒，正犹豫着是否点开那款软件，卫生间的木门吱扭响了一声。他迅速按灭了手机屏幕，重新放回桌上。而完成了一场倾诉和呕吐，双眼皮女青年又复归了平静。她闭上眼睛，似乎养了会儿神才开口：

"事儿就是这么个事儿，我说完了。"

她也不管他叫"师兄"了。她吊起了他的胃口，但这时单眼皮男人才明白，她其实并不在意自己作何感想。她是一个毫无责任感的悬念制造者，说完了就完了。

果不其然，双眼皮女青年站起身来，其姿态不仅如释重负，简直身轻如燕。她拿起一瓶啤酒，和另一瓶啤酒上碰了碰。他们消耗了两支没抽的烟和两瓶没喝的酒，终于迎来了毫无仪式感的告别。但此时，他绝不能将双眼皮女青年视为一个没有仪式感的人了，相反，他认为她的仪式感有些太强了。他想劝告她，这其实不一定是个好习惯。

他还想问她：我是一百万分之一吧？

但连这也没说，他只是答道："是有点儿晚了，还有人等我。"

"……你不会怪我吧？"双眼皮女青年指了指半张脸下方的口罩。

单眼皮男人摇头："说好不见就不见，这不是大家都同意的吗？"

"谢谢你。"

"不客气。"

"对了，还有件事……"

"您说。"

"当初你那位'师兄'……哦不，就是我……我跟你打招呼的时候，说了点儿什么呢？"

"就一句：我仿佛在哪儿见过你。"

俩人点了点头，双眼皮女青年拿起手机，转身出门。她的身影缓缓飘向山下，逐渐融入黑暗之中，但在即将完全隐去之前又停下，亮起了一小团光。点烟的时候，她的口罩总算可以摘下去了吧，但单眼皮男人已经看不见她执意深藏的另外半张脸了。

坐了很久，单眼皮男人才结了账，从客栈里出去。

这才发现回去的路其实不远，十来分钟就走到了。这也与夜彻底深了下来有关，街上稀稀落落，道路变得畅通，半面之城正逐渐接近一座空城。

酒吧的包间里塞满了人，那场流动的盛宴仍在继续。朋友，朋友的朋友，天知道在这个千里之外的异乡还能遇到多少拐弯抹角的熟人。他那个圈子的人们每逢这种季节大都是要出国的，但今年特殊，假如你不想滞留在哪个海滩或者哪艘邮轮上有家不能回，那么最好把相对安全的国内景区当成备选方案。

也和他所来的那座城市一样，类似聚会上总少不了几个来路不明的"果儿"，而在人困马乏的下半场，老男人们的兴趣就只剩下了跟她们穷"撩"：

"别看我现在就一俗人，当年也算知识分子，还有教授职称呢。"

"您这身板儿，搁教授里绝对是比较壮硕的类型吧？"

"别听丫瞎扯，他是体育系的教授。"

"妹妹也读诗吗？"

"我特喜欢徐志摩。"

"你不必欢喜，更无需讶异——"

当单眼皮男人出现，酒桌上立时飞升起一串儿杯子：扎啤杯、红酒杯、威士忌方杯……单眼皮男人也捏起一只色彩斑斓的珐琅杯，与众人相碰后把白酒送到嘴边，这才发现隔着一层口罩。他惶然看半张脸，看着四周那片或通红或惨白、或浮肿或干枯、或涂粉或冒油但一律完整的脸，尴尬地把杯子放下，找了个溜边的沙发座，将自己缩了进去。

立时又有人大呼着"没劲"要把他揪起来，还有人咬定他不肯摘口罩是因为"在哪儿刷浆糊让人挠了"。单眼皮男人既客气又虚弱地应付着，叫来服务员添了轮酒，这才得以脱身。他点开自己的手机，下载了一个程序。说出秘密的一百万种方法。

再次印证了单眼皮男人的判断，这绝对是个毫无市场前景的软件：注册人数极少，其内容也类似于过时的论坛，无非是几个或真或假的心理咨询师在对会员进行义务疏导。按照那些人的说法，秘密在心里存久了会影响身心健康，就像过期食物会在地窖里腐败发酵，最终把整栋房子搞得臭气熏天。因此他们建议，要尽可能地把秘密倾倒出去，但他们又提醒大家，尽可能地不要在网上尝试这种行为，那毕竟不安全——而这也就是那个软件存在的真正意义了，会员们集思广益，互相交流着"绝对不会造成麻烦"的向陌生人说出秘密的方法。这些方法又被统称为"找树洞"，这大概来源于一个童话，而在那些人看来，世界上行走着无数个活的、可靠的、可以随时发挥作用的"树洞"，只看你能不能在恰当的时间以恰当的方式将他们激活了……

单眼皮男人瘫在沙发里，诡异地笑了一声。他刚刚经历了一场故弄玄虚的网上游戏。多幼稚啊，几乎不是他这个年龄的人所能理解的。但他确实被激活了。像个开关咔吧响了一声，他的酒也醒了，脑子里一派澄明。

趁着酒桌上掀了新的混战，他抽了个空又溜了出去。夜凉如水，让他坦露的半张脸感到寒冷，但他隐藏的那半张脸却还闷得发热。营业场所纷纷关门，剩下的门脸就像嘴里寥寥无几的牙。在一条仿佛来过的街上，他看见了那家仿佛来过的商店。门脸不大，内里也不幽深，摆设的尽是一些"民族风"的手工艺品、东巴纸、刺绣或木雕之类的。

门口的方凳上坐一黑瘦男人，面目不清的半张脸，仿佛也是在哪里见过的。单眼皮男人走过去，累垮了似的坐在店门口的青石板台阶上。

黑瘦男人用普通话问："要点儿什么？"

单眼皮男人说："喘不上气，我歇会儿。"

黑瘦男人打量他一眼说："你口罩该换了，戴一晚上又没少说话吧？都潮了，不透气。"

说完欠身，从柜台里拿出几幅口罩递给他。当地作坊做的，缎面刺绣，并不符合防疫标准，但聊胜于无。口罩上绣着各色图案，有鸳鸯戏水，有东巴文的字句，单眼皮男人挑了一副格外显眼的换上。那图案是张血红的嘴，微微开启，似在言语。空气果然透亮了许多，单眼皮男人问了价，用手机扫了款。

然后他问："你不是本地人？"

黑瘦男人一笑："这儿就没什么本地人。"

一群外地人在外地接待外地人，构成了这座半面之城。这的确是一个适合吐露秘密的地方。黑瘦男人掏出一盒烟来，放在两人身边——对于半张脸，烟只是个摆设，但同时意味着一场对话的开始。

大家都有过往，此时恰巧又都没事可做，聊聊就聊聊。

然而单眼皮男人心里虽然涌起了一些话，却还是打消了把它们说出来的念头。和那位双眼皮女青年不一样，他已经过了吐露秘密的年龄。他的生活需要仪式感，但就像墓前的贡品罢了，宣告着墓里的内容虽然永远存在但又被永远埋藏。

就像另一位双眼皮女青年，其实单眼皮男人已经记不清她的长相了。别说半张脸，就算看见了整张脸他也认不出她。然而他知道，和她相关的故事不是感伤，而是欺诈。当他还是个银行职员时，就清楚地判断出那份职业没有再做下去的价值了——网点正被大量清撤，未来的风口属于那些野蛮生长的新行当。他也早和写字楼里的一些机构的人接洽过，如果带着足够数量的客户投奔过去，可以在人家那里占据一席之地。包括双眼皮女青年在内的那些孩子都成了他的投名状。他们既缺钱又乐于相信他，是新风口新行当里难得的优质资源。至于此后那些孩子又会经历什么，却与他无关了。追债，威胁，"社死"，都是下游产业的勾当。在"金融科创公司"的账面上，他们都是报表上的漂亮数字。

单眼皮男人还记得当年，在那个同样明亮而又突然空旷下来的夜里，他们松松散散地说了几句话。被一记"摸头杀"推开，双眼皮女青年点了颗烟，随口问他想聊点儿什么。单眼皮男人说聊聊你吧，这份工作你还想一直做下去？双眼皮女青年说当然不想，她只是想攒点儿钱。单眼皮男人说，攒钱做什么？双眼皮女青年说了古城的名字。她想来，因为人家来过。单眼皮男人告诉她，何必攒钱呢，参加一个金融计划就可以，也不用抵押也不用证明。他还说如果能介绍更多的参与者，她的利率可以打折。但他从没告诉过她，在那份令人眼花缭乱的电子合同里，利率算法和人们通常以为的不一样。

在那以后，他就再没见过那个双眼皮女青年。他也从来不指望能见到她，直到今晚。而今晚实际已经结束，手表显示，早就是第二天凌晨了。他度过了旧的一天又换上了新的半张脸，和一个似曾相识的男人坐在一起，像古城的所有过客一样内心沉默。那两个双眼皮的女青年却早已离他们远去。

街边突然又嘈杂起来，一群夜归的游人经过，被单眼皮男人吸引了视线，旋即侧目而视着匆忙离开。那男人的半张脸上敞着一张血红的嘴，好像露出了秘密的一角。

喝汤的声音

迟子建

授奖词

《喝汤的声音》是一篇非常独特的小说，小说关涉久远惨烈的那段历史，它一直影响着几代人的命运。痛苦的记忆不是停留在宏大的叙事之中，而是渗透并循环在人的血液里。迟子建通过一个梦魇所生发出来的故事，使那些被遗忘的伤疤通过最日常的方式唤醒人们麻木的神经，也使小说的蕴涵转化为永远响彻云霄的一种声音。（宗仁发）

她跟我说的这个小镇在乌苏里江下游，叫万吉镇，所住人家多是打鱼的和养奶牛的。我说只知道有个抓吉镇，万吉镇在哪儿？

"万吉镇当然在万吉镇呐，就像你的屁股一准儿在你胯骨下，不能跑到你脖子上一样。"揶揄我的是个四十上下的女人，自称乌苏里江摆渡人，她长脸，高颧骨，中分直发，穿一条绛紫色麻布长袍，戴一串木珠项链，脸很黑，一双狭长的眼睛深藏着磷火似的，幽光闪烁。

她什么时候进的江鲜小馆我不知道，因为我压根儿没听见脚步声，她就飘落在我对面的长凳上了。她仿佛老相识，跟我眨眨眼，挑剔我不会点鱼，说这时令不该点马哈鱼，名气虽大，却不是新出水的，倒不如雅罗和船丁子新鲜好吃。她说话时喉咙像塞着团棉花，哑腔哑调的。

我是陪领导来饶河工作调研的，下午去过小南山遗址考古挖掘现场，三天的工作日程也就结束了。沿着微雨后湿滑的土路下山时，我望见山下水墨画般的广阔湿地上，有两只白鹤翩翩起舞，大秀恩爱，这动人的情景令我想起麦小芽，她离开我十二年了，虽然四年前我再婚了，现任妻子贤德淑惠，待我不错，但在我成功或是悲哀时刻，特别想与人分享喜悦或倾诉苦闷时，心底呼唤的名字还是麦小芽。她是个历史学者，在一次田野调查中，遭遇特大山洪，被波涛卷走，从此后我见着所有的江河，都委屈万分，觉得它们辜负了我的爱情。我太想在乌苏里江畔独享一个黄昏，喝上一顿酒，隔着遥远的时空，和麦小芽说说悄悄话了，所以下山后我跟领导谎称自己有个姑妈在饶河，多年不见，想去探望一下老人家，晚饭就不随团吃了。领导再有半个月就退休了，饶河是他任内最后的公差，一向傲慢和冷漠的他，骤然变得开明而亲民，他微笑着让你去吧，给你姑妈带好，晚上早点回来，明天咱们就回哈尔滨了！

从小南山下来，我像出笼的鸟脱离团队，奔向乌苏里江畔，择了片柔软的沙滩坐下，迫不及待地摘下口罩，让江风亲抚我的脸，望着这条波光粼粼的向北流去的江，边晒太阳边抽烟。

初秋的阳光像一束束丰收的麦穗，有股说不出的芬芳，让人有收割的欲望。我给麦小芽点了一棵烟，放在鹅卵石上，淡蓝的烟雾云图一样铺展开来，仿佛她真的吸了。麦小芽嗜烟如命，我们在一起最惬意的时光，是晚饭后对坐着，沏一壶热腾腾的茶，吞云吐雾地神聊。人们都说吸烟伤肺子，但麦小芽说肺子经由烟熏，这块鲜肉就变成了腊肉，腊肉比鲜肉耐储，所以她认定吸烟能铸就铁肺，百毒不侵。我们偶尔吵架了，所道歉的方式，就是给对方点上一棵烟，悄悄说声："咱熏腊肉吧"，这比献上玫瑰和热吻管用，矛盾随之烟消云散了。

天色由明媚变得暗淡，我默默和麦小芽"熏腊肉"至黄昏，留下两堆烟蒂，一堆是我的，一堆是她的。我取一棵麦小芽的烟蒂，多想发现她湿漉漉的唾液啊，可是没有，烟蒂焦干，像一堆冰冷的子弹壳，仿佛告诉我它们来自死神的世界。我把两堆烟蒂合在一起，没舍得扔进垃圾桶，而是揣进裤兜，去江畔寻吃鱼的地方。

那条街上装饰华丽的江鲜大酒楼有好几家，而我惯于钻的是小馆子。除却价格便宜，经验告诉我，小馆子不宰客，食材好，灶火旺，掌勺的师傅个个身怀绝技，能做出令人惊艳的菜肴。而且小馆子客人常来常往，热络，活泛，可以不拘小节地高声谈笑，纵酒，吸烟，甚至放屁。还有一点，这样的馆子一般望得见后厨，你相中哪棵葱哪头蒜为你的菜打江山，可指点它们上阵，店主一定会遂你心愿。

从食街主干路岔过去，有一条绿意葱茏的玉簪似的斜街，我选的这家圆木打造的小馆，就像一颗琥珀，缀在斜街尽头。受新冠肺炎疫情影响，食街客人不多，店铺多半冷清，但我进去时，他家却很热闹。有两个男人喝得半醉了，正在划拳斗嘴，一个咕哝："俩好呀——你丫的。"一个叫嚣："五魁首呀——你大爷的！"小馆摆的桌子有圆有方，但供客人坐的都是长凳。随客人入店的口罩，像误入笼中的一群鸟儿，有的病恹恹地瘫在桌角，有的软塌塌地挂在客人的一只耳朵上。更多的人把口罩当袖标，戴在胳膊肘上，所以他们举杯时，五颜六色的口罩有点鸟儿挣脱樊笼的意味，向上冲去。我择了西北角的一个空位坐下，点了软煎马哈鱼、黑斑狗鱼炖茄子和椒盐江虾，还有一斤烧酒。其实我知道这时节的马哈鱼来自冷冻箱，不在盛时，但因这是麦小芽爱吃的，所以首要点的是它。

店主是个年纪轻轻的断腿男人，面貌俊朗，穿白色T恤，他摇着轮椅，自如地穿行于餐桌过道，端酒续茶。我进门时，他驾着轮椅从北侧飞快迎到门口，招呼道："兄弟您请——"然后奔向收银台，那里摆着一紫一白两个玻璃酒罐，紫的是山葡萄酒，白的是土豆烧酒，店主说这是他们自酿的。他说所有的来客进门都可免费喝一盅，男的通常喝土豆烧酒，女的喝山葡萄酒。我说我两个人，所以两种都喝。店主打开白色酒罐的龙头，先接了一盅土豆烧酒给我，看着我喝下，然后又接了一盅紫色的山葡萄酒，摆在收银台上，说等我约的人到了，就端给她喝。我说她已跟我一起进来了，拈起那盅酒，一饮而尽。店主狐疑地看着我，半晌没说出话来。

我坐下后才明白，这青灰的水泥地面，矮矮的收银台和看得见灶房的落地窗，是为了店主的轮椅而特别设计的。

店主见我点了三道菜，提醒我说他家的菜码大，一个人吃的话，一道黑斑狗鱼炖茄子就能把人撑得半死，可以减一个菜，如今挣钱不易，省点儿是点儿。我谢过他的好意，说是喝了两种酒，菜也自然是俩人吃，请他上两套餐具。店主大约领会我的用意了，他不再犹豫，对着灶房的师傅发出号令："同罗走菜喽！"

一开始我以为掌勺的师傅叫"同罗"，低头一看餐桌上立着个扇形桌牌，上面是黑地金字的"同罗"，才知这是桌名。再看临近的几张桌，是"鳌花""哲罗"和"柳根子"，便恍然明白这家店的桌牌，是以"三花五罗十八子"中的鱼类品种来命名的。

我把另套碗筷杯盏摆在对面，先给麦小芽倒了一盅酒，然后给自己的也满上，和她碰了一盅，之后又自己连干两盅。菜陆续上来了，天也黑了，客人渐多，店主的轮椅忽而在东，忽而向西，忙得不亦乐乎。我不顾左右，倾情给麦小芽夹菜，跟她说话。我说饶河小南山出土的玉器，距今约九千年，精美极了。玉就是玉啊，可以碎，但不会化为尘土。可是你呢，怎么就化成了烟啊。

我就是说完这句话，穿绛紫色麻布长袍的女人飘然而至的。她一来，我和麦小芽的对话就中断了。

这个女人气质不凡，酒量不凡，捏起酒盅，自斟自饮，连干三盅，面不改色。我一看先前叫的烧酒快见底了，嚷着添酒。店主先是劝阻我，说兄弟咱喝得差不多就行了，酒大伤身啊。我说我花钱喝酒，图的是痛快，你不想让我高兴吗？再说你没见多了个客人吗，让对面女人觉得我请不起酒，岂不是没面子？店主连声苦笑，隔了一会儿，递上一壶酒，拍了拍我的背，叮嘱道："悠着点儿啊。"

女人喝了酒后神情愉悦，说要卖个故事给我。我说怎知我需要故事？她诡秘一笑，说她一进来，就看出我是个缺故事的家伙了。我问一个故事多少钱？她说好的故事是无价之宝，千金难买；烂故事是垃圾，臭不可闻。如果我能听完她讲的故事，说明它有价值，她要求不高，抵得上这桌酒菜就行。我说你意思自己不是白吃我的？

她有点恼怒,教训我永远不要当着女人的面说她白吃。

她开始讲故事,说故事的主人公叫孟平贵,不过乌苏里江一带的人都习惯叫他的小名"哈喇泊",这是他祖母给起的。

哈喇泊出生在万吉镇,这地方依山傍水,风景优美,对岸是前苏联的一个小镇。哈喇泊的祖父是善于骑射的蒙古人,祖母是以渔猎见长的赫哲人,所以哈喇泊的父亲,是蒙古族和赫哲族的后人。

哈喇泊身高体阔,膀大腰圆,气壮如牛,圆脸上生着浅浅的络腮胡,蒜头鼻子,敦厚的嘴唇,漆黑的一字眉下,是一双和善而明亮的眼睛。他外形不乏男子气概,可身上却有一点缺彩,就是牙齿。怎么说呢,不仅是他,哈喇泊的血亲,他的祖母和父亲,没一个好牙齿的,都是满嘴的残垣断壁。

我说:"可能万吉镇的水有问题吧,比如含氟少,牙齿就容易变成核桃酥。"

女人撇了一下嘴,吃了一块黑斑狗鱼,又饮了一盅酒,说:"哈喇泊的牙齿要是跟水有关的话,我这故事还能卖得出去吗。"她警告我少插言,讲故事最怕打岔了。

女人说哈喇泊的牙齿随他父亲,而他父亲的牙齿又随他祖母。

哈喇泊的祖上是大黑河屯人,也就是海兰泡。过去那里叫孟家屯,是当时黑龙江将军管辖区域,可叹它如今不是咱们的地界了。哈喇泊的祖父是个蒙古商人,做皮毛生意的,总来大黑河屯交易,认识了哈喇泊的祖母,一个朴实能干的赫哲女人,她做的鱼皮衣,在大黑河屯很出名。说是穿着她的鱼皮衣下江捕鱼,防风防雨不说,鱼儿还爱入网上钩,所以哈喇泊的祖母吸引了不少男人的目光。

哈喇泊的祖父祖母成亲于1897年冬天,转年他们有了一个女儿。他们在大黑河屯经营两家货栈,日子过得红红火火。1900年初春,哈喇泊的祖母又怀孕了,这时哈喇泊的祖父要开一家火磨铺加工小麦,正忙着购进机器,装点铺面,所以提早就给未出生的孩子起好了名字"火磨"。然而到了七月,沙俄借口义和团运动在东北蔓延,危及边境,逮捕了许多世居于此的华人。而在太阳最灿烂的时日,火磨铺开张仅一周,喜气未散,大黑河屯华人的房子和店铺,突遭俄兵洗劫。无论妇孺,都被驱赶到黑龙江边。

人们被刀斧威逼出来的一瞬,忙着不同的活儿,所以临时带走的东西千奇百怪,有拿着烟袋锅的、擀面杖的、笤帚的、筷子的、茶碗的、针线的、算盘的、酒壶的、肥皂的、铲子的、梭子的、书籍的、纸币的、马鞭的、样子的,可见当时他们正抽着烟、擀着面、扫着地、吃着饭、喝着茶、缝着衣、算着账、饮着酒、洗着衣、炒着菜、补着网、读着书、点着钱、赶着马、烧着柴。最滑稽的,是有人当时正蹲茅坑,慌张中握着揩腚的草纸,一脸没排泄痛快的苦楚。而有的人正擦拭油灯,想着明晃晃的太阳下出了这等事,此去黑暗,大白天的举着油灯上路。

被驱赶到江边的华人,没有不回头的,他们遥望自家房屋还在不在,离散的亲人在哪儿,心爱的马和狗又在何方。而先前还一片祥和的大黑河屯,浓烟滚滚,火光冲天。俄兵用武器将人们往江里赶,那些不会水的只要反抗,刀斧便会袭来。人群中血肉飞溅,哭声震天,倒下的人越来越多,沙滩的鹅卵石被鲜血染红了,像一只只愤怒的眼。

哈喇泊的祖父抱着两岁的女儿，她手里攥着一颗糖球，惊恐让她手心发热和出汗，糖渐渐化了，她的手代替她的嘴，吃了最后的糖。祖母则拿着一把碎布条，她正打袼褙，预备给腹中的孩子做鞋子。一个俄兵用长刀挟持哈喇泊的祖父，喝令他滚回江对岸去，可这个能纵马驰骋的蒙古汉子不会游泳，粗通俄语的他跟俄兵说他怕水，怀抱的孩子更怕水，还有他的女人怀着孩子，他愿意把新开的火磨铺送给俄兵，他收购来的小麦都是最好的，能磨出上好的面，无论养家还是给军队补充给养都没得说。岂不知他的火磨铺正在燃烧，雇来的看管铺子的两个伙计已死在俄兵的斧头下了。哈喇泊的祖母多年以后回忆起那个令她肝肠寸断的日子，依然会紧咬牙齿，虽说其后她嘴里只剩两颗糟烂的后槽牙了。

没等哈喇泊的祖父说完乞求的话，一个骑兵挥舞一柄长刀，削枝桠似的，先把他怀中的女孩拦腰斩落，接着朝向哈喇泊的祖父。哈喇泊的祖父见女儿死在刀下，咆哮着反扑。他熟悉马的特性，飞身绊马，将骑兵摔落，夺刀砍向他。俄兵躲闪着，他没击中他脖颈，只废掉他一条胳膊。哈喇泊祖父的第二刀还没出手，被一个手持莫辛步枪的俄兵，迎面射杀。哈喇泊的祖母说，这种枪大黑河屯的华人都叫它"水连珠"，因为枪声清脆得像山泉流过。哈喇泊的祖父被水连珠击中的一瞬，高呼："快游过哈拉穆河——"这是他无力保护身后心爱的女人，对她发出的最后呼唤。

哈拉穆河，是哈喇泊祖父对这条江的称呼，他知道他的女人是可以搏击激流的鱼，因为赫哲人无论男女，没有不会水的。

哈喇泊的祖母带着四个月的身孕，纵身跳入黑龙江，奋力游向对岸。江水失却了往日的安详，在江流中沉浮的，是尸首和奄奄一息的人，江面漂浮着鞋子、袜子、帽子、衣裳、腰带、围巾、烟袋、算盘、木棍、草纸、包袱皮等等。尸首随着波涛一起一伏的样子，好像人们还活着。

要说这条江在大黑河屯与对岸的距离，不过千米，可黑龙江即便在盛夏，江水也冰冷刺骨，加之水流湍急，每年总有人丧命于此。哈喇泊的祖母游到江中心时，体力不支，找不到漂浮的倒木作为支撑歇息，恰好一具浮尸漂过身边，是个光着膀子面朝下的壮年男尸，哈喇泊的祖母一把抱住他的腰，叫着已死在岸边的自己男人的名字，大口大口喘息着，待体力恢复一些，她松开那冰冷的男人，说大哥你好走吧，继续朝对岸游去。

一连三天，被赶到江岸的人，数千人毙命，幸存者极少。一条没有船停泊的江，对于要渡河的人来说，无疑是流动的地狱。但哈喇泊的祖母是幸运者，她不仅活下来了，还保住了腹中胎儿，漂泊了几个月后，年底在万吉镇落脚，生下哈喇泊的父亲，也就是火磨。

女人讲到此，探询地看了看我，仿佛在问我，这故事听得下去吗？我哪敢再插言，只是奉上一盅酒。她接过酒，洒在地上，我想她在祭奠故事中的罹难者吧。

女人微微咳嗽一声，接着讲故事。

哈喇泊的祖母上岸后，发现自己的牙齿多半化为乌有，好像那些牙齿是隐藏的烟花，瞬间燃爆了，而还留在牙床上的，也都是风中败柳，摇摇欲坠。有人说她是因仇恨咬碎了牙，也有人说她当时游不动了，不咬碎牙齿，逼出身上最后的力气，早就喂江鱼了。

火磨五六岁时，就听母亲讲父亲的故事，说到他被水连珠击中的时候，火磨会把牙齿咬得"嘎吱嘎吱"响。他出生后本来有一口漂亮的白牙的，到换牙时，多半的牙被他嚼碎了。而新长出的牙齿，在他重温父亲故事的成长历程中，也多半粉身碎骨，所以他二十多岁时，已是远近闻名的没牙的男人。

因为牙齿不好，哈喇泊家族，不吃硬的东西。他们不喜单纯的米粥，嫌没滋味，更爱汤羹，所以但凡米类和谷物入锅，都是和鸡鸭鱼肉一同熬制。刺少的狗鱼，是灶上的主角。费牙齿的牛肉鹅肉，都得剔骨，取其软嫩的部位食用，所以在万吉镇，狗们嘴馋了，爱去哈喇泊家门前游荡，那是它们美食的道场，往往会捡着连着筋肉的骨头。

哈喇泊一家喝汤也就出了名。在万吉镇，晚炊时分，你若走进他家院子，没风的日子也像有风，自屋里传出呼呼呼的声音，偶尔汤匙触碰瓷碗，这风声中就多了几声清脆的哨音了。

受母亲所述故事的影响，火磨年轻时就惧怕成家。父亲和未见面的姐姐死于惨案，让他觉得世事难料，男人有时是保护不了妻儿的。他也因此变得孤僻，独来独往，与万吉镇的人格格不入，没一个姑娘看上他。

火磨四十岁时，额头的皱纹和鬓角的白发过早出现了，哈喇泊的祖母终于坐不住了，遍寻乌苏里江流域的媒人，给火磨说亲。她跟媒人介绍儿子时，总是一句话："俺儿除了牙，哪哪都好！"年纪轻轻就没了牙，媒人总要多问一句为啥，哈喇泊的祖母便讲他们家族的故事，听得媒人唏嘘，赞叹火磨是条汉子，信誓旦旦地表示要为他寻得佳偶。

火磨四十二岁时，终于娶了媳妇。这人比火磨小八岁，是个哑巴。而最终为他选定这门亲的，是火磨的母亲。媒人介绍了三个愿意嫁给火磨的人：一个是比他小五岁的寡妇，带着个六岁的儿子；一个是比火磨大三岁的悍妇；还有一个就是模样周正的哑巴。火磨的母亲当然不想儿子一成家就给人当爹，所以虽然那个寡妇善良能干，她第一个勾掉的就是她。第二个虽是黄花闺女，可她因为家底殷实，好逸恶劳，脾气暴躁，打遍邻里，不是善茬，哈喇泊的祖母可不想让儿子抱着一个火药桶过日子，所以她自然不在考虑之列。而火磨话本就不多，若跟哑巴在一起，除了能保持他沉默寡言的天性，还能让家有持久的安宁。更重要的是，哑巴一口坏牙，能适应他们家喝汤的生活习惯。

火磨娶了哑巴后，最初一年不和媳妇睡一铺炕。哑巴自是无法说，就是能说的话，也说不出口哇。哈喇泊的祖母察觉后问儿子，你这是嫌弃哑巴？火磨忧心忡忡地说，要是一起睡了，有个一儿半女，遇到大黑河屯那样的大难，你护卫不了他们咋办？哈喇泊的祖母气得心口疼，说那样的日子不会再有了！她说你不和人家睡，就别让她过门，这不是让人守活寡吗。火磨认真考虑了三天，最后答应和哑巴一起睡。东北光复的第二年，哑巴生下哈喇泊。而哈喇泊的祖母最担心的，是未来的孙儿会遗传儿媳的病，也成哑巴。所以儿媳有孕后，她跑遍了附近的寺庙，为她祈福。哈喇泊一降生，听到他那仿佛能穿透云层的哭声，作为祖母的她喜极而泣，因为哑巴的哭通常是呜咽的，几乎听不到。孙儿大名的命名权她给予了儿子，火磨给他取名孟平贵，小名"哈喇泊"则是她给起的，这是蒙古语"海兰泡"的叫法，以纪念她在大黑河屯的青春岁月和死去的男人和女儿。哈喇泊顶着这个名字，注定要听祖辈和父辈给他重复的那个故事，所以祖母谢世时，已是壮小伙的哈喇泊，一口牙齿多半为那故事殉葬，在不断的咬牙切齿声中，化为齑粉。

哈喇泊家族豁着一口坏牙，仅凭喝汤，他的祖母和父亲，竟都活过八十岁。哈喇泊不像父亲，听了这故事后惧怕有后人，他恰恰相反，觉得儿女多了，万一遭遇不测，总有人会绝处逢生，留下火种，所以他喜欢往女人堆里钻，用不着媒婆，老早就给自己觅得佳人，二十三岁就结婚了，喜得他那哑巴母亲，天天张着嘴乐，表达她那无以言说的喜悦。那姑娘是万吉镇的下乡知青，名字叫张雪，哈尔滨人，在小学教书，模样一般，但她身上的"一黑一白"格外抢眼，黑的是垂在脑后的乌油油的大辫子，白的是满口雪亮的牙。哈喇泊笑起来时，嘴里黑洞洞的，像是魔窟，所以她与他成亲时，提出的唯一条件是他笑时得抿着嘴。

哈喇泊小学文化，因为万吉镇没有中学，继续读书要去外地，而他不能离开家人，尤其是母亲。火磨得子后，觉得有了哈喇泊这个果实，足以对母亲交代了，再不和哑巴睡一铺炕。万吉镇有个老光棍，觉得有机可乘。哈喇泊的母亲去挑水，他抢她的扁担；她去铲地，他夺她的锄头。万吉镇的人见着火磨，会和他开玩笑："你们家要来长工了！"火磨不以为意，但十一二岁的哈喇泊深以为耻，他举着镰刀捍卫父亲的权利和母亲的尊严，威胁光棍汉若再敢碰她母亲手里的工具，就割掉他裆里的玩意儿！光棍汉说工具又没长肉，咋就不能碰？哈喇泊说他母亲手里的扁担和镐头，都是父亲打制的，随他父亲姓孟，除了亲人谁都不能碰。光棍汉嘴上说我还怕你们这些豁牙的？但他再跟踪哑巴时，总要瞄着哈喇泊是否在左右。

哈喇泊小学毕业后跟父亲打过鱼，养过蜂，采过药，他成人后因为属于少数民族后裔，政府给他安排了工作，在万吉镇小学当工人，每月有工资拿，成为同龄人羡慕的对象。他就两样活儿：烧水和敲钟。不过这两样活儿把身子，他开始时很不习惯。他的工作间在水房一角，小屋总是水雾弥漫，令他昏昏欲睡。所以到了上下课的点儿，他往往因为瞌睡，而错过了敲钟。该下课了，他不打钟，而未到上课时间，他也许因为去厕所解手，顺路就把上课钟敲了，所以师生们对他都不满意，老师不愿多讲课，学生自然也不乐意被侵占休息时间。哈喇泊听到议论后恍然大悟：原来没人恋着讲台和课桌啊！他开始有意识地提前敲下课钟，而又把上课钟延后个两三分钟，师生们果然说他好话了，见了他都说孟师傅好，但他们说过后赶紧溜掉，生怕哈喇泊笑，一个没牙的人乐起来，就像张开了血盆大口，实在可怕。

哈喇泊是供销社的常客。那时祖母已过世，他买香烟和水果罐头孝敬父母，还给学生买糖，招徕他们听他讲家族故事。除此之外，每到乌苏里江通航时节，航标船停靠在万吉镇时，哈喇泊总要省下钱来，给航标工买好吃的。自家不舍得吃的猪肉罐头、刚打上的鱼，他都送过去。他对在国境线上作业的航标工有种崇拜心理，认为他们比自己敲钟伟大。所以他成了乌苏里江万吉镇段义务的航标维护工。有农人放羊图方便，把羊拴在岸标的标杆上，他巡查到了，会解开绳索，把羊牵回主人家，说这是拴的羊，你要是拴牛马这种大牲口，它们蛮力十足，万一把岸标扯断，那昭示咱领土的标记就没了，可了不得啊！有时不是人为因素损及岸标，比如麻雀在上面坐窝了，他就嘟囔着岸标又不是树，没一片叶子能给你们遮风挡雨，在这坐窝不是傻吗？哈喇泊给鸟挪窝。而每年开江之后，冰排流空，航标船的人开始设置浮标、安装标灯时，他的星期天就是和航标工一起度过了，帮他们打个下手，航标船的人都很喜欢哈喇泊。他们犒劳哈喇泊的方式是煮一锅浓汤，与他一起热火朝天地喝顿汤，再听他讲一遍那个令人切齿的故事，虽说他们听过多遍了。

哈喇泊结婚后，不像从前见着可爱的姑娘爱上前搭讪，他怕媳妇张雪吃醋。他们在同一单位工作，哈喇泊的工资她习惯一并领了，由她支配。开始时哈喇泊不以为意，但后来他每次买东西朝她要钱费劲，再到发工资的日子，他就早早去财务室候着。他和张雪常因钱拌嘴，她说拿钱给公婆买东西天经地义，可给航标船的人买吃的，纯属傻瓜，那些人都有工资，在野外作业又有补助，哪用得着你贴补？还有张雪不满意哈喇泊在水房给学生讲故事，他买了糖果藏起来，谁听他故事，他就发一颗糖。而那故事讲了千百遍，谁都知道，小孩子想糖吃时就去骗他，说想听故事了，他不厌其烦地讲，学生们虚张声势地做出痛恨的表情，骂惨案制造者，比赛着磨牙。而谁的牙咬得狠，哈喇泊就多给谁一颗糖。因为这，他有时也会误了敲钟，校方警告过他不止一次。

我打了个哈欠，讲故事的女人立刻警觉起来，说你嫌这故事长了？我赶紧解释说我犯烟瘾了，她倒了一盅酒干掉，夹了两只江虾塞进嘴里，说那你赶紧熏个腊肉嘛！我刚想问她怎知我和麦小芽的吸烟"密语"，她接着讲故事了。

我点燃一支烟，烟雾让摆渡人的脸蒙上了一层面纱，我看不清她的脸，但她的声音依然清晰入耳。

哈喇泊和张雪在一起过了八九年吧，始终没有孩子，这急坏了哈喇泊，他想要一堆孩子的梦想正在一天天破灭。据说张雪每次月经来潮，哈喇泊都很难过，嘟囔他的种子打了水漂，把酒当汤连喝三碗，大醉一场。不过他并不泄气，再到张雪的排卵期，他依然热情洋溢地播撒种子，渴望它们萌芽。万吉镇有女人偷听到哈喇泊跟张雪说，你不能生，俺找一个女的偷着生了，咱当亲生的养活咋样？张雪说那她就吊死在学校的钟旁，他就敲着她的尸首过下半生吧，吓得哈喇泊再也不敢提养私生子的事情。

后来张雪在知青返城的浪潮中回哈尔滨了，哈喇泊自知他们是两个世界的人了，主动提出离婚。张雪觉得自己没给哈喇泊留下一儿半女，对不起他，愿意离婚，说是离开她后，哈喇泊可找个能生养的女人，不然老了进棺材，坟前都没个烧纸钱的后人。

他们告别的故事在万吉镇广为流传，那是晚秋时令，几场霜后，田野一派荒芜。张雪那天先是起早给两个女人上坟，一个是哈喇泊的祖母，一个是刚去世的婆婆。她并不喜欢哈喇泊的祖母，觉得她的故事害了哈喇泊。但她喜欢不能开口说话的婆婆，张雪未能生养，婆婆直到生命最后一息，一直用温柔的眼神待她。张雪采了一枝傲霜的野菊献给婆婆时,一只苏雀飞过坟头,留下喳喳的叫声,仿佛婆婆开口说话了。上完坟回到镇子,张雪又去看公公,把自己做的一薄一厚两条棉裤带给他。火磨独居,垂垂老矣,每天除了喝汤就是晒太阳。他还爱讲那个大家耳熟能详的故事,但人们都听絮烦了,他没处讲了,就嘟嘟囔囔地说给自己听。儿子离婚了,他倒高兴,说是哈喇泊遭遇不测时,牺牲自己就是了,没有牵绊。所以在婆婆的葬礼上,公公没有悲伤,好像老婆死在他前面,对他是解脱。火磨唯一惆怅的是,媳妇死了,儿媳走了,以后谁给他做棉裤呢。但他想这岁数了,也穿不了几条新棉裤了。张雪看完公公回到家,用精心备好的猪骨、牛尾、鸡胸和白鱼,花了七八个小时,为哈喇泊煲了一锅浓汤,然后穿上大红缎子袄,好好打扮一番。据说她和哈喇泊喝了三斤烧酒,月亮升起后,他们手拉着手,醉醺醺地去学校操场散步。张雪摇晃着走到铁铸的钟旁,说是月亮要是能当钟锤就好了,到点儿了让它来打钟,哈喇泊能省力气不说,还不会误点儿。哈喇泊听后感动得蹲在地上呜呜哭了,说是舍不得她。张雪见哈喇泊如此难过,觉得自己不牺牲点什么,就辜负了哈喇泊的真情,她把嘴张大,用牙齿撞钟,生生折损了两颗大门牙、上颚一颗尖牙及下颚两颗切牙,有的牙还没完全脱离牙床,死守根据地,她生拉硬拽地让它们"出列",弄得下巴鲜血淋淋。她把这五颗连着肉的牙齿,放在哈喇泊掌心时,哈喇泊叫道:"还是给我留下了骨肉哇——"哭得地动山摇的,惊醒了不少住在学校旁边的人。

摆渡人说,一个有情有义的男人得着这样的纪念物,能忘了他的女人吗。张雪回哈尔滨一年后,嫁了个死了老婆的啤酒厂工人,两年后生下一个男孩。万吉镇的人知晓后,爱拿哈喇泊开玩笑,说同样一片地,咋人家的种子就能发芽呢?哈喇泊说可能施的肥不一样吧,大家就笑。为了证明自己也有实力吧,哈喇泊很快娶了个比自己大五岁的离异者,她育有一子,判给前夫了。哈喇泊心想这是个下过蛋的鸡,挪个窝再给自己下一个而已,所以对她满怀信心。而这个女子也巴望着再生一个,因为前夫不许她看望儿子。但三四年过去,她的肚子不见隆起,反而瘦了下去,她吃不下饭,睡不好觉,脸色灰黄,瘦成一把骨头,去城里医院一检查,子宫癌已到晚期。第二个老婆死后,父亲火磨也死了,哈喇泊心灰意冷了好几年,才娶第三个老婆。她比哈喇泊小一旬,是媒婆介绍过来的外乡人,模样不错,就是患有癔症,一发作起来人事不知,有时哈喇泊正准备去打钟,会被匆匆赶来的人给喊走,说你老婆发癔症了,倒在大道上抽搐呢,还不去看看!他就撇下钟锤,一路快跑过去。这女人是个黄花闺女,跟他过了四年,也没怀孕,哈喇泊对她便有火气,时常找茬骂她。这女人不发病时温顺安静,持家能力也强,哈喇泊骂她,她虽不高兴,却也能忍,但哈喇泊有一天对她动了手,她终于提出不过了。说挨骂倒也罢了,挨打的日子却是一天都不能过!哈喇泊不想离,她就用纸盒做了块牌子,写上"哈喇泊打我",坐在学校钟架下示威,引来师生围观,哈喇泊不敢来打钟了,只得同意离婚。最打击哈喇泊的是,这女人离婚一年后嫁给邻村一个养奶牛的,又过一年生下一个胖小子,癔症也不怎么发作了,哈喇泊痛苦极了,觉得老天待自己太残忍。男人们见了

148

他又开起了玩笑,说咋两块地离了你都有收成,你要想有后传承你的故事,是不是得看看你的哑巴种子了?哈喇泊嘴硬地说,子弹还有卡壳的呢,谁的种子没几颗瘪的呢,赶上我运气差么!每说至此,他的眼眶都会浮上泪水,男人们赶紧鼓励他,说多冲锋,你的种子就会结果!哈喇泊从此后不大与万吉镇的人来往了,寒暑假他不必打钟时,便买上好吃的,要么在乌苏里江畔和航标船的人待在一起,要么上山慰问边防部队。他与守卫国境线的人待在一起时,喝汤时总要用筷子先挑起点蔬菜,一块胡萝卜,一条土豆,或是一片白菜叶子,一根豆角,立在汤碗中央,当作浮标,定定地看上半晌,仿佛那泛着油光的汤,是滔滔的黑龙江水,然后夹起蔬菜的浮标吃掉,闷着头喝汤。

哈喇泊对自己的身体失去信心,不敢再婚了,他在私生活上变得放纵起来,进城找女人胡来。有一年扫黄打非,他被公安局的人逮个正着,消息传来万吉镇,校长气得肝疼,说他对不起祖宗,不配做男人。说归说,校长同情他,还是带着钱进城,交了罚款把他领回来。据说他每次去嫖,都喝得醉醺醺的,说不管谁怀了他的种,都会把她当王母娘娘供着。但暗地干这种营生的人,谁又愿意给个落魄者怀孕呢。

摆渡人讲到此,朝我勾了下手指,嗫了一下嘴,做出吸烟的姿势,说她也想"熏个腊肉",我赶紧递上一支烟,然后再给自己点上一支,接着听她讲故事。

哈喇泊的命运真是曲折,他最为消沉的那年,得知张雪的儿子在上学路上出了车祸,双腿截肢,张雪的丈夫觉得是妻子造成了儿子的残疾,因为那天本该是她去接孩子的,她拉肚子给耽搁了,所以夫妻俩总吵架,他打张雪成了家常便饭。知情人对哈喇泊说,张雪的牙几乎被那男人打没了,跟他一样满嘴空洞。哈喇泊听了既愤怒又心疼,说我的女人咋能容人这么揍?张雪当年撞钟留给他的连着肉的牙齿,一直被他视为珍宝,他绝不允许别人这么欺负她。哈喇泊在那年寒假,专程去哈尔滨教训那男人。他趁着酒劲,在那男人上夜班的路上堵着他,把他揍倒在工厂浴池门前的雪堆上。哈喇泊不知这男人有严重的心脏病,这一揍竟让他当场气绝身亡。哈喇泊为此坐了牢,丢了公职。

哈喇泊出狱后回到万吉镇,形容枯槁,耳聋眼花,老得不成样子。他卖掉了父亲的房子,修缮他和张雪住过的已半塌的房子,以打鱼为生。他再也不去航标船和驻边部队了,也不义务巡查岸标了。只要喝多了酒,他就去学校操场游荡。学校早已用电铃,不需打钟人了,钟架也拆除了。水房还在,只是也改用电烧水了。他看着孩子们陌生的脸孔,很想给他们讲讲祖辈的故事,可他们听说他弄死过人,见了他都逃,他就讲给牲畜听。狗若没骨头吊着,也就听个开头,便颠儿颠儿跑掉;猪本来贪吃贪睡,它们支棱着耳朵听几句,算是给了他面子,"嗯嗯"两声,就呼呼大睡了;最钟情听故事的是奶牛,哈喇泊把它们当兄弟,边讲边抚摸它们黑白花的肚子,奶牛舒服得很,所以一听到底。不过养奶牛的人家跟哈喇泊抗议,说听了他讲的故事,奶牛都不爱产奶了,让他离远点儿。

哈喇泊受不了孤单吧,从此后总去外边吃饭。万吉镇就那么几家小馆子,他都吃遍了。他依然喝汤,所以各家小馆子总备着一两样汤,让他踏进门槛就能喝上。

他们可怜他，不想收他钱，但哈喇泊说一个大男人咋能白吃，人们也就象征性收点儿，哈喇泊也没觉得那是便宜他了，他对物价的认知还停留在入狱前的水平，直到他外出卖鱼，看到价格飙升的商品，才知开小馆的人多么善良，他再去时，一定多付钱，才肯喝汤。

也许人老了的缘故，他喝汤的声音不比年轻时了，没那么响亮，时常夹杂着喘息。虽然不追航标船了，但他依然会在喝汤时，用筷子夹起一种蔬菜，立在汤碗中央，当作浮标，茫然望着，直到手上的筷子哆嗦起来。

有一年冬捕时节，哈喇泊认识了乌霞。她是个热情能干的俄罗斯妇女，在黑河和一个中国人合伙，经营一家俄罗斯商品店和一家俄式餐厅。乌霞比哈喇泊小九岁，是个离婚的，有一儿一女，儿子在布拉戈维申斯克市当工程师，已成家立业，女儿在圣彼得堡读大学。乌霞每月总要通关回到布市上货，看望亲人。哈喇泊每到黑河，总要去她店里喝汤，苏伯汤、鲜肉咸鱼杂拌汤、面条菌汤，都是他喜欢的。乌霞知道哈喇泊的遭遇后，说捕鱼是个力气活儿，还得凭运气，他这岁数了，不能再风吹雪打了，不如在他们餐厅打更有保障，每月有固定收入，还管吃管住。哈喇泊说他可以来她餐厅喝汤，但绝不会给一个俄罗斯人打工。祖辈在大黑河屯的遭遇，依然是他心中的痛！乌霞几次张罗带哈喇泊去布拉戈维申斯克游览，如今过境游的手续极为简便，但哈喇泊说除非祖父当年的铺子还在，他才会去。乌霞觉得哈喇泊固执古怪，但他的执拗和专情又打动她。所以哈喇泊一两个月不来，她还惦记着，驾着半截子车去万吉镇看他。乌霞的到来，是万

吉镇的节日。因为她除了给哈喇泊带来吃的，还带来一些俄罗斯商品，就地售卖。她开玩笑说不能白跑，得把汽油钱赚回来。男人们喜欢的伏特加和刮胡刀，女人们喜欢的围巾和小镜子，孩子们喜欢的奶酪饼干和巧克力，很快就卖光了。她会说汉语，但不流利，万吉镇人与她讨价还价时，她嘴跟不上，就用计算器代她说话。当数字不再变幻，买卖双方都满意时，她会亲一下计算器。

乌霞看望哈喇泊，总要在万吉镇的客店住一夜。人们和她熟了以后逗她，为啥不去哈喇泊家里住？乌霞总是说，等他把牙镶了再说。人们把话传给哈喇泊，说看来乌霞对他有意。哈喇泊沉着脸说她想得美，要是她住进来，爷爷奶奶和父亲的魂儿，还不得半夜回来，合力把我的锅砸了，让我连汤都喝不上！

万吉镇的人私下议论，除了家族往事像根刺，一直扎在哈喇泊心头，使他不愿和一个俄罗斯女人亲近，还有就是跟过他的女人都怀不上孩子，让他有了心理阴影，所以他拒绝一切女人了。

哈喇泊晚年喝汤，从万吉镇开始，一直喝到黑河、同江、抚远、孙吴和饶河。他打鱼打到哪儿，就喝汤喝到哪里，他的故事也就流传到哪里。只要你到了黑龙江流域沿岸的地方，走进馆子，听到呼噜呼噜的喝汤声，说明你可能遇见哈喇泊了。听说他近两年迷上了饶河，因为张雪在哈喇泊出狱的那年因病去世后，她那出了车祸的残疾儿子，看上了饶河的风景，来这儿开了家江鲜小馆。哈喇泊怀念张雪吧，常来饶河打鱼，把鱼低价卖给这家小馆，在此喝汤。

对面的女人把故事讲到这儿，恰好摇

着轮椅的店主,端着一壶酒,风一样经过,我说难道他就是张雪的儿子?摆渡人不语,只问我,这故事值这顿饭钱吗?

我连连说太值了太值了,追问哈喇泊在哪儿。

摆渡人说,这不突发了新冠肺炎疫情了吗,别说是饶河,春节后乌苏里江沿岸所有的餐馆,都关门了,哈喇泊没有喝汤的地方了,听说他出狱后也不大会做汤了,饿得不轻。有人说他又去看守边境线了,他不是奔航标船去的,他帮政府义务监督,怕携带了新冠肺炎病毒的人,非法越境过来。当然也有人说他那是遥望乌霞呢,因为乌霞因疫情滞留在布市,他们好久不见了。

我嘀咕道:"餐馆那会儿都关了,哈喇泊喝不上汤,可别饿死哇。"然后哇哇哭起来。

摆渡人就在哭声中无声无息地消失了。

我醒来时已是凌晨四点,同寝的人在我的床头柜留下张便条,说他们去乌苏里江看日出,早饭时见。我觉得头晕脑胀,不记得昨晚在江鲜小馆喝到几点,又是怎么回来的。洗漱完毕,喝了杯热茶,我精神不少,五点多来到乌苏里江畔。

太阳升得高了,江面荡漾着笑容似的波光。健身的、垂钓的、洗衣的占据了江边。我和一个骑着摩托车来刷牙的汉子攀谈起来,问他为啥来这洗漱,他说能对着乌苏里江的旭日刷牙,多有朝气啊,所以只要是好时节,他从不错过这享受。我们正聊在兴头上,单位的领导和同客房的同事过来了。他们老远就喊我的名字,说你昨晚醉成那样,还能爬起来,真是不容易啊。待他们走到近前,领导先和我握了下手,说虽然他要退休了,不该管太多的事情了,但还是得批评我,昨晚怎么能一个人去小馆子喝得人事不省?万一喝出事咋办?他说你不是说去看姑妈吗,不能因为馋酒喝了就撒谎啊。我赶紧道歉,谎称没和姑妈预先打招呼,去她家扑个空,肚子又饿,所以一个人去吃江鲜了,没想到那家小馆子土烧的酒劲大,差点把我喝到另一世了,实在罪过。

领导笑了,说你犯了错儿,态度倒不错,以后注意就是了。领导继续向前散步,同客房的同事停下脚步,对我说昨晚接到江鲜小馆打来的电话时,他吓坏了,是他赶去把我背回去的。他说你一个人咋能喝两斤酒,不要命啊。我不好意思说是和一个女人一起喝的,只问他小馆的人怎么找到的他。同事说店主从我身上摸出手机,又找出酒店房卡,想着万一电话拨到亲属的号码上,让家人跟着着急不好,就按照房卡信息,拨到酒店房间,看看有没有同住的人,赶巧那时他刚洗完澡,接着了电话。他跟我道歉,说本来想悄悄把我弄回来的,可他怕带我回酒店时被领导撞着,再说他隐瞒,所以只好先报告了。

我说没关系的,换作我也会报告。

同事拍了一下我的肩膀,说你咋哭成那样?我背你回来时你还呜呜哇哇的,弄得我肩膀头都是眼泪和鼻涕,半夜还得洗衬衫!

我说有泪的男人都有情啊。

同事说情多了也伤身啊。

我拍了拍他肩膀,笑着告别他,说早餐想独自在外边吃,然后去了昨晚去过的江鲜小馆。

还不到早餐高峰,但这家馆子已开始营业了,有两个客人在吃香喷喷的鱼丸面,一个嚷着来点儿醋,一个叫着上点儿辣椒油。店主答应着，一边给他们递调料，一边跟我打招呼，说你昨晚回去那么晚，起得够早啊。

显然他记得我这个醉鬼，我走到老位置坐下，点了一碗鱼杂面。

店主先送来一杯柠檬蜂蜜水，说是醒酒，然后问我还在饶河住几天，我说吃过早饭就回哈尔滨了。

我问店主，昨晚跟我一起喝酒的女人，是这里的常客吗？她说自己在乌苏里江摆渡，很会讲故事，不是因为听她的故事，我也许喝不了那么多。

店主说你昨晚就一个人喝呀，不过你在桌对面摆了筷子和酒盅，一个人哇哇说话，你这是纪念谁吧？最后客人都走了，你醉得说胡话，说乌苏里江往北流，那是为了看北斗星，有北斗星的地方就有英雄的魂灵啊，最后你哭起来，我才翻了你的兜，找出酒店房卡，按照房号，试着打了电话，还好你有一同住的人。

我觉得头皮发麻，我说那个穿绛紫色麻布长袍的女人，我看得真亮儿呀。

店主善意地笑笑，说那就当她来过吧，谁的一生没有几场梦魇呢。

店主说完，又问："你裤兜咋揣了那么多烟头？我翻房卡时翻到它们，想帮你扔了，又一想你可能留着做纪念的，就没动。"

我把手伸向裤兜，也不知是我手心出汗，还是宿在江边，烟头夜里受潮了，那堆烟蒂竟湿漉漉的，好像被人吻过。

我问店主，你母亲叫张雪是吧？

他吃惊地睁大眼睛，说你咋知道？

我用他的话回答他："谁的一生没有几场梦魇呢。"

店主说就你这神算，后街有个彩票厅，赶紧去买一注吧，一准儿能中大奖！

鱼杂面上来了，可我胃口皆无。我把筷子插进碗里，当桨划来划去。店里客人渐渐多了，灶房也喧闹起来。就在那碗面已凉、我准备买单离开的一瞬，忽听背后传来一阵喝汤的声音。

这声音初始像穿越幽谷的强风，带着股气吞山河的力量；跟着又像乌苏里江的水流，慢了半拍，变得深沉而有节奏；忽然这像风又像流水的喝汤声，又起了变奏，一阵剧烈的喘息声闯入，就像呜咽。而喘息声过后，是急板似的更加迅猛的喝汤声，仿佛谁要把大千世界都收入腹中。

我不敢回头，怕在白天看见黑夜，只是咬紧牙齿，用筷子挑起汤面漂浮的一棵碧绿的香菜，立在汤碗中央，它像一块闪光的浮标，更像一棵长青的生命之树。

收获文学榜 | 中篇卷

以鸟兽之名

孙　频

授奖词

　　北京、县城和阳关山上之空间腾挪和想象亦是中国现实图景。小说直追鲜卑匈奴之古中国贵族、隐士与流民的山林前史、流脉和精神残余，为搬迁、聚居和游徙县城的山民辩护。游小虎、游小龙和"我"都是生命的远征者和溃败者，他们的想象和止步，恰恰是今天中国社会阶层想象和止步的具体而微的样本。"以鸟兽之名"，是游小龙的日常文学书写，也是他叩问生命来处的漫长修行。缘此，藏身滚滚红尘的当代隐者得以安妥细小生命。因为游小龙这个小说人物，小说可以视作孙频献给北方县城故土和故土文化、精神血脉顽强赓续者的一曲挽歌。孙频是不断追求个体文学革新的年轻小说家，她不为既有虚名所困累，几乎每一部新作都成为一个新的起点。小说在自然、历史和当代诸维度上重新定义"山林"之于个人精神成长的意义，叙述者"我"从县城杀人事件的窥看者到融入山民生命日常的过程，亦即生命个体返观自身的启蒙之路。（何平）

1

去年春天，我整个人变得越来越焦虑，失眠也越来越严重，经常半夜里赤足在屋子里游荡，或是守在窗前，数着爬进来的月光的脚印。下弦月总是在后半夜才悄无声息地出来，脚印洁净极了。如此一段时间之后，眼看就到了桃花盛开的时节，我决定回一趟老家。

我的老家是一个北方小县城，很多人家的门口都种着桃树。那些桃树，平日里看上去也就是一棵棵树，谁也不会朝它们多看一眼。但是一到了三月，它们就会从各个隐蔽的角落里集体杀出来，艳丽凶猛，张灯结彩似的，把整座老县城照得像宫殿。

我选这个时节回去，一来是为了赏桃花，二来是为了打捞点素材。我的焦虑也与此有关。这些年里，我虽然出了几本书，但几乎没什么反响，也没多少销量，稿费连在北京租房都不够，为了生活，近两年不得不写一些不入流的悬疑小说，以求多些销量。写悬疑小说的后遗症之一就是，看什么都觉得其中有蹊跷。所以每次有人叫我作家的时候，我心里都是既恼怒又得意，恼怒的是，就连我都能算个作家？得意的是，居然有人知道我是个作家，我还以为全世界只有我一个人知道这个秘密。母亲就从不和别人说我在北京做什么工作，我估计她是羞于启齿。

青砖的院门日益破败，朽坏的木门吱嘎作响，但从墙后伸出的那枝桃花却依然天真妩媚，走到门口，忽然与它迎头撞上，那种欢喜热烈，简直让人想落泪。坐在桃树下和母亲寒暄一番之后，母亲忽然一拍大腿，说，你不是每次回来都先问我，最近县里有没有发生什么吓人的事情，这次怎么不问了？我还真给你攒了这么一桩事，晓得不？你那个同学，杜迎春，在山上被人杀了，杀了以后又把她烧成了灰，连案子都破不了，听说连脖子里的一条金项链都被人家拿走了，你说怕不怕？死了有一个多月了吧。

我大吃一惊，杜迎春是我小学同学，我同学里面居然也会出命案？杀人是一件多么遥远的事情啊，却忽然长出腿跑到了我面前。小时候因为我们两家离得很近，我和杜迎春从小就在一起玩，长大以后她名声不是很好，中间有几年我们失去了联系，但后来加上微信之后，她偶尔还会从手机里跳出来，和我聊上几句无关痛痒的话。

杜迎春在我们县城里也算是一号人物，初中毕业后读了个中专，十八岁的时候就爱上了一个男人，爱得死去活来，一定要嫁给这个男人。她母亲看不上那男人，咬牙切齿地骂她，跳着脚说，嫁去，嫁去，把老娘给你买的衣服脱下来。话音刚落，她就把身上的衣服脱了个精光，包括内裤，然后赤身裸体地站在院子里，仰脸数着头顶飘过的几朵白云。和这男人结婚六年便离了婚，然后又在网上认识了一个广东的网友，在网上爱得轰轰烈烈，天昏地暗，又坐上绿皮火车跑到广东去找那男人。结果两个月之后又悄悄跑回来了。后来还是经熟人介绍，嫁了一个面相老实的男人，生了个女儿。结果过了几年又离婚了，因为她有了相好的，说是又找到爱情了。就在去年过年前，她还在微信里主动和我说起过，说她现在这个男朋友性格有些反复无常，不知道是不是因为从山上搬下来的缘故。我回她说，你口味倒变得快，开始喜欢山民了？山民被文明驯化得更少，性子和我们也不大一样吧。她回道，我要的是感觉，说不来他身上有股什么劲儿，反正挺吸引我的，再处处看吧。我说，感觉又不能当饭吃。之后便是大年初一互相发了条拜年短信，然后再无联系。

我忙问，那凶手抓不到？母亲说，人都烧成灰了，又是在山里头，你说怎么破案？我想，确实，大山里没有监控，可杜迎春对山上并不熟悉，为什么却要跑到山上去？这说明杀害她的人对山里很熟悉。我赶紧问，她后来不是又有了个相好的，那男人没嫌疑？她想了想，说，不关那人什么事吧，要不案子早就破了。我问，你见过那人吗？母亲摇摇头，光是听她妈在我耳根子底下提过一回，好像那人是从山上下来的，就住在移民小区里。我忙问，这移民小区叫什么名字？她说，大足底小区。我说，这小区的名字怎么这么怪？

母亲白了我一眼，起身说，你又不是公安局的，管人家闲事干什么，我看你是越来越呆了，难怪找不到老婆。阳关山上修水库，正好淹了大足底村，他们就整村搬下山了，这多好，下了山直接就住进楼房了。你看看连人家山里人都在县城有楼房了，再看看你。我说，你再写上一年就快不用写了吧，你还能写出个房子来？

我急急打断她，这个大足底小区在哪边？

母亲见牛头不对马嘴，只挥手往西边比画了一下，懒得再搭理我，又随手拔了两根葱，准备做饭。

我果然在县城的最西南角找到了这个叫大足底的小区。我自己都觉得自己有点好笑，写了两年悬疑小说，没见写出什么名堂，倒把自己搞得像个业余侦探。只见这小区孤零零地悬在那个角落里，孱弱瘦小，天外来物一般。小区周围围着一圈矮矮的围墙，有一只长胡子的山羊居然稳稳地站在墙头，我看了半天它都掉不下来。小区的西面和南面皆是旷野，旷野里隐隐可见几棵柳树。小区对面立着两棵粗壮的大白杨，树上筑着巨大的鸟窝，小房子似的，看起来里面住个人都不成问题。我绕着小区转了一圈，只见小区周围开垦了几块奇形怪状的菜地，犬牙参差。在小区后面还有猪圈、羊圈，里面养了几头猪和几只羊，很是热闹。小区旁边的旷野里还搭了个简易厕所，就是刨了个坑，周围插上四条木棍，拿块破布围着。我不禁有些疑惑，难道还有人每天千里迢迢从小区里跑到野地里，就为了上个厕所？

我正在门口徘徊，小区里走出来一个人，在与我擦肩而过的一瞬间，我俩对视了一眼，我忽然认出，这人却是我当年在县文化馆的同事，叫游小龙。那人走过去两步忽然也停下，回过头看着我。我说，游小龙吧？我是李建新啊。他盯着我又认真看了几秒钟，然后走过来，忽然伸出一只手，像领导一样，要非常正式地和我握手。我不太习惯，觉得这样太过隆重，但我们的手还是轻轻碰了碰，然后他用标准的普通话对我说，多年不见，没想到会在这里遇到故人，请问你来这里有何贵干？我犹豫了一下，笑着说，没事，瞎遛达到这里了，你怎么也在这？他淡淡说，我就住在这小区里。我惊讶地说，好事啊，什么时候搬到楼房里了？他却忽然说，真是抱歉，我现在出去有点事要办，欢迎你明晚到我办公室来叙旧，我还在原来的办公室，那么，再见。说罢便扬长而去。

多年前我本科毕业在县文化馆工作的时候，游小龙就已经在那里了，比我早去了两年，据说他老家在阳关山的某个小山村里。那时候他极不喜欢说话，还有个忌讳，不愿听别人说他是山民。平时同事们极少有机会能听到他说话，所以，他偶尔说一句话，哪怕是再平常的话，也总会让人觉得惊天动地，怎么，这个人居然会说话？我后来慢慢发现，他虽然平素寡言，总像静静潜伏在水面之下，有时候却会忽然从什么地方浮出水面，且姿态昂扬，头顶着水草或月光，看起来就像只华美的海兽。

那时候，我们都是这个县城里稀有的文学青年，虽然很少交谈，但光闻着对方身上的气息，就知道是同类。我发现每天下班之后他都不走，也不是加班，只是蛰伏在办公室里不停地写东西。有人说他在写小说，有人说他在写诗。不管我多晚离开，都能看到他办公室里还亮着灯光，有时候还会碰到他像个夜游神一样在楼道里游荡。

后来我才知道，他根本不需要回家，因为他就住在办公室旁边的小杂物间里。那时候我觉得他简直像个国王一样，每天晚上等所有的人都下了班，这整栋楼就都成了他一个人的疆域。他办公室里的那点灯光一直压迫着我，我担心他写着写着会忽然变成一只庞然大物，然后绝尘而去。而我则被遗弃在原地，变得越来越颓败平庸，最后彻底淹没在人群里。

只要他的灯光还亮着，恐惧感便会让我又悄悄折回自己的办公室去，重新坐到椅子上，即使坐半天也没写出一个字，但只要自己的灯光也陪他一起亮着，心里便像抛了锚一般，多少觉得稳妥了点。这样过了两年，我还是作出了辞职的决定。辞职之后，我离开县城去了北京闯荡，在京城一流浪就是十年。工作一换再换，没想到最后还是混成了一个靠写作为生的人，租个小房子，偶尔去凑个酒局。

看着他的背影，我忽然想起来了，游小龙就是个山民。他是在大山深处长大的，在县城里读完高中，又出去读完大学之后，再回到县城工作。我们这个县以山地为主，县城坐落在巴掌大的平原上，而大大小小的村落则像树叶一样散落在连绵起伏的大山里。如果是土地肥沃的截岔地带，就会形成比较大的镇子，但更多的山村就几户人家，甚至还有独家村，一户就是一个村庄，孤零零地镶嵌在大山的褶皱里。

在我们这里，平原对山地的歧视由来已久。山民的口音和平原上的口音略有不同，但即使只是一个叹词也能被平原上的人轻易嗅出来，哦，山上下来的啊？好像山上便是另外一个星球。山民们去一趟县城也自称是下山一趟。下山的方式多种多样，从前主要靠搭着木排走河道或步行，走河道必须在七八月份的旺水期，人如蜻蜓般立在木排上，顺流而下。步行的时候则需要身上带足干粮，一走就是几天几夜。后来有了自行车，骑车需要骑一整天，屁股都能摩擦起火。再后来林场有了东风大卡车，山民们搭便车，站在卡车后面的车厢里，人人头上顶着一团飓风。再后来有了客车，一般都是那种体型不算太大的中巴车，载着满满一车人，像只肉罐头一样摇摇晃晃地滚动在山路上。

次日，等我到了文化馆，人们已经下班了。从前就是这样，只要一下班，整栋楼就变得像一座荒宅，散发出阴森的气息。爬上三楼，我一个人穿过黑暗的楼道，向游小龙的办公室走去，感应灯随着我的脚步声一明一灭，楼道忽而浮出来，忽而又掉进黑暗里。

走到那间杂物间门口的时候,我站住踟蹰了片刻,四顾无人,我还是悄悄推开了那扇小杂物间的门。我总是疑心里面其实还藏着一个人。没有人,它已经恢复成了杂物间本来的面目,只是那张单人床还在,落满灰尘,几只拖把披头散发地立在墙角,84消毒液的味道割着我的鼻子。这样荒凉的角落在夜深人静之际颇有些坟墓的气质,很难想象游小龙曾在这个角落里住过数年之久。

走到游小龙办公室门口的时候,我看到了门缝里裂出来的灯光,一切又和十年前天衣无缝地对接上了。这十年时间里,我很少回乡,即使回来了,也是匆匆呆几天。因为当年辞了职去闯荡江湖,亲戚邻里都知道,结果却不能衣锦还乡,便总觉得羞于见人。这十年时间里,我和游小龙也再没见过面,我想象过我走了之后,游小龙会是什么样的感受,我那盏灯光也在深夜陪了他两年,也许他也曾偷偷在门口观察过我的灯光灭了没有。

现在,在空寂黑暗的楼道里重新遇到了这点熟悉的灯光,我不无伤感。轻轻推开那扇门,只见他办公室里又多了些摆设,看上去十分拥挤。桌上摆着一只粉瓷梅瓶,梅瓶里插着一枝桃花。桌子上还摆着一方砚台,笔筒里插着几支毛笔,还摆着几只粗糙的根雕。一只细口瓷瓶里插着一把团扇,扇子上随手画了几支竹子,旁边还题了一首诗,墨迹洇开,无法辨认写的是什么。墙角还立着一只大胆瓶,胆瓶里插着一大束干枯的花草。

桃花下坐着一个人,正趴在桌上奋笔疾书,桃花像烛光一样照着他的脸。游小龙见我进来,先是一愣,好像并没有认出我来,继而便站起来,不冷不热地招呼道,足下光临寒舍,真是蓬荜生辉,请坐。他讲的仍是普通话,不过他一直都这样,我毫不奇怪。在一个小县城里,讲普通话的人总会被人多看几眼,好像是哪里派来的间谍。我猜他讲普通话是为了掩饰自己山民的口音,于是我也一直陪他讲普通话,两个土著摇身一变,好像一不小心都变成了外地人。

十年不见,他居然没有太大的变化,除了眼角多了些细碎的皱纹。我拉了把椅子坐到了他对面,只见他正在一个本子上写着什么,也和从前一模一样,我简直怀疑这中间的十年其实根本不存在。桌上还摆着一把白瓷酒壶,一只酒杯。他略一沉吟,从柜子里取出一只柿黄色的天目杯,用手托着,小心翼翼地吹了吹,从酒壶里给我倒了一杯酒,翘着小拇指把酒杯推到我面前,一片花瓣落下,刚好飘落到我的酒杯里。他微微笑着说,春梦秋云,聚散真容易。我说,我记得你从前不喝酒吧,现在也开始喝了?他脸色雪白,目光远远地看着我说,劝君莫做独醒人,烂醉花间应有数,这是玫瑰汾,用玫瑰花泡出来的汾酒,很雅致,你闻,有玫瑰花的清香。

他的话忽然比十年前多了很多,不止是多,这些话还好像都戴着礼帽,穿着西装,或涂着脂粉,摇着扇子捂住嘴角浅笑。因为写作的时候总是要用文学性的语言,出于补偿,我平时说话都是能怎么糙就怎么糙。我不愿听下去,但还是做出很有兴致的样子说,好啊,今晚咱俩就喝点,有十年没见了吧?你这里有没有下酒的?他往桌角指了指,下酒菜是一只削了皮的梨。他解释道,花生还得剥皮,粗俗了些,肉食又有味道,不够洁净,不如这雪花梨,清甜干净,配玫瑰汾的花香倒正好。

我刚端起杯子,他忽然又小声说,你不欣赏一下酒器吗?喝美酒是要讲究酒器的,这天目杯堪称美器。喝下去一杯酒,他用小刀削了一块梨给我,我接住塞进嘴里,一边悄悄打量着他。他眼角虽然有了些皱纹,但从头到脚还是那种过度的崭新感,他的皮鞋永远纤尘不染,镜子一样明亮,简直让人怀疑他的鞋不是用来走路的。那时候,他总像一件新打出来的家具,崭新僵硬地立在某个角落里,万一哪天他忽然多说了几句话,又会让人觉得害怕,仿佛暗中设下了什么圈套。

我想起那时候,单位里流传着不少关于游小龙的传闻,说他如何节俭,当年他在县城里没有房子,为了能省下房租,他硬是在逼仄的杂物间里和拖把扫帚一起住了几年。如果单位食堂的伙食哪天好一点,他自己就不吃,用饭盒装起来,带回家里去。他一年四季就那么两三套衣服,夏天永远是白衬衣黑裤子,春秋加一件黑西服,冬天再加一件黑色羽绒服。但他极爱干净,衣服洗一遍自己熨一遍,一点褶子都没有,永远像新的一样。

那时候,我们两人都是沉默寡言的人,又都揣着点文学梦,所以看着对方总觉得像看着镜子里的自己,总是忍不住要偷偷观察对方。在我印象中,我们只有过两次近距离的接触。有一次,我们被派到一个乡镇做捐书活动,在乡政府做完捐书仪式,我看到他顺手把一支放在桌上的圆珠笔装进了自己包里。一支圆珠笔而已,我假装没看见。在回去的路上,他一语不发,只是扭脸看着窗外,脸色有些难看,我以为他是身体不舒服。第二天他请假要再去那个乡镇一趟,因为是个人私事,他坐着城乡公交车,中途又换了一趟公交车,半天时间才到那个乡镇,紧接着又用了半天时间慢慢返回来,等他回来我们已经下班了。我实在忍不住好奇,在楼道里碰到他时,便问了一句,你又去那乡镇上干吗了?

他看了我一眼,径直从我身边走了过去,这在我的预料之中。我正准备走开时,忽听见他在我身后说,我把那支笔送回去了。我扭脸看着他,他也看着我,他的目光在昏暗的楼道里变得很亮,像刚刚擦拭过一般,语气里也隐隐浮动着一层光亮。他的话猝不及防地就多了起来,他说,昨天我也没有多想,下意识地就把那支笔装进了自己包里,大概是因为觉得它不是什么值钱东西,拿回去也可以用。它确实不是什么值钱东西,可是拿了这支笔,我一夜都没睡着,我必须得把它送回去。

我站在那里,迟疑了片刻才说,其实没有人会在意的,只是一支圆珠笔而已。

他对着我慢慢绽开了一个笑容,同时又满足地叹息道,就是因为只是一支不值钱的圆珠笔,我才必须得送回去。

我们之间从没有说过那么多的话,简直要把我吓住了。

还有一次,也是我和他一起去下乡,下午返城的时候,单位的车没空来接我们,而最后一趟公交车已经过去了。他忽然想起来手机里存着一个出租车司机的电话,便赶紧给那司机打了个电话,对方爽快地答应了,声称二十分钟后来村口接我们。结果,我们一等等了两个多小时,直到天完全黑了那出租车才到。坐上车之后游小龙忽然大发雷霆,用普通话冲那司机大喊道,说好的二十分钟,怎么能让我们等两个多小时,你还有没有一点信用,人不讲信用还有什么意思。那司机忙赔着笑说,今天是我不好,本来都准备过来了,忽然有事又返回去了，这样吧，我就少收你十块钱，你也消消气。等到下车的时候，游小龙果然少付了十块钱。

出租车开走了，我们呆呆站在路边，谁都没说话，也没有离开，我点了一根烟，也递给他一根。他从不抽烟，本以为他会拒绝，没想到，他接过去，很笨拙地抽上了。他抽得很快，几口就把一根烟抽完了，倒好像是大口吃下去的。抽完一根烟，我小心翼翼地说，不早了，我先回家了，你回单位？他扔掉烟头，使劲踩灭，忽然说，我要去找那个出租车司机。我诧异道，又怎么了？他一边往前走一边说，我得把那十块钱还给他。

如今，他不止是话多了，连酒量也变大了，好像整个人忽然变大了一号。我正不知道该从哪里说起，忽听见他笑着说，故人重逢真是人生一桩快事，我一定要敬你几杯，不知怎了，这两年我开始怀念从前，想起那时候下班之后，你见我还在办公室里坐着，你便也不肯走，像是一定要和我比赛一样，那时候觉得你挺可笑，现在想想，倒觉得有种无邪之美。

我什么都没说，只是靠在椅背上，对他宽容地笑了笑。只听他又说，现在我总是会想起那些从前的美好，我以前不喜欢和人讲这些，讲了也没人懂。我上大学时有个室友，很有些风度，别人学习之余会去打打篮球什么的，他不同，他有闲的时候就作几首诗，或是自斟自饮几杯，借着酒兴赏月或吟诗，真正是个风雅的人。我记得有一次，我和他一起坐着公交车去看电影，公交车里挤得水泄不通，连站的地方都没有，又是大夏天，我们身上的衣服很快都湿透了。就在这个时候，我们身边站着的一个女人手里拎着的一桶菜籽油忽然爆炸了，可能是温度太高的缘故，溅出来的油正好喷到了我们两人身上。你猜怎么？那么拥挤的车厢里立刻给我们两人让出了一个圈，我们俩油光满面地站在那个圈里，身上还不停滴着油，一边享受着人群让给我们的某种特权，一边高声谈论着诗歌。下了公交，我们就那么淋着一身油进了电影院，从容看完了电影，又淋着一身油走出电影院，再次上了公交车。我们很油腻很骄傲地站在别人专门为我们让出的领地里，兴致勃勃地讨论着伯格曼和塔可夫斯基，不知不觉就到了学校门口。尽管从不联系，我却时常会想起他，这样风雅的人如今不多了，我心里很仰慕他。

我感觉我们两个像站在剧场里的话剧演员，背着台词，追光灯正好打在我们头上，四周一片寂静，没有一个观众，难免觉得古怪。我呆坐片刻，便转移话题道，你这是在加班？他捡起一片花瓣放进自己杯子里，闭上眼睛闻了闻，冷笑一声道，加班又有什么意思？其实早在八世纪，人们就已经开始在高官和隐士之间寻找一种平衡了，这种平衡一直延续在中国的传统文化中，从未中断过，大隐隐于市，小隐隐于野。我可算中隐。

他喝下一杯酒，也不用下酒菜，抿抿嘴唇，傲然靠在椅背上。

"怎么讲？"我问。

"白居易说：'不如作中隐，隐在留司官。似出复似处，非忙亦非闲。'"

我"哦"了一声，接不下去，只好又转移话题道，你们小区的名字倒是挺有意思的。他又冷笑着说，是你不明白，大山有大山的文化，平原有平原的文化，文化这个东西，处处都有，可别以为只有城市才有。其实深山里的村庄都有这样的嗜好，越小的村庄越喜欢在自己的名字前面冠上一个"大"字，以显示某种气派，像阳关山里的大游底、大岩头、大石头、大水、大塔，其实都不过是几户人家的小村庄。比大塔村海拔更高的一个村，是一个独家村，只住着一户人家，却取名叫塔上村，大概当初暗暗发过誓，在气势上一定要盖过大塔村。虽然我们整个大足底村都从山上迁移下来了，但村名肯定是不能改的，如果连村名都改了，村民们就彻底没有身份感了。

第一次听他如此磊落地说自己是山民，我心里很是诧异，只记得他从前很避讳提这个。我点点头，说，也算好事，省得你在县城里买房了。他又给我倒酒，半只嘴角翘起来，微微笑着说，你敢确定是好事？我说，现在的姑娘们找人结婚，都是先看对方有没有房子，对了，你早成家了吧？他又冷笑一声，说，成家做什么，一个人多清静。我一听这语气，忙说，一个人确实清静自由，这，我也没成家。话音一落，我忽然感觉到，我们不约而同地都轻松了一些。

梅瓶里的桃花又簌簌地落下去几瓣，我看着那些花瓣，感觉它们像一种静谧且艳丽的时间。这时候他像忽然想起了什么，嘴角还高傲地笑着，把桌上的本子慢慢推到我面前，说，你现在不是变成作家了吗？来，作家，看看我写得怎么样，我也想写本书，我要把整座阳关山都写进书里去。

我大惊，说，你怎么知道？同时，因为他用了"变成"这个词，我眼前立刻出现了一只大飞蛾从茧里爬出来的笨拙情形。他把一条腿搭到另一条腿上，微微有些得意地打量着我，半天才道，你这些年出的每本书我都买来看过，虽然卖得不怎么样，但我觉得有些地方写得也还行吧。

我假装没听到他在说什么，拿过那本子，只见上面用钢笔记得密密麻麻的，有点像高中生的笔记本。

从前我在大山里生活的时候，只以为阳关山里的方言是世界上最土最笨的语言，被遗弃在与世隔绝的深山里，后来我才慢慢明白，我们的语言里其实残留着几千年前的远古文明，夹杂着匈奴等少数民族的游牧文明。我们的语言像大山里的那些沉积岩，一层一层累积下来，又经受了几百万年里地壳运动的断裂，低谷变成高山，高山化为海底，它就是时间沉淀下来的文明本身。

在大足底，把"天"叫"乾"，把"月亮"叫"月明"，把"星星"叫"星宿"，把"没听说过"叫"未见其"，把"吵闹"叫"聒噪"，把炒菜锅叫"吊子"。"吊子"是古代一种罐状器皿。我猜测这都是一些流传下来的古音，因为大山里的山村都是很封闭的，而这种封闭正好能把一些上古的东西完整保存下来。大足底还有一个特别的叹词"兀得"，一般用于前缀，没有实际意义，后来我才发现这个词是从蒙古语里出来的，可能与当年匈奴在这阳关上的活动有关。

再比如"狮子搏肚"这个奇怪的词我从小就耳熟能详，连村里不识字的老汉老太都喜欢用这个词来形容人的勇猛。后来我忽然想到，他们所说的"狮子搏肚"应该是"狮子搏兔"的误传，应该是很久以前的一个读书人把这个词带到大足底的，虽被读错了一个字，但从此却流传下来。"押韵"也是我从小在大足底听惯的一个词，用来形容一个人不识好歹或阴阳怪气，后来我细细一想，这个词在大足底应该也是一个舶来品，恐怕最早是用来嘲笑某个格格不入的读书人的。再比如说一个人忽然明白了什么，就用"地懂"或"地醒"，这些词里折射出先民对土地的崇拜，是典型的农耕文明的产物。

还有一些山民自己发明的四字常用语，极其形象，甚至带有画面和色彩，形容一个人喜欢串门就用"刮达流西"，形容老年人气色好就用"红花木古"，形容一个人精力充沛用"五脊六兽"，形容一个人有气无力用"死妖害命"，形容一个人满不在乎时用"扬长五道"，这神态，多潇洒。形容一个人说话不爽快用"以以人人"，好像在模仿女人的说话声音，有一种韵律上的迟疑和反复，一个人含羞的神态就出来了。

我一时猜不透他让我看的用意。我想到我离开之后的这些年里，他也许每天晚上都要趴在这里写点什么，却可能至今也没有发表过一个字。我曾听一个做编辑的朋友说起过，有个老汉经常去他们编辑部，每次去都拿着自己厚厚一摞手写稿，很神秘地对他们说，这部小说马上就要获诺贝尔文学奖了。我踌躇了一下，还是对他说，等你什么时候写完了，我倒可以试着帮你介绍到出版社去，但也只能是试试。这时候只见他慢慢地笑了，那种笑容打开得很缓慢很用力，散发着金属的味道，简直有点可怕。他笑着说，不必，我的书不需要出版，因为这本书压根儿就不是写给人看的，是写给阳关山上的鸟兽草木的。就像古人，最好的文章都是用来祭天的。

我也笑笑，一时无话，我们便又默默喝酒。我想起多年前守在我们办公室里的那两盏灯光，那时候，我们谁也不敢先灭掉自己那盏灯，多少有些相依为命的意味。我心中不由得伤感，却见他只是专心致志地削了一块梨，塞进自己嘴里，慢慢嚼着，直到嚼完才闲闲地问了我一句，对了，你那天去我们小区是不是要找什么人？你要找谁可以问我，我们都是一个村的。

我心里忽然觉得有些奇怪，他并不是一个热心人，却为什么对我去找谁这么有兴趣？我敷衍了几句，没有没有，我那天就是瞎遛达着玩的。他好像不放心，又补充了一句，你要找谁真的可以问我。尽管他的神情很镇定，但我还是感觉到了他语气下面隐隐约约的急切。我一时有些摸不准他的用意，他是怕我在这小区里认识什么人，还是希望我在这里认识什么人？我不好多问，他也没有再说下去。

我的好奇心更重了，第二天，我又来到了大足底小区门口。这次看得更仔细了些，只见小区门里蹲着一只风化严重的石狮子，一头卷发，瞪着两只失神的大眼，像只苍老的看门狗一样。正对着门口摆着几个圆形的石墩子，一群山民正坐在门口晒太阳，有男有女，都穿得黑乎乎的，像一群栖息的大乌鸦。我也凑过去，坐在旁边看热闹。原来他们正在研究那几个石墩子，很激烈地争论石墩子到底是什么材料做成的，又互相猜测石墩子到底有多重。然后男人们排着队，一个一个走过去轮流抱石墩子，看谁能抱得起来。

我正在观看，旁边有两个壮汉忽然抱在了一起，嬉戏打闹起来，你撞我一下，我撞你一下，像两头站立起来的熊。众人笑嘻嘻地围观着，并把其中厉害的那个称为是"狮子搏肚"。我吓了一跳，我第一次看到一个词语在我面前现出了形状，就像一个透明的魂魄忽然长出了面目。打闹了一会，其中一个壮汉想去旁边撒尿，还要把另一个也捎上，好有个做伴的。于是两条大汉搭着肩膀嘻嘻哈哈地一起去几米外的地方，解开裤子就尿。门口坐着的女人们捡起地上的石子和烂菜叶，一边笑骂一边往他们身上扔。两条大汉也不躲闪，头上顶着烂菜叶，还在比谁尿得更远。

我注意到人群里有个五六十岁的女人，长着一双奇异的眼睛，很大很亮，里面装得满满的，整个人却极安静极轻盈，连点脚步声都没有，简直像缕青烟一样。她总是半低着头，趁人不注意又悄悄抬起头，眼睛闪闪发光地看着别人，她朝我偷偷看了一眼又赶紧把目光移开。我发现她像喜鹊一样，极喜欢亮晶晶的东西，一看见闪亮的东西就悄悄扑上去，左看右看，喜笑颜开。隔一会儿，她就走到门口的垃圾箱旁边，埋头翻找半天，捡出别人扔的空瓶子和纸盒子，装进一只蛇皮袋里。一旦翻出什么亮晶晶的东西，比如半块镜子、一只玻璃瓶，她就会眉开眼笑地举起来，对着阳光左看右看，爱不释手，咧开的嘴巴里不发出一点声音。她还扎在人堆里专心寻找亮晶晶的纽扣，一看见谁衣服上有发亮的纽扣，就眉开眼笑地凑过去，趁人家不注意伸手摸一下，过会儿再偷偷摸一下。看到男人们腰上挂的钥匙串上有一把亮晶晶的指甲剪，也会凑过去看了又看，摸了又摸。

我忽然意识到她可能是个哑巴。

大约是因为门口的石墩不够坐，他们从自己家里抬出了破沙发、破椅子，一字摆在门口，还有人搬出了一面破鼓当凳子，还有的人垒了几块砖头，也能勉强算只凳子。这样看起来，小区门口倒有了点沙龙的味道。我发现他们聊天的内容主要是围绕着阳关山。

"那年文谷河里漂下来一段好木头，额想着赶紧捞上来，打个家具用用，结果搬起木头一看，木头下面还压着个死人，眼睛半睁半闭地看着额。死人是抱着木头漂下来的，脑袋肿得有南瓜那么大。额是谁？额才不怕它，额把那段木头打了个桌子，到现今还用着。"

"那死人就住在桌子底下，没看见？"

"额还怕个死人？倒是你，杀了那么多野猪，不怕下辈子投胎成猪？"

"投胎成猪又如何？额那年在山药（土豆）里埋上炸药，结果一头三百斤的野猪过来吃了，半个头都被炸掉了，那头猪额可吃了半年哪。还有一回额跟着一只豻，想把它捉了吃，结果找见了一只狍子，是那豻捉到的，把狍子藏在自己洞里，额就把狍子背回去，做了顿狍子扁食，啧啧，满嘴流油。"

"等你投胎做了猪，额也好好包顿猪肉扁食。"

"你等下辈子吧。额有一年还捉住了一只狐子（狐狸），从嘴上开始剥皮，额是什么手艺，整个狐皮剥下来都是囫囵的，额就做了个标本摆在炕上，外人进来一看，呵，呵，狐子都上你家炕了呵。"

夕阳开始慢慢落山，光线变得迟钝而柔和，一个枯瘦的老汉披着一身霞光回头看了看落日，脸上被染得金光闪闪，他长叹了一声，又把一天用完了呵。众人如石像一般，沐浴着晚霞，都久久不动。只消片刻，落日便完全坠入山谷，暮色变得苍茫起来，众人陆续起身，慢慢踱回小区。

2

我再次走进游小龙办公室的时候，他又趴在桌上奋笔疾书，旁边摆着酒壶和酒杯。桃花大概已经谢掉了，梅瓶里换上了一枝白丁香，花香馥郁，比桃花的香味要黏稠很多，闻多了让人觉得有些眩晕。

他见我进来，忙起身给我倒酒，我说，又写着呢？他把本子推到我面前，翘起一根小拇指，颇有些得意地说，你来看看，这些阳关山里的动物有意思不？

阳关山上最常见的动物有麝香、獾、狼、花豹、野猪、蛇、花鼠。麝香自带着香囊，但属于进化很慢的动物，性格又孤僻，一般生活在悬崖峭壁上，如避世的隐士。它们的饮食习惯很奇怪，喜欢吃苦辣的针刺，我猜测，喜欢吃长刺的植物，可能是因为吃的时候会有某种快感。难道有点像人类的卧薪尝胆，时刻提醒自己一种不安全感的存在？

花豹也属于进化很慢的动物，阳关山上，二十平方公里之内只能容得下一只花豹，它们是地盘感极强的动物，很骄傲，也很孤独。花豹一般不会去吃山民的家畜，一来是不屑于吃蠢笨的家畜，二来是怕山民会报复，只有生了孩子的母豹无法走远捕猎，会贪图方便去吃家畜。它们的习惯是先喝血，再吃内脏，最不好吃的肉，也是最容易保存的部分，它们会刨个洞埋起来，储存着慢慢吃。只要有人的地方就看不到花豹，它们会尽量躲着人，追踪花豹的最好时机是在雪后，因为它们会在雪地里留下脚印。

我爷爷曾经遇到过一只花豹，那个黄昏他在山腰上种完地，在回家路上觉得累了，决定歇歇脚，便坐在石头上点了一根烟。刚把烟点上，一只喝完水的花豹就走了过来，他们面对面地僵持住了。对峙了不知多长时间，谁也不敢动，最后还是那只花豹一声不吭地先扭头走了。等花豹走了之后他才发现嘴唇上已经被烟头烫起了一个大水泡。他回去之后还神不守舍了一周时间，谁叫他都听不见，一天只吃半个馒头。这是因为与花豹对峙时精神太紧张的缘故，没缓过劲儿来，一周以后才慢慢正常起来。

……

山上所有的动物都能看得懂星宿，星宿是它们判断节气的重要标准。

我说，有意思，原来动物也能看懂星宿。他端起酒杯小啜了一口，然后用端庄的普通话说，我早就发现了，这大地上所有的生物都能看懂日月星辰，就连天上的候鸟，也是靠着星辰来分辨方向的。荷尔德林的诗中说，大地之上可有尺规？绝无。其实他说得不对，天地之间永远不缺尺规。

已经很久没有人这样和我说话了，我有些不适应。我面带微笑，下意识地往周围看了看，就像是怕周围有什么人会听到我们说的话。他好像并没有注意到我的微笑，准备继续说下去的时候，我忽然打断了他，我说，你为什么一定要用普通话呢？阳关山的方言我也能听得懂，我觉得我们用方言说话，会更自然一点。

他停住了，有些吃惊地看着我，然后又慢慢转头看着一个角落，沉默了很久，他对着那个角落说，我觉得用方言表达一些东西，会给人一种羞耻感，比如我说星空之下人会觉得自己渺小，这样的话就不适合用方言讲出来。还有的话即使用普通话讲出来也还是会觉得羞耻，那就只能用诗，只能用诗把它写出来。其实，我还写了很多诗，不过，这些诗也不是写给人看的，都是写给山里的鸟兽草木看的。

我笑道，看来你这些年也写了不少东西啊。他沉默不语，盯着一个角落，脊背挺得直直的。我自觉无趣，又补充道，其实出书不重要，写自己想写的就好。半晌，他才对着那个角落说，我不过是写着玩的，有个问题我倒想请教你一下，你们作家会不会把认识的人都写到小说里？

我忙说，千万别叫我作家，我就是混口饭吃。他微微一笑，起身给我倒酒，然后看着我的眼睛说，你是不是打算把我也写到小说里？我一惊说，怎么可能？他忽然大笑了起来，说，哪天你要是真把我写进小说里了，一定要让我看看，我看看写得像不像。我正不知如何应答，却又见他收起笑容，正色道，你来我这里不就是为了找素材吗？我是真的希望能被你写进小说里。说罢朝我晃了晃酒杯，把一杯酒一饮而尽。

屋子里的空气忽然变得有些紧张，我心里咯噔一声，却还是努力笑着说，我就是过来找你聊聊天。他又独自饮下一杯酒，然后慢条斯理地说，我原来以为你去我们小区是找什么人，后来我想，你可能是想找点小说素材。我们那小区是移民小区，和别的小区都不一样的，山民的性情和你们平原上的人也不一样，素材挺多，就是不知道你想找的是什么样的素材，说说看嘛。

我想，他可能在试探我。这不太正常，从悬疑小说的逻辑来看，他如此戒备，应该是知道关于这小区的某个秘密，或者，他本身就离秘密很近很近。

我正坐在那里发呆，忽见他又站到我面前，给我倒了一杯酒说，你好歹也是个作家，我再请教你个问题吧，你说我们这些山民到底是从哪里来的？最后又会到哪里去？不是只有柏拉图才能问这样的问题，对吧？

我看着他，笑着摇摇头。

周末，我再次来到大足底小区的门口，小区门口照例黑压压坐着一片人。墙根下阳光煦暖的地方陈列着一排老人，姿势和表情都一模一样，满脸金光，看着像一排庙里的塑金菩萨，都把两只手笼在袖子里，牛一样的目光慢慢反刍着什么。你觉得他一直在盯着你看，看得你都有点害怕，同时又觉得他压根儿就没看见你。我走近了才发现，他们的嘴唇都在一张一合，聊得起劲呢。

"你是发财了吧，看抽的这好烟。"

"少聒几句，抽吧，人能有几天好活？"

"你说什么时候天就塌下来了？塌了把所有的人都埋住算啦。"

"你少聒，额现在天每晚上睡不着，两三点就起来听猫儿打架，猫儿那吊客，半夜叫得瘆人，黑夜喝半斤酒都不顶事啦，最少得喝一斤，额每天四点就到街上遛达，街上连个鬼都看不见。"

"额在山上半年花不出去一分钱，在这山下倒好，哪天不花钱都木办法活。"

"现在连候儿们（孩子们）上个学，花钱都霸气得很哪。"

"候儿们在山上连学也没得上，如何考大学？将来又如何吃婆姨（娶媳妇）？"

"额不稀罕这楼房，整天把人圈起来，额一个人回山上去住呀，山上气宽。"

"回呀，回呀，不回的是王八。"

"回就回嘛，看到底谁是王八。"

旁边坐着几个女人，正围在一起绣花，现在已经很难看到绣花的女人，猛地看到，又有些怀疑她们的真实性。她们在绣一堆花红柳绿，鲜艳的颜色浮动在黑压压的人群之上，像一群举止欢快的小孩。这些女人的手上都戴着闪闪发光的大戒指和大手镯，似乎要把整个家底都披挂出来，再加上那些鲜艳的刺绣,使这群女人看起来个个都富丽堂皇。我后来才意识到,她们把所有的家底披挂在身上,是怕被平原上的人看不起。

一个满脸皱纹的傻子把自己当马骑,正拍着自己的屁股,欢快地在人群中跑来跑去,看看下棋,看看绣花,不时又跑到垃圾箱旁边看看可有能捡的东西。

女人们旁边是一群男人正围着一张棋盘,两个下棋的人,一个光头坐着,一个戴帽子的蹲着,在他们头顶围着一圈黑压压的脑袋。光头刚拱起一匹马,周围立刻叫声一片,走炮,快走炮。走车,赶紧走车。话音未落,又有十几只手同时伸过来,七手八脚地帮光头走了一步棋。人群中立着一尊方脸大汉,体型壮阔,两只手一直插在裤兜里,只是站在旁边冷眼看着棋路,并不出手,也不插话,稳如一座铁塔。稀里哗啦的几步棋之后,光头被打得落花流水,光头恼怒地抬起头,对着上方的一圈脑袋骂道,聒什么聒,长了一脑袋的嘴。

棋重新摆好,方脸大汉忽然一把推开光头,自己亲自上阵。他既不坐也不蹲,而是立在那里下棋,看上去极其威武,打了个丁字步,目光稳稳垂下,扣在棋盘上,依旧把两只手都插在裤兜里。对方跳出当头炮,周围又是叫声一片,走马,走炮。他并不急着走,沉吟半响,终于从口袋里掏出右手,稳稳地走了一步炮。我一怔,倒吸一口凉气,那只手坚硬凶狠,并不像一只手,倒更像一只铁钩。那只手上只剩下一只大拇指和一截小拇指。

我后来发现,在大足底小区,这些局部的残疾和残缺都会被无视掉,没有人把他们当残疾人看待。甚至连那个跑来跑去的傻子,他们也只是把他当成一个孩童,有时候还递给他一块糖吃。

在墙根边老人群里坐着一个瘦小干枯的老汉,戴着一顶灰色的八角帽,穿着半个世纪前的中山装,眼睛浑浊发黄,嘴里叼着一杆一尺多长的黄铜烟枪,烟枪下吊着烟袋,右手上佩戴着一块巨大的手表。他不时高高抬起胳膊,凑到眼皮子底下,看看那块大表上奔跑的时间。这时,不远处的垃圾堆上吹过来一截红布绳,老汉看到了,浑浊的眼睛倏地亮了一下,站起来,健步向那条红布绳走去。他身上不知什么地方竟挂着铃铛,走路时叮当作响,像圣诞老人坐着雪橇过来了。他捡起那条红布绳,绑在自己腰上,摆了个很威风的姿势,嘴里说,额来给你们打一段丰收鼓吧,在山上,一到过节就打鼓,一打鼓人也快活。说着便蹦蹦跳跳地开始打一只想象中的鼓,众人只是笑嘻嘻地看着他,并不上前阻拦。

我担心他会摔倒,便上前搭话,老人家你小心点,多大岁数了?他淡淡地说了一句,八十八啦。因为说得太淡了,反而显得他很骄傲。我惊讶道,八十八了,好身体啊。他兴致勃勃地挥舞着红布绳说,额早就在等死啦,连棺材都割好二十年啦,那可是一口好棺材呵,柏木的,可惜下山的时候送了亲戚了,说是楼房里没地方放棺材呵。额就等额老婆来叫额啦,活一天算一天,她一来叫额,额拍拍屁股,跟着她就走。

我说,你老人家下山后适应不?他停下打鼓,慢慢眨了眨浑浊的眼睛,一边摸出烟枪点着一边说,山下倒是有楼房,可额在山里住了一辈子了,一抬头看见的都是山,结果搬到这山下来,周围都是平地,搞得额每天头晕。山下的时间是真难熬哪,

167

额每天八点半就睡觉了，半夜两点半就起来了，起来就抽烟嘛，一边抽烟一边听收音机。额有两台收音机，额就都打开它，放在一起听，热闹得很。

我注意到有些人从小区里出来，专门跑到小区旁边的野地里解个手，然后又晃回去了。我心想，莫不是他们用不惯马桶？还是为了省水？这时候有更多的人陆陆续续地从小区里走出来，拥到了小区门口，每个人手里都抱着一只西瓜大的碗，碗比头还大，埋头吃饭的时候，头几乎要掉到碗里去。原来是午饭时间到了，捧着大碗的人或坐或站，边吃边聊，门口变得像集市一样热闹。原先坐着的人陆续开始往回走，说是回去拿饭，估计回家捧个大碗还会再下来。

这时候我一扭头，正好与身后一个人打了个照面，再一看，竟是游小龙。

3

他看见我先是一愣，然后便做出很高兴的样子，上前道，作家，这是又过来找素材？

我就怕在小区门口碰到他，结果还是撞上了，有种莫名的心虚，感觉自己像做贼一样。我不自在地笑道，你才是作家，我就是出来瞎转悠，在家里快憋死了。只见他在家门口居然也像在办公室里一样，穿得一丝不苟，白衬衣扎在黑裤子里，戴着眼镜，皮鞋锃亮，站在一群黑压压的山民里显得有些格格不入。我惊叹道，小龙啊，你怎么在家里还穿得这么正式？他正色说，慎独是一个人对自己起码的道德要求，在有人的地方和没人的地方都是一样的。说完，他忽然上前一步，笑着拍了一下我的肩膀，问道，建新，你到底想找什么样的素材？不能透露一下？我看我能不能帮上你，这小区其实就是我们村，那门房就是村委会，村里的事情我基本都知道。

他的动作来得很突兀，还有几分狎昵的感觉，我感觉到，这狎昵的下面隐隐藏着些紧张。和他的眼睛对视了几秒钟之后，我下定决心要试探他一下，看看他的反应如何。于是我悄声说，你听说过这个事没，前段时间有人在山上被杀了，死的是我小学同学，叫杜迎春，因为被毁尸灭迹，一直也破不了案。我听说她死前还处着一个男朋友，好像就住在你们这个小区，我就想着能不能找到这个人，看他是不是知道些关于杜迎春的事情。

他脸色倏地一变，十分震惊地问道，居然有这种事？我冷静地看着他，他表现得过于惊讶了些，但也许他自己并没有感觉到。再者，就在一个馒头大的县城里，怎么可能完全没有听说过此事。顿了一顿，他又补充道，像这种杀人案，被杀的还是女人，大概不是为情就是为钱，写到小说里是不是有点低级？我说，我写的东西本来就不高级。他便微笑着，又拍了拍我的肩膀，说，这个我真帮不了你，不过也好办，你就多过来几趟嘛，说不定就有了什么重要发现。一听这话，我连忙解释，我又不是公安局来破案的，你也知道，我就是找点小说素材。他笑着点点头说，当然，我也是读过不少小说的人，小说就是一种虚构的艺术。

我正要走却又被他拦住，说既然都到中午了，就顺便去他家吃个午饭，顺便认认门。我推辞了一番，他忽然打断我，不容置疑地说，我们好歹也是故人一场，何必这么客气。我只好答应下来，但心中却有些忐忑不安，毕竟，我之前从未走进过这个小区。他又顾盼左右说，等一下，我把我妈也叫上，午饭我已经做好了，本来是下来叫她吃饭的。

他带着那个大眼睛的女哑巴走到了我面前，很郑重地向我介绍道，这是我母亲。然后向女哑巴打了个手势，女哑巴偷偷看了我一眼，也用手势和他说着话。周围忽然静下来，只有他们的手势上下翻飞，这使他们看起来像某种鸟或昆虫，扇动着翅膀，轻盈异常。当他再次转向我时，已收起翅膀降落下来，忽然间又有了声音：我母亲很欢迎你去我家做客，粗茶淡饭，还请你不要介意。

小区里十分简陋，几栋灰色的楼房，一座破败的水泥凉亭，里面堆满了老人们捡来的破烂。他家是六十多平米的两室一厅，简单地装修过，摆着几件劣质家具，一只柜子上摆着各种颜色的玻璃瓶。白色的地板干净极了，像湖泊一样，能映出我们的倒影。两间卧室，一间敞着门，一间关着门，那扇紧紧关着的门看起来有些神秘，我也不好多问。只见母子二人又用手语讲了半天话，屋子里安静得有些吓人，又因为上下翻飞的手语，感觉屋里好像站满了人影，透明的没有面目的人影。我心里还是有些不安，悄悄朝那扇关着的门看了几眼。

女哑巴凑到我面前，抬起眼睛，怯怯地仔细地看着我。我猜测她可能是在看我的眼镜，因为我记得她特别喜欢亮晶晶的东西。她仔细看了我一会儿，忽然咧开嘴对我笑了一下，然后指了指自己的嘴巴，又指了指门，便从那扇门里跑出去了，连一点脚步声都没有。游小龙一边给我倒水，一边说，来，喝点水，我先给你解释一下，

这也是山地文化的一部分，因为闭塞，山村里近亲结婚的就多，所以哪个村都有几个傻子。傻子其实最自由自在，经常从一个村串到另一个村，山民们一般以大足底的傻子、大游底的傻子这样来区分他们。又因为山里医疗条件不行，所以哪个村都有一两个脑膜炎留下的哑巴或聋子，聋子听不见，最后也会变成哑巴，我母亲就属于这类。

我不知道他居然是被一个哑巴母亲带大的，难怪他从前话那么少，但现在忽然又变得话这么多，好像在恶狠狠地补偿自己的过去。我一时不知道该说什么，只是局促地坐着，他又说，你喝点水啊，给你加了蜂蜜，山里的野蜂蜜。我便拿起杯子喝了一口水，听到自己喝水的声音极大，轰隆隆地回荡在客厅里，竟把自己吓了一跳。我说，好喝。我们又沉默了片刻，我再次朝着那扇门悄悄看了一眼，我感觉那门后一定藏着什么。他忽然很客气地说，如果你不介意的话，我们就开始吃午饭吧，你有没有什么忌口的？

我有些厌恶他过度的礼貌，连忙摆手道，没有没有，我这人糙得很，吃什么都行。他坐在椅子上，叉着两只手，字正腔圆地说，在吃饭前，我还是先给你解释一下山民们的饮食文化，我也是后来想明白的，到底什么是文化，其实衣食住行都是文化。土豆是山地文化的重要象征符号，已经远远脱离了食物的范围，只要家里还有土豆，山民们心里就无所畏惧。土豆也是山民们一年四季的主要食物，从山上搬到平原上之后，山民们的吃食仍然保持着山上的习惯。山民们可以把土豆做出几百种花样都不止，而且一天都离不了土豆，基本上是顿顿要吃土豆。今天中午我们吃

炒"恶","恶"也是用土豆做成的一种食物，来到山民家里就入乡随俗，就是不知你能不能吃得惯。

我忙说，可以可以。他端上来两碗所谓的"恶"，我一看，原来就是把土豆淀粉蒸熟切成块，又和青红辣椒炒到了一起，便笑着说，看着倒也普通，只是这名字起得怪凶。他做了个请的姿势，道，山民们一向把有本事有能耐的人称为"恶"，把这食物也取名为"恶"，估计是因为当年刚发明出来的时候给了山民们不少惊喜。

我想，他确实和从前不同了，从前他最怕别人提到山民二字，现在却是一口一个山民，唯恐别人不知道他是山民。

这时候，女哑巴推门进来了，手里拎着豆腐干和猪头肉。她把两样吃食切了盛到盘子里，推到我面前，一边无声地笑一边指着我的嘴巴，她居然还朝我做了个鬼脸。游小龙抱歉地说，哑巴不会说话，面部表情就比常人丰富些，她觉得你是客人，所以一定要出去买两个菜来招待你，不过这猪头肉实在是粗陋了些，上不了台面，你不吃就是。我忙说，哪里，我从小就爱吃卤猪头肉。

他起身从厨房取出一瓶酒，两只酒杯，把酒倒上。我叹道，你现在酒量真是了得啊。他扬起一只嘴角笑了笑，人总要为自己找一些小情趣的，不然人生该多难熬，你看古人多有情致，松花酿酒，春水煎茶，或是，绿蚁新醅酒，红泥小火炉。

我心中越发诧异，不知道这十年时间里他究竟遇到过什么事，才变成了这样。我很快把一碗"恶"吃完，放下碗筷赶紧说，好吃好吃。他微微笑着，一副很宽容的样子，过了半天才说了一句，建新，你现在故意把自己弄得这么糙，大概也是一种对自己的保护吧。我一愣，不知该说什么。屋子里始终有种阴沉沉的感觉，为打破沉默，我只好又找话说，你这几年工作还顺利吧？他只用一句轻飘飘的话就把我打发了，在这种小地方还想怎样，混日子而已。我说，在大地方也一样，混日子而已。

他和我碰了碰杯，又一口喝了下去。他喝酒不上脸，相反，越喝脸越白，到最后简直变成了雪白，像化了妆，有点瘆人。这时他像想起了什么，又笑着对我说，建新，你是出了几本书，不过你那几本书真不值得我羡慕，我唯一羡慕你的一点，你猜是什么？你这个人倒是为自己活着的，不像我。

我反复揣摩着他的最后一句话，觉得他可能正在暗示我什么。他想暗示我什么？我又悄悄打量着周围，那扇门还是紧紧地关着，里面静悄悄的。女哑巴不时从厨房里游弋出来看看我们，再游进去。因为她一点声息都没有，她在的时候也很难感觉到她的存在，只能感觉到她的两只眼睛，像鱼一样静静游弋在我们周围。

就在这时候，那扇紧闭的门忽然开了，一个人蓬着头发走了出来。那间卧室里还拉着窗帘，光线昏暗。这个人看起来就像刚从一只山洞里爬出来的，衣衫不整，穿着一双缝补过的拖鞋，针脚粗大。我看了他一眼，忽然大吃一惊，我看到另一个游小龙从那间卧室里走了出来，简直像一个魔术。我连忙扭头朝那张椅子上一看，游小龙还好端端地坐在那里。

我想起上小学的时候，班里就有一对双胞胎兄弟。那时候我刚刚当上小队长，急于行使一下自己的权力，排队的时候，那个双胞胎哥哥在前面说话，我刚过去制止了，那个弟弟又在后面说话，我又跑过去制止他说话，然后那个哥哥又在前面说话。到最后我已经分不清哪个是哥哥哪个是弟弟，我感觉他们其实是一个人，一个会变魔术的人，一个可以分身的巫师。所以双胞胎一直给我一种很鬼魅的感觉，就像一个人的倒影居然也慢慢地长出了肉身，变成了一个真人。

那人看到我先是一愣，然后便对着我羞涩地笑了一下，算是打过了招呼。从外貌上看，他和游小龙几乎没有区别，身高也差不多，只是可能长期不见阳光的缘故，脸色白得吓人，笑起来也怯生生的，不敢多与人直视。他遇到我的目光便慌忙避开，好像他做错了什么事，随时都会有人对他兴师问罪。他好像也不敢与游小龙说话，只是漫无目的地在客厅里来回走动着，走到窗前看了看外面，又像被阳光刺了眼睛，跌跌撞撞地弹了回来。

他站在那里忽然不动了，好像不知道自己接下来要干什么，他空洞地朝周围看了一圈，没有坐到椅子上，也没有坐到沙发上，而是坐在了沙发旁边的一张小板凳上。他把自己尽量埋在那个角落里，低下头，用手挠着头发，一句话都不说。这时候女哑巴又从厨房里游弋了出来，端着一碗"恶"，送到他手边，一边飞快地打着手势。他也不回应，只是呆呆看着她的手势，嘴角挂着一缕可怖的笑容。过了半天，他终于端起碗来，心不在焉地吃了两口，又轻轻把碗放下了。他整个人看起来呈一种梦游的状态，松散薄脆，随时都可能从这屋里消失掉。

游小龙一声不吭，我也不敢说话，屋里横着铁一般的寂静，只有女哑巴的手势上下翻飞，我猜测她正在劝她那个儿子吃饭。忽听见一个声音轰地从什么地方炸响，管他干什么？他不想吃就让他饿死，多大的人了，还一觉睡到大晌午。

我半天才反应过来，竟然是游小龙的声音。我悄悄扭脸一看，他一反常态，脸色铁青，鼓着眼睛，正对着那板凳上的人咬牙切齿。女哑巴看起来很着急的样子，拼命打着眼花缭乱的手势，她身上好像一下长出了很多只手，蜈蚣似地乱舞着。那坐在板凳上的人不动，也不还口，好像真的成了游小龙的倒影，阴沉模糊，不可触摸。游小龙对他咬牙切齿说话的时候，就像他正对着自己的影子自言自语。整个屋子变得十分诡异，女哑巴的手语却轻盈异常，如水草飘摇。

过了好一会儿，那阴沉的倒影才慢慢抬起头来，他翻起眼睛，对着游小龙那个方向笑了一下，笑得十分卖力，有些讨好的味道，笑完又慢慢把头埋了下去。游小龙似乎更被这个笑容激怒了，放低声音却依然愤愤地说了一句，活成这样还有什么意思。那倒影不知听到这句话没有，我看到他还坐在那里呆呆微笑着，好像正对着那碗饭微笑。他母亲一直用手势劝他，他便用两只手又捧起了饭碗，盯着碗里看了半天，并没有送到嘴边，却忽然一松手，把一碗饭扔到了地上。他低声说了一句，我不饿。声音居然也和游小龙一样。然后，他站起来，拖着两只拖鞋，像受伤了一样，脚步踉跄地又回到了那间卧室，那扇门又悄无声息地合上了。

像是过了很久很久，才听见游小龙在我耳边说了一句，真是抱歉，我今天有点喝多了，言多必失，请你不要见怪。

离开大足底小区的时候，我暗暗松了一口气。在回家的路上，我脑子里一直盘旋着游小龙和他的双胞胎兄弟。他那个兄弟一副蓬头垢面的样子，看起来已经在家里窝了不短时间了，估计连下楼都很少。也就是说，他可能正处于一种藏匿的状态。想到藏匿这个词，我猛地打了个激灵，这个时候他为什么要藏匿起来，他会不会和杜迎春的案子有关？我又想到游小龙对他的态度，分明是对他有些嫌恶的，亲人之间不应如此，除非他真的有什么大过在身，且连累了亲人？可关键是，既然家里藏着这样一个人，游小龙又为什么要请我到他家里去呢？我甚至怀疑，他是故意要让我看到他那个双胞胎兄弟的，这又是为什么？

我再次来到游小龙的办公室里。花瓶里的丁香已经换成了海棠，海棠有一种宋词里才有的香软和娇媚，游小龙独坐在花下，依然边写边喝酒。我进来的时候，他看起来已经喝了不少了，脸色煞白，没有一点血色，再加上过度整洁的衣服，整个人散发着石像般的清冷之气。他看到我进来了，好像很是高兴，一把将我拉过去，摁在桌子旁，让我看他刚写的几段话。

阳关山上的鸟儿也有很多，个头小的有百灵、布谷、乌鸦、喜鹊，个头大的有鹰、隼、鹗、雕、鸢之类的猛禽，还有个头不小但其实属于弱势群体的褐马鸡。这些鸟儿里面有留鸟，有候鸟，还有旅鸟，留鸟就是一直住在本地的鸟，从不搬家，比如乌鸦。候鸟是要每年南北迁徙的，比如赤颈冬。旅鸟则像旅客一样，只是路过一下，行迹潇洒，比如天鹅和鸳鸯。

鸟儿们的迁徙主要靠星辰引导，还要靠月光、山川、地磁等。有星辰在头顶，它们就不会迷失方向，甚至可以飞过茫茫大洋。乌鸦是一种非常聪明的鸟，智商很高，和三四岁的小孩子差不多，乌鸦喝水的故事也是真的。松鸦，山民们管它叫"山和尚"，模仿能力超强，特别喜欢模仿猫叫、狗叫、小孩哭，简直像个相声演员。还特别喜欢藏东西，这里藏一点，那里藏一点，有时候藏多了，自己就忘了。星鸦也喜欢藏东西，把辛辛苦苦找来的种子藏起来，后来自己便忘了，结果那种子发了芽，长成了树，星鸦心里还奇怪，怎么这里忽然又长出一棵树？杨树上那种整洁的大鸟窝一般都是喜鹊的，有时候蛇会偷吃喜鹊的蛋，吃了蛋的蛇是走不动的，它还得把自己盘到石头上，把里面的蛋慢慢磨碎。喜鹊两口子一旦发现了，冲下来就咬它，直到咬死为止。

……

我默默看了两遍，然后把本子轻轻推到一边。我把两只手叉在一起，放开，又叉在一起，反复几次，才终于说，小龙，还有很多比写作更重要的事情。我不知道你还有个双胞胎兄弟，和你长得真像，是你哥哥还是弟弟？他把鼻子凑到海棠旁边闻了闻，兴奋地说，写完鸟儿我还要写植物，我要给山里的每一种花都写一首诗，没有人比我更了解它们。我打断了他，我说，他是你的双胞胎兄弟，你不应该那样对待他的。

他好像真的喝多了，歪在椅子上，白着一张脸，笑嘻嘻地说，今天翻古书时看到一段话，极美，记载了你们这个县城在古代的风雅，是你们的县城，不是我们山民们的，阳关山才是我们的。当年士大夫们月夜泛舟却波湖，酒阑月皎，兴复不浅，缓步而至湖滨。当时月光如昼，湖风吹衣，钟声塔火隐隐波际，扣舷而歌，水之中，有离相寺，后峰石塔，左右则真武、圣母诸庙。绿荫浓处，时眺城北，群山隐入湖际。

我再次打断了他,我说,你不应该那样对待他,他毕竟是你的兄弟。

他伸手抓起一支毛笔,蘸了蘸水,在桌面上龙飞凤舞地写了一个"缘"字,写完把笔一扔,忽然又笑着对我说,世间万事万物都讲一个缘字,我们还能见面,说明十年前的缘分未尽,亲人之间也是这样,缘分尽了,他就会离你而去,从此以后你再也找不到他。我们这样边喝酒边聊天,什么目的都没有,你觉得像不像魏晋时代的清谈?士人们挑选一个清幽之地,或是山水之畔,或是杏花飞雪,或是月下荷风,通宵达旦地争论关于理想人格的问题,他们争论的居然都是关于理想人格的问题,多好啊。我真是倾慕他们,闭门视书,累月不出,或登山游水,经日忘归。

我有些担忧地看着他,说,你每天都要这样喝酒吗?这样下去会有酒瘾的。

他一边背着手来回踱步一边笑着说,怕什么,阮籍与王安丰常从妇饮酒,阮醉,便眠其妇侧,何其有风度。踱了几圈,他忽然站到我面前不动了,我才发现他满脸都是泪水。他说,建新,我承认我是有些酒瘾了,我喜欢喝酒的感觉,因为我无处可去。我早已经承认我在这世上是个没什么用的人,不怕你笑,我时常想着能躲到什么地方去,每日吟诗赏花喝酒,身上若能有一点点清华之气,也算抵消这半世的不堪了。可是你说又能躲到哪里去,我们连家乡都回不去了,只能在梦里回去。所以我就想着,如果能写出点什么,我这一生多少也算有了一点意义。

我用一只手绞着另一只手,犹豫了一番才试探道,小龙,你是不是遇到什么难事了?

可他已经迅速收起眼泪,整理了一下衣襟,倨傲地说,真是抱歉,我又有点喝多了,失态了。我们是故人了,我便实话和你说,从我来到县城上高中的那天起,我就知道,平原上的人看不起山民,觉得山民粗陋野蛮不文明,所以从那时候起,我就天天要求自己,要文雅要有礼貌,一定要给自己创造出一个理想的人格。不怕你笑,这么多年了,我每一天都是这么要求自己的。

我说,我知道。

他忽然扭过脸来看着我,你肯定还记得吧,那年我们一起下乡的时候,我拿了会议上一支圆珠笔。

我假装想了想,说,有这事?

他看着我微微笑了起来,说,你记性不会这么差吧。我拿了人家一支圆珠笔,第二天又送了回去,就是这样,我又送了回去,怎么可能不送回去?不然连我自己都看不起自己。今天我喝多了,就多给你提供点素材吧,愿意听吗?你肯定愿意听,因为你是作家。我一个月的工资是三千两百块钱,当然,以前还没这么多,靠这点工资,我不仅要养着自己的母亲,还要养着自己的弟弟,游小虎只比我晚出生了一分钟,我就是他的兄长。和你说句实话,他是我最恨的人,也是我最怜悯的人。早在我们上初中的时候,我们就没有父亲了,家里只能供一个孩子继续上学,后来我去上学,他留在山里。是我亏欠了他,这一点,我知道,他也知道,所以还在我贷款读大学的时候,他就隔三岔五问我要零花钱,我自己省吃俭用,每天吃馒头,省下钱来给他,一百,两百。等我工作以后,更是这样,今天要钱,明天要钱。后来我们整村都搬下来了,他也下山了,结果下山之后,诱惑太多,挣不来钱还总想挣大钱,他很快就迷上了赌博。有时候我特别恨他,也会骂他,可是骂完就后悔,作为补偿,我就给他更多的钱,一次又一次帮他还赌债,帮他还高利贷。我已经习惯了,我所有的东西都不是我自己的,都要分给他一半,不管是什么,不然我良心上会过不去,会觉得欠了他。我时常假设,如果当年留在山上的是我呢?你说我怎么可能不管他?我自己只能节俭再节俭,自己少花点少用点,买什么都买最便宜的。我每次吃到什么好吃的东西,心里就会难过,因为我母亲和弟弟吃不到。有时候为了省钱,给他们买了太便宜的东西,我又会后悔,会痛恨自己如此自私,然后会花更多的钱重新再买一个好的。实话告诉你,我到现在还欠着几笔债,都是为游小虎还高利贷的时候借的。不怕你笑,游小虎倒是经常发誓,发誓再不赌了,不过他发过的每一次誓都是假的,都是假的,其实我早就把他看透了,看得透透的,可就算是这样,我又怎么能不管他?你说,除了我,这世上还有谁会管他?

我呆坐在那里,半天说不出一句话来。他却又笑着说,这素材怎么样?建新,你好歹是个作家,你把我们这些山民都写进去吧,把我和游小虎也都写进去,我希望你把我们都写进去。

我骇然看着他,他顿了顿,又淡淡说,对了,你不是问过我为什么还不成家吗,那我也告诉你,在这县城里我们只有一套楼房,也就是说,在我和我弟弟之间,只可能有一个人结婚。

晚上,母亲早已经睡下了,我又失眠了,便干脆爬起来,独自在院子里一边抽烟一边徘徊。院子里种的豌豆和丝瓜已经开花了,在深夜闻上去朴素而幽静。和出版社签的书稿眼看要到期限了,是这几年比较流行的罪案题材,我却迟迟动不了笔,因为没有找到一个合适的素材。月光下,我再一次开始考虑这个小说,我已经让杜迎春做了这小说中的主人公,她在小说中会再死一次,只是,这杀她的人又会是谁?

月光到了后半夜才渐渐盛大起来,周围却已是阒寂无声,好像整个世界里出没的都是月光。房屋和桃树沉没在阴影中,一动不动,植物的叶子却反射着温柔的银光。失眠的夜晚,我经常一个人看着万物渐渐沉入黑暗,又一个人看着它们从巨大的黑暗中慢慢浮出来。那感觉,就像一个人守着一个浩瀚孤寂的星球。

我又点上一根烟,深深吸了一大口,我再次想到了游小龙,没想到游小龙有这样一个家庭,可他为什么要把他弟弟的事情告诉我呢?这样的家事,不算光彩,他完全可以不告诉我,也不符合他的性格,这其中肯定有什么原因。他口口声声说要给我提供素材,也让我觉得很是不安,仿佛他暗中设下了什么圈套。

我一边徘徊一边细细琢磨他说过的那些话:我所有的东西都不是我自己的,都要分给他一半,不管是什么,不然我良心上就会过不去,会觉得欠了他。

我猛地停住,心里不知什么地方忽然一凛,什么都要分给他一半。什么,都要分给他,一半。包括房子,甚至女友?是的,对于任何人来说,要在一开始区分清楚一对双胞胎都是困难的,对于杜迎春来说,也是如此。而她曾在微信里对我说起过,她现在的男友性格有些反复无常。会不会是,她所说的男友其实根本就不是同一个人,他们是一对双胞胎,只是她把他们误当成了同一个人?我又想起今天白天见到的游小虎,他明显正处于一种藏匿状态,会不会他就是那个凶手?可是,如果游小龙兄弟真的与杜迎春的案子有关系的话,他又为什么要对我说这么多?为了替自己开脱?但我只是一个作家,并不是警察,他心里也很清楚这点。最关键的是,他为什么还要让我把这些写到小说里去?

不过,他也许就是想找一个人倾诉一下,倒是我急着找"素材",什么都多想一下。

4

这天,去大足底小区之前,我特意买了两包芙蓉王装在身上,随时准备着给他们打烟。走到小区门口的时候,听到传达室屋顶上的大喇叭正在广播,啊喂,游起明家刚刚杀了一头猪呵,要买猪肉的村民快快去买,快快去买,迟些就没了呵。

有一队人马正在小区门口的空地上扭伞头秧歌,领队的正是那个八十八岁的老汉,戴着墨镜,鬓角插着一朵红花,嘴里吹着哨子,举着一把五颜六色的花伞。后面跟着十几个男男女女,每人手里舞着一把扇子,队伍呈蛇形,正逶迤向前。我悄悄坐在了墙根处,和众人一起观看秧歌。

艳丽的花伞像一只巨大的热气球,正在徐徐飞向空中,那队人马像是都乘坐在热气球上,脚步轻盈,一起离开了地面。见他们跳得那么起劲,我猜测还有一个原因,这也算是一种山地文化对平原文化的挑衅吧。可以想见,山民们迁徙到平原上之后,必然还是要经过一个痛苦的过程。伞头秧歌是一种山地特产,大山的封闭性导致了山民们对一切鲜艳颜色的嗜好,伞头秧歌更是艳丽至极。我曾见过更正宗的伞头秧歌,男女老少都在头上戴着大红花,脸上抹着胭脂,手里舞着葱绿色和水红色的扇子,凡他们走过的地方,颜色的涸迹都会滞留在空气里,久久不散。

大概是跳累了,不断有人从蛇尾巴上掉下来,最后渐渐地只剩下了那个打着花伞的老汉。他全然不顾身后还有没有人,继续扭着秧歌,表情庄重,用力吹着哨子,花伞上缀着的亮片在阳光下闪闪发光,看起来就像一只刚刚被砍下来的诡异蛇头,还能独自扭动,竟然有了几分悲壮恐怖的意味。

我有心劝他歇一歇,毕竟年龄大了,但见周围的人都看得津津有味,便也不好开口。事实上,在这群山民里,对我最友好的就是这个老汉。正是他给我讲了不少关于山民的事情。我想他愿意和我说话,也许是因为他很孤单,我只知道他老伴已经走了十多年了,有两个儿子也住在这个小区里,分到的都是六十多平米的户型。这个小区里的大部分人对陌生人是排斥的,我猜测,这种排斥里多少还带一点恐惧的成分。

来的次数多了,我对这些山民也渐渐了解了一些。下山之后,山民们首先是觉得不自在了,以前整座阳关山都像是自己家的,上山下沟,随便抬抬腿就是二十里山路,根本刹不住,山民把出门一趟称作是"刮",倒是形象,"刮出去刮进来",像风的动作。山里的野果蘑菇木耳药材随便采,就连狍子香獐野猪也像是自己家的,肉虽然长在它们身上,但可以随便捉了吃啊。祖祖辈辈喝着山里的泉水,世上居然还有水费之说?笑话。想去谁家串门了,一脚踢开门就进去了,进去往炕上一躺,连鞋都不用脱,正巧人家在炸油糕,那就

175

再好不过了，人家炸一个他吃一个。想去下地就扛着锄头去地里挥舞一番，不想下地就眯着眼睛去晒太阳。山民们都喜欢在冬天给自己寻觅一块称心如意的"阳阳坡"，日光充足煦暖，可以在那块风水宝地上一躺一天，不吃不动地晒太阳。

下山之后，山民们被关在几十平米的鸽子笼里，去串个门居然还得脱鞋。在山上的时候，因为见人太少，一旦有人去走亲戚，还脱鞋？那真是恨不得把心都掏出来煮了给人家吃，人家晚上要走，死活不让走，全家哭着拖住胳膊，硬是要留人家住一宿。在山里蘑菇多得连猪都不吃，现在一朵蘑菇都要花钱买，老汉说他就想不通，蘑菇不就是山上野生出来的吗？还要掏钱买？

因为串门不再方便，"饭市"便尤其显得重要。后来我才搞清楚，其实饭市就是一种山村的小型聚会。在山里的时候，一到饭点，男女老少都抱着大碗，纷纷聚在村头，蹲成一排，捧着碗，边吃边聊，这里就慢慢形成了一个饭市。没想到搬到山下之后，饭市不但没被取消，反而变得更为隆重了。一到午饭时间，就是住在六楼的，也要捧着一口碗，千里迢迢下来，大家自发聚在小区门口吃饭，聚成黑压压一片，有几次差点把警车招引过来。

刚刚下山那阵子，山民们还有点兴奋，像跑进戏场一般热闹。以前对于山民们来说，唱戏和放露天电影是两大娱乐，像过节一样重要。一个村一年到头就唱一次戏，还是敬神的，人是占神的便宜。所以，即使是听说三十里外的村子里要唱戏，全村人也要扑过去看戏，会骑自行车的骑着自行车，前面塞一个小孩，后面坐两个小孩，摇摇晃晃往前滚动。不会骑自行车的老人们抱着小板凳，带着干粮，上午就出发，迈着小脚挪三十里山路去看戏。戏场里人头攒动，好似过节，男人们抽着烟，女人们抱着葵花盘嗑瓜子，少女们看戏前特意洗了脸换了衣服，擦上香膏。看完戏还要连夜赶回去，走一夜的路，等走到家门口也差不多天亮了。

大家一开始觉得县城也像个戏场，比山上热闹多了，女人们在外面裹一层自己最好的衣服，里面破破烂烂倒没多大关系，这个叫"门台"，不管里面怎样，"门台"必须要立得住。小孩子们则欢呼雀跃，就想每天住到超市里，守着那些花花绿绿的零食，死活不愿出来。

时间一长，大家的兴奋劲儿慢慢就过去了。再加上自打下山之后，山民们就没地可种了，一些上了年纪的山民还对种地上瘾，没地可种了，浑身上下都难受，像得了什么怪病。这些老山民便在小区周围开垦了几块歪歪斜斜的菜地，勉强种种青菜萝卜，过过地瘾。山下也没有牛羊可养，生活成了个问题，只得到处找些零工来打。但山民们在山上不是种地就是放牛羊，大都没有什么技能，所以在山下只能找些最简单的粗活笨活来做，上了些年纪的人连这样的粗活笨活也找不到，只能靠捡破烂为生。他们也知道平原上的人们看不起山民，所以尽量离平原上的人们远远的，平原上的人们晚上跳广场舞的时候，他们就在旁边扭伞头秧歌，作为一种示威。

他们普遍觉得住楼房实在太寂寞了，解决寂寞还有个办法就是往出"刮"，尽量不在楼房里呆着。山民们在山里的时候，有一项消遣就是"站山"，往山上直愣愣一戳，什么也不干，袖着两只手，目光巡视四野，站在那高高的山上俯瞰一切，飞鸟从身边掠过，人可以站得和飞鸟一般高。或者去"赶山"，就像赶集一样，赶山的时候可以采蘑菇、野果、草药。还可以去"跑坡"，就是打猎。对于山民来说，山是用来"赶"和"跑"的，但现在没有山了，周围忽地变成了平原，所以山民们一开始都会患上平原综合症，整日觉得眩晕，太平坦了，平坦到了让人眩晕的地步。

我也渐渐了解了他们的生活规律，没活干的山民每天吃过早饭就开始下楼游荡，熬到中午，终于可以吃饭了，吃完饭，接着又去游荡，直至天黑。再不然就在县城里闲晃，拿出"赶山"的功夫，从南晃到北，从西晃到东，还有的步行十里地去观赏唯一的一趟火车经过旷野。女人们则喜欢潜伏进超市里，静悄悄地一呆一下午，她们从一堆葡萄干里细细拣出那些个头最大的，最后从八块钱一斤的葡萄干里硬生生地拣出了十五块钱一斤的货色。她们也并非就为了省那七块钱，主要是这种感觉类似于上了一天班之后的成就感，踏实，满足，手里小有收成，时间也得到了及时的利用。时间用不掉也是个大问题。

我发现山民们还有个特点，就是不把钱当钱，倒不是因为他们有钱，是因为他们对钱根本没概念。我猜测，可能是因为在山上的时候，买东西要靠进山的货郎或者去镇上赶集，赶集又不是天天赶，平时根本没地方花钱，吃的粮食和蔬菜又都是从地里长出来的，也不是花钱买来的，在山上，钱确实没有太大的用途，所以他们对钱没概念，只认莜麦和土豆。但下山之后，诱惑忽然就多了起来，见到什么想买什么，结果，很快就把手里的一点积蓄花光了，这才慢慢开始知道钱是什么。对钱的概念因为来得太猛烈太迅速，他们中的一部分人便寄希望于那些能够一夜暴富的方式，比如买彩票，再比如，赌博。

我想到了游小龙的那个双胞胎弟弟，他应该就是这类山民了。我忽然又想起那天在游小龙家里，他把碗扔到地上的奇怪举动，游小龙为他付出了那么多，他为什么还要这么做呢？除非，除非他身上也有什么牺牲。我眼前又出现了他们长得一模一样的面孔，在某些时候，哥哥可以充当弟弟，弟弟也可以充当哥哥。会不会还有一种可能，最后杀害杜迎春的其实是游小龙，而弟弟打算替哥哥去顶罪？

我对这兄弟俩越来越好奇。我决定再去看看他们。

我专门挑了一个周末的下午，这样可以避免留在他家里吃饭。我从超市买了一箱牛奶和几样水果作为礼物，又买了一面亮晶晶的镜子，作为送给游小龙母亲的礼物。开门的正是游小龙，他依然穿得一丝不苟，白衬衣，黑裤子，白衬衣的下摆端端正正地扎在裤子里，好像正躲在家里开什么重要会议。他见是我，先是愣了一下，然后便很客气地请我进去。我说，我还是换个鞋吧。他连忙说，不必不必，作家光临，蓬荜生辉。我佯笑着说，再叫我作家，真要和你绝交了。说完又觉得两个人都显得有些刻意，反倒衬出了一种紧张。

我悄悄环顾了一下屋内，两间卧室的门窗都开着，一阵穿堂风奔跑而过，里面不像藏着人，我有些微微地失望，把礼物摆在了桌子上。他一边给我倒蜂蜜水一边嗔怪道，你怎么越来越客气，以后哪敢再请你登门。我听出他语气里的故意亲狎，但因为本不是他擅长的，反倒显得生硬。一扭头，却发现游小龙的母亲正站在身后看着我笑，也不知道她是忽然从哪里冒出来的。我赶紧把镜子送给她，她把两只眼睛使劲贴在镜子上，左看右看，欢喜异常。一会儿又放下镜子，捧出一碗炒面豆来招待我。我知道面豆是山民们的一种吃食，就是把面团切成小块，拿黄土炒熟了，所以炒熟的面豆上还裹着一层黄土，我曾问过他们，有土在上面怎么吃？他们觉得很奇怪，黄土比什么都干净啊，世上还有比黄土更干净的东西？确实，他们就是身上哪里划伤了，也是抓一把烤过的黄土捂上去。

我拈起一颗面豆，笑着问游小龙，小虎今天不在家？他点点头，说话声音不大，好像勉强要压住里面的喜悦，他说，小虎出去上班了，他找了份工作，在玻璃厂烧玻璃，听他回来说，烧玻璃其实也挺有意思的，那么硬的玻璃也可以化为绕指柔，我哪天都想去试试。

我把那颗面豆慢慢啃掉了二分之一，又慢慢啃掉了四分之一，他见我不说话，便又轻声解释了一句，只要不赌了，就什么都好办了。他其实没有和我解释的必要，这样倒让我心里有些难过。我扭头看他，只见他正坐在桌子旁，把桌上的杯子拿起来左看右看，像是第一次见到这只杯子。被我这么一看，又连忙放下杯子，拈起一粒面豆，却并不吃，只是放在手里玩。

片刻之后，他像忽然想起了什么，站起来走到柜子前，从里面翻出一本相册，然后打开相册让我看。我注意到他翻相册的手竟然有些抖。里面有不少黑白老照片，大都是他和游小虎小时候的照片，鲜见长大之后的。其中有一张照片，他们兄弟俩大概只有四五岁，穿着一模一样的衣服，长得也一模一样，像一个模子里刻出来的

两个小木偶人，正站在照相馆的木马前，看上去根本分不出哪个是他，哪个是游小虎。

他用手指抚摸着那张照片，忽然像个父亲一样，慈祥地笑了。他说，小时候很多人都分不清我俩谁是谁，总是叫错我们的名字，其实我们还是不一样的，他的脾气比我好，我的脾气其实并不好，我只是习惯压抑着自己。小时候他总被人欺负，我出去找他的时候，经常看见他正坐在地上哭，看见他哭的时候，我也难过，觉得是我自己正坐在那里哭，我就说，不要怕，我来救你了。我就替他出头打架。有一次我额头上长了几粒瘊子，听老人们讲，拿死人的骨头擦一擦，瘊子就自己掉了。我不敢去坟地里找骨头，有些害怕，却没想到，一会儿的工夫他就跑着回来了，手里抱着一大捧死人的骨头，像抱着一堆柴。他一个人跑到坟地里给我找骨头去了。有时候我就想，我们兄弟俩要是一辈子都不下山其实也挺好。

他慢慢合上相册，靠在了沙发上，一动不动地靠了好半天，好像正享受着某段时光。忽然又轻轻笑了几声，很缓慢很温柔地说，我们小时候经常一起去放牛，牛在河边吃草，我们就在草地上躺着晒太阳，到处是鸟叫和花香，还有河流叮叮咚咚的声音，身上带着一个馒头带着一块肉干，我们都是分了一起吃。有时候牛跑远了，我就指使他去追，他二话不说，爬起来就去追牛。小时候，我让他干什么他就去干什么，就像我的小仆人，因为他从小就没什么脑子，可他真的不算什么坏人。

他忽然停住，不肯再往下说了，只是坐在那里无声地笑着，笑着。我不愿再看他，扭脸看看周围，女哑巴正坐在离我们

不远的板凳上绣花。因为发不出任何声音，她看上去不像是坐在那里，倒像是若有若无地荡漾在这屋子里，那些绣花在她手里正像莲花一样慢慢盛开在水面上。我想，像她这样听不见说不出其实也挺好，一辈子不知道可以埋藏起多少秘密。这么一想，又把自己吓了一跳，好像这六十多平米的屋子里真的隐隐埋藏着什么秘密。

再一扭脸，忽见游小龙正抱着一只酒瓶子站在我面前，不知什么时候，他又把酒瓶抱出来了。他对我摇了摇瓶子，拘谨地笑着，下午没事吧，要是没事就一起喝两杯，现在不喝酒都不会说话了。我也觉得这屋里的空气有些紧张，像堵墙一样围在周围，便说，好，陪你喝两杯。几杯酒下去之后，他整个人开始变得活泛起来。我注意到只要一喝酒，他那只小拇指就会悄悄翘起来，做出振翅欲飞的样子。他拿杯子向我举起，却不说话，眼睛里忽然变得亮晶晶的，过了好半天才说，建新，你觉不觉得，最理想的人格里必须要有牺牲精神，而且是为那些看不见的东西牺牲自己。

"牺牲"二字让我心里咯噔了一下，但我又害怕他要继续往下说什么。我连忙打断他，你觉得这次小虎说的是真话？

他像是没听见我说话，又自顾自地往下说，建新，你知道我为什么要给阳关山写一本书？对我们这些山民来说，尽管羡慕着城市文明和城里人的身份，但大山给我们的安全感其实更重要。对山民来说，大山是一种宗教般的存在，山上所有的鸟兽草木、所有的风俗习惯是我们的避难所。可是，建新，告诉你吧，我也只能写写山上的鸟兽草木，别的我一个字都不能写，一个字都不能写。

我心里又是一怔，一个字都不能写？看来他确实是知晓些什么。我嘴里却说，小虎这次要是把自己的话当真了，我也替他高兴。

他忽然往后靠了靠，盯着我说，那你说耶稣基督是真的还是假的？只要他在你最难最苦的时候给了你一点希望，这就是真的。

窗外的天色已经开始转暗了，屋里渐渐多了一层幽冥之色，一动不动的家具也次第长出了阴影。后来，我们都有些喝多了，他喝着喝着便抱着我哭了起来，哭了片刻，忽然又一把推开我，在脸上抹了一把，很羞愧地说，真是抱歉，我又喝多了，失态了，失态了，还请你一定不要介意。我说，介意什么？然后，我也趁着醉意说，小龙，我也喝多了，你就当我说的是酒话，也不要介意。我记得你说过，你所有的东西，不管什么，都要分给小虎一半。可是你也不能不为自己打算吧，要是有一天你有了女朋友怎么办？

他似乎一愣，然而酒力载着他，这使他看起来并不笨重，甚至有些轻飘飘的。他先是对我笑了一下，而后忽然收起笑容，正色说，这不是我的命，我是不可能有女朋友的，以前没有，以后就更不会有了，我要是结婚了，我母亲和小虎住哪？我再给你提供点素材吧，想不想听？我曾有过一个情人，我知道这不道德，有损于理想人格，但她喜欢我，我也喜欢她，爱情有时候会悖于道德。她有家庭有孩子，我也不希望她和我结婚，可她后来居然真的离婚了，但我不能和她结婚，所以我们最后还是分手了。曾经拥有过就是最好的，你说是不是？

不知为什么，他每次说到要给我提供素材的时候，我心里都有些畏惧的感觉。就像站在一条大河边，看着水中的倒影，却分不清楚，岸上的世界和水下的世界，到底哪个是真实的，哪个又是幻影。

就在这个时候，我一扭头，忽然看到坐在一边的女哑巴抬起头看了我们一眼，她与我的目光短暂地对视了一下，便又重新低下头去。我心里却悚然一惊，因为，一个聋子是不会有那样的目光的。她一定是听到了什么才下意识地抬起头来。难道说，她其实根本就不是个聋子？

我离开大足底小区的时候，天已经黑透，小区里的那些窗户，像烟花一样，在夜色里逐渐绽放，带着一种旋生旋灭的空寂之感。我走了已经有一段路了，又忍不住回头望着那个小区。它看上去诡异、缥缈，就像栖息在旷野里的一个梦境。酒意还未完全散去，我坐在路边的石头上，慢慢抽了一根烟。在那部即将动笔的小说里，我该如何安排情节？游小龙说他曾和一个有夫之妇相爱过，却最终只能分手。而杜迎春的最后一个男友是个山民，而且是和他好上之后她才离的婚。看来，她最先认识的应该是游小龙，那么，最后一次和杜迎春上山的又该是谁？是游小龙还是游小虎，还是另有其人？我又想起游小龙和我提到的那个词，"牺牲"，他不会平白无故提到这个词的。

直到烟头烫到手指的时候，我才意识到，自己正坐在路边虚构一段小说里的情节。可不知为什么，这种虚构却让我在黑暗中猛地打了一个寒颤。

5

渐渐地，我发现这个小区里的老人都有一个共同的恐惧，那就是死后没有棺材的问题。本来，在山上的时候，他们都早早为自己备下了一口上好的柏木棺材，连寿衣也一起备好了，新做好的寿衣还要穿在身上左试右试，看哪里不合适再修改一番。有的棺材在屋里都摆放了十几年了，人还活得好好的，人没死的时候就把棺材先当家具用着，里面装粮食装被褥。老人们每日把棺材抚一遍，心里也觉得踏实，这辈子不管过得怎么样，死了好歹也是有个地方让自己睡的。现在倒好，因为楼房里没地方放一口棺材，所以下山的时候，棺材都当礼物送了亲戚，往后真是连死都不敢死了。

所以这个小区里的老人们有一个共同爱好，就是喜欢三五成群地去逛棺材店。县城的东关老街上聚集着好几家棺材店，都是清朝留下来的旧商铺，阴沉破败，没有窗户，站在门口往里一看，忍不住倒吸一口凉气，一大团深不见底的漆黑，好似一眼阴森的山洞。好容易等眼睛适应了黑暗，便看到几口漆黑的大棺材从山洞里隐隐浮现出来。他们喜欢一家一家地进去观摩比较，看式样看材质，还要询问老板最近生意怎么样。老板坐在棺材上，嘴角叼着一根烟，把胸脯一拍，自信地说，放你的心，什么店倒闭了我这店都倒不了，这么大个县城，哪天还不死他几个人？

但每次看到最后都是空手而归，县城里的棺材卖得太贵，一口棺材最少要两万块钱。八十八岁的老汉向我诉苦道，你说说，谁还能死得起？

我发现，这些老人们之所以不惧死亡，

一方面是因为，他们期望能通过死亡的方式重返山林。他们如果死了，儿女们是要把他们埋葬回山里去的，他们就是"叶落归根"了。另一方面则是因为，他们都太孤独了，而死亡并不比孤独更可怕。那个八十八岁的老汉，几乎从早到晚都长在小区门口，比门口那只石狮子还要忠实。下雨的时候，他披件雨衣坐在那里，刮风的时候，他戴个帽子坐在那里。后来我才知道，因为两个儿子分到的房子都不是很大，一家人住得拥挤，儿媳也嫌弃，他便自愿一个人住到了地下室，一年四季都住在阴暗潮湿的地下室里。所以只要天上没下刀子，他都会从地底下钻出来，升到地面上吸收阳气。我说，老伯你为什么要在身上挂个铃铛啊？他不解地看着我，弄出点响动来嘛，有点响动多好，一个人连点声音都听不见，怪害怕的。

还有个老人，看不出年龄，又高又瘦，身上总是披挂着一件不合身的西服，斗篷似的，顶着一头花白的头发，偏还是自来卷，看上去简直像一只苍老的狮子。听说这个老人也是独自居住。我每次见到他的时候，他都把自己杵在女人堆里，像兔子一样竖起两只耳朵，专心致志地听女人们说闲话。偶尔尖着嗓门应答几句，听上去总是兴奋异常。有时候还凑过去看女人们绣花，他低着头，使劲把自己那张脸和女人们的脸贴到一起，用一根过长的指头指点着别人绣花。女人们倒并不躲他，还有些把他当成姐妹的意思。有一次他悄悄走到一个虎背熊腰的女人身后，忽然伸手蒙住了那女人的眼睛，又尖着嗓门兴奋地喊，猜猜额是谁，你猜额是谁？那女人一使劲，便把他平展展地放在了地上。他躺在地上，半天起不来，却只是很受用地大笑。

和这些老人们相比，小区里的年轻人则是另外一番气象，他们一旦下山就再也不想回去了。这天，我正在小区门口和一群老人闲坐着，有几个十七八岁的年轻人从小区里出来，个个穿着九分裤，露着一截脚踝，染着黄头发，嘴里叼着一根烟。他们看都不看那堆老人，前呼后拥地走到马路上打车，一辆出租停下了，他们呼啦一下全挤了进去，塞得满满的，然后出租车扬长而去。听老人们讲，自从他们村从山上搬到县城后，就出现了这样一群年轻人，因为学习成绩跟不上，又怕被人看不起，就自动辍学了，辍学之后又找不到正经事情做，便终日浪迹街头，有的开始赌博吸毒，有的欠了网贷还不起，急得爹妈要上吊。老人们忧心忡忡地看着这些年轻人远去。

"额们要还住在山上，如何能有这样的事？"

"现今山上连学校都撤了，候儿们迟早得下山。"

"看这些候儿们，门台倒是足得很，就是不成个气候，往后可如何活？"

"长得标致些那也算，你看人家金柱来了县城就找了个相好的，那女的养着金柱，还不是看金柱长得标致？那女的比他大十来岁，倒是有钱，还开着个什么公司。金柱的老婆晓得了这个事就去人家公司里闹，结果都没人朝理（搭理）她。那个兔头，难缠得很，就在人家公司里住下来了，睡在桌子上，没饭吃没水喝，身上就带了两块干馍馍。那兔头干渴得厉害，见柜子里摆着几瓶白酒，也不管好坏，打开一瓶就当水喝，边吃干馍馍边喝酒，两天就把人家柜子里的好酒都喝了个精光。"

"这样的好事能有几款？额们花的都是

棺材本，反正也是等死了，这些候儿们日子长着呢，他们往后吃什么？"

"少聒噪吧，你手里一共攒下几个钱来？攒下的钱可要保存好，今年过清明的时候，额老婆想给她老子烧点纸钱，翻了半天翻出了额偷攒下的私房钱，她一边烧一边还拍着大腿叫唤，人家山下这假钱做得都比山上的好，像真的一样，上面还印着毛主席。"

有个声音突然插进来说，你们晓得不晓得，五明家的那个二小子，就是那个欠了网贷的小子，十几天不回家了，哪里也寻不见，怕是死了呵。

另外一个声音压住了这个声音，不要和额说什么从网上买东西，什么是个网？你倒是告诉额，网在哪里？

那个声音有气无力地回了一句，网在天上。

又有一个声音悄悄钻了出来，死了也就死了，破不了案的，景裕苑那女的死了也有三个来月了吧，又如何？还不是破不了案……

我心里轰地响了一声，因为，杜迎春买的房子就在景裕苑。我连忙竖起耳朵，却见旁边的人用胳膊肘捅他一下，用眼神指了指我，那人也看了我一眼，便忽然闭了嘴。

我站起来活动了一下腿脚，尽管我已经往这小区门口跑了这么多趟，还是能感觉到很多人始终是排斥我的。每次我一靠近他们，有的人就会躲开，还有的人用戒备的目光悄悄打量着我，我只假装不知道。我又厚着脸皮坐到了那几个晒太阳的老人旁边去，他们会对我稍微友好一些，尤其是那个八十八岁的老汉，一见我就大声打招呼，又过来啦？我讪讪地说，是呵，又

过来了，主要是也没个走处。他拿烟枪在鞋底上磕了磕，得意地说，额一天都能刮出去十五里地，再刮回来，你一个后生家也出去刮嘛。我说，不能和你老人家比，我是真刮不动。他更得意了，说，额以前是跑坡的嘛，三两下就上到山顶了，这平地算个什么。我见他高兴，便往前凑了凑，小心问道，老伯，前段时间有个女的在山上被人杀了，这个事你听说过没？

端起的烟枪在半空中忽然停顿了一下，他用浑浊的眼睛看了我一眼，然后，又把目光挪到别处，默默地摇了摇头。

我只好闭嘴，跟着他把目光挪向远处。

这天，游小龙忽然给我打来电话，叫我晚上去他办公室一起喝酒。我推门进去的时候，发现里面居然没有开灯，各种干枯的花香混合在黑暗中，居然有一种误闯进中药铺的感觉，各种苦香寒香搅在一起，又有一种中世纪巫术的神秘感，仿佛一位巫师正坐在屋子中央提炼各种邪气的香料。

就着窗外流淌进来的月光，我隐约看到桌子后面一动不动地坐着一个人，身上沐着一层月光，像个正在入定的老僧。我伸手打开墙上的电灯开关，啪一声，月光隐退，游小龙从黑暗中静静浮了出来，随之浮出来的还有满屋子的干花。他把那些干枯的桃花、杏花、海棠、丁香挂在办公室的各个角落里。桌子上的梅瓶里插着一束尚未凋谢的黄刺玫。

我一边环顾四周一边说，你倒是有情趣，把办公室快弄成花店了，也没人说你？他坐在黄刺玫后面，雾蒙蒙地笑着，脸色雪白，估计已独自喝了不少酒。其实我倒愿意看他醉酒的样子，有一种古怪的庄严，很别扭，但是好玩，就好像他正站在剧场的追光灯里背诵着话剧台词。每次看到他

咬文嚼字的样子，我虽然会替他感到些羞耻，但心里还是隐隐觉得感动。

他把桌上的本子推到我面前，说，这是文化馆，自然要有些情趣。建新，如果我们这辈子就这么赏花醉酒该多好啊。如晏殊的词：金风细细，叶叶梧桐坠。绿酒初尝人易醉，一枕小窗浓睡。紫薇朱槿花残，斜阳却照阑干。双燕欲归时节，银屏昨夜微寒。要能活在这词里，该多好啊。

我没理他，低头看那本子。

阳关山上漫山遍野最先开放的是桃花，那些粉色的云霞一团一团落在河边、山坡上、古墓边。春水是翠绿色的，真如碧玉一般，桃花站在岸边，红霞一般的倒影落在绿色的流水中。桃花谢了紧接着便是杏花，杏花谢了是梨花，梨花谢了是丁香花，丁香花谢了是黄刺玫，黄刺玫谢了是槐花，槐花谢了是灰桦子。

每一种花盛开的时候都是漫山遍野轰轰烈烈，所以阳关山在整个春天并不是绿色的，而是像变色龙一样在不停地变换颜色。在村子里一抬头就能看到，大山今天还是粉色的，过几天就变成了白色，再过一周又变成了紫色，再过一周又变成了黄色，简直像变魔术，直到入夏的时候才正式变成绿色，但也不是那种单一的绿色，是层层叠叠各种各样的绿色糅在一起。墨绿、翠绿、油绿、草绿、橄榄绿，简直像个颜料铺。

整个春天，村庄里都铺着一层厚厚的花瓣，像下了大雪一样，也没有人去扫，就由着它们几乎把村庄埋葬。到了夏天，就轮到绣线菊、黄芪、甘草、菖蒲、连翘、紫地丁开花了。波叶大黄喜欢和青蒿长在一起，开花的时候像挂满了小铃铛。石竹开花的时候，就像草丛里躺满了蓝色的笑脸。瞿麦的花开得像螃蟹，长出很多只手和脚。五铃花长得像蓝色的小鸟，白头翁的花谢了就会变出长长的白头发，在风中飘摇。草芍药是雪白的，金莲花是金色的，落新妇是紫色的，油瓶子的花一谢掉就会结出红色的玫瑰瓶儿，放进嘴里一咬，清脆可口。少花米口袋的花像牛角一样，歪头菜的花则是规规矩矩垂下一排，西伯利亚远志的花长着两只翅膀，夜开昼合的花更有意思，雄花是紫红色的，雌花是黄绿色的。狼毒的花有白有黄有紫，狼毒是花中杀手，有什么虫子敢爬过来，它直接就把虫子杀掉了。其实照山白的毒性更大，嫩叶上有剧毒，但它的花看上去纯洁极了，白得像雪。

我合上本子的时候，他用一种很欢快的语气对我说，山上有意思不？先说定了，哪天我一定要带你上山去看看，不是我这个山民自吹，我觉得这世上真没有比阳关山更美的地方了。其实做个山民也挺好，可我年轻的时候就是不敢承认，你说可笑不可笑。

我说，等你写完了，真不找家出版社试试？他依然用那种过分欢快的语气说，绝不，我本来就不是写给人看的，我是写给山上那些鸟兽草木的。我永远不投稿，不投稿，就没有人会给我退稿。

我心里忽然有些难过，说，写出来的东西如果没有人看，其实也挺孤独的。

他轻轻笑了一声，依然用那种很夸张的欢快说，孤独怕什么，从来只有在那些最黑暗的地方，才能长出最珍贵的东西，那些出版的书就都是好书？

我连忙岔开话题，说，看你写得这么好，我还挺想去山上看看。嗯，小虎现在怎么样了？

他笑着站起身来，在办公室里来回游荡着，不时把鼻子凑到那些干花跟前闻一闻，过了半天，才背着两只手，对着那些干花说，建新，你信星座吗？据说在星座上可以看到每个人的命运，你有没有看到过自己的命运？我挺想看看我和小虎的命运是什么样的，可我又对自己说，就算是看到了，又能如何。你说小虎啊，他拿到工资的当天就去赌了，赌了个通宵，把工资全输了进去，第二天为了把钱赢回来又去赌，结果欠了一笔债，于是第三天又去赌，他太想赢回来了，太想挣钱了。就这样不停地赌下去，不停地陷下去。他发过的每一次誓都是假的，所以我毫不奇怪，我真的一点都不奇怪，他要是忽然不说假话了，那才真正叫奇怪。实话和你说，这几年里，我唯一可以轻松的时候，就是在他刚刚发过誓之后的那个空隙里，因为他发誓的时候特别认真，看起来就像真的一样。不过我心里是清楚的，假的，都是假的，下一次终究还是要来的。这么一想，心里倒也踏实下来了，不骗你，真的就踏实下来了。

他最后一句话说得异常温柔，我有些不愿再听下去了，便拿起酒瓶，在两只杯子里都倒上酒，招呼他道，快，把我叫过来喝酒，你自己倒不喝了。他半天才应了一声，轻飘飘地游荡回来，呆呆拿起酒杯，脸上仍然蒙着一层笑容。我一边四下里翻找，一边问，有没有下酒的？我可不能和你比，总得有点下酒的才行。翻找了一圈竟翻出半包炒花生，我心想，他不是不用这些带壳的东西下酒吗。我刚刚抓起一只花生要剥壳，只见他忽地站起来，抄起那半包花生就扔进了垃圾桶。我想拦下都来不及，只得把手里的花生也扔了，索性干

喝了一大口酒。一抬头，他正静静坐在我面前，笑容像眼泪一样淌了一脸。

我说，没有下酒的，那咱就干喝吧。他起身走到门口把灯关了，又走到窗前看着外面的月色，轻声说，这些带皮壳的食物还是不够洁净，辜负了美酒和月光，其实，山间清风与林间明月就足以下酒。

我有些烦躁地制止他，小龙，你能不能活得稍微踏实一点？

他背对着我说，建新，你也看到了，我还是不够慎独，我还是会准备这些带壳的食物来偷偷下酒。这么多年里，我尽管一事无成，贫穷弱小，却一直以律己为自豪，可是最近，我感觉我确实没有能力去管束自己，就像我当年顺手拿了一支会议上用的圆珠笔，我没有能力去变成一个更理想的人，我拥有不了更理想的人格，就像我也管不住自己做梦。实话告诉你，这些年里，我时常做一个重复的梦，梦见游小虎又来问我要钱了，我在梦里充满恐惧，我对他说，你到底还有完没完？建新，你说，一个人到底有没有能力让自己变成一个更好的人？有时候我能感觉到自己正被什么东西拉着，拼命地往下坠落，和你说实话，我不止一次地希望他去死。你说我可怕不可怕？甚至有一次我气急了，居然脱口而出一句话，像你这样的人怎么还不去死？可你知道他说什么？他说，他要是哪天真打算去死了，也会先赚笔钱给我和母亲留下再死。

我呆坐在黑暗中，一句话都没有说，我觉得我应该安慰他点什么，可我就是一句话都说不出来。他仍然一动不动地背对着我，看着窗外的月光。干花的影子落在地上，枯瘦的花香如一群魂魄游荡在我们周围。我知道不应该这样的，可这时候我

忽然又想起了杜迎春。我想起她死后，身上戴的一条金项链也被人拿走了，显然，这个凶手需要钱。小说里的那个凶手再次走了出来，面目模糊地站在这办公室的某个角落里，悄悄与我对视着。

游小龙还立在窗前一动不动地看着外面，从窗户里涌进来的月光和黄刺玫的幽香混合在一起，酿成了一种诡异肃杀的寂静。我为自己感到可耻，却还是忍不住在脑子里编织着小说情节，也许，最后一次和杜迎春上山的是游小虎，而杜迎春忽然认出他其实不是游小龙，所以发生了争执。游小虎失手杀死了杜迎春，杀人之后他拿走了她脖子上那条金项链，因为他需要钱。而游小龙为了救弟弟，会揽下所有的罪责，因为他已经做好了牺牲自己的准备。这只是一种也许，这世界上有无数种也许，像无数面镜子一样立在看不见的地方。

看着游小龙的背影，我又想，小说结尾还有一种可能，那个最后和杜迎春上山的人不是游小虎，而是游小龙，对方缠着要和他结婚，而他无法做到，争吵之下，他失手杀死了杜迎春。而弟弟为了报恩，会把一切都揽到自己头上，他也许一直在找这样一个机会报答哥哥。正是因为他已经打算好要做一只替罪羊，所以那次才会把一碗饭忽然摔到地上，以表示自己的某种委屈。在必要的时候，他们会合二为一成同一个人，合并成同一张面孔。我上小学时候见过的那对双胞胎又在我眼前浮现了出来，我明明看到他站在队伍前面说话，怎么忽然间又在队伍最后面说话，等我走到后面，他却又神奇地在前面说话。那是我第一次在人的身上感觉到了幻影般鬼魅的力量。

只是，他为什么要让我知道这些？

这时，游小龙缓缓回过头来，背对着月光，看着我。他的脸沉在阴影里，冰凉模糊，我听到了他的声音，这声音却并不像在我的对面，更像是从我背后、从我侧面慢慢靠拢过来的，建新，我还有个秘密要告诉你。

又是秘密。我一动不敢动，有些畏惧地看着他。夜更深了些，越来越多的月光从窗户里涌进来，几乎要把我们淹没。

他说，我母亲其实不是哑巴，也不是聋子。我是后来发现这个秘密的。因为我不止一次听到过她在说梦话，说梦话的时候，她用的是四川话，她的家乡话。我也是长大后才知道的，她是被拐卖到大山里来的，因为大山里的男人娶个老婆很不容易，实在娶不到老婆的，就从外地买一个回来。我母亲就是这样被买回来的，给兄弟俩做老婆。小时候我一直奇怪，为什么我们有一个爸爸，还要把叔叔叫小爸爸。我母亲跑过两次，都被捉了回来，一个外地人想跑出这大山去，几乎不可能。我猜测她就是从那个时候放弃了说话的权利，开始时可能是因为语言不通，为了赌气和斗争，到后来，她可能发现不说话其实也挺好的。在一个山村里，所有的傻子、疯子、哑巴、聋子都会受到特殊的照顾，他们会获得一种不同于正常人的生存权。而且把自己的家乡话藏起来之后，可能也会减少她的孤独感，到后来，她可能就真的忘记怎么说话了，只是一旦去了梦里，她就控制不了自己了。

我还是一动不敢动。一阵晚风吹进来，那些已经死亡的干花好像又轰然复活过来，吐出的花香与鲜花不同，仿佛来自很久远很依稀的古代，整间办公室里忽然有了几分庙宇里的神秘。我又听到他说，建新，这么多年里，我其实只在做一种努力，想从最贫贱的根子上长出一个高贵的人，是不是也挺有趣的？就像在自己身上做一种实验。我知道你能看到我身上那些不高贵的地方，用大足底的话来说，就是"没艳"，比如我开会时顺手拿了人家一支笔，比如我贪小便宜，少付了人家十块钱的车钱，比如我会骂自己的弟弟，像你这样的人怎么还不去死？那都是我根子里的东西。不怕你笑话，就算这样，我却一直向往着索福克勒斯悲剧里的那些人物，勇敢，骄傲，随时可以为某种看不见的东西去赴死。

我心中伤感，同时却发现自己不可救药地自私，此刻我脑子里想到的仍是我的小说，看来，小说中的哥哥为了弟弟，决定要承担一切了。那一刻，我忽然发现，我对自己有一种前所未有的厌恶。

他的声音又远远飘了过来，愈发神秘，你说我是不是很适合被写进小说里？事实上我们整个大足底都适合被写进小说里。你不是对那起山上的杀人案很有兴趣吗？我可以再告诉你一个秘密，但你不能告诉任何人，也不能报警，这个凶手其实就在大足底。

我大吃一惊。窗户里的月光清凉幽寂，又深不可测，像天地间绽开的另一扇门。在那一瞬间里，我已经彻底无法分清哪里是小说，哪里是现实了。

6

这个黄昏，我再次来到大足底小区门口。门口照例坐着一群黑压压的人。他们中间，有的人会看我一眼，有的人假装没看见我，有的人见我坐下便起身躲到一边。他们对任何一个大足底之外的人都是下意识警惕的。我搬了块砖头坐到墙角下听他们聊天。

我有时候也会问自己，为何要选择这样一种幽僻孤独的生活方式。在人群里，有时候觉得自己像个猥琐的偷窥者，有时候又觉得自己像个严谨的科学家，怀揣着一份隐秘的不为人知的尊严。就是在我最接近人群的时候，其实也被放逐在人群之外，然而，就是在那些离人群最远的地方，我却又奇异地走进了他们的最深最暗处。

夕阳即将沉入西边的群山，这个时候可以看到一天当中最壮丽最短暂的光线，而群山是深黛色的，像金属一样沉重坚硬。那群老人坐在墙根下，齐齐举头望着西边，他们的家乡就在那西边的群山里。如今看过去，却像是另外一个悬浮于他们之上的世界，和他们平行存在着，却永远都走不进去了。

"你老人家在山上的时候好歹也是个看病先生，现今如何跑去给厂子搬水泥了？"

"额就是个给牛接生的兽医，下了山连牛都没了，给谁接生去？有一次额去大塔村给牛接生，那老牛难产了，生不下来，额最后把小牛割成几块，一块一块地从老牛肚子里掏出来。还有一次，也是有头老牛难产，一白天一黑夜了，那小牛就是出不来，猜最后怎么？额用拖拉机拉住小牛的蹄子，开着拖拉机往出拽，才算把小牛从老牛肚子里拽了出来。"

"那老牛还能活？"

"死了，埋进自家坟地里了。"

"就是，牛肉如何能吃，牛死的时候哭得恓惶，如何下口？和吃自家的亲人一样。"

"转世投胎的时候千万不敢做牛，牛就是来这世上受苦的。有一回额给个母牛接生，连子宫都掉出来啦，一大堆，热乎乎的，再给塞回去，缝上几针，第二年还能接着生。"

"你老人家还是改成给人接生吧，城里没有牛，人总还是不缺的。"

"放屁，婆姨们难产了，能用拖拉机把候娃娃拽出来？额正白天黑夜盘算这款事情，在城里干什么不赔钱呢？"

"开个棺材店肯定赔不了，人总是要死的嘛。"

"少聒，额有个正经事情和你说。"

说话的男人扭过脸看了我一眼，忽然把话打住了。我识趣地站起来，在人堆里慢慢遛达着，心里有些悲伤，我只不过是想写出一个不错的小说而已，怎么被人当成特务一般。他们三三两两地聚在一起，声音有高有低，我像在起伏不平的气浪中穿行，想靠近他们，却又无法靠近。但是我能感觉得到，我离那个秘密已经越来越近了，我甚至都可以在一个瞬间里，忽然嗅到它身上散发出来的气息。这让我站在人群里有些兴奋，还有些恐惧。

几个女人正围在一起聊着什么，我慢慢在她们旁边游荡着，想听听她们聊的是什么。忽然，我呆住了，其中一个女人说的竟是四川口音，另一个女人开口了，居然也是。另外两个女人居然也都是。她们正在比较自己脚上的新鞋子，神情坦然闲适，看不到任何痛苦。我明白了，为了适应一个陌生的地方，她们被迫让自己长出了一身新的血肉，只是这语言，却如一层坚固的沉积岩留在最底下，无法腐朽，也无从掩饰。她们四个虽然扎在人堆里，穿着也与旁人无异，但看起来还是像一座漂来的岛屿，有萧瑟之感。我在旁边游荡的时候，她们中间有人警惕地看了我一眼，是一种年深日久的警惕。我只好从她们身边走开，再遛达到旁处。我深深吸了一口气，一个小山村里的秘密竟也如此之多。

前面有两个男人正坐在石墩上，相对坐着抽烟。一看有人在抽烟，我便从身上掏出烟盒，走过去殷勤地给他们打烟。走过去的时候，正听到那个年纪大一点的男人说了一句，怕是出汉奸了。我掏出两根烟递给他们，那个年轻一点的把烟接住了，并没有点上，而是别在了耳朵后面，然后咧开嘴对我笑了笑，一嘴牙龈肥大异常。那个年纪大的没有接烟，只是侧过脸来看了我一眼。

我这才发现他只有一只眼睛，里面的那只眼睛只剩下了一个黑洞，两只眼睛的目光全聚在一只眼睛里，那一只眼睛便显得过于锋利了些，闪着寒光。我打了个寒颤，忍不住后退了几步。渐渐转暗的暮色盘旋在所有人的头顶，天地间的一切正朝着暗处撤退。我有些沮丧，想，今天算了，还是回家吧，眼看天也快要黑了。

我刚转身要走，忽听见背后有个声音把我叫住了，站住，你过来找谁？我扭头一看，正是那个独眼男人叫住了我，我忙说，不找谁，我就是过来玩的。他用一只眼睛狐疑地盯着我，盯了半天，说，你到底是干甚的，怎么老是见你在额们小区门口转悠。我一时说不出话来，我如果告诉他们我是一个作家来找素材，显得多少有些滑稽，编一个别的理由，我又一时想不出来，便吞吞吐吐地说，我真的什么都不干，就是闲得无聊，看你们这里人多，过来凑凑热闹。

他独眼里的狐疑却更深了，他牢牢盯着我，忽然问了一句，你是公安局的吧？他的话音落下之后，我才发现，不知从什么时候开始，我的身边和身后已经站满了人，所有的人都悄无声息地围拢了过来。

夜色从大地深处源源不断地生长出来，一切正加速向黑暗处坠落，在那一瞬间里，我忽然感到了害怕。我听见自己的声音开始变干变尖，我尖声喊道，我真的是过来玩的。独眼男人站了起来，慢慢向我走近了两步，仍然用一只独眼盯着我，我转身想跑，却发现自己已经被紧紧地收缩在了一口井里，抬起头来便能看到井口的夜色更深了。这时候我听到人群里有人说了一句，这人每天在额们小区门口坐着，不晓得是从哪来的，估计也不是什么正经人。又有人应了一句，早看他鬼鬼祟祟的，一看就不像什么好人。人群里又有人吼道，你到底是干甚的？说不说？忽然又有个女人的声音钻了出来，这人是不是就是那个汉奸？

头顶的夜色更浓重了，有两颗寒凉的星星已经亮了起来，我如沉在水下，浑身冰凉，两只脚忍不住在发抖。我忽然想到了游小龙，我拼命在人群里寻找他的身影，没有，没有，看不到他。我又忽然想到了那个八十八岁的老汉，他是这群人里对我最友好的，我又拼命寻找他，但是，居然连他的影子也消失了。人群把我箍得越来越紧，越来越严实，我终于想喊出一句，我是个作家，我只是想写出一部小说。但是在我还没有来得及张开口之前，有一只拳头已经猛地挥舞到了我的脸上。

在医院住了两天，包扎了几处伤口，脑袋上缝了几针，又做了一个脑部CT，见没什么大碍，我就出院回家了。母亲来接我的时候顺便带来一个消息，那个杀杜迎春的凶手被抓住了，就是她那个相好的，那人一直就住在大足底小区里，没事人一样，还天天出去上工。破案的过程是这样的，警察在尸体周围的沙棘枝上找到一滴干掉的血，查了DNA，不是杜迎春的，便存了档。后来偶尔在DNA库里找到一个人的DNA与此相似，这人是凶手的侄子，有前科，所以DNA就有档案。就这样，最后摸出了凶手。

我问她凶手叫什么，多大年龄。她说名字不清楚，只知道是个四十多岁的男人，本来有老婆有孩子的，从山上搬下来之后就离了婚。他本是为杜迎春离的婚，两人约好，他离了婚便和她结婚，不料他离婚之后，杜迎春又反悔了，说合不来，提出要和他分手，花了他的钱也不还给他。两人最后一次约了上山谈判，结果还是谈崩了，两人吵到后来就厮打起来，这人情急之下用一块石头把杜迎春砸死了，为了毁灭证据，又在无人的大山里把尸体烧焦。在烧尸体之前，看到她脖子里有条金项链，想到为她花的钱，便顺手把项链拿走了。

7

此后我在家中休养了一段时间，没有再去过大足底小区门口，也没有再和游小龙联系过。这天，傍晚时分，我正躺在床上看书，忽然接到游小龙一个电话，我犹豫了一下，还是把电话接了起来。他在电话里倒没说别的，直接就说，建新啊，我不是早就和你说过，一定要带你进山里看看嘛，你可愿意和我一起进山里一趟？

第二天，我按照说好的时间在汽车站等他，我们要坐着客车进山。有趟客车是专门跑阳关山的，一路上会经过八道沟、八水沟、西塔沟、未后沟、大沙沟、小沙沟，还会路过十几个山村。我曾在大足底小区门口见过这种客车，下山的客车会专门在大足底小区门口停几分钟，司机使劲摁了几下喇叭之后，人们纷纷从楼里跑出来，跑到小区门口取自己的货物。跑山里的客车是在九十年代通车的，听说最初有客车的时候，山民们不等天亮就站在路边等车，冬天的时候还要在路边生一堆火，一群人围着，原始人似的，边烤火边等车。那时候的客车每次都要满得溢出来，过道里站满人，椅子底下塞着人，车顶上再捎上两个人，司机几乎要被挤到车外面去。客车像个臃肿的胖子，一路哇哇唱着歌，在陡峭的山路上滚动着。

如今的客车虽然还在跑山里，但来回都拉不到人了，因为越来越多的山民都迁移到了平原上，留下的老人们一年到头也不下一次山，所以如今的客车里经常就只坐着司机一个人，像幽灵车一样孤寂地盘旋在山路上。据说客车司机都憋坏了，只要抓住一个人就不停地说不停地说，说一路。如今的客车虽然拉不到人了，但也并非没有作用了，客车每次从山上下来，其实还是满载而归，但拉的不是人，是一袋一袋不会说话的土豆、莜面、干蘑菇。这是还住在山里的老人们给山下的儿孙们捎的东西，因为在山下吃个土豆都要花钱买，太浪费钱了。至此客车已经基本沦落为货车。

游小龙给我讲过，当年他们整村往山下搬迁的时候，村里有个老猎人死活不愿下山，便独自留在了山里。他小时候经常去那老猎人家里玩，在老猎人家的炕上铺着一张用豹子皮做的褥子，还连着豹头。他每次坐在这条华丽惊悚的褥子上，都会有一种错觉，觉得自己正被一匹豹子驮着，庄严地游走在山林里。村庄被水库淹没之后，老猎人便居无定所，有时候住在山洞里，有时候像鸟儿一样住在大树上。村里人回了山里也找不到他，他也从未下山来找过他们，但是到了每年秋天，下山的客车都会拉着一车野猪肉野猪头送到大足底小区门口。开始的时候，人们还问司机，到底是谁捎来的东西。司机只说，不认识，是一个白胡子老头在山路上拦住了他的车，让他捎到这里来，别的什么都没说。游小龙曾笑着对我说，这其实是老猎人写给村里人的信，他是想通过这种方式告诉村里人，他还活着呢，还记得他们呢，要是哪天再没有野猪肉野猪头送上门了，那便是他不在了。茫茫山林里唯与鸟兽做伴，死了便是山间一把尘土，多可爱的老头。

远远便听到游小龙在和我打招呼，扭头一看，把我吓一大跳。有两个游小龙正朝我走过来，俩人特意穿了一模一样的衣服，身量也差不多，远远一看，好像一个人牵着自己的倒影走了过来。等走到跟前，才能看出，两个人的神情与气质还是略有不同。游小虎只对着我羞涩地笑了一下，然后便低头看手机，一句话都不肯多说了。我想，他可能知道我是知情人，所以在我面前难免不自在。游小龙说，小虎说他也想回老家看看，我说那就一起上山吧。

他们兄弟俩特意穿上一模一样的衣服，这给我一种仪式感，仿佛回趟阳关山是件很隆重的事情。我忽然想起在他家看过的那张他们小时候的照片，那黑白照片里有种时光深处的澄澈感，两个一模一样的小男孩，相同的表情，穿着相同的衣服，因为过分的相似，看着又觉得诡异。现在，那黑白的照片里渐渐长出了颜色，长出了骨骼和气韵，那骨骼和气韵的下面还有一层什么东西硌着，即使隔着相片，都能感觉得到。

客车按点发车，空荡荡的车厢里就坐着我们三个人加一个司机。游小虎自觉地坐在了车厢最后面，好离我们远些。我发现他对游小龙是有些畏惧的，大约是觉得理亏。我和游小龙并排坐在一起，都用同样的姿势，扭脸看着车窗外面。开车的司机倒并没有像传说中那样，只要抓住个人就可以连说三天三夜，他只把自己埋进驾驶座里，自从客车开起来之后，他好像就从那座位上消失了，只留下客车自己在山路上踽踽独行。偶尔听见他拿起水杯喝一口水，也只能听见喝水声，却看不到人影，好像是一个幽灵在开车，拉着一车厢的肃穆和安静。

我猜想，可能是因为他总是一个人寂寞地在山里开车，早已经习惯了车厢里空无一人，真的拉了几个人，又很快忘掉了车厢里居然还有人，不由得还是会回到空无一人的状态。客车在山路上上下盘旋，刚刚看到头顶上有棵树，一眨眼的工夫，那树已经跑到我们脚下了。客车体态轻盈，简直像一只大鸟在山野间滑翔。

森林从车窗外成片成片地掠过，一幕又一幕，连接成了一部流动的绿色电影，不时有鸟叫和花香扑面而来。走着走着，前面的峭壁上忽然跳出一枝火红色的野花，倚在陡峭处，妖媚地斜视着我们。河流若隐若现，时断时续地跟着我们，在开阔处，河流会忽然钻出来，两边芳草夹岸，河流在阳光下闪着金光。在山林茂密处，河流会忽然隐身不见，但就是在见不到河流身影的地方，依然能听到漫山遍野都是淙淙的流水声。

坐在我旁边的游小龙终于说话了，他看着外面说，这就是阳关山，我只要一做梦，就是梦到这里。我说，确实美。停顿了片刻，他又对着外面说了一句，你不要怪他们，他们只是这世上最老实巴交的一群可怜人，他们连自己的家乡都没有了。我故作惊讶地说，怪谁？他笑了笑，把车窗整个打开了，浓郁的花香涌进车厢里，我瞬间有种微微的醉意，感觉自己整个人都要被花香抬起来了。

只听他又说，你不了解他们，你知道他们为什么要拼命去保护一个杀人犯？因为他们知道杀了人是要偿命的，而这样一个杀人犯在大山里的时候，和他们没有什么两样，日出而作日落而息，每日种地放羊采蘑菇，饭市上和大伙一起吃饭一起吹牛，但这样一个人在下山之后却忽然杀了人，变成了杀人犯。他们觉得正是这个杀人犯把他们所有人的苦难都承担下来了，他把所有人即将遭受的磨难承担在了他一个人的肩上，他们觉得他是要替他们去死的，他就像一个全村人献出的祭品。他们对他有一种类似于宗教的感情在里面，所以才拼命要保护他。

我呆呆看着车窗外，不知道该说点什么。不时有各种层次的绿色撞进我的眼睛里，从没有见过这么多这么丰肥的绿色，眼睛居然都有些适应不过来。我闭上了眼睛，于是，在黑暗中，那些花香更加浓郁了。我又听到了他梦幻般的声音，建新你发现了吧，大足底这样的山村纯净得像个世外桃源，但也是世界上最幽深最黑暗的角落，有太多属于它的秘密。我早想把这些都写下来，可是不能，写下来我就成了他们嘴里所说的汉奸。在大足底，所有的告密者都被叫作是汉奸，汉奸是要受到惩罚的，他们会把你驱逐出去，让你彻底无家可归。所以，我只能写给山间的鸟兽草

190

木，而你不同，你可以把这个山村里所有的秘密写下来，把它当作人类的一个文化标本记录下来，这些山民草木般的一生也算有了一点意义。就算是你替我写了，拜托你了。

我睁开了眼睛，看到放在他办公桌上的那个本子正伸到我面前。我一愣，却见他笑着说，这个本子就送给你了，因为你替它们看过了。我接过那本子，翻开第一页，只见上面写着："天之高，星辰之远，而人事渺茫，星一度可当两千九百三十二里，星辰之下众生平等，就连大足底这等弹丸小地，亦可仰观天象，俯察人事，星河浩瀚恒久，而人世荣辱转瞬即逝。"

我们已经渐渐进入了大山深处，林间的树木更加高大苍翠，时不时可见几个人都抱不过来的大树，老僧一般静坐于山林间。客车经过了一个又一个山村，但都没有停留，因为，既没有人要上车，也没有人要下车。那些散落的山村看起来都阒寂破败，门扉深掩，门口的荒草长了有半人高。有的山村已经彻底没有人住了，已经完全被树木和荒草所占领，有的山村还住着一两个老人，拄着拐杖，带着一条老狗，表情呆滞地坐在村口看着我们经过。有的山村废弃已久，土黄色的泥墙已经和大山完全融为一体，不细看根本看不出那里曾经是一个村庄。

游小龙也看着窗外，轻轻叹息道，你看，就算没有水库，山民们也会慢慢都迁移到山下去的，为了孩子们的教育，也为了生活得更方便些，再过几年，这些山村可能慢慢就都空了，慢慢地就被森林化掉了。

前方，更加阴森蓊郁的森林正朝我们扑面而来。

我说，小龙，你还记得你那次问我的问题吗，你问我这些山民是从哪儿来的，最后又会到哪里去。我查了些资料，阳关山上的山民一部分是鲜卑族和匈奴留下的后裔，这山上曾有魏孝文帝的避暑行宫和牧马场，北魏灭朝后，曾有部分鲜卑贵族隐居在这山中，繁衍生息下来，另一部分则是战乱年代和饥荒灾年里躲避到山中开荒种地的流民。他们是被时代带进大山里的，最后也会被时代带走。你今天看到的城里人的样子，就是以后山民们的样子，他们会被时间慢慢化掉的。你看历史上不管发生过什么，最后都化掉了，慢慢化成了今天，今天的一切也都要化掉的，会化成将来，将来又化成将来的将来。你看，其实什么都没有死亡，只是换了个形式活着。

开车的司机一路上都没有说一句话，我怀疑他是不是睡着了，但客车一直稳稳地孤寂地往前走着，耍杂技一般翻着弯曲的山路。坐在车厢后面的游小虎始终没有说一句话，有几次我都忍不住偷偷回头张望，看他是不是已经从那里消失了，但他一直都坐在那里，一动不动地看着车窗外面，看上去确实像游小龙落在水中的一个倒影。

客车终于停了，把我们三人放下之后，便一言不发地缓缓离去，背影愈发孤寂。我抬头张望四周，满目都是绵延起伏的苍翠山峦，四下里连一条小路都没有，也并没有看到任何村庄的影子。游小龙指了指前面的一座山，说，翻过这座山就到我老家了。

等到终于爬上山顶，却见一面绿色的湖水忽然出现在群山之间，山峦的倒影静静映入湖中。山水相依在一起，水鸟掠过时在湖面上划下一道水痕，那些倒影便被无声地揉碎，很快又重新愈合。我朝湖中扔了一块石头，湖面上荡漾起一朵巨大而温柔的涟漪，几只水鸟惊起，扶摇直上。我说，你们大足底村在哪里？他指了指湖水，温柔地笑着说，就在这下面。

我们三人站在那里都静默着，默默看着脚下的湖水和山峦。过了好久，游小龙忽然说，建新，你记不记得我上次和你说，小虎说他就是要去死了，也要留一笔钱给我和母亲，结果他还真去想办法了，你猜他用的是什么办法？他去大街上碰瓷，见辆车就往上撞。结果你猜怎么，那些汽车见了他就绕着走，都没人上他的当，你说他可笑不可笑。

我什么都没说，又往湖里扔了一块石头，又是一个涟漪，然后，很快，那湖水再次悄悄愈合了。只听他又笑着说，这么多年他一点都没有长大，还是像个孩子，估计他也是实在没有别的办法了吧，居然会想到死人也是可以赚钱的。

我扭脸看了他们一眼，游小龙正使劲地笑着，站在他身边的游小虎却一脸的泪水。游小龙又笑着对我说，建新，我特别希望你能把这个小说写好，把我和小虎都写进去，我这辈子是当不了作家了，但我喜欢文学里的世界，它们一直陪着我，从没有离开过我，能活在那个世界里也挺好的。

我嗓子一阵发堵，把手伸进口袋里摸出烟盒，我点了一根，又递给他们，他们都没有接。游小虎静静立在那里，游小龙站在他身后。一根烟快抽完的时候，我听见游小龙对前面的游小虎说，小虎，我们是双胞胎兄弟，也许我们本来就应该是同一个人，所以，你记住，我可以替你活着，你也可以替我活着。

这句话让我心里有些不安。我低头碾灭烟头的时候，忽然注意到他们的脚步，两人都面朝湖水，游小虎站在前面，游小龙在后面，离他只有一步之遥。也就是说，只要游小龙轻轻一推，游小虎就会掉进湖里，溅出一个涟漪，然后，湖面很快就会复原。而游小虎站到他前面，会不会也是故意的？我有些吃惊地看着他们，但他们只是静静地看着湖水，没有动，也没有再说一句话。

那次从山上下来之后，我就再没有去找过游小龙，他也再没有给我打过电话。在老家一晃就住了半年，直到我返回北京前一天的晚上，又去了他办公室一趟，和他道个别。他依然穿着白衬衣黑裤子，皮鞋擦得锃亮，桌上的梅瓶里插着几枝菊花，面前照例摆着酒壶和酒杯，他正趴在桌子上写着什么。见我进来，他对我羞涩地笑了笑，那笑容像极了游小虎的笑容。可他趴在桌上写作的样子又像极了游小龙。我和他道别，说明天我就要回北京了。他并不多言语，只微微笑着说，一路顺风，有空多回来。

我已经无法确认眼前的人到底是游小龙还是游小虎了。更重要的是，我发现我其实并不想确认。

于是，我起身，告辞，走出了那间办公室。我在黑暗中轻轻掩上了那扇门。

制琴师

黄立宇

授奖词

黄立宇是一位久违的作家,《制琴师》挥洒出一股有别于主流文坛趣味的勃勃生机。一座城,两三人,几段旁逸斜出的轶事,编织了一出罗曼蒂克消亡史。那是文学灵韵的回响,是追念还未被整饬得齐整单调的华彩时代,也是致敬沉郁、坚韧却历久弥新的文学技艺。(金理)

1

一九八二年末,我在县乐器厂门口见到久违的吴丙声。

我从大众浴室洗完澡出来,对面是乐器厂,旁有门店,挂着一些巨制的圆规、量角器和三角尺,反正都是一些数学老师才用得着的东西。当然也有乐器,主要是锣鼓——当我们说锣鼓的时候,其实说的是鼓,跟锣好像没关系。我正在犹豫是否要买一支笛子——倒不是我对二胡没兴趣,是裤兜里的钱差点意思。我跟师傅试要了一支笛子,此人对自己厂里生产的乐器缺乏起码的尊重,我看到的是一个极为轻率的动作,把笛子往柜台上轻轻一丢,有点像小李飞刀。我没有吹过笛子,我的手指要在几个笛孔上布开,感觉像蹼趾一样难以伸展。我摆弄了半天,放屁一样,根本吹不出一个像样的音来。此人本来还满怀期待地看着我,终于不忍,目光游离开去。

此时，我看见一个戴袖套笼的年轻人从乐器厂出来，我觉得眼熟，一副江湖意气的样子，大老远就冲我抱拳作揖，喊了声：老兄！

此人吴丙声，我的小学同班同学。初中时虽然还在同一所中学，但已来往无多。只听说他在校办工厂偷了不少东西，被抓去关了几天。是他的母亲到校长那里低声下气地来求情，将一块花手绢捏在胸口，声泪俱下，几度哽咽，才由校方作保，让吴丙声完成了最后两个月的初中学业，高中肯定是泡汤了。记得在学校操场的沙坑边，他神色机密地从裤兜里掏出一只小轴承送我，我自然欢喜得不行。他说：忘记我，管自己生活，倘不，那就真是糊涂虫。他的成绩其实不坏，尤爱语文课，特别喜欢鲁迅先生的腔调，在我听来，透着与时代格格不入的迂腐。

他还是老样子，肥唇，鼓腮，永远像含着两块肥肉，乐呵呵地冲着我笑。如果我没有记错的话，他的手臂上还有一条蜿蜒如江河的暗红色胎记。当时皋城刚从一次强台风的席卷中挺过来，我却起劲地跟他聊山口百惠。当时电视剧《血疑》还没有在国内播出，吴丙声听得一头雾水，对此也毫无兴趣，他初中毕业就分配到这里，已经当了好几年的木匠，他的袖套上、发丝上都是星星点点的木屑。

我们交情有限，他这样老兄老兄的，弄得我怪不好意思。他跟我再三赞美附近一家早餐店的生煎包子，要请我去吃。我猜他本来就是去吃生煎包子的。我没动静，他不好意思再提。他见我手里还拿了一支笛子，你要吹笛子？我们厂里的笛子，只有天晓得，那些人每天只晓得往一根竹管上钻几个洞眼，他们做的哪里是笛子，他们做笛子比做筷子还要便当。比方说吧，你以为自己吹的是《苗岭的早晨》，结果给你跑出一头驴来。说到这里，他把自己逗乐了，他说你要的话，这样的笛子我可以送你一打。

那次见面后，没过多久，吴丙声给我来了一个电话。

那天吴丙声补休，正坐在自家的马桶上，玩着自己的手指——他当然没有说这个，是我脑补。他特别爱玩自己的手指，那是一套非常娴熟默契的繁复动作，两手配合，飞快对接，以此专注于某件事情，因为思想总是要开小差的——有点像盲人掐指神算时的模样，一定是斜着头，摆出一副侧耳细听般的偏执表情。在学校简陋而空旷的厕所里，我们并排蹲在那里，他不会跟我说话，那是他独立面对这个世界的时刻。吴丙声说，当时他正坐在马桶上，就听到码头那边传来了轮船靠岸的汽笛声，在皋城上空久久回荡。他听到这个声音，就知道上海船到了。但他无法提前知道的是，这帮旅客中间有一个老头，是上海提琴厂的退休老师傅，讨了一辆人力三轮车，直奔县乐器厂。他要改变的不是一个县乐器厂，他简直就是来改变吴丙声的人生轨迹的。

第二天，吴丙声懒洋洋地上班去了。他在家里补休了三四天，一点意思也没有。他经过那家门店，看见管店的人在专心致志地挖自己的鼻孔，他的心思都在这个鼻孔里。他走到厂里，奇怪地看到厂里又多了一个老头，这个老头人高马大，很有气场的样子，正在跟厂长说什么，他说着上海话，上海话听起来像牛皮糖一样，缠缠绵绵的，但说着说着，这缠绵里还有点当机立断的意思。上海老头说，好吧，就这样子吧。

乐器厂给这个上海老头腾出一个工场间。厂长还准备给他配一个徒弟，他一开始觉得这件事会有许多人来争，结果并无响应，还弄得大家牢骚满腹：皋城有几人拉小提琴啊，卖给鬼去啊，做啥提琴啊，工资又不长一分，你以为做提琴就变成知识分子啦？吴丙声在电话里跟我说，就在这个时候，厂长回过头来看见了他，这才想起来厂里还有吴丙声这么一个人。厂长知道自己厂里一共有十八将，但他每回派到第十七将的时候，死也想不起来，第十八将是谁。现在他看到吴丙声，有一种恍若隔世的感觉。

小吴，侬死阿里去了，几日没上班了？

我在家里补休啊，我跟侬说过的，侬忘记啦？

厂长停顿了一下，他的脑子在别的事情上，他得重新把这个事情捋一捋，想了半天，他才知道自己其实已经没有选择的余地了，也只有眼前这个吴丙声了。

他说这样吧，小吴，侬跟这个上海老师傅一块做小提琴怎么样？

吴丙声以为自己听岔了，小提琴？什么小提琴？

厂长又重复了一遍。不过他在言词上做了某些修饰，把这个选择说成是他深思熟虑的结果，顺便卖了一回人情。吴丙声突然有点害羞，有点不敢相信，小提琴三个字就像一道灼眼的光芒，刹那间照亮了他的心房。

吴丙声在乐器厂是做笛子还是做小提琴，跟我没有关系，我也不觉得我们之间有过什么交情。对我来说，他是很早就消失的一个人。而且年前他说他要送我一打笛子，到头来一根笛子也没有看到。那天他兴奋得不能自持，辗转打听了几个人，最后把电话打到我的厂里来。那时候打个电话，是件非常隆重又费周折的事情，他听到有人在喇叭里叫我的名字，然后等待熟悉的脚步声临近。他在电话里确认是我的声音时，他的喉咙里不禁发出那种猪喽喽般的欢快声音，他先是把我发表在当地小报的几首诗夸得天花乱坠，老兄呀，很有感染力啊，我以前怎么没看出来你有这方面的才华？然后他话锋一转，声音也因此微微颤抖起来：老兄呀，我现在在搞小提琴啊，他娘的，七搞八搞，我们都成了文艺工作者了。这是他的开场白，然后以倒叙的方式，从他坐在家里的马桶上讲起，讲到上海客轮的汽笛声，讲到上海老头、厂长和他的小提琴。

我说乖乖，你这个小木匠不得了么。

电话那头奇怪地沉默了会儿。我心想坏了，吴丙声的声调完全变掉了。他说其实我心里是晓得的，你看不起我，你从来就看不起我！

他这么腻歪，我是没有想到。我说哪里啦，你误会了，做小提琴很好啊，没准啊，在你的手上能诞生世界一流的小提琴呢，谁晓得呢。

他没听出来我的虚与委蛇，反倒是友谊好像又得到了及时的修补，他的情绪上来很快，开始喋喋不休地说那个上海老头，说着说着居然开了上海腔——虽然上海腔调在此地颇受拥戴，也同属吴语区，但吴丙声说起来有点生硬，有点拿腔捏调，还要夹叙夹议，好像非如此，无法传达出他此刻的心情。

2

我的邻居当中，有一个拉小提琴的。每天晚饭后，在他家后门的小河埠头开始拉他的小提琴。邻居们都不晓得他在拉什么，只是在他的琴声的慰抚下，日常生活变得不太真实。他叫马小锋，自幼学琴，苦练十余年，凡有学校演出，都会见到他挥洒自如的风采——皋城的人似乎都在同一所中学里长大。马小锋以音乐家自居，对我爱搭不理。不过有一点我们都深信不疑，他不属于这里，他属于那星光璀璨的音乐舞台。那年，他的上海音乐学院落榜的消息传来，令我们心头一凛。我们考不上没关系，马小锋没有考上，会令这条街蒙羞的。后来他分配到县邮电局上班，每天像特工一样向远方发送神秘的摩斯电码。那天下午，我正在附近闲逛，马小锋骑着自行车去上班，他平常都懒得搭理我，所以他没跟我打招呼也在情理之中。第二天有人告诉我，马小锋昨夜在大众浴室会了一个奇人。

那天，马小锋上的是晚班。他会利用下班前的那几个小时，通过单位的高频电台来收听遥远国度的音乐节目，在咝咝啦啦的干扰音中捕捉美妙的乐声，这是他一个人的盛宴。不过那天晚上，有一个吹长笛的朋友来找他。下班后，他们从邮电局出来，穿过对面长长的小街，在经过大众浴室的时候，他们听到了来自浴室内部的乐声。他们由此走进浴室的院子，借着微弱的月光，看到煤堆和那些坑坑洼洼像水银一样发亮的水。每晚八点半以后，大众浴室开始招徕外客过夜的生意，现在，马小锋揭开厚沉沉的棉帘，看到的是空荡荡的大堂，和两三个陌生的过客。此刻，华丽的交响乐章正在大堂回荡，马小锋看了吹长笛的朋友一眼，他惊讶极了，这样的声音他以前在咝咝啦啦干扰声不断的情况下听到过。他不晓得这个声音来自何处。他穿过里面的淋浴间，几乎每个莲蓬嘴都在稀稀拉拉地淌水，他继续向大池走去，他在那里看到一个孤零零的老男人的背影。

这个人显然对此曲了然于胸，他仿佛面对着一支庞大的乐队。他先是一个倾听者，斜着脑袋仿佛低伏于荡漾的水岸边，他的一个小小的向下安抚的动作，令音乐渐入低鸣，几近空寂，忽然又顺着他的舒展的手势，在起伏的旋律中试探向前。他的左手像是向空中撒了一把黑胡椒，第二小提琴开始进入，由前面的柔慢、郁伤和喑哑，进入奔放与明亮。随着他一记猛然的顿首，迅疾展开他的双臂，并来回扫荡，稀少的头发还因此甩出一连串水珠，乐声顿时如潮汐翻涌，在音乐的狂潮中，他变成一个唯我独尊的暴君，他的手上一团乱麻，癫痫不已，又似雷霆万钧，让整个乐队都臣服于他的淫威之下，最后一个动作仿佛是要把自己从水里揪起来，让那个吹长笛的人差一点笑了起来。老男人回过身来，看到了这两个年轻人。马小锋怯生生地叫了他一声老师——通常他都是称衣冠楚楚的人为老师的，现在这个老师以赤身裸体的方式站在他的面前。

老师说，侬好，可以先拨我搓个背弗？

那天晚上，马小锋和那个吹长笛的朋友在浴室隔壁的一个小阁楼里，与这位长者彻夜长谈，他们向他表述了自己对音乐的困顿和迷茫。他们在那里呆了很晚，通过老头手里一只微型录音机，聆听了旦尼库的《云雀》，这是小提琴高音 E 弦上绝无仅有的颤音名曲，马小锋趴在老头的床榻前，流下了激动的泪水。

3

此人正是初来乍到的上海老头。然而，吴丙声和马小锋并没有很快见上面。这本来就是两条分岔的线路。吴丙声熟悉的只是工场间里，那个穿着背带裤一边干活一边还要喝上海牌咖啡的老头。上海老头的私人生活，吴丙声从未涉足。他也不太明白，为什么老有电话来找他，那似乎隐藏着一片广阔的深不可测的未知领域。有一次他替老头接了一只电话，是一个充满慵倦气息的女人声音。它让吴丙声整个下午都在发愣。他对时下刚刚兴起的交谊舞毫无兴趣，当然更无从知晓上海老头在舞场上的风头无两。前面那个吹长笛的年轻人倒是来找过上海老头，吴丙声对他有点印象，他经常来找本厂女工冯丽莉。那个穿着光鲜的年轻人站在厂对面陡峭的木梯上敲了半天的门，又过来在厂里转了一圈。吴丙声等待他的垂询，不过人家没打算问他，在他身上瞟了两眼之后便扬长而去。

乐器厂这地方以前是民国的酱园，上海老头格外喜欢这个地方，不过他形容任何东西，都跟形容女人是一样的，漂亮，灵光，噱头蛮好。他的工场间是一个有拱形窗户的高挑建筑，里面挂满了小提琴各种结构的剖面图，弧度，尺寸，数据。它在气质上完全有别于乐器厂的其他区域。工场间辟有一角休憩的地方，上海老头跟吴丙声说，吃力辰光要坐下来歇一歇，喝喝咖啡，听听音乐，人要懂得享受。享受他晓得，但肯定不是咖啡和音乐。咖啡他可以不喝，音乐躲不过去，每日里听了烦煞。但它每一句都像春天的雨水那样敲打在上海老头的心田里。老头跟谁都谈笑风生，但他总能在关键时刻停下来，指出吴丙声的问题，弗来事，弗来事，侬木头搞错脱来。

吴丙声目前的工作，主要是根据上海老头给出的尺寸，进行改料，光面，打眼，开榫，都是一些下手活。台面上的活，是吴丙声的未知领域，那是另外一套系统，首先是上海老头得心应手的据说是意大利学派的那张异形制作桌，以及壁架上的那些古怪的工具：拇指刨，厚度仪，导规角规，F孔切割器，合琴夹，磨码器，音柱钩，弦轴刀等。这些东西他是头回见识，它们好像只听从上海老头的调遣，那天老头不在，他好奇研究了一番，还没怎么地，竟是满手的血。他发现自己远没有进入一个制琴师的角色，他还是原来的木匠。一次，他还被上海老头一顿咆哮，仅仅是因为收拾东西时放错了地方。

小提琴的曙光一点点在上海老头的手中显现，拼板、刮板、开音孔、上音梁、合琴、髹琴、刻头，一切都很新奇。老头做这些的时候，有意让他搭把手。吴丙声处处留心，看他何处施力，又何处收敛，何处信马由缰，何处又如履薄冰。老头说，他每次只能专注做一把琴，同时做两把都弗行，气就断脱了。老头又说，每把琴都是弗一样的，木头、辰光、心情都弗一样，技术再好，也没有一把琴是完美的。

吴丙声有点懂老头的意思，他有点迫切，找了根木头练练手，琴头上的那个涡卷部分，真是迷死他了。上海老头没有说啥，不动他的料就好。琴头刻好，吴丙声自己看看还中意，暗中拿上海老头刻的琴头作比对，同样的尺寸，同样的刻法，但他的就是僵硬，死板，不圆润，再看老头那个，真是优雅之极，眼睛一花，好像会蠕动——也真是怪了，那些木头经老头的手好像都活泛了，有了生气。接着，吴丙声还想尝试小提琴的背板和面板，那个优雅的弧度，才是小提琴音质构成的灵魂。他跟上海老头提出来，老头说可以，可以两个字，听起来有一种深深的叹息在里面。老头找来一块板，让他肩顶着铲子，动刀要有分寸，要一点点试探，等削得差弗多了再用小刨，要摸熟这块板的脾气，慢慢来，弗要急。

冯丽莉常来找上海老头聊天。她称得上是乐器厂的厂花，想必吴丙声也暗暗动过心思，虽然他嘴上不认，但骂起冯丽莉来，有一种往死里说的怨尤感。他跟我形容过，冯丽莉的两只奶奶像揩桌布一样。现在，这个烂货居然一屁股坐在上海老头的那把安乐椅上，还为自己泡了一杯上海牌咖啡。上次有人坐在那里，上海老头的脸色就不太好看，所以吴丙声一直在观察老头的反应。老头没有反应，冯丽莉递过来一支香烟，两个人对上火了。冯丽莉问昨天夜里她跳的伦巴哪能，上海老头说，噱头蛮好。老头还趁机在她的屁股上摸了一把。这令吴丙声万分惊讶。她的身后有一只玻璃立柜，那里有两把小提琴样品，冯丽莉居然打开玻璃门，取出了其中的一把。只听老头失声道，侬把琴给我放下，侬弗会拉小提琴，侬以为把小提琴往下巴那里一夹就好了？侬样子倒是蛮像的，侬到照相店拍张照片做做样子可以，真要拉起来侬弗来事的。冯丽莉说我会拉啊，我会拉《我爱北京天安门》。上海老头不厚道地笑了，侬开高级玩笑，侬弗要侮辱我的智商。

乐器厂我去过几趟，那是一个奇妙的地方。实际上他们什么都做，儿童积木，国际象棋，地球仪啥的。据说地球仪被客户悉数退回，不是平原的地方隆起一道皱褶，就是拼接处无故折进去几个蕞尔小国。不过有一个好消息，上海老头刚刚完成的第一把小提琴，已被驻军演出队高价收走，并且预订了接下去的两把，这多少给乐器厂提振了信心。

上海老头那里是乐器厂的尊严所在，他的拱形窗户上挂满了各种完成的部件，吴丙声说，风一阵才好。我听上去，像是在谈论酱鸭。木料堆在工场间外面的廊檐下，穿堂风呼呼响。吴丙声告诉我，意大利古老的制琴工艺，追求极致的干燥，做好的琴身白板至少自然风干一年才能上漆。当然这样的讲究，现在只好忖忖。

那天，上海老头看上了路边一根被放倒的旧电线杆，跟徒弟说，这个做低音梁最好了。当时现场也没有什么人。师徒俩的对话是这样的：可以么？可以。两人便喜孜孜地把它扛到厂里来了，迅速分解成毛料。后来有两个电力工人进来过问，东张西望，吴丙声给他们念了一首唐诗：随风潜入夜，润物细无声。上海老头仍心有余悸，他说这种事体从来呒没做过。吴丙声用鲁迅先生的话回答他：从来如此，便对么？

吴丙声也做过一把小提琴，只不过那天他拿给上海老头看，老头只瞄了一眼，便说：扔掉算了。吴丙声就扔掉了，扔在刨花废料堆里，吭当一声，让上海老头特别多看了他一眼。吴丙声心里不舍，眼看着伙房来人把它随刨花一同搂了去，不知道它被火焰吞没的时候，是否发出一点悦耳的声音。他跟我说起来，已然轻描淡写的样子，我想他心里应该埋葬了一些东西，有点重振旗鼓的意思。

碰上老头不在，吴丙声会跟我说个没完。他有太多的话要跟我说。他跟我说，小提琴名堂多得不得了，枫木侬晓得弗？小提琴的背板一定要用枫木。老底子呒办法，科学不发达，伊拉用一把斧头，在树木头这边猛敲一下，然后飞奔过去，一定要奔了快，奔了慢，声音就没有了，趁声音还在木头的身体里传达，就要飞快奔过去，到那一头，还要用斧头顶着，侬的耳朵还要贴在斧头柄上，听一听里面的声音，这个声音会告诉侬，这根木头能不能做一把好琴。

然后他说，上海老头有两把好琴。吴丙声让我观摩了玻璃立柜里的两把小提琴样品。他说，一把顶普通的小提琴，也要五六十元，老头做的弄不好后面还要加只零。虽然我看不出什么区别，但我对此深信不疑。吴丙声说，老头拉起提琴来，侬没有听过，真是像丝绸一样，像天鹅绒一样，侬听过就晓得了，听了真是会醉啦。我也相信。吴丙声说，侬晓得弗，老头在意大利克莱蒙娜读过书，侬不晓得克莱蒙娜，哈哈，那我跟侬讲斯特拉迪瓦利侬更不晓得了，侬要变木头人了，伊是世界上顶牛逼的制琴大师啊！他娘的这个人太有名了，老头说，侬如果拎着一只小提琴盒在欧洲坐出租车，司机会问侬：侬里边装的是斯特拉迪瓦利吗？老头说他死掉以后，他的名字就变成一把琴的名字了。

几天后，玻璃立柜里的两把小提琴，离奇地少了一把。让我纳闷的是，这个消息最早是马小锋告诉我的。当然，这件事很快在吴丙声那里得到了证实。他要怀疑的人很多，第一个就是冯丽莉。吴丙声说，这个冯丽莉也越来越不像话，动不动去摸上海老头少而柔软的头发，还有老头裤裆里的香烟——我觉得她差不多已经摸到老头的枪了。我笑着说，上海老头的枪是不是很大？吴丙声对我这个问题非常失望。他继续声讨冯丽莉，那天他正在台锯上操作，冯丽莉过来，还嫌他吵，啪，就把电源关掉了——上海老头居然一点脾气没有，只是亲昵地称她为小十三。我的判断是，小提琴案应该跟冯丽莉关系不大，我一直看着吴丙声，我看着看着，他的脸部开始失焦，模糊开来，化成了一片涟漪的水面。

4

那时的我，像一张单薄而脆弱的纸，无知，懵懂，轻狂，每天脑子里的幻象倒是瑰丽得很，文字却是失血般的苍白。其实我去乐器厂，想见的并不是吴丙声。我的内心开始追随一个人，他的身边早已簇拥着一帮年轻人，我是远远看着他的一个。我想靠近他，甚至想拿诗稿给他看。对我来说，他是另外一个世界。

那天我在街头，从咖啡馆的落地窗里看到上海老头，他好像在等人，我装作若无其事地进去跟他聊了几句，紧张得手心冒汗。他对我有点印象，哎哟，诗人么。说得我不好意思，踟蹰不安起来。当时他坐在靠窗的位置，手里正在翻一本《世界文学》，这让我很惊讶。当时的情形我有点记不清，似乎是他走的时候，把那本杂志落下了。我就等待着那一刻。他走后，我就把那本《世界文学》收为己有——或者干脆就是趁他解手的当儿，我把它卷入风衣口袋，拍屁股走了。一定是这样，我的记忆碰到这样的事情总是在自动修正。我记得里面有《百年孤独》的六个选节，难以想象我当时阅读这些文字时的激动心情，原来文字也可以这样的瑰奇。

后来一回，是在孝娘桥那边的友谊俱乐部。我不擅跳舞，那天朋友死拉着去，也只是在边上看看热闹。皋城实在太小了，是的，我又看到了上海老头，第一次领略他的舞姿，他简直就是上世纪八十年代皋城的一个传奇。他跳了一段苏式探戈，引爆全场，他的魅力无人能挡，还有他的高大，他的温文尔雅，他的亲和、风趣又不失犀利的谈吐，都让我心生景仰。我不是吴丙声，我对他没有道德诉求。不过那天夜里上海老头看样子喝了点酒，后面有点胡来，他强拉了一个陌生女孩，搂着跳两步舞。人家男友看不过去了，招呼一帮人，抓着上海老头的衣胸不放，事情眼看着不可收场。这时那位吹长笛的朋友出现了，他搭了一下对方的肩膀，旁人小声说了句什么，事态便奇迹般地平静下来。我和他见过几面，只是没有想到，马小锋还有这种来头的朋友。

1983年夏天，全国严打，小城一片肃杀，每天都是枪毙人的消息，街上开始贴满了判决布告，所谓罪大恶极，不杀不足以平民愤。震惊全城的案子，是一个绰号叫梅花牌手表的女裁缝，流氓教唆犯。她简直就是上世纪七八十年代皋城的性启蒙者，我们都想成为她的教唆对象，然后又是同一帮人站在山头上看她如何以不堪的姿势被一枪击毙——这些过早尝试前卫生活方式的人，在严打风暴中付出沉重的代价。

那天吴丙声打电话来，我没有上班，我正在家里消化另外一个女人带给我的悲伤。她是我家斜对面小店的一个女职员，她儿子前几天被枪毙了。只见她坐在店门口，不停地吃瓜子吐瓜子，还跟人讨论毛线的几种打法，直到公安局来人向她收取五毛子弹费的时候，她才没有绷住，哇地一声大哭起来。

吴丙声像往常那样上班去，他觉得一大早厂里的气氛有些异样，大家在神色张皇地议论些什么。他管自己干活，他其实没什么活，上海老头不在，一切停摆。都快到中午了，老头还没来上班，这是少有的事情。吴丙声准备到对面的阁楼上去看看，他是第一次走上那个陡峭的木梯，透过一个木洞，盯着里面那张乱糟糟的床看了半天。下来的时候，管门店的人把他叫住了，喜形于色地告诉吴丙声，冯丽莉那个小婊子昨天夜里被公安局抓去了。吴丙声还没来得及高兴，因为他马上想到了失踪了的上海老头。

吴丙声上了一趟厕所。他有非常严重的焦虑症，一有事他就想上厕所，他躲在乐器厂的厕所里，飞快地玩着自己的手指。最后他决定先给我打个电话。在他一遍又一遍地往我单位打电话的时候，马小锋骑着自行车仓皇闯进我家，他来告诉我，他的吹长笛的朋友昨天夜里被抓了。事情是这样的，他和一帮纨绔子弟在家里开派对，他们跳贴面舞，看三级片，玩小姑娘，结果走漏了风声，公安局连夜出动，被一网打尽。

直觉告诉我们，上海老头也一定在这个派对名单上，但事实上没有——或者说，他还没来得及去会他的酒池肉林，就已经倒在了浴室大池边上。那天浴室的水有点热，有点烫，老头的心脏出了点问题，好在一个江西来的捕蛇人及时发现了他。

三天后，我和吴丙声去医院看望多时不见的上海老头，他半躺在床上，笑谈如常，但他看向窗外的眼神里明显多了一层忧郁。

5

第二年春节刚过，县里一纸公文，宣布乐器厂倒闭。此时，老头刚从上海过年回来，一路哼哼唧唧进了皋城乐器厂——他难得搞了几枚德国绿美人琴弦，喜孜孜地拿给徒弟看。吴丙声一边看，一边难过得要哭出来，他告诉老头，乐器厂倒闭了。

上海老头临走的时候，给吴丙声留下了一只微型录音机。老头说，这只录音机本来是想送给一个朋友的，忖忖还是侬要紧。我看侬邪气欢喜小提琴，蛮让我感动咯，怪只怪阿拉师徒俩的缘份太短，转眼之间我就要回转去了。也弗是讲做琴非得懂音乐，但晓得一点咘没坏处，多少总归要晓得眼，毕竟这是做小提琴，弗是做夜壶箱。侬每日要听啊，侬挪自家当朝鲜泡菜一样腌在音乐这只缸里，侬慢慢就会有心得，别的话我就弗多讲了，有空辰光记得给我写信。老头一边说，吴丙声一边号啕大哭。

几天后的一个傍晚，码头上暮云低垂，栈桥，吊机，仓库，还有那些船只，似乎都显得格外的沉郁。来送上海老头的人很多，男男女女，几乎都是清一色的年轻人。我认识的人里，除了吴丙声和马小锋，还有乐器厂的冯丽莉，当时她被定性为单位管教对象，现在单位也撤销了，反正还是那副鸟样。大家在码头上说了太多离别的话，临上船前，冯丽莉突然紧紧地抱住了上海老头，久久没有分开，如果没有前面的故事，那一幕也足够打动人。

上海轮船的身躯过于庞大，掉头非常困难，大家高高举起的手臂挥得都有点酸，但是上海轮船迟迟没有转身，这一幕有点奇怪，有点可笑，上海老头突然觉得没有意思了，收回了他一直在挥舞的手臂，头也不回地进他的船舱里去了。大家又不好意思离开，船还没有走嘛，过了会儿，马小锋说他听到了小提琴的声音，接着吴丙声也说听到了。我的耳朵一直不太灵光。这个时候冯丽莉动情地说了一句：伊是一个浪漫的人。

回来的路上，吴丙声没有跟我们走在一块。他一个人在马路对面，一边走还一边哭，他大概是不想让大家看到他的难受。我一直注视着他，但我并不是总能看到他，因为他逆向而行，总是被迎面过来的人群和车辆遮挡，有一阵他似乎消失了，又突然看到他在前面狂奔起来，踉踉跄跄的，似乎随时要倒下的样子。

那天走着走着，一群人只剩下我和马小锋，我们第一次如此亲近。没有考上音乐学院的沉重打击，慢慢在他的心里消褪，不过最近他的音乐家感觉又回来了，他留起了长发，不过他的头发有点稀薄，不像人家厚得像马鬃一样，所以他拉琴的时候，头发乱飘。说句实话，我对他感觉一直不太好。按上海话说，这个人有点鲜咯咯。那天，马小锋拉我去了一个小馆子，我有点意外，最后还是我付的钱，当然这并不重要。那天我把第一杯酒洒在了地上，马小锋的眼泪马上就下来了。他的朋友被判了死刑，昨天被拉到青岭一枪毙掉了。全城的年轻人都在山头上围观。马小锋的悲伤是，这么多人聚在一起，能听听他的长笛就好了。他对我说，你不晓得他的长笛吹得有多好。

一夜过去，我心里还是绕不过去，第二天便去看他。老远就听到小提琴的乐声。吴家在一截死弄堂里，弄堂的长度差不多描绘出了他家的大致面积。弄堂口有一扇涂着红漆的小窗户，糊着发焦的旧报纸，我一般先是敲窗，等于发了暗号，再过去叩门。

门在弄堂底，我刚要敲门，从里面出来一个上年纪的女人，门一开，她身后的声音立刻放大了十倍，简直震耳欲聋，这个疯子哪里在欣赏音乐，他把自己投入了滔天骇浪之中。我认出正是吴丙声的母亲，她正猜疑地看着我。我对她笑了笑，阿姨，吴丙声在家吗？这个名字让她暴跳如雷，她提着嗓子在跟我说话，这个讨债鬼又发作了，他在外面受刺激，跑到家里来发作，算什么本事啊？她说我不认得侬，我要去买米了，家里一粒米也没有了，这日子没法过了。

刚才没觉得他母亲老了多少，我进门之后，倒发现他的妹妹吴丁香好像突然长大了，让我和过去的记忆衔接时，出了怪异的感觉。吴丁香比我们低一届，以前她老像一个间谍似的盯着她的哥哥，好回去向母亲举报。印象中，还在学校的舞台上，欣赏过她的一次诗歌朗诵，像被人掐着脖子似的，让每一个诗句都显得既庄严又危险。其实她平时说话并不是这样，特别是在数落她哥哥的时候，声音尤为动听。此时，吴丁香根本不想搭理我，当然她也没认出我来。她分别把两只拖鞋狠狠地扔了过去，一只鞋在空中翻了一个跟斗，另外一只鞋似乎在吴丙声的房门上停了会儿，才掉下来。我敲了敲吴丙声的房门，里面除了巨大的乐声，什么反应也没有。接下来我就不知道如何是好了，他娘的走掉算了，随便他了。这个时候，吴丁香突然叫出了我的名字，她奔到她哥门前，吴丙声你这个恶魔，你快开门吧，你看谁来啦！奇怪，音响突然关掉了，所有的声音飘然落地，我觉得自己像几年后的一个深夜里，一个人站在天安门广场上一样，寂静而辽阔。

门开了，吴丙声泪流满面地立在我的面前，他好像禁闭了一个世纪。他的厚嘴唇颤抖着，叫了我一声老兄，我们展开双臂，然后他像娘们一下倒在我的怀里，顺便腾出一只脚来，将门给勾搭上了。我能够想象，平时他的房门一定是紧锁着的，他把他的家人都当贼防了。这个小房间终日难见阳光，那扇红色的小窗户让他用旧报纸糊死了，一盏同样是红色的塑料小台灯差不多烤糊了。打一个不太恰当的比喻，这里有点像隐匿多年的杀人现场，充塞着一种怪得离谱的味道。

在那里，我看到了上海老头送他的那只微型录音机——他刚才把播放音量开到了极致。靠床的那面墙上，有他仿鲁迅先生的手迹：沉默啊沉默，不在沉默中爆发，便在沉默中灭亡。我在房间里晃来晃去，让他感觉很不好。我坐下来，他又不言语，一只手不自觉地捋着床单，费劲地要把床单上的一个皱褶弄平，我一直看着他，他并不是一个爱干净整洁的人，他又去弄枕头，枕边的一本《小提琴制作技艺》的小册子，霎时又击中他的要害，让他腾地立起，要将它撕烂，我一把夺过来，你有完没完啊。

吴丙声眼巴巴地看着我，悲哀地低下头来。他说，我喜欢这个东西，我真是迷进去了呀，你不要笑我，我就是这样。我想做小提琴来着，可我拿什么做啊，天哪，我还什么都不会啊——他说我就是想做，也没法做啊，单位倒闭了，不要说提琴，笛子都不用做了。昨天有个邻居让我给他女儿做一把小提琴，天哪，我还是给他做一把凳子吧。

6

我是机电厂的仓库保管员，我对这个岗位说不上满意，还算凑合，两人轮着倒班。上午忙一些，来领材料的人，拿了东西，一般还会跟我搭两句。在他是礼貌，在我纯属应酬。当然下午会空很多。好在我这个人不太受环境的影响，即使有人在我旁边聊天，只要不关我的事，我就能沉浸到自己的小心思里去。我每天在这个充满铁腥味的大房子里，断断续续地写点什么，那时我心怀远大，开始写长篇小说，每天写得两眼昏黑，经常会有一只手过来拍我的肩胛，其中就有模具车间的胖子。

胖子是外国电影配音的超级拥趸，这是一个看似非常体面的爱好。他们把西方人的声音一律理解为浑厚、优雅、神气活现又忧天悯人，似乎有一种天然"高级感"。胖子老到我的仓库里来，是因为这里封闭又空旷，产生一种深沉的回响，正好修饰了他在声线上的一些缺陷。这是另外一套冠冕堂皇的语言系统，不仅需要保持肌肉的均衡紧张状态，经口腔发出来的声音，沿上颚中纵线前行，向硬腭前部冲击，同时注意两肋打开，以保持胸廓的积极状态，产生较好的共鸣效果，这些都是他的经验之谈。

现在他已经进入角色，如同置身于舞台，就差那一道炫酷的灯光效果。

我也是后来才知道，胖子新交的女友是吴丙声的妹妹吴丁香，毋庸置疑，这真是天造地设的一对。那天我从吴丙声家出来的时候，我的内心是作了告别的。我没有想到，身边会有这样一个死胖子，整天在我的耳边念叨着吴家兄妹俩的名字。半年后的一天，吴丁香居然跑到厂里来找我——我刚好从别的地方转出来，撞见她在跟门卫打听。门卫可能告诉她胖子不在，她又跟门卫说了什么，于是门卫直接指向我把守的仓库方向。我的仓库并不在他们的视野里，所以门卫老头曲里拐弯地跟她比划了半天。

吴丁香为什么不找胖子而要找我呢？她一脸迷茫地东寻西找，我跟在她后面，但她马上走到错误的道路上去了。我径自回了仓库，吴丁香老不来，我好像在等什么要紧的人，心里还有点忐忑，真是有点儿可笑。后来吴丁香来了，她见到我大惊失色，好像她哥哥的事情，是在看到我之后才发生似的。

她喘着大气说，我哥是不是在你这里？

没有。我说，他咋啦？

她不说话，歪着脑袋去张望仓库里面，仓库很大，可真是藏人的好地方。

她狐疑地盯着我：他没在你这里吗？

没有。我说，我好长时间没有见他了。

吴丁香说，他已经有一个多礼拜没回家了，他跑哪儿去我们不管，他想去哪就去哪吧，可他把家里的钱卷走了呀，我妈这笔钱，老在嘴里唠叨，今天她去翻箱子才发现，那笔钱变戏法一样变没了，钱自己又不会飞，肯定让他卷跑了！家里人要死要活呢，真是急死人了——你说，他会去哪里呢?

我哪里晓得。我说,他平时都有哪些来往啊?

我也不晓得。吴丁香说,天底下他好像就你一个朋友。

我真是吃了一惊。怎么会呢,你只是不了解他而已。

吴丁香说,也许吧,只是我们现在找不到他了,他把家里的钱卷跑了。

由于我和吴丙声的关系,胖子经常来找我聊天。他看到我,常有难以掩饰的甜蜜表情,我能够理解的内容有:吴丁香的爱情、一段刚刚掌握的经典台词,以及我们能够共享的新话题(吴丙声)。他在声音上的夸张处理,以至日常的对话都像电影里的台词:哦,你在写作,我有打扰到你么?他总是明知故问,碰到他有兴致,还有我的明朗表情所暗示的某种许可,他胸膛一挺,微微踮起他的脚尖,摆出那个著名的在俄罗斯民间被谑称为"拦出租车"的手势,我听得出是电影《列宁在1918》里的台词:阿历克谢·马克西姆维奇,我敬爱的高尔基,你是一个非常伟大的人,别让怜悯的锁链缠住了你!现在正是多么尖锐的斗争,你还是把这种怜悯丢掉吧!然后他凑近我的耳朵:吴丙声可能跑到上海去了!

这当然只是他的猜测。它听上去有些靠谱,又觉得不太可能,他在上海能呆这么长时间么?难道他没脸没皮地就在上海老头家里呆下了么?这让我有些小小的醋意。

几天后,胖子满头大汗地跑来,模具车间和我的仓库有段距离。他说不得了了,你一道过去看看吧。我不知道发生了什么,又是天生好奇,两人骑车一路七撞八跌到了吴家,只见一辆小皮卡堵在那里弄堂口。车上装满了木料,吴丙声正抱着几根木板往下卸。他母亲要跟他拼命,在他身上扑腾着,吴丙声忙里偷闲地,一边对付他母亲,一边还诧异我怎么跟胖子在一起,他暂时还没有想到我和胖子是一个单位的。他倒是没有支使我,他让胖子帮着卸木料,看来他真是把他当自己人使了,一句客套也没有。

这个时候,做母亲的放弃了与儿子的纠缠,扑到大女儿的身上去了:你不要怨恨你妈,你妈给你存过钱的,现在你的嫁妆没了,你的嫁妆都变成了木头。这木头做不了你的嫁妆,倒是来给我做棺材的呀,这个讨债鬼是要我死啊,我就死给他看吧!吴丙声的姐姐一边嚎哭一边紧紧抱着呼天抢地的母亲。我看不下去,过去叫了她一声阿姨,她看了我一眼,使哭声中止了有两三秒钟,我是想安慰她两句,但好像让她哭得更凶了。吴丙声搬着木料,一边还指挥着司机、胖子和另外一个人,你们动作快点啊。这时候,吴丁香从外面赶来,她冷冷看了我一眼。她这一眼,我全懂了,就是说,在那天她向我打听吴丙声去向的时候,我完全向她隐瞒了实情。好吧,她这么想也很合理。

这个混乱的场面,对吴丙声的影响非常的有限,他按部就班地做着他的事情。他跟我说,这些都是好料啊。他兴奋得有点过了头,貌似要甩开膀子大干一场。我把吴丙声拉过来说,你把木料放在哪里啊,你家这么点地方,全成仓库了?他抱着木料,木料下面腾出一只手来,跟我比划,他刚从锯板厂回来,木料呢一部分已经按照小提琴的尺寸锯好了,现在他想把这些木料统统堆到他的小房间里去。我有点不认识他了，我不晓得他在说什么，小房间？这些木料？你开玩笑是不是，你脑子进水了？你的床和桌子呢，你睡哪去啊，这木料又不是走私枪支，你这么藏着掖着干什么呢？你还怕家里人偷啊？

后来还真是，这些木料全塞进吴丙声的房间里去了，他先在地上铺了一层厚木板，进门得把脚抬得老高，像上码头似的，形成一个新的舞台。其余木料的长度与床基本同宽，他把这些木料都"塞"到床底下去了，由此他的床已经顶到天花板上去了，房顶上有一个老虎窗，月色常新，还有层出不穷的猫，夜夜把瓦片踩得呱叽作响。

吴丙声有一天做梦，事情反过来了，他变成了猫，爬到人家的屋顶，从老虎窗里看进去，看到了一个厚嘴唇的男人。吴丙声对这个梦很得意，跑老远的地方给我打电话，他已经很久没有给我打电话了。他在电话里说，这个梦是不是可以写一首诗？听上去他的心情不坏。我说你晚上睡觉是不是一蹬脚，就直接踩到云里去了？他极为认真地告诉我，他睡相很好，基本不动，好得跟僵尸似的。他说他给自己做了一把梯子，上床下床都是这把梯子，他有点舍不得，这样好的木料居然先用来做一把梯子，不过，吴丙声说，我马上就要动手做我的小提琴了。我说好呀，现在神仙也拦不住你了。

7

胖子又来了。我本来以为他挂在脸上的忧伤，只是为接下去的台词作情绪上的预备。我不去理他，他一个人在我的身后徘徊——他是跌跌撞撞的，在他眼里，绝对是有情景再现的，比如说那里有一道门，他得把门打开。这回他是《简爱》里的罗切斯特，他在跟简说话：你把自己关在房间里一个人伤心，一句责难的话也没有，什么都没有。这就是对我的惩罚？我不是有心要这样伤你，你相信吗？我无论如何也不会伤害你，我怎么办？都对你说了我就会失去你，那我还不如去死。

后来有人进来领材料，中止了胖子的表演。他看上去，有点像泄了气的橡皮人，有一种无法重新振作的委靡相。他们俩还聊了会儿天，那个人出去后，我以为他又要继续他的罗切斯特，却支支吾吾地，好像要跟我说什么。我知道，他这回要跟我说的不是电影台词，他又不说，左右为难，好像非得我来揭这个盖子。

你跟吴丁香的事怎么说了？

没什么。胖子说，她这个人有毛病，她们一家人都有毛病。

我心想，他怎么跟吴丙声一个口气？

胖子吞吞吐吐，倒弄成我这个人有打听别人隐私的嗜好，你不说就不说好了，跟我有屁搭界。胖子说，你是不是跟她哥说过我是个临时工？

天哪，我去跟她哥说这事干什么，我说我没有说过，再说你也快转正了呀。

胖子说是么，也不晓得她们是从哪儿打听来的，在这个问题上，她那个做哥哥的，倒和全家人穿一个裤子了。那天她哥问我，怎么听说你是临时工？我说马上就要转正了。他说那你等转正了再来吧，我妹妹嫁给一个临时工，说出去难听死了。那天他说话的样子冷得不行，我没有想到这个绊脚石原来还在他那里。

我想起来了，上次搬木头后，吴丙声跟我打听过胖子。当时我挺意外，他什么时候关心起妹妹的事情来了。现在听胖子一说，我有点吃惊，这个吴丙声我有点看不懂了。

我对胖子说，我不会坏你的事。如果我没有记错的话，还在她哥哥面前夸了你几句，我说你这个人特别能干。

胖子说，你说能干不能干做什么？我又不是去他家做苦力的。

我想胖子这人怎么这样，好赖话听不出来。他一脸的满不在乎，其实心里干着急，动不动就跑到仓库来跟我诉说衷肠。这口子一开，我变成了他的倾诉对象。我对他的爱情故事没有兴趣，倒是从中得知吴丙声的一些皮毛。

乐器厂倒闭后，吴丙声调到县钢窗厂。我不知道一个木匠在钢窗厂能干什么。听胖子说，他白天上班，晚上用乐器厂偷来的电刨凿子啥的，关起门来乒乒乓乓干起来，一直忙到深夜，谁也甭想睡个囫囵觉，弄得家里鸡飞狗跳的，他不管，他照做不误。家里人简直想杀了他。胖子说，你晓得他家两姐妹让我干什么吗？让我趁他白天上班的时候，把他东西全扔出去，她们以为这样，就能阻止他的疯狂念头。我不干这种傻事，我犯不着跟他闹什么别扭，如果可能的话，他还是我大舅子呢。

胖子说，他一开始对我特别信任，毕竟我做模具，说到底也是木匠，所以我们俩能说到一块去。我还给他搞过一斤鱼鳔，他用这个鱼鳔来胶琴，用锯条做的那种美工刀，一边熬一边胶，一点点把胶水批刮过来，鱼胶皮臭哇，在整个房间都是贼臭贼臭的，我帮他一块弄。他房门一般是不开的，里面弄得像研究所似的，贴满各种小提琴图纸，我看他都快把原来乐器厂的东西都搬空了，各种工具、油漆、配件。他还订了一本《乐器》杂志，好像也不怎么看。对了，他手上还有一把现成的小提琴！

听到这里，我的脸上浮出一种古老的笑容。其实那天我在吴丙声的房间里转来转去，就是在寻找上海老头失窃的那把琴——我从来没有动摇过我的猜测。胖子说，好好的一把琴，他要将它拆了，我不明白他为何糟蹋一把好琴，他其实也舍不得，捧着琴哭。我倒是有点懂了，他在探寻上海老头的奥秘，一把好的小提琴是有灵魂的。

胖子说，吴丙声特别迷恋工艺，做什么都格外用心，哪怕一块小小的衬木。但他生性多疑，噼里啪啦做一阵，又不动了，乱七八糟瘫在那里，几天不见动静。他老觉得哪里出了什么差池，前面做的都不对。他跟我说，他老做梦，老梦见上海老头，老头总在他的耳朵边说，扔掉算了，扔掉算了。他没有办法将这个声音从他的耳朵里拿掉。消停几天，他又噼里啪啦开始了。你不晓得，一家人恨死他了，那天姐妹俩拿着一个大麻袋，趁其不备，把他套在里面了，他母亲扑在上面又是哭又是笑，我趁机猛踢了几脚。那天他不晓得我在他妹妹的房间里，还没等他从麻袋里钻出来，我就逃走了。为这事，吴丁香还生我的气，说我下脚这么狠，毕竟是她的哥哥呀。你说这一家子，有没有毛病？

胖子说，自从她哥哥晓得我是临时工，就给我脸色看，我也没办法，我在吴丙声榔头刨子的声音里，还有臭烘烘的鱼皮胶的味道里，艰难地和他妹妹谈着恋爱。其实吴丁香还是挺喜欢我的，她就是不跟我出去兜风，以为看一场电影，她的贞操就没有了。我听说她母亲以前挺风流的，怎么一点没有遗传给女儿啊。没办法，我只能在她的房间里谈，还不能把门锁死，锁死了，一家人就会有想法，特别是吴丙声，他的脑袋瓜里除了木头，全是封建思想。我这边刚说上几句亲热话，不是他母亲来敲门，就是吴丙声找我过去帮忙，我像一个妃子被召幸那样，还不能有啥想法。

胖子向我描述最多的，是如何在吴丙声惊天动地的嘈杂声中，他和吴丁香在房间里一遍遍地说着上影配音版的《简爱》里的台词。我太能想象这样的场景，想象吴丁香那张布满雀斑的慌里慌张的小脸庞：你以为我穷，不好看，就没有感情吗？我也会的。如果上帝赋予我财富和美貌，我一定要使你难于离开我，就像现在我难于离开你。上帝没有这样。我们的精神是同等的，就如同你跟我经过坟墓将同样地站在上帝面前。

胖子说，那天他们说着说着，真的吵起架来，吵得不可开交。或许我们的吵架，只是对这种嘈杂的不适。胖子说，我们吵着吵着，那边的声音突然停止了，静得跟什么似的。我不知道吴丙声是做好了，还是要进入另一道工序。吴丁香倒是不跟我吵了，她傻在那里，在这个突然到来的难得清静里，我们彼此拥吻。

那天我从吴家出来很晚，我看到吴丙声从老虎窗爬出来，他一个人坐在屋顶上抽烟，斜着头看月亮，那天月色真好，能看到那透亮的烟雾在他脸上妖娆。胖子向我描绘这个场景的时候，我不禁想起了上海老头，我想吴丙声此刻一定很想念他吧。

8

吴丙声倒是跟我打听过，能不能给他介绍一个懂琴的行家。我跟他说起过马小锋，我说有个邻居拉得非常不错。他不以为然。大概在他看来，邻居这个词实在是太庸常了吧。

那天，吴丙声路过一个地方，墙上一排的牌子：文联、编辑部、文化馆，那幢爬满凌霄的楼房，简直像八音盒一样，每个窗口都飘忽着弦乐和歌声。他觉得从里面出来的人也不太一样，都不爱搭理别人。第二天他换了一件衣服，穿过南星桥，穿过小广场，中间还遇到一支老年合唱队，好像还有谁在叫他的名字，他顾不上，他要去那里找一个小提琴专家，于是他在文化馆的走廊上碰上了马小锋。

马小锋去文化馆，就像我去隔壁的文联和编辑部一样。文化馆要热闹一些，那里有许多美女出没，我跟几个画家的关系也不错。文化馆的音乐干部，是一个拉手风琴的老先生。当年中苏友好，手风琴很流行，地位也高，他的《莫斯科郊外的晚上》也是迷死人。他也拉小提琴，小提琴这东西很小资，而手风琴一贯健康向上和政治正确，所以他在那个年代里慢慢冷落了小提琴。老先生非常有意思，他说马小锋只会拉一句，我听着新鲜，第一次听到这个说法，他说的这一句，是柴可夫斯基《D大调小提琴协奏曲》第一乐章第一主题，即引子部分。他说，但凡有好看的小姑娘出现，马小锋就疯狂地拉这一句，头发弄得像拖风布一样，漂亮是漂亮，但是拉完这一句就没有了。当然，老先生又补充道，在皋城能拉这一句的也不多。他快要退休了，所以马小锋一直在跑文化馆的关系，老泡在那里，那天，他在跟人讨论戈尔巴乔夫脑袋上的酷似俄罗斯版图的胎记。

他正说着，吴丙声的影子从门外悄然飘过。两人在码头上打过照面，马小锋大致知道他是上海老头的徒弟，觉得应该打个招呼,可人家没有这个意思,狐疑地看着他,绕开了,向前面走去。吴丙声觉得对方有点面熟,他想不起来在哪里见过一面,他这会儿也没有工夫,他要去找一个真正懂小提琴的人。前面的办公室一间间他都敲过了,都让他到前面看看,他已经听到排练厅里的歌声。他不敢贸然推门,悄悄地接近。站在门边的马小锋发现自己有点多余,想了想还是随便他去,不过当他回眸过去,吴丙声也正好在看他。

吴丙声跑了几趟文化馆,好像每个房间里都有声音,就是没人理他。他到处跟人说,我是做小提琴的,我是做小提琴的。终于有人听懂了他的意思。这个人就是拉手风琴的老先生,他对眼前这位年轻的制琴师饶有兴趣,不过手头正好有点事,让他去邮电局找一个叫马小锋的人。吴丙声听到这个名字,忽然想起那天在走廊上的相遇,脑回路一下子清晰起来。文化馆和邮局只是隔了一个小广场。那天马小锋没有上班,吴丙声吃不准他什么时候回单位,便在邮局等着,他看人家怎样寄信、汇钱、托运包裹。这些情景让他格外地相念起上海老头,于是他给老头写了一封信。他在信中写道:

与师一别,转眼两年余,甚为挂念。这边情形如旧,我仍碌碌,调到钢窗厂,聊无生趣,不过是混口饭吃。为徒日思夜想,唯顾念琴事,倒是讨巧做了一两把,差堪告慰耳,在师看来一定庸鄙得可笑。若明年能去趟沪上最好,当面讨教一些器具及手法。今日去信,有一事相托,烦请代购上海牌咖啡一至两罐,随信附上贰拾元,不胜感荷。

吴丙声弓身在邮局角落的小桌旁字斟句酌的情景,正好让从外面回来的马小锋撞见,那一幕令他印象深刻。他悄无声息地在人家身后盯了半天。吴丙锋看到马小锋,激动得不行,他叫了他一声马老师,可以想象马小锋的矜持和傲慢。两个人就算这样认识了。

马小锋后来向我描述过当时的情形,不过他说什么都有点调侃的味道。我知道,他是看不上吴丙声的。吴丙声本来有一肚子的问题,见了面反而不知道说什么好,好像马上就要走掉的样子。他一边说话,一边大幅度地摇摆着自己的身体,不停地看着窗外,他告诉马小锋,好像马上就要下雨了。可能还是因为生疏。马小锋问他现在是否还在做小提琴,吴丙声艰难地点了点头。马小锋说,什么时候让我们看看你做的提琴。马小锋说的我们,前面已经有了铺垫,除了前面拉手风琴的老先生,他还提到了我。吴丙声有点意外,他没有想到,马小锋就是我曾经说过的邻居。所以他突然觉得有些扯淡。他跟马小锋说,他又不懂音乐。马小锋笑了,他回头跟我说,好像他懂似的。后来马小锋看到吴丙声在邮筒旁犹豫再三,也不知道他把这封信最后寄出没有。

不过让我费解的是,吴丙声怎么想起喝上海咖啡了呢?

9

马小锋不发电报多年,管着楼下的一个集邮门市部,他呆不住,主要靠他手下的两个女孩坐镇。吴丙声过来,两个人隔着柜台说话,马小锋眼前的车水马龙,不停地被他摇摆的身体所切换。他不停地谈他制琴过程中的苦恼,而马小锋一直在鼓励他把琴拿出来，两个人常叙常新。有一次马小锋不在，店里一个叫姚菲的女孩，问他是不是也是拉小提琴的？吴丙声甜蜜地告诉她，你只猜对了一半。所以吴丙声总是有的聊，他还可以去小广场对面的文化馆找拉手风琴的老先生聊天。他在那里还认识了诗人，编辑，舞蹈家，京剧票友，整天练嗓子的人。他还时常在街上买些卤味，和画家们混一块喝酒。圈子里的人都知道他，他的名字紧密地和小提琴联系在一起，他还加入了县音乐家协会。吴丙声一方面很乐见生活中的这个变化，但苦恼也随之而来，有时候他觉得这些人都是狗屁。

马小锋在我面前还特别爱聊到吴丙声，好像不说几句，他就过不去，还一副受伤害的样子。我想也许他们私下里的关系并不错，马小锋喜欢寒碜人，如果吴丙声听着没事，甚至有些享受，这就很像一段牢固的婚姻。不过，这跟我没有关系。我最近倒是常拍马小锋的马屁，通过他的关系在邮局订几本文学期刊。现在的人很难想象当时订阅期刊的艰难历程，马小锋有时也没有办法帮到我，他甚至让邻县邮电局给我订一本，然后每期都托那个朋友有空带给他，他再拿给我。这种事情现在听来就像是一个传奇。一本杂志辗转到我手上，有时会有传阅过的痕迹——我还记得哪一期的《外国文艺》上，有几句被人划上了蓝墨水的波浪线。我读此也格外的有体会，怀想那个陌生的读者，可谓神交。

那几天家里在收拾灶间，把熏得乌黑的墙壁重新刷了一下，原来的木窗也烂掉了，要换新的。于是我想到了吴丙声，想通过他的关系去钢窗厂弄一个。这是我第一次去钢窗厂，钢窗厂也好玩，到处都是热火朝天的劳动景象，我在各种金属碰撞的声音里，寻找着一个木匠。有人给我大概指了一个方向，我在那里碰到一个油漆女工，油漆女工一听到这个名字，就忍不住笑了。她说吴丙声可能不在。油漆女工又说，他三天两头请假，他去医院量体温，用开水烫温度计。我听了笑死了。这个时候，吴丙声从一个犄角旮旯里出来了，他比当木匠的时候脏多了，肮乎乎的，各种油漆污迹，满脸都是笑。他根据我的大致尺寸，帮我挑了一个，然后又跟开票的人耳语了半天。他回头跟我说，你最好买包飞马牌香烟给人家，我说好。我在买烟的时候，吴丙声对我咕哝了一句，有人要买他的琴了！

我闻之大惊，我说太好了！他看起来没有我想象的开心，开心是有的，但是这开心里似乎有些让我不明白的东西。我不知道它是什么。

当晚，我穿过马小锋家的院子，跟他家人打过招呼后，直接穿堂入室，来到他家后门的一个小河埠。马小锋无暇顾及我的到来，只留给我一个潇洒的背影。他忘我地拉琴，拉得他头发乱舞，这当然非常符合一个音乐家的自我感觉。马小锋知道我来了，但绝没有回头的意思。一曲终了，又慢条斯理地用一块软布擦着琴弦上的松香——

马小锋说，我猜你是来告诉我，有人要买吴丙声的小提琴了。

他说罢，回过头来极轻蔑地一笑：我知道。

他告诉我，买琴人是拉手风琴的老先生的学生。不过这把琴，首先要过老先生这一关，他让马小锋到时候也一块过去试琴。我听到这里,瞬时就明白了吴丙声当时的担忧。马小锋说,老先生催得急,吴丙声一直在拖,反正各种理由。我在老先生面前也不好多说什么,其实吴丙声一直在沽名钓誉,一个小木匠,初中文化水平,他的知识结构和文化储备根本就没办法做小提琴,他也拿不出来。

这话我听不下去。你以为你拉小提琴,是因为你有这方面的才华?或许只是因为你父亲年轻时结识过一位拉小提琴的姑娘,又恰好能匀出一笔钱来给你买琴好不好?如果我家里有一台钢琴,说不定我今天就是钢琴演奏家——而且,我也不认为做小提琴有什么高深的学问,小提琴的每个部件不是都有数据么,严格遵循范式不就成了?

非也!马小锋说,精准谈何容易?就算你每一个数据都对,合起来可能就不对,你不知道哪里出了问题。你死守这些数据是没有用的,这是一套系统工程。小提琴非常敏感的,哪怕你鱼胶粘得厚了,无形之中就加重了它的质地,声音在面板上面流动的时候,被它阻散了。你知道笛子为什么会在外面缠几圈线,因为做完以后发现那几个地方需要补偿。这些东西他都懂吗?他连音律都不懂啊兄弟,他怎么做琴?琴呢?你见过他的琴么?

马小锋说,你要知道,我身边有一帮拉琴的朋友,包括那位可爱的老先生,听说他会做琴,都他妈的激动坏了好不好?整天嚷嚷着要去他家看看。

那你去啊,我说。

马小锋看着我,他让我去了么?他家弄堂口有一扇小窗户,糊着旧报纸。我每次骑车经过,先敲他的窗,他把窗户打开,然后我就趴在那里跟他说话。我看到里面有几把琴,每天挂在那里——他从来也没

有邀请我进去过好不好!

对此我有些吃惊,我本来还想说上海老头的那把琴,话到嘴边咽了回去。那把琴肯定也不会挂在明处。我现在有点明白,马小锋跟我不一样,他懂小提琴,他进去再寒碜几句,让吴丙声情何以堪——说到底,吴对自己的琴根本就没有信心。

10

那天阳光甚好,小广场花团锦簇,附近商场一遍又一遍地播放着女版《热情的沙漠》:我在高声唱,你在轻声和,陶醉在沙漠里的小爱河。吴丙声抱着那把琴,穿过花坛小径,向那幢开满凌霄花的楼房走去。那把琴应该在他手里刷了无数遍的调制漆,配上了乌木指板、枣木腮托和黑马尾的琴弓,装上了弦轴、琴马和琴弦。不过他还没来得及为它配一个通常有着法兰绒里子的琴盒,只好弄了一块裁自他母亲旧式旗袍的绒布——那可是他母亲弥足珍贵的一件旗袍,他不管,他还嫌它有一股浓烈的樟脑丸味道。

马小锋给我来电话,让我上午早点过去。我去了以后才知道,他们说的早点来是什么意思。文化馆空无一人,这个自由散漫的地方,此时根本没有人影。我第一个到,然后在三楼的楼道口,看着吴丙声穿过小广场的花坛,抱着那把琴朝这边走来。楼梯那里很快传来了他的脚步声,有些拖沓,又有些凝重。吴丙声看到我,颇觉意外,嘴里哼的沙漠里的小爱河戛然而止。从他稍稍惊讶的目光里,似乎是说你来干什么,不过我这个闲人,毕竟还有点让他放松。我们并排坐在楼梯的最高一格,这样可以从窗口看出去,看到小广场的景

致。他没有让我看他的琴,他把琴横放在自己的膝盖上,两只手又在那里飞快地玩转。沙漠里的小爱河还在撕心裂肺地唱,我问他有没有在看世界杯,墨西哥世界杯,马拉多纳的上帝之手。他不理我,手在玩,眼睛却始终看着窗外,在明暗光线交织下,他的脸被生动地勾勒着,他的下巴坚定地向前撅着,固执地保持一种姿势。

后来他们来了。他们是马小锋、拉手风琴的老先生、买琴的学生和她的家长,还有一帮小提琴爱好者。他们把办公室围得水泄不通。学生家长看到吴丙声,似乎有些失望。可能在他们看来,吴丙声连一个好木匠的样子也不像。老先生说,我来介绍一下。他一介绍,吴丙声的表情立刻隆重起来。他的那把琴被郑重地摆到已经腾出来的桌面上来,那块暗绿色的绒布正在徐徐打开。这是我第一次看到他的成品琴。我不禁有些讶异,形制、纹路、漆水都极好,那个螺旋状的琴头漂亮至极——绿绒布被揭开的过程,似乎有一道想象中的光芒,大家哦地一声,好像惊到什么。那个买琴的学生回头看了一眼自己的家长,他们的脸色已经明显转暖。

老先生抚摸着这把琴,就像抚摸着少女丰腴的肌肤,他的手指弹跳着,同时他的松弛的下巴像神经官能症似的微颤不已。老先生很谦虚,他把琴交给了马小锋,他说看上去还不错,但它是不是一把合格的小提琴,还要看它的音质,你来把它调试一下。马小锋推让了一番,才勉强地接过这把提琴。

本来吴丙声的琴他是不屑看的,琴还没有看,他的心里早已有了结论。现在从马小锋的表情上,我知道这个结论正在动摇。马小锋太吃惊了,他把琴接过来的时候,他的目光里除了讶异还有无尽的柔情,仿佛是久违的爱琴又奇迹般回到他的手上。他开始调弦,他像弹琵琶一样,把四根弦都紧了又紧,反复调试。他觉得差不多了,然后拿起琴弓,来回在一块松香上拭了又拭。然后他扬起头来,把琴平稳地放在左锁骨上,他提溜着琴弓,陌生地看了吴丙声一眼,现场一片寂静,我们都在等待那一刻。这时,他手里的黑马尾弓迅疾跳起,琴声迸泻而出,委婉流转,我觉得很好听,吴丙声甜蜜地看了我一眼。但马小锋马上说不对。他说不对,吴丙声的脸色就黑了一层。马小锋把琴矫正了一下,又紧了几把琴轴,再试,声音愈发的悦耳动听。但是马小锋并没有继续他的演奏,他狐疑地看着这把琴,像是在检查什么,他是不敢相信,这么出色的一把琴,竟出自小木匠吴丙声之手,他在寻找答案,他旋转着琴体,对着外面的光线,好像要通过左边的F孔,从共鸣腔里看到什么。我立刻领会过来,又觉得断然不可能。

只见马小锋的额头上冒出细密的汗来,他看了吴丙声一眼,那一眼无比的绝望和仇恨,看他的样子,简直要把琴摔在他脸上。但是他没有,他长发一甩,疯狂地拉起琴来,我不知道他拉的是不是柴氏的那一句,他拉得极好,娴熟的技巧,哀愁的旋律,充满俄罗斯原野的宽广气息和明朗悠扬的诗意。乐毕,现场掌声响起。马小锋把提琴交还给老先生,看上去他极虚弱的样子,脸色煞白,死样地盯了吴丙声一眼,抽身而出。老先生看着离去的马小锋,明显感觉到他的异样,但是大家期待的目光,又很快让他回到这把琴上。他握着吴丙声的手说,太好了,我没有想到你会做得这么好。

我尾随马小锋出来，到走廊一头的厕所死角里，我给他递了根烟，你咋了？马小锋背顶着墙，悲愤地盯着我，嘴巴一直在哆嗦。他一口咬定这把琴就是上海老头丢失的那把琴，他说，共鸣箱里有老头的签名！他太熟悉这个签名了——因为玻璃柜子里的两把琴里，另一把在他的手上，当时上海老头走的时候半送半卖给的他。我有些吃惊，不知道说什么好，好像说什么都不对。我说现在别下结论，等会儿问吴丙声便知。马小锋竖着一根手指对天发誓，小木匠这辈子都不可能做出这样的琴，暂且不说他偷琴的事，这样的欺世盗名，我今天不打他一顿我过不去，你别给我拦着。

我非常理解马小锋的心情，在他看来，小提琴的神圣被亵渎了。我没有这样的情感，我有些惊讶，但内心也就这么回事。我去里面解了个手，可能是吴丙声也来上厕所，让马小锋逮了个正着。马小锋把他堵在盥洗台的死角里，掐着他的脖子，吴丙声肥嘟嘟的脸憋得通红，还有他的手臂上那蜿蜒如江河的胎记似乎也暗流涌动。他在不停地跟马小锋解释，他坦陈拿了上海老头的琴，但早就被他拆得五花三飞，他只是在自己的琴上模拟了他的签名。马小锋一字一句地回他道，弥天大谎，你一直在撒谎，我告诉你，你这辈子都休想做出这样的琴来！休想！吴丙声被激怒了，他有的是蛮力，将马小锋一把反扣在地上，并抡起旁边的一个拖把，劈头盖脸地砸了过去。

11

一把琴卖出之后，吴丙声名声大噪，一些人的莫名到访，令他不胜其烦。他去了一趟普陀山，修复中的寺庙空空荡荡，到处都是石匠们的槌凿声。本来还想找个法师开示，结果在千步沙呆了一个下午，因为忘带了泳裤，上岸时令一群妙龄女子惊叫四散。

他回来以后，遭遇了一段恋情，也许这个故事早就开始了。

现在我们知道，这段恋情的开场白是这样的：你也是拉小提琴的吗？

这些都是马小锋告诉我的，他又是如何洞晓这一切的呢，无非这一对相亲相爱的姐妹花，在往来不息的街头静守一隅，靠出卖各自的一点隐私，来消磨这漫长而无聊的时光。她们心里原来是有界限的，但说着说着，总会着了魔似的让她们飞快地说出自己的秘密，然后又在马小锋那里成为隐秘的谈资。

那天姚菲下班，在街上碰到了刚从普陀山回来的吴丙声，他们因此偏离了原来的路线，以正好同路之类彼此都心知肚明的理由，沿着贯穿小城的河流一直走下去，那是由无数细碎而颓败的老宅所簇拥的一片曲里拐弯的区域，老太婆在河边拍打被子的单调声音，似乎更映衬这一带区域的寂静。他们在小桥边停了下来，河对面的小区花园里，踏步机正在自娱自乐。吴丙声双手握着护栏，姚菲从侧边贴近他，把手覆盖在他的手上，然后一点点扣进他的指缝里去。吴丙声心里一点点发着芽，好像平生最重要的时刻正在降临。往回走的时候，姚菲已经挽上了他的胳膊，吴丙声心里靠上了岸。

姚菲带他去了一些他从未光顾的地方，录像厅，旱冰场，台球房。她球技极好，有一次和三四个男人一块打台球，赢了很多的钱，两个人下馆子，喝酒，逛电影院，这并不是吴丙声能够想象的生活，但他尽量装作兴致盎然的样子。对吴丙声来说，她是一个巨大的未知数。她似乎跟谁都认识。那天在旱冰场，吴丙声欣赏了她的优雅舞姿，她轻盈地滑过去，和交臂的一个男士击掌而过，吴丙声心里难过了一记。他一直坐在原地喝汽水。他明显不合适那些场合。这是我的男朋友——她在别人面前从来不隐讳他们之间的关系，这一点令吴丙声的心里十分受用。他只是不太明白姚菲喜欢他什么。但是当打扮入时的姚菲出现在下班高峰时刻的钢窗厂门口，吴丙声心里充满了感激。这个爱情故事在钢窗厂有了不同的版本，当然还有油漆女工的暗自忧伤。

他们的身体一次次贴近，在录像厅，在电影院，在公园密密的小树林里。在那个小树林里，姚菲像油腻的章鱼在他身上的缠绵，吴丙声有一种从未有过的窒息感。他不知道自己是否真的喜欢她，有时候他觉得自己只是姚菲的一个猎物，任她摸，任她啃，她说过，她喜欢的东西就想咬一咬，不咬就无法表达她对"这件东西"的爱，弄得吴丙声身上乌青不断。但姚菲却不喜欢吴丙声把手指弄到她的嘴里去，她总是闻到钢窗厂油漆的味道。这个钢窗厂的喷漆工，邀请姚菲去他家坐坐。这个约邀在上世纪八十年代末期的时代背景下，有着郑重、正式及稳定的信号。姚菲却不意发出轻率的笑声，她的笑声像是一款涂抹剂，令吴丙声自信尽失，似乎有什么不良企图被轻易地挑明。他总是把握不好节奏。他试探道，要不明天晚上。姚菲想了想说，后天。好像彼此跳开一格，各自都得到了想要的东西。

那天晚上，吴丙声向家人宣布这一消息，她们的吃惊程度，就像是小行星要撞击地球的样子。他们既庆幸又觉得好奇，是什么样的女孩看上了她家的怪物。在吴丁香的倡导下，她们迅速地行动起来，一向紧闭的臭气烘烘的小房间被打开，高得离谱的床铺立刻恢复正常，木料被粗暴地堆在弄堂外面。她们从里面整理出一堆的刨花碎木，床单被褥统统被洗了一遍，一番整理后，他的一把全新的小提琴放在重要的位置上——胖子跟我提到这把琴的时候，我知道我离那个真相越来越远了。

吴丙声从未如此服从过家人的调派，他先去理了发，然后去大众浴室洗了一个澡。洗澡的时候，想必细细端详了自己的阳具，意识到晚上的诸多可能，然后又去附近吃了一顿生煎包子，这才安顿好自己的内心。当他站在乐器厂门口，看到对面小阁楼上晒出了一条红被子，而乐器厂原来挂牌子的地方，因为牌子的消失而显出一块特别的白来，心里堵得慌。回到家里，又在死弄堂里看到那些被扔出来的木料，他又难过了一记。

那天晚上，风姿绰约的姚菲翩然而至。她只知道这条街，并不清楚吴家的确切位置。不过她很快看到了那个巷口路灯下徘徊的人。那个人迎上前来，姚菲挽着他的胳膊，吴丙声说，这样不好。姚菲似乎把他挽得更紧了。走进吴家时，家中空无一人。她们都躲起来了，她们可能是窗外飘忽的影子，床底下突然消失的鞋子和柜子里被吸走的衣袂。姚菲问，你的家里人呢。吴丙声说，她们都看电影去了。此时，姚菲听到了一个不明来路的被压制的喷嚏声。她笑死了，几乎趴在吴丙声的肩头上不停地发出咳嗽般的笑声。那天晚上，全家人都像偷窥狂似的围堵着那个小房间，胖子跟我说，他早就注意到那个纸糊的小窗户上有一个破洞，他像去摸敌方哨兵一样，慢慢地接近那个有灯光的窗户。

姚菲表示她一直想到他的房间里来看一看，她又不无遗憾地说，这就是你的工作室么，看起来还是太干净了。吴丙声羞赧说，是么，本来这里乱得很，都怪她们多事。姚菲听得懂，她笑起来有点像咳嗽，中间有一个停顿，弹出来一个打嗝的声音。她说，其实还是乱一点的好。这简直说到吴丙声的心坎上去了。本来房间里有一把靠背椅，让吴丁香给临时抽掉了。虽然她自己守身如玉，但在对待别的女人包括未来的嫂子，她仍乐见生米煮成熟饭。她认为这样姚菲一进来就会坐在床上，所以她拿那把椅子的时候给吴丙声使了一个眼色。吴丙声当然懂得这个眼色的全部含意。从故事的一开始，吴丙声一直在鼓动自己。他说你坐，你坐嘛。姚菲不坐，她正在观赏拿在手里的一把小提琴。

吴丙声把脸埋在她的颈窝里，一边蹭着她的耳朵说，其实女人就是一把提琴。这是他想了半天的一个台词。他补充道：女人就是一把大提琴。吴丙声往自己环在她腰上的手稍稍使了一点力，顺便把她揽入怀中。他把她拥了去，拥到床边，来，你坐到我的膝盖上来。姚菲完全洞悉他的把戏，她很喜欢吴丙声渐渐大胆的试探，她知道这个房间布满了眼睛，她才不管呢。你胡说，女人怎么会是大提琴呢，它的脑袋呢？

这个你就不晓得了，这个我就要给你上课了。吴丙声的手摸索着她衣裳的破绽，一直伸到她的身体里去了。你看啊，女人的腰身像不像一把提琴？所有乐器里只有提琴最像女人了。提琴讲究木头纹路，摸起来又像女人的皮肤一样光滑，大提琴还要靠在男人的肩胛上，像你现在这样。你看，提琴的头子有点旋起来的，就像你的波浪形的头发，你光知道脑袋脑袋，女人不需要脑袋，有一点波浪就可以了。哈哈哈，就是不知道你这把大提琴拉起来怎么样。他说，我来拉拉看怎么样啊？我就要拉了。

姚菲完全被好奇心驾驭了，她说你怎么拉啊。

吴丙声随手拿过来一把小提琴的弓，我来拉拉看，你现在光知道女人是一把提琴，就是不知道男人就是这把弓。你知道弓又叫什么啊，弓又叫琴鞭，对，对琴鞭，什么是男人啊，男人就是一根鞭，鞭就是弓，弓就是鞭。我这把弓就要在你这把琴上拉一拉了。

他把弓搁在她的乳房上，来了一下子。姚菲痒死了，在他的怀里花枝乱颤，你要痒死我啊。吴丙声好像被刺激到了，完全放开了，他说，那我来看看，这里面怎么样？他的弓探索到姚菲的大腿里去了，他一手把她搂得死死的，一手拉得如痴如狂，他已经走火入魔，甚至忘了她是一个女人，她就是一把大提琴，他的脸像喝了酒一样大紫大红，他真的什么也没有干，他只是在拉琴，一把女人的大琴。

12

一九八七年春季的一天，我在开往上海的夜航船上，意外遇见吴丙声和他的女友姚菲。我背着马桶包在底舱白鸽笼式睡铺的空隙间寻找自己的位置，有一个人挡住了我的去路。吴丙声见到我的表现很夸张，在一片乱糟糟的气氛里，把我隆重地介绍给他的女友。我在马小锋那里见过姚菲几面,她叫我作家同志,我们又见面了。吴丙声热烈地把我按在他的床铺上,问我去上海干嘛,是否有新的打算。当时的气氛就是这样,流年笑掷,未来可期,光明就在眼前。吴丙声问我,是否可以一块去见见久违的上海老头,这个我倒没有想到,非常高兴。他还留着上海老头留给他的地址,我们一路找去,好像是老西门的一个什么地方。我们找到那里,跟一个老阿姨说了半天,她不知所云,旁边有个浆马桶的人插话说,老头子早就搬走了。对面正在拆迁,眼前一片废墟,我们站在瓦砾堆上,就像站在一个时代的节点,彼此都没有说话,然后我们就在那里分道扬镳了。

我是后来才知道,他俩在上海和我分手后,直接去了北京。他当时没有跟我提这个茬。我非常能理解,想必当时他也是心怀忐忑,随时都有撤回来的可能。听说他们在北京换了好几个地方,先后是在某剧场附近的胡同里安营扎寨,后来好像又搬到通州,有了自己的作坊。两人断交后,马小锋自然还会有其他途径知道这些。我一直不看好姚菲和吴丙声的爱情——可能是在马小锋那里听了太多有关她的风流往事,但我也确实没有料到,她会和吴丙声双双去北京打拼,并在那里结婚生子。有时候我想,如此这般的生活总是有原因的,只是你不知道而已——就像我跟马小锋随口胡诌的那样,他父亲年轻时真的有过小提琴之爱,只因女方家庭成分而被迫分手——马小锋还一再问我,我又是听谁说的。

马小锋没能进县文化馆,辞职开了一家琴行,长发也剪掉了,一副人畜无害的文弱样子。苦练了多少年的小提琴技巧,整天和懒得练琴又到处吵闹的小孩子打交道,心有不甘是肯定的,不过和一帮虚荣心十足的年轻貌美的家长们眉来眼去,也算是一种额外的补偿。如果吴丙声还在皋城做琴,他俩完全可以形成一个产业链,马小锋翻手就可以在学生那里卖个高价,现在他兜售给学生的工厂流水琴,简直就是一堆烧火棍。

拉手风琴的老先生在他退休的第二年,意外去世。葬礼上播放的是提琴曲《乘着歌声的翅膀》,而不是老先生钟爱一生的手风琴乐——当然,手风琴轻捷华丽的风格,实在有点不太合适这个场合。另外,在一次深夜归途中,我在出租车里听到胖子主持的一个叫夜半私语的电台频道,当然我事先已有所耳闻,他的声音已经洗尽铅华,完全没了从前的浮华与虚张,显得更加的低沉而轻柔。也不知道他与吴丁香最后修成正果了没有。

这一年的冬天,我去北京鲁迅文学院进修,紧接到来的一九八九年,发生了太多的事情,我本来有望调文联工作——他们答应我回去就上班的,也因此搁浅。好在我也没有受太多的牵连。从鲁院出来,我一想到机电厂那黑黝黝的仓库,便心慵意懒,后来我在北京某出版社任外聘编辑,再后来我有了自己的文化公司。

故乡的人马在我的视野里渐行渐远,他们甚至从未在我的手机通讯录里出现过。在我买第一个手机的时候,他们都消失了,当年的电话短号只留在那些早就随风消散的小纸片上。也有过几次非常有限的回乡省亲,一次我坐车经过一个地方,我让司机停下来,摇下车窗,看路对面一家灯火通明的琴行,马小锋正在门边大力拍打着他的扫帚,漂浮的尘埃闪烁如细碎的金箔。

他原本消瘦的身体明显开始发福。时间过得真快，八十年代转眼就过去了，回想起来竟缥缈得很，仿佛并未发生。

13

十余年之后，我在报纸上看到这样一则小提琴失窃案的报道：

随团访华的著名小提琴演奏家塔马什·埃格，在演出前遗失了一把珍贵的古琴，这把斯特拉迪瓦利小提琴制作于1696年，距今已有300多年历史，是他的父亲21岁那年倾其所有买下的，埃格用它录了超过30张专辑。警方第一时间赶到现场，让埃格描述一下这把小提琴的特征，埃格无奈地说，任何乐器都是很个人的事情，所有的小怪癖它都有，就像我的生命，我失去了它。

当时我正陷于北京家中的一把旧沙发里，这则报道让我可耻地想到了吴丙声——平常我很少会想到他，哪怕是一个极轻忽的念头。但是这里面有一个细节不对，塞在埃格的琴盒里冒充小提琴份量的，应该是一堆刨花或者旧报纸之类，而不是报道所描述的一团电线。

因为这则报道，那天我跟太太聊起了太多的陈年往事。当晚还做了一个奇怪的梦，真是想什么来什么，梦里有两个狱警来敲门，说有个囚犯非常想见我一面。我去见了他，他像个女人似地哭个没完，他哭我也哭，直到我太太把我猛烈摇醒。

不久后的一天，我在地铁站中转，意外听到了一个熟悉的声音。那里并不是通常的岛式站台，来回两个方向的列车将各自停靠在平行的高架上，中间隔着一条沟壑般的巨大空隙。此时两边都没有车，对面等车的吴丙声看到了我，大声呼喊我的名字，我看到他真是欣喜万分，想着是不是跑下去和他找个地方聊聊。吴丙声身边还有一个八九岁的女儿，可能是生病了，要到医院去，他一直在比划这个意思——由于距离比较远，我不是听得很清楚。正说着，他的列车呼啸而来，因为铁轨在前，他马上就会被列车长龙遮挡掉，这时他突然想到了什么，他一边把女儿挪开，一边朝我放声大喊：

阿宇，我的小提琴卖到意大利去了！意大利！我的琴！

我已经看不到他了，消失得无影无踪，本来还以为他会在我目及的列车窗口内出现。列车开走了，我还站在那里，怀想那些在旧时光里交下的朋友，依稀犹在，竟一个联系方式都没有，我不知道该去和谁分享这样的好消息。好吧，再见。

过　往

艾　伟

授奖词

小说中的戚老师，是奔月女神，是不忠的妻子，是不负责任的母亲，小说在这三种冲突角色中展开；当死亡降临，戚老师完成了所有做人的角色，她是完美的妻子，完美的母亲，完美的女神。艾伟因此也完成了当代文学中，一位极其丰富复杂让人不能忘怀的女性形象。（吴玄）

　　蓝山咖啡馆晚上十点半后生意好了起来。它在永城大剧院北侧的一个小巷子里。有演出的晚上，一些观众（大都是年轻人）会来这儿喝一杯咖啡，吃一碟点心，讨论一会儿剧情，然后回家。演出结束后，演员们喜欢去永江边的大排档庆祝，平常他们更多在中午或排练的间隙来这儿讨论，顺便填饱肚子。广济巷曲折幽深，道边的香樟树树冠彼此交叉，快把天空遮蔽了，巷子里的中式旧建筑在这个城市里可算是硕果仅存，让这条巷子显出古雅之意。蓝山咖啡馆闹中取静，生意不错。

　　黄德高和另外一个人在咖啡馆已待了一阵子。黄德高胃口惊人，每次来这儿他都会点一份商务套餐，外加一只汉堡，一杯咖啡。小小的咖啡杯子和汉堡放在一起显得相当突兀。他是个喜欢说话的人，一直和对面的人在滔滔不绝。对面的那个男人大约三十多岁，寡言沉静，一刻不停注视着黄德高。他的左眼混浊，看人的时候仿佛对不准焦距。不过另一只眼睛倒是特别明亮。

"你的左眼瞎了吗？"黄德高问。

"模模糊糊看得见。"对方说。

"你看我时，左边那只眼睛好像在看另一个地方。"黄德高说。

一个时髦的女人正从左边过来，衣着鲜艳，超出她年龄，脸上还留有演出彩妆的痕迹。黄德高猜想她应该是一个演员。这年龄的演员大概过气了。

今天黄德高心情有些复杂。这是他最后一单生意。早些年他在省城接单，生意越来越不好做，他已被挤到永城这地界了。干完这单他想金盆洗手，从此远走他乡，隐姓埋名，过另一种生活。他的另一个身份是诗人。以往每次他把单子放出去之前，都会和对方谈诗，不管对方听得懂听不懂，他会把自己写的诗念给对方听。他经常重复的诗句是：我可怜的身体，如此消瘦，像这块土地一样贫瘠，一如我的出身，饥饿是我的灵魂。忍受匮乏，罪孽深重。亲爱的，你是我渴望的甘泉，让我清洁……是一句情诗，不过他早已把这句诗当成他的《心经》，他的大明咒。他相信这句话从他口中念出来后，一切便可以完美达成。今天，他没念。这是最后一单生意，他不准备念，以此表明他诀别江湖的决心。

他已把桌子上的食物吃完了。他心满意足地看了一眼杯盘狼藉的桌子，点上一支雪茄，深深吸了一口，吐出浓重的烟雾，然后把手伸进夹克胸口，拿出一只信封，交到对方手中。虽然已是夏天，黄德高办事时喜欢穿这件黑色夹克，这是他办事的行头，他固执地相信这黑夹克会给他带来好运。

"所有的资料都在里面，包括定金，另一半完事后再付。"黄德高说。

对面的人打开信封，先把一张银行卡取出来，对着灯光看了一眼，好像借此可以辨别真伪。他把银行卡放到衬衫口袋里，然后抽出信封里的照片，看起来。有三张照片。一个板寸头男子，方脸，眉毛稀疏，此人戴着一副墨镜，有两只大号的招风耳朵，看上去气场逼人，有老大派头。第二张上的人穿着黑色T恤，表情严肃地看着某处。再一张在某个澡堂，一个男人上身赤裸，下半身浸泡在池子里，偌大的池子里只有他一个人，眼睛警觉地看着某处，好像他意识到有人正在偷拍他。

"仇家是谁？"对方问。

"这不是你该管的事。"黄德高说。

"我要知道他是不是命当该死。"对方很固执。

黄德高笑了。他觉得对方是个有原则的人。他喜欢有原则的人。有原则的人靠谱。不过黄德高的原则是他不会把委托人的信息告诉任何人。这是江湖规矩。

"失子之恨。"黄德高胡乱编了一个。

对方似乎很满意，收起信封，站起来，说："知道了，给我三天时间。"

黄德高把抽了一半的雪茄按在咖啡杯子里，掐灭："事成后通知我，下次见面还在这儿。"黄德高伸出手，那人犹豫了一下，也伸出手。两人敷衍地握了一下。这一握让黄德高心里颇不踏实。他想，也许今天犯了一个错误，他没念那句诗。一种毫无来由的不安让他一遍一遍在心中默念起那诗句。他希望为时不晚。

走出蓝山咖啡馆，黄德高回头往咖啡馆内望了一眼。那个服饰艳丽的女人站起来看着他。他对她没兴趣。他的目光越过她的头顶，看到蓝山咖啡馆那台超大电视机上满屏烟花，因为电视机静音，使烟花看起来相当落寞，好像这个世界因此深不可测。

一

虽然每晚回家都已是凌晨，秋生还是每天早上九点钟准时到公司。办公室在锦瑟年华娱乐城的顶楼。这是娱乐城最安静的时刻，要到下午才会有一些客人来这儿唱歌或跳舞。当然高潮还是晚上，人们身体里的激情似乎到了晚上才蠢蠢欲动，好像夜晚对人们而言自带荷尔蒙，引导人们去追逐音乐、美酒或女人。有时候秋生想，要是没有夜晚这世界该有多么单调。

即便在办公室里秋生也喜欢戴着墨镜。他穿着衬衣，衬衫领子雪白挺括，板寸头让那两只招风耳朵更为显眼。保镖进来说，夏生在楼下有事找他。秋生皱了皱眉头。已有好久没见到弟弟夏生了，一年或者更久？记不得了。他们兄弟之间不来往很久了。秋生让保镖去把夏生带上来。

夏生站在秋生面前，面容苍白，显得有点拘谨。夏生知道秋生讨厌他是一名戏子。夏生在永城越剧团做演员，扮小生，混迹在一堆女演员中，身上一点男子气魄都没有了。秋生有一次对他出言不逊，说他最恨的一件事就是男人娘娘腔。秋生感到奇了个怪了，同父同母所生，他们兄弟俩完全是两种人。

夏生热爱演戏，舞台让他快乐。夏生对秋生的看法不以为然。秋生总喜欢把自己那套人生逻辑强加到他身上。秋生是错的。人生哪里可以如此单一，秋生也不是人生模板（事实上他也不配成为模板）。夏生自有夏生的活法。每次秋生像一位父亲一样训斥夏生时，夏生都是一只耳朵进一只耳朵出。有一次，秋生甚至要夏生辞了剧团的公职，到他的公司来做艺术总监。"你在这儿随便混混都比演戏强，现在谁还看你们的戏？"秋生说。自那以后，夏生不再愿意见秋生。秋生偶尔会电话他，问他近况，夏生都说很好。夏生知道秋生关心他，只是夏生反感秋生的关心里暗藏着一个父亲的角色。

一个星期之前夏生收到母亲的来信。母亲在信里说她得了重病。她没有详述自己得了什么病，只说自己在世的时间不多，想在最后的时光同秋生和夏生生活在一起。母亲在信里没有提起冬好。这也算正常，冬好的状况在与不在没什么区别了。夏生收到信后心情复杂。母亲是她那一代最出色的戏曲演员。越剧演员无论小生旦角或是老生小丑，基本上清一色由女性出演，夏生作为一个男生成为这个剧种的一员，不能不说是受到母亲的影响。虽然夏生和母亲在同一个圈子里，见面的次数却不多。母亲晚年嫁了一个老干部，去了北京。据说老干部是她的戏迷。母亲定居北京后，夏生没去过她的家，母亲也不太和子女联络（不过没去北京前母亲也很少联系他们）。有几次夏生进京演出，请母亲看戏，母亲和秋生一个德性，看戏后没一句好话，挑的全是毛病。"你都演成什么样子！你的才华及不上秋生的小指头。"母亲说这话让夏生既生气又委屈。秋生五大三粗，对戏根本不感兴趣，母亲竟拿他同秋生比。夏生从来没见识过秋生有任何戏曲才华，没听秋生唱过一句戏。不过母亲一直偏爱秋生，偏爱到不讲常理。夏生也就见怪不怪了。后来夏生能不见母亲就不见。夏生偶尔会想起母亲，她在忙些什么呢？在北京过得好吗？不过也只是一个念头而已，转瞬即逝。那日突然收到母亲的信，夏生还是蛮吃惊的。

夏生坐在秋生大办公桌对面，低着头，一副丧气样。他能感受到墨镜背后秋生的目光。夏生不想先开口，等着秋生说话。兄弟俩沉默了好长一阵子。秋生问："碰到麻烦了？"夏生摇了摇头。秋生松了一口气，说："那就好。"

秋生问起庄凌凌："还同那个姓庄的女人搞在一起？"夏生没回答。夏生怕出乱子。秋生几年前派人警告过庄凌凌，要庄凌凌放过夏生。秋生传话给庄凌凌，说庄凌凌都可以当夏生妈的人，难道要耽误夏生一辈子。夏生对秋生的做派一向不以为然，即便是对他的关心，也过于粗暴。秋生振振有词，说你得有自己的生活。

夏生不想同秋生多拉家常。每次都是这样，聊到后来都是一个结果——不欢而散。好像他们彼此有仇似的。从前不是这样的，小时候秋生从母亲那里偷了钱，在街头买雪糕，总是不忘给夏生买一块最好的，然后到处找夏生，找到夏生时雪糕都融化了。秋生打他一记后脑勺，说，你快吃掉，否则我不给你吃了。说着自己咽一口口水。夏生乖巧地让秋生吃一口，秋生凶狠地白他眼，不再理他。

夏生从口袋里掏出母亲的信，递给秋生。秋生很快扫了一眼母亲的信，轻蔑地说："你就为这事来的？她也给我写过信，我没理她，我警告你，你也别理她。"

夏生直视秋生。秋生的反应他是料得到的。"她快要死了呀。"夏生说。"鬼才信她，她嘴里没一句真话。"秋生说。似乎说得还不够强烈，秋生又说："她要死了才想起我们来？早呢？早先她只知道一个人找乐子，这辈子像没见过男人似的。"夏生低下头，秋生的说法他无法反驳。母亲这辈子有几次婚姻？五次还是六次？多得让夏生记不过来了。

夏生今天是硬着头皮来找秋生的。这事拖了一周了。母亲信里写得很清楚，她现在一个人生活，感到很孤单。母亲难道又离开了那老干部？不管怎么样，她快死了，做儿子的不能不管她。他希望秋生能把母亲接来，秋生家大，又有保姆，可以照顾母亲。

秋生把那封信还给夏生。他转了话题，问："你那新戏排得怎样了？"夏生很吃惊。他没想到秋生关心起他的戏来。秋生一向以夏生是演员为耻，他不知道秋生这是何意。

一个月前，庄凌凌弄来一个剧本，非常棒。夏生也没多想秋生何以知道此事，秋生总有办法知道他想知道的，他长着一双奇怪的耳朵，好像他的耳朵在整个永城飞，没有什么事瞒得了他。夏生说："还没排呢！钱还没找到。现在排戏就是把钱倒水里，本都收不回来，没人愿意赞助。"秋生讥讽道："你们是把自己砸到了水里，你们一心想淹死，没人能救得了你们，早上岸早超生。"秋生还是老调调。

夏生再一次认定，和秋生谈戏就是鸡同鸭讲，自取其辱，千万不要涉及这个领域。夏生打算早些离开。他站起来准备告辞。秋生一动不动。他又打开抽屉，像在找什么。夏生本来打算走的，以为秋生改了主意，站着看秋生。秋生抬起头来说："我警告你，你不要把她接来，你要是接来，我饶不了你。"

夏生刚升起的希望一下子破灭。他艰难地咽了一口唾沫，低下了头，转身往办公室外走。他明白所谓的"饶不了你"的意思，就是秋生会揍他一顿。夏生从小没少挨秋生的揍，对他好也揍，教训他也揍。夏生往外走时，听到背后传来秋生的声音："如果你把她接回来，我也会把她赶走的。"夏生心里冷笑了一下，想，秋生管不了他，他完全可以自己做主。他决定把母亲接回来。

夏生走后，秋生颓然倒在沙发上。一会儿，他站起来，突然唱起戏来，尖细的曲调轻柔地从他嘴中出来，和他的形象形成奇怪的反差。好像这会儿他穿上了水袖戏服，成了舞台上的花旦，兰花指翘着，身段妖娆。这些戏都是秋生小时候在黑暗的剧场看着演员们排练学的。不过秋生从来没在任何人前展示过他的"才艺"。那时候母亲到哪里都喜欢带着秋生。剧团排练时，秋生在黑暗的剧院里钻来钻去。有时候去化妆间，天热的时候，那些女人几乎袒胸露乳。她们喜欢把秋生叫成干儿子。母亲不愿意她们这么叫，她经常说的一句话就是，他差点要了我的命，生他时我难产，不许你们当他的干娘。母亲越是这么说，那些女人越是要占秋生的便宜。

那时候他们一家还是团聚的。母亲的演戏事业是这个家庭的中心。父亲是永城文化馆的一位音乐老师，可他的心思都在母亲身上。他正在根据母亲的演艺特长编写一出新戏，希望此剧能挖掘母亲的所有优点。很多人认为父亲不谙世道，行为怪异。秋生也信不过父亲，不认为父亲能写出好看的戏来。只有母亲崇拜并相信父亲，他们很恩爱，甚至在兄妹三人前亲热。"他们是一对活宝。"秋生对妹妹冬好说。但冬好觉得很好，很浪漫。秋生说，浪漫个屁，是不要脸。母亲在永城声名大噪后，父亲建议母亲去省城发展。"永城对你来说太小了。"父亲对母亲说。父亲渴望母亲更大的成功，好像父亲这辈子的事业就是让母亲成名成家。母亲后来真的去了省城。父亲和母亲过起了两地分居的生活。一个男人愿意牺牲自己成全一个女人，虽然疯狂，也是一种美德。母亲去省城时，带走了秋生。

秋生唱完一段戏，屏住呼吸，稳定了一下情绪。他来到垃圾筒前，找一个星期前丢弃在那儿的母亲的来信。信居然还在。他拿了回来，摊开皱成一团的信，看起来。母亲给他的信，言辞和给夏生的完全不一样。在给夏生的信里，母亲对自己来永城显得理所当然，好像回到永城和他们生活是她应有的权力。不过在给秋生的信里，母亲是可怜巴巴的，几乎在乞求秋生收留她，母亲还表达了对秋生的想念。"你是我用命换来的。"一周以前，秋生看到这句话相当反感，这句话他听太多遍，在母亲那里就是一句顺口溜，他不相信里面有什么真情实感。秋生把信折好，放到写字台抽屉里。

保镖敲门后，悄然进来。保镖也是他工作中的助手。秋生想起来了，今天需要去处理一下娱乐城的事。不久前，消防突然来到锦瑟年华娱乐城，找出一堆问题，下面的人搞不掂。他起身，来到大楼下。坐到车上后，他改了主意，同司机说，去广济巷。司机不明所以，掉转车头，向广济巷开去。半个小时后，小车驰入那条著名的由香樟树冠交叉而成的绿色通道，蓝山咖啡馆深绿色的门面一闪而过，咖啡馆的橱窗里放着做好的糕点和一幅巨大的话剧海报。蓝山咖啡馆的主人特别小资，喜欢各种戏剧，是标准的文艺青年。秋生让司机在蓝山咖啡馆前停下。保镖先下车打开车门。秋生出来后，没像往常那样让保镖跟着。他让他们在原地等。

永城越剧团在剧院后庭的一个院子里。就是夏生的单位。秋生怕见到熟人，从院子右侧一小道拐入，那儿有一个窗子，可以进入剧院内。凭着童年的记忆，秋生顺利进入剧院。没有演出的剧院黑暗一片，因为空气不流通，秋生被一股浑浊的霉味呛到了，打了一个响亮的喷嚏。他习惯性地看了看二楼，看管剧院的老头总是在二楼出现。他熟悉这个剧场的每一个角落，舞台后演员的化妆间，更衣室，剧场一楼和二楼中间的小小的电影放映室，虽然几年前剧院作了大的改造，但整体格局没多少变化。

秋生在最后一排坐下。现在他的目光适应了黑暗，剧场内的椅子和走道在黑暗中浮现出来。他默然坐着。他连自己都不清楚为什么来到这儿。他问自己，假设夏生接母亲回来（他断定夏生会这么干），他见不见她？

舞台上突然出现一对男女。两人是从幕后钻出来的，迅速黏在一起。舞台空旷，这对男女看起来很小。秋生看到这一切，很厌恶。这引起了秋生不快的回忆。母亲带着秋生来到省城，先是寄居在母亲同门姐妹家，后来省越剧团分给她一间宿舍。母亲在那个时候，背着父亲和一个男人好上了。

秋生下定决心，如果母亲到来，他绝不见她。他悄悄从剧院的前门退出去。在剧场的大厅，他找到电箱，把电闸合上。他知道这会儿，剧场里灯光闪亮，那对赤裸的男女一定惊慌失措。秋生穿过二楼的一个出口，这儿有一个铁梯，可以通往刚才进来的窗口。

秋生给孙少波打了个电话。孙少波是红酒商，娱乐城的红酒都是孙少波提供的。这阵子永城流行喝红酒。红酒生意利润高得惊人，秋生方方面面帮过孙少波不少忙。秋生到蓝山咖啡馆门口，保镖就出来打开车门。秋生竖起食指，向他摇了摇，然后走进咖啡馆。保镖迅速关了车门，严肃地站在咖啡馆门前。蓝山咖啡馆的电视机正在播体育新闻，但只出画面，听不到声音。电视机是新装上去的，奥运会不久将开幕，到时候会有很多年轻人会聚到这儿来看比赛。六月奥运火炬在永城传递，秋生无意中看到了直播，夏生竟然是火炬手。秋生心里有所触动。一个人不管干哪一行要干到夏生这份上也算不容易了。成为一名奥运火炬手无疑代表着对夏生戏曲生涯的认可。不过秋生依旧认为演戏不是什么好职业，这个职业经常会毁掉正常的人生。他们家就是个现成的标本。

保镖看到孙总急匆匆朝这边走来。孙总老远向保镖打招呼。保镖问孙总怎么来的，孙总说，车停在剧场门口，这巷子不太好停车。保镖点点头，拉开咖啡馆的小门，让孙总进去。孙少波一眼看见坐在角落里的秋生。

孙少波在秋生对面坐下，脸上下意识露出谄媚之色。秋生替孙少波要了一扎啤酒，说："这里的黑啤不错，德国进口的，没掺水。"孙少波听了有点刺耳。有一次他被人告就是因为拉菲里掺水。其实不是掺水，是掺了同一个酒庄出产的红酒。秋生说："我小时就在这一带玩，现在这儿没人认得我了。"孙少波不知如何接口。他知道秋生不是和他来怀旧的。他喝了一大口啤酒。刚才跑得快，确实有点口渴了。

好一会儿，秋生终于说正事。秋生说："帮个忙可以吗？钱我会出的，你出个面就行。"孙少波很快就明白秋生的意思了。秋生想让孙少波出面赞助一笔钱给永城越剧团排一出新戏。孙少波没有理由不答应。秋生说:"剧团就在那边,看见了吗?"孙少波说:"原来这么有名的剧团在这个角落,我平时都没注意过。"秋生给了孙少波一张名片,说:"你找他,是剧团团长。等会儿打电话给他吧。"秋生想了想又说:"不要搞得像施舍的样子,就说你从小喜欢唱戏,特别崇拜演员,现在有了点闲钱,想投资艺术,实现心愿。"说完秋生把服务生招了过来,结了账。孙少波要抢着结。秋生说:"你少来,我拜托你办事,当然我来,再说这能花几个钱。"

二

从秋生的公司出来,夏生往庄凌凌家走去。一路上夏生心事重重。对夏生来说,生命中有一件事他绕不过去,像一个巨大的阴影笼罩着他,这件事就是父亲有一天失踪了。这个家的分崩离析是在父亲失踪后。关于父亲失踪这件事,夏生最初不无怨恨。后来夏生进入了演艺这一行,他听到各种各样来自戏曲界的传说,都是父亲所承受的种种屈辱,每次夏生听到,有一种如鲠在喉之感,似乎稍稍理解了父亲。父亲在写完《奔月》后去了省城和母亲会合,那时候母亲在省城还没混出来,主角轮不到她。为了能把《奔月》搬上舞台,母亲求爷爷告奶奶,动用了各种手段。父亲几乎没有世俗能力,除了艺术,在别的方面他帮不上母亲。后来《奔月》一炮而红,还拍成了戏曲电影,母亲因此成了全国人民熟知的明星,然而父亲神奇般地失踪了。如今二十六年过去了,父亲依旧下落不明,活不见人,死不见尸,这事想起来就让夏生心里发怵。那是一种空落落的感觉,夏生的内心生出一种辽阔的空旷感,这人世间因为父亲的这一行为而变得更为不可捉摸。母亲在父亲失踪后不断换男人,他们兄妹仨则在永城自生自灭。母亲偶尔想起他们来会寄一大笔钱过来(母亲在钱财方面一向大方),至于他们的生活从此不闻不问了。庄凌凌算得上是母亲的学生,她经常感叹,你们兄妹三个就像是你爸和你妈拉下的三粒屎,而他们像鸟儿那样飞走了。不过庄凌凌也劝慰过夏生,说,你妈啊,这辈子只喜欢一件事,就是演戏,别的对她来说都不重要。这正是夏生耿耿于怀的地方,他认为母亲被名利迷了心窍,到了对亲情缺乏概念的程度。

庄凌凌住在法院巷的一幢小洋房的阁楼里。这小洋房原来是永城越剧院的团部,后来团部搬到了大剧院,这幢小楼变成了公寓。庄凌凌一直住在这儿。前段听说要拆迁,后来这事就没影了。庄凌凌倒是安于住在这儿,什么都方便,去剧团也近。

夏生进去的时候,庄凌凌穿着睡衣,正在煲汤。这是她的美容汤。当演员的,特别是女演员,别的可以不在意,容颜是最看重的。用庄凌凌的话说,除了一副嗓子,一副皮囊还有什么呢?这是她们的命。

"庄老师。"夏生叫了一声。见夏生来,庄凌凌非常高兴,说:"你真有口福,煲了一小时了,野生的河鲫鱼。"

夏生没同庄凌凌说起过母亲来信的事。可能是夏生满脑子往事,脸上有些恍惚,庄凌凌警觉地问:"有心事?"夏生没回话。庄凌凌又问:"那本子团长不喜欢?"夏生意识到眼下庄凌凌最关心的就是那剧本的事。夏生说:"现在团里的状况你也清楚,即便团长看中了，要排出来也不容易，得有钱才行。"

半个月前，庄凌凌拿到一个打印得整整齐齐的本子，让夏生给团长。意思是明确的，她想演女一号。她多次说，要和夏生合作一次。"我们都没合过一台像样的戏。"她强调。庄凌凌已有多年未上舞台了。演戏这件事就是这么残酷，过了四十合适的角色就不多了。庄凌凌和团长关系一直不好，这几年心情差，牢骚就多，谈起团里的事，总是用"乱七八糟"形容。"你们排的都是什么烂戏，只盯着专家、评奖，这样搞下去，会把所有的观众都赶跑。"庄凌凌公开这么说。

团里的人都知道夏生和庄凌凌的关系。这让夏生有些为难。他不知道怎么同团长开口。这年头，靠市场养不活剧团，演出的资金基本上是政府拨下来的。政府倡导主旋律，鼓励排反映现实的戏，这些年夏生一直在演当代楷模。早几年，戏曲界也排过不少现代戏，不过那时候是为了寻求越剧的可能性，引进了很多别的艺术手段，音乐和舞蹈都搞得很先锋，结果是传统戏迷看不懂，年轻人也不接受，观众变得越来越少。不管这样的实践是成功还是失败，总还是值得的，现在的状况和当时的探索完全不同，现在直白地同你讲，戏曲就是"高台教化"，所以要多排现代戏，否则政府没理由资助。庄凌凌说，现代戏尝试一下我不反对，但全是这玩意儿，实在难以忍受，把越剧所有的程式都毁掉了。庄凌凌说的不无道理，没了水袖，演出时夏生常常不知怎么走台步。

庄凌凌说："我明天找那土匪（庄凌凌私下叫团长为土匪）去。不是没钱吗？钱我去弄来，好不容易搞到这么好的本子，不排是瞎了眼。"夏生犹豫了一下，说："你还是别去了，我去问团长吧。"庄凌凌脸上露出妩媚的笑容，说："这就对了，你现在是团里的台柱子，你的话还是有分量的。"夏生说："现在演员就是个屁。"庄凌凌表示同意，说："戚老师在团里的时候，做演员才风光，演员是灵魂，导演、团长都捧着你妈。哪像现在，我们变得一钱不值了。"

庄凌凌突然提起母亲，夏生愣了一下。庄凌凌注意到夏生的表情，问："怎么啦？"夏生说没事。他们一起吃鱼汤。庄凌凌给夏生喂鱼汤。庄凌凌这样做不仅仅是亲昵，是习惯。夏生算得上是庄凌凌带大的，庄凌凌在夏生这儿有时候更像一位母亲。夏生说自己来吧。庄凌凌说肯定有心事。夏生就让庄凌凌喂鱼汤。庄凌凌继续着话题："你妈妈这样的人，也就是在当年才过得好，要是现在，还不被踩得像蚂蚁一样。"

庄凌凌让夏生陪她睡一会儿。夏生没心情，不过还是上了床。天很热，一会儿两个人都汗津津的，庄凌凌整张脸都涨开了，双眼迷离。庄凌凌突然赤身裸体地在床上表演新剧本中的片段。床吱吱作响。夏生想象水袖在空中水波似的翻动。夏生觉得这时的庄凌凌特别美。

母亲来永城这件事一直压在夏生的心里。夏生的注意力涣散，眼前表演的庄凌凌成为模糊的一团。后来，庄凌凌揪着他的耳朵，他才醒过神来。

"你肯定有心事？是不是团长看了剧本不满意？"庄凌凌现在脑子里只有剧本，这会儿她的表情像天要塌下来一样。夏生这次没办法，只好把母亲来信以及他早上找秋生商量的情况说给庄凌凌听。庄凌凌躺下来，难得温柔地问："戚老师真的快要死了？"夏生双眼茫然，说："不知道，她信里这么说。""秋生不同意你妈回来?"庄凌凌问。夏生仰躺着,看着天花板。

"看来你妈也老了,折腾了一辈子,到底还是想起你们来了。"庄凌凌说。

夏生坐起来,穿上衬衫。他不喜欢在床上讨论母亲,好像母亲这会儿正看着他。

三

下午两点半,夏生去剧团。一路上,脑子里依旧是早上见秋生的情形。夏生理解秋生的反应,秋生曾同他说过,他这辈子不会再原谅母亲。夏生想,他要是秋生,一样不会原谅母亲。

虽然他们兄妹仨就像庄凌凌所说的是父母拉下的三粒屎,但他们还是暗自成长。秋生担起家长的角色。冬好不服管,因此经常被秋生暴君般对待,动不动要惩罚冬好。夏生被秋生揍怕了,倒是很乖。冬好十六岁那年,不再上学。冬好唱着"乌溜溜的黑眼珠和你的笑脸"和永城一帮时髦青年混。冬好喜欢唱这首歌,因为冬好也有一对乌溜溜的黑眼珠。冬好学着香港明星烫了一个爆炸头,打扮前卫,还学会了霹雳舞。冬好经常戴着露着五指的黑手套,穿着当时流行的宽裆窄口裤,在永城的舞厅出没。秋生受不了冬好不学好,有一次到舞厅把正在跳舞的冬好扛在肩上带回家,并把冬好锁在屋子里好几天。冬好让夏生替她把锁打开。夏生不敢。冬好骂夏生是一个奴才,秋生的奴才。后来,冬好从窗口爬了出去,从此经常夜宿在外,偶尔才回家睡觉。

半年后冬好被人睡大了肚子。冬好开始还想隐瞒,最终还是让秋生看了出来。在秋生的逼问下,冬好承认了,说出了那个男人的名字。冬好那时候还没死心,一心一意爱着那个男人,等着那个男人来娶她。她对秋生说,哥,你不要为难他,是我自己愿意的,错都在我。秋生找过那家伙,是个有家庭的人,这个流氓根本不认是他让冬好怀了孕。那家伙说,冬好的男朋友多得很,鬼知道肚子里的孩子是谁的。秋生终于明白了冬好的处境,这个人不会为冬好做任何事,他不会负责。可悲的是冬好却依旧存着痴念,纠缠其中,不肯放手。

没有任何办法,秋生唯一能想得起来解决这个问题的人只有母亲。那一年秋生带着冬好去省城找母亲。那时候父亲失踪已有八年,母亲则已声名远播,演艺事业如日中天。秋生带着妹妹来到省城,希望母亲可以联系一个医生把胎打掉。母亲突然接到北京的通知,某首长想听她唱戏,她不管不顾,抛下秋生和冬好去了北京。母亲说,随便哪家医院都可以的,手术不复杂。那一年秋生只有十八岁,一点经验也没有,他走投无路,感觉天都要塌下来了。冬好怀孕了后一直在崩溃中。

少年时母亲买给秋生的自行车还在车库里,那天晚上秋生决定带着冬好骑自行车回永城。省城和永城之间相隔一百多公里,他使劲全力踏着踏板,在黑夜中穿行。自行车后座上的冬好一直在哭个不停。自行车颠簸得太厉害了,那天晚上,冬好流产了。秋生并不知道,只听到冬好在喊叫。他厌烦冬好的叫声,都是她自找的。

秋生骑了整整一夜。第二天清晨到了永城,秋生才觉得不对头。那时冬好已经安静了,双手抱着他,脸贴在他的背上。前面是秋生所读的永城二中,二中的左侧有一条小河。秋生把自行车停在桥头,借着晨光,看到一大片血迹黏在冬好裤子上,也黏在自行车上。血迹已经干了，结成了黑色的块。愤怒就在那一刻彻底击垮了秋生的理智，好像是为了发泄愤怒，他把自行车抛入到那条小河中。河水激起巨大的水花。

就是那天早晨，秋生带着几乎迈不动步子的冬好，找到那个男人，当着冬好的面，把那人打得半身不遂。可怜的冬好，还一心想着和那男人重拾旧好，满脑子都是自我欺骗带来的幻想，以为男人最终会来娶她。看到这个残忍的场景，冬好当场崩溃。秋生因此坐了六年的牢。

秋生坐牢那阵子，是夏生照顾冬好。后来冬好的精神状态越来越不好，几次自杀送医。夏生没有办法，只能把冬好送进精神病院。中间接出来几次，没多久旧病复发，只好再送进去。他们这个家就这样彻底毁掉了。

一会儿，夏生进入广济巷。走过蓝山咖啡馆时，他看到秋生从里面出来，一脸不高兴的样子。他怕秋生看到他，在一棵香樟树后面躲了一会儿，直到秋生的汽车开走。

剧团驻地就在广济巷垂直的那条巷子里，属于永城大剧院的附属建筑，办公条件局促。正南的两层小楼用于办公以及存放道具，小院子四周是宿舍，未婚的演员们大都住在宿舍里。一些演员不是本地人，或从艺校毕业，或从别的团调来。

团长办公室的门紧闭着。夏生敲了几下，里面没有动静。夏生朝对面的宿舍望了望，天气闷热，几个女演员的宿舍门敞开着，她们穿得很少，大大方方地在屋子里走来走去。剧院的女演员似乎从来不把男演员当男人，在化妆间换戏服时也不回避，在宿舍也一样。有一个女演员看到夏生，从屋子里出来，穿了一件男生的背心，连胸罩都没戴。她用手势暗示夏生，团长在里面。

夏生不好意思再敲门。夏生近半个月隔三差五来团里找团长。团长的门总也敲不开，夏生想，团长这是躲着他。这时，夏生看到团长和王静从剧院那边走出来，团长穿着整齐，还系着一条红色领带，王静穿着一件咖啡色吊带衫，不施粉黛。两人样子有点鬼祟。夏生假装没看见，走进自己的办公室。

作为剧院的台柱子，团长是很照顾夏生的，特地在剧院的道具室替夏生隔了一间办公室。夏生穿过堆放得杂乱无章的道具间，进入里屋。夏生是个爱干净的人，道具室这么乱实在让人难以忍受。刚分到办公室时，他把道具好好整了一遍。结果管道具的大发雷霆，因为他什么都找不到了。道具说，我乱中有序，什么东西放哪儿一清二楚，被你一搞，这么多东西，哪里还找得着。从此后，夏生只好忍受道具间的乱。

自己的办公室倒是弄得干干净净的。夏生烧了一壶水，替自己泡了一杯茶。团长在就好，今天无论如何要同团长谈谈。

响起了敲门声。夏生以为是团长，连忙站起身去开门。是王静。王静还是刚才的样子。夏生怀疑刚才团长和王静也看见了他。夏生看到王静素颜上长出一颗痘痘，想开一句玩笑，还是憋了回去。夏生有时候蛮感叹的，这些女演员在舞台上风情万种，走在街上也是人见人爱。在生活中，一个个邋里邋遢，宿舍也臭得要死。和她们同台演出，夏生偶尔会走神想起她们生活中的样子，情感就一下子恍惚了。

王静坐在夏生的办公桌上，说："最近

来得很勤嘛。"夏生说:"你坐好一点,你看你都走光了。"王静看了看自己的吊带衫,她乳房小,她觉得自己的乳房就是露出来也没人要看。王静说:"团里好久没排戏了,我都闷死了。"越剧开始从戏迷者众到如今无人追捧,演出的机会是越来越少了。很多演员闲着也是闲着,到处去文艺晚会客串。现在各级政府喜欢搞晚会。服装节,晚会。开渔节,晚会。每场晚会虽以流行歌曲或相声小品为主,也总归需要戏曲点缀一下的。也有些演员干脆去唱堂会,赚些外快,不然都生活不下去了。夏生说:"你每天晚上去给有头有脸的人唱堂会,还闷?"王静说:"都是些附庸风雅的人,现在饭局上流行唱昆曲,我学了几句。"说着王静翘起兰花指,唱道,良辰美景奈何天,赏心乐事谁家院……夏生说:"行了行了,你这腔调,唱的哪门子昆曲。"王静说:"反正这些暴发户也听不出来,只会一个劲叫好。"夏生感到无语。自从白先勇的青春版昆曲《牡丹亭》走红以来,唱腔古雅悠长的昆曲一时成了时尚,有钱有势的人更是趋之若鹜,很多越剧女演员到了饭桌上常常放弃自己的行当,反串着唱几句。夏生庆幸自己是男的,不然大概也不能免俗,同她们一样到处赶饭局,唱堂会。

王静直愣愣看着夏生。夏生问:"你看什么?"王静说:"听团长说,马上要排戏了,他手里拿到一个好剧本。"夏生愣了一下,问:"什么剧本?"王静说:"知道你会装傻,都在传剧本是你给团长的。"夏生欣喜,问:"你从哪儿听说的?"王静不耐烦了,说:"算了算了,当我没说,舞台上演得还不够吗?下了台还演戏,没劲。"夏生说:"团长真的说剧本好?"王静说:"这还能假,一个字,牛,团长都在找资金了。

团长天天带着女演员请大小老板们吃饭呢。妈的,我乳房太小,团长不带我。喂,我就奇了怪了,男人怎么个个喜欢大乳房,你说我是不是去隆个胸啥的?"夏生见王静这么严肃,被她逗笑了,说:"你算了,小胸挺好的,我就喜欢小胸。"王静说:"吃我豆腐,谁信啊,庄老师的胸……"王静打住话头,靠过来,严肃地说:"夏生哥,资金好像有眉目了,我听团长说有人愿意赞助这台戏了。"夏生不敢相信,问:"真的?"王静岔开话题,问:"听说庄老师想演主角?"夏生敷衍道:"这个团长定。"王静说:"晚上的饭局,团长让我去,听说那位孙老板,就是愿意投钱的那位冤大头,喜欢听昆曲。"说完,挺直腰板,转身出门了。夏生有些感慨,他曾听一位机关的朋友说,要是机关里一女同事突然霸道起来,一定是"上面"有人了。

夏生等不来团长,想回去了。团长好像在办公室装了监视器似的,从办公室出来,让夏生别走,晚上有饭局,一起去。夏生说:"那些老板不是喜欢美女吗?再说我又不会喝酒。"团长说:"你去就是。"

团长带着夏生、王静和另外几个女演员到了石浦大酒店。客人还没来,主位空着,团长坐在主位的右边,团长命王静坐在主位左边,并说:"王静,你等会儿和孙总好好喝几杯啊。"王静说:"怎么让我喝酒?不是唱戏来的嘛。"团长刚要说话,红酒商孙少波到了。孙总只带了一位手下,应是办公室主任之类。孙总的架子大到不行,但还是客气了一番,说:"这是团长的位置,我怎么可以坐。"团长向王静使了个眼色,王静就拉着孙总入了主位。那办公室主任殷勤地打开热毛巾递给孙总。团长说:"王静,你怎么搞的,不是让你照顾好孙总嘛。"王静嗲声嗲气说:"孙总要么我替你擦脸?"

孙总首先打量今天饭局的美女们,最后把目光移到夏生这儿。夏生礼貌地对孙总笑了笑。孙总觉得夏生有点面熟,一时想不起来。他憋不住问:"我们在哪儿见过吗?"夏生摇摇头。团长说:"可能在海报上见过吧,他是名角。"孙总频频点头,说:"对对,有可能。"饭局像往常一样热闹,酒精让所有人兴奋。只有夏生,酒喝得少,冷眼旁观着这狂欢的场景。因为失神,某一刻好像周遭的喧嚣突然消失,他只看到团长、孙总、王静和别的女演员夸张而扭曲的表情,仿佛一幅变形的抽象画在风中飘荡。王静的昆曲倒是唱得清丽脱俗,大出夏生意外。他第一次发现王静嗓音的潜质,如果朝苍凉的方向发展,一定会有独特的面貌。孙总也被王静迷住了,他的手已经不老实了。王静知道团长凶巴巴盯着她,但她没有收敛,和孙总逢场作戏。团长一杯一杯敬酒,试图把孙总的注意力从王静那儿转到喝酒上。孙总喝高了,他晃晃悠悠站起来,作了两个宣布:一,这戏他来兜底,剧团尽快打个预算给他;二,他虽然没看过剧本,但女主角让王静来演,他喜欢她的嗓音。夏生心一沉,想糟糕,这是要了庄凌凌的命啊,这可是庄凌凌最后的舞台心愿,她说,此剧后她不再演了,让年轻人折腾去吧。夏生看团长,团长回避了夏生的目光。团长端起酒杯,站起来,向孙总表示感谢。团长字正腔圆,念台词一般说:"要是老板们都若孙总这样趣味高雅,我们戏曲就有救了。"到了此时,夏生才意识到团长找他赴饭局的目的。团长明摆着把球做给王静,然后通过夏生所见把情况传给庄凌凌,让庄凌凌有心理准备。

散席后又有了插曲,孙总要带王静陪他去唱卡拉OK。团长反应快,说:"好啊,孙总,确实余兴未尽,我们一起唱歌去。"孙总却板下脸来,说:"我就喜欢同女主角一起唱,你们回去吧。"气氛刹那僵了。王静求救的目光投向团长。团长纠结了好长时间,又担心煮熟的鸭子飞了,咬了咬牙,打起哈哈:"孙总啊,你可不能欺负女主角啊。"然后搂住夏生,大着舌头说:"林夏生,你叫辆车送我回去。"孙总油亮亮的笑脸突然冻住了,换了个人似的,一下子变得十分严肃。他拉住团长问:"他叫什么?"团长说:"夏生啊,我们团的台柱子,演男主角。"孙总问:"姓林?"团长点头,不明所以。孙总拍了一下自己的脑门子,暗想,怪不得先前觉得面熟,这个叫林夏生的演员原来有点儿像林秋生,虽然长得一个南一个北,气质完全不同,但总归是同一个爹娘生的,神似。孙总问夏生:"你是不是有个哥哥叫秋生?"夏生没回答。孙总打了个长长的哈欠,对团长说:"今天的酒劲儿挺大,我有点困了,这样吧,今晚就到这儿,都散了吧。"团长终于松了口气,赔着笑说:"孙总放心,女主角一定让王静来演。"孙总不言语。夏生想,不管从哪个方向看,庄凌凌离主演越来越远了。形势比人强,想起庄凌凌一心盼着这个角色,夏生感到难过。他决定,要是庄凌凌最后真的没法上舞台,他就和她同进退,辞演男一,也许只有这样才能让庄凌凌好受一点。

送走了孙总,团长把夏生叫到一边,说要同他谈谈。夏生说:"明天不行吗?"团长一定要今晚谈。夏生跟着团长向剧团走去。

夜已经很深了,街上行人不多。街灯昏暗,好像因为无人欣赏而显得无精打采。

十分钟后,夏生和团长来到剧团。没去参加饭局的女孩子们都已睡了。在没有演出的日子,她们打发无聊的办法就是在宿舍睡大觉。

团长没有进自己办公室,而是进了夏生那道具间,进门前还看了看走道上有没有人,好像团长和他之间有见不得人的勾当似的。团长在沙发上坐下。团长的额头上渗着亮晶晶的汗珠。天虽热,团长坚持着西装系领带,似乎他只有穿成这样,剧团才是体面的,才能让外界认为他们是国家正规单位,而不是野鸡部队。夏生办公室的空调不是很好,夏生怕团长中暑,从道具室搬了一把巨大的电扇(这把电扇是用来吹舞台上干冰蒸发的云雾的),对着团长。团长好像被吹出来的风爽到了,长长地舒出一口气。

"夏生啊,终于有人愿意赞助我们了,好事啊。"团长正了一下领带,说,"连续二十天啊,老子天天喝酒,喝得我汗里面都是茅台味,这话是王静说的,我说那你尝尝,她还来真的,我立马就怂了,奶奶的,我们团女人都不是省油的灯。"

夏生的手机响了起来。是庄凌凌打来的。夏生犹豫着要不要接。团长说:"你先接。"夏生给团长看手机来电显示,团长沉默了。夏生掐掉了电话。

夏生不再说话。团长坐在那儿,汗更加多了,西装内的衬衫都湿透了,贴着胸口,能见到里面白皙的肌肤。团长停住话头,叹了一口气,说:"夏生,今晚的场面你都看到了,你是不是劝劝庄老师?庄老师是好演员,可说实在的,演这个角色太老了,团里还是要多培养年轻演员。"夏生听了觉得刺耳,心想,借口而已,刘晓庆还演少女呢,还是电视剧呢,庄老师没那么老,戏服一穿,重彩一扮,谁又能看得出来?不过,夏生没有把这话说出来。团长看了一下夏生的脸色,知道自己说错话,连忙说:"庄老师当然还很年轻,但我能有什么办法?这么同你说吧,今天的饭局是王静张罗的,孙总投钱完全是为了王静,不让王静演,钱不会到我们账上。没钱,再好的剧本有个屁用。"夏生有点疑惑,这说法似乎同王静说的不一样。庄凌凌说得没错,团长就是个"笑面虎",城府深得很,没一句真话。

夏生伸出手,说:"把剧本还我,我还给庄老师,这戏不演了。"团长一下子跳起来,说:"夏生,你疯了!这么好的本子哪里去找?你怎么舍得放弃这样的角色?这么复杂的好角色你一辈子都难得碰到。"团长这么说夏生不是没有动心,他从看剧本那一刻起就被这个角色迷住了。但是有一点他明白,他和庄凌凌是捆在一起的,再有诱惑力,得放弃还是要放弃,他不能没有良心。

团长看夏生不再言语,站起来拍了拍夏生的背,安慰他:"等资金到账,我们就开排。你可要好好演啊,这戏一定会既叫好又叫座,到时候全国巡演,进京演出都不成问题。"

回家路上,夏生又接到庄凌凌一个电话,他还是掐掉了。他想当面同她说,又想,见了面肯定也不开心,索性回家睡觉了。

第二天,夏生一早醒了过来,钻入脑中的就是怎么同庄凌凌说这件事。手机就在床边,不过,他关机了。他怕自己还没把事情想好,庄凌凌就打电话来。母亲的事也让他心烦意乱。唉,一团乱麻。有时候夏生觉得现实的戏码比戏里面精彩百倍。

后来夏生又迷迷糊糊地睡了过去。等

他醒来已近中午。他心一惊，马上起床，打开手机。一下子蹿进来八个未接来电短信。庄凌凌打来五个，团长打来三个。夏生不知道出了什么事，正在思考先给谁打回去，团长的电话进来了。团长说："夏生你终于开机了，你快来，这边打起来了。"一会儿夏生才听明白庄凌凌在剧团闹，和王静撕打成了一团，团长让夏生赶快去劝架。团长说："你把庄老师带回家吧，王静的一缕头发都被庄老师揪下来了，再不来要出人命了。"

夏生没回一句，挂了电话。他也没给庄凌凌回电。他一个人坐在床边，脑子一片空白。他想，他赶去又有什么用？庄凌凌脾气大着呢，是他可以劝得动的？再说，虽然让王静演是孙总的意思，但总归对庄凌凌不公。庄凌凌作为剧团的名角几年没演新戏了，剧团的人都明白真正的原因是庄凌凌和团长不对路。

想起庄凌凌的处境，夏生不免心里有些苍凉感。他和她正式在一起十多年了，庄凌凌除了照顾他，对他几乎没任何要求。他们也没有婚姻，是庄凌凌不同意领证，说，这样很好，要那张纸干嘛。夏生知道这是庄凌凌给他留了后路。夏生免不了心生愧疚。

在十年前，无论作为女人还是作为演员，庄凌凌处于一生最好的年华，至少在永城的舞台上她大放异彩，卓然独立。那时候也有很多达官显贵觊觎她的美貌，频频暗示她。庄凌凌心气高傲，抵抗住了诱惑，或者她认为凭自己的才华足以在永城舞台上立足。好时光一去不返，转眼庄凌凌就四十多了，新来的团长更看重年轻演员，每次庄凌凌和团长闹得不愉快，她都会咬牙切齿地说，也许我应该去睡一个官儿，这样你也可以解脱了。秋生知道庄凌凌这是气话，从前红的时候都没动过念，更不要说现在了。可是每次听到这句话，夏生心底百味杂陈，生出身为一名戏曲演员的苍凉感，庄凌凌说出这种狠话她得有多不甘啊。对演员来说，舞台就是生命，离开了舞台，等同于判她们死刑（尽管已没太多人在乎她们的演出）。庄凌凌对这部戏注入了太多的情感，她几乎对剧本的每个细节都了然于胸，如果不能登台，她因此遭受的打击恐怕要好长一段时间才能缓过来。

夏生起床后，没有打开窗帘，室内依旧是昏暗的。一缕阳光从窗帘的缝隙射入，分外刺眼。小区的绿植在阳光的背后，好像它们是阳光的一部分。夏生看了一眼墙上的钟，十二点快要到了。他到现在还没吃过早饭，奇怪的是他没有一点饥饿感。他目光呆滞地看着钟，脑子好像随着秒钟在缓慢转动。夏生想起了孙总。昨晚孙总主动问起秋生，孙总应该是秋生的朋友。夏生从不和秋生的生意有任何瓜葛，也不纠缠到秋生的社交圈里，他和秋生就像两条平行线，无论想法还是行为都没有交叉点，唯一的交叉点就是他们还有一位共同的母亲。关于庄凌凌的事，他知道很难说服得了团长。团长辩才无碍，两件不挨边的事情他可以迅速建立起强大的逻辑，让人无从辩驳。夏生决定找孙总商量一下，也许没有希望，就算是死马当活马医吧。

夏生拿出昨晚孙总给的名片。他本想先打个电话过去，想了想，还是直接去他办公地算了。

夏生没想到孙总见到他会这么客气。孙总的办公室很气派，比秋生的要气派得多。办公桌后面一排的书柜，都是精装本，有《二十四史》《四库全书》等，还有各类西方学术名著和文学名著。夏生在孙总办公桌对面坐下，孙总一定要他坐到办公室右边的沙发上，并亲自泡了杯茶。"正宗龙井御树上采摘下来的明前茶。"孙总说。坐定后，孙总客气道："昨晚幸会，有什么事您说一声就行，不用老大远跑来。"很久没有人对夏生如此客气了。在一些场合，比如演出结束，谢幕时，他能感受到作为演员的光荣和尊贵，更多时候，哪怕在酒局上，他经常感到的是不被尊重，那些人喝醉了后总比划着要他唱上一曲。他知道很多演员享受这种点唱，没人让她们唱还难受，但他以此为耻。

孙总表面客气，实际上一直观察着夏生。他不知道夏生为何而来。赞助一事是秋生交代他办的，他必须办好。秋生虽然架子大，但秋生对他不薄，他有什么难处，秋生总能帮忙解决。不过他听说最近有人盯上了秋生，要秋生的人头。若秋生有什么意外，他得替自己找个后路。

夏生虽然不善言辞，不过孙总马上弄清楚了夏生的来意。同时他还判断出夏生的到来无关秋生，是夏生的个人行为。孙总松了一口气，爽快地说："你放心，我会同你们团长说的，就让庄老师演女一号。"

夏生不敢相信这事竟如此轻易地解决了。在回来的路上，夏生还觉得自己在做梦。

四

资金到位非常迅速，宴请后的第三天就到剧团账上。剧本的唱词还没有谱好曲，团长已等不及了，对导演说，先排练，需要演唱的地方，演员根据自己的流派唱腔自由发挥，到时候作曲完成了再照作曲的安排，或者演员们自我发挥得好，就照演员们的发挥来。总之哪个效果好，用哪个。夏生觉得团长是真喜欢这出戏，他没见过团长如此投入。

庄凌凌今天显得特别高兴也特别得意。很久没有看到她这样满面春风和趾高气扬了。庄凌凌以为她出演主角是昨天她和王静打架的意外收获。昨天一整天她都认为自己与这部戏无缘了。她在团里和王静大打出手后，回到家里一个人放声大哭。她想过找夏生过来，倾诉自己的委屈。但她知道夏生的脾气，这样他会有压力，会放弃这次演出机会，和她共进退。这对夏生不公平。所以，她愿意一个人承受。没想到今天一早，团长就打来电话，让她去排戏。真是喜从天降。这"喜"来得过于突然，她一时不知如何反应，按掉了电话。团长第二次打电话来，她才多不愿意似的答应了，说："刚睡醒，收拾一下就到。"这回是团长按掉了电话。她连早饭也没吃就赶到剧团排练厅了。

昨天从孙总那儿回来，夏生本来想去见庄凌凌的，到了法院巷口，他站住了，想，虽然孙总答应了，可经验告诉他商人善变，哪知道最后会是一个什么结果。他在法院巷一个台阶上坐下来，看着对面的这幢小洋房。小楼红色砖墙因经年失修黏上很多青苔斑痕，二楼阳台白色罗马栏杆也几乎变成乌黑色。母亲没调到省城的时候，也曾在这小楼排练。如今那间小排练厅被隔成许多间，住进了不知从哪里搬来的居民。夏生看着这幢熟悉的建筑，觉得这座衰败的小楼像是对他这个行业的一个隐喻——戏曲现如今已经没落了。

庄凌凌主演的是戏里的落难公主。戏开始的时候公主才知道自己的真实身份，他们家是皇族正脉，因为宫廷争斗只好隐姓埋名流落民间，几代之后这一族已变成了平民，连他们自己都不知道祖上曾经的光荣。然而突然有人找到这一家，说出了这个惊人秘密。剧情就此展开。夏生演的是新科状元，他慢慢知晓他效忠的皇上的血脉出于异姓，是多年前一次阴谋的产物，皇上的祖先劫掠了宫廷和江山，是一位窃国之贼。在戏里，夏生有过非常艰难的选择，和落难公主有很多对手戏，这些对手戏表明状元心理的转折。

王静出演的是当今皇上的公主，她喜欢上了状元。只是此剧给她的戏份并不多。夏生听说团长要王静演B角，庄凌凌生病或有别的事由时可以顶替演主角，王静当场拒绝，说，你当我是要饭的？想让我在心里面天天咒A角暴毙？因为有情绪，王静在排练时相当散漫，配戏敷衍。团长训斥王静。王静不服气，转身就出了排练厅。团长跟着出去了。不知道团长施了什么魔法，一会儿王静笑吟吟回来继续排练。

庄凌凌既然是人生赢家，所以也放下身段，在排练间隙主动和王静交流。仔细看王静的头，昨天被她揪下头发的部位似乎真有些稀疏。庄凌凌有点过意不去，道歉当然是没有的，她从自己包里拿出两瓶雅诗兰黛晚霜，是出国的朋友从机场免税商店里买来送给她的。"特别好用。"庄凌凌说。王静客气了一番，还是收下了。夏生看不懂女人之间的事，奇怪王静竟会收下。因为王静收下礼物时脸色并不好看，夏生觉得王静收下的像是两枚定时炸弹，随时会把这出戏炸烂。夏生心里祈祷千万别节外生枝，不然会要了庄凌凌的命。

这一天的排练很顺利，毕竟有一段时间没排新戏了。有戏排对剧团来说就像注入了兴奋剂，平时再怎么不团结，演戏时只能相互依靠，彼此之间成了一个共同体。夏生喜欢这种共同体的感觉，至少将来开演的那一刹，每一个角色都是这部戏生命的一部分。

排练时演员们都不着戏服，不戴头饰，也没涂油彩。因为身段的需要，水袖还是要穿的，水袖就套在日常穿着的衣服袖子外。庄凌凌对本子研究过多遍，不用导演指导，她也知道这个落难公主的角色其实是小花旦慢慢转变成青衣。关键要演好这个转变过程，要不着痕迹，自然天成。戏鞋还是要穿的，为了使身材更显妖娆，庄凌凌在绣花鞋里面还特意加了增高垫，足足有五寸高，一上午排下来，鞋带把脚背都勒出淤青。夏生则穿着一件深蓝色T恤，水袖吊在手臂上，水袖和T恤之间露着一截胳膊。夏生这次的行当是官生，程式中少不了官步，也穿着黑丝绒白厚底高靴。戏曲演员的日常就是练功。用行话说：一天不练自己知道，三天不练同行知道，一月不练观众知道。所谓的台上一分钟，台下十年功。是一桩苦活，好在是自己选的，自己喜欢的，总归苦中有乐，乐在其中了。因为演员们穿着奇特，排练场散乱而滑稽，人人都像抽风似的。不过他们习惯了，一个个无比投入，面色庄重，完全入戏了。有些人因为太投入，反而演得过火，被导演叫停，训斥一顿。

排练结束，夏生同庄凌凌说，先回一趟家，去拿一瓶玛歌红酒，再到庄凌凌那儿。这瓶红酒是上次去法国演出时买的，平时舍不得喝，今晚要好好庆贺一下。庄凌凌先回家做菜。

夏生刚进入小区大门，听到有人叫他名字。

夏生心头一热，是母亲在叫他。母亲正在门卫室里，两个管看小区大门的小伙子显得相当亢奋，显然母亲把他俩逗得很开心。夏生有多年没见到母亲了，平常都想不起母亲的样子，不过一见到她，所有的记忆都回来了。母亲没有大变，穿着一件绣着白色细花的浅绿色旗袍，身材没走样。一辈子做演员，在人群中总是提着一股子气，即使老了，举手投足总是透着一股子腔调。母亲看起来毫无病容，不像是得了不治之症的人。自接到母亲来信，夏生想起母亲，脑子里出现的是母亲卧床不起的画面。夏生松了一口气，母亲看来并无大碍。想起母亲信里的话，夏生觉得母亲可能撒谎了，只是为回来找借口罢了。演戏的人，以为靠表演就可以达成心愿，在旁人看来简直像小丑。

母亲从门卫室出来，一个门卫提着一只中号拉杆箱跟在后面。母亲这样的人，总是找得到愿意帮她的人。夏生把拉杆箱接了过来。拉杆箱不重，也许是夏季，母亲带的行头不多。

母亲说："西门街完全变了，一点也认不出了。当年，我回来，到了西门桥，到处都是我的戏迷，人山人海。现在都没一个人认得我了。"

夏生记得当时的场面。那时候母亲是真正的大明星，街道两边全是欢迎她的戏迷。母亲是个人来疯，她享受乡亲的夹道欢迎。穿过热情的人群，母亲把带来准备给孩子们的饼干、糖果都送给了街坊，见到年长者，母亲还施舍钞票。母亲足足花了两个小时才走完那条狭长的西门街。母亲回到家，精疲力竭，身无分文，连回省城买火车票的钱也没有了。母亲因此落下乐善好施的名声。

母亲跟在夏生后面，东张西望。前几年西门街旧城改造，老街坊都安置到了别的地方，夏生还是有点念旧的，虽然西门街的老屋拆掉了，但他有耐心等着新小区造好。三年等待期间夏生住庄凌凌家里。

夏生心里想着应该对母亲说些什么。想了半天，说不出一句话。

到了家，母亲突然疲劳了，无力地坐在沙发上。母亲在外面精神，回家就松懈了。夏生想，今天去不了庄凌凌那儿了，一是要照顾母亲，二是母亲不知道他和庄凌凌的关系，他也不想让母亲知道。夏生躲在一边，给庄凌凌发了一个短信，表达歉意。庄凌凌一直没回短信。平常庄凌凌回短信很快的。夏生想庄凌凌大概生气了，感到有点对不住庄凌凌，难得她今天好兴致，特意做了一桌菜。她一定很扫兴。

夏生说："小时候，天气热了，我经常给你打扇子，你记得吧？"母亲一脸茫然。夏生猜母亲不会记得这种小事。当年母亲的脑袋里都是戏，家里的三个孩子，除了秋生，她都叫不出名字，直接用老二老三替代了。

母亲指了指夏生的屋子："整得不错，多大？"夏生说："一百一十平，老屋拆掉，分了两套房，另有一套给了冬好，秋生不要。"母亲的眼睛红了，一会儿她说："秋生的公司做得怎样？他都好吧？可怜的秋生，白白坐了六年牢。"

夏生沉默了，他不知怎么同母亲说。兄妹三个，夏生算是最宽容母亲的，但心里面对母亲依旧有诸多不满。他们兄妹仨遭受的罪母亲的责任是逃不掉的。而母亲就是一只把头埋在沙子里的鸵鸟，从来不想了解事情的真相。冬好得病后，母亲去康宁医院探望过，回来大哭一场，难过得

233

要死。之后却再也没去看过冬好，连提都不提起。这只有母亲才做得出来。比如这次，到目前为止，关于冬好，她没一句话。

母亲说："我这辈子就像做了一场梦，查出这个病，我才醒过来。"夏生将信将疑，几乎是机械地问："是什么病？"母亲不回答，眼泪大颗大颗地落下。母亲擦掉眼泪，说："我这不是为自己的病流泪，你们不会懂我的心思。"

夏生的手机响了一下，一看，是庄凌凌的短信，说她已在楼下，来看戚老师。一会儿庄凌凌敲门进来，手中拿着她刚做的几只菜，说，好久不见戚老师了，戚老师精神不错。又说，你们还没吃过饭吧？庄凌凌把菜放在桌上。母亲也不问庄凌凌是怎么知道她来永城的，母亲在这些事上迟钝到令人发指。母亲见到庄凌凌，一改先前的疲态，立马精神了。

第二天，夏生到了团里，刚坐下，团长就来到道具间。团长坐下来，对夏生特别客气，嘴上说："太好了，真是太好了，老天都帮我们忙，天时地利人和啊。"

夏生不知道团长在说什么。大概是遇到什么好事了。团长靠近夏生，问："戚老师回永城了？"

传得真快，大约是庄凌凌说的。夏生想不出母亲回永城，团长这么亢奋干嘛。

团长说："夏生，我们这出戏得让戚老师当顾问，这是老天送我们礼物，戚老师的牌子一打，就不怕没观众，至少戚老师的老戏迷都会来捧场。"

原来兴奋点在这儿呢。夏生觉得团长是天真了，夏生对母亲现在还有那么强的号召力存疑。再说以母亲的脾气，要是让她掺和进来，少不得会矛盾四起，乱成一锅的。夏生刚要开口，团长打断他，好像怕夏生说出不吉利的话来。团长说："明天你在家等着，我来你家看望戚老师，聘书都备好了，你回去先同戚老师打个招呼，让她有个心理准备。"夏生这一点很佩服团长，要么不干，干起来雷厉风行。

晚上回家，母亲一个人坐在客厅，在生闷气。夏生以为是自己不替她问医，不关心她的缘故。但是她信中已经说了，她不就医，到时候死了拉倒。夏生误解了，不是为这个，白天母亲去秋生公司找过秋生，还带了特意为秋生买的礼物（一瓶男用香水）。秋生拒见，让手下的人把她赶走。母亲在大堂和保安对骂，说："我是他的娘，为什么不让我进去？"没有人相信母亲的话。有两个黑衣人抬着母亲，把母亲扔到大街上。母亲穿着旗袍倒在地上，双脚朝天的样子，很是狼狈。

母亲对夏生说："他这样对我，我真是白生了他。"

母亲对秋生有一种奇怪的偏爱。也许就像她说的因为难产的缘故。小时候夏生倒经常拍母亲马屁。没用。有年母亲急着回省城，需要买一张火车票的钱。母亲知道秋生有钱，她给孩子们的生活费都寄给秋生的。她可怜巴巴向秋生要，秋生理都不理她。夏生知道秋生的钱藏在哪里，秋生房间的墙壁上有一个洞里，洞口那块砖是活动的，钱藏在里面。母亲听夏生这么说高兴坏了，拿来凳子，踮着脚把手伸入洞里，取出一只盒子。里面除了有二十块钱，还藏着一块钻石牌手表。看到这块手表，母亲和夏生都吃了一惊。这表是失踪的父亲的啊，怎么会在秋生这儿。母亲因为赶火车，也没多想，带着夏生进了当铺，把手表换成了钱。后来又带着夏生进了商店，以最快的速度，给夏生买了一件红色T

恤，给秋生买了一根金利来皮带，然后赶到火车站走了。夏生很嫉妒，觉得母亲就是偏心，好东西总是留给秋生，他也多么想要一根金利来皮带。夏生把金利来皮带交给秋生时，被秋生揍了一顿，下手从来没这么狠过。秋生还烧掉了皮带。烧掉皮带的那一刻，看着火光和浓烟，夏生是多么惋惜。

母亲一脸委屈看着夏生。夏生不知怎样劝慰她。夏生想，看来秋生真的对母亲恩怨已绝。

母亲生气归生气，不过亲自上灶做了一桌菜。她说，从秋生那儿回来去菜场买了点海鲜。夏生看着母亲做菜的样子，竟有一些触动。他这辈子从来没有吃过母亲做的菜。这是太阳从西边出来了吗？母亲没有解释，做完菜后，坐下，让夏生吃，自己几乎不吃。母亲问，味道怎样？味道很一般，但夏生不想扫母亲的兴，点头说不错。母亲说，知道你骗我，我这辈子很少做饭，你要是不嫌弃，以后我做给你吃。夏生低着头，控制自己的情绪，虽然算不上可口，却是第一次吃母亲做的菜，他自己也弄不清楚，此时的情绪是多年来压抑着的委屈，还是一种突然被关心的软弱。

新小区很安静，窗外传来戏文声，伴着低沉的二胡演奏，大概是小区里的老年人在花园的亭子里娱乐。夏生有点吃惊听到这曲声，之前他从未听到过。他想，他可能对越剧这种曲调不敏感了。他因此想起团长要母亲做顾问一事，他考虑是不是要告诉母亲，他不确定母亲的身体是否可以胜任。

母亲默默看着夏生吃饭，双眼慢慢泛红，她说："秋生这么恨我吗？"夏生愣了一下，不知如何回答。母亲说："他坐牢时，我去看过他，不肯见我。"夏生想，难道母亲指望秋生见她时和她相拥哭泣？

母亲说，她去探望秋生那天下着雨。母亲很早就去了，填了约见单，在特见室外排队等候（很多家属比母亲到得早）。管教喊到名字，家属才能进去会见。那天母亲等了一整天，直到走廊上的人散尽。管教告诉母亲，秋生一整天都在车间做工。母亲哭着问秋生怎么不见她。又问管教，秋生在里面缺什么，她带给他。管教没有回答她。母亲从那幢建筑的大门出去，一直在流泪。

"我这三个孩子，就数秋生最有艺术天分。"母亲把头转向窗外，好像她这会儿也听到了曲声。

夏生低头吃菜，没看母亲。他怕看到母亲的眼泪。虽然演员的眼泪说来就来，夏生还是无法面对。

"秋生这孩子心思藏得深，不像我们家的人。我们家一个个二百五，就他什么放在心里。"母亲说。

夏生惊讶母亲说出这话。看来母亲表面上无心无肝，也还是有洞察力的。

"那时候我还在永城，刚入行，心里不踏实，每次排好戏，都要在秋生面前表演一次。秋生这孩子，不知哪里来的天赋，每次都能指出问题所在，说到我心坎上去，还会像模像样给我示范，可他还是个孩子啊，怎么会懂那么多。那时候我想，要是秋生是个女孩，他一定会成为闪闪发亮的明星。"母亲说。

"你是说秋生会唱戏？我一次也没听过。"夏生觉得母亲在胡扯，太夸张了，她大概把幻象当成了真实，是母亲对秋生的情感投射吧。

"他不肯在人前唱戏。他喜欢摆臭男

人的架子，讨厌自己变成一个女人。他啊，唱戏时很妖的。有一次我让秋生在我同行面前唱，他就翻脸了，有一个星期不理我。"母亲表情柔软，脸上露出一丝笑意。

夏生很难相信。他和秋生是兄弟，秋生怎么瞒得了他。一个人的天赋怎么可能深藏不露这么久。

夏生吃饱了，放下筷子。母亲正目光灼灼地看着他，那目光既热切，又带着某种谄媚。母亲说："夏生，你可不可以同秋生说说，就说我快死了，想见他。"

夏生站起来，拿起遥控器，开启电视。他背对着母亲。他的背能感受到母亲的目光。夏生实在是不愿去找秋生，但还是心一软答应了："我空了去找找他吧。"他的背部感受到母亲的兴奋。母亲站起来开始收拾桌子上的剩菜。夏生关掉电视，说："你休息吧，我来收拾。"母亲说："你看你的电视。"

晚上，从母亲房间传来越调，是《奔月》的唱段，母亲唱得很轻，但透着辽阔的清寂和无奈。

　　吞灵药，生翅膀，入了广寒门，
　　晓星沉，云母屏，独对烛影深，
　　寥廓天河生，
　　寂寞云裳赠，
　　空悔恨，
　　碧海青天夜夜凡尘心……

五

团长几乎没费工夫，母亲就答应做这出戏的顾问。第二天，母亲来到排练现场顾问起来。母亲本来是来看笑话的。她虽然是这个团出去的，可打心眼里瞧不起小剧团。况且现在的年轻演员太多心思花在别处，没几个会演戏的。当她看完第一场排练，神色严肃起来，向团长要了本子。团长其实昨天已给了她剧本，她放在家里，还没看。母亲坐在排练厅的一角，低头看起剧本来。夏生在排练的间隙，朝母亲坐着的角落里张望。母亲一动不动，专注地看着，好像眼前的喧哗于她根本不存在。直到母亲看完，她抬起头来，目光幽远，泪流满面。厚厚的底粉被泪水冲刷掉了，使她看起来苍老了许多。

中午吃饭的时候，母亲对夏生说："很棒，你的角色一直在两难之中，演员一生中很难有这样的好角色，这是运气，你要珍惜。"来自母亲的肯定，夏生竟有些受宠若惊。母亲很少肯定他的戏，在专业上，他自知和母亲还有差距。因不想让母亲知道和庄凌凌的关系，中午吃快餐时，夏生和庄凌凌坐得很远。这会儿，庄凌凌正和王静聊天。自从庄凌凌送了王静雅诗兰黛后，两个人又像姐妹了。在戏里，两人都是公主，是仇人，争夺同一个状元。戏外倒是一团和气。她俩正在聊着一则八卦，说的是孙总。那天孙总要带她走，把她吓坏了。庄凌凌说："现在的男人真的比不上戏里的男人，所以我愿意活在戏里。"王静却沉溺在自己的话题里，说："也奇怪，我以为孙总还会骚扰我，他好像忘了这事。"王静这么说像是很遗憾似的。这时候，母亲端着快餐盒，坐到庄凌凌边上，说："你的唱腔要纠结，不能太顺畅，你演的这个角色很复杂，她开始没野心，是一次一次的屈辱让她爆发。"母亲已进入顾问的角色了。

这之后，母亲是尽心尽力指点。夏生发现，母亲已经记得每一句台词。夏生很敬佩母亲的记忆力。

排练一周后,孙总来过排练厅。孙总是团长陪着进来的。团长一直赔着笑脸,孙总倒显得很安静,在排练厅角落的椅子上坐下,一言不发看演员们排戏。团长递一根烟给孙总,孙总接住。团长要点烟,孙总摆了摆手。王静暂时还没有戏份,过来同孙总打了声招呼。她上穿一件短袖束腰衫,下着一条裙裤,手里拿着水袖,眼巴巴望着孙总。孙总只是点点头,好像没认出王静来。王静坐到孙总身边。团长白了王静一眼。团长从椅子上站起来叫停排练,他说:"夏生第一次见庄凌凌的戏,夏生正春风得意时,要显得趾高气扬,既要庄重,又要带些轻浮。"说完离开了排练厅。夏生愣了一下,庄重和轻浮完全矛盾,如何才能表演出来呢?王静叹了一口气,说:"孙总是答应了我的,结果主角还是别人的。"孙总没听见王静抱怨似的,说:"你把夏生叫过来,我有话同他说。"夏生下场休息时,王静挽住夏生的胳膊,同他耳语。庄凌凌目光疑虑地看着他俩。一会儿,夏生来到孙总边上,孙总让夏生坐下。两人看演员们继续排练。孙总感叹:"人生哪里如戏,现实丑陋无比,戏里的情感多么美好。"夏生没想到孙总这样的成功人士会发出此般感叹。孙总没看夏生一眼,继续说:"夏生,你哥秋生有情况,要是方便你告他一声,出门小心。"夏生说:"他出了什么事吗?"孙总说:"我只能说到这儿,他明白的。"说完孙总突然站了起来,态度同刚才一样严肃。王静已在台上,水袖正朝这边抛来,同时传来的是一阵香风。孙总站住,愣愣地看了看王静,喉结动了一下。

母亲特别喜欢王静。王静嘴巴比庄凌凌要甜得多,一口一个戚老师,语调像唱戏,婉转曲折。母亲纠正了王静好多动作。母亲对庄凌凌很严厉,一有不到位的地方,就开骂。从一介平民到确信自己是公主的心理转折时,庄凌凌演得很软弱。母亲骂道:"你要高傲,尊贵,想象你是帝王的女儿,别糟蹋这么好的角色。"作为母亲的学生,庄凌凌觉得母亲吃里爬外,对外人好,但心里还是暗自佩服母亲,意见一针见血。庄凌凌对剧本已经烂熟,以为吃透了戏,但演戏这件事真是深不见底,总是有深挖的空间。

看着母亲这么精神,夏生再次确认母亲信里说的都是扯淡,就不再惦记母亲生病的事了。这天排练,母亲从王静身上抽下水袖,自己套上,给庄凌凌示范身段及表演,大概是由于戏太激越,母亲的脸突然变得苍白,头上冒出汗珠。母亲停了下来,护着腰向休息椅上走,脚不小心踩到水袖,差点绊倒。她在椅子上坐下,大口喘息。排练停了下来,夏生的心抽了一下,不过也没多问。

晚上,夏生问起母亲的病情。母亲没理他,说:"暂时死不了,会活到你们这出戏开演。"语中带刺。夏生不甘心,说:"是不是明天陪你去一趟医院?你也没必要天天去做顾问。"母亲白了夏生一眼,说:"让我去医院不如你让秋生来见我。"

听到母亲的话,夏生感到内疚。他答应了母亲的,他生性拖拉,一直没去找秋生。他内心拒斥见到秋生,能不见最好不见。秋生和母亲一个德性,不会好好说话。

夏生想起孙总让传的话,也让他有点犯难,他若传话,免不了给秋生一顿臭骂,秋生讨厌别人管他闲事。不过关于孙总所说的事,夏生也没太当回事,他觉得对付这种事秋生有的是办法。

一会儿，夏生出门，进入永城的夜色之中，他拦了一辆的士，去永江边的锦瑟年华娱乐城找秋生。他知道自己此去更大的可能是无功而返，但无论如何他得替母亲跑这一趟。

刚下过一场大雨，这会儿小了一点。的士车窗被雨水淋湿，刮雨器机械地来回运动，夏生看到的街景模糊不清，街头的霓虹灯、路牌、透着光亮的建筑此刻像是河中的倒影，在波光中晃动。对面的车打着远光灯，在雨中射出一道惨白的光，刺得人心慌。的士司机减慢速度，诅咒了几句。

"先生经常去锦瑟年华吗？"司机问。

"不，我不喜欢那儿。"夏生说。

"都这么说，可谁都喜欢往那儿跑是不是？"司机从后视镜中看了看夏生，从口袋里拿出一张名片，递给夏生。"若有需要，你找我，包你满意。"司机说。

夏生看了看名片。名片上印着一个裸露的女人和一个电话号码。夏生把名片攥在手里。他看到那司机再一次通过后视镜观察他。

锦瑟年华到了。夏生付了费，下车。他站在雨中，抬头望了望这座建筑。北边，辽阔的永江完全被它遮挡住了。他看到"锦瑟年华"几个大字在雨中不停地闪烁，字后面的大楼则隐藏于黑暗之中，好像这几个字是凭空出现在空中的。有一个坐轮椅的人从另一个方向进入娱乐城。他的脸显然受过致命打击，面目狰狞，躬着的身子犹如弯弓似的，整个形象显得颇为古怪。夏生奇怪下这么大雨这人竟还有雅兴到这地方来。在娱乐城门口，可以看到一排小姐站在大厅里，每有客人进入，她们弯腰鞠躬，口中喊"欢迎光临"。那张名片还捏在夏生的手中，夏生看到远处有一只垃圾箱，把名片塞了进去。

秋生的保镖从里面出来，问夏生是不是找秋生？夏生说是的。保镖带着夏生来到电梯边。电梯停留在四楼，这会儿正缓缓下降。电梯的数字一直跳着，像某个倒计时装置。

"生意不错嘛。"夏生没话找话。"还行。"保镖说。"下这么大雨，都有人来？"夏生本来想说，这场面比戏曲演出票房好多了，连坐轮椅的也来。"夜很长，总归要找个地方打发的。"保镖说。"叮"的一声，电梯到了。夏生和保镖进入电梯。电梯四面是镜子，夏生看到自己脸色苍白，形迹可疑。怪不得刚才保镖带着夏生进大厅时，两边的小姐没有弯腰欢迎。她们应该凭直觉辨认得出他不是她们希望的恩客。

保镖带着夏生进了保安室，他让夏生先待会儿，自己则去了秋生那儿。夏生看到保安室有一个监控器，能看到进来的每一个人，还能见到每一个包厢里的情况。难怪保镖会知道夏生的到来。夏生看到刚才那个坐轮椅的人独自待在一个包厢内，不停有小姐进出供他挑选。那人很挑剔，没找到合意的。被拒绝的小姐出去时都松了口气，面带逃过一劫的微笑。

一会儿，保镖回来，告诉夏生，可以去了，秋生正等着他。

秋生还是那副居高临下的令人讨厌的模样，他指了指办公桌前的位置，让夏生坐下。夏生白了秋生一眼，坐在不远处的沙发上。他没说话，长时间看着秋生。母亲说眼前这个人会唱戏，他实在想象不出来。

"你在看什么？我哪里不对吗？"秋生问。

"她来了，在我家里。"夏生说。

"我知道，听说她身体好得很，在给你们的戏当顾问。"秋生说。

238

夏生想，秋生毕竟还是关心母亲的。他至少还打听了一下母亲的状况。

"听说戏效果好得不得了？"秋生问。

"还好。"夏生奇怪，这段日子秋生老是谈这出戏。夏生不想谈戏，他说："你什么时候来看她？"

秋生狠狠地看了夏生一眼，沉默不语。

"她老说你，她说你会唱戏，旦角唱得可好了，她说你是天才，你要是一个女的，会是一朵艺坛奇葩。"夏生觉得自己说这话时带着满满的挖苦。

秋生碰翻了桌子上的茶。他抽出几张餐巾纸，把桌子上的茶水擦干净。他一边抹桌子一边说："你说什么？"秋生语调很轻，但内里有一股子狠劲。夏生了解这种语气意味着什么。当秋生这样说话时，可能会动拳头。

"我是不相信的，但她说你唱得好，说我同你比只有一个小指头的份。"夏生的话里透着不服气。

"你最好别信她，她的话没一句可信。"秋生陡然提高声量，像给夏生一个警告。夏生看着秋生，秋生一脸严正，看不出他在撒谎。夏生疑惑了，他不知该信谁。"她想同你说话，她每天叨念你，你不去看看她？"

"冒这么大雨就为这个来的？"

"是。"

门被敲响了。保镖同秋生耳语了几句，秋生神色严峻，同保镖出去了。秋生不忘回过头来对夏生说："你等我一会儿，我有话同你说。"

空荡荡的办公室只留下了夏生。窗子外，雨依旧下个不停，这间办公室可以看见永江，雨中的永江是暗的，只看得见江边的路灯。偶尔有闪电从天边划过，不过没有雷声。或许是窗子隔音好，听不到。娱乐城在隔音设施方面应该很讲究吧，否则噪音污染会让四邻不得安生。秋生办公室几乎没有任何装饰，那张办公桌悬于一角，显得孤零零的。

秋生一直没回来。夏生想可能娱乐城出了什么事情。夏生从不来这种地方，脑子里的想象反倒更为丰富，他潜意识认为这种地方藏污纳垢，出现棘手问题应该是常态。他记起刚才在保安室的监控，想过去看看究竟发生了什么。保安室的门紧锁着。夏生等得也有点不耐烦了，觉得自己应该说服不了秋生的，不想再多费口舌，从电梯下去，走出了娱乐城。娱乐城的大厅空无一人。他想，大概出事了，他突然想起孙总让传的话，与此有关吗？他犹豫是不是应该留下来，把孙总的话传给秋生。最后，他决定什么也不说，坐上的士回西门街。

夏生进门时，母亲还没睡，她坐在客厅投来探询的目光。见夏生沉默不语，母亲的脸上露出失望的表情。"他说空下来会来看你的。"夏生撒了个谎。"真的吗？"母亲喜出望外。母亲就是这么天真。夏生进了自己的房间。

六

秋生回到办公室，夏生已经不在了。

刚才秋生去处理娱乐城的事。娱乐城不是个省心的地方，什么人都有。秋生不想娱乐城弄得乌烟瘴气，他给她们订下规矩。在娱乐城，和客人逢场作戏没关系。不能在这儿苟且。可以跟客人走，但出了这个门就同娱乐城无关。即便是这样，依旧会惹出是非。有人中意的小姐被人捷足先登，不乐意了，加上酒劲，就想闹事。有时候双方两队人马就直接开干。自古以来所谓的风月场所概莫能外吧。

今晚来了一帮人，明显不是来娱乐的。他们都是年轻人，穿着特别"社会"。他们喝了不少酒，开始在包厢里砸东西。在场的小姐都吓坏了。秋生到现场，看到地上到处都是破碎的酒瓶，红酒和啤酒流了一地，电视机和点唱机都被砸得粉碎，连骰子罐都被砸破了。他们站在那儿鄙夷地看着秋生。凭经验秋生认为他们没喝醉，他们就是来闹事的。秋生一直赔着笑脸，用近乎讨好的方式送他们走。秋生说，招待不周，多多谅解。秋生看到自己的手下一脸不服。不过没有秋生的命令，他们不敢动手。秋生告诉过他们，能用脑子解决的事，就不要动手。在没摸清他们来历之前，秋生不能轻易挑起事端。秋生都没想过让他们赔偿。一台电视机和几瓶酒能值几个钱。

秋生送那几个年轻人去大厅的时候，看见一个坐在轮椅上的男人。那人扭曲的脸和残破的身体给秋生留下了深刻的印象。那人目光是明亮而尖利的，他肆无忌惮地看着秋生。秋生的心沉了一下，他认识我吗？秋生翻遍记忆，想不起那人是谁。那人应该是第一次出现在娱乐城。秋生站在雨中，看着大楼外闪烁着的"锦瑟年华"灯箱。他喜欢让霓虹灯彻夜亮着。

劳改时秋生在里面做灯泡。灯泡的玻璃以及钨丝都是成品，他要做的就是把这些成品安装在一起。日复一日，秋生不知做了多少大大小小的灯泡。那是一种单调的生活，机械重复的劳作让秋生内心的躁动慢慢平息了。在里面秋生最喜欢的事是装好灯泡后试验灯泡能不能发光，特别是试验五颜六色的小灯泡串成的装饰灯。当灯泡亮起来时，他的心也会跟着亮一下。秋生因此对以后的生活还存留着指望。

夏生第一次来探监，带来了冬好不幸的消息。秋生听了特别难过。夏生那天态度很差，不但不安慰秋生，反而指责起秋生来。夏生说，冬好是秋生害的，冬好对那男人还有情感，她怎么会受得了男人被打成那样，任谁都会崩溃。那时候秋生还没把心里的火气改造掉，不知反省，当场和夏生吵了起来，还给了夏生一记老拳。结果秋生被管教训斥一顿，还被关了禁闭。

要等到内心的戾气慢慢平复，秋生才意识到夏生讲的不无道理，冬好发疯自己是有责任的，他太冲动了，不但自己付出了代价，也把冬好毁掉了。在夜深人静的时候，秋生会想起冬好那张青春美丽的脸，内心充满懊悔。秋生开始明白这世上处理事情还有另一种方式。这世界并非黑白分明，有时候很难分出对错。秋生想，出去后无论如何不能再使用蛮力，要靠头脑生活。

刑满出来后秋生找不到正经工作，只好给人当马仔。他给老板处理了不少棘手事。他谨记牢里的教训，没再惹出事情。秋生因此深得老板信任。

老板对秋生不薄。五年前，老板看中了一幢楼，它北临永江，南边对着一条热闹的马路。原本是一幢烂尾楼，营建公司断了资金链破产了，那家公司在法院查封前和老板达成交易，老板以很低的价格买了这楼。老板经过一番装修，开了这家娱乐城。秋生也占了公司的股份。最初老板股份占了大头，不过老板一直在撤资，不着痕迹地慢慢把股份转给了秋生。半年前，老板告别江湖，对秋生说去了澳大利亚，可也有人说去了巴西。秋生处处谨慎，独自管理着锦瑟年华娱乐城。

夏生留了一张纸条。纸条上写着："我不等你了，你哪天如果心血来潮想来看她，你电话我。"夏生用了"心血来潮"这个词。秋生想象夏生写这个词语时一定面带讥讽。秋生知道夏生对他的看法，夏生对他有很多不满。秋生很想为他做事，可不知怎么搞的，夏生现在越来越不想同他讲话了。每次夏生坐在秋生前面，秋生总觉得夏生好像穿着一件无形的隔绝衫，让人无法亲近。

秋生打开电脑，看孙少波带给他的排练录像。录像是孙少波今天向团长要来的。录像是固定机位，像一个监视器俯拍着排练厅，整个排练厅一览无余，每个人显得很小，因此有些模糊不清。秋生一眼辨认出了母亲。

一周前秋生去过西门街新小区。秋生躲在小区大门对面的一家五金店里，他看着母亲从一辆的士上下来。母亲穿着一件丝质蓝底白细花旗袍，走路时腰板挺直。秋生一直看着母亲，直到母亲从小区大门口消失。他已经有十八年没见过母亲了。那次带着怀孕的冬好去省城见过母亲后，他再也没见过她。出狱后，母亲想见他，他拒绝了。几年前，秋生曾在电视新闻上看见过母亲，他本能地换台了，等他再想看她一眼，换回那台，母亲的镜头已经消失。

秋生看着录像，目光一直盯着排练中的母亲。这是秋生从小熟悉的场景，这些吊着水袖、穿着日常服装的演员，在录像里看起来既庄严又滑稽。他看出一些排练中的问题。他记录下来，看看有什么法子传给剧组。录像播放到中途，母亲突然支撑不住，在一张休息椅上坐了下来。秋生心里面竟然激发出奇怪的情感，专注而揪心地看着这一幕。他想，看来母亲真的病得不轻。秋生对自己的反应感到陌生。在里面，他几乎没想过母亲。他刻意让她从自己的记忆中抹去，把她当成不在世上的人。

可还是会有一些母亲的消息传入秋生的耳中。她又离婚了。她又结婚了。她很任性地在一次会议上和某个大人物吵了起来……这是件奇怪的事，为什么这些消息偏偏传到秋生的耳朵里？从里面出来不久，秋生得了一种少见的怪病，由于在里面试验过太多灯泡，用眼过度，出狱后的第二年，他的眼底开裂了，生了几个小孔。他为此需要戴墨镜，减少光线刺激。当秋生得了这种病后，发现很多人都有这种病。后来有一个孕妇告诉秋生，她没怀孕时，街头几乎没有孕妇，当她怀孕后，总是能在街头碰到孕妇。

秋生承认某些关系不是想抹去就可以抹去的，它比理智要来得顽固得多也深刻得多。

有一件事情，秋生从来不去想它。即便在牢里也不想。好像这件事不曾发生过。但它是发生过的。当秋生听到母亲回来的消息，这件事在他的心里慢慢苏醒了，它活了过来。

在省城，秋生撞见了母亲的不忠。母亲哀求他千万不要告诉父亲。他本来想隐瞒此事，但他发现母亲并未因此收敛。他受不了母亲如此"不要脸"。他告诉父亲。父亲根本不信。那天父亲浑身震颤，拿着一根棍子要揍他。秋生冷冷地看着父亲，等待着棍子落下。对峙了一会，父亲扔下棍子，说，你妈是个好女人，你不可以这样侮辱她。当时他觉得父亲无可救药了，非常失望。谁能想得到，父亲在《奔月》搬上舞台后失踪了。母亲来永城找过秋生，问秋生是不是对父亲说过不好的话。秋生当即否定。母亲当年真的是悲伤，一夜之间变得十分憔悴，脸上泪痕斑斑，她不住地摇头，不肯相信秋生的话。母亲一遍一遍地问，你觉得你爸会回来吗？又说，他一定活着，有一天他会回来的。后来秋生才明白父亲一直是母亲的生命支柱，没有了父亲，母亲失去了主心骨，她的生活坍塌了，终于变成了连她自己也难以理解的人。母亲唯一正常的领域大概就是演戏了，一旦到了戏里，母亲又变成一个懂得人情世故的人。

秋生几乎一夜未睡，满脑子都是往事。第二天，秋生决定去看望冬好。从牢里出来，秋生做的第一件事就是去看望冬好。这些年他几乎每月都去一次康宁医院。

康宁病院在城北偏僻一隅，进入病院需要穿过一道长长的林荫道。行人和车辆不多，好像这条通往医院的路是不吉祥的，人们唯恐避之不及。

秋生和医院院长熟，院长为秋生安排了一间接待室。冬好见到秋生，问秋生："你是谁啊？"秋生习惯了，冬好每次这样，他把这句话当成问候。秋生试图去握冬好的手，冬好好像见到一条蛇，怕被咬似的，手迅速缩了回去。秋生只好摸了摸冬好的脸。药物使冬好显得有些浮肿。

"冬好，妈妈回来了。"秋生说。

"妈妈，妈妈……"冬好陷入沉思。

"冬好，你忘记妈妈了是不是？要是她不出现，我也忘记了。冬好，我不知道怎么面对她，你知道的，我一直恨她……"秋生摇了摇头，"可她总归是我们的母亲对不对？"秋生好像在说服自己。

冬好一直愣愣地听着，目光炯炯。秋生以为冬好听懂了自己的话，心里升出一丝希望。难道是母亲回来带来了好运？

冬好究竟什么也不懂。她目光瞬间变得黯淡，茫然看着墙上某个点，好像白墙是一块银幕，上面正在上演着什么。一会儿冬好打了个长长的哈欠，目光变得越来越呆滞，她肩膀耷拉着，双手紧张地贴在身上，好像细小的手臂正被什么东西缠住了。也许她正见到一些可怕的事，身子颤抖起来。

"冬好，你看到了什么？"秋生问。

冬好把目光收回来，凄惨地对秋生笑了笑。她的鼻腔里传出曲调，"乌溜溜的黑眼珠和你的笑脸……"秋生不忍再看冬好，他的内心一阵酸楚，突然失控，掩面抽泣起来。

秋生相信，因为他向父亲告密母亲的事，父亲才不堪忍受，在人间消失了。他觉得某种意义上是自己毁掉了这个家。要是父亲在，母亲也许不是现在这个样子。冬好也会健康成长，而他也不至于去坐牢。可人生没法假设。没人有能力回头重新活一次。所有的因都是果。

"冬好，哥对不起你。你知道吗？哥是个坏人，哥把一切都毁了……"

秋生说不下去。他已经有多少年没哭过了？自坐牢那天起，他没哭过一次。他不明白自己怎么就失控了。他掩着脸，调整呼吸，让自己的心情平静下来。

冬好走过来，摸了一下他的头。他抬头看冬好，冬好正在傻笑，好像她刚才看见一件滑稽的事。

再次回到那条林荫道，秋生看到昨晚那个坐在轮椅上的男人，他突然反应过来，此人就是十八年前被他打残的那位。秋生的心紧了一下。

从牢里出来时，秋生打听过这个人。他想和那人和解。但秋生没有找到他。人们说，那个男人被打残后就在永城消失了。

七

母亲全身心投入到排练中。关于秋生的事不再提起。也许是她健忘的毛病又犯了。或者在一出戏面前，无论秋生还是别的事情都不是重要的。

排练十分顺利。团长在一次排练会上宣布9月1号正式公演。海报竟然也做好了。海报中，母亲放在最中间的位置，边上是夏生和庄凌凌。夏生想，团长难道真的相信母亲有号召力吗？母亲看了海报当然很高兴，她谦虚道："怎么把我放在演员中，我是幕后。"团长说："戚老师是永远的演员。"

后来夏生想起演出那天出的状况，认定是这张海报惹的祸。是这张海报激起了母亲内心的渴望。夏生是事后知道的，演出那天，母亲派了王静，让王静偷偷给庄凌凌吃了十颗安眠药。庄凌凌昏睡了过去。母亲是这么对王静说的，你不想当配角对吗？你有一次首演的机会，如果你首演成功了，观众喜欢，谁也取代不了你。王静因为戏份不多，排练时也没太上心，要换成主角，那么多唱词要背熟哪来得及。母亲鼓动道，你有一个下午的时间记台词，你的角色我来演。王静内心惴惴，还是经不住诱惑，愿意冒险。

到了开演前半小时，庄凌凌还没出现，团长问夏生，庄凌凌去哪里了？再不到，化妆都来不及了。夏生也不知道庄凌凌下落，打了无数个电话，通了，没人接。夏生想，果然自己的预感没错，究竟还是出了状况。夏生长长叹了一口气。这时王静胆怯了，她没有准备好，她不敢向团长提出来自己可以取代庄凌凌演。眼看着首演要砸，团长着急，票都卖出去了啊，市领导也都请了啊，这可怎么办。他狠狠地骂了庄凌凌几句娘，关键时掉链子。这时，传来母亲笃定的声音，母亲说："如果实在没办法，我可以救场。我只演一场，以后还是庄凌凌的。"团长看了母亲足足有一分钟，脑子里转过排练时母亲指导的画面，长长地松了口气，命令化妆："你们站着干嘛，赶紧给戚老师化妆。"

等庄凌凌醒来，赶到永城大剧院，戏差不多快结束了。她坐在最后一排，她以为是王静取代了自己，不是，是戚老师。在愤怒之际，她瞥见在她前面三排左侧坐着一个熟悉的身影，她认出是秋生。她没多想秋生何以在此，她的情绪在失控的边缘，几乎要哭出声来。她最终还是与这部戏擦肩而过。她付出了这么多心血，白忙一场。命运是多么不公。

庄凌凌定了定神，开始看戏。戏曲是重彩宽袍，戚老师扮相依旧姣好，岁月并没有减损戚老师的舞台风采。她承认戚老师演得非常好，同时，她因为错过了首演，杀人的心都有了。戏的高潮处，全场观众都在流泪，她也在流，只是她流的是愤怒之泪。但是她不能这时候冲上台去发飙，她忍着，等待着戏结束。

母亲在晚上十点四十分离开永城大剧院。她眼前还浮现着庄凌凌打向王静的那记闪电般的耳光，就好像真的有一道光在庄凌凌的手掌和王静的脸颊间闪过。她不意外。这是剧团里经常出现的场景。当庄凌凌把愤怒的目光转向母亲时,母亲非常冷静,说:"庄凌凌,以后的戏都是你的,我只是救场。"团长热烈应和,对母亲感激不尽。母亲卸完妆,离开了剧场。母亲知道这是首演,团长会带着演员们去永江边吃夜宵。团长叫母亲了,她当然不能去,天知道接下来还会闹出什么是非。另外,晚上的演出耗尽了她体力,她只想早点回家。

路过蓝山咖啡馆,母亲想喝杯咖啡提提神,顺便歇一会儿。她推门进去,走过一个类似车厢的包间,看到两个人坐在那儿。正面坐着一个穿黑色夹克的男人,相貌堂堂,好像在哪里见过。也许没见过,长得像他这样的男人蛮多的。另一个她只能看到后脑勺。她看到"后脑勺"手中拿着照片,上面竟然是秋生。她顿时警觉。她听到他们的谈话,她没怎么听清,她听到定金以及成事后在这儿支付之类的话。

母亲要了一杯咖啡,在他们边上坐下。现在她听清楚了,他们的谈话越来越让她相信秋生在危险之中。她喝了一口,咖啡太烫,她呛着了,轻咳了几声。那两个人站起来走了。她赶紧跟上去。她还没买单,被服务生叫住。那两个人回头。她看清那个"后脑勺"的脸,一只眼睛贼亮,另一只眼睛飘忽不定,好像在看另外一个地方。此人很瘦,骨架很大,双手会不自觉颤抖(刚才他拿着秋生的照片时就在不住抖动),看上去有些神经质。两人警觉地看了她一眼,转身走了。那只超大电视机这会儿正在重播奥运会开幕式,不过把声音调成了静音。此刻电视机上满屏烟花,透着落寞的气息。

外面是深不可测的夜。街灯暗淡,车流已过了高峰,街头行人已稀。走出广济巷,到了解放路,看到城隍庙飞檐上的小灯泡展现庙宇的轮廓,其余部分都沉入黑暗之中。母亲想起当年带着秋生在城隍庙小吃摊前吃各种小吃,秋生食量惊人,令她惊叹。这段日子,她喜欢回忆从前,可能记起来的关于孩子们的事并不多。许多年来,她就像一束光,射向远方,从不回首。从前的生活都沉入到重重黑暗之中。

夏生回来的时候,看到母亲一副心事重重的样子。夏生以为母亲在为抢了庄凌凌戏而不安。

庄凌凌没去吃夜宵,夏生也没去,晚上夏生一直在庄凌凌家安慰庄凌凌。庄凌凌忍无可忍,当着夏生的面对母亲口出恶言。庄凌凌一边哭,一边说,有一段日子,庄凌凌为了学戏,住在省城母亲家。那时候母亲在省城刚刚起步,每天很晚回家。母亲回家时,庄凌凌殷勤伺候母亲,给母亲打洗脚水,给母亲敲背。母亲往往在这样的放松中睡着了。庄凌凌来省城有自己的目的,她想母亲带她去见见戏曲界的重要人物,她还想在省城的剧团发展。母亲没那么细心体察一个学生的梦想,真以为自己请了一个用人来。庄凌凌说:"你母亲就是个自私鬼,她老了才想起你们,天底下哪里有这种人。"夏生没辩驳。母亲确实自私。后来要不是团长来电话,要庄凌凌准备好演明天的戏,夏生恐怕现在都回不来。

母亲对今晚的事没有任何不安。母亲问了个奇怪的问题:"秋生的生意很危险吗?"夏生说:"我怎么知道,怎么了?"母亲说:"你怎么一点不关心秋生?"夏生想,秋生轮得到他关心?夏生没回话。

八

与往常一样,早晨,秋生走着去公司上班。接近永江时,秋生闻到了空气中特有的海腥味。永江的出口是大海,海水会通过潮汐灌入永江,江水带着咸味,阳光一照,海的气味会更浓烈一些。有一些人在往永江边跑,秋生猜想,江边可能出事了,即便是盛夏也难以抵御人们围观的热情。

昨天晚上,秋生偷偷溜进剧场看了夏生的新戏。他没告诉任何人。当他看到夏生和母亲同台演出时,惊讶得下巴都要掉下来。母亲怎么会登台演戏?一会儿他见怪不怪了,在母亲身上出什么幺蛾子都不足为奇。戏很精彩,秋生看录像时发现的一些问题都得到了改善。母亲还是保持着对戏曲的敏锐感受。

秋生怀着温柔之心看完了母亲和夏生主演的戏。秋生承认母亲身上天生具有一种让人原谅她的气质。母亲身上有一堆毛病,她自私、说谎、逃避责任,可她一旦穿上戏服,站到观众面前,这些毛病顿时变得不那么重要了,她的光芒让这些毛病显得无足轻重。这大概是母亲如此折腾还能走到今天的原因。

过了老江桥,那个坐在轮椅上的男人在马路的转弯处出现了。已经是第三次了。他不知道这男人想干什么。人世间时有死结,但也总能找到解决之道。秋生想了想,朝那人走去。男人对秋生发出古怪的微笑。秋生注意到这个丑陋男人的目光依旧带着冷酷和高傲。秋生站在那人面前,无话找话:"这鬼天气,越来越闷热了,从前可没这么热的。"那人对秋生搭讪没感到奇怪,只是抬头看了看天,没有回答秋生。天很蓝,有几朵白云在天边一动不动。好像是为了让那人看清他的脸,秋生蹲了下来,说:"还认得我吗?"那人一脸严肃看着秋生,一会儿突然笑了,他摇摇头,指着自己的脑袋,说:"我这儿坏了,被人打坏了,什么都记不得了。"秋生说:"我们是不是找个地方喝一杯?"那人低下头,看着人行道,几只蚂蚁在人行道砖块的缝隙间爬行,那人伸手把其中的一只掐死。他抬起头,轻声说:"我和你不认识,为何要坐在一起喝酒?"秋生很失望,既然这男人假装不认识自己,只好算了。人生的死结常在一念之间。一念成佛,一念成魔。梦幻泡影,如露如电,皆生于一念。秋生轻轻拍了拍男人的肩走了。

快到公司时,秋生回头朝那边张望,一个瘦长的家伙在问坐在轮椅上的男人一些什么事。不过从两人的表情看,他们显然是不认识的。秋生注意到那瘦长的家伙有一只眼睛好像患了白内障。

秋生进办公室,站在办公室窗口,看着街上的一切。他看到在办公室东边那个路边公园里母亲正神色紧张地往这边张望。秋生想,也许上次对母亲太过分了,母亲不敢再进公司。脱了戏服的母亲光芒不再,瘦弱,苍老,缩小了一号。母亲老了,孤单了,可她终究是位母亲,不管以前她多么折腾,老了总还是想得到儿女们的认同。一会儿,秋生看到那瘦长的家伙出现在公园里,母亲向那家伙走去。

秋生吩咐保镖把母亲接上来。当他再次站到窗前时,母亲在街头消失了。

九

上午十点半,母亲出现在剧团。母亲变成了光头(原来母亲头上是假发,夏生和她一起生活了一个多月竟没发现),她的衣服沾满血迹,样子十分骇人。夏生从小害怕见血,见血就会晕过去。夏生努力让自己镇静下来,想,看来母亲重病不是假的。夏生很内疚,他一直不相信母亲已病入膏肓。母亲苍白的脸上表情庄重,甚至带着某种不明所以的骄傲,和母亲平常的不成熟判若两人。剧团的人围着母亲,问:"戚老师,你怎么啦。"王静因为受到母亲的欺骗,在一旁不以为然地冷笑,说:"大白天的,戏还没开演呢。"母亲没理王静,对夏生说:"夏生,你跟我来。"夏生说:"好,我这就送你去医院。"团长派了一辆车,要送。母亲拒绝,她说:"我找夏生有话说。"夏生跟着母亲来到一个角落。母亲说:"夏生,你听好,我杀人了,你送我去派出所自首。你不要担心,我是将死之人,我不怕。"

夏生再次来到秋生的办公室。秋生已听说了母亲的事。秋生非常震惊,不过秋生并不奇怪母亲做出这样的事。少年时在省城,秋生骑着自行车带着母亲在一条小巷子穿行,有一次秋生差点撞着一个小孩,幸好及时刹车。孩子的父亲身材魁梧,大概也被吓坏了,一把把秋生从自行车上揪下来,要揍秋生。就在这时,母亲冲过来揪住那个男人,高喊,你敢动一下我儿子看看,老娘杀了你。母亲的气势把那人镇住了。母亲的身体里面藏着惊人的能量。

秋生接过夏生递过来的一只用来装文件的信封。秋生看到信封,就想起黄德高。这是黄德高的单子。谁装在这个信封里意味着死亡。昨天秋生看戏回来,在娱乐城见过黄德高,黄德高是特意来向他告别的,说明天他将飞去香港,不回来了。黄德高舒了一口长长的气,好像因为吐出这口气而感到无比的轻松。一会儿,黄德高带走了一位小姐。

秋生打开信封,从里面抽出三张照片。他看到自己的"尊容"。秋生不是没有想过这一出,但看到一个装入信封的自己,还是超出他的想象。最近的娱乐城发生的一系列事情,让他警觉,但他没想到如此危险,竟有人想置他于死地。他思考背后的人是谁。是那个被他打残的男人吗?或者是某个对"锦瑟年华"另有所图的江湖中人?他了解过那天来店里打砸的那帮年轻人的身份,来自秋生从前老板的死敌。难道因为老板隐退江湖,他们就拿他来复仇泄恨?但如果那人想要解决他也不需要黄德高啊,他手下的人就足够。假如是坐在轮椅上的男人,也不合惯例,他已经出来这么多年了,为什么此时才来报仇?后来警察问秋生时,秋生并没有提起那个轮椅上的男人,老板的仇人也没有提及。江湖的事江湖解决。

"她在看守所?"秋生问。夏生点点头,说:"她生病是真的,她说,她会在一个月后死,是医生告诉她的。"秋生把头转向窗外。天越来越热了,街角的那个公园植物蓬勃,其中点缀的花盆开着缤纷的花朵。只是再也见不到母亲的身影。

"她想你去看她。"夏生说。秋生白了夏生一眼,他当然要去看的,难道他是一个如此铁石心肠的人吗?夏生总是对他充满误解。秋生又从信封里抽出照片,看了一眼。母亲经常说的一句话是"你是我拿命换来的",这一次母亲真是拿命换了他的命。

秋生在看守所看见母亲时,母亲的脸上露出天真的笑容,那是一种从心里涌出的笑容,一种满足感,根本看不出她刚杀了人。

"我知道你会来看我的。"这是母亲说的第一句话。

秋生强忍住自己的情感，握住母亲的手。母亲的手很小，很柔软，好像没有骨头，也没有重量。他很难想象这双手怎么有力气杀人。听说她包里藏着刀子，让那个左眼患白内障的家伙一刀毙命。

"你怎么找到那个人的？"秋生问。

"天意。"母亲说，"你相信有天意吗？"

秋生不信。不过他没说。

"现在你安全了吗？"母亲问。

秋生没回答。

"警察介入了，应该没事了。"母亲断定。

秋生仔细看着母亲，瘦弱的母亲给他一种轻如鸿毛的感觉，秋生想起放在手心的死去的麻雀（刚才握住母亲的手就是这种感觉），死去的麻雀没有一点点重量，好像因为死亡，麻雀的肉身也跟着消失了，只留下一身的羽毛。母亲没有把假发戴上，光头的母亲并不难看，母亲的头型匀称，看上去像画片上的尼姑。秋生看过母亲演尼姑的戏，不过那时候并没剃发，化妆师把母亲的头发藏在人造的头皮下，头形和现在完全不一样。他看到母亲神色安详，好像她因为终于做了一件早该做的事而心安理得。

母亲看到秋生瞅她的头，说："化疗的缘故，头发全掉光了。"

"为什么不治了？"秋生问。

"没必要，我倒想活，有一天我和医生闹，让医生告诉我还能活多久。医生被我烦死了，一生气就告诉我，最多三个月。我愣住了。我问他真的假的。医生没回答，我知道是真的。"母亲看了秋生一眼，又说："我就从医院逃出来，回永城了，我得在死前看看你们。"

秋生一直知道母亲是勇敢的。比父亲要勇敢得多。秋生又想，母亲生这么重的病独自住在医院里也没告诉他和夏生，母亲表面上简单，实际上心里什么都明白的吧。

秋生搞到了母亲的病历，给母亲办了保外就医。母亲不肯去医院。秋生威胁母亲，不去医院就得去看守所。母亲还是乖乖听话了。进永城第一医院后，照例是一系列的检查，动用各种仪器。对于这种检查，母亲很不耐烦。秋生说："检查一下也好的，万一北京检查错了呢？"说着秋生把母亲从床上抱起来，放到检查床上。秋生抱着母亲，再一次想起死去的麻雀。母亲身体的瘦弱程度让秋生吃惊，真的没有一点分量了。母亲搂着秋生的脖子，诡异地笑起来，像一个孩子一样配合。秋生想，他和母亲从来没这么亲近过，这让秋生感到辛酸。

医生看到检查结果，非常吃惊，几乎不敢相信。医生说，照例来说母亲应该失去意识了，但母亲看起来尚好，这是奇迹。

一天，病房里只有夏生和母亲，母亲突然说："我想去看看冬好。"夏生想，母亲终于想起冬好来了，他以为母亲早已把冬好排除在记忆之外了。夏生说："好，我向医生说明一下，明天上午我陪你去。"母亲说："不用同医生说，医生很烦。"夏生点了点头。母亲说："冬好能认出我来吗？"夏生不响。母亲说："上次她没认出我来，当自己是孕妇，摸着肚子，一直喊着宝宝。"夏生看着窗外。每次想起冬好，他都心情沉重。

早上，夏生很早就起来了。天色微明。他来到医院时，看到母亲一个人坐在黑暗中，早已梳妆打扮好了，身上穿着回永城时穿的那件浅绿色旗袍，为了遮掩病容，脸部施了厚粉底，唇膏也涂得艳。母亲去公共场地向来是隆重的。

一会儿，两人乘公交车去康宁医院。车上，母子俩没说话，母亲看上去心事重重。母亲这会儿在想什么呢？夏生偶尔会去看冬好，回来后要好些日子才能平复内心的压抑和悲伤。每次夏生都是怀着恐惧去看冬好的。

公交车在大庆路站停下来时，母亲也没同夏生打招呼，突然跳下了车。夏生也跟了下去。母亲脸色苍白，穿过车站后面的人行道，穿过人行道边的树林，径直来到建筑物的墙边，无力地瘫坐在水泥地上。她的双眼早已沾满了泪水。母亲说起她那次去看冬好的情形。那天冬好突然说起小时候的事情，说妈妈偏心，总是把好吃的偷偷塞给秋生，还告诉秋生不要同冬好说，冬好会记仇的。母亲吓了一跳，以为冬好终于清醒过来了，激动地对冬好说，冬好，你醒了对吗？你认出妈妈来了对不对？冬好，是妈妈不好，你要吃什么，妈妈这就买好吃的给你。冬好没醒，冬好没理会母亲，脸上露出仿佛看透一切的微笑，慢慢地，那微笑变成了试图控制又抑制不住的狰狞大笑……母亲边哭边说。

母亲终于平静下来。母亲已没有勇气去看冬好了。夏生想，不看也罢，看与不看又有什么区别呢？对冬好来说，一切都已没有意义了。夏生叫了辆出租车，和母亲回到了医院。那天，母亲一整天情绪低落。

十

这之后，母亲的身体每况愈下，她看上去极度憔悴，同先前判若两人。好像看望冬好这件事彻底击垮了母亲。母亲出神地看了一会窗外。一院在闹市区，窗外是高楼，在高楼的间隙能见到天空的一角，像一块巨大的蓝色玻璃屏，在屏上，零星有几只鸟儿飞过。秋生经常来陪母亲，这会儿他安静地坐在母亲的对面。

"秋生，你说你爸还活着吗？他怎么就突然消失了呢？有好多个晚上，我以为他回家了，打开门，门外什么也没有。"母亲说。

秋生不敢看母亲。自从父亲离家出走后，这个家再也没提起过父亲。秋生以为母亲应该早已把父亲忘得一干二净了的。她后来有那么多次婚姻。

"他要是死了，我可以去见他了。我要向他道歉对不对？"母亲的目光看上去十分无辜，好像孩提时代在学校里犯了一个小错误。

秋生实在忍不住了，在母亲耳边轻语了几句。母亲睁大眼睛，惊异地看着秋生，一会儿，泪水夺眶而出。

脆弱的肉身不存在什么奇迹。母亲不是金刚不坏之身。母亲入院后第三天，癌细胞迅速地攻城略地，占领了她的身体，她因此陷入长长的昏迷之中。其实秋生早有准备，医生告诉他，母亲可能随时会昏迷。

在母亲昏迷的阶段，秋生和夏生一直陪在身边。病房很安静，只增母亲一个人。病房是秋生想办法搞到的。母亲一辈子热闹，在最后的时光让她安静些吧。兄弟俩偶尔说说话。秋生说："戏很好，你演得很好。"夏生说："你来看了？"秋生说："对，首场。"夏生说："那你也看了母亲的演出。"秋生说："没想到，我把钱都花在自己人身上。"夏生吃了一惊，看着秋生。秋生说："对，赞助的钱是我出的，我让孙少波出面

248

的。"夏生有些动容，想秋生平常对他恶声恶气，反感他演戏，可还是愿意帮助他。夏生说："谢谢你。"秋生摆了摆手，不再说话。

中途母亲奇迹般醒来过一次。母亲醒来时精神状态意外地好，这使得秋生和夏生生出新希望。但医生说，这只是回光返照。母亲对夏生说，你把庄凌凌叫来，我想同她说说话。夏生有些犹豫。不过母亲温和地说，别担心，我会同她好好说话的。

庄凌凌来的时候，母亲把夏生支开了。病房里只有她俩。庄凌凌已经不生戚老师的气了。主角最终还是她的，并且演出如第一场那样成功。她感到在这出戏里，她不是在表演，而是在生活。对她来说这是全新的感受，戚老师的指导功不可没。庄凌凌早想来看望的，夏生一直没有同意。夏生怕庄凌凌的看望会影响母亲的情绪。夏生说，她抢了你的戏，她会以为你是去报复她呢。病房的空调发出轻微的声音，母亲身上插着输液针，脸色苍白并且消瘦。母亲指了指床边的一把凳子，让庄凌凌坐下来。

母亲伸出右手，握住了庄凌凌的手说："小庄，谢谢你照顾夏生。"

庄凌凌吓了一跳。她和夏生的事一直瞒着戚老师，为此这些日子以来他们都不太见面，哪知她早已知道。庄凌凌一时不知如何回答。

"我不是好母亲，我都记不得夏生小时候的样子了。"母亲说。

庄凌凌当然记得。那会儿母亲在省城风头正劲，庄凌凌意识到自己在省城没有前途，回到了永城。她见不得三个孩子无人照料，尽可能地去照顾他们。她最喜欢夏生。夏生天性仁义乖巧，讨人喜欢。不像秋生，对世界有仇似的，对谁都恶狠狠的。

"夏生老是缠着我。"庄凌凌想起夏生，露出甜蜜的笑容。

庄凌凌没有同任何人讲过她和夏生的事，现在她很想讲给夏生的母亲听。她说，夏生小时候喜欢跟着她，像个跟屁虫。庄凌凌和别人聊天时，夏生在庄凌凌身上爬来爬去。有人开玩笑，说夏生是不是庄凌凌的私生子。庄凌凌并不反感这样的叫法，反倒开心地笑了。

"这我记得，夏生小时候喜欢到你阁楼里睡觉。"母亲说。

庄凌凌脸红了。夏生的生理开始变化的时候，庄凌凌不再带夏生去法院巷阁楼了。夏生却像个鸦片鬼一样，每天晚上出现在庄凌凌的小楼外，久久不肯离去。这样闹了一个月，庄凌凌心软了，放夏生进来。最初什么也没发生，但总归还是会发生的。夏生和庄凌凌是正常的男女。那年夏生只有十五岁。一开始，庄凌凌还是有罪恶感的，她觉得她和夏生之间不应该这样的，夏生还未成年，而她和他的年龄相差悬殊。她和夏生之间的关系注定是极为隐秘的。这期间庄凌凌一直没找男朋友。

夏生二十岁那年，庄凌凌提出给夏生找一个正牌女友。庄凌凌说，我们不能一直这样不明不白在一起啊。再说，我不可能和你结婚的，你妈会杀了我。夏生想了想，同意了。他觉得庄凌凌需要一个正常的婚姻，她都三十多了，他不能太自私。在庄凌凌的安排下，夏生认识了一个女孩。女孩是个戏迷。那时候，夏生在舞台上已崭露头角，女孩特别崇拜他。他很快和女孩同居了。女孩虽然小鸟依人，什么都由着他，什么都听他的，但他不太适应一个需要他照顾的小女人。另一个困扰他的问题是他的身体强烈想念庄凌凌，即便在和女孩做爱时，抚摸着女孩青春而单薄的身体，他会想象庄凌凌，想象和庄凌凌的肉体欢娱。他觉得这是一种罪恶，对女孩极其不公。

有一天，夏生听说庄凌凌处了男友，并且在那阁楼同居了。夏生像疯了一样，他无法想象自己的生活中没有庄凌凌。夏生迅速甩了那小女孩，回到庄凌凌身边，赖着不肯走。庄凌凌心软了，说了一句冤家，让夏生回到她身边。一晃就过去了十多年。

"你们为什么不要一个孩子？"母亲说。

庄凌凌吓了一跳。难道母亲不知道她和夏生的年龄差距吗？她会老去，而夏生正值壮年，夏生总有一天会厌烦她（事实上她现在越来越不自信了），她不确定和夏生能走多久。

"你们要个孩子吧。你会是个好母亲，不像我。"母亲说。

庄凌凌愣住了，想，毕竟是女人，戚老师老来也会生愧疚之心。为了安慰她，庄凌凌开了个玩笑："夏生守着我这个老女人是不是太亏了？你做母亲的舍得？"

"你还很年轻啊。我在你这年龄，折腾个没完呢。"母亲说。

"我现在连夏生都对付不了，还折腾啥啊。"庄凌凌笑道。

"夏生是真心喜欢你，我刚到永城那天，你带着菜到夏生家来，我一眼看出你和夏生的关系。夏生看你的目光都让我嫉妒。"母亲说得尽量轻松。"除了夏生他爸，我后来再没遇见过这种目光。"

说到父亲，母亲目光突然变得幽深，她直愣愣地看着庄凌凌。庄凌凌觉得母亲的灵魂此刻似乎就聚在她明亮的目光里。母亲说："我要和他爸团聚了，夏生就拜托给你了。"

后来，庄凌凌同夏生说过这句话。庄凌凌对夏生说，她不忍看母亲的目光，那天她从病房出来后，一直在流泪。

十一

很快，母亲又进入了昏迷阶段。这次是深度昏迷，母亲开始梦呓。有一天，母亲竟哼出曲调，曲调断断续续，不成旋律，不过夏生很快辨认出来，是父亲编的《奔月》。这个唱段因为母亲的传播已是越剧的经典段落。在越剧风靡的年代，广播和收音机经常会播放这个唱段，很多戏迷都能随口就唱。这是母亲的代表作，一出让母亲大放异彩的戏。不过对这个家来说这出戏也许不是什么好事，谁能说得清呢。

几天以后，母亲昏睡过去，变得无声无息，只有各种插在母亲身上的医疗仪器在嘀嘀嘀地鸣叫。母亲没让任何人来打扰她。她在昏过去前交代秋生，她的亲朋好友来看她的话，都要拒绝。母亲爱美，她不想让自己不堪的一面示人。在昏睡的中途，母亲的眼角突然流出泪珠，她仰面躺着，使得流出的泪珠像是从一口深井中冒出来。母亲再一次开口说话了，不过听不清她在说什么。秋生和夏生听清了父亲的名字，也听清了秋生、夏生、冬好的名字。这是母亲第一次完整说出三个孩子的名字。母亲一直在重复一个句子，听了好久，夏生才听清楚，那句子是：原谅妈妈。

夏生流下泪来。秋生习惯性地把目光转向窗外。天气晴朗，那原本蓝色的天幕在夕阳映照下霞光四射，就好像天国降临了一样。

永城越剧团新排的戏广受欢迎，演出一直在继续，可能要连续演一个月。因为要演出，晚上夏生就不再去医院。那天演出结束，夏生去了庄凌凌家。好久没有亲热了，夏生对庄凌凌都有了陌生感。要不是庄凌凌主动，他可能不会上床。他现在没有欲望。夏生同庄凌凌讲起昏迷中的母亲唱《奔月》的唱段及叫唤父亲的名字。庄凌凌陷入沉思。夏生问庄凌凌在想什么。庄凌凌说："有一件事，不知道该不该说出来，关于你父亲的。"夏生愣了一会儿，看着庄凌凌。庄凌凌：说到这儿了，还是说了吧。"夏生不响。庄凌凌说："你记得吧？有一段日子，我去省城找你妈学戏。"夏生当然记得。庄凌凌又说："《奔月》公演那天，你爸喝醉了酒回到家，当着我面大吼大叫。你爸是个文弱的人，我从来没见他这么疯过。他把我当成了你妈，他抱着我，伏在我怀里泣不成声。你爸说，他看见了那个官员欺负你母亲，可他一直忍着，无能为力，现在戏终于公演了，他已经受够了……那天他很狂躁也很软弱……我好不容易把你爸推开，你爸酒醒了，认出是我，我忘不了他当时的表情。"夏生听了相当吃惊，他没想到和庄凌凌处这么久，她竟瞒着他这么重要的事。庄凌凌说："你爸就是那天晚上离开了省城，在这个世界上消失了。其实我知道你妈的事，一直以为你爸不知道呢。后来我一直想，你妈当然是你爸最大的心病，可是他那天在我这儿失态是不是也是导致了他离家出走的原因呢？你爸失踪后我还内疚了好一阵子。唉，你们家的人只有秋生像你妈，有韧劲，你和冬好像你爸，脆弱。"有好长时间，夏生不知道如何反应。夏生这会儿想着父亲。太久了，他已没办法想象父亲现在的样子，死了还是活着，两者都想象不出来。应该是不在人世了吧。

夏生的手机突然响了起来。是秋生来电。秋生的声音听起来有点哽噎，好像在哭，但又克制着。秋生说，妈走了。夏生猛然从床上坐起来，说，我马上过来。庄凌凌知道发生了什么，要和夏生一起去。"我总归算是她的学生。"她说。

十二

母亲曾经是一位明星，她的死无疑会引起公众的关注。但秋生不想渲染这事。他认为一个低调的葬礼符合母亲的心愿。夏生也同意秋生这么做。他们没通知母亲单位，也没让媒体知道。

母亲火化时只有秋生和夏生。

秋生早已安排好一切。当秋生捧着母亲的骨灰盒，走出殡仪馆大门时，一辆黑色奥迪等在门口。夏生跟着进了小车。一会儿，小车向东开去，那是舟山群岛的方向。夏生不知道秋生的目的，也没多问。他知道秋生的主意大着呢，一件事他如果插手了，就不会问夏生的意见。不过夏生担心秋生会把母亲的骨灰撒向大海。母亲可没有这样的遗嘱。一路上，兄弟俩没说一句话。夏生不时抚摸着一串绿松石珠子，那是母亲遗留在他屋子里的，他打算在母亲下葬时，放入墓穴里。

小车在一个小码头停了下来，那边停着一只快艇。秋生庄重地捧着骨灰盒，向快艇走去。秋生要把骨灰撒向大海的预感变得越来越真实，夏生停下了脚步。秋生回头瞪了夏生一眼，让夏生跟上。夏生来到快艇里边。夏生问:"需要我抱一会吗?"秋生没吭声。他端坐着,腰板笔挺,好像在完成一个仪式。

四周是白茫茫的海水,原本混浊的海水突然变得清澈起来,好像海水在这里划了一条界线,他们进入到另一片海域之中。远处有几只渔船,一动不动,可能正在完成抓捕的某个动作。一群海鸥在头上掠过,发出几声凄厉的叫声。天空意外的蓝,阳光洒在海面上,海面反射的光芒晃得人眼睛生痛。夏生有点分不清天空和海面,好像他们此刻进入了另一个空间,好像是快艇在天空和海水之间开辟出了一个通道。这是惯于陆地的人在大海深处容易出现的幻觉。秋生沉默肃穆,目视前方。坐在后面的夏生不知道秋生在想什么。

半个小时后,眼前出现一个小岛。岛远看很小,上了岛倒是一眼望不到头,且植被丰茂。岛上有一个小寺院,寺院有三个和尚,其中当家的认识秋生。后来秋生告诉夏生,那和尚原本是个生意人,生意比秋生做得大,突然有一天,把公司卖了,买了这个岛,建了寺院做起了和尚。秋生说,这个岛是他介绍给他的。这个岛原来太荒凉了,需要有些人气。此人面容方正干净,若有光明。那两个打杂的小和尚,一个少年时杀了邻居家的一只狗,两家因此大打出手,父亲被邻居打成重伤,不久毙命。另一个说是女儿犯有癫痫,久病不治,发愿出家,求菩萨佑护他的女儿。

那和尚有一部手机,在岛上迎接秋生和夏生。想必秋生早已同和尚联系过了。和尚对着秋生的骨灰盒念了一会儿经,然后就不声不响地走了。夏生已不担心秋生会把母亲的骨灰撒到大海了。他想,秋生安排好了一切,自己跟着就是了。

秋生捧着骨灰盒向岛深处走。一会儿,夏生看到一个小山包,在向阳的位置,有两块墓碑。当夏生看到其中一块墓碑上的名字时,立在那里不动了。他只感到血液猛地涌上脑门,心里面一种长期压抑的情绪被唤醒了,让他想毁灭些什么或砸烂些什么。他暂时得忍受着,他得等母亲下葬。那墓碑边立了一个新的墓碑,上面写着母亲的名字。墓地整得很干净,别处树木枝叶散乱,杂草丛生,这个地方整得像一个花园(事后夏生了解到那个和尚经常会来收拾一下)。秋生把骨灰盒放入墓穴,再用盖子盖好封住(边上早已准备了新拌好的水泥浆)。先是秋生跪下祭拜,再是夏生伏地磕头。

几乎没有任何停顿,夏生磕完三个头后,迅速转身,像狼一样扑向秋生,把秋生扑倒。这是夏生生平第一次向秋生攻击。兄弟俩扭成一团。夏生看上去虽然没秋生壮实,但毕竟平时练功的,动作灵活。最后两人力气耗尽,气喘吁吁地躺在地上一动不动。夏生没少挨秋生的拳头,浑身骨头都疼。疼痛让夏生获得了意想不到的快感。

"为什么你这么干。"夏生说,"他死了你为什么不告诉我们,你有什么权力不告诉我们?你知道吗,他下落不明让我们多恐慌?"

"我不想让你们难过。"秋生说。

"你没有权力这么做,对我们不公平。"夏生说。

两人躺在墓前的草地上,看着天空。天空是另一摊海,只是比海平静。母亲这会儿在哪里,在天上吗?在这么蓝这么平静的天上吗?有好一阵子,两人都没说话。过往的一切历历在目,可就是说不出来。

"你是怎么找到他的？"夏生问。

"他离家出走前给我讲过这个岛。他和母亲是在这个岛上相好的。"秋生说。

夏生从来没听说过这件事，略微有些吃惊。

秋生说，那时候父亲和母亲在舟山群岛的一个渔村当知青，就在远处那座岛上。秋生指了指远方。远方什么也没有。听父亲说那岛很大，是一个镇子，父亲和母亲当年在同一个村子插队。母亲是个美人，经常有男人从大陆过来看她。父亲说，当时他的感觉母亲好像认识全中国的小伙子。父亲是个才子，当知青前在艺校学习编导，会拉手风琴，唱苏联歌曲和越剧。父亲发现了母亲的天赋，私底下教母亲越剧。

有一天，父亲从老乡那儿借了一条小船，划到这岛上。哪知道，小船靠岸时撞到岩石上，撞烂了，他们只好留在这岛上等人来救。当时父亲和母亲都很紧张，这岛很少有人来，他们在岛上过了三天，都绝望了，后来来了一艘军舰把他们救了回去。父亲和母亲就是那三天好上的。

"回去后他们就结婚了，一年后有了我。"秋生说。

夏生没想到父母有着这样的往事，听着感觉像一个神话。

秋生说，母亲一度认为父亲是故意把船撞破的，说父亲是蓄谋已久。父亲就笑，父亲是真心喜欢母亲。父亲说当年在岛上一点也不害怕，他觉得就这样死去也没什么了不起，他感到心满意足。结婚那几年父亲很幸福，也很甜蜜，母亲不是一般的女人，讨男人喜欢，父亲当年把她当成掌上明珠——这样形容不对，但真是那样，父亲惯坏了她。他们回城后，父亲去了文化馆，母亲去了华侨商店。不久，在父亲帮助下，母亲考入了永城越剧团。就是那段日子，父亲开始写《奔月》这出戏。

父亲是出走前一年给秋生讲这个故事的。《奔月》首演后，父亲神秘失踪，留下《奔月》红遍了大江南北。秋生一直在找父亲的下落，有一天他突然想起这个故事，于是来到小岛，发现了父亲的遗骸。他是凭着身边的遗物确认了父亲的身份的。遗物里有一块钻石牌手表。秋生把父亲埋在了小岛上，没告诉任何人。

秋生和夏生还躺在草地上。岛上的天气比陆地要湿热，他们的衣衫早已被汗水浸透。夏生朝寺院方向望了一眼。寺院被巨大的菩提树掩蔽，显得安静而清凉。天边突然布满了云彩，把整个海面都映红了。但慢慢云层变成灰色，天空变得阴沉起来。

"你们演的那出戏是父亲写的，本子我是在岛上发现的，在父亲的包里，用一只塑料袋包裹着，所以字迹没有损坏。你说巧不巧，这戏他是为母亲写的，老天有眼，结果首演竟然真的是母亲。"秋生仿佛在自言自语。

夏生侧脸看了看秋生，这一次他竟没有感到奇怪。他在看剧本和排练时，脑子里多次闪过父亲的形象，这是直觉吗？

"三个月前我搬家翻出这本东西，我让人打印了一份，托人交给庄凌凌，庄凌凌看了剧本像疯了一样，吵着闹着要搬上舞台，后面的事你都知道了。"秋生说。

夏生想，难怪庄凌凌一直不肯说出此剧的作者。夏生以为这是庄凌凌的把戏，她想演主角，把剧作者搞得越神秘越好，免得团长直接去找剧作者而把庄凌凌撇在一边。看来庄凌凌根本不知道剧作者是谁。

"你手上的珠子是母亲的？"秋生问。

夏生看了看手腕，没回答秋生。刚才

因为太生气，忘了把珠子留给母亲了。不过他觉得这样挺好，也算有个想念。夏生想象当年父亲和母亲在这个岛上的情形。他好像代替了苍白的神经质的父亲的目光，看着当知青的母亲。母亲眼睛里都是光。她总是这样，一直以来眼睛里永远有一缕光，好像有无限的前程等着她，好像她的人生会无比精彩……不过得承认母亲的人生真的很精彩。

"这珠子能送我吗？"秋生说。

夏生犹豫了一下，把珠子从手腕上撸下，递给秋生。两人沉默不语，看着天空。这时从秋生口中突然传来尖细的越调：

吞灵药，生翅膀，入了广寒门，
晓星沉，云母屏，独对烛影深，
寥廓天河生，
寂寞云裳赠，
空悔恨，
碧海青天夜夜凡尘心……

秋生唱的是《奔月》的经典唱段。夏生想母亲说的没错，秋生真的能唱戏。唱的是青衣，竟唱得这么好。他侧脸望向秋生，秋生眼角挂着泪痕。

中午大和尚准备了素食。吃饭的时候，天阴沉得更厉害，好像马上要下暴雨。因为晚上夏生还有演出，夏生有点担心海面会起风浪，快艇开不了。要是回不去，团长会急死，票都卖出去了的，而他的角色没有B角。吃过中饭，夏生催秋生赶快上快艇回本岛。还好，虽有点小雨，海水依旧平静。一会儿就到了小车停泊的码头。他俩坐上车回永城。车过永城二中，秋生让司机停车，自己跳了下来。秋生对司机说："你送夏生回团里，我想在这儿转转。"

秋生沿着学校外铸铁围栏向河边走。刚才阴沉沉的天气突然放晴了，有一缕阳光从云层中穿出来，照耀在河岸边的青草和树叶上，世界焕然一新。

秋生来到桥头，扒在桥栏上。有两个工人在河道上清理淤泥和垃圾。河道比过去干净了许多。这条小河曾经浑浊不堪，河面上总是漂浮着诸如快餐盒、塑料泡沫、垃圾袋，有时甚至还有避孕套。秋生读书那会，河道经常散发着工业臭味，在教室里都能闻到硫黄的气味。一个工人操纵着一条机帆船，发动机发出脆响，大约因为河面安静，发动机声并不喧闹。河道里没有太多东西需要处理，他们显得很放松，那捞淤泥的工人甚至故意把水洒到开船那位身上。开船那位大呼小叫起来。

他们慢慢来到桥墩下，那个捞淤泥的人似乎在水下碰到了什么，脸上露出少见的认真来，他使劲拉杆。杆被什么东西缠住了。开船的那位去帮忙。一会儿一辆自行车从水上浮了起来，其中一个趴在船边紧紧地抓住了它。自行车染上了污泥，经水冲洗后一下子变得簇新，油漆基本完好，只是钢圈处生了一些锈迹。那两人像捡到宝一样，脸上布满了笑意。

秋生认出了这辆自行车。他的脑海中浮现出多年前的那一幕：他骑着这辆凤凰牌自行车，带着冬好在漫漫长夜中穿行。329国道路况极差，自行车时刻处在颠簸之中，有好几次秋生差点摔倒在路边的沟渠里……

桥头围观的人多了起来，人们对这里捞起一辆自行车很稀奇。两人中的一个有点人来疯，他像大力士一样把自行车高高举起。阳光投射到那人的脸和自行车上，看上去犹如一座雕像。

我父亲的奇想之屋

韩松落

授奖词

一位不老的父亲在不同的时间和空间中出现，他出现的目的是为了消失——他总是在某一时刻突然无影无踪，当然，他一定在消失前带着孩子去看一处神秘的空间：楼中之楼，巨大发光的体育馆，藏在山体里的飞机场……这是韩松落中篇《我父亲的奇想之屋》的故事设置。这篇小说是一段少年的奇幻之旅，是卡尔维诺和博尔赫斯式想象的吉光片羽。它以"同时性"的叙述颠覆了现代性的一元论时间观。这是本年度让我惊艳的作品之一。（杨庆祥）

那是我父亲失踪前一年的秋天。那个秋天，父亲和往常一样，每到黄昏就带我去散步。通常，他会走到我的房间门口，凝视我片刻，等我感觉到了他，转过头来，他就轻轻偏一偏头向我示意，我拉开椅子，穿上一件外套，和他一起走出门，走到大街上。

门洞里暗黑，门外落日金黄，出了门，迎着落日走过去，就像被裹上一层金色的蛛网。我们就披着这层金色蛛网，走过两条街，向右拐，穿过一条巷子，走上一条更僻静的河边小路。路的左边是一排房子，房子前面种植着金银木，叶子金黄，红果成串。路的右边就是那条河，河面有20米宽，河水的流速很慢，几乎感觉不到流动。河边有一种极度的安静，看到那条河的同时，心里就像被按下静音按钮。

往常，走到那里，在河边站一会，就该返回了。那天，父亲却从裤兜里掏出一串钥匙，对我说，来，我带你看个东西。他带我往前走了几步，停在一幢小楼前，说，你看看这房子。我抬头看了看那幢小楼，它很普通，米白色，方方正正，一共五层，每层有八个窗户，窗户都关着，没有灯光。一楼有门，门关着。然后，父亲示意我跟着他，到小楼的后面去。

楼后有一扇很小的铁门，父亲用钥匙打开门，眼前是一条极其狭窄和陡峭的楼梯，楼梯和门紧挨着，刚够把门打开，除此之外没有一点空地。父亲走在前面，登上几级楼梯，回身等我，等我迟疑着踩上楼梯，他就让我把门关上。我们两人立刻陷入黑暗中，父亲在黑暗中打开手电筒，引我沿着楼梯走上去。

走了20级楼梯后，拐上下一段楼梯，再走了20级楼梯后，一扇小门出现在楼梯旁。父亲伸手去拉那扇门，门很涩，用了很大力气才拉开。我紧跟着他走进去，一个小房间出现在我们前面，房间低矮，只有一扇小小的窗户，窗前摆了一把椅子，椅子正面向着窗户，背对着进屋的人，仿佛等人坐上去，窗外可以看见我们刚刚经过的那条河。

父亲在屋子里站了一会，什么都没说，然后带我走出屋子，沿着狭窄的楼梯继续往上走。20级楼梯之后拐个弯，又20级楼梯，旁边出现了又一扇小门，拉开门，第二个房间出现在我面前，房间的大小和格局，和第一个房间没什么两样，同样有一把椅子，以同样的姿态，摆在窗前。

走出这间屋子，又是20级楼梯，这20级楼梯，和之前的楼梯，不在一个方向，仿佛一把折尺拧向了另一边。最后，第三扇门出现在楼梯的尽头，拉开门，第三个房间出现了，这个房间的形状极不规则，像是一个折纸玩具的内部，充满了凌厉的线条，屋顶像是被一个巨大的锥形刺了进来，而后凝固在一个极其不安全的状态，唯一的窗户也是"【"形的。父亲站在这间屋子里，露出了一种脆弱不安的表情，似乎在这间屋子里有非常不愉快的记忆发生。但他随即克服了自己，摸摸墙壁上那些突出的几何体，在窗前站了一会，带我走出屋子，走下楼梯，关好一扇又一扇窄门。

重新回到河边的那条路上后，他对我说了一段话。这些话超出我的理解力，所以我没能记下来，只记得大意。这幢房子，是他设计和建造的，他在这所房子里设计了另一幢隐秘的房子，从外到里，都发现不了这幢隐秘房子的存在。他描述这个房子的话，我倒是牢牢记住了：房子里套房子。最后，他笑着对我说，我把这幢秘密房子留给你。

在以后的散步中，他又带我去看过两幢房子，以及他藏在那些房子里的"另一幢房子"。那些房子，都有狭窄陡峭的楼梯，低矮的房间，以及正对窗户的一把椅子。我渐渐习以为常，觉得这是所有建筑师的小游戏，是一幢房子必然会有的配置。

第二年夏天，父亲留下一封信，从此消失。消失前毫无征兆。我还记得我母亲读那封信的情景，她站在桌子前，表情凝重地读了很久，然后，她用食指和中指，在额头上擦了又擦，那是她的习惯性动作，只有在极度紧张的时候才出现。但她也知道这个动作会显示出自己的紧张，所以马上停了下来，点了一支烟，在阳台上抽完，然后凝视了我一会，给祖父打了个电话。自始至终，她都没有给父亲打电话或者传呼。她的这种反应，影响了我很多年，直到现在，我都会在遇到事情的时候，冷却和隔离当事人，似乎他们只要把事交给了我们，就不再是这件事的一部分。

我丝毫没有意识到，那间房子和我父亲的失踪之间，可能有某种联系，所以我没有对母亲说起那些狭窄楼梯上的小房子。直到有一天，我和母亲散步，我习惯性地带着她走上那条河边小路，又一次看到那幢房子，我对母亲说，爸爸在这幢楼上有几间房子。母亲警觉地问，什么？什么房子？我带她绕到房子后面，没找到那扇小门，又转到正面去找那些房间的窗户，也没有找到。

我们试着敲了敲大门，因为那幢房子看上去像是没有人。没想到门却开了，一位看门的老人，满脸疑惑打开大门，上下打量着我们。母亲对他说，她的丈夫是这幢楼的设计师，我们想看看他设计的房子，老人迟疑一下，带我们进了那幢楼。我们从一楼走到四楼，每一间房子都有房号，秩序井然，根本没有那几间秘密房子的容身之地。

回去的路上，母亲没有责怪我。因为，我很小就显露出狂想家的潜质了。7岁那年，和父母亲坐火车南下，经过四川和西藏交界处，看到那些被云雾笼罩的高山，我对他们说，云雾里有一头巨大的鲸鱼缓缓飞过，飞过我们头顶的时候，我甚至看见了鲸鱼灰白色肚子上的纹路。父亲和母亲，当然没有看到这只鲸鱼。所以，父亲的小房子，经过我说出来，也带上了狂想的色彩。

母亲若有所思地走在路上，笼着双臂，像是把手笼在一件不存在的棉袄袖子里。对她来说，这就是一种失常状态了。每当她专注地思考某事，就会卸下一切防备，变回她最早的样子，民心市场卖鱼少女的样子。

是时候介绍一下我的外祖父和我的母亲了。我的外祖父，出生在一个商人家庭，但在很长时间里，他都不能做生意。有段时间，他已经无法忍受家里的贫穷，准备出去倒腾点什么了，一场抓捕投机倒把分子的行动或者那样的学习班，总是会及时出现。他就心惊胆战地缩回去了。一直到1980年，他才终于在民心市场开了一间小小的水产店，我母亲充当店员。也就是在那里，她认识了我的父亲，他就在市场附近的建筑设计院工作，住在设计院的单身宿舍，时常来市场买菜。

一年后，他们结婚，1982年，我出生，也是那一年，政策变宽松了，前几年因为"投机倒把"获罪的商贩得到平反。外祖父的生意也是在那一年开始扩张，一间店变成两间，很快变成五间；他又开设一间小小的工厂，生产暖气片，并不时打听别的赚钱机会。他听说有位大学老师，发明一种冷凝技术，立刻上门求购，以极其低廉的价格，获得这项技术，开始生产相应零部件。

这也奠定他之后的生意模式，他在大学和科研机构四下搜罗，寻找失意的、不被重视的技术人员，购买他们手里的专利技术，能够自己生产的，就自己生产，生产不了的，就加价卖出。他之所以赞同父亲和母亲的结合，有一部分原因就是，父亲是建筑设计师。外祖父在那时就认定，人们当时住的破房子都要被拆掉重新盖一遍，到那时，父亲肯定很有用武之地。

母亲不用再去市场亲自卖鱼了,她开始学习另一种生活,学习插花、茶艺、听音乐会,但每次学习,都以她耐心用尽而告终。她内心细腻,却不拘小节、举止粗鲁。她嘲笑插花班里的阔太太,绘声绘色地描述她们的举动。她们中的一位,稍有风吹草动,就背着全套心脏监护仪来学习插花,她时常大笑着模仿那位太太把装着监护仪的包背在身上并不停挪动,以显示其存在的样子,并且说"别人戴金项链,她是把监护器当金项链戴",直中本质。全然忘了,她此时也能算得上一位阔太太。而她们一定也在背后嘲笑母亲,描绘她的举止,比如,她从卫生间出来,总是急匆匆地,边整理衣服边往外走,全然不顾身上穿的是什么牌子的衣服。

有一次,在一家插花学习班(因为她已经在上一家插花学习班,凭借大大咧咧的举止,把自己搞成了笑料,但她的说法却是"我又把那家插花班搞臭了"),她看到旁边的女人,认认真真地用一束红玫瑰,插出一个心形,终于忍无可忍。她夺过那些玫瑰,嘟嘟囔囔地说,花长这么大可不是为了让你摆成一个柴死人的心的。她把那些花打散,加入白色粉色玫瑰、非洲菊、百合,最后编织成一个花圈。而那个女人在旁边哭起来了。晚上,她回家的时候告诉我们,她又搞臭一家插花班。总之,人类可以玩的东西不多,即便你有钱了。人类狂想中那种无边际的欢乐,和手头有限的玩具、有限的玩法之间,有着巨大的鸿沟,会让投入其中的人产生饥渴和失落。那时候是那样,现在还是这样。

我的父亲和她恰成对照,他们一静一动,一个戏剧化,一个极力抹杀自己的存在感,但他们却有一个共同点,就是常常若有所思。他们的相处很淡,但却总有一种抑制不住的笑意四处弥漫。他总是装作打击她,她总是装作被打击,他给她起了很多别名,并且根据她身上的新动向不断更换,她总是装作很生气,却又喜不自胜地接过来,例如其中一个别名,108,那是嘲笑她打碎了至少108个花瓶;还有一个,莫扎特,是因为她有个闺蜜,在女儿学钢琴之后盯上了她,莫名其妙地给她灌输"你也喜欢莫扎特但你自己不知道"这样的想法,她被迫买了很多张莫扎特的唱片。

他们在一起的那些年,是我的黄金时代。

基于这样的出生和个性,父亲的失踪虽然给她带来深重的打击,却并没有摧毁她的生活。她在报纸和电视台都打了寻人启事,却没有收到回音。她也设想过各种情形,被绑架,被谋杀;和某个女人甚至男人私奔;厌倦了现在的生活,想要换个地方重新开始;患有某种精神疾病,突然爆发了。她甚至还怀疑,父亲是参与了国家的保密工作,去西部建设秘密基地了。

一年过去了,两年过去了,我们没有接到勒索电话,没有收到收容所的通知,也没有政府工作人员前来慰问——在那时的都市传说里,参与保密工作者的家属,会得到政府的慰问,慰问者什么也不会说,只会郑重地告诉你,TA是去为国家工作了,并且留下一些礼物,临走的时候还会向家属敬礼。

一年以后,她已经从痛苦中挣脱出来了。一个偶然的机会,她认识了"摩托界"的朋友,从此爱上骑行。那些热爱摩托骑行的男人粗鲁地宠爱着她,一边照顾她,一边在话语上贬低她,他们打开酒壶,喝一口再递给她,在野外聚餐的时候,走开十米放着响屁撒尿,当着她的面讲述各种厌女的段子。

比如我曾听到的一个(他们认为我不懂得其中隐晦的意思所以会当着我的面说出来),一个商人想要抛弃他的情人,很久都不去他们共同居住的房子,也不肯付生活费。他的情人找到办公室来,他不肯见她,她于是托秘书带话:"需要交房租了",他让秘书替他回答:"你的房子太大太冷了"。母亲却跟着他们一起大笑。

她骑着摩托,越走越远,最远去过哈萨克斯坦。

父亲失踪的时候,我只有9岁。母亲没有对我隐瞒,但也没有用"失踪""离家出走"来描述父亲的消失,她只是告诉我,父亲要离开我们一段时间,也许将来还会回来。这样的话语,在电视剧和电影里出现的时候,通常指向死亡,从母亲嘴里说出来,我却知道,那不是死亡,也不是失踪,是我现在还不明白的一种情形,它虽然没有那么容易被弄懂,却不一定是坏事。

因为我有一位这样的母亲,我并没有伤心和失落很久。但在一年一次选择课外兴趣班的时候,我放弃练习了两年的跆拳道,选了绘画。因为一次神秘的感受。那次神秘感受,出现在一节美术课上,当时的我,正在画板前画素描,却突然有了一种奇怪的感觉,似乎有人站在我身后,看我画,并且慢慢躬下身子,握住我的手,教我画画,就像童年某天,我站在父亲的图纸面前,他所做的那样。那种温暖、安全、幸福的感觉,像电流一样通过我全身。我以为,选择画画,似乎就还会被父亲笼罩。

那种感觉再没来过,父亲也没有出现,没有任何消息。27年过去,我也到了父亲失踪时的年龄,做着和父亲相近的工作,

在东京一家漫画公司里画画。我制作的漫画里,有一个是由我创意的,这是个名为《奇想建筑》的系列漫画,主人公是"香川教授",他是一个30多岁的男子,身高一米八四,浓眉大眼,精短黑发,喜欢穿正装,以及西裤和衬衣,风衣和短夹克,在户外会戴各种帽子,波洛的礼帽,福尔摩斯的猎鹿帽。

香川教授从小就被历史上一些人对信仰的忠诚打动,成年后,他以探访信仰之谜为由,奔向世界各地的奇异建筑,石柱上的小屋,悬崖上的城堡,朗香教堂,梅尼耶巧克力工厂,基日岛乡村教堂,上海的1933老场坊,陕西的塔云金顶观音殿,贵州的梵净山,山西的挂壁公路,东欧的未来建筑,以及安东尼·高迪的那些作品。

他负责解说这些建筑的设计方案、建造过程、建造者的故事,也负责抛出一个问题,那就是,人们为什么要修建这些建筑,甚至是在战乱年代,在人们食不果腹的时候修建这些建筑。他总会把这一切归结为某种信仰。在他看来,那些建筑是信仰激发的狂想,是向着宇宙的呐喊,是某种狞厉心绪的凝结物。所以,在每个奇想建筑背后,总有一个阴郁的故事。

香川教授有个伙伴。在这个系列进行到第二年的时候,他来到了中国,在西安遇到了一个当地的少年,这个少年叫李斌,是他临时找的助手,帮助他探寻秦王地宫之谜,并在关键时刻救了他。从那以后,少年李斌就成了香川教授的助手,和他一起冒险,并且解开各种信仰之谜。

这其实是两个过时的形象,不论浓眉大眼,还是黑色短发,或者西裤衬衣,都已经很久没有出现在漫画里了。甚至连少年的名字,都不是现在的中国人会用的名

字。我却打着复古的幌子，固执地坚持了他的形象特质。但我当然知道我真实的想法：香川侦探的样子，就是我父亲的样子。至于少年李斌，就是我想象中的自己。

画《奇想建筑》那些年，我看过很多资料，也见过很多建筑师，我把父亲带我看那间房子的经历，假托为小说里的故事讲给建筑师们，并且问他们，这在现实中有没有可能实现。一位英国设计师告诉我，伊丽莎白时期，有一位建筑师，用一系列建筑构想图，探讨过在一个建筑里藏下另一个建筑的可能。这些构想图起初叫"屋中之屋"，后来，建筑师用他喜欢的一位同时代诗人的名字，将这些图画中的屋子命名为"约翰·弗莱彻之屋"。

画面上充满了扭曲的建筑结构，神出鬼没的走廊，繁复的装饰，各种琐碎的细节。把目光落在不同的角落，会获得不同的结果。当你久久盯着其中的几根柱子，几条走廊，几面墙壁，你会慢慢地把它们组合起来，于是，一间房子就慢慢浮现出来了。搭建这间房子的逻辑，会在短时间里影响到你，当你挪开目光，还会依照这个逻辑搭建别的房子、别的走廊，最终，你会获得一个按照你的临时逻辑建起来的建筑。而那些雕刻着花纹的边角，在画面上浮动着，让这个过程充满趣味。

但如果你闭上眼睛，静默片刻，把之前的印象清除掉，让目光重新回到画面上，把视线落在一个新的角落里，盯上一会，又会有新的逻辑出现，走廊重新衔接，柱子开始颠倒，上一次的墙壁，这次也许变成了地板；上一次的地板，这次或许变成了走廊的一部分。最终，你会得到一个新的建筑，和此前完全不同。据说，有人在一张"约翰·弗莱彻之屋"构想图上，看到了15幢不一样的房子。

这位建筑师始终不得志，从没得到过重视，也没有得到机会主持建设一幢真正的房子。他在39岁的时候去世，那些被命名为"约翰·弗莱彻之屋"的图画，在50年后，被他的后代卖给了法国的收藏家，从没被展出过，也没有被制作成印刷品。回答我问题的英国设计师，曾在瑞士的一座私宅里，看到了其中的几幅原作。在他看来，构成"约翰·弗莱彻之屋"的，不过是一些视觉诡计，但他也承认，他本人没有能力创造这样的视觉诡计。

更多时候，建筑师们会告诉我，类似我那个故事里的房屋，在图画中有可能实现，但在现实中是不可能存在的。历史上有许多传说中的密室，和我的故事里描述的屋子相近，但在关键的地方有区别。人们说，狮身人面像里有一个密室，藏着足以改变世界的文件和器物，也有人说，慈禧太后的卧室里，有一个隐秘而曲折的通道，通向一间密室，密室里藏着她搜刮来的金银财宝，因为这间密室非常隐蔽，以至于八国联军攻打北京，她向西逃亡又再度返回后，密室都没有被人发现，财物也保存完好。

现实中的密室，除非是以屋子为入口，向着地下延伸，或者伸入屋后的山体，否则很难不被发现。在我的故事里，一个外形规整的房子中，藏着三间房子和楼梯，很难施工。何况，那是八九十年代，盖房子是大事，容不下任何游戏，减少房子的使用面积，做出三间不明用途的房子，在情理上是说不通的。任何有经验的施工员，都会发现这里面有问题。

还有建筑师告诉我"白城恶魔"亨利·霍华德·霍姆斯的故事。他生活在19

世纪中后期的芝加哥，为了满足杀人欲望，他在芝加哥建起一幢大楼，大楼里有一百多个房间，遍布暗道、暗门、机关、陷阱和地下室，地下室里还有巨大的炉子，用来焚毁尸体。建造这座大楼的过程中，他不断更换建筑工人，以确保没有人能掌握较为完整的拼图，理清他的秘密。即便这样，当人们终于发现他的杀戮，冲进这座可怖的大楼时，房子的所有秘密立刻大白于天下，像一个被无情掀开的蚁巢。就是说，在一所地面上的房子里制造密室，并且永远不被人发现，是不可能的。

我父亲的房子，很可能只存在于他的讲述里，是他的讲述，为我建立起了某种幻觉。我可能被他的讲述催眠了。他讲给我的，是一个"奇想建筑"——这是我从一本建筑家的随笔集里看到的词语，在我看到这个词语的那个瞬间，我就决定画这套漫画。

《奇想建筑》连载了五年之后，我决定结束这个系列，因为我慢慢意识到，我恐怕再也见不到父亲了。2018年5月19日，我画完当期的稿子，交给助手们去做后期，在那一期的结尾，我向读者做了预告，这个故事将在下一期迎来最终章。我用冷水洗了把脸，在窗前站了一会，然后，我意识到，我正像母亲那样笼着双臂。我立刻放下双臂，打开手机，打开微博，随后就看到那个帖子。

写微博的人名叫 stella2216，是个女性账号，加了 V，而且是金 V，微博认证的身份是"画家，《zoo》主编"。她开宗明义："有福利，转发者里抽出十位送最新款 iPad，符合要求的应征者送最新款 iPhone。"随后，她写了一个故事，说如果网友看到、听说或者经历过类似的故事，可以和她联络。

"我要写的事相当奇怪，你可以当成我的幻想，当成梦也可以。那时候我8岁，我父亲每天黄昏带我出去散步，他以前也每天散步的，不过都是一个人，从那一年开始，不知道为什么，他散步的时候会带上我。其实我小时候很宅的，不太爱出门的那种，但我父亲特别帅，可以当明星那么帅，我就很虚荣，很愿意跟他出去走路。他带着我散步的时候，会经过一个游乐场，游乐场入口的地方，有一个恐怖谷，恐怖谷是利用山里的旧防空洞改造的，就是灯光刷刷的特刺激，有很多人戴着面具在里面装神弄鬼，还有小喇叭放鬼哭狼嚎的声音那种。起初呢，我们只是从那个恐怖谷前面走过去，根本不会停下来看。结果，那天父亲在恐怖谷前面站住了，说他要带我去看他在这里的一个房子。那时候游乐场已经下班了，恐怖谷的入口已经锁上了，游乐场一个人都没有。他带我绕到恐怖谷的一面墙边，那个墙快要和山连在一起了，墙上有个小门，他拿出一把钥匙把门打开，然后让我进去，里面是一条白色的小通道，墙壁特别光滑，像个管子那么光滑。我走在前面，他跟在我后面，拿出小电筒给我照亮，我们就在管子里走了一会。大概走了一百米这样子，我感觉是他在我身后的墙上按了一个开关，前面突然亮了，我眼前出现一个特别大的大厅，就是维也纳金色大厅那种，但是没有座椅，也没有舞台，就是一个大厅，柱子半藏在墙壁里，墙壁和柱子都非常光滑，屋顶是穹顶形状的，有很多雕刻，所有这些都是金色的。大厅里有很多壁灯，还有一个大吊灯，垂在半空中，灯光也是金色的。怎么说，就像走进一个藏宝洞。站了一会，我父亲说走吧，就领我走了出去，出去后，又拿出钥匙锁了门。后来我跟父亲说，还想看那个金色大厅，但父亲再也没有带我去。第二年，他留下一封信，然后离家出走了。离家出走之前什么事都没发生，他跟我母亲感情很好，他们从来不吵架，他的情绪也很正常，没有抑郁症什么的。父亲出走之后，我还带我妈去游乐场那里找过那个小房子，没有找到，连那个小门都没有了。事实上，那个金色大厅，多半也是不存在的，因为，恐怖谷和游乐场，已经把山体里的防空洞全都占满了，不可能留出那么大的一块位置给金色大厅。我妈说我神经病。后来我父亲再也没回来，已经15年了，我很想他。当然我写这个不是寻人启事，我是想问，你们有没有在书里看到，或者听到这样的故事，或者经历过，如果是在书里看到的，请把书页拍下来，和书名一起给我。有小礼物。微信、邮箱、微博私信都可以。半年内有效。"

那条微博是3个月前发出的，在我看到的时候，那条微博被转发了59731次，有32321条回复。回复千奇百怪，"你妈说得对，你的确是个神经病"，"有钱人发个胡思乱想出来的事也这么兴师动众"，"你去《聊斋志异》里看看"，"一个大主编文笔这么差"，"少女心有很多种，这也是一种"，"iPad是哪一种，可以说具体一点吗"，"iPhone可以选颜色吗？"

我按照她留下的微信加了她，加完之后，觉得还不够，又写了一封邮件，把我的经历写下来发给她，并且告诉她，我不需要她送我iPhone，我只是想和她取得联系。但随即我又想到，那正是"me too"运动最激烈的时候，我的回答这样离奇，和她的经历如此相似，会不会被她视为骚扰，

于是我又加上了一段自我介绍，附上了我的作品。总之，我毫不遮掩想要和她联络的愿望，竭尽全力表达我的诚意。

一分钟后，我收到了回邮：我需要尽快见到你，这非常非常重要。我又发了邮件：如何见？在哪见？一分钟后，我又一次收到回邮："你能在5月20日赶到湖北苍阳县吗？11点30分，我在阳江路91号的285咖啡馆等你。"

我查了路线和航班，苍阳在襄阳附近，距离襄阳130公里，飞机和高铁不能直达。我决定坐当天下午的全日空出发，晚上到达武汉；第二天一早坐两小时动车到襄阳，在襄阳坐出租车到苍阳，在那里住下，然后第二天一早去咖啡馆。之所以这样安排，是担心任何一个环节的延误，会导致我不能按时赶到咖啡馆。订好机票和动车票之后，我给她发了邮件，告诉她我会按时到达。

行程很顺利，预想中的延误都没有发生。我按计划到达武汉，也按计划到了襄阳，约好的车也按时来接我了。不过，当我在后排坐稳的那一瞬间，司机转头说，苍阳这几天要地震，你是不是不知道？我反正没事，把你送到我就走了，你要是去了，万一地震了，就算没事，也是住没得住，吃没得吃，走也走不掉，你好好想一哈，反正我不赚你这个钱也可以，不要说我没有告诉你，让你去地震的地方送死。

"送死"这两个字相当刺耳，但我沉浸在自己的各种念头里，并没有在意。我搜了苍阳的新闻，却只找到一条简单的消息，5月20日，在苍阳有一场防震逃生演习，要求全城居民参加。我又查了一下这个县城的人口，全县40万人，县城14.8万人，把这14.8万人疏散到安全的地方，要耗费

的金钱成本和时间成本，都是很难衡量的。显然，苍阳的地震消息，是防震演习演变而成的谣言，但这么大规模的防震演习，也的确非常少见。不过我毕竟生活在日本，已经被日本气象厅发布的地震警报搞得百毒不侵，对现有的科技水平能否预报地震，也非常怀疑。我还是决定去苍阳，为了安抚司机，我主动加了一倍车资。

我在5月20日早上10点，到达咖啡馆。咖啡馆里只有两桌客人，一桌是拖着行李的游客，正在吃早点，另一桌只坐着一个年轻女子，面前摆着电脑，电脑的光映照在她脸上。我看了她一眼，觉得她就是我要见的人，果断地向她走过去。她看到我，立刻放下手里的杯子，很快站起来，脸上浮现出一种看似动人的假笑：是你吗？是我。

她并没有马上坐下，在假笑迅速消失的同时，她开始仔细地打量着我，非常明显地，依次打量着我的五官，从眼睛、鼻子、嘴巴，到头发和发际线，甚至还微微侧了侧头，看了看我的耳朵。她的目光毫无表情，但却有一种难以掩饰的激动，是好战者听说战事即将开始的那种激动。就在我刚刚觉得不自在的时候，她就迅速挪开视线，垂下眼睛，用一种毫无感情的口吻说，你可能知道这里马上要有一场地震演习了，所以我们的时间不多了，我们要提高效率。我叫许丽虎。

她不算好看，但非常美。脸小、瘦削、线条很硬朗，波波头掩盖了她脸部线条的不完美，头发染过，非常黑，口红是浅紫罗兰色的，和黑发形成一种差异，看到她口红颜色的时候，我在心里试着换成了更亮的红色，但最终觉得，还是现在的颜色更适合她。她穿着一件很薄的黑色夹克，蟒蛇皮做领边，暗黑中透出银亮，夹克里面是一条玫瑰红色褶皱长裙，手上只系着一条细细的链子。这些衣服饰品，我都看不出来历，只有她领侧的胸针，是我认识的牌子，那是一款梵克雅宝的狮子胸针。

她示意我坐下，自己也急急忙忙坐下，落座之后，却沉默了片刻，脸上又出现了那种动人的假笑，嘴角弯着，眼睛也似乎也笑弯了，甚至笑出了一点点眼角纹，一切都和真的一样，但这种笑容，我实在太熟悉了，我微微笑着说，你也是电脑脸。

其实我真正想说的是，你也是电脑脸假笑。是的，电脑脸，就是那种久久对着电脑，失去了表情的脸，但脸的主人不甘心就这么丧失了表情，社交生活又督促他们要以笑脸示人。于是，他们练习出各种假笑，比真笑还像笑容，还动人，更能表达各种情绪的精髓，但它终归是假笑。这种假笑，只有同样练习过假笑的人才能识破。

她听懂了，迅速收起假笑，换上一种有点自嘲和倦意的真实微笑：你也是，但你不练着笑，社会对男人和女人的要求不一样。好了，我们的时间真的不多了，进入正题，我想听你的故事，你的父亲母亲，你的家族，你觉得能说的一切一切。重要的时间节点也给我。这很重要。给你一个半小时，然后是我的一个半小时。

我从祖父一家开始讲起，祖父的出身，祖父的生意，民心市场的那间水产店，我母亲的性格，她在插花班的所作所为，她骑摩托车去哈萨克斯坦的经历。每段经历，都特意强调了时间，1980年，1981年，1984年；去哈萨克斯坦，是2005年的事。

在开始讲述父亲的故事之前，我拿出一本《奇想建筑》，翻到目录页上，指着香川教授穿着风衣的特写给她看，告诉她，这个人物是我按照父亲的样子画的。父亲没有留下照片和视频，在我画画的时候，父亲也已经离开了很久，所以未必能准确地反映他的相貌，只是个参考。

她拿过那本漫画，认真地看了很久，又往后翻了几页，说，画得不错，我还没有告诉你，我也是画画的。

我毫不意外，我说，我已经通过你的微博了解到了。我开始讲父亲的故事，他的生活细节，他散步的习惯，他带我去看的那所房子，说到这里时，她打断我，那间房子有多大？我想了想，对她说，当时我只有8岁，不能准确估算房子的面积，凭借记忆推断，应该有20多平方米，和一个标准间差不多，当然，这只是个参考。

我继续讲述父亲失踪那年的事。显然，那时的他，已经准备好了，要在那一年离开，但他并没有对我和母亲更温柔和更体贴，他像往常一样上班下班，在黄昏出去散步，像往常一样经常走神，喜欢站在阳台上，看着某个地方，一站就是很久。有个晚上，他站在阳台上的时候，我们这一片突然停电了，80年代，停电是很多的，但他并没有马上回屋，而是在阳台上站了很久，才推开阳台和屋子之间的那扇毛玻璃门走进来。

那天晚上，月亮非常亮，外面像白昼一样，亮到反常，他推开毛玻璃门的瞬间，地上立刻出现一块白色的方形，他就从屋外反常的白昼里，走进那一块白色，整个人就是个黑影，还带着户外的寒意，黑影没有说话，也没有任何声音，像是被脚下的一个传送带拉进来一样，猛然进了屋子。

那一刹那，我突然觉得，他不是我父亲，而是一个鬼怪或者外星人，至少也是个陌生人，那一瞬间，他借助黑暗，显露了原形。我转头跑进了另一间屋子，在我进屋的瞬间，来电了，我不知为什么，像昏了头一样，也有可能是想求证什么，又一次跑进父亲的屋子，灯已经亮了，他坐在沙发上，正在翻看什么。看到我进来的瞬间，眼睛里没有表情，但转瞬间，他就像是身体里有什么东西满格了一样，表情涌了上来，涌进了他的眼睛，他对我说，停电的时候，不要跑动，免得磕着。

我想起许丽虎对时间的要求，又补充了一句，那是1991年8月，一个月后，他留下一封信离家出走。随即看了下表，我整整讲了1小时20分钟，于是对她说，我讲得差不多了，现在是你的时间。

她拿出一册速写本，翻开第一页，推到我面前：这是我父亲，他也没有留下照片。从画像上看看，和你的父亲很像，但我不敢确定他们是不是同一个人。我拉过那个速写本，看到了一张在某些地方让我很熟悉的脸，浓眉，大眼，脸部线条非常硬朗，更难得的是，她画出了他的眼神，那是一种在苏美尔人留下的泥塑上很常见的眼神，泥塑的眼睛往往像失神一般，向着略高一点的地方望去，为了强调这种专注的失神，塑像的人会着力刻画眼睛周围的线条，让眼珠鼓出来一点，有些眼珠鼓得像是患有甲亢。她画的她的父亲就有一双微微鼓出的眼睛和专注的失神。看到这个眼神，我有点失望，也有点庆幸，那不是我父亲的眼神。

她的外祖父是从做小电器生意起家的，后来改做印刷，在八九十年代，印刷还是个好生意，但这个生意有个缺陷，尤其在那个年代，这个缺陷就更加明显：印刷设备需要不断更新，永远会有新设备出现，新设备永远更好，更准确，在电脑普及以后，设备更新的速度越来越快，"赚的钱全换了设备了"，她外祖父无数次这样说。

这或许是真的，因为她外祖父最终换了行业，卖掉了设备，拆掉了厂房，在印刷厂的土地上盖起一个商场，并且发展成一个电器城。电器城商家林立，鱼龙混杂，经营和居住区域划分得不明确，于是接连出了几次小火灾；警方又长期在这里蹲守，抓黄碟贩子；电商兴起之后，电器生意也一落千丈。他于是痛下决心，调转方向，把电器城改成美食城。他吸取了电器城的种种教训，认真做了规划，重新做了装修，定期组织商户开会和联谊，美食城生意逐渐上了轨道，成了当地的品牌，一直经营到现在。

外祖父做印刷厂的时候，她的母亲在印刷厂制版，祖父做电器城，她的母亲就在电器城里收租，外祖父做美食城，她的母亲就在美食城里开了一家串串店，起初每天去收一次账，后来一周才去一次。她的母亲，心安理得地享受着父亲的逐渐富有给自己带来的便利，一点都不焦虑，"幸亏我是女的，要是男的，就要出去做事证明我没有靠爸爸，我巴不得证明我要靠我爸"。

她有了充足的时间做自己喜欢的事，旅行，看电影（这是电器商城的 DVD 贩子帮她培养的爱好），在寺庙里帮助居士们做事（却从不皈依），在慈善团体做义工（却从不登记注册，理由很荒唐：没有像样的证件照）。她还加入了一个合唱团，在合唱团参加比赛却缺少服装经费的时候，匿名捐出一笔钱给每个人做了衣服。负责做衣服的领队，没想到捐助者就在合唱团里，吃了回扣，制作的西装"薄得像手帕，袖子短得哟连手腕都遮不住"，比赛之后，她退出了合唱团。

她就在印刷厂时代认识了自己的丈夫，他在建筑设计院工作，来厂里印刷一本建筑图片集，她给了他成本价，还给他加了塞，排在一本畅销的写真集前，工人不得不加班，为了安抚工人的怨声，她用自己的钱给工人发了补助。外祖父察觉了自己女儿的异样，要知道，他挂在嘴上的话是"生意可以不赚钱，但不能赔钱"，女儿一向执行得很好。第二个月，母亲就带父亲回家吃饭，回答了祖父的疑问。那是1992年。1993年，他们结婚，1994年，许丽虎出生，许丽虎9岁的时候，父亲留下一封信，离家出走。

母女两人，有身体硬朗头脑灵活的商人家长，和一个生意火爆的美食城作为靠山，安全度过哀伤期，但许丽虎很久之后才知道，这种哀伤是内伤，要绵延很久，时时发作。其表现是，母亲再也没有结婚，而她先后暗恋上了外祖父最忠诚的合伙人、自己的中学老师、大学老师、画家老师、画家老师的朋友，她喜欢的演员是王庆祥、董勇、孙淳、尤勇和王志飞，她在社交软件上筛选网友的时候，也把年龄区间设定在35岁以上。她从没对朋友讲过自己对男性的偏好，因为她深知这意味着什么。

她从小学画，后来在一家网络杂志做美编，这是本小众潮流杂志，主打游戏和二次元。杂志很小，内部竞争没有那么激烈，她很快就成了主编，也延续了前任主编的很多做法，包括每年一次的主题征文。主题征文面向中小学生，可以是文也可以是漫画，文字篇幅在5000字以内，漫画在100幅以内。

3个月前，他们发起了2018年度的征文，主题是"诺言"，两个月后，截稿期到来的时候，他们收到了 3436 份来稿，大部分是文字稿。"3436，这个数字我记得非常清楚，后来我意识到，把它倒过来，就是我父亲告诉我们的出生年月，1963 年 4 月 3 日。当然这只是个巧合，但我发现我一直在刻意寻找这种巧合。"

征文本来不需要她全部过目，他们把所有的文章分类打包上传到网盘，作为公共稿库，邀请了 30 位比较老练的作者来看稿和审稿。大部分稿子，在第一关的时候就被刷掉了，最后选出一百篇稿子，进入第二轮；这次是交叉审稿，每篇稿子要经过 5 个审稿者的审看和打分，最后缩小到 20 篇，这 20 个人是最终的获奖者。她只需要粗略地看一下第二轮的 100 篇稿子，再认真看一下最后的 20 篇稿子，给出最终意见就好。

他们拉了一个微信群，交流看稿子的心得，时常摘出滑稽的、荒唐的段落来，作为消遣。在评选已经进入第二轮的时候，一位审读者转了一篇文章进来。这篇文章没有通过第一轮筛选，他是偶然在稿库里看到的，觉得很有意思，就转了进来。文章的作者，是一位 12 岁的小学生，生活在安徽，他的文章叫《父亲的诺言》，图文并茂。

她把面前的电脑转过来，word 文档页面上正是这篇文章。我调整一下电脑的角度，甚至没顾上跟她打招呼，就开始读下去。

"人们常说，不能轻易许诺，因为许下诺言就要实现，我希望这是真的，因为我的爸爸就给我许了诺，他说他将来还会回来看我。

"我的爸爸很帅，明星也比不上他，他去学校开家长会的时候，同学的妈妈总是跟他要电话。但我爱我的爸爸，不是因为他比明星还要帅，而是因为他很爱我，对我很有耐心，跟我说话总是很认真，愿意听我讲我胡思乱想出来的那些东西。每当我想出什么有意思的故事，首先想到的就是回家讲给爸爸听。在回家的车上，我复习着我的故事，希望它更有逻辑一点，先讲什么，后讲什么，大脑就像电脑一样忙碌着，因为爸爸总是说，一个故事最重要的是逻辑。

（这里有一张插图，是他给父亲画的肖像，针管笔线条画，上了淡彩。不出意外，这也是一个浓眉大眼的男人，这个男人，和我、和许丽虎的父亲都很像，但嘴的形状，眼神和表情，似乎又有差异。他画得非常好，笔触成熟，细节丰富，远远超过普通学画孩子的水平。）

"我的父亲，也不像别人的父亲那样，总是咋咋呼呼，总想着把别人的风头压下去。他很稳重，说话很稳重，走路也很稳重；他嘴里说出的每个字，似乎都很有分量；他走的每一步，好像都很爱惜脚下的路。自从我认识了我的爸爸，我就觉得别人的爸爸都很傻。我的姥爷和我妈妈也经常对我说，你爸爸是世界上最能给人安全感的男人。

（这里有插图，是一张他父亲的全身画像，针管笔线条画，上了淡彩。画中人是个高大的男人，穿着衬衣和西裤，站在一道墙壁前面，双手插在裤兜里。猛一看和我的父亲很像，细看又有差异。）

"但是谁也没有想到，我爸爸做了一件事，让妈妈和我都失去了安全感。在 9 岁那年，他写了一封信，放在桌子上，然后就悄悄离开了家，再也没有回来。

（这里也有插图，画面上是一张信笺，上面写着：'清黎和小亮，我很爱你们，很爱很爱，但现在有很重要的事需要我去做，我要离开你们一段时间，希望你们好好生活，享受生命。'字体来自字体库，信笺上还画着一串泪珠。）

"爸爸的离去，让妈妈难过了很久，但妈妈还是振作了起来，她说，爸爸走了，她就既是爸爸，也是妈妈，她要学着像爸爸做爸爸那样做妈妈。她比以前更勤奋地工作，还培养了很多新的爱好，比方养鱼养花，她也有了很多新的朋友，他们也和她一样有相同的爱好。

"我也难过了很久，但似乎也不那么难过，因为父亲曾经告诉我，他将来还会回来的。一想到这句话，我就不那么难过了。

"这句话是他在我8岁的时候说的。那是一个黄昏，他带我去散步，经过我家附近的体育场，他突然停了下来，并且对我说，他在这个体育场里，藏了一个很大的机场。我说爸爸你真会开玩笑，这个体育场我进过去，里面就是一个体育场，没有别的东西，再说，体育场里为什么要藏飞机场呢？爸爸笑眯眯地看着我，然后拉开一扇小门，带我走了进去。

（两张插图，图一是体育场的内景，和任何体育场都没有什么两样，看台上没有人，足球场上有淡绿的草坪；图二是一个机场式的建筑，有巨大的通道，巨大的候机厅，所有这些都是银白色的，机场里一个人都没有。）

"眼前是一个很大的通道，有50米宽，墙壁和地面都是银白色的，很光亮，什么东西都没有，也没有休息椅。我们顺着这个通道走了很久，我都走累了，眼前出现一个候机厅，长和宽有四五百米，也是银白色的，空空荡荡的，什么东西都没有。

"通道和大厅都很亮，但是看不到灯在哪里。我和爸爸站在大厅里，根本看不到影子。在那里站了一会儿，我跟爸爸说，这个地方空空的，我很害怕，爸爸就带着我从原路回来了。在回去的路上，爸爸对我说，他以后还要回来，带我到这里来。

"但是他再也没有带我来过这里。第二年，爸爸就离开我们了。但是我有信心，爸爸说话是算数的，他肯定还会回来，带我去看银白色体育场。希望那一天快点到来，我等待着，等待着……"

（最后一张插图，依然是针管笔画的，画上是一个男孩子，眼睛很大，穿着卫衣，身后是夜晚的城市，一些屋子的窗口亮着灯。这张画的日漫趣味，和他对自己的美化，显露了他天真的一面。）

看到我抬起了头，许丽虎问我，有什么读后感？我说，文字和画都比较早熟，例如第一句，他写的是"人们常说"，而孩子们会写"大人们常说"，还有一些表达很越轨，但很有趣，例如"自从我认识了我的爸爸"，"她要学着像爸爸做爸爸那样做妈妈"，画得也很好，这个你也看得出来，只要给他时间，他能画出来。当然，这不是重点，重点是……说到这里，我说不下去了。

是的，是的，重点是……重点是……所以我马上就按他留下的联系电话打过去了，从联系人的名字看，那应该是他妈妈，的确，电话也的确是他妈妈接的，那是一个很柔和、很明快的声音，而且……一点陌生感都没有……一点都没有……就像……我和我妈妈说话，那种感觉，既熟悉又恐怖。我跟他妈妈说明了来意，非常非常诚恳，生怕说错一个字。第二天，我就从成都飞去了他们所在的城市，和他们母子俩见了面……见了一面，在一起处了三天。许丽虎说。

267

我可以猜到一些了，我说。

是的，她说，在去之前我就猜到了一些……去之后就彻底证实了……也是一个生意人家庭，生意做得非常成功，但也没有成功到有皇位要继承那种程度，妈妈性格非常爽朗，是……不难从痛苦中走出来的那种人。

我说，我懂了。

她的眼睛灼灼地望着我，没有假笑，也没有痛苦的神色：如果只是我一个人经历了这些，我可能会以为那间金色大厅是我的幻觉，但我在3个月时间里找到了你们，我相信这不是幻觉。其实，在找到小亮的时候，我就有了更大胆的猜想，这个世界上，还有没有类似的人和类似的事情？所以我发了那个微博。

但那篇微博的文字不是你写的，我说。

是的，不是我写的，我太严肃了，严肃到写一条微博都要用半个小时，所以我请了一位作者替我写，我说，她写，她熟悉网络的口吻，知道怎么利用自己的性别。我还加上了抽奖，买了粉丝头条，请朋友转发。总之，我就希望它传播得更广，有更多人看到。然后，连回复带私信，我收到了5万条信息，大部分都是没有价值的，只有200条，符合我的要求。但这200条里，有些明显是编造的，筛掉，有些内容是重复的，我保留了叙述更完整更清楚的，把叙述不好的筛掉，就这样，剩下了31条。31条，有些来自唐宋传奇、明清小说、历代笔记，还有些来自民间传说、名人回忆录、口述史，还有一些，是《飞碟探索》和《奥秘》杂志上的神秘现象报告。

工作量一定很大，我说。是的，但好在，我有一个编辑部。她低头从身边的包里，拿出一个文件夹。"现在女人的包越来越荒唐，大得像是要从家里逃走一样"，旺达·塞克斯在脱口秀里这么说过，而她用来装文件夹的就是一只非常大的托特包。

她打开文件夹，推到我面前，我看到第一页是一篇古文，立刻面露难色，她马上觉察了，对我说，我也和你一样，我们这代人，遇到古文，和半文盲也差不多，所以后面有白话文翻译。

第一篇出自《聊斋志异》。

太原有个书生，姓王，才华在当地也是数一数二了，参加科举考试却屡屡不中，不免很受乡亲嘲笑。一天，王生出门散心，走在街上，迎面走来一个穿青色衣衫的汉子，看到王生，竟像是熟识一般，拊掌大笑，对王生说："你的事我听说过一些，听你的经历，再看你愁眉苦脸的样子，让人很是同情，不如你拜我为师，我教你作文，保证你能获取功名。"王生听到这句话，不免激起心中的怨气，就对那人说："我虽然没有什么才华，却也不能随随便便就拜人为师。看你轻狂的样子，也不像是能够为人师的。"那人大笑着说："我们是萍水相逢，也是很难获得对方信任的。不如这样吧，今天傍晚，你到城外仁寿山下的松林里来，我召集了一群爱读书的人，在那里清修和研读。你若有兴趣，也可以前来，和我们一起学习。"

王生回到家里，觉得这事很是离奇，但他又有几分好奇，不知道自己是不是遇到了异人。于是把事情经过告诉家人，并且表示出想要赴约的意图，家人大惊，极力阻止，王生的念头反而更加坚定。晚饭后就慢慢向着城外的仁寿山走去，走了大约二里地的样子，看到一片松林，隐隐有一点灯火，等到他走到跟前，才发现松林深处有一处小小的宅院，只有三五间房子的样子，两扇窄窄木头门，油漆已经剥落，看上去很是寒碜。王生犹豫着叩门，随即听得院内一阵响动，有人来开了门，正是白天所见的那个青衫汉子。

青衫汉子把王生迎进门，爽朗地笑着说："大家都已等候你多时了。"然后鼓掌三下，把王生拖进一道门，没想到其中别有天地，亭台楼阁一应俱全，不远处还有一座华丽的大厦，楼上楼下灯火通明，一股兰麝之香扑面而来。随后，几个汉子从各处走出，个个都是神采奕奕的样子，又有几个少女，簇拥着一个美若天仙的女子走出，她们身上的钗环衣服，都是宫中才有的东西。王生置身其中，竟然并不觉得局促。

众人拉着王生进入大厦，筵席已经摆好，王生也就泰然坐下，与众人举杯畅饮。酒过三巡，青衣汉子脸色微醺，谈到兴头上，就会拍打王生的大腿，王生虽然觉得古怪，但也能够接受。如此这般聊了一个时辰，青衣汉子突然收了脸上的笑意，也不再拍打王生大腿，郑重其事地说："你的文章虽美，可惜当世之人重官位，如果官位低下，文章也就不能传世了。阅卷的官员，都是靠八股文进身的，恐怕不能为着阅读你的文章，换一副眼睛和肠胃，倒不如你换了眼睛和肠胃再去作文。"

王生不明就里，喏喏应答，又饮下几杯酒，渐渐失去知觉，恍惚间，看见青衣汉子搁下酒杯，走到他面前，朗朗笑着说："我这就为你换一副肠胃。"说话间，伸手探进王生的肚腹，将王生的肠胃拽出，端详一番后，念念有词，并且用手指点环绕，仿佛在做法。

王生大骇，怎奈饮酒过多，动弹不得，只能眼睁睁看着众人围着他的肠胃，有的指指点点，有的拍掌叫好，有的略略笑，有的像是出着主意。过了一炷香的时间，青衣汉子停下动作，对着王生的肠胃端详了一会，点点头，露出满意的神色，又将肠胃塞回王生的腹中，动作就像闪电一样。王生瞬间清醒，身上也有了力气，低头看自己的腹部，并没有伤痕和血迹。

众人看到王生清醒了，一阵喧嚷，半推半搡地，把王生送出门去。到了门外，笑声、喧闹声瞬间就消失了，王生急忙回头，依然只能看见那处小小的宅院，转身拍门，却再也没有人回应。

王生回到家中，家人见他神色恍惚，关切地询问他的经历。王生不知说什么好，就随意应付了几句。等到睡倒床上，就听见腹中肠鸣不止，一直到天亮才停止了。

过了一年，又到了乡试的日子，王生惴惴不安前去应试。到了考场中，坐在桌子前，心头空茫一片，手下写个不停，却不知自己写了些什么，等到写完掷笔，就立刻清醒过来，却已经是太阳落山的时候了。王生出了考场，想起考场中的经历，恍如一梦，竟然回忆不起来一星半点。没多久，发榜了，他中了乡试第一名。

知道消息以后，王生急忙出城，去仁寿山下松林间，寻访青衣汉子。那处宅院还在，窄门紧闭，他敲了很久的门，也没有人开门，于是翻墙进入，那三五间房子也都还在，只是空空荡荡没有人住。他走进每间房子查看，都只看见狭窄的小房子一间，四面墙壁也光秃秃的没有装饰，看不见当日那些亭台楼阁和大厦。他用手逐一叩击墙壁，也不见有什么异样。在小院里伫立了很久之后，他闷闷地翻墙出来，回家里，想起当日那场欢宴，笑声和语声似乎都在耳边。

乡邻渐渐知道了他的遭遇，都说他一定是遇到了狐仙，只是赞叹，狐仙竟有助人获取功名的举动，或许王生也有些仙骨吧。可叹这样的际遇，不是人人都能有的，像王生这样的幸运儿，世间也没有几个，而文章有官位担保，才能传世的现象，到现在也没有停止。

第二、第三篇出自《阅微草堂笔记·滦阳消夏录五》。

乌鲁木齐每年有5个月天气极寒，动辄积雪超过一尺，不能在户外活动，也不能在户外做生意。有个叫林霈言的生意人，不知道这里天气的厉害，在11月初，载了一车茶叶，从甘肃南部来到乌鲁木齐，准备送到昌吉去。有人劝他不要贸然上路，他却不听劝阻，出城而去。他出发时还是晴天，路上却遇到天气骤变，突然间风雪交加，他和两个伙计眼看性命不保。就在此时，茫茫风雪中，缓缓走出一个穿着羊皮袄，戴着羊皮帽子的老人，手里拎着一个木制的房子，只有狗窝那么大，虽然在风雪中，老人却丝毫没有瑟缩之态，似乎是刚从很暖和的屋子里走出来一样。老人走到林霈言面前，把手里的东西递给林霈言，让他把木头房子靠着路边的山坡放下，打开房门。林霈言浑身颤抖，依言照做，等到门打开以后，却发现自己已经置身于一间屋子里，屋里有炉子，炉火正在熊熊燃烧。转过头，老人已经不见了。林霈言和伙计在屋子里休息了一天，等到风雪停止才走出屋子，就在他们走出屋子的一瞬间，那间屋子又变成狗窝大小。林霈言带着这个木头房子，返回了乌鲁木齐，把房子珍藏在密室里。第二年春天，他载着茶叶再度上路，快到昌吉的时候，迎面走来一位老人，正是当初赠送木头屋子给他的那人。林霈言上前下跪道谢，老人微笑接受，等到他再次抬头，老人已经不见了，回到车上查看，那个木头房子也消失了。

乌鲁木齐这地方，曲折深巷，常有不可思议的事情发生。我曾听把总蔡良栋说，有人在城中开设"鬼市"，售卖各种违禁物品。他带人前去调查，却发现这"鬼市"神秘莫测，不断变换地点。后来，他们抓捕了参与"鬼市"交易的人，严加审问，才知道，那间"鬼市"是由一个来历不明的泉州人掌控，他在城里到处寻找空屋，以低廉价格租下，随后稍加改装，就变成了"鬼市"。在他改装前，那空屋就是一间陋室，七八尺见方，但他不知用了什么邪术，将屋子扩充成几十丈见方，容得下许多人在里面交易。一旦那"鬼市"被人发现，他就弃之不顾，转而去寻找下一间房子。那"鬼市"一旦被弃，就再度变回数尺见方的陋室。这是官府屡寻不获的原因。

第四篇，出自《关山寻路：陆仁棠回忆录》，陆仁棠口述，姚橹湘撰写。

听闻前方战事失利，黄世昌军行将赶至，医院里顿时慌乱起来。黄世昌系土匪出身，对待俘虏极为残忍，如果被黄军捕获，命运无疑十分可悲。我们简单整理装备，自医院出走，向郴州方向撤退。南峡口镇居民，此时也都知道兵败消息，携家带口，向郴州而去。

我与2名勤务兵，一名枪兵，20几名伤兵及3名护士同行，另有50位南峡口镇居民跟随，行进速度极为缓慢，我不由心急如焚。戎旅生涯至此，前路茫茫，护国行动屡遭挫折，战争陷于胶着，不知何时才能看到局势明朗。

正在难受之际，天空又下起绵绵细雨，所幸此地多红砂土，并不十分泥泞，只是雨水浇透全身，加之饥肠辘辘，不免更添几分沮丧。就在此时，走在前面的镇民说，前面山谷里就有一间小庙，可供军民休息。我们顿时提振了一点精神，加力前行。果然在山谷深处，看见一座小庙，不知供奉何神。走近小庙，庭院里种植着几簇修竹，另有一左一右两棵桃树，墙壁干净整洁，屋瓦上不见杂草，显然有人打理。近前叩门，就有一位老者前来开门，表情动作与常人略有差异，细看才知是盲眼人。

我率先进了小庙，四下打量，见小庙只有十尺见方，青砖墁地，一座清简的莲台上，端坐一位观音，没有饰品，也无幔帐，除此之外，空余地面甚少，不知如何能容下近七十军民。

盲眼老者并不知我们人员众多，侧身让我们进入。其后发生的事算得上古怪，七十军民，挑筐背箱，陆续进入庙堂，庙堂竟不显挤迫。众人或席地而坐，或摊开铺盖躺睡，铺盖之间尚要留出容纳行走出入的空地，庙堂反而越显宽敞。我不免疑心，是否青田墟一役时的枪伤，影响了视力，加之天色阴沉，没有看清庙堂大小。虽然心中存疑，却不断说服自己，于是昏昏睡去。

本想第二天一早就离开此地，没想到雨越下越大，终于酿成洪水，将山道淹没，我们就在这间小庙里停留了5日。其间，盲眼老者拿出草药，帮助照料伤兵，伤兵伤势渐缓，连日疲顿也稍稍消退。5日后，我们告别老者，扶老携幼，再度上路。我仍然心中存疑，走出小院后，假装丢下东西，回身寻找，推开庙门，眼前仍然只得一间斗室，十尺见方。盲眼老者当庭打坐，听见开门身，也不回头，只缓缓道："去吧，去吧。"

沧海桑田，驹光如矢，中国也从旧社会来到新社会，许多事情不复以往，然而想起这件事，我仍然大惑不解，但也只能由它去了。

第五篇，出自《走近飞碟》，1988年第六期，《目击者》栏目。

1978年，在山西工作的时候，我有过一次近距离接触体验。那是8月的一个傍晚，天气很热，我在野外工作，突然看见眼前飞过一个发光的圆珠状物体，只有一颗花椒粒那么大。我以为是萤火虫，心想怎么会有这种形状的萤火虫，就随手捞了一下，很可能把那个物体抓在了手里，手掌感到一阵刺痛，赶忙放开了它。就在这一瞬间，我感觉我整个人被吸进了一个管道里，管道两边都是耀眼的光柱，飞速掠过，然后眼前突然变得开阔了，我像是飘浮在太空里，地球就在我下方，我正在俯瞰我们蓝色的星球。只要我对什么地方多看一会，我就会出现在那个地方，一会是热带雨林，一会是沙漠戈壁，一会是高楼大厦，一会是大洋深处，周围有鱼群在游动。就这样飘浮了一会之后，眼前的一切都消失了，我仿佛置身于一个实验室里，实验室很大，有一些物件，都是蓝色透明的。就在我好奇地四下打量的时候，手掌又是一阵刺痛，我从那个管道里退了出来，身边还是有耀眼的光柱。再睁开眼的时候，我还是站在野外工作的地方，手心很痛。我张开手，看到手掌里有一块小小的灼痕，有点歪斜，边缘不很整齐，像是用一把牙刷头烙出来的。后来我把自己的经历告诉家人，家人说，我很可能是抓到了一只野蜂，被蜂刺到，中毒以后产生了幻觉。

第六篇，是"私历史FM"公号上的文章，题目是《三十五年前，我是昆仑山下的找油人》。

……每天完成作业之后,我们就聚在队长的帐篷里喝酒打扑克,当时也喝不起好酒,就喝当地人用苞谷酿的酒,一边喝酒一边谝闲传(闲聊,唠嗑),就那么听说了好多事。内蒙古来的勘探员巴特尔说,他以前跟过一个勘探队,在阿克苏附近的戈壁滩上找油的时候,看到一座山,拔地而起,就像埃菲尔铁塔一样,山脚下有一个房子,灰白色的,门洞都能看得见。那座山看着很近,走起来很远,差不多有5公里,他们几乎都以为那是海市蜃楼了,却终于走到了跟前。到了房子前面,才发现那是一个石头房子,也不知道是什么人修的,哪年哪月修的,有个门洞,没有门。他们好奇,就打了个手电筒进去看了,刚进去觉得里面很小,走了两步,乖乖不得了,眼前是一个特别大的走廊,有50米宽,三四十米高,看不到头,不知道到底有多长,墙壁都很整齐,像是用水泥糊过一样。最奇怪的是,走廊里看不到灯,但是有光,能看到很远的地方。他们走了一会,看不到人,心里直打鼓,又害怕里面氧气不够,把人放翻就麻烦了,就退出来了。出来之后,他们商量了一下,一致认为那是一个废弃的秘密工事,有可能是国民党修的,为了潜伏下来搞破坏。回去以后他们就向上级报告了,上级很重视,就组织了一些人到那个地方去找,结果再也找不到了。因为谎报情况,他们队长差点背上个处分。

看到这里,许丽虎从我手里拿走了那些文件,说:时间不够了,后面的那些故事也大致差不多,《拾遗记》里的,《子不语》里的,《云南民间故事选》《古代神话故事》里的,笔记里的,地方志里的,还有各种口述实录。看这么多也够了。其余的故事,我会发到你的信箱。我想知道的是,你看了这些故事,第一印象是什么?

我:须弥芥子。

她:似乎是这样,似乎也不是。现在,我们先关心一下和我们有关的部分吧。我们需要理一下父亲出现和失踪的每个时间点。你说话的时候,我记了一些,你的父亲,应该是1951年出生的,出生日期是?

我:6月5日。

她:好。你的父亲是1951年6月5日出生;1980年,你的父亲29岁的时候,和你的母亲在水产市场认识;1981年,你的父母结婚;1982年,你出生;1991年9月,你9岁,你的父亲40岁,他留下了一封信,离家出走。在我这里呢,时间线是这样的,我的父亲1963年4月3日出生;1992年,也是在他29岁的时候,和我母亲在印刷厂认识;1993年,他们结婚;1994年,我出生;2003年,我9岁,我的父亲40岁,他留下一封信,离家出走。好了,再来看看小亮父亲的时间线,他是1975年5月15日出生;2004年,和小亮的母亲在建筑工地认识;2005年,他们结婚;2006年,小亮出生;2015年,小亮9岁,小亮父亲40岁的时候,留下一封信,离家出走。看出来什么规律了吗?

我:时间线是平行的,平行相差12年,孩子9岁,父亲40岁的时候,必须要消失。

她侧脸看看窗外,说:在我遇到小亮的时候,就发现这个规律了,找到你,只是又一次验证了这个规律。在小亮那里发现这个规律之后,我想了很久,为什么是12年,为什么是40岁。然后,我想起一个电影……

我知道是什么电影了,我和她几乎同时说出来:《这个男人来自地球》。

她低下头：如果他只是在40岁失踪，如果只有这么一个特征，我不会这么联想。但还有那个房子……所以我想，他必须要在40岁的时候离开，因为，人在40岁之后，会老得快一点，而他肯定还是不到30岁的样子，甚至在他应该50岁的时候，还是这个样子。

我：也有可能，他会定期对婚姻厌倦，和一家人守在一起不耐烦了。

她：也有可能是别的原因，但是，那肯定是一个我们想象不出来的原因。还有他为什么要在28岁的时候出现，或者说，以28岁的年龄出现，我还没有想明白。我也肯定，那是一个我们想象不出来的原因。

我：他也可以在我们5岁的时候离开……

她：所以我们想到的这些原因，都只是我们理解能力之内的原因。我们只能凭借3个个案归纳出一个规律，但不知道为什么会有这个规律，也不知道这个规律在第四、第五个案子上是不是同样适用。

我：那你觉得，我的父亲，你的父亲，小亮的父亲，是同一个人吗？他们似乎不是很像。

她：我想过，有可能是一个人，既然他能做出那个房子，那么，改变一下相貌的细节，应该不会太难，至少不会比在一个体育馆里，建起一个来历不明的机场更难。但后来，收集到的故事越来越多，我又想，他可能是一个人，但也可能是很多人，可能是同一个部落里的人，也可能是从……同一个飞船上下来的，或者是同一个地方生产的，类似于同一个批号的机器人。

说到这里，她沉默了一下，又说：这个假想太可怕了。好了，父亲的时间线有了，再理一下他选择对象的方式。

我：我们的母亲，都很相似。家庭富裕，性格爽朗，但也不是豌豆公主类型的，都穷过，做过很艰苦的工作。总之，抗压能力强，自愈能力也很强，不会因为丈夫失踪，就完全无法生活。

她：因为他知道自己有一天会离开，他在遇到她们之前，就在为离开做准备。

我：为即将到来的40岁做准备。

她：也有可能是别的东西。让他不得不离开的东西。

我：在离开前，还要把那个房子的事告诉孩子。

她：可能是让他们知道自己的存在，就像……立下一个纪念碑，但这个纪念碑又是不那么让人信服的，因为是从孩子嘴里说出来的。到最后，就连孩子自己，也不太相信自己看到的和听到的。他们只好忘掉，或者当作记忆里的异常事件，封存起来。

我：也有可能，他是为别的事情做准备。

她：也有可能，没有那么一个房子，我们的确是被植入了一段记忆。我们都那么爱幻想，那么爱创造，针对我们的特点，给我们植入一段记忆，应该不难。办法很多，一、反复说给我们听，洗脑；二、催眠；三、带我们去一个电影拍摄现场。

我：都有可能。随后，我们同时哈哈大笑。

她放慢了语速：但是，那个房子……那些房子不是毫无联系的，现在已经知道的3个房子是有关系的。第一个，你看到的那个，只有20平方米，20平方米的三间房子，加上楼梯。第二个，我看到的那个，是一个金色大厅，占满一座山的内部，有几千平方米大，几十米高。第三个，小亮看到的那个，是一个巨大的机场，几万平方米。这些房子，越来越大，指数级地扩大。就是说，不管他是一个人，还是一群人，他的能力都越来越大。从一间光秃秃的水泥房子，到金色大厅，到一个空旷的机场。下一个房子，或者说空间，应该更大，但是我不知道会有多大。

我愕然地看着她，我还没有想过这个问题。

她：我也概括了他制造这些房子的，或者说，空间的手法。你看到的那个房子，是"嵌入"，在一个大建筑里，嵌入一个小空间。我看到的房子，如果用一个词来概括他的手法，那应该是"占据"，一个空间，被另一个同样大小的空间占据。小亮看到的那个空间的制造手法，是"扩张"，在已有的空间里，开辟出一个更大的空间。嵌入，占据，扩张。那么，下一个词会是什么呢？当然，你不要被我用的这三个词语影响，还可以是另外三个词，撑开，填充，膨胀，但结果是差不多的。那么，下一个词会是什么？

还不等我回答，外面响起防空警报的声音，凄厉而广大，在整个城市上空回旋。一遍结束之后，另一遍又来了。和防空警报一起泛起来的，是某种嘈杂声，看不到来源，但却能感受到其存在的嘈杂声，像宏大的耳语。

好了，我们走吧，她说。她开始收拾桌上的笔记本和文件，把它们统统塞到那只大包里，然后站起来，停顿一下，迈出了步子。她走路的姿态非常夸张，大幅度地耸动着肩膀，像在笨拙地跳舞。

车祸，她说。她知道我在想什么，根本没有回头看我。

我们并肩走在街上，起初，我还要适应一下她的步伐，很快，我们就能达成一致了。街上人多起来了，有人背着包；有人拖着拉杆箱；有人推着轮椅，轮椅上坐着老人；有人牵着狗，还有人不断地从路两边的门洞里走出来。所有人的表情都很轻松，像是去参加一次远足，看一次焰火表演。我想起有一年去看音乐节，在开场前，人们默默走向入口，场内已经响起了音乐，我们不知道是不是已经开演了，有一点轻微的焦急，但更多的是释然，演出终于要开始的释然。

她走在我身边，耸动着肩膀，执着地看着前方。我想起佩索阿的句子："秘密的守护者都是残缺的人。"

但我知道她不是完全安静的，她思绪翻涌，好像要在沉默的间隙里，找到一个豁口，可以让她开口。终于，人群中传来一声尖叫，随后又是一阵哈哈大笑，有人笑着跑开，那些声音勾画出一场恶作剧。借着那阵骚动，她开口说话了：知道我为什么会来这里吗？

我：我刚刚想起来要问你。

她：一个月前，我发微博搜集故事的时候，看到了这里防震演习的消息。我觉得这个消息不太寻常。现在的科技，还预报不了地震，只能地震预警。预警是什么？预警发生的时候，只有几十秒可以逃生了。所以，没有人会做这样的防震演习，只会做逃生和疏散演习。你生活在日本，应该知道这些的吧。

我：所以？

她：所以，我用了很多时间，了解这个防震演习的背景、发起人、组织过程、耗费的金钱、防震演习的方式，一切一切。但所有的消息都告诉我，这真的只是一场防震演习。这个时候，你写来了邮件，我想，我们可以在这里见一面。我还邀请了小亮和他的母亲，但是小亮要考试，五月份，孩子们都要考试。

我：所以，你已经默认了，我们的父亲是同一个人，而不是来自同一个飞船的一群人。

我是这么期待的。她说。

体育馆就在路的尽头，从外面看上去很大，但很简陋，墙壁是灰色的，围绕着体育馆的水泥路，却像是新修的，在水泥路两边，种着银杏树。体育馆的入口很好找，在靠近入口的地方，开着几家售卖体育用品的小店。

进门，穿过黑暗的通道，进入体育馆的一瞬间，我以为会看到一个金色大厅，或者白色的机场，都没有，眼前出现的，就是一个体育场，草坪、跑道、看台，和任何一个标准的体育馆没有什么两样。我没有看许丽虎，我知道她也一定感到一种尖锐的失望。

汇集在场地里的人还不多，我们找了看台上的位置坐下，她毫不在意地把那只包放在身后充当靠垫，尽力让自己舒服一点。

那个下午的后半段，我们就在体育馆里度过。我们聊了各自的童年，父亲的琐事，聊了又聊。一种亲切感在我们中间蔓延。晚饭时间，我们分享了她带来的零食，每人半块脱脂蛋糕，几块巧克力，一种吃起来像水果的软糖。周围的人，也把他们的食物带给我们。一种游戏般的、共患难的感情，临时出现在我们中间。不过，遗憾的是，当我们想要加微信的时候，却发现那里面完全没有信号，只好存了彼此的电话号码。

体育馆里的人越来越多，但在志愿者的指引下，人们并没有过分慌乱，先到者上看台，看台坐满之后，其余的人就坐在场地中央。场地上有志愿者用木屑画出的方格，方格中间留出了通道，人们就坐在方格里。穿着黄色闪光马甲的志愿者，在格子之间奔走。

嘈杂声越来越宏大，像是一片海被引进了盆地之后感到拘束，要冲破盆地的狭窄，用浪潮的声音作为突破。但就在那宏大的嘈杂声里，开始有人唱歌，起初，是一个女孩子的声音，她悠悠地唱了一首慢歌，但在歌曲快要结束的时候，她越唱越快，越唱越调皮，像个玩笑。最后，她在笑声里停止唱歌。很快，有另一个声音接了下来。

一群老年人，在一个老人的指挥下，开始合唱，都是些过去年代的歌。他们的声音，很快盖过零星的歌声，并且吸引了更多人加入。嘈杂声渐渐变成了歌声，像一堆黑色的、密密麻麻的点变成了线条。

就在老人们的歌声还没结束的时候，看台上有人用喇叭讲话了："同志们，朋友们，今天我们在这里进行的，是一场防震演习，这次防震演习，动员了全县城的居民参与，是我县、我市乃至我省历史上，规模最大的一场防震演习。这次演习得到了全县所有人民的支持，我们向大家的支持表示感谢。大家知道，自然灾害的发生是不可抗拒的，但是人们可以通过有效的措施，有组织的预防，把自然灾害造成的损失降到最低限度。这是我们举办防震避险演习的初衷。我们希望，通过举办防震避险演习，能够使大家进一步了解应急避险常识，提高面对突发事件的应变能力，帮助全县人民提高自救、自护的能力，也能增强互帮互助、尊老爱幼的思想意识，促进家庭美德建设。

"为了达成这一目标,圆满完成这次地震避险演习,从4月中旬开始,我们就成立了由县委书记芮文斌同志担任组长,县委、县政府主要班子成员担任副组长的防震避险演习领导小组,从组织上为这次活动提供了保障。同时,我们召开了领导小组会议,确定了本次避险演习活动的指导思想、方针政策,明确了责任,并且落实到人。随后,我们在全县范围内,进行了广泛的动员宣传,通过层层落实,狠抓动员,我们让全县人民提高了对防震避险活动的思想认识,了解了这次活动的时间、地点和方式方法,并且建立了网格化的避险演习分管小组,层层传递,人对人传递,确保不落下一个人,不留下一个死角,不让一个人、一个家庭不被关注,不让一个人、一个家庭处于网格之外。"

我已经很久没有听过这样的讲话了,而且又是在那样一种特别的情形下,不知怎的,我竟然从这个讲话里感到一种暖意。它和中国人的所有讲话一样,有一种正统、笃定、达观,似乎怪力乱神不存在,崩溃流散不存在。它又有一种隐蔽的世界观,自给自足,不往宇宙深处望,也不往河海荒野深处望。我曾经以为,只有中国人的演讲是这样,后来发现,世界上的演讲大都如此,演讲本身,就是一种信心的表演。

就是用语言,临时建造一所房子。

讲话结束之后,专业演员上台,唱了几首歌,跳了几支舞,演了几段地方戏,大约历时一个小时。随后有人宣布,防震演习胜利结束,请大家按照志愿者的安排,有序退场。这个晚上,可能就这样结束了。我和许丽虎对视一眼,静静地坐在原位,等着人们散得差不多之后,才向着出口走过去。

是不是很失望?她说。

开始我没想到会产生期望,但现在有了失望。我说。

但现实没有让我失望,在那句话结束之后,在我们都以为故事结束的时候,故事才真正开始了。在我们走出体育馆的同时,她站住了,我们都听到她包里的手机在连续振动。她拿出手机,嘟囔着"这个时候来信息",但在她看了一眼屏幕之后,她僵在了那里,很久很久,就在我已经不顾礼貌,准备凑过去看她的手机时,她把手机递过来了,手机屏幕上有一条来自新闻APP的信息:

"中国地震台网正式测定:05月20日21时29分,在湖北省苍阳县(北纬3×.××度,东经1××.××度)发生7.8级地震,震源深度12千米。"

我们根本没有看懂这条信息是什么意思,随后我醒悟过来,拿出自己的手机,打开微博,微博上已经随处可见和这场地震有关的消息了:"一个巧合是,在湖北苍阳的地震发生之前,当地政府组织了一场防震演习,全县居民,都在地震发生前,被有组织地疏散到了当地的体育馆、学校操场和公园,在地震发生时,他们正在紧急避难场所欣赏歌舞表演。目前没有房屋损毁和人员伤亡报告。"

我和她站在哪里,呆立不动,各自心绪翻腾。那一瞬间,我们上空似乎出现一个漩涡,而漩涡的中心就是我们,我似乎能看见旋涡里的云雾翻卷,它们像一个巨大的黑灰色的冰淇淋筒,竖立在我们头上,并且缓缓转动。

就在那时,整个城市突然从慵懒的寂静中醒了过来,尖叫声、吼叫声、高声说话的声音，和摔门声、汽车启动声慢慢泛起来，开始是隐隐约约的，不能确定的，随即变成尖锐的、明亮的，似乎有一根根刺，在整个城市的四面八方，从地下刺了出来。这些尖锐的声音，这些尖锐的，像是来自地下的刺，很快汇聚成一片。整个城市都被各种狂乱的惊呼、笑声给充满了。

体育馆对面的那些楼宇上，不断有人跑出来，有人站在单元口喊叫着什么，有人跑到离楼宇远一点的地方，仰着头看着他们的楼。有人从我们身旁的马路上跑过去，伴随着号叫和惊叫，我隐隐约约地听到他们喊的是："出鬼了！出鬼了！"

等到再有人从我身旁跑过去的时候，我拉住他的手臂，问他发生了什么，在被他奔跑带来的惯性拖着走了几步之后，他和我慢慢站住了，他喘着气告诉我："出大事了，我的家里什么都没有了，我们整个楼上的人家里头，什么都没有了。"说完这句话，他挣脱我，边跑边看着我，随后拧过头，加快了步伐，很快消失在马路的尽头。

我走回许丽虎的身边，把我听到的只言片语转告给她，尽管我也不知道这到底是什么意思。我于是拉着她，对她说，到对面的房子看看就明白了。

她跟我走了两步，又突然站住了，像在想什么，然后对我说：不对，银杏树没有了。

什么银杏树？我说。在我说出这句话的同时，我突然明白了她在说什么。体育馆外环形路上的银杏树不见了，一棵都没有了。

她拉着我，沿着那条水泥的环形路，向左走了30米，没有看到一棵银杏树。我们折返到原点，又向右走了大约30米，依然没有看到一棵银杏树。我们再次回到原点，她迷惑地问我：这条路上原来是有银杏树的吧？我没记错吧？

我：你没记错，我也有印象，很整齐的银杏树，大概有5米高。

她：现在一棵都没有了。

我们沉默下来，同时转身，向着对面的楼宇走过去，我已经隐隐约约想到，我们可能看到什么，一阵很久没有出现过的慌乱、燥热、恶心感开始浮起。

对面的小区院子里，已经站满了人，他们和自己居住过的房子，保持着一点距离，远远站着，观望着，议论着，似乎那是个凶案现场。我们从他们中间穿过去，听到他们正在激动地讨论，"见了鬼了，见了鬼了"，"地震把房子震成了毛坯房"，"我报警了！派出所说他们办公室也是空的"，"把命保住也算不错了"。

我们走进那幢楼。一楼左手的人家，房门大开着，月光从屋子里倾泻出来，幽蓝、淡白，铺展在地上，勾勒出里面房屋的门框形状。院子里人们说话的声音，被这幽蓝和淡白，瞬间推远了。他们的语声，像是被一道水的帘幕隔开了。这月光、空寂的房间和被隔离的声音，都让我感到一阵熟悉的恐惧，转头望望身边的许丽虎，她和我一样毫无表情，似乎用什么把自己凝固了。我们站在门口，仿佛那里有一道看不见的薄膜，无比脆薄又无比坚固，但冲破它，也许只需要一个小小的动作，甚至呼出一口气。终于，我重重呼出一口气，那道薄膜不存在了，我们迈步走了进去。

玄关、厨房、餐厅都空无一物，也没有经过任何装修，似乎是一间刚刚交付的空房，墙壁和地面都很光滑，有着未经装修的房子特有的阴冷。向右拐，是客厅，客厅很大，月光扑面而来，我像是和一个迎面而来的火车头相遇了。

我和许丽虎在那里又一次站住了,只是,那一瞬间,我突然有了种奇怪的感觉,似乎我正在变成一个漫画人物——变成我曾经画过的少年李斌,和同样变成漫画人物、变成波波头少女的许丽虎,站在一间画出来的房子里,我们面前是巨大的月光,月光也是画出来的,锯齿状的光芒,刺到我们身上。我们身边,似乎还有用黑色粗体的英文字,写出来的拟声词。

在漫画状态里停留了很久,我们同时转身,回到了有血有肉的状态,我们走出屋子,走到人群里,从人群中经过的时候,我还听到有人在向别人倾诉:"演习之前房子还是好好的,演习回来就变成毛坯房了。"

我和许丽虎重新回到大路上,月光照着大路,路上空无一人。她说:我知道第四个词是什么了。嵌入、占据、扩张之后的第四个词是什么了。替换。

我静静地等着她说下去。

她:他的能力越来越大,这一次,他先用他制造的空间,占据了那些体育馆、操场和公园,然后让人们在地震快来的时候躲到这个空间里去。这个空间看起来没什么异样,但当我们走进体育馆的时候,可能已经在另一个维度的空间里了,地震不会震到那里,这个地球上发生的一切事可能都到不了那里,当然,手机信号也不会抵达那里。就在所有人躲在这个空间里的时候,他用他制造的城市,把震塌了的城市替换了,包括城市里的所有楼宇和房屋,他都给换了。当然,他不负责装修和置办家具,也不负责做绿化。

我和她同时笑了起来。

月亮已经升到了中天,月光异常明亮和透彻,一些鳞片状的云,被这光芒逼退,慢慢在天空中消失,我们像在海底世界,向着水面仰望,那些楼宇仿佛海底的沉积物,只要月光再亮一点,就能把它们涤荡干净。路上没有人,也没有车,被月光照着,显得无比宽敞平坦,宽敞的大路,就那么悍然地,向着一个方向伸展着,似乎是被月光推出去的。我们就那样,沿着那条月光大路走了下去,没有说话,也不想什么心事。她在我身边行走着,起伏和耸动着身体,但却没有之前那么剧烈了,我甚至怀疑,在这条路上继续走下去,她和我,都会恢复出厂设置,变成最初的样子。

楼宇渐渐稀少了,路边开始出现草地,渐渐地,草地连成了片,人的痕迹越来越少,路也越来越弱,慢慢没那么宽广,也不那么明亮了,似乎,它所代表的人的世界,到这里变弱了,不那么毋庸置疑了。路越来越窄,越来越薄,最终悄无声息地,消失在了浅浅的草地里。像是河回到了自己的源头。我们就在那里站住了,眼前是广大的月光,照着浅草的旷野,什么都被涤荡干净了。

在草地的中央,一个人站在那里,只留了背影给我们,他穿着大衣,戴着一顶平淡无奇的礼帽,他的穿着,和这季节不甚相合。他静静站在那里,沐浴在月光里,仿佛他就是在月光里生,月光里长的。

我和她对望一眼,向着那个背影,走了过去。

鬼指根

尹学芸

授奖词

呈现了汉语叙事的魅力和可能达到的美，作者对一草一木，对人，对世道人心，都极其敏感。人性中，有怀疑，有欺骗，有深不可测的阴影，但是在作者慈悲的目光下，都放下了，天心月圆，悲欣交集。这是一部见性成佛的小说，不仅是作品中的人物，对作者和读者，也是如此。（吴玄）

1

沿石径而下，先是遇见了一棵榆树，而后又遇见了一株五角枫。叶子都落在了地上，韵致还是与其他杂木不同。在乱石嶙峋的山坡上，有一点贵族似的威仪。同样作为一棵树，榆树就差了水准，虽说它也长得高大且健壮，细碎的枝条像喜鹊衔来的，蓬蓬地乱，在蓝天白云下，像鸟儿为所欲为。老皮长了许多瘤子，看一眼就让人觉得心里不太平。

可这一面山坡，也就这两棵像些样子的树。其他都是灌木，在石头缝里歪斜着身子，一副不屈不挠样。荆条、玻璃树、酸枣棵子、野葡萄藤，忽而遮住路径，忽而从天而降般落在身上，押扯着不让人走。倪依小心地避让，手腕还是被划出了血道子。牛仔裤有些混不吝，姜黄色的绒衣则沾满了鬼指根，成千上万。鬼指根又名灰灰菜，春天可以凉拌或做馅吃，像许多野菜一样，能上餐桌。但深秋它们就脱了形，从叶子中间挑起一根细细的茎，顶着球状的针型尖刺，挑衅样的随时连发枪弹，准确无误地击中你，把你变成一只刺猬。所以走出那条横向草径，倪依哭的心情都有。她想，怎么那么倒霉，看着好有诗意的一条路，也杀机四伏。

　　横向草径与那条石板路呈"丁"字。石板路开阔了些。拨开落叶，能看见那些清白色的石头磨出了水墨画的效果，呈慢坡状。但也会有矮矮的几级台阶，镶嵌在花岗岩的山体上，上面躺着陈年的松针和松塔。倪依回望了一眼，石板路曲曲弯弯向上，不知通向哪里。她迟疑了下，还是朝山下走。晚风拂过，一片清凉。晚秋的太阳摇摇欲坠，很有些英雄气短。干燥的松针在脚下发出飒飒声。她好奇地听，几棵古松便撞到了眼里。它们都倚在路旁，身边护卫着巨石，像穿了铠甲。是皴黑的青石，被久远年代的琼浆注入了肌理，生出古怪的苔藓。古松的枝杈使劲朝石径上伸，倒像是要为行人遮蔽风雨。倪依有些好奇，这里荒凉，但不荒蛮。这样一条规整的石板路明显不是现代工匠所为，倪依叹了口气，现代工匠可是没这手艺。

　　终于看见了瓦灰色的屋脊，身后长着一棵巨大的桑树。因为父亲常年咳血，桑叶清咳养肺，老家的院子里就种有不止一棵。所以无论剥了皮还是落光了叶子，倪依都认得。这棵树是柄大伞，一看就是爷爷辈的产物，倚着的石头墙都被撞裂了，硕大的树身有小半部分嵌进了墙缝里，看着特别心疼。转而又想，是先有墙后有树也未可知，那样不容易的就是墙而不是树了。石板路从这里分了岔，倪依拣有打扫痕迹的地方，从左侧绕了过去。眼前豁然开朗，原来是一处建筑的地基，被荒草掩映。一个年老的妇人抱着一捆柴从石头后面冒了出来，从另一侧往房子方向走。原来那里竟住了人。一瞬间倪依有些呆，想这人一定是孤身住在深山里，与清风明月为邻，与林木花鸟为伴，这就是神仙啊！走近了，发现样貌也寻常。倪依叹了口气，想这荒山野岭，该有多孤单。见到一个人，也许会高兴三天。但倪依一点也不想打招呼。她从一座无名山上下来，走得头和脚都是木的，心却从未有过地寂寥。身上的鬼指根被风吹得飘摇，但就是不肯往下落，就像身上中了千尾羽箭，很是有些心悸。寻了花岗岩石阶坐下，小心地把手肘支在膝盖上，下巴托在掌心里。还是想那些羽箭，若是刺穿身体，该是千疮百孔。于是通透的感觉油然而生，身体一阵寒凉，似有风穿膛而过，带着刺啦的响声，这让心有了轻盈的感觉。这里朝向东，正好与刚才走过的那条草径呈夹角。草径下面就是几米深的沟壑，里面都是滚山石。那些巨大的石块圆咕隆咚，被远古的地壳运动磨去了棱角，有一块居然有半个房屋大，让人叹为观止。那两棵像些模样的树被暮色包裹，逐渐模糊了影像，它们同周围的山石杂木混淆在一起，倪依只能从方位上看出个大概。

　　距离也有难处啊！倪依对着薄暮轻轻说。

　　"这里凉，去屋里歇着吧。"

　　老人无声地落在了倪依的身后，倪依其实听见了她窸窸窣窣的脚步声，动静像一条大尾巴松鼠。倪依不愿意回头，是不想自己的清净被打扰，她不想见一个不识时务的人。被羽箭刺穿的身体正在淌血，寒凉过后一阵战栗，倪依在想流尽最后一滴血是什么感觉。老人却在她身后蹲下了，动手摘她身上的草刺。"我看见你从那边过来的，路不好走。瞧你这一身鬼指根——我没事也不往那里去，草把路都吃了。"声调平和安详。

"草把路都吃了。"倪依喜欢这句话，不由重复了下，"您也知道这叫鬼指根？"

"春天的灰灰菜么，可以做馅饼。"

"您也喜欢吃？"

老人摇头说，不喜欢。山上有很多野菜都比灰灰菜好吃。羊麻叶，大蓟小蓟，苦碟，蕨菜，都能吃。"灰灰菜稍微老些就发柴，要不能结鬼指根？鬼指根最讨厌了。"老人说话的腔调有点不拿自己当外人。

"还有什么好吃的？"倪依逐渐有了还阳的感觉，似乎是从一个阴冷的世界穿越了，"这里是什么地方？"

老人说："这里是千佛寺遗址，你若是春天来，南边的坎下都是野香椿，山里气候凉，时令要晚几天，但比城里卖的香椿味道浓。再晚些，那边都是野桑树，桑葚个头不大，但酸酸甜甜的特别爽口，都是玫瑰红或葡萄紫的颜色……"

倪依回味一下，突然一激灵，转头。还是那张普通妇人的脸孔，眼有点小，眉毛稀疏，细碎的皱纹横七竖八。但生了一只悬胆鼻，这样好看的鼻子可不多见，而且不会因为年老而塌陷。"您刚才说……这里是千佛寺？"倪依傻傻地张大了嘴巴，就像再也合不拢。冷气入直肠，她简直要哆嗦。看老人点头，她迅速把头转了回来，在两排牙齿之间塞进去一根手指。那根手指慢慢弓了起来，她用力啃。可怎么也啃不痛。痛神经呢？难道隐遁了？她特别渴望痛一下，让意识能有附着。她没想到这里就是千佛寺，鲍普不止一次说过的千佛寺。眼前一片空茫，乱石，杂树，大面积的柴草在秋风中招摇。风景肯定在山上，鲍普曾经见识过的风景，在山上……倪依痛苦地摇了下头，问野桑树在哪里。老人站起来往东南方向指，说那几棵是杏树，杏树前边是柿子树，柿子树前边就是野桑树，只是没有柿子树高……柿子树这东西霸蛮，无论长在哪里都趾高气扬……秋天就它结果子，叶子落尽了，果子扔挂在枝头上，像灯笼那般炫耀……你看见了？

"这些树有的是和尚栽的，有的是山民栽的。再早这里住着三五户人家，后来嫌孤单，都搬山下去了。那些果树没人打理，都长疯了。也许是孤单疯的，谁知道呢。树也会发疯，也嫌孤单……我见过的。再早柿子长成磨盘样，是磨盘柿。后来就越来越小，焦黄精瘦，模样就像核桃……"

倪依象征样地欠了下身子，她眼前水雾蒙蒙，其实啥也没听见。她的思维还在打转转。这里原来是千佛寺。鲍普曾经说过的千佛寺，地处深山，还没开发开放。满山的怪石，到处都是线刻佛像，那可真像一个王国啊！他摄影时偶然走到这里，就被迷住了。他搞摄影不专业，却是很迷的发烧友。从鱼眼镜头到超广角，从中等焦距到长焦距，办公室的套间里像个陈列馆。后来八项规定出台，他把套间挖了一个门直通走廊，一间变两间，上面挂了个"资料室"的牌子，其实里边的格局和内置都没有变。"这样真的好么？"她曾委婉提醒。他却不以为然。"哪天我带你去千佛寺看看，在那里扎个帐篷住一夜，也许能遇见神仙。"他开这样的玩笑。他的帐篷也是专用的，据说能抗八级台风，里面放一张充气床，抵得上半间瓦房。这个玩笑让倪依心有惴惴，可也心生涟漪。如果说她有愿望的话，那么愿望还没变成现实，鲍普就失踪了。那一晚他值班，晚饭以后他一直在办公室批阅文件，抽屉张开着，外套披在椅背上，手机在桌上放着，显示有十几个未接来电。一杯沏好的滇红丝毫没动，但茶是冷的。他习惯把杯子沏满，水浮到了杯沿上。那是只白瓷杯，某次会议的纪念品，上面还有主办方的名号。那些长短镜头安静地趴在隔壁房间的木头格子里，可镜头里却是空的。

他的办公室装有摄像头，但却是关闭状态。那一晚发生了什么没人知道。

老人一根一根摘掉鬼指根，刚才蹲在左边，这回转到了右边。倪依能感觉到左半个身子骤然轻松了，她不由晃了一下膀子，她有肩周炎，骨头缝里发出了欢快的叫声。倪依问她家住哪里，为啥一个人住在荒山野岭。老人说，她是退休的小学教员，家在埧城。这房子应该是庙产，几年前她跟朋友逛山景走到这里，看到这儿有座房子保存完好，就七手八脚收拾了。住了几年，从来也没人管没人问。查了史料才知道，这里是千佛寺遗址，山上有许多石刻佛像，慈山大师修行的山洞也保存完好，甚至有流浪汉在那里过夜。

"有水有电？"问完这句倪依就笑了。她不知道慈山大师是谁，她关心的都是世俗问题。

老人说，山谷里有条溪流，山上如果不开山放炮，水还澄澈，做饭饮用都没问题。当然也从外面带矿泉水，但矿泉水泡出的茶远没有山泉水泡的茶好喝。也有人想从山下的村庄拉项电过来，被老人拒绝了："烛光和油灯才配这里的清风明月。"

"您肯定是教语文的。"倪依心里有了澄澈。

"人老了，就剩念想了。"

老人拍了下倪依的肩，说鬼指根都摘完了。"天不早了，你该下山了。"太阳果然躲到了山阴处，薄暮像纱一样在眼前缭绕。倪依不想动，她感觉到了周身的舒泰和轻松。那些羽箭被拔下，也似自愈了伤口。这个素不相识的老人，像上天派来的老神仙，也像个老母亲，掸了掸她背上的浮尘，把她拉了起来。倪依感觉到了那手是一种干燥的温暖，从小臂和肩胛往腹腔传导，让心感到了熨帖。丝丝凉气被逼出了肠道，倪依不动声色地出了次虚恭。

摸了摸口袋，除了汽车钥匙，就是巴掌大的一块手机。狠了狠心，倪依从脖子上摘下了一个挂件，犹豫了下，还是戴到了老人的脖子上："送给您，作个纪念。"

棕色的绳子上挂着深棕色的一尊菩萨。老人慌忙挡了下，却没有倪依手快。她用手捻了捻，反复摩挲，对着天光照看，凑到鼻子底下闻，迟疑说："一片万钱。姑娘，太珍贵了，我不要。"说着，就要往下摘。

倪依赶紧拦下了她的手："不值钱的，您别见外。"

老人说："你甭瞒哄我。这种奇楠沉香的老料很稀有，放到水里就下沉。你没试过？"

倪依愣住了："阿姨……"

"叫我张居士。"老人还是把挂件摘了下来，套到了倪依的脖子上，双手捋着给她摆正。老人打量着说："就应该是你戴的物件儿……天快黑了，快些走吧。注意脚下，山路不好走。"话没说完，兀自往回走，边走边在草丛里捡起了两根木棍，想是要去烧火了。

2

春天，倪依接连来了两次千佛寺。第一次是一个人来的，把车停到了外面的村庄里，换上旅游鞋，走进了深山。因为目标明确，没有像深秋那次翻山越岭误打误撞。自然，也没有粘上鬼指根。因为气温跟深秋时节差不多，她穿的还是那条牛仔裤和姜黄色的绒衣，在枯燥的山野间，很打眼。没有机会横穿那条草径，她居然有些惆怅。很多时候，她怀念浑身挂刺的那种感觉，那会让她觉得血脉通畅，身体里似养了一眼活泉，每一个细胞都似蝌蚪。过一段就又不行了，她像一尾死了的鱼，整个身体平板、僵硬而又寒凉，呼吸都觉得不顺畅。她觉得自己得大病了，跑到市里最好的医院挂专家门诊，凡是能检查的科目都查了。医生说，她比很多同龄人的体质要好。除了体重有一点轻，没有任何毛病。"体重轻难道不是病？"她问得认真，把医生逗笑了。医生是个须发皆白的老人，说你这个年龄的女生都在减肥，你这样说是在开玩笑吧？

既然没有病，就只能上班。行政局的院落烟雾笼罩，因为隔壁是家宾馆的伙房，大笼屉里每天蒸得热气腾腾，气味都被排风扇排了出来，往这边熏。倪依总有饥饿感，跑过去买了几个开花大馒头，在办公室吃得旁若无人。其时，人都躲了出去，在旁边的屋子窃窃私语。大家回忆说，过去倪主任这样么？是吃猫食的人啊，而且注意形象仪表。现在怎么像饿死鬼托生的？怪异当然不止倪依一个人，还有行政科的小宋，值班的时候半夜起来耍大刀——别人以为是大刀，其实是个长条木片，平时就在楼道的拐角处戳着，还是当初施工时遗落下的，一头薄，一头厚，正好是一柄大刀的长短。有人看见小宋耍够了又把木片放回原处，奇怪的是，那木片就像从来没动过地方，上面的灰尘一星也没落。早起问他，他居然毫无记忆。还有那块泰山石，像影壁一样矗立在大门口，足有几吨重，上面刻着繁体"龍"字。大家有目共睹，这"龍"是朝向里边的，某一个早晨，突然发现朝向外边了！这条"龍"长腿了！大家都知道，失踪的鲍局就是属龙的人，当年为寻找一块能刻字的石头，他几次去山东。大小、形状、纹路、颜色，鲍局都严苛。底部筑有托盘，接茬处严丝合缝，石头难道会自己转个身？谁都不肯承认是记忆有了偏差，大家情愿以讹传讹。新来的沈局是个胖子，偏偏胆子奇小，他偷偷从邻县找来了风水先生，让他拿着罗盘绕着楼房跑着转了几圈，在局务会上则说那人是来考古的。司马昭之心，哪个不知？他们在后院的杂树丛中发现了一眼塌陷的井。按照风水先生的指引，他让人把那眼井清理了，填实了。上面种上一棵"吱吱叫"。这是一棵柴树，却是稀有树种，据说可以辟邪。风水先生家的后院种满了"吱吱叫"，随时听候差遣。他信誓旦旦说，这是口老井，是庙里和尚挖的。井里鬼怪已经驱除，你们就放心吧。让沈局起了一身冷痱子。行政局的局址是一座庙，俗话说宁住庙前不住庙后，但局机关的楼房是在庙址上盖起来的，这让沈局搬进来时胆都是寒的。

鲍局办公室里的东西都被清理了，这已经是三个月以后的事。沈局却说啥也不进那间办公室。粉刷以后买了圆桌和椅子当会议室，沈局却从没在那里开过会。

第二次，倪依是跟黄柏一起来的。黄

柏跟在她的身后，三五步远的距离，从不走她前边来。自打认识倪依那天，他就从不习惯走在她前边。他只习惯在她身后注视她，默默的。她走哪，他跟到哪。但不跟紧，让她在自己的视线之内，女儿都上高中了，还说爸是妈的跟屁虫。就如眼下，她踩着摇动的石头突然下到了谷底，他有些犹豫，是不是也要跟下去。他看着她跃起身形跑过了河床，在一块巨石下面查看，那块巨石真有半个房屋大，东南角的方向是翘起来的。她先蹲下，后又匍匐着身子，用手扒拉。那里有些更小的石头，像巨石生出来的蛋，都圆滚滚。他站在高处看着她，她知道他在高处看着她，他对她不是漠不关心。有一段，她总在夜晚接听电话，他就偷偷去电信局打了通话清单。她知道，却假装不知道。他从不问她详情。有什么好问的呢？自己来的那次，在张居士那里吃了闭门羹，门缝里夹着一张纸条："张居士去城里买火烛，傍晚回。"纸条显然不是留给她的，但她把纸条收走了。她发现，纸条上的字是碳素笔写的，很耐看，像书法作品。从这里过，她忍住没到石头底下来查看，既然下决心丢掉了，再查看还有什么意思呢？她硬生生地从这里走了过去。眼下跑过来查看，是因为黄柏在路边站着，掐腰，外衣搭在手腕上，帽子压住了额头，长帽舌把镜片吃了，只看见耳朵上架着两条眼镜腿。他距她不远，却形象模糊。

她越来越煞有介事。正转三圈，逆又转了三圈，像旋风一样。

"你为什么不问我查看什么？"她问得有些荒凉。

"上面好像是千佛寺。"他偏着头，去看那片山峦。她没向他提起过这个名字，他地理比她熟。"传说憨山大师曾在这里修行，大师是安徽全椒人，怎么会来这里？"似在自言自语。

她越过河床走了上来。

"过去讲究云游么……憨山是谁？"

"明末四大高僧之一。另三个是藕益、云栖、紫柏。"

"他们都是哪里的呢？"她问得随意，其实是听不得他显摆。

"藕益是江苏人，俗姓钟。云栖俗姓沈，久居杭州云栖寺。紫柏全称叫紫柏真可，法名达观。"他回答得真诚，就像这些问题对她很重要。

她扭转过身去，背对着他。面前是自己的影子，被太阳拉得修长。此刻他看不见她的表情。她不喜欢他这种见多识广的样子，带着几许讨好。她的脸上有一种亘古的寂寞，像这山坡上几十亿年前的石头。最大的石头无疑是眼前这枚，像一个放大了倍数的恐龙蛋，足有半间房子大，居然是暖色调，有被孵化的迹象。只是，谁能孵化它呢，也许是神……去年深秋，她一个人横穿草径沾了浑身的鬼指根，就像中了千尾万箭。一个年老的妇人拔去了那些箭，似乎也治愈了她的伤口。无以为赠，她想把脖子上的挂件赠给她，她却说"一片万钱"，拒绝了。

她离开寺庙遗址，下到了谷底，把挂件放到这块大石头下，用几块小鹅卵石埋住，上面又遮了一块石板。她短暂地想过"一片万钱"的问题，但并没有入脑入心。得承认，这枚挂件越来越让她寝食难安，感觉到它与肌肤接触，过去是心怡现在是惊骇。那种沁凉，像是在偷袭，这让她的感觉很不好。有时候，她的确有种眩晕感，就像从高空快速跌落。但她从没有想把它摘下来，因为没有合适的理由。她羞于没有理由摘下这枚挂件，觉得不名誉。遇到张居士的那一刻，她发现，她已经很难再挂回去了，所以步下台阶她就拿在了手里。想起接受馈赠时，双方是怎样的随意。那是在杭州开会时的餐桌上，鲍普随手丢过来，说送你个玩意儿。碰巧倪依喜欢。她觉得，是他在外边随意买的。即便是随意买的，她也喜欢。就是这样。如果当时鲍普说"一片万钱"，那会成为一块烫手的山芋，倪依绝不可能接受得这般心安理得。

她站在高处仔细分辨，不会记错，应该是那块大石头，是整个河床里唯一的一块，足有半间房屋大。她上次来没有下去查看，是调动所有的意念阻止了这个欲望。这次却没有挡住好奇心。就是因为有黄柏在场，让事情跌下了可能有的高度，成了世俗中事。可意外的事仍在发生，那尊佛像被有缘人请走了。

她挥一挥手，是想告别以往的岁月。她被那些岁月折磨得苦不堪言。

"你来过这里？"他们往遗址方向走，他在她身后问。

"来过。"她回答得寥落。随之，又让自己振奋了一下，指向那条横向草径，眼下已经草木葳蕤。说自己一个人走野山，从北面的山顶翻过来，下到了那条小路上，扎了浑身的鬼指根，这里有个老居士，在台阶上一个一个给她摘。"就像上天派来的老神仙，摘完那些鬼指根，她眨眼就不见了踪影。"

后半句，她是揣度着自己的心情说的。

他简单地"哦"了声。他从来都是简单的、不求甚解的模样。他从不追她的话题，他们很难合上拍。"瞧啊，这里有块石碑！"他像小孩子一样雀跃，摘了眼镜远看近看，模糊的地方用手去摩挲。然后，又拿出了湿纸巾，从上到下清理尘埃。"草、隶、篆，三种书法形式同时出现在一块碑上。千像祐唐寺创建……天啊，这是块唐碑！"

那又如何？

她灰着脸靠在一株树上，仰头往上看。天蓝得通透，都在枝条的缝隙里。这才发现是株桑树，翠绿的叶子掩映着青森森的果实。熟的时候分别是玫瑰红和葡萄紫。玫瑰红和葡萄紫！这是那位张姓居士说的！她的心"嗵"地一跳，像是被铁器重捶了一下。杏树也巨大，柿子树也巨大，因为无人打理，树冠都显得臃肿而庞杂。老居士说桑葚是野的，过去这里有人居住，后来都搬走了。这里离村庄远，果子不值钱，被村里人撂荒了。

那这些果实就属于张居士了。春天采桑葚，夏天吃杏子，秋天把涩柿子溻脆，估计她掌握了这些技能。这样的生活也是倪依想要的，能跟她搭伙就好了。倪依想，不知她收不收我。

黄柏激动地开始拍照片，横拍竖拍，有些字放大了拍。他喜欢书法，属于艺术范畴的东西他都喜欢。可埙城实在太小了，没有哪些艺术家能入流。这一刻，他把世界忘了。眼睛瞪到最大，拍得一丝不苟。一边拍嘴里一边称赞，太棒了，真了不起。这碑老县志上有记载，没想到还能亲眼得见。今天太超值了！倪依知道，接下来他会发朋友圈，把这一发现告诸天下。打一大段话，每一句都有一个惊叹号，让人喘不上气。然后整块时间抱着手机等别人点赞。有时候，他也在后台给人留言："你上我的朋友圈说一句话。"然后便是长长的一段回复，引经据典。他肚子里有东西，那些东西都要被沤烂了。可这些东西倪依却看不上。倪依偶然发现他搞这种小动作，却连拆穿的心情都没有。今天从家里出来，原本没有目的地，是他自行拐上了山道。倪依想也好，可以到山里转转。只要是自然的景色，到哪里都一样。穿过村庄，有个三岔路口，他开向了通往千佛寺的路，就像冥冥之中注定的一样。倪依木木地坐着，看着熟悉的风景从眼前掠过。上次她一个人没敢进山，云雾在山尖上缭绕，不时幻化人形。松涛阵阵，空中不时飞起惊慌的鸟。倪依有些胆怯。她居然有胆怯的时候！她揣着张居士的纸条走了。自己也奇怪，为啥要拿不属于自己的东西，好像不是字好那么简单。

她落寞地看着他，腰腿站得酸痛，移步靠到了另一棵树下。是棵柿子树，有皴黑老旧的皮，七裂八瓣，有小虫子在那些裂缝里飞。小青柿子只有指甲盖大，佛一样倒坐在托盘里，那托盘就像朵莲花。那感觉真是奇怪，认识这么多年，倪依从没觉得那像朵莲花。一大片云影飘了过来，把太阳遮住了。又飘了过去，太阳似乎只是藏了个猫猫。倪依终于不耐烦了，恹恹地说："好了么？"

"就好就好。"他赶忙应。

她还是率先走了，有赌气的成分。她总是和他赌气，他从不知道为什么。在他眼里，倪依聪明，漂亮，会为人处世，扫地都比他扫得干净，家常饭都比他做得好吃。更要紧的是，倪依孝敬公婆。老家的井水含氟量高，她每周去送矿泉水，风雨无阻。每次去，婆婆都要把她送到村外，看不见她的车影儿才回转。在他眼里，倪依浑身都是优点，跟在倪依眼里的他截然相反。倪依总是说，烟灰落地上了。你又喝酒。鞋子怎么不放鞋柜？牙要刷三分钟！东西从哪拿的要放回哪里，告诉你多少次了！倪依说这些都是带着气的。于是他戒烟，戒酒，把鞋子摆放整齐，刷牙时自己读秒。可倪依仍是不满意，说他的鞋子买得太便宜，衣服穿得没品位。我一个中学教师，每天吃粉笔灰，要品位有啥用？逼急了他也还嘴，甚至开口骂人。可骂完他就后悔。老婆是用来宠的，不是用来骂的。有次他狠狠扇了自己的耳光，让倪依凌厉的眼神一下就塌陷了。

她经常会想那位老居士，不知这个冬天她是怎么过来的。她一直惦记她。只是那种惦记在心苞深处潜伏，自己都能忽略。一个陌生人，你凭什么惦记人家！超级而上，倪依坐过的台阶爬着几只蚂蚁，寻寻觅觅。蚂蚁总是爬几步就停下来，嗅一嗅，心机很深的样子。还隐约能见到几个鬼指根，被风刮到了石头缝里。倪依固执地认为那就是她从山上披挂下来，又被老居士摘下的那些羽箭。经过了一冬一春，还在石头缝里隐匿，待射向何处？她抠出来一个，放到手心里捻，好在它还坚硬，毛刺还能扎痛皮肤，虽说只是一瞬，她仍还有感觉。这感觉好，比麻木要好。黄柏匆匆朝这里走，手机横握着。他个子不矮，只是背有些塌。再加上倪依站在高处，黄柏就像矮下去好大一截。黄柏还有些谢顶，那些招摇的头发有了花白的意思。倪依很吃惊，黄柏刚满四十七岁，按道理正是男人的好年龄，他怎么就衰老了？

倪依情不自禁摸了摸自己的脸。

3

他们之间有故事。世界上没有没故事的夫妻。但像他们这样能走进传说的，少。他们两个曾在同一所学校教书,他早来一年,追她追得不动声色。早晨给她买饭,晚上陪她散步。她父亲咳血住院,他比她往医院跑的次数都多。校长偷偷劝他,说你找倪依那样的女人干什么?在家里供着?他是有些自卑的,家在农村,其貌不扬,拙嘴笨舌,可他就是喜欢倪依,这是没办法的事。足足用了五个寒暑,如果不发生意外的事,估计倪依还是天鹅在空中飞着。有段时间她疯狂背英语,去水库大坝,面对着一大片清湛的湖水。暮色四合,可她就是不想动。书上的字母模糊了,她把书贴在胸上,抱着膝盖想心事。她不喜欢眼下这份工作,虽然在城边子上,属于镇办中学。同事女人居多,每天的话题就是丈夫、孩子、婆婆、大姑子小姑子。她也是从村里出来的,可她的眼界、意识比她们要高,烦恼和痛苦比她们要多。她不喜欢这样的话题和氛围,这也是没办法的事。她在学校里很孤独,就偷偷写诗,可越写越孤独。有同学出国了,她动了心思。她从小就喜欢英语,能让英语派上用场也是心愿达成。可家里死活不同意她走,老师是多好的饭碗,多少人做梦都谋不到。哥哥姐姐都土里刨食,你是家里唯一的指望,去了外国你让父母靠谁?父亲拉着母亲找到学校,让校长好好管管她。"这么大的中国还搁不下你,你对得起国家的培养么?"父亲是村里的老党员,有家国情怀,凡事爱从大处着想。她每天背英语背得心力交瘁,一走了之的事每天都想,却又犹疑难决。本质上,她也是个喜欢纠结的人,耽于幻想,付诸实施却难。她摇摇晃晃站起身,头有些晕。天已经黑得不成样子,风搅动湖水拍岸,送来阵阵腥气。一条鱼大概被摔痛了,发出了悲伤的唧唧声。

她抖了抖酸麻的右腿,刚一转身,一个黑影忽地扑过来,把她放倒了。一块尖石头硌了她的腰,她的后脑跌落在一个树坑里,因为堤面本身坡度大,这让身体呈一个反向弧形,让挣扎出现了一个短暂的时间差。她一声"救命"没容出唇,嘴里就被塞进来一把泥沙,她被呛得险些一口气憋过去。男人撕飞了她的衣服,口水涂到了她的胸脯上。她抖得一塌糊涂,牙齿像是在敲梆子。又一道影子掠过来,把那个男人掀翻了。她慌忙往起爬,看着男人顺着坡道往下滚,迅速沿着水边跑远了。

暗淡的星光下,她凄厉的哭声就在喉咙口,却在泥沙的封堵中发不出来。她稍一吸气,就有沙粒落进嗓子眼儿,人就像窒息一样动弹不得。黑暗就像一个巨大的阴谋,参与制造了对她的侮辱。黄柏一只手臂揽住她的腰,另一只手臂垫在她的下巴底下,让她干呕的时候能借些力。嘴里说:"别怕,别怕。有我,有我。"她脖颈断了一样垂着脑袋,往死里咳。黄柏半拖半抱把她弄到了水边,撩些水给她洗脸。她终于咳净了嘴里的秽物,一下咬住了黄柏的手掌一侧,久久都没有松开。

王居士、李居士、谢居士……她们彼此这样叫,也让她这样叫。三间房子里很热闹,不似她之前想象的孤寂和冷清,她们不像是在这里修行,倒像是来野餐聚会。这些都是六十往上的老人了,腰腹松懈,头发稀疏,发根像虮子一样生出一片雪白。但她们都神情愉悦,表明这是个快乐的群体。倪依进来的时候,她们正在做馅饼。一口大锅冒着蒸腾的热气,有人抱柴,有人烧火。两只铝盆放在灶台上,一只盆里是金黄的玉米面,另一只盆里是切得细碎的野菜。只有野菜看起来有一种神奇的暗绿,拌了大蒜和葱姜,散发着神秘的香气。面团放到手里摁成饼,弓起手背使之成为凹槽,抓一把馅放进去,两手合起来腾挪,口越收越小,直包得天衣无缝。馅饼贴进锅里,张居士一抬头,显然还记得她,用平淡的口气说:"你今天运气好,赶上了头茬野芹菜,这可是野菜之王啊。"倪依原本还想客套,客气话却说不出口。她发现,在老居士们面前任何客气都多余,因为没人注意她。她问野芹菜长什么样,大家七嘴八舌告诉她,野芹菜长在水边,跟超市买的芹菜不一样。颜色深,叶子碎,但口感好。山里的野芹菜长在溪水边,没污染不说,那水还含矿物质,野芹菜生在水中,肯定也吸足了营养,就跟吃中药差不多。至于她是谁,从哪来,到这里干什么,谁都不关心,好像她原本就是她们之中的一分子。又或者,她就像山里的一棵草或一根木头,全无打听的必要。

"上次我来过。"倪依走到张居士的身后,有点迫不及待,"您去城里买火烛了。"

"你把我的便条拿走了。"她像是什么都知道。

"您没以为是风刮走的?"她好奇。

"风刮不走我的东西。"她说出来更像是禅语。

场面突然安静了,只有蒸汽袅袅。倪依挨在锅边,神情专注地看她操作。把面团圆,再摁出饼的形状,裂缝用两根指头抿好,馅饼里就成了一个黑洞洞的暗房,包裹了所有的秘密。她看得有些痴。她自己也做馅饼,却从没生出过如此复杂的心绪。水哗哗翻开,饼子贴在锅壁上,倪依数了数,正好十二个。

"能有我一个么?"倪依吐了一下舌头。

"有你两个。"张居士平和地说,"不是还有一个人么?"

黄柏没进屋。他在院子里打一晃,伸长脖子朝里看了一眼就不见了踪影。

倪依无话。她突然心如止水。

"我也喜欢做馅饼,用野菜。但从没用过野芹菜。"

张居士问她用过什么菜。倪依说,灰灰菜、人揪菜、起起牙、落落菜。女人们纷纷表示这些菜都吃过,但都没有野芹菜好吃。

"你爱吃还是他爱吃?"张居士说话的角度与别人不同。

倪依愣了下,有些犹疑,不知如何回答。

张居士却不是指望她回答的样子。包完最后一个馅饼,净了手,招呼倪依说:"屋里坐吧。"

留下一个烧火的,大家都相跟着进屋。倪依想,烧火的是谢居士,那相跟进来的就应该是王居士和李居士了。女人上了年纪,模样实在不好分辨。都是一张扁平的脸,眉目模糊。都穿着大花的衣裳,拥红倚翠,晃得人眼都是花的。倪依进屋才发现香烟缭绕,供奉的菩萨慈眉善目。按说菩萨的年岁也不小了,但因为皮肤紧致,没有一丝皱纹。面前摆着一片瓜果,有的已经开始糜烂,有细小的虫子在飞,估计她们的眼睛都看不见。想起张居士曾说过"一片万钱"的话,又觉得她的眼神应该还可以。倪依注意地看了她一眼,她与其他女人别无二致,除了那只悬胆鼻。

那真是一只好看的鼻子。

"您年轻的时候是美人。"倪依唐突地说了句,却没有得到回应。

"你相信有来生么?"她问。

倪依惶惑地摇了摇头。

"来,跟我们一起做功课,念《楞严

经》吧。"

木鱼摆在香案上，张居士拿在手里，率先敲了一下，便闭上了眼睛。虽说很多地方吐字不清楚，倪依还是听懂了几句：若众生心，忆佛念佛，现前当来，必定见佛……

倪依的那颗心突然有被化了的感觉。她闭上了眼睛。

馅饼现出锅，包在纸袋里，外面又裹了塑料袋，又隔油又隔热。张居士做这些时，倪依想到了上学时给书包皮，当年都算功课。有人包得好看，有人包得难看。一个人是否手巧，能体现在方方面面。张居士无疑是属于手巧的人，一双手骨节很长，折边折角都很灵动。也就她想得起来还给馅饼做个封套，倪依接过馅饼转过身去，不知为啥，心里哗的一下，汪出了一个世界的水。

是张居士催她出来，让她快吃，或跟外边的人一起吃，好东西要有人分享。时间长了馅塌腔，就不好吃了，就把这手艺埋没了。她唠叨。一句话说得反复，也说得郑重其事。话说出了几层意思，但倪依懵懂，她有些心神不宁，反复说他们早餐吃得多，才到这里，还一点都不饿。她不是想吃馅饼，而是想留在这里，跟她们在一起。说不出为什么，这里有一种吸引，让倪依不舍得离去。倪依甚至想，如果我出去了，再回来就没理由了。我有什么理由再回来呢？因为再回不来，所以不能轻易走。可张居士不回应倪依的解释，给自己盛了碗小米粥。粥熬在锅里，放在墙角的一个酒柜上，或许是剩的，已经成坨了。那酒柜擦得洁净，廉价的箱板上的黄油漆都脱落了，玻璃只剩下了半块。把手的螺丝掉了一边，它就佯装挂在那里，似

百无聊赖。张居士顺势在炕沿上坐下了。她身量矮，两只脚高高地翘了起来。她穿了一条花裤，黑布鞋，脚背上是一片白袜子，蹭了些许灶灰。但那袜子的棉质真正好，一眼就能让人看出不同来。她把脸埋在粥碗里，像是没了倪依这个人。倪依的不安挂在了脸上，她觉得，张居士差不多是下逐客令了。关键时刻王居士来救命了。王居士长了一面宽大的胸腹，坐下时腿要往两边撇，好给那块宽大留出下坠的路来。她举着馅饼咬了一小口，烫得嘴直吸溜。绿菜叶子糊到了门牙上，没容咀嚼就吞下了。她梗着脖子朝向倪依说："刚才那个……跟你是一家子吧？他是不是叫黄柏？瓦岔庄的，跟我儿子是小学同学。"

就像久旱逢甘霖，倪依急忙转过身，把整张脸孔对着王居士。倪依问同学叫什么，现在在哪儿工作。王居士把玉米馅饼用几根手指托着，从左手倒到了右手，说他没有那么好的命。我儿子叫志刚，翟志刚。好名字吧？却是短命鬼，三十八那年得了肺癌。要说都不是外人，算起来是你跟黄柏的媒人。

倪依不解。

王居士吃吃地笑，说："现在孩子都大了吧？告诉你也没啥了。黄柏那个时候经常去我们家，跟我儿子商量对策。当年黄柏追你追不上，就让我儿子耍流氓，他装英雄救美。那个晚上我儿子很晚才回来，滚了一身的土，回家就跟我要吃的。我问要成了么？他说要成了。我说要成了黄柏也不在城里请你吃个饭。他说这个时候黄柏哪顾得上我，黄柏眼里只有那女的，重色轻友的玩意儿……从那时起再没见着黄柏的影儿，两人还因此结了梁子——人家结婚都没请志刚喝喜酒。他那个郁闷，就

289

别提了……我们家里经常拿这事说笑话，你这媒人当的，纯属没事找抽型。找赵本山给你编个小品吧……志刚后来也后悔，觉得这事办得有点不值当，为朋友两肋插刀也不是这样的插法……但算你们的大媒，这一点总没错。"王居士开心地笑了起来，特别像没心没肺的人。

谢居士一直在堂屋收拾，此刻挑起门帘，往屋里探了下脑袋，说："你儿子胆子够大的，这种事情也敢做。"

李居士在屋里打了一晃，又端着碗出去了。想是她吃得太热了，满头满脸的汗，她用手当扇子扇风，边走边说："宁拆千座庙，不破一桩婚。要说你儿子也没做错啥，他这是在学雷锋。"

王居士说："当年我就说他傻，哪能这样给人当枪使。万一出了意外，被人反咬一口，就是跳进黄河也洗不清，你就等着打一辈子光棍吧！可我儿子说，妈你放心吧，黄柏是好哥们，他不是那样的人。再说，我俩立了字据，都摁了手指印了，那手指印可是带血的。"

张居士突然停下了喝粥，两眼睁圆了看倪依。

"字据呢？"心"咚"地一震，似是裂了口子，便有鲜红的血顺着嘴角往外爬。倪依用手抹了下，啥也没有。但眼前的一切都模糊，屋里所有的物件都虚幻。那一张一张脸，都没有眉目。倪依端着纸袋的右手不停地抖，她悄悄用左手握住了右手的手腕，顺便往胸前揽了下。对面坐着的王居士样貌奇丑，鼻孔翻起来，里面黑洞洞。两只母猪眼，似描画般长了又短又粗的睫毛。想必翟志刚也是这样的样貌。在事情发生的最初两年，倪依反复想过那是个什么样的人。说来奇怪，想来想去都觉得应该胜过黄柏。

今天总算有了答案。

"早扔进灶坑里烧了。"王居士挪动了下屁股，她每说一段话都要挪动一下，似是在跟嘴做呼应。"留着也没啥用……还别说志刚死了，活着也留不到现在……他不会拿着去找黄柏的麻烦。我儿子不是那种人。"她自豪。

"哦。"倪依微微颔首。她不抖了，有一种显而易见的心机。

"孩子几岁了？该上高中了吧？"王居士关切，仿佛孩子也与翟志刚有关。

"黄柏有没有感谢他？"倪依觑着眼，故意不答话。她觉得王居士的话不需要回答。

"感激啥啊。"王居士撂下眼皮，"志刚生病都没见着他的影儿。"

"那是他不知道。"倪依狠了狠心。

"给他捎了三回话，他都没过来看一眼。"王居士提高了声音，明显带着情绪。

"赶巧他没空。"倪依此刻就想把话说到极端，就像鱼要死网要破，没有什么还需要在乎。她眼睛落到馅饼上，那里有粒豆豉，像极了苍蝇。她用指头弹了下，把那粒"苍蝇"赶走。苍蝇落到地上，摔死了。她突然挑起眼神，神情中有几分倨傲："那样大的学校几千个学生，吃喝拉撒都在他这个教务主任身上，赶上上级来检查，他爹生病都没空回去。"

"教务主任是多大的官？"王居士并不买账，神情比倪依还要高冷，"知道你是公务员，总给婆家买矿泉水，三里五村都知道，黄家娶了个有本事的媳妇！"

"您喝么？您喝我也买。"倪依突然牵了一下嘴角，有一抹嘲讽的笑。

"我老早就跟小儿子进城了，再也不用

喝乡下含氟的水了。"王居士摇晃着脑袋,眼白差点翻出眼眶,"谢谢你的好心,无亲无故,我们可受用不起。"

倪依吞咽了口空气,似乎要把整个世界都吞进腹腔。

"你快吃,凉了就不好吃了。"张居士耷着眼皮过来,一句话像抽刀断水,口气却有点像家里的娘。她用身板挡在倪依与王居士中间,让倪依有一头扎进她怀里的冲动。

她不动声色地拿过倪依手里的一只馅饼,然后指示倪依吃自己手里的那一个。倪依面色苍白,像一只待宰的动物。而这只馅饼,就是她绝命之前的最后的餐食。

倪依三口两口就把馅饼吞了,噎得伸长了脖子,却没吃出任何滋味。可她还想吃。张居士手里拿了另一个戴封套的馅饼等在她面前,她不说也知道,那是给黄柏的。屋里的人都看着她,王居士除外,她看后窗,是眼神不肯落倪依身上。倪依抹了抹嘴,抹了一手背的油。她看了看,那油就像护肤品,让手背亮光光。馅饼在肠胃里东游西荡,很快就不知去向。她忽然抬起头,眼巴巴地看着张居士,像孩子那样无助。她想说,我该怎么办?这是她留在这里的理由。她知道,一旦接那个馅饼,就不能再停留。而这屋子之外,就是另一个气场。恐惧突如其来,有汗珠在脊梁沟里滚落,那汗是凉的,像包裹了层冰。倪依没想到张居士会给黄柏包馅饼。他只是露了一下头,按道理应该谁都没看真切。可偏偏谁都看真切了,为什么呢?说真的,倪依不情愿带那只馅饼。带什么带。没有什么必须的理由。他们彼此不认识。张居士完全是多此一举。就冲这点,倪依对她的好感也要打些折扣。倪依不喜欢这种自以为是。也许,她还有别的情由,不为倪依所知……倪依呆呆的,六神都失了。张居士把馅饼塞到她手里,往外推了她一下。倪依的肋骨感受到了她手的分量。那手似乎在说,你这孩子,早走就没事了。听这些是非干啥,一点用处没有。那就是些笑话。是的,她们都是当笑话听,因为王居士就是当笑话说的。但张居士不是。倪依留意到她睁圆了的眼睛里有难以想象的错愕和骇然,她意识到了这件事在倪依心目中的分量。对,她是小学语文老师,有共情能力。倪依到底还是从那房子里出来了,眼前水波荡漾,山高地阔,却是上天无路,入地无门。倪依紧咬着嘴唇,把那股汹涌的情绪控制在身体里。她知道,屋里那些人还在注视她。拐过屋角就是那株老桑树,半个身子挤在了墙体里,长着方头方脑的小绿果,这是缺水少肥的缘故。一棵长在山石间的树,它该有多少委屈呢。站在这里,正好对着后窗。倪依几乎能感觉到短睫毛小眼睛正在屋里瞭望。倪依抽噎了一下,眼泪成片往下洒,脚下的石板路都变得潮乎乎。走过十几级台阶就是那条横向草径,朝向东。倪依疯狂往深处跑,直跑到上气不接下气。突然蹲下身来,耸起腰背,把自己埋没在草丛里,可着嗓子发出了一声嚎。

一只猫惶急地从草丛里跳出来,"嗖"地窜到那棵榆树上。它听清了女人的嚎啕里夹杂着"我要杀了你"的话。它很惊恐。

那把泥沙在她胸口堵了这些年。一想到因为那把泥沙奉子成婚,倪依就觉得世界是模糊的,连边缘都看不清晰。年轻的时候经常自我解释,他救了我,他救了我,他救了我。否则我也许就不在这个世界上了。没人需要她的解释，是她自己需要。先奸后杀的事不少，不是谁都有她这样的幸运。劫后余生才知道什么宝贵。生命，生命，生命。不能还没开花就成为一枚死果，然后被所有人津津乐道。这是一个传奇，倪依就应该生活在传奇里。倪依不记得对多少人说起过这段往事。说过心里就安然，就祥和，就乐天知命，就对人生没有非分之想。她不是没有怀疑。她怀疑过。怎么那么巧？那里是水库大坝，绝少有人走动。除非他跟着她，预料到了她可能有的风险。他们从没就这件事情交谈过。不交谈。她不谈他也不谈。她觉得他是羞涩，就像做好事不留姓名，有什么好谈的呢？还有，他怕她难堪。他确实是善解人意，这一点她能理解。她谈的时候永远不当他的面，倒好像，嫁给他本身需要解释，否则就是一件值得怀疑的事。这真奇怪。每每想起，她都觉得奇怪。那把泥沙就在嘴里，沙粒就往嗓子眼儿里沉落，想咳出来都难。那晚他一直送她回宿舍，查看她的伤。嘴角有血，胸脯上有牙印。黄柏心疼地在地上转圈，然后又往外走。她以为他是去报警，一把扯住了他。可他说出去买些药。她哀哀地央求他别走，她害怕，她是否害怕，自己其实也说不清楚。黄柏展开手掌，手掌一侧有一排牙印，其中两个甚至冒了血，她咬的。"我是不是该打针破伤风？"他开玩笑。

喉咙里一股咸腥气，往上一汪，喷出来的竟是——血！倪依以为自己眼花了，难道不应该是吞下去的那个绿莹莹的馅饼么？她紧紧闭眼，定睛再看，那团秽物正好落在了一团松毛草上。草是绿色的，秽物却呈暗红色，在阳光的照射下，闪着诡异的光。倪依惊住了。这情景只在书上看到过，难不成自己也做了书中人物？她缓缓站起身，头有些晕，胸口隐隐作痛。"我没病。"她说，"我没病，我刚体检完。除了消瘦哪里都健康，这是专家说的。"满目绿色厚重而奇崛，倪依撸了把树叶擦嘴，是榆树叶，有一股黏稠滞重的铁锈味。"我是急火攻心了。"她安慰自己，"这没什么，我就是急火攻心了，急火攻心。"她嘟囔着深吸一口气，继续说，"你不能再吐了，连吐三口命就没了。"她非常清楚这一点。因为父亲有肺病，她非常注意营养自己的肺。她用一只手抚胸口，频率非常快，似乎这样就能把汪上来的血抒回去。那些血没有辜负她，果然再没往上翻涌。她扯起脖子往高远处看，蓝天白云，悠悠万事，一只雁影飞得孤独。一只孤独的飞雁，越飞越高，越飞越高。"还好，老天让我知道了。如果今天不来这里，不遇见王居士呢？"她对着天空的鸟咕哝，"这没什么，的确没什么。一切都是天意，不是么？"她又对地上的虫子嘀咕。那是一只青虫，绿脊背上长着花斑纹。她吐了口唾沫，又吐了一口，直到把嘴里的颜色吐干净。旁边就是那两棵像些样子的树，一棵榆树，一棵五角枫，并排站在临近河床的地方，俯身看着她。它们中间被雨水冲出了沟壑，露出了坚硬的根须。能在这样的山体上扎根，就要比石头还坚硬。眼下五角枫的叶子还碧绿，在灌木丛中别具一格。便是与榆树比，也是独具风韵。我为什么要来这里呢？我为什么要见那个翻鼻孔的女人呢？看来老天爷不忍看我像傻子一样一辈子受蒙蔽——你还以为自己是个女王，其实不过是人家魔法里一只可怜的兔子。

知道就好，强似一辈子蒙在鼓里。

4

鬼指根也是绿的,针刺柔软,还没形成羽箭。其实,它们的羽箭还在梦的箭囊里,就像刀还没有出鞘。倪依又想被羽箭洞穿的感觉了,流尽最后一滴血。想想那种感觉就欢畅。"你总是说一套做一套。刚才一口血你就吓住了,你这种女人最没劲儿了。"倪依指点着嚷了出来,就像看着镜子里的自己。她当年不想嫁给黄柏,可上天忽然给了她一个理由。这个理由甚至让她着迷。很是有那么几年,她被这个理由魅惑着,鼓舞着。逢人便说,逢人便讲。虽然不当着黄柏的面讲。这里有什么玄机么?有。她怕黄柏的面颊羞出胭脂红。黄柏是一个喜欢害羞的人。这是她给自己找的又一个理由。她想这些年黄柏的尽心竭力,对她,对家,对女儿,总是尽心竭力,唯恐做不周全。下楼梯要挽着她的手,走在马路上总要把她挡在安全地带。原来他心里有鬼。他无论怎样做都不能在倪依这里讨喜,这也是个残酷的事。倪依时常内疚。看来这不过是潜意识中的因果报应。世界上哪有无缘无故的恨。很多时候纯粹是鸡蛋里面挑骨头,这已经成了习惯。女儿上五年级的时候说:"真不明白你为什么嫁他,我爸有什么不好,你为什么那么看不上他?"倪依吓了一跳。以后再当女儿的面,她会加百倍小心地温存体恤,但骨子里的东西难以磨灭。那只猫从树上跳了下来,冲倪依叫。倪依这才发现那只馅饼还在手里,只是遭过身体的挤压,封套弄出了褶皱,塑料袋拧成了麻花。那点温热的感觉还在,隐隐约约。她朝猫叫了两声,是模仿猫的语感和口气。她这时觉得自己就是只猫,做猫的感觉很安慰。猫果然停下了脚步,认真地打量她。倪依把馅饼的塑料袋扯下,把封套撕开,掰了一块带馅的饼子放在地上。猫试探地走过来,左闻右闻,吃得很矜持。倪依又掰了一块,这回猫吃得很迅速。倪依索性把整个饼子倒在了草丛上,把纸套团成疙瘩塞进袋子里。这是倪依的教养,她得带到山下去。倪依往回走,边走边回头看猫。大千世界,朗朗乾坤,天高云淡,郁郁葱葱。都在法则以内。倪依心里忽然掠过一道电光,都不在话下。什么都不在话下。要紧的是你不能再受伤,受伤的应该是别人。倪依咬了咬牙,她在想第一句话说什么。你认识翟志刚么?他生病你为什么不去看他?早知道是你故意安排他去骚扰我,我就让他得手了。他得手了也没什么不好。他如果不是病死我还当是你谋杀了他。你想过谋杀他么?这话要用轻松的语调说出来,轻松更有杀伤力。她的心很冷,愤恨和屈辱反复叠加。胸口又开始发热,血像水一样被烧沸,不能张嘴,张嘴又要喷出来。她站在石板路上,叉着腿,面对着上坡道,像个劫道的夜叉。太阳打在后脑勺上,眼前都是重影。想象黄柏一晃一晃从上边走来,黄柏就真的走来了。黄柏走得很恣意,有规律地晃动着上半身,脸上的神情是一种有所斩获的喜悦。愚蠢的喜悦。每有重大发现他都会露出这副嘴脸。

他肯定又发朋友圈了。

"你没看见我给你发微信?等半天你也不回。"还离很远,黄柏先嚷了句。他弯腰摘了几根裤子上的草刺,又一晃一晃往前走。嘴里响起清亮的口哨声,细细地朝上飞升,直钻进云层。这山里实在太安静了,有种地老天荒的静谧。他的下半身都被路两边的荆棘遮挡了,倪依只隐隐看见他身体的轮廓。"我想让你到山上看看。又一想，算了。"

他在说什么？倪依有些听不懂。

但有一句话听懂了。就像气球被扎了个洞眼，倪依的气瞬间就散掉了。她慌忙查看了下手机，正好戳到语音上，"你顺着石板路往上走，见小路往右拐，这里有惊人发现！"有打字，也有照片，因为太阳反光，不怎么看得真切。倪依也不想看真切。她对他说了些什么素来不感兴趣。她握紧了手中的纸团，她要聚拢那口气，她不想轻易放过他。倪依的牙根都是痒的。"呸、呸"。这是倪依心里发出的声音，她想啐他脸上。十步、八步、五步，倪依就要爆发了。就见黄柏抬了一下胳膊，手里拎了根带子，下面坠了只鞋。"这鞋被什么东西咬烂了，但看样子是只好鞋，不知为啥出现在山上，而且只有一只。你看看是什么牌子？"黄柏总是这样，把什么他认为有价值的东西拿给倪依看。有一次，他居然从山上捡了根羽毛，让倪依猜那是什么鸟。黄柏把鞋子拎得高高的，以便能让倪依观察时毫不费力。倪依果然被吸引了。那是只姜黄色的登山鞋，表面有许多齿痕。倪依养过狗，知道许多动物有磨牙的习惯，譬如老鼠和野兔。这山上荒无人烟，该是出没的兽类所为。那鞋子看上去雄浑结实，曾经不同凡响。她用一根手指顶起鞋底，查看商标，是德国产的顶级登山鞋。偏巧，倪依认得这牌子。"在哪发现的？"倪依突然变得焦灼不堪。

"就在小路右侧不远处的草丛里。那里有一只松鼠，我查看松鼠的行踪时发现了它，鞋窝里爬满了蚂蚁。"

"就一只？"

"就一只。我把周围都查看了，没有另一只。"

一片树影落在脸上，倪依顿时委顿了。她突然撞过黄柏，要往山上走，被黄柏拽住了一只胳膊，倪依挣了下，黄柏没有松手。"你别去。"黄柏说。她看了眼黄柏，又扭头去看那条小路，小路被荒草掩映，只在中间留下一道缝隙。黄柏把鞋子放到一块大石头上，一只手臂揽了下倪依的肩。这几乎是他们唯一的亲密方式，倪依的头顺势一靠，黄柏把她搂住了。黄柏说，这山上阴气太重，你不适合上去。多亏你没上去，才没看见骇人的场景。倪依问什么场景骇人。黄柏迟疑了一下，挑拣说，很多蚂蚁。倪依有些恍惚，她有密集恐惧症，是个害怕蚂蚁的人。在路上遇到成群的蚂蚁，她要远远地跳开走。她在想那只鞋子，为什么是德国品牌，为什么要出现在这座山上。没有什么能够确定，比如，谁是鞋子的主人。可鞋子的命运也许就是主人的命运……谁会把一只曾经高大上的鞋子丢到山上让野兽啃咬？

倪依突然有些焦急。

鲍普新买的鞋子穿在脚上，让倪依猜是什么牌子。倪依搭一眼就猜出是LOWA，让鲍普称奇。鲍普不知道，鞋盒子是倪依收走放到了储物柜里。但倪依不会提示这些，潜意识里，她愿意鲍普以为她无所不知。

作为下属，倪依的细心和周到无人能比。

5

出去开了个会，那块充作影壁的石头不见了，连同那个繁体的"龍"字。倪依早晨上班，先去沈局办公室问究竟，胖子沈局说，一家兄弟单位看上了这块石头，囫囵个地搬走了。整个院子里顿显空空荡荡，倪依有些失神。那石头买来、托运、刻字倪依全程参与，都花了大价钱。没容倪依说什么，胖子沈局头也不抬说："不习惯吧？我也不习惯。以后慢慢就习惯了。"

胖子说得对。

他连着签了三份文件，突然像想起什么似地问："鲍普……鲍局的事还要谢谢你家黄柏。听说那天你也上山了？"

倪依抽了下鼻子，说那天黄柏一个人上山，她在山下看几个居士包馅饼子，自己还吃了一个。想上去找他的时候黄柏已经下来了，手里提了只鞋。"就是那只鞋给了公安灵感，还有那些蚂蚁。那样多的蚂蚁聚集在路上往一个方向爬，怎么会没事情？多亏他的朋友圈有干刑警的人……这事比说书都巧。"

倪依寒噤了一下，可脸上毫无表情。"我没看他的朋友圈，我也没看见那些蚂蚁。"

她说的是实话。

胖子沈局合上文件夹，推给倪依，说你不给他点赞。

倪依都要起鸡皮疙瘩了，老夫老妻点什么赞？

"有什么情况随时告诉我。"沈局在开玩笑，此刻才正式了，"你怎么像在打摆子，你冷么？"

倪依摇头，说有什么事沈局应该比我先知道。

沈局说，我没有黄柏消息灵通。他现在还在公安局吧？

倪依说，一早又被公安叫走了，说有些事情需要核实。

沈局沉思了一下，说有些话我也不知道当说不当说。倪依在办公桌对面的椅子上直挺挺坐下，一副但说无妨的表情。自从鲍普失踪，她就隐隐在做心理准备。准备些什么，却很难说清楚。总之就是最坏的打算，作为行政局的办公室主任，她觉得自己理应受牵连，这毫无疑问。沈局奇怪地看了她一眼，径自说，后面院墙有个角门，据说是鲍局开的。机关是个四四方方的院落，当初开这个角门到底是为了什么？

倪依不假思索，说因为我在后面的小区住。鲍局为了让我上班方便，开了那道门——大家都这样说。

"真实的情况呢？"

倪依别过头去，不想说鲍局这么做就是个任性行为。有次倪依上班迟到，是因为女儿中考在即，想吃木瓜西米露，倪依临时跑了趟超市。上班时间找不到办公室主任，鲍局发了脾气。他是脾气很大的人，发起来地动山摇，整幢楼的人都听得到。倪依脸涨得通红，上班十几年，她从没因为工作出纰漏。"你家离这里有多远？够五十米么？"鲍局大声问。

倪依家的楼房就在单位的院墙外，如果能穿墙而过，恐怕真的不足五十米。可如果从外面马路上去绕，两里地都不止。

"我给你开道门！"

倪依却从来没从那里进出过。但也从此不再迟到。

"为什么不给自己行方便？"胖子沈局头也不抬。

"我不需要搞特殊。"倪依的语音冰冷，一点也没当面前的人是领导。

沈局点了点头。按说新人不理旧事，也不理旧人。他反复权衡，还是启用了倪依。他冷眼观察了几个月，发现倪依话不多说，却是个踏实做事的。有次去市里汇报工作，他忘了吩咐准备发言稿，倪依却提前安排妥当。关键是，文字水准好生了得，所有的数据都一清二楚。他弹了下手指，示意自己的话说完了。倪依抱着文件夹往外走，走到门口，沈局又说："那道角门破了风水，难怪行政局老出事。我想把那道门封起来。"

"我也这样想。"倪依转过身来，目光烁烁。

那道角门的钥匙挂在办公室的墙上，倪依从来没摸过。有时需要回家取东西，她宁可多跑上两里地。单位值班值一天一宿，她和鲍局一个班，但女同志不值夜班，这是规矩。单位外面是块三角地，长满了杂草。倪依下班从那里过，挑了一把野菜。倪依经常在这里挑野菜，她喜欢用玉米面做成馅饼。用焯菜的汁和面，那面和得绿盈盈。倪依做的玉米馅饼都像大个金元宝，用牙签画些图案，盛到盘子里，像摆拍的艺术品。这次是落落菜，下次是人揪菜。这些野菜过去都是喂猪喂兔子，现在成了餐桌上的美味佳肴。那天玉米馅饼刚出锅，外面有人敲门。开门一看，鲍局在外站着，一脸拘谨。鲍局说我不进去，我就随便转转。怎么你住这里？明知故问，倪依还是把他让了进来，给他盛了个玉米馅饼。鲍局连着吃了三个。女儿呢？住校。黄柏呢？值班。那也坐不安宁，最后一口还没咽利落，鲍局简直算落荒而逃。"经常看见你采野菜……没想到野菜这么好吃。"他没说采野菜的倪依也是风景。办公楼的一扇窗正好对着那块三角地，鲍局正经看见过倪依几次，还拍过照片。这些倪依并不知情。倪依是时尚女人，冬天也喜欢穿长毛裙。若是换作农妇，场景该没那么动人。他搞摄影，眼里尽是分寸。倪依在家里什么样，他有些好奇。那些好奇根本挡不住，他想来就来了。站在三楼的窗前，倪依贴着玻璃能看到那道角门，鲍局却一直没有出现，想是他吃饱喝足转到别处去了。难得看到鲍局局促的一面，他平时是一个品相十足的人，严肃、严苛。有时会发无名火。绝不和下属开玩笑。倪依对他很是敬畏，莫名的，又有些吸引。转天，倪依查看墙上挂着的钥匙变了方位，就知道有人动过。那是第一次，鲍局为自己开了方便之门。

然后，倪依悄悄把钥匙收了起来。

她有时会希望鲍局问问那把钥匙。有次他看了眼那个位置，却什么也没有问。

倪依隐隐有些后悔，觉得自己做的事有些无厘头。

关于鲍局的事，外面如何沸沸扬扬倪依一概不知。她把自己关在办公室，没事绝不出门。属于她的痛苦或悲伤的季节已经过去了，什么都有尽头，痛苦和悲伤也是。一秋一冬一春，倪依丢了那个挂件，也摘落了心上的鬼指根，滴血的地方结了痂。让身心恢复正常很重要，世界祥和，人民安居乐业，有关鲍局的牵挂变得若有若无。否则还能怎样！关于他的传说很多，被绑架，被警察秘密带走，有人在国外的赌场看见了他。还有更极端的说法，他带着女人私奔，在南方沿街乞讨……还有，他平时不苟言笑，脑子里却都是机关。利用值班的机会逃遁，布置假象迷惑组织……这一切都是因为什么呢？倪依长叹一口气，知道自己无法关心，也关心不了。她离他这样近，他却像个陌生人。她对组织就是这样说的。他的气息迷人，这话又说不出口。"你今晚做几个馅饼，我想吃。"他推开倪依办公室的门吩咐，就像说"你把这份文件起草下，我想看"。倪依赶忙站起身，他却匆匆走了。倪依有些不安，不知道他为什么想吃馅饼。街上有卖的，买两个送他再方便不过了……但倪依不会这样做。采野菜是一个复杂的过程，倪依明显比平时尽心，只掐最嫩的那一部分。回家紧张得就像打仗一样，唯恐送迟了耽搁他吃晚饭。倪依把馅饼送到他的办公室，他却不在。倪依惶惑地站了会儿，隐隐听见里间有哗啦啦的水响，那是花洒在淋浴。整个大楼空空荡荡。倪依心里一跳，没敢驻足，把馅饼放在桌子一角就匆匆逃了出来。倪依的后背一片湿凉，好像那些水都浇在了背上；又像刚从老虎笼子逃出，有一种劫后余生的侥幸。倪依对自己说，你明早来收盘子。别忘了，你明早一定来收盘子。倪依头重脚轻走出行政楼，魂魄都不知飞去了哪里。她无数次想过回去，回去。她有理由。告诉他用了什么馅，放了哪些佐料。馅饼的模样稍微有一点丑，客气一下难道不是必须的么？丢下盘子就走真的符合行为规范和礼节礼貌么？所有的说服其实都无效，倪依知道自己不会回头。漆黑的夜，空荡荡的楼，散发着潮湿气息的鲍局，身上浸润了迷迭香，这都是危险！你没有能力承担全部后果，就不要企图稍越雷池！那个早上他迟迟不开门，倪依心慌意乱。倪依以为他在睡觉。他有时失眠得相当厉害，谁敲门都会挨骂。可组织部门有重要事情找他，所有的电话都打不通，甚至跟倪依发了脾气。倪依才有点慌，用备用钥匙开了门，百叶窗关得严丝合缝，桌上打开的文件和手机，手机开着震动。一杯冷茶，椅子上披着的外套，看起来没什么异样。可人呢？里间的床铺一丝褶皱也没有，就像从没有人躺过。洗手间洁净如初，花洒安静地悬垂，就像从没有过淋浴。关键是，那只盘子也不知去向，连同包装纸和塑料袋。倪依查看了下垃圾箱，里面空空如也。

鲍局就此失踪。倪依又气又恨。他吃了自己的馅饼都不知会一声。他就这样打发了她，连同她的希冀和情感——她有希冀和情感么？这真是一个未知数，倪依自己其实也不是很清楚。断没想到他会把她从另一个旋涡里拉出来，那个旋涡能让她吐血。都是劫数。眼下，倪依会散淡地想起翟志刚的妈，那个翻鼻孔的女人。她开始述说往事时神情里有喜乐。这个年龄的女人，已经没有什么能成为心事了，往事除外。她不会想到她轻描淡写的述说带给别人的打击是毁灭性的。"现在孩子都大了吧？告诉你也没啥。"除了两只鼻孔，倪依对她没留下任何印象，仿佛那不是个立体的人。

小宋过来串门，随手就把房门掩上了。倪依困惑地看着他。小宋曾是鲍局的司机，公车取消后，小宋还是当司机备着，随时听候差遣。因为眼界太高，至今还是光棍一根。出事那晚他就住在一楼，却对鲍局的行踪一无所知。小宋每每想起就悔恨，觉得是自己失职。这机关没人能入他的眼，他就崇拜鲍局。当然倪依除外，他把倪依当姐姐。

"姐夫发的朋友圈救了公安局，也救了鲍局。否则鲍局还不知要被泼多少污水。姐夫人脉广，圈友居然有刑警。也难怪，刑警的孩子也上学么。"

倪依奇怪地看着他，不知他想表达什么。黄柏发朋友圈破案的事沸沸扬扬，但倪依从不想查看。

"有人说鲍局是抑郁症，自杀。姐你信

么？反正我不信。他除了吃安眠药，从没见他吃过抗抑郁的药……没有谁比我更清楚。每天都好好地上班，就那天抑郁了？鲍局也不一定是那晚出的事，他在办公室看文件，怎么会穿登山鞋？还有，他的车一直停放在车库里，是咋去的千佛寺？莫非是一路走着去的？"小宋拧着眉头，一脸沉重和愤懑。他不停地打着手势，似乎是想把心中的块垒掏出来。

倪依摆弄着一支笔，沉静得像座雕塑，她不想说什么。有一段时间鲍局总在夜晚给她打电话，引得黄柏偷偷去打电话清单。关键是，鲍局的那些话都没什么特别，就好像他突然想起了什么，要与人分享，不分享下一刻就忘了。那些事都是童年或青年时候的往事，包括与女同学的初恋。她是盘锦人，因为大米不能离开家乡。"她不知道世界上还有很多东西比盘锦大米好吃，这就是认知吧。"他说。他散漫说话的时候并没有什么目的，说完了也不道再见，仿佛听他倾诉的是根电线杆子，他想说就说，不想说则不说。白天却没事人一样，从不带夜晚曾经交谈的痕迹。倪依仔细观察过，甚至觉得他应该就昨晚的话题做些解释。说真的，她有些受打扰。但没有。就像永远没有过昨晚。就像倪依真的是根电线杆子，与她说什么都是格式化。这让倪依多少有些不甘。不被尊重。或者……有一晚鲍局并不说话，他就在那端急促地呼吸。倪依从不问他有什么事，事实是，他当真什么事也没有。但有些信息倪依会捕捉到，比如，他很烦，话说出来没头没脑。或者有暧昧倾向，说带她去千佛寺，到那里扎帐篷过夜，里面安张充气床。让倪依心如鹿撞。但倪依很少说什么，她在他面前永远是下属，她告诉自己要本分。倪依只是偶尔应一声，告诉他自己在听。

假如那一刻真的来临，你会跟他去山顶去住帐篷么？有个声音一直在问倪依，倪依回答得模棱两可。是不能拒绝不想拒绝还是不忍拒绝？天呀，你真的会跟一个男性领导单独去登山么？这已经超出了正常的工作范畴了，出事情不是他的，是你的。

倪依甚至把这话写出来，提醒自己。

"你知道么，鲍局的葬礼很冷清，只有他妈妈一个人。这是殡仪馆的哥们儿亲口对我说的，他妈妈是个了不起的人，从始至终都没有哭，而是在他身边念经。他老婆和孩子都没出现，这事新鲜吧？"

"他们都在国外。"倪依言不由衷。

"回来很难么？"

倪依看着小宋，搓了搓自己的脸。她对鲍局的家人一无所知。鲍局的母亲念经，这倒有点意外。有一次，有个衣着讲究的女人来送汤药，下楼的时候随便拽住了一个人，说告诉鲍普汤药饭前喝。这个人就是倪依，她刚从外边开会回来。倪依把信息转告给鲍局，鲍局沉着脸一声不吭。然后把那包汤药用报纸裹了裹，直接投进了垃圾筐。倪依想去捡，鲍局气咻咻地说："没事儿少找事儿。"倪依就把手缩了回来。倪依说："人家好心好意送药来，为啥糟蹋呢？"鲍局说："在她眼里别人都是病人——其实是她自己有病！"

倪依说："是您爱人？"这话出唇倪依很后悔。

鲍局皱着眉头看着窗外，没再理会倪依的话，但倪依看出了鲍局皱起的眉心里有份沉甸甸的认同。这是唯一的一次有关隐私的对话，鲍局家庭不幸福，倪依隐隐有些遗憾，还有些许安慰。她是正常女人,这没什么好解释的。小宋眼里汪了泪水,说鲍局可怜,死得不明不白。若不是什么动物扯下一只鞋子让姐夫发现,也许永远都不会有人发现他,最后,连骨头渣子都不会留下。"还是你们跟鲍局有缘分,姐夫的照片拍得那么清楚,听说公安局要表彰他。"

"别说了!"倪依突然喝了一声。

小宋吓了一跳。他手足无措地站起身,惊慌地往外走。他从没见过倪依这一面,面孔丧起来,眼泡和眼睑都是虚肿,像个煞神。

小宋走到门口,悠悠说了句:"鲍局对咱不错,做人不能没有良心。"

6

黄柏似乎改变了生活节奏,他经常很晚才回来。过去他晚回来的时候也有,他应酬多。别小看一个教务主任,这确实是一个有能量的角色。过去黄柏话里话外露出过得意,让倪依嗤之以鼻。黄柏提回家来的礼物,倪依从来不看。黄柏总是讪讪的,跟她没话找话说。黄柏爱叨叨,只要见到倪依,大事小事从来都事无巨细,不管倪依爱不爱听。不知从哪天开始,黄柏晚回来,再不叨叨,或者只说一声:"你怎么还不睡?"

倪依扔出一句:"这才几点?"

不管几点,黄柏洗澡进小北屋。台灯浊黄的光线打在门板上,倪依欠起身子能看见黄柏的一只手,举着手机。小北屋的网络信号不好,他总要敞着门。黄柏是一个热爱手机的人,里面有他的寄托。

倪依希望他叨叨的时候黄柏却变成了哑巴。客厅的沙发总是空荡荡,尘埃长了

翅膀在空中飞。他最少去了三次公安局,接电话的时候倪依都听到了。回家见了倪依,却跟没事人一样。倪依心里冷笑,猜度这是为什么。他怀疑自己和鲍局。他从来不明说,但他怀疑。不止打电话清单,有次倪依跟鲍局出差,他居然检查她的行李箱。就为了赌气,倪依戴了鲍局送的挂件。随便包在一张餐巾纸里,就像刚从外面的小摊上买来的。鲍局只说了一句"适合你戴"。那可真是送的随意收的也随意。倪依握在手里,就是握住一团餐巾纸的感觉。她回房间就戴上了。她不想他失望。回家坐黄柏对面,黄柏瞥了一眼,不问哪来的。什么也不问。黄柏是一个注意细节的人,倪依身上所有的细节逃不过他的眼。越不问越戴。倪依颠着腿装悠闲,既负气又悲伤。黄柏哼了声,眼望别处。他心里有鬼!他一直在伪装!倪依总算明白了!厌恶很容易就能转化成仇恨,倪依揉着自己的腹部,那里充满了不良气体。"你跟鲍局到底有没有关系?"倪依问自己的时候有些心虚。她记得自己的暗暗希冀和心如鹿撞。如果鲍局不失踪,后来会不会就发生些什么?

倪依沮丧,摇了摇头。她觉得自己走不出那一步。她过不了自己那道关。她不会跟上司发生恋情。这会让她瞧不起自己。可生出的那些情愫算什么?千佛寺的那条横向草径,鬼指根像千尾羽箭洞穿了她。那些个日子,那些个日子,想一想就心力交瘁啊。你渴望什么?现在想来是有冥冥之中这回事。原来鲍局就在千佛寺,躯体被蚂蚁蚕食。不行。倪依受不了了,她又要打摆子。她扯了条小被子裹住了自己,朝镜子瞥了一眼,她披散着头发,脸孔蜡黄,眼神惊恐而又绝望。鲍局永远看不见

她这一面,他的眼里只能落下她的光鲜和优雅。即便他有再高档的镜头,又能看见什么!白天都忙,她和鲍局很少单独说上话。夜晚的电话粥甚至是倪依的期待,不管说什么,倪依都暗生喜欢。那低沉的磁性的声音,即使冷若冰霜,也能让倪依听出甘洌。还有那些玉米馅饼,倪依从摘菜到和面到下锅一条龙,唯恐火大了小了,火大焦煳,火小夹生,火候适中才能外焦里嫩。这又说明了什么?倪依指点着镜子中的自己,说那晚你虽然从鲍局的办公室里走了出来,可都想了些什么,难道你自己不知道?还是不能想。不知道那是最后一面。否则,是不是应该豁出去等他出来?你把鲍局当成什么人了!倪依大声说:"你应该等鲍局出来,听他说点什么。也许,他就是想对你说点什么,让你送馅饼只是个借口——你让那个臆想出来的局面给吓跑了。你这个蠢货,为什么不等他出来!"可是,鲍局说了什么就不会失踪么?或者,他会告诉你他想失踪么?

不——可——能!

倪依"腾"地站起身,几步跨到了角落里的衣架旁,从包里摸手机。她想看看黄柏的朋友圈都发了些啥。关于那天,一只被动物咬烂了的顶级登山鞋和密密麻麻的蚂蚁横穿石板路,被不知多少人转发,早已传遍了埙城,没看见的大概只有倪依一个人。我不怕!我有密集恐惧症,可是我不怕!倪依哆嗦着翻手机,可却找不到黄柏。每天都有许多留言。她忘了黄柏的昵称叫什么。平静下来想了想,记得是四个字,第一个字是……远。对,是"远"。远山如黛还是远山呼唤?调出"y"字头,却找不到这个"远"字。无论如何也找不到。他肯定换昵称了。倪依的每根头发都在往起竖,她迅速退回来,地毯式搜索。他果真改了名字,叫"达摩面壁"。

他把倪依屏蔽了。

倪依看不见他的朋友圈!

倪依一屁股坐了下来,慢慢往下溜,整个身体卡在了沙发和茶几中间。腿别成"之"字型。她很难受,怎么那么难受!可她不想解救自己。她想一头撞死完了。黄柏原来一直在屏蔽自己,那是种屈辱的来料和源泉,他原来一直这样恶劣地对待她!她不想流泪,她的泪囊已经空了。倪依止不住自嘲地笑了下。她想自己表面光鲜,人生却如此惨淡。一让再让,还是穷途末路。而这一切都源于那个可怕的夜晚,在水库大坝,一个不良之人吓破了她的胆。而这一切,不过是个阴谋!倪依挣扎着往起坐。她得干点什么。她必须得干点什么。门外有扭动锁孔的声音,玄关换拖鞋的声音。黄柏的半个身子出现了,他没少喝,脸红得透亮,换拖鞋时身体摇晃了一下。没容他站稳,一只玻璃杯呼啸着飞了过来,正好击在了他的耳轮上面一点。玻璃杯落地炸裂的声音堪比小炸弹,碎片惊叫着四处奔逃。

黄柏声也没吭就一头栽倒了。

7

"你怎么又来了,快去医院照顾黄柏。"

胖子沈局在爬楼梯的时候气喘吁吁,倪依站在高处等他:"有点活没干完。"

"工作上的事不用太操心,永远没有干完的时候。什么重要,家人的健康重要。"

胖子沈局终于踏上了平坦的楼道,走到了倪依的前边,显得自信多了:"医生说黄柏脑袋流了很多血。多危险,以后让他少喝点。"

听说黄柏住院,沈局第一时间去医院探望。这是他们第一次见面。两人谈了半天,话题却一直没有离开千佛山。完全可以有理由说,沈局是因为千佛山才去医院探望黄柏的。

倪依应了一声。喝多栽跟头的事,是黄柏自己说的。医生是他同学,奇怪地说缝合的伤口不像摔伤,倒像飞翔的利器擦皮而过。"再往下一点,碰到颈动脉,你小子就没命了。"

那是寸把长的血口子,汩汩往外流血的时候倪依很冷酷。她拒绝对他施以援手,她就那样看着他,牙齿都是寒的。黄柏挣扎着用一条毛巾堵着伤口自己打车去了医院,顿了顿,倪依追了出去。医生给黄柏剃了阴阳头。倪依主张把头发剃光,被黄柏拒绝。

"我尝尝剃阴阳头的滋味。"黄柏当着医生的面开玩笑。

站在自己的办公室门前,倪依说:"下午还有个材料……"

沈局说:"我让别人弄。"

倪依开了门,没想到沈局跟了进去,坐在长沙发上,宽大的腹部折叠下来,像堆积的一团不明物质。倪依有点恍惚,过去鲍局进来也坐这里,但鲍局的身形像竹竿一样清瘦,腰背很直,似从不弯腰的样儿。她坐在办公桌前的椅子上,看到的是他的侧脸,那只鼻子高耸笔挺,倪依经常把眼神打到那里,那是只悬胆鼻,葱白一样。倪依留意别人的鼻子就始于鲍局,一只好看的鼻子,是一张脸的体面。鲍局从不像沈局这样讲话,他会说:"材料你把关,办公室主任就是干这个的。"倪依没坐自己办公桌前那把椅子,这是最起码的礼貌。

沙发对面有把椅子,倪依落寞地走了过去。沈局把所有的手指都像顶牛一样支在一起,但中指弯曲下去,用肥厚的指背彼此顶住,真是个奇怪的造型。

"鲍局的那间暗房,听说你有钥匙?"

"您的办公室我也有钥匙。"

"但我没暗房。"

"您想说什么?"

"我没别的意思。"

顿了顿,沈局问:"鲍局是个胆小的人?"

倪依摇了摇头,轻声说我不知道。

沈局说:"我知道鲍局是摄影发烧友,那些镜头你看过吧?据说叹为观止。"

倪依说:"我不懂。"

沈局说:"有些长枪短炮,照相时听说要用另一个人专门摁快门。你说鲍局是什么意思,他总嫌世界看不清楚么?"

倪依说:"他大概想看清楚。"

沈局说:"那是病!你知道他花了多少公款么?两千多万!"

倪依"噌"地站了起来,说这不可能!鲍局的工资都花在了兴趣爱好上,地球人都知道!他的生活很简朴,车改后普通干部都有买奥迪A6的,他只买了一辆小破车,八万块。这在行政局,大家有目共睹!

"这只是表象。你没见有个贪官整天骑自行车上班,却买套房子专门存放人民币。"

"这是两回事!"倪依语调激昂,有点不管不顾。

沈局摆了摆手,说你别激动。他有兴趣爱好不是一年两年的事。组织上查他也不是一天两天了,他肯定是有了察觉。大笔资金挪作它用,连防汛和春节慰问金都不放过,没有比他更能挖空心思的了。开始我也很吃惊,把行政局卖了都不见得值那么多钱，他从哪里抠了那么多！有一款镜头几百万，市场上根本买不到，商家只接受私人订单——这不是疯了么？他要这样的镜头有啥用，难道想看人的五脏六腑？那，干脆买个X光呗！也不知他从哪打探来的消息，这样的镜头据说全国也没几个。什么事成痴成癖也不好，他虽然人不在了，但违法犯罪的事实抹杀不了。我们行政局跟着吃挂落，来年得过紧日子了。所以组织上要求以他的案例为镜为鉴，开展警示教育，那些个镜头真是害人害己。

倪依心乱如麻。那间暗室有三个陈列柜，很多镜头都没有启用过。事实是，鲍局很忙，用于摄影的时间很少。她曾经问过鲍局为什么喜欢收藏这些，鲍局说，人总得有点寄托。

只是，倪依从没把这些与违法犯罪联系起来，她不懂那些镜头的价值。她问，鲍局到底是怎么死的？公安局有结果么？

沈局说，这正是我要告诉你的。他生前吞了大量安眠药，那些药在胃里打团，都还没怎么消化。显见得是一把吞服的，求死之心强烈。奇怪他选择了千佛寺一个隐蔽的山洞，是不想让人发现，这个好理解。不好理解的是，他随身带了一个包，包里装的不是镜头，而是一个蓝花盘子。公安局以为是文物，经鉴定，那只是只普通的盘子——这又算什么癖好，你知道些情况么？

倪依惊了一下，想说这盘子是我的，那晚我去给他送了两个野菜馅饼，没想到那天他就失踪了。她当然知道这话不能说，她不能给自己找麻烦，这样的麻烦承受不起。这个蓝花盘是成套买来的，有大有小，有深有浅。那是最大最深的一只盘子，有天倪依做饭，黄柏拿筷子拿碗，问了句：

"大盘子怎么少了一个？"

输了三天液，黄柏要求出院。他顶着一个阴阳头的脑袋很抢眼。他的医生同学姓郭，也是酒友。郭医生说，伤口边缘还有血肿，回家别洗澡，别做剧烈运动。郭医生挤了挤眼，神情甚是暧昧。倪依收拾东西，假装没看见，借故去了洗手间。洗手间就在病房里，倪依虚掩上了门，却把耳朵竖了起来。黄柏说，都是村里出来的，哪有那么娇气。郭医生小声说，你说实话，伤口究竟是怎么弄的？鬼都不会相信是摔的。黄柏也小声说，我不说，说了嫌丢人。郭医生说，你告诉我，我保证不说出去。黄柏说，你发誓。郭医生说，说出去我下半辈子没酒喝。黄柏笑了笑，说逗你玩呢，前两天摔了个玻璃杯，正好栽在玻璃碴子上。郭医生说，除非玻璃碴子能飞起来，这明显是击伤……而且与速度有关。你以为切割和扎伤是一回事？撒谎瞒不了明眼人。倪依想了想，走出去靠在门框边上，冷着面孔说，是我用玻璃杯砸的，他在微信上屏蔽了我。我一生气就把玻璃杯丢了过去。郭医生尴尬地说，都怪我多嘴——倪主任不会做那种事。黄柏屏蔽你也不会是故意的，我知道你们俩的感情。倪依说，你不知道。黄柏说，屏蔽一个人最少需要三个步骤，怎么可能不故意？

倪依开车，黄柏坐副驾驶。车窗关得严严实实，车里比坟墓都要安静，两人都捂了一身汗。拐进小区，黄柏才想起开窗通风。大叶梧桐招招摇摇，叶子圆阔碧绿，小马路遍布浓荫。黄柏首先打破沉默。黄柏说："我不怪你，我是自找的。我们走到今天，责任在我，所以你如果想离婚，我同意。"倪依一下捂住嘴，哭声从指缝漾了出来："这些话，你为什么不早说？"黄柏抹了一把脸，汗水和泪水都黏糊糊的："现在说，我仍然心如刀绞。倪依，我知道你看不上我，可我舍不得你。"这话说出，黄柏哭了。倪依泊好车，却没有熄火，发动机仍在突突响。倪依说，我经常想这样一脚油门踩下去。黄柏说，你如果现在想踩，我不反对。倪依嚷："你凭什么那么对我！葬送了我一辈子的幸福，你说，你凭什么？！"

黄柏说："年轻的时候傻，做了傻事。那天去千佛寺，我一眼就看见了翟志刚的妈，所以没敢进那个屋子。我希望她没看见我，或者没认出我，可我也知道这不可能，我去他们家的次数太多了，饭都吃过不知多少次。我又寄希望于她忘了那些往事，或者忘了跟你提起。我在外面踌躇半天，想喊你出来。最后还是说服了自己。我想，听天由命吧。这种时候就该听天由命。该你知道的事，你迟早会知道。但我也一直心存侥幸，你跟她毕竟不认识……看见你站在小路中间的样子，我就知道完了。那天你周身冒着寒气，像在太阳底下裹了一层霜雪。知道我为什么提着一只鞋子下山么？当时那只鞋子爬满了蚂蚁，我费了好大的劲才清理干净。我就是想提给你看，化解和你之间可能有的尴尬，转移一下注意力……在提与不提之间，我犹豫了半天，那样一只来路不明的鞋子，我心里也有忌惮。最后还是想试一试，这万一成为一个话题呢。所以你就知道我提着鞋子下山该有多忐忑，没想到那鞋子是鲍普的……倪依，凡事自有天注定，这不是天意是什么？好吧，我认了。只是有些事情我想告诉你。当年追你追得辛苦，但我从没想伤害你，计谋是翟志刚出的……我知道现在这样说有失厚道，可确实是他想出来的法子。不过我们有言在先，那就是吓唬你一下，但不能碰到你。那晚的事情无需我说，是你一辈子的梦魇。他不单下手，还下口。就因为他不信守承诺，我一辈子都不原谅他，当然，也一辈子都不原谅自己。"

黄柏垂下头，脑袋上醒目地打着"井"字结。纱布包头勒出的印子还在，倪依突然想，那一只杯子砸过去，万一砸死了黄柏，眼下会是什么局面？

倪依哆嗦了一下，身上起了一层冷痱子。

黄柏又说："再就是微信这件事。我知道你不关心我都发些什么，你从来都不关心我。某天你突然想看，无非是想知道有关鲍普的信息。可我的微信里没有这些内容，屏蔽你是突然想起你的密集恐惧症，还是从千佛寺下来时候的事，我发了几张有关蚂蚁的图片。那些蚂蚁，都是长着翅膀的大个飞蚁，你不知道有多恐怖，把一条路都挤满了。它们有去有回，就像赶赴一个集会。我九张连环拍都是那个场景，大好的风光，被这些蚂蚁弄得七荤八素。我就是怕你万一看见它们坏了心情，才把你屏蔽了。还是那句话，我知道你从不关心我的朋友圈，我就是怕你一不留神看见，我没别的意思。倪依，事情没你想的那么复杂，屏蔽你说明不了什么。如果你想知道有关鲍普的信息，那么我现在可以告诉你，公安从他的抽屉里搜出来许多抗抑郁的药，他是严格意义上的抑郁症患者。专家有种说法，他疯狂购物也是抑郁的表现之一，只是，你离他那样近，反而是雾里看花。社会上有许多关于他的传闻，可惜传不到你的耳朵里，你也从不给我机会说说他。倪依，你这辈子活得委屈，我知道，说一百遍对不起也没用。这件事你不要有负担，选择权和决定权都交给你，以后愿意怎么办，你说了算。"

有邻居从车前过，两人都微笑着打了招呼。邻居窝着身子往车里看，说黄柏怎么受伤了？难怪这两天没见你。黄柏只得下了车，接过邻居递过来的一支烟，看了眼倪依，从嘴边拿了下来，在手里捻了捻。黄柏说自己喝酒没出息，摔成了这样。邻居说，倪依怎么像哭过的？又看了眼黄柏脑袋上的伤，说没事儿吧？以后别喝了，别让倪依担心。黄柏应了声，邻居满意地走了。

8

警示教育基地安排在了行政局。有一排房子一直空置，过去是想做健身房和餐厅包房，八项规定出台，这些事情搁浅了。大圆桌子上都是灰尘，雕花椅子摆得七零八落，各个蓬头垢面。埙城不大，各类贪官却不少，但像鲍普这样典型和神秘的不多，因为，人家都还好好活着，等候组织处理。解说词落到了倪依的头上，沈局说，宣传部弄了几稿，都没过关。主要领导说，鲍普是个很特殊的人物，要写出立体感，最好请熟悉他的人执笔。会议室里坐满了人，倪依坐在椅子上，满脸怆然。会议由胖子沈局主持，开门见山说，这次会议就是为了整鲍普的材料，希望大家知无不言。这种发动群众的会已经是最后一个环节，之前若干个小范围或个别人的座谈已经进行了多轮，倪依一直是参与者和记录者。财务、人事、行政、后勤都各有说法，倪依很奇怪，对鲍普的民怨忽然有沸腾之势，过去却一点看不出。只有小宋紧咬牙关，什么也不肯说。公开场合大家还是拘谨，小宋却站了起来。倪依惊讶地看着他，猜度他会说些什么。

小宋面无表情，举着指头说，我说三件事。第一，北京一家酒店有鲍普的包房，那里曾经有个小姐等着他。第二，威海他有个干女儿，比他的儿子大六岁半。第三……小宋看看左右，突然说，我不在这里说，我要跟领导单独谈。

下班的时候，倪依故意敞着门，截住了路过的小宋。倪依逼视着他，说你要对自己说的话负责任。我最后一次问你，你说的那些，到底是真的还是假的？

小宋挑衅地看着她，嘲讽说："你希望是真的还是假的？"

倪依憋了一口气，决意不跟他计较。倪依问："你说的第三点指的是什么？"

小宋突然居高临下地笑了。他在倪依的肩上戳了一指头，开心地说："你放心，与倪主任无关。"

黄柏连续多天没回家，倪依心里隐隐地不安。倪依使劲想，居然想不起黄柏最后一次回家是哪一天。自从警示教育基地开始对外展出，每天都要接待十几、二十几批次参观的人。有的单位是上班前组织大家来，有的单位是下班后来，倪依每天忙得焦头烂额，像刚放手的陀螺，没有停歇的迹象。解说词她按照自己了解的本来面目写，原想只是交差，却博得了满堂彩。她对自己说，什么叫身不由己，这就是身不由己。可只有这种身不由己的状态，她才舒展些，好受些，她才会忘了一些事情和自己。办公室新来的大学生成了讲解员，一个劲地夸倪主任的解说词写得好，讲起来朗朗上口。能说清楚的地方明明白白，说不清楚的地方也不回避，呈现的是一个客观、真实、立体的形象。鲍局不是坏人，他只是一不小心走错了路。

倪依含笑看着这张充满了胶原蛋白的脸，在心底的苦涩中，勉强接受了奉承。

警示墙上的照片是网上截图，鲍局正在会上讲话。穿淡蓝色的短袖衫，微微皱着眉头，如果细看，能看出他眼底深处的游移和厌倦。当然，也只有倪依看得出。他是一个容易厌倦和犹疑的人，所以在人群中显得卓尔不群。下面就是那些大小镜头的图片，最大的一个镜头居然像榴弹炮，颜色也是绿莹莹。想到这样一个家伙居然价值几百万，从遥远的德国邮寄过来，倪依心都是疼的。她的概念里，有几万、十几万。几十万已经担当不起。如果当时知道价格这样昂贵，倪依会被吓晕的。

所以，倪依写解说词时，慢慢剥离了自己对这件事的情绪，也缓解了内心深处的隐痛。她想，她一点不了解他。再往深处想，她就笑得特别酸楚。眼泪溅出眼眶，把桌面上的玻璃板砸出坑来。她除了办理他交办的事务，其他一无所知。有时他频繁地以各种名目往外跑，倪依兢兢业业地替他开会，替他接待，替他处理应急事务和各种文件，该请示的，该传达的，该存档的，她就是他的眼睛和耳朵。他是有些魅惑的，倪依恨不得替他分担所有。还多亏自己守着底线，否则，现在情何以堪。

倪依不再难受，取而代之的是一种劫后余生的庆幸。

埧城几十家行政事业机关和百余家企业，走马灯似地过了一遍，行政局的院子里终于清静了。展厅的门上了锁，大学生讲解员也回到了自己的岗位上。大家绷紧的神经松弛了，过去这段，天天擦楼道，扫院子，甬路两侧摆了许多百日红。大家一放松，好多花就渴死了。小花盆扔进了垃圾箱，鲍局的脸上蒙了灰尘，眼里的游移和厌倦更深了。

终于可以休一天假。夏天来了，许多野菜就老了。但倪依还是采了一些，放到锅里煮，捞出来放到冷水里浸，忙活这些事，过去有种仪式感，而现在，却似在参禅礼佛，有些宁静致远。野菜绿得深厚，切碎拍些大蒜放进去，味道能让嘴里生津。她喜欢吃，而且吃得特别安慰。尤其是，她已经许久没做了，都有了思念的成分。可她的眉头一刻也没有舒展。她依然不明白他临走之前何以让她送两个馅饼。他是真的想吃，还是只吃个形式。他到底在想些什么，带走那只盘子是什么意思？或者，只能说，他是个病人。一切都从病人的角度去理解，这样就不会不可理喻。想不通的事情，就越发愿意想，就像遭遇了鬼打墙，能把人逼疯。好在倪依已经平和了，经过这样多的波折，她的感觉钝了，也能客观地反思走过的那几年，由鲍局，到黄柏，到行政局，到那道角门，倪依发现自己的感觉和取向出现了偏差，很多时候出现了本末倒置。

忽略了不该忽略的。却看重了不该看重的。

待馅饼从锅里铲出来，倪依发现碗架上的盘碗都是淡粉色，过去那套蓝花盘碗已不知去向。关键是，倪依不知道那些蓝花盘碗是什么时候被取代的。是最近还是早些时候。她生活里的谜团未免太多了。但无论如何，肯定与遗失的那个大个盘子有关。黄柏那段时间频繁出入公安局，见过那盘子的概率应该是百分之百。只是不知道他是如何应对的。黄柏此举是让她遗忘还是意在提醒，总之她生出了些愧疚。

想到黄柏面对那只盘子的复杂心绪，她竟觉出了难以面对。

人生都没有回头路可走。

车里拉了桶装水去瓦岔庄，是她边吃饭时边作出的决定。女儿黄各留言说，今年暑假她准备跟同学去甘肃做义工，问她是否同意。如果同意，请支持路费。如果不同意，也请支持路费。倪依有了无名火，说那里环境艰苦，为什么不回家好好休息？女儿说，家里环境也艰苦，你终日在外忙，回家连话都懒得说。我爸这个暑假也忙，听说要搞现代化教育试点……新官上任三把火，他不能烧得无声无息。倪依说，他哪来的新官上任？女儿说，妈你就凹凸吧，连我爸当校长了都不知道。倪依沉默了。女儿说，我奶奶怎么样？你也好歹去看看。女儿的语气里充满了不太平，倪依脸色灰暗，内心九曲回肠。面对世事洞明的女儿，她经常觉得心有惴惴。

女儿从小就是个小间谍，能看穿很多事物的表象。所以早熟得有些不像话，这也是倪依格外警惕的原因。去瓦岔庄的路，有一段是堤坝的土疙瘩路，这是大洼深处的一个小村庄，到处都是盐碱地，路两旁的树灰头土脸，像干柴棒一样。黄柏在这片土地里长出来，格外不容易。堤坝下是座小土桥，通向一座叫小路庄的村子。倪依现在知道了，那个村子有个叫翟志刚的人，是黄柏的高中同学。很多年前两人在浊黄的灯光下密谋，居然与自己有关。她没见过翟志刚本人，想必也跟他妈妈一样，长了个翻鼻孔和刷子一样的短睫毛。那种想杀人的心隐去了，眼下的倪依很平和，她相信了黄柏的话。不管过去还是现在，黄柏都不会有伤害她的想法，往嘴里揉沙土，在胸脯上留齿痕，都不可能是黄柏的

主意。她遥遥打量了那个村庄一眼，没有再看第二眼。脚下一踩油门，车子嗡嗡地朝前驶去。

公公前两年去世了，婆婆眼下也已是风烛残年。倪依在院门口停好车子，就看见人影一闪，堂屋的两扇门关上了。倪依心里咯噔一下，这是吃闭门羹了？一手撅着车子的后备箱，倪依自己跟自己运气。脑子里是女儿不满的声音：妈妈，给姥姥家买的油跟给奶奶家买的油不是一个牌子，差了很多钱，这是为什么？黄柏赶忙说，吃起来它们没分别。女儿坚持说，妈妈你回答。倪依说，它们都是油。女儿说，它们差了很多钱，给奶奶家买的油太便宜了，像水一样！

黄各那年读初一。这样差别明显的事，以后再没发生过。

倪依搬着桶水进院子，堂屋的门适时地开了。老人花儿一样的笑脸映出来，嘴里说，我家倪依来了，我家倪依来了。老人让倪依把水放在堂屋，倪依坚持搬进卧室。饮水机上披着一件外套，一看就是好歹挂上去的，两个肩膀成一条斜线。倪依抻开一看就明白了，水是新换的。

"黄柏昨儿打这儿路过放下的。"老人看着倪依，眼神闪烁，话说得怯生生。

倪依说："我知道。我也是打这里路过，顺便捎来两桶，您淘米也可以用。"

"不敢那么浪费。你们大老远地送过来，这是金水啊！"

老人不知怎样表达感激才好，但也有隐忧，两个人送水互不沟通，这也是大事。虽然倪依一再遮掩，可哪瞒得了老人的眼。她翻来覆去为黄柏道歉，说男人心粗，如果做了不好的事，让倪依多担待。

同以往一样，略在炕沿上坐一坐，只

是出于礼貌。倪依起身告辞。下一站，她要回家看父亲，两座村庄并不远，但隔着一条河，是不一样的风景。婆婆像以往一样把她送到村外，只是她走得越来越慢，越来越慢。倪依不得不踩住刹车等她。她脸上的笑容越来越无助，越来越无奈，像风干的一张皮挂在脸上。在亲人中，如果说谁没给过倪依伤害，大概就是这个老人了。倪依停好车，下来了。老人赶紧加快了脚步，轰她说，快上车，快上车。倪依站定等她走近，说把这些水喝完，我们就不来送了。老人一下愣住了，朝前倒腾了半步，不再敢往前走。脸上错愕的神情惊慌而又忐忑。倪依说，我们不来送了，您跟我们进城。说完，倪依转身上了车。这话说出来需要勇气，但终于说出来了。老人像根干柴竖在马路中间，手扬起来，一上一下地晃。晃两下抹抹眼睛，像是被风沙迷住了。自打结婚，倪依从来没在这个家里留宿过，总是仓促吃口饭就赴娘家，她跟这个家庭从来也没真正建立起感情。黄柏总是隐忍。现在知道了，黄柏终生都在为年轻时的过错买单，那只玻璃杯丢过去，就把往事一笔勾销了，倪依心有不甘，但又无可奈何。

生活就是这样。你还能要求生活怎样呢？

桑葚就要熟了，有些酸酸甜甜的很可口。父亲坐在桑树下，像入定的老僧一样。年轻时咳血的毛病彻底好了，不知是不是这些桑叶的功劳。嫂子在搬后备箱里的东西，一边搬一边查看商标。嫂子是一个胃口大的人，所以倪依回娘家从来不敢马虎。园子里有三棵桑树，倪依从桑树中穿过来，也在板凳上坐下了，就在父亲的对面。父亲睁开眉眼问："你是谁？"倪依不答，往父亲的跟前移了移。父亲说："是倪依啊，黄柏咋没来？"倪依说："刚才您做梦了吧，梦见了啥？"父亲说，他很久不做梦了。"我没事儿，你该干啥干啥，别耽误工作。"当年他拉着母亲穿越半个城市找到学校，让校长劝劝倪依："这么大的中国还搁不下你，你对得起组织的培养么？"现在他小脑萎缩，大概忘了还有组织这回事。当年如果能一走了之，眼下会是什么局面？可惜人生不能假设。你迈进一条河里，就只能依惯性和规律在这条河里游弋。说到底，一切都是自己的选择。很多事情看似偶然，其实都有迹可循。但有一点可以肯定，当年父母心心念念地留住倪依，是想自己有靠。而现在，母亲去世，父亲大概连靠谁的想法都没有了。

吃了晚饭，倪依去公园转了转。许久许久，她都没有这样闲适了。傍晚落了些小雨，空气里是一种潮湿的尘埃的气味。从小区大门口出去，倪依傍着路边的香花槐一直往东走，不知不觉就出了城。实验中学的大楼在夜色中格外醒目，身上披了许多霓虹灯。倪依在这里工作的时候，学校还只是几排小平房，她和黄柏住在靠前的两间屋子，里间是卧室兼客厅，外面是餐厅兼厨房。每家都有一个方方正正的院子，别人家种菜，倪依养野菜。倪依不是想与众不同，而是想与黄柏的想法相左。所谓格格不入这样的成语就是为倪依的婚姻打造的，外人看着他们一切都好，只有他们自己知道，两人有多隔膜。

倪依做馅饼的手艺就是那时练就的，不再练习英语，大片的时间无法打发。倪依就是想做成一件事，因为她以前总也包不好一只馅饼。面软了硬了，水热了凉了。馅饼烙熟以后会裂缝，汤汁油汁全漏出来，或者薄厚不均匀,家属院的人都吃过她的半成品。倪依赌气地想,哪天老师当腻了就辞职,到街上去卖馅饼。

站在实验中学的大门前,倪依心跳了。那幢大楼伟岸卓越,是这座城市最好的建筑之一。她当然是有备而来,所以没有从那里无动于衷地路过,而是横穿马路来到了大门口。黄柏已经很久不回家了。栗色的角门有一道缝隙,倪依推了推,里面是锁着的。倪依敲了半天门,手下的动静越来越大,敲得指骨节都是痛的。一个老者不徐不疾地走过来,隔着门缝问她找谁。倪依想了想,转身走了。这个时候的辛酸才是真的心酸,有夜色遮掩,倪依抽泣了两声。

倪依不知道,校长黄柏的桌子上有监视器,她的一举一动黄柏都看在了眼里。

9

下班在楼下遇见了隔壁的邻居,邻居说,听说你也升职了,你们的运气怎么那么好,介绍一下经验呗。倪依能做副处长,胖子沈局有多一半的功劳。他说他走过的地方也不少,没见过像倪依这样的女人,工作勤勉又尽职尽责,眼里只有工作。胖子沈局是厚道人,他觉得倪依也是厚道人。"就不该让肯干活的老实人吃亏。"他在会上公开这样说,私心里却想表现自己有格局,都说新人不理旧人,做一把手不能那样狭隘。升职的好处就是,没有过去那么忙了,很多事情只需动动嘴。"黄柏还没下班?你们应该好好请请邻居,让大家沾沾喜气。"两人前后脚走进楼道,邻居想进门,被倪依拦住了。倪依给黄柏打电话,那边接通,倪依突然有些开不得口,眼里都是泪。黄柏一叠声地问,咋了咋了?邻居有些莫名其妙,伸过脖子说,我这是说着玩呢,黄柏,你忙你的,咱们有时间再聚。倪依这才转述了邻居的话,说大家想一起喝一杯。黄柏赶忙说,我这就回去。他从学校食堂兜了些熟食回来,又从附近饭店叫了菜,楼上楼下的邻居都喊了过来,坐了满满一大桌。一场酒喝得翻天覆地。邻居们都交口称赞,说从来听不见黄柏和倪依吵嘴。男人说,天底下像倪依这样温柔的女人都少,黄柏真是好福气。女人说,你们听到过黄柏大声和倪依说过话吗?人家那才叫夫妻,相敬如宾。黄柏和倪依对视了一眼,脸上都现出了潮红。当然,邻居们都觉得他们这是喝酒喝出来的。黄柏手舞足蹈着送走客人,主动躺到了主卧的床上,他们已经分居多年了。

盘碗撂进洗碗池,倪依也躺在床上,她知道黄柏在等她。借着酒意,倪依下决心谈透所有的事情,再不想背负什么。那种沉重经常压得她透不过气来。寻常人的寻常生活,不该背负那么沉重的过往。那种背负既无意思也无意义。过去的都过去吧!她用淡淡的语气说:"你不用怀疑我,我和鲍局没什么。"

黄柏双手垫在后脑勺下,用更淡的语气说:"我知道。"

倪依看了他一眼,

黄柏拍了拍她的手臂,说:"我相信你。你不是那样的人。"

"我不是哪样的人?"倪依心里嘀咕,"你拉电话清单的时候会这样想么?"当然,倪依不会说出来。她不能煞风景。倪依很庆幸丢了那个挂件。她也确实需要重新整理自己。

"那道角门……"倪依知道很多人眼里

都有那道门,这样堂而皇之的事也只有鲍普干得出来。现在知道了,他是病人。

"不说了,我从没见你从那里出入过。你心里有分寸。"

还有什么可说的。

皮肤与皮肤接触就容易产生静电。开始是小面积摩擦,然后就开始走火。黑暗中的纠缠充满了汗腥和黏稠,两个人都觉得那种感觉很陌生。倪依这才发现,自己有多么焦渴。她不时能望见一些场景,在宇宙苍穹的浩瀚星河中,电光石火一样飞翔着一些物质,一些要素和原件聚集在她这个不会发光的球体周围,他们合起力来推动她,不惜付出生命的代价,让她与另一个球体重合、摩擦、碰撞。是不是这样?不是的,不是的,这一切都是巧合。他们经过了怎样的惊涛骇浪啊!好在抵达了,终于抵达了。他们没错失彼此。这样吧,就这样吧!倪依一直在无声地流泪,很难说眼泪意味着什么,那就什么也不意味吧!

进山的那条路,总有一种神秘的吸引。天气转凉,倪依经常会想重走一次,对以往是个交代。或者,也不是交代。再走一次,看还能发生什么。倪依这样想,是因为心底轻松。她终于做了个轻松的人。倪依觉得,自己已然脱胎换骨,心如清风明月那般澄澈。还有,她有点想念张居士。她曾经挡在倪依和王居士中间,隔开了两人的唇枪舌剑。她的悬胆鼻面向倪依,让倪依有扎进她怀里的冲动。想法林林总总,愿望若有若无,车停北山坡下,倪依紧了紧鞋带,上山了。再次走,其实有点犯怵了。夏天雨水多,草木格外繁茂。倪依要仔细分辨,才恍惚记得无数条"丫"字小路通向哪里。空气中发散着青草味、苔藓味、腐烂的蘑菇味和树木杂七杂八的各种气息。它们通通都长了年轮,只是肉眼看不到。倪依想,眼下我是活着的,而去年这个时候,哀莫大于心死。所以才渴望能有千尾羽箭洞穿身体。那种感觉真他妈痛苦。是什么拯救了我?肯定是冥冥之中有一股力量,那种力量倪依自己不想解释清楚,因为解释不清楚。那是一股神秘的力量,拯救她于万劫不复。那种感觉能让她心惊,但也感激涕零。倪依小心地避让酸枣棵子,从湿滑的地衣上迈了过去。有鸟儿清脆的叫声。野鸡扑棱着翅膀,在林间闪转腾挪。冷不丁就会有一朵艳丽的花撞眼睛,妖娆得像个暗示。粉红的、嫣紫的、鹅黄的,叫不上名字,它们活得寂寞,可也活得热烈啊!寂寞而热烈,这感觉蛮好的。没想到很快就到了山顶,望得见山下那条横向草径,那道河谷,那两棵像点样子的树,一棵榆树,一棵五角枫,不动声色镶嵌在石缝里,叶子融入到了周围的碧绿中,像个隐喻。眼下还望不见千佛寺的那幢房子,它们被高大的古树遮住了。它们当然是被遮住了,而不是像表象那样不存在。倪依在杂树的空隙找到了下山的路。松树、柏树、玻璃树、鹅耳枥树,都长在阴面的山坡。阳面的山坡则尽是野葡萄藤、酸枣棵子、荆树梢子和灰灰菜,灰灰菜也就是传说中的鬼指根。时令明显比第一次早,因为鬼指根还绿着。尽管虎视眈眈,却没能弹发出羽箭。也许,它们心中也有了忌惮。这真是一件好笑的事。倪依想,躺枪的事也不是那么容易发生的——除非你给它时间,还有机遇。

穿过横向草径,倪依坐到了大殿废弃的花岗岩石阶上。风飒飒吹过,掀动着一些浩渺的思绪,像烟雾一样难以聚拢,它们就那样泛泛地飘,指向不明。张居士携着一捆柴走过来时,倪依还以为自己出现了幻觉——怎么那么巧,她又出现了。她揉了揉眼睛,氤氲着水汽的光色中,确实有人负薪而来。倪依暗暗生出了笑,早早拿出了那个纸条,上写:张居士去城里买火烛,傍晚回。纸条夹在常用的一个本子里,总能翻见。来还纸条像当初拿走时一样可笑,但对于倪依来说,这是一件有意思的事。张居士把柴放到地基上,郑重接过了,就像理所当然,丝毫也没有见了倪依的惊喜,或者,她觉得倪依就应该等在这里,她早料到了。接着,她摸自己的衣兜,一个帕子打开,她拎起条棕绳,是当初倪依丢弃的挂件。"这种奇楠沉香的老料很稀有,放到水里就下沉,你没试过?"那时她这样说。

"一片万钱。"

倪依心里"咚"地一撞,眼前便有些倾斜。一些混合了焦苦味道的感觉瞬间弥漫了口腔,倪依不知所措。眼前的人耷着眼皮,注意力在那尊菩萨上,眼神像花儿慢慢盛开,内里都是情愫。菩萨略微一侧身,倪依看见了上扬的嘴角,似是有话,却从张居士嘴里说了出来:"别人请都请不到,你怎么还……丢了呢?""还"字磕绊了一下,嘴唇在不经意地抖,她皱起了眉心。

倪依惶恐得像个做了错事的孩子,却挡不住心底的好奇:"怎么在您手里?"问完心下一片寥落。

"即便是别人送的,也该用心收着。"她说。

"不是……"倪依舌头打结,慌忙中不知怎样解释才好。不是送的,抑或不是丢的?都说不出口。

她抖了抖,用两手撑开,给倪依挂在脖子上,又用掌心抚了下菩萨的脸:"当初它值得挂在这里,现在也值得。你不要心有挂碍。既然收下了,就不要丢掉。既然想丢掉,当初就不该收下。你说呢?"

倪依张口结舌。张居士把头埋在倪依的胸前,她的脸跟菩萨的脸离得很近,像是彼此确认和辨认。倪依看见的是她长着柔软头发的后脑,那些头发似乎更白了。

"您都知道什么?"倪依轻声问,似乎怕惊扰了她。

"我是觉得可惜。"她语气平淡,"遇到这样好的东西是福气,人得对得起自己。"她去抱那捆柴,嘴里说:"菩萨没有错,他不该遭人遗弃。"这话有点重,倪依听出了话外之音。她蹒跚朝瓦屋方向走,说:"我要去念经了。"

倪依就像遭了雷击,眼前一片迷蒙。她想起了小宋的话,说鲍局的妈妈是个了不起的人,从始至终都没有哭,而是在他身旁念经。那只悬胆鼻就像灵光乍现,敷住了也生着悬胆鼻的另一张脸孔。

"阿姨!"倪依失声地叫。

"请叫我张居士。"她没再回头。

10

一场山雨突兀而至,瞬间就把衣服打湿了。初秋的雨水有点凉,但很适合涤荡。倪依在风中佯装狂舞,像眼前的那些树木。旋转时,棕绳荡了起来,倪依才想起胸前有菩萨。她握在手里,脸朝向天,任由雨水泼洒。风雨也有累了的时候,间歇,倪依耳边传来了木鱼声和诵经的声音。她目测一下距离,要说绝无可能听到,但倪依就是觉得自己听到了。

若众生心。忆佛念佛。现前当来。必

定见佛……

　　心是什么，心在哪里？

　　倪依没有告诉张居士，她也在读《楞严经》。那么长的经文，世尊只在开端问了阿难一句话：心在哪里？并没有问他心是什么。心是什么阿难不会知道，倪依就更不知道。这一桩事情在佛法里面叫深密，而非秘密。太深了。不是凡人能够了悟，所以称之深密。

　　你以为你有一颗心，你其实不知道心是什么。

　　云朵裂开了一条缝，一束光倏地刺下来，止住了树木狂舞。倪依也收了神通，湿衣贴在身上，有些凉，但倪依不觉得。不远处有个土坡，倪依搭一眼，就听到了黄柏的声音："瞧啊，这里有块石碑！"他像小孩子一样雀跃，摘了眼镜远看近看，模糊的地方用手去摩挲。然后，又拿出了湿纸巾，从上到下清理尘埃。"草、隶、篆，三种书法形式同时出现在一块碑上。千像祐唐寺创建……天啊，这是块唐碑！"

　　湿纸巾跟地皮一个颜色，但团在一起，还是当初丢下时的位置。石碑被雨水冲洗得一尘不染，倪依围着转，背面，是一个大大的"佛"字。不是颜体也不是隶书，边角笔画都圆润，像一张佛的脸。倪依伸手去摸，内心生出温润的暖意。

　　身上不湿的东西只有一包纸巾。倪依抽出来擦手擦脸擦手机，然后给那个"佛"字拍了一张照片，传给了黄柏。

玫瑰在额头上

白 琳

> **授奖词**
>
> 活画了校园小世界里的新景观。两位博士太太周太太和朱太太，一个是《围城》里的苏文纨，一个是《聊斋》里的聂小倩。在彼此莫名的敌意和相互羡慕里无休止缠斗，用校园家属楼金辉小苑与图书馆古籍部作竹林，以周太太留学归国的儿子达利当暗器，闪展腾挪，上下翻飞，往返投掷，乐此不疲。最终以朱太太聂倩成功降服达利而告胜出。白琳以冷静无情的笔触宣告了传统面对现代的失败，母性面对女性的失败。（徐坤）

1

师大南门有一栋金辉小苑，周太太每隔一天就从门洞里走出来，左拐，走过一道一人半高的红砖围墙、一条恰好能容纳一辆中型城市越野车通过的弄巷去上班，中午在附近的大学村买了熟食蔬菜，再原路折返回来。

爬山虎已经挂在了墙壁上，周太太躲太阳沿着墙根走，它们就伸着触手抚摸她的肩颈。脖子臂膀这些年也跟着老了，逐渐干枯萎缩，肌肉筋膜都皱在一起，像是放久了的木版画，没了水分。她自己撑不开缩成一团的这些东西，动不动就得上理疗院去按一按，不然酸痛。植物的触手轻拂，力道不够，它们长得新鲜，虽然年年都要枯萎一遍，却每每唤起她从前的记忆。那时候"金辉小苑"还不叫这个名字，叫"博士楼"，上世纪九十年代初期，师大专门为学校的博士盖了这栋楼来安置家属。当时周先生刚在德国拿到学位，他们一家毫无悬念地被分配到了一间七十三平方米的单元。当年楼是新盖的，总共三栋，一条短短的线段，遥立在师大后背。那会儿和学校还有一段距离，从"博士楼"到周先生任教的工程系，走路要走二十五分钟，中间经过一片草地、一片果园、一片树林还有一个池塘。达利小时候，周太太经常带他到池塘边玩。达利就喜欢盯着水面看，他视力极好，经常看得到周太太看不见的细微之处。四五岁的达利不但爱看，也爱问，周太太觉得他智力是高于一般人的。那时候池塘里还养着斑点叉尾鮰，又称沟鲶，吃底栖生物、水生昆虫、浮游动物、轮虫、有机碎屑和大型藻类。

后来随着时间的推移，师大南扩，逐渐逐渐，草地和果园没了，池塘也被填平，小树林如今是硬化好的网球场。再之后工程刚要走到"博士楼"，校领导被查出贪污工程款和助学金，之后扩建就停了，倾倒的石灰，挖出的深沟都在楼前摆着，傍晚之后就没人在外面散步了，生怕一不小心失足跌落。这样的情况持续了好几年，不太好熬的几年。刮风会扬尘，下雨一片泥泞，晴天走一趟也灰突突云烟四起。好容易有家建筑公司接手了后续的工作，却和博士楼无关。那时候师大又买了后面城中村的大片农田，从南往北盖，停在了三栋旧楼的脊梁后，建了"紫藤花园"，西边是几排联栋别墅，给学校里的院士专家领导住，东边D区是楼中楼，六十五平方米、八十八平方米两种户型。再往南就是整排的高层公寓，教职工们大多数都选了公寓楼。

紫藤花园2010年完工，时价每平方米六千块，学校统一购买有优惠，只要四千五。只是曾经分到过房子的职工必须腾出从前的旧公寓，补上差价才可以购买新房。那时候达利刚上高一，周太太正忙着给他攒出国留学的钱，是以房子的事想想就过了。钱的事都由妻子说了算，周先生对这些从来不上心。

盖好新楼，旧楼就出了问题，先是管道不通，再是暖气坏掉，但也没人管。南边盖房子叮叮咣咣响了两年，尤其是夏天，白天太热，工人们不干活，活都在晚上干，夜里吵得人无法入睡。周先生的失眠症就是那时候患上的，到现在都没有好。这些年周太太也逐渐睡不着，她睡不着不是因为吵。不知道是不是到了更年期，总是心烦意乱，每晚在床上躺平，记忆不由自主卷土而来，都不是什么值得记住的愉快的经验。她在床上辗转反侧，周先生就更睡不着，后来两个人自然而然分房而睡。达利走了许多年了，房间的布置还是他高中时候的模样，书架子上还有一个蝴蝶标本镜框。周太太在一米二的小床上躺好，抬着眼能看到架在窗户边上的格兰仕空调。达利在的时候，夏天空调要开到二十二度，然后盖着棉被睡觉。那时候夏天，总觉得比现在要热，为了省电费，空调只开达利房间的，他们夫妇开着房门睡觉。现在达利也走了，夏天却不怎么热了，这几年也开空调，开一会儿就觉得骨缝里冷飕飕的，胳膊冷膝盖凉。再加上这一片住宅区不似从前热闹，楼下早不见结伴玩耍的小孩，也不闻站在路边寒暄聊天的人声，热度自然不高。这栋楼的旧人都走了，如今虽然仍住满了人，却都像一个又一个的窟窿。从前，和他们一起来的留洋博士，一个个都去了外地，爬山虎紫藤花一般攀着墙壁逃逸了高升了，本来还留一些本土博士和他们在一起，后来那些博士也大多搬去了新房。

周家住在二号楼502。楼是六层旧公寓，没有电梯，顶上热得很，十年前集体铺了石棉瓦，也还是酷热难熬，新教工区一盖好，602住着的化学系陈博士一家就毫不犹豫地换掉了房子，搬去紫藤花园。601住的是中文系徐教授的儿子一家，做着建材生意，在城里商务区安了家，这房子空置着，也不外租，说就当是父亲的藏书室。周家对面原本住着朱博士一家，两年前也搬走了。紫藤花园起建时，就不见朱家人特别上心，他们迟迟没有动静也让周太太略感安心，她觉得生活中还是少些动荡为好。后来紫藤花园盖好了，整栋楼都在闹哄哄地搬家，就剩下了他们两户。在楼道里碰到朱家人，她还问过他们会不会换紫藤花园的房子，得到的都是否定答案。

朱家只有一个女儿，比达利大三四岁，学习成绩不好，勉勉强强考上了省里的二本大学，在底下的地级市里念了四年，后来搞了好多手脚才回了师大读研究生。女孩子喜欢涂脂抹粉，脸上总是刷得很白，白成一张水分不够掉皮的墙面，每一丝微笑都有成为裂缝的可能。和一张真正的墙面一样，这张脸很平，五官都不立体，扁扁地趴在平面上。女孩子学设计的，有一天就开始设计自己的脸，制了3D立体图，去医院调整几次，鼻子高了眼睛深邃了整个人都脱离了二次元。周太太回家常常和周先生说两句那个女孩，周先生说没什么奇怪，全是像她爸，年轻的时候就喜欢捯饬自己。朱博士不仅年轻时喜欢打扮，年纪大了也不遑多让，出门上课总是西装笔挺。不知怎么，周太太觉得自己见了他多少有点不自在。这种不自在的记忆有一个很细节化，那天她上楼上到一半，看到朱博士手上拎了大大小小的垃圾袋往下走，他新染了头，发底发红，发梢栗色，大概是自己在家染的，上面爆了顶。他在楼梯拐弯的小平台上站住，侧身让她通行，两个人寒暄两句。她问最近有消息说学校又打算再往南盖两栋教工楼，他们家有没有打算买新房。朱博士穿着一件白底棕条纹的衬衫，仰头看她的脸。不买，他犹犹豫豫地回答。

不买这话多少还是让她安了些心，在买房子这件事上，朱家一直是周家的同盟。那次卖的是商品房，地不是学校的，但是和开发商有协议，教工集体购买有优惠，旧房子也不用退。只是价格比八年前贵了一倍，她心里纠结得很。

尽管那之后想了又想，第二次集资的房子他们还是没买，后来她有些追悔，也是有一点怨恨朱博士的。原本她想要给达利买一套婚房，但想到达利以后也未必在晋城生活，本就犹豫这一大笔钱是否花得值，听到朱博士肯定的那一句不买之后，似乎就更不值了。晋城这两年的空气质量一直很不好，不知何时雾霾占领了整个城市，外面总是灰蒙蒙一片，看着叫人心情不舒畅。一到冬天，就越发觉得达利留在国外不要回来的好。以后有了小孩，她可以过去给他们带。在学校，好多人都是这样生活的。国外有大片绿地和新鲜空气，干什么都开阔宁静，钱还是攒着给达利在外面买房子用。有时晚上睡不着，她就会想这些未来的事，也有时她会想起那时候，他们刚搬来的时候，窗对面还有一片树林，树林里还有松鼠在乱跑。

达利的生物课就是从一只小松鼠开始的。那天他们一起伏在阳台上看外面，视野透亮清晰。人生没有几个高光时刻，那一刻就是为数不多的一刻。她可以感觉得到由内而外的放松与平和。蓝天白云，微风轻拂。学校里刚放暑假，学生们几乎都走光了，教职工也走了不少，只留下一片宁静。周先生去杭州开会，请他去的老同学已经荣升一所三流大学的工程系副主任。那么不知名的学校。她想。心里松弛了一点。她在那个早晨醒来，抱着达利走到了阳台，将他放在一把木头椅子上，他们就那样看着外面。微风拂过树林，树叶沙沙响着，她可以看到几只松鼠在跳跃，深灰色或是灰褐色的。那是什么？达利问她。松鼠。她说。松鼠是什么？他又问。她答不上来。达利手中的巧克力要化掉了，她没有像以往一样忙着擦他的手，而是去翻了《新华字典》。松鼠：又称"灰鼠"。哺乳纲，松鼠科。体形细长。耳端有黑色簇毛，尾毛长而蓬松……一只小动物。回来时她说。喜欢吃树上的果子。她说。达利没有再问下去。他粘着巧克力的手扒着栏杆，又在看一只鸟。

高光时刻就那么一瞬没了。总是这样。天空中忽然飘来了一片灰色的云，她又想起了那个已经是副主任的同学，不但是副主任，也是副教授了。就算是一间不入流的大学，也是副教授了。雨掖在云的被褥之下，到下午才下起来，如同绞索从高空垂下，上面还耷拉着风的尸体。她的情绪跟着那些被捶打的树叶一起低落，一点点的高光总会对应无穷尽的昏暗。达利那时候在做什么，她竟然不记得了。

之后一天她去了一趟书店，买了套儿童百科全书，花了两百多块钱，几乎是她半个月的工资，但是她觉得值。她和达利一起学习，达利负责看图，她负责给他念旁边的文字。文字写得比《新华字典》丰富，到现在她还能记得松鼠的特征：四肢强健，趾有锐爪，爪端呈钩状，雌性个体比雄性个体稍重一些。花鼠属与松鼠属其脸颊内侧有颊囊的构造，能储存很多食物。尾毛密长而且蓬松，四肢及前后足均较长，但前肢比后肢短。耳壳发束……只是显然达利不记得了。

念初中那年，小树林要被整个推平，她十分惋惜，达利回家时，她对他说，对面的树林以后就没有了。

是么？他在厨房，把加了冰糖的冰镇绿豆汤倒进一只碗里，显得漫不经心。

以后松鼠就都没有了。她又说。

我们什么时候看到过松鼠？他说，那片地里哪有松鼠，有只鸟就不错了。

有过，她肯定地说。

反正我没看到过，他把碗里的汤喝光了，走进了自己的房间。她追了过去，问他，你不记得和妈妈一起看过松鼠吗？你小的时候。

我哪能记得。他不耐烦了，这些不耐烦也是被隐忍过的。

我那时候给你买了百科全书。她忽然非常固执，不相信他对此没有一点记忆。

不记得了。他开始写作业。

这是无声的驱离。

2

转开门锁,把身体塞进去,关上门才觉得松弛。客厅不大,中间摆着一张玻璃茶几,越过去就是一张镶红木的窗框。每天回来换完鞋子,就习惯性地朝左看,也看不见什么,就是看一个天光,明了暗了。

周太太把钥匙挂在玄关,包扔在沙发上,跟着人也躺了上去。沙发巾被拽下来,折在她的腰上。沙发上有一种味道,和她母亲家里的一样。以前她觉得那个味道很难闻,你无法辨别,它在那个家里根深蒂固地存在。刚结婚的时候,她常常往房间里喷空气清新剂,茉莉花香,但是周先生有鼻炎,对这种味道相当排斥,后来她就不喷了,不喷家里味道也是好的。可是现在,每当她从外面回来,家里的味道就扑面而来。一股浓郁的陈旧的厚重的湿腻,很像是皮脂味。她躺在沙发上,觉得自己和那些味道融合在一起。是老人的味道,她知道的,不饱和醛的味道。皮脂腺分泌的脂肪酸被氧化之后,会产生一种叫作棕榈烯酸的脂肪酸。人到了三十岁,脂质过氧化物的分泌也会开始增加,在被分解氧化之后,棕榈烯酸和脂质过氧化物会结合,而产生不饱和醛的味道。有一天她闲着无聊,翻了翻健康报,上面有一个豆腐块就写着这个,她认真看完了,将报纸折进了垃圾桶。

化学系的朱博士也知道这个吗?会知道吗?他是不是因为身上这样的味道越来越重,所以才不停地喷各种各样爱马仕香水?这两年,朱博士多多少少成为了她心中一道过不去的坎,她总能想到他在楼道里看她的眼神。那时候她不知道那个有点困惑的眼神现在可以衍生出更多层的涵义,比如自得、骄傲和对他人的怜悯。她在楼道里问他买不买新房时,他原来已经被聘去深圳的一间大学教书,她竟然对此一无所知,甚至周先生也不知道。朱博士行动迅捷,上上下下打理好关系,调离手续不到一个月就办好了。他走之前还送给她很多东西,也算是精心挑选过的,但归根结底都是他们用不着的高级垃圾,不送人也得扔掉。她想要拒绝这些馈赠,但碍于情面还是收下了。后来她想要偷偷扔掉它们,包括一盒还算新鲜的特级鲍鱼,但最终也还是做了一锅海鲜炖汤。

你什么时候买了鲍鱼了?周先生问。

中秋节发的购物券,她说,只能报米面油肉蛋奶,这家可以开发票。

味道还行,他说。

味道是还可以。她承认这盒鲍鱼不错,但是吃了两口就胃口尽失。她看着周先生蠕动的两腮,能感觉得到鲍鱼的嚼劲……她离开了餐厅,觉得自己不能够再继续看下去。

朱博士房子卖给别人,净赚一百多万。隔了一个月不到,来了一户新邻居,是一对小夫妻。男人叫丛睿,女人叫聂倩。两个人都在本校外语系念到硕士,之后丛睿又去北京读完博,小两口留了校。丛睿教法语,聂倩因为是硕士,不能代课,被安排去留学生处。周太太一家和他们没有交道,一起住了两年,只是在楼道里碰见了打打招呼。

周太太在校图书馆就职,工作比较清闲。图书馆之于整个学校,如同一个置物架,摆着各种关系的瓶瓶罐罐,空瓶的半瓶的尚未拆封的,什么种类都有。从前人们来当这些瓶罐还算容易,现在要到这个置物架上来,难度高了很多,也要求有硕士学位了。来的年轻人大多数都埋头再念念书，只当这里是个接驳车，转头就考博士出走或者读了本校的博士就直接调去代课。

图书馆工作不多，每天五点就下班，每学期还有勤工俭学和社会实践的学生帮忙打扫和整理书架。就这工作，也分几等。最忙的是一楼的社科馆和二楼的期刊馆，平时去的学生多，到考试周就是自习室，馆内常常爆满，乱糟糟一片。刚来的新人，先得从这些馆里开始干，最好的也是在电子期刊部，管着几十台电脑，供做论文的学生教师来查资料。周太太资历久，被安排在四楼古籍馆《四库全书》部，这个馆对外有限制，能来的都是文史类硕士博士，凭普通本科生的借书证来不了。

学校里硕士博士相对本科生少很多，他们大多也不需要找座位上自习，除非真的闲得无聊，没几个人跑到馆里来看书。现在图书馆电子书库里有很多古籍的影印本，学校里的文史类学者登录网站就能查到这些资料，用不着往馆里跑，周太太满打满算，一周也才能见十来号人。

于是本来是一周的班，她与同事刘老师商量了一下，连报告都没打，直接两个人轮班，一人一天。周五下午闭馆，早班她们就象征性地去一两个小时，见面格外亲切，聊聊天，就到了下班时间。

工勤人员五十五退休，刘老师过完春节就没再回来，去美国帮女儿带孩子了。正月十七新来的职员第一天上班，周太太正从卫生间摆完抹布回来，在旋转木楼梯口撞见聂倩。她穿着一双黑色羊猄高跟靴，黑色系带羊绒外套，咯噔咯噔往古籍馆走。周太太没跟她打招呼，跟在身后。馆里的白炽光透亮，明晃晃耀眼，聂倩一走就走到了沉甸甸的古籍架子里去了。

就此两人成了同事。

古籍馆是师大的一个特点。师大最早闻名的专业是传统戏曲研究，现存最早的南北杂剧曲谱，全国仅存的明代手抄孤本，都摆在这里。上世纪六十年代初期，馆里有钱，又重视古籍，专门派人到北上广等地的古籍市场和书店买下数以千计的古籍善本。《太和正音谱》也是那时候购入的，馆藏的钱手抄本，还是全国仅存孤本。因着这些古籍，师大图书馆古籍馆成了全国古籍重点保护单位，新建的古籍书库配备循环系统，空气过滤，自动消防，隔热遮光，恒温恒湿。书库内摆的都是一排排整整齐齐的全樟木书柜，沁着淡淡的纸香木香，调位非常高级。整个馆里都铺着深色地毯，走起路悄无声息，别有一派典雅庄重之气象。

她和聂倩就在紧邻书库的古籍阅览室坐台。内室摆着博古架，还有几丛兰花绿萝点缀，布局独具匠心，若隐若现，颇有宋代书院之遗韵。雪白的墙壁上挂着几幅字画，都是艺术学院的严天鼎教授的作品，周太太也不太懂得欣赏，只觉得山山水水之间有几分雅趣。风和日丽的时候，煦暖的阳光从落地窗照进来，深红色的实木桌椅折射出柔和的光晕，聂倩伏在案子上看自己的书，扶额支颐托腮，做得自自然然，宛若变幻的美人图。

周太太此前知道聂倩卷入一场不大不小的桃色绯闻，却没想到她来了图书馆。师大说小不小，可是新闻长了一双大长腿，很快就走遍角角落落。绯闻冬天闹开的，大约十一二月，据传聂倩和一个日本留学生夹缠不清，这倒不要紧，要紧的是男孩子差一点从留学生公寓的顶楼跳下来。事情闹大，学校领导受了惊，下达了一条新规定，留学生处分为男生部和女生部，男老师对接男学生，女老师对接女学生。周先生嘲笑说这是 gender binary，周太太问他什么意思，他说就是性别二元论。对于这个名词她还是一无所知，但是她停止继续追问下去，她懒得听周先生用更专业的词汇解释专业词汇，也不感兴趣。她专心揣测聂倩的年龄，脸上很光，皮肤也紧实，近看眼角也没有皱纹，面貌是二十中段的样子，但算算履历怎么也是三十出头了。留学生还在读大三，最多也就是二十一二岁，上下有接近十岁的年龄差。这几年流行姐弟恋，电视上也总有这样的桥段，她认为自己并不老派，可以理解现代女性，也觉得女大男小女强男弱不是什么不自然不舒适的事，但超过五岁以上，周太太就觉得有点过头。三十岁的女人还看得过去，四十岁就不一定了，四十岁就算还看得过去，五十岁肯定不行。要好也就是短暂的好一阵子，长久不了的。

外面再怎么沸沸扬扬，对门也没见得有什么惊天动地的阵仗。要不是实在有太多有鼻子有眼的证据，周太太倒是很怀疑这个绯闻的真实度，大约都是因为对门男人的表现也太过淡然。那段时间丛睿一切照旧，见人笑着打招呼，一派和煦。几次三番，她还是能看到那夫妻二人手拖手走上楼，由不得她对绯闻的真实性存疑。可这样的事情谁也说不准，打开手机，一不小心就刷到娱乐圈恩爱夫妻反目的消息，何况这世上人人都是演员。平地里生不出风言风语。于是跟聂倩一起工作的时候，周太太总也忍不住留心观察，然而聂倩很是从容，就算传言有一百个版本，故事原型也像是没事人。周太太有次在吃饭的时候和周先生讲这些，周先生喝一碗小米稀饭，下颏的须子上沾了亮晶晶的米脂，抽出一张带点状纹路的压花清风纸巾，揩了嘴，放下碗，说她：出门别乱说。都是邻居，省得人说你传闲话。

过几天似乎是想起来了，接着又问：上次你说那个留学生多大？

二十一。

3

来图书馆工作没几天聂倩就换了打扮，牛仔裤老爹鞋，硬生生又穿年轻了几岁。她不咯噔咯噔走路，周太太却觉得这清汤寡水的样子，也莫名地叫人想要与她多纠缠两眼。

书库的两侧分别安排有古籍编目室、修复室和整理室。编目室和整理室常年不开，如同摆设，只有修复室偶尔开一下。整个馆里的破损古籍都可以送到这里来修复，学校花大钱买了纸浆补书机、冷光工作台、超声波清洗仪之类的修复设备，也聘了两位古籍修复专业的研究员定期来一次。那些痼疾缠身的书籍，不论是鼠啮虫蛀，还是水渍发霉，到了这里，都能重获新生。在修复室工作的两个博士，恰好都姓王，年纪大一点的叫大王，小一点的叫小王。聂倩没来的时候，大王小王都不怎么来，聂倩来了之后，大小王肉眼可见地大频率来。

周太太倒是觉得兴味盎然。经常站在修复室门口和他们打趣，有时捎带把聂倩也塞进来，但聂倩总不那么配合，往往在字与字的间距中溜回她自己的世界，疏林远树，平淡幽深，老有一种傲气，好像只有她活在山巅。周太太不忿——不也是个图书管理员么，有什么傲的？

自打来了古籍馆，聂倩明白周太太的眼睛就没从她颅顶剥脱过。她早已习惯了身上粘着许多只眼睛，自己沉甸甸的像一只凹凸不平的蟾蜍。从前她和丛睿下楼扔垃圾，都是一个在前一个在后，现在反而要手拖着手，扔给大家看。有几次他们手拖手一起出入金辉小苑二号楼，对上周太太，对方总含着笑，仿若拥有一百种的乐趣。

不管周太太是不是隔三差五去上班，聂倩是天天都要去的。有一阵大小王也天天去，说是暑假到了，在家也没事，还不如来馆里吹免费空调。

我看你们是不想帮忙看孩子。周太太说，还是馆内的文气养人，进来就心旷神怡。

聂倩不搭茬，冷着脸坐在架子后面，见着他们连眼皮也不抬一下。大王识趣，过阵子就不来了，小王反应慢，有一天就在馆里挨了骂：放着一两岁的孩子不看天天跑四库捣什么乱，这儿是查阅资料的地儿，不是聊天室。聂倩把笔记本合扣下，边起身边冲身边的小王说。当着周太太的面。

我跟你讲，我年轻那会儿，可比你横多了。小王走后，周太太说。她站起来，从桌子后面走到桌子的腰间。她还是和聂倩保持一定的距离，不会走到她的鼻子上去。

聂倩从自己的书上抬起头，微笑着看她。这种微笑让周太太感到不适。她想伸手拽下来聂倩的假笑，那不是有礼貌，而是一种隐藏的又故意不愿意隐藏的鄙夷。她总是会在这种鄙夷之下沉不住气。

我见过的美女多了，真的是标准版的大美女，就拿我同学王玉静来说，年轻的时候……好多话周太太一说就多，又常常在自己的话的分叉里迷失方向，说到后边也不知自己究竟是要说什么了。但总得回家不是，快到五点钟的时候，所有的话头就会有一个急匆匆的收梢：

懂了吧？她说，你不能这么横。懂了吧？等你过两年再看看。懂了吧？你现在是年轻。懂了吧？

聂倩客客气气地听，看上去又似乎没在听。

谁还没个年轻的时候呢。你也过了三十了，看你还能撑多久。周太太闷气地想。

话跟人，和周太太待得时间久了，聂倩回家这话也还跟在她身上。有一天她正做饭，拎着一只汤勺站在琥珀色玻璃锅前和丛睿聊天。

啊，像是忽然想到了什么，丛睿说，叶欣要结婚了。

在哪结？国外吗？

应该是国内。

和一个男的？

不然呢，难道会和一个女的么？

怎么不会？你得尊重性向和信念跟你有差别的人。懂了吧？

这三个字一出，聂倩惊得跳脚，慌忙把玻璃盖子盖好，仿佛不盖上就会有更多个这样的话如锅里蒸腾的气体一般轰地冒出来。

这年春天刚冒头，丛睿得到了去法国交流一年的机会。机会难得，大家各显神通，丛睿险胜一个老公在校办的女博士，拿到了名额。秋天走，到第二年的九月再回来。聂倩忙着给他置办行李，从六月买到八月，6.18、8.18，每一个淘宝打折季都赶着买，结果收行李时也装不了几件。聂倩弓着身子往下压箱子，丛睿手指抠着行李箱沿，一点一点往里塞跑出来的真空压缩袋的边角。聂倩脸色通红，满头是汗。夏天已经过去了，可仍热得难受，老式的橱柜桌子都在身后柔和地燃烧，还没等她开始流眼泪，丛睿倒先哭了。聂倩开箱又拿出两条夏天的短裤，说夏天她去的时候再给他带上，反正现在也用不到。这么说的时候，她觉得拂过心头的一点悲伤又转瞬隐去。

九月份丛睿刚走，聂倩就先后不断收到大小王的微信轰炸。大小王个性不同。大王直接，小王暧昧。大王外向，小王含蓄。不管哪种，聂倩一概不理。

时间久了，周太太和聂倩说话也放松起来。她说，你是不是觉得大小王长得不好？聂倩说，和长相没关系。周太太说，都是因为你现在还是好年纪，挑得厉害。如同被刺了一下，聂倩眼睛忽然一跳，从下眼眶跃上眉底，直视周太太，目光里多了几分不常有的不耐。乍看之下，周太太吃了一惊，这眼神太熟悉了，有一阵子达利也是这么看她。她不自在地别过了自己的头，把几本工读生整理好的古籍又重摆了一遍，指头在书脊上摩挲着，布纹触感粗糙，她的指头顺着条纹慢慢往下滑，听到聂倩在身后声音陡峭，很严肃地说并不在乎别人喜不喜欢自己，也不享受。周太太热笑里夹着冷笑，说你这是因为大小王质量不高，搔不到痒处。聂倩不再吭声，垂头继续看自己的书。

4

入了秋就是冷雨季，晋城的阴雨天常常连绵数日。这种天气周太太是不愿意去上班的。早晨起来，她会敲聂倩的门，告诉她说自己腿有旧伤，阴天就疼，没办法下楼。这都没有关系。聂倩说自己有雨靴雨衣，反正也是要去。聂倩撑着门，楼道里有一股湿湿的土腥味。周太太身上还有护肤品的香味，她的脸上油亮亮发着光，那些水乳还没有被完全吸收。周太太纹了韩式半永久的眉毛，除了双眼皮格外下垂，倒也不算老态。她说着话的时候总有意无意往里探看，聂倩觉得自己像一本淫书，周太太想看却不敢正大光明地翻，总要偷偷窥视两眼。

几次下来，周太太大约感到不好意思，一定要约她去家里吃饭。

你一个人，也怪可怜的。自己不想做饭的时候就尽管来我家吃。

聂倩应和一声。再隔一阵子，周太太托她代班的时候又说。聂倩仍是应和。又过一阵子，周太太说周先生出差，晚上家里没人，两个人可以一起打个火锅。聂倩应了，自然也不去。周太太也没真当她会去。这世上不知道怎么就生出这么多没必要的社交废话。

丛睿起初在国外十分不适应，总是在晚上打来电话。聂倩觉得既然语言过得了关，又有什么困难可言。在国内丛睿也没有这样黏她黏得紧，他们是秉持着自由主义的夫妻，对对方的私生活互不干涉。多少年下来，两个人就处成了朋友关系。没有别的朋友听你倾诉吗？有一天聂倩问他。这问题有时候就在嘴边，但很快便滑到别处去。她不想叫丛睿尴尬。某种程度而言，她与丛睿之间，还是有爱的。对方有难的时候，另一个人多少是个依靠。他在她面前总表现出脆弱的一面，聂倩知道这是一份信任，但她毕竟还是希望男人有男人的样子。

好容易丛睿在巴黎熟悉了环境，抱怨的话讲得少了，两个人就讨论欧洲旅游的事。她买了几本书，抽空坐在馆里看看。看到聂倩在计划欧洲之行，周太太说自己三十年前就去过日本。那时候，能去日本的是真的有钱人。周太太说，现在出国都简单了，人人都能出去，没有什么稀罕。不像以前，那出国的含金量才真的高。

聂倩不拦自己的坏心眼。她问：当年周先生去德国，你为什么不跟着去？

周太太就无话了。

快入冬的时候，有天半夜，楼道里有动静，聂倩睡得浅，披起衣服走到猫眼前看，就看到几个人在周家门口推搡。猫眼太小，一个男人的背影正对着她的一只眼球。高大，纤细。套着开衫外套，头发长得茂密。背后扛着两只大皮箱。周先生将那人往外推搡，周太太抵着防盗铁门不肯松手。哐哐的声响在楼道里震动，每个人都不肯出声，是个默剧，偏偏动静极大。

聂倩本来是不愿意搅和进这些别人家的家务事的。这么大的响动，醒来的邻居恐怕也不止她一个，可明显没有人愿意管这鸡零狗碎。

抬眼看了一下挂在客厅的钟，凌晨三点多，她打算折回书房去看书，忍下心中想要继续看热闹的念头。有时她觉得，自己一直想要克制内心十分庸俗的一面，尽量不要在别人故事的边缘看那些与自己毫不相关的事件。

正要掉转头的一瞬，就听见一声巨响，像挨了一颗炸弹，也好似爆裂了一根蒸汽管，整栋老房子的灰泥墙粉几乎要跟着这轰隆声噼啪往下掉。她只好重新凑近去看那猫眼。大约是两只行李箱朝楼下滚去，一只野兔子跳跃着，另一只紧跟。她看不到它们，只能想象它们前后左右一蹦一跳下楼的情形。高个子男人松开了手，周先生脱了力，整个人往后栽倒，上身压住了周太太，她的脑袋重重地磕在旧式防盗铁门上。

晋城的黑夜，并不如想象般漆黑一团。路面上，到处都有灯。有一些商店的外面，已经竖起了圣诞树，彩灯从树尖绵延至玻璃橱窗的上沿，花花绿绿闪烁不停。聂倩开了暖风，车里还是不够热，后视镜里，周家夫妇并排坐着，中间却隔着距离。周太太的头朝车窗偏去，像一根头重脚轻的豆芽。她头部没有出血，但昏厥了半刻，他们开出学校大门的时候她醒了，闹着回家。聂倩说，不管怎么样，还是去医院做个检查，有事没事，心里有底。

达利坐在她的身边，身上有一股青草或者染湿了的松枝的味道。她不方便看他的脸，只觉得他高、瘦、白。他穿着牛仔裤，双手放在膝盖上，身上透着湿冷，像是刚从水底浮上来的水鬼。聂倩又往后视镜里看了看，周先生直视前方，没有表情，眼睛里却有一份偏执的锐利，他的眼袋特别大，现在更往颧骨上耷拉下去。聂倩不想再看下去，收回了视线。

他们一路上都没有再说话。

自那晚开始，周太太就有意躲着聂倩，直到时间将尴尬缓缓瓦解。时间真好，越往后越显现它的力量。当她不再反抗，时间就总能想办法解决她解决不了的事情，再疼痛难忍的时刻，也都会被时间改变。终于终于，她感觉到自己正式进入退休倒计时，生命的倒计时。自打暂时性休克之后，她有了更合理的托词，去馆里的次数越来越少。不知道是不是因为觉得聂倩看过了他们身上丑陋的疤痕，她反倒在自尊受挫之余，多了一份放松，这是古怪的对立和谐。聂倩一切照旧，并没有额外打探那晚的事，这一点也让她在她心中多少可亲起来。很快的有一个叫杨乐乐的古籍刊本硕士生来馆里实习，分配给大小王，自此之后，两个男人的注意力都转移到别处了。周太太努力克制，还是忍不住用一种我还是比你清楚的语气对聂倩说：年轻就是好啊。

原是想要刺一刺聂倩，可这句话说出来，周太太倒觉得自己的嘴里泛出苦味。这些年常常觉得嘴里苦涩，上火感冒的时候，嘴里的苦味就总不消退。年纪大一点以后，对苦的忍耐度好像加深，比如吃药，药片放进嘴里，舌头也不必卷起，也不再慌慌张张找水喝，可以慢慢举杯，缓缓送下。药也喝得越来越多，这些年他们夫妇开始一起镇定地喝药，已经不再像三十多岁时有一点病就着急忙慌，现在吃多少片似乎都已经没有多大关系。

周太太举着杯子喝水，想起小时候每一次吃药都要在事后放一颗糖进嘴里。后来达利也怕苦，每次吃药后嘴里不放糖，放的是巧克力。他小时候，她常常买巧克力，巧克力是这样一种东西，如果她不能深刻地了解到他的需求，那么巧克力总不会错。这是她对他最牢固的把握。可是他现在连巧克力也不喜欢了，茶几上放着的糖果盒他一次都没有打开过。

有进口巧克力。她说。

知道了。他回答。和从前一样，她一听就听得出来他的敷衍。

达利说他不愿意继续留在德国，他们夫妇并不同意。可他已经折射出一个讯息：他的一切都将与他们无关。这她不能接受。就连逢年过节他们也不像别人的父母家人盼着孩子回家，现在不像旧时千里迢迢多有不便，只靠一根电缆就能够如在眼前，想儿子时就通通视频电话，说得最多的也是：安心在那里待着，回国干什么，来回折腾浪费钱。

那晚，当她打开那扇铁门看到达利时她就知道，一切都完了。她从来不具备掌控力，连自己都无法掌控更何谈他人。

不回去就不回去吧。她退一步想。居留权拿不到就拿不到吧，现在出国又不像从前那么难办。她安慰自己。她溯本寻源，想他们为什么坚持一定要让达利留在国外。想来想去，只有一张朦胧的镜像，只能映照出自己的脸庞。

周先生去过了，她没去过。他们都没有在那里留下来，留不下来似乎就是无能的证明，就跟他们从金辉小苑走不出去一模一样。

就这样回来了也没关系。她想，达利还年轻，还有很多的可能性。她安慰自己。她从达利的房间腾挪出来，第二天看到摆放蝴蝶标本的地方换了一个画框。画面中心描绘了一张变成果盘的脸，而果盘又是装满画布其余部分的狗的一部分。狗的头从山地上劈开，眼睛是穿过岩石的隧道。由三个拱门支撑的桥形成了狗的项圈。碗里的果实也可以看作是女人头上的卷发和狗背的一部分。女人的嘴和鼻子的尖端不仅是碗的底部，而且是穿着打扮的女性身体，坐在海滩上，背对着观众。她原想问问达利这画是要表达什么意思，转念作罢。她恐惧他的冷漠。她关上房门，把那个女人合在门缝之后，看上去——是年轻的肉体。

自己有没有年轻过呢？似乎想不起来答案了。然而年轻总好像和男人有关。她的心底有一个男人，不是周先生。很多年后，因为达利上高中的事儿他们再次有了联系。那个人说，对不起。她对那个人说，去庙里拜拜的时候我都会帮你祈福。

她明明白白知道他们记忆的体量不一样。一个人对另一个人的回忆如果多于对方对他的回忆，首先是因为记忆能力因人而异，其次是因为他们对于对方的重要性的失衡。

5

达利要请聂倩吃饭，说感谢那晚她开车送周太太去医院。聂倩站在门口，把门框撑得老开。好啊。她说。以为还是老样子，这个对面的邻居只是客套几句。达利的语气中没有诚挚，反倒是一丝尴尬戳得两人都不自在。

下午，她打开柜子，将丛睿夏天的衣物一件件拖出来，塞进压缩袋。离出行还有几个月，她却有些迫不及待，总要找点相关的事来做。

整理中间手机响了一声，点开微信，是达利的消息：

今晚怎么样？

可以。她想了想回复道。

七点，蕉叶？消息很快回了过来。

好的。事情总是径直找上她来，模模糊糊，无声无息，都赋予她人生奇特的沉重与有趣。

虽然是冬天，餐馆外院子里的桌椅前却坐满了人。达利先到了，正喝一杯水，喉结滚动，敞开的领口中露出一小节锁骨，有直峭的美感。聂倩的胸膛也凉凉的，仿佛那冰水灌进的是她的食道。

师大的边缘还剩最后一堵老墙，据说曾经也是一道城墙，旧砖石被窃得七七八八。十年前政府城市改造，学校将青砖砌上残存的夯土，沿着这道边建了小花园，树影连地，红叶满廊。花园四角都有些小餐馆和咖啡馆，是学生们谈恋爱最爱去的地方。晴天好日的时候，满园子都是花红柳绿的嘈杂声。

他们打了招呼，上菜之前还是有些尴尬。但很快他们谈到了达利的头像，那幅眼睛是穿过岩石的隧道、有卷发女人背影的画作。

不是女人。

什么？

那个卷发的背影。

那是？

那是我的背影。我把一些照片剪接拼凑，又做了图，把它们重叠调色。

那么你有很漂亮的直角肩。

谢谢。达利说。

大约是户外温度过低，饭菜很快凉了，握筷子的指尖像冰锥一样。似乎为了不让陌生的尴尬坠地，达利零零星星讲了讲这些年在国外的事，他像是解开衣襟，请聂倩伸手去他的身体里捞一捞，像是只要她把手指伸进去，就能捞出她想要的东西。聂倩这么做了，她静静听着，觉得自己的手伸入冬日的池塘里捞了一遍，掬起满手泥泞。

所以你要开始相亲了吗？吃餐后甜点时她问。

是的。我妈已经给我挑了好几个相亲的对象。

那你打算怎么办？

不怎么办。先见见。因为我不想一回

来就吵架。

那么，你和阿尔弗雷德……

真好。达利望着她的眼睛说，我觉得我们快要是朋友了。他的声音融入周遭嗡嗡的人声：我就知道，你可以理解。但那都是过去的事了……也许我们下次可以去试试烧烤。我在德国这么久，都没再吃过这东西，以前还挺想念，现在完全失去了兴趣……但我还是想去试试，看看能不能唤起我对于它的记忆。

可以。聂倩说。Anytime，Anywhere（随时随地）。

这么说让我想起了叫这个名字的一首歌。这可真不妙：哦，我会一直看着你，你所做的所有事情。我随时随地，都在附近，我会等待失败的那一刻，我会等待你失败。

你知道我不是这个意思。

我知道。

遮天蔽日的晦暗，黑压压的墙，潺潺流动的游泳馆，干涸的水泥荒原上的人。还有达利的喉结，自己的手指。高高的砖砌步行道两边夹持着凹陷的深巷，一个女人的卷发像藤蔓一样把黑夜撕裂。哦，不是一个女人。是一个男人。一个眼睛里有隧道的男人。

早晨醒来聂倩就企图抖落这个梦。不祥，阴郁，负能量。她站在自家阳台上背了半小时法语单词，这梦还是挂在脑门上。聂倩觉得这个梦有着说不出的忧伤。以往，她对于此种忧伤是不屑一顾的，因为那是别人的脆弱。

小倩，你有没有认识的朋友，合适达利的，帮忙介绍一下？久久不来上班的周太太重新站在了借书台的接缝处，前倾着问。她恐怕就是那扯开夜幕的藤蔓。聂倩想。梦是有隐喻的。

有没结婚的，可我认识的都比达利大，不合适。她回答说。

哦，周太太思忖着道，我就是觉得你跟达利好像还能说得来，说不定你给他介绍的他还能看得上。我跟他说了几个他都不愿意……

我其实跟达利也没有很熟悉……对话坑坑洼洼，聂倩不打算兜圈子。

你们不是还一起吃饭？

昨天达利说要谢谢我送你们去医院。聂倩站起来，从她的身边划过。周太太企图用鼻腔嗅出一丝额外的气味，但都是徒劳。

周太太倒也没有完全烦躁，只是觉得胸闷。金辉小苑的门洞里，昨夜碰到的是晚餐归来的儿子与聂倩。达利回国之后就没有那么放松地笑过，这种微笑带给她扑面的热浪和压迫，咄咄逼人地沸腾着。她难以入眠，仰头躺在双人床的边缘，思绪翻飞。睡眠可以摆脱与这个世界的纠缠，但是她只能这么躺着。时间久了，她都能看到房屋内部墙角的每一根棱线。周先生的呼吸已经平稳，丝毫不能够影响她的入睡，但是分居这么多年之后再躺到一起，总有种说不出的怪异。

她把脸转向他的方向，很快又转了回来。他们已经是三十年的夫妻了，这一点不可思议。他们已经有许久没有融入过彼此了。

虽然有些担心，但还是不大相信聂倩与儿子会有什么纠葛。不会有的。她想。他们差了好几岁，聂倩还结了婚。但转念又会想起聂倩的桃色绯闻，二十一岁都可以，为什么达利不可以？

这些年和达利通话，从未询问过他的

324

感情，好像每次说话的时间都有限，要争执的事情也很多，根本匀不开时间到那方面去。可当达利回来，她先想到的就是儿子成家的事。他二十七岁了，到了谈论这件事的时候了。她忽而对儿子的感情有了好奇，她想他有没有处过对象，有没有和异性发生过深层的关系。但这些显然都不是他们母子之间能够谈到的，甚至也是自己不为人知的秘密。

如果说第一次性关系决定了这个人的重要性，那么周先生就不是那个最重要的人。她得承认那个不能忘却的男人是她生命中很重要的一部分。后来他们没有在一起，之后几十年他逐渐发达了，所以他的重要性就始终没有退减多少。说起来她曾经和这样一个人物恋爱过，这是她的一点小小得意，不能为外人道，但是每当有人提到他的名字，潜在的优越感会浮上来。

那时候没人察觉他的亮度，只有她，在男人最不闪亮的时候发现了他。当然也只有在最不闪亮的时候才可以。绝大部分女性都是成熟的VC投资人，投资目标是具有基本盈利能力且具有高度成长性的男人。他就是这样的男人。上班的第二年，在有限的能力范围内，她借给他五百块钱，这些钱帮他找到了一份临时工作。她是感激他的，比他感激她的分量还要更重。是他实现了她人生中最强大、最重要、最有影响力的一面。他完成这一使命之后，她身上的光芒就熄灭了。

她不再具备任何能力，不再有影响力。多年之后，所有人都不尊重她的愿望、她的志趣，她也得不到自己所渴望的赞誉。大部分人自动忽视了她，另外一部分则对她生出了自然而然的轻视，包括她的家人。

你为什么和她一起去吃饭？她追在达利身后问。

有什么问题吗？我和谁吃饭你也要管？

你知不知道她名声不好？她原本不想这么说的，这让她觉得自己不再像一个知识分子，至少她不能在儿子面前不是。

达利没有说话，但是他转过身，让她看了一个故意的明确的充满讽刺的微笑，然后他关上了卧室的门。

你不能和她搞在一起，听到了没有？她在这扇门外振翅高呼，被周先生一句短剑生生切断：

小点声，还不够丢人？

6

四十岁时周太太忽然有一点想要信个什么宗教的想法。她不知道为什么这个念头就冒了出来。一开始她去城南的天主堂做了几次礼拜，但是她不懂那些人都在说什么。她买了一本《圣经》来看，被里面的人名搅得头晕。周先生看她看《圣经》，有时会和她讲几个故事，比如约书亚的故事、约拿的故事，她总是要把这两个人搞混。她不知道迦南是在哪里，为什么要去那里。一切看上去对她的困惑似乎都没有帮助。后来她开始去离学校两三公里的宫庙拜拜，遇上庆典有僧人会在那里唱经，她也不知道他们在唱什么，总之她就是听着心安。

她追求的是解脱，是阻止不了流失感之后唯一的选择。如果她不能阻挡流失，那么她只能接受。她最后要找一个自己最舒适的角度去接受。她看着那些人和事物哗啦啦从面前流过，而自己就在这景观房里坐着，日复一日，如不死假活的仿真植物，落了些灰褪了点色，一眼看去就不像真的，但好歹还绿着。

最先流失的是友谊。王玉静，到现在她都说那个人是她的闺蜜。和聂倩聊天的时候，她无数次提到这样的一个人。她们都是电厂职工子弟，唯一有差别的是她父亲是一个普通职工，而王玉静的父亲是一个小干部。这细微差别在小时候不大显现，她们同龄，同出同进一起读书，上的都是电厂子弟学校，小学中学零零星星在一个班里也一同待过五年之久。她学习一直很好，王玉静长得漂亮。这两种风格拥有自然的平衡。她们走在一起都带一点风。但也有不愉快的时候，比如那时候流行港片，男男女女总喜欢敞着衣服走路，她也敞着，王玉静就说，你不要这样搞，因为你身高不够，看上去有点搞笑。周太太身高不高，到现在，就算是膝关节总有不适，也还穿着高跟鞋。有很多瞬间，一些话会深入到一个人的心灵，成为她自卑感的一部分。

后来高考，周太太考了外省名校，王玉静自自然然上了一个本省大学——虽然没有周太太毕业的院校好，毕竟也不算差。更何况，不管学校的好坏，毕业之后她们又在相同的单位里碰到了。有时候周太太觉得，一个人可以看到的世界真的有限。她出生在宜井门棉花巷，念书在宜井门东二巷，现在回到宜井门南二巷。她父母在这个弹丸之地待了大半辈子，而自己的前半生，也几乎都搭了进去。

回到宜井门之后，她发现厂里的男孩子们捧着王玉静，像在捧一位公主。有一次她在食堂吃早饭，看到王玉静后面跟着十几个男人，撩了门帘走进来，带着风。周太太读大学之后，就再也不带风了。会念书的人很多，她成绩不再拔尖，但至少

那时候她的自信还没完全跌进地心，直到大一时她喜欢一个男同学，暑假前写了情书，约对方在学校北门的一个公园门口见面。她在那里站了三个多小时，男生没来。后来同班的另外一个男生来了，说我来看看你走没走。原来人人都知道周太太给"高岭之花"写了情书，甚至文采飞扬。但对方读信之后只说了句：人丑不自知。这话后来她才知道，那时候已经过了一个暑假。同宿舍的室友在聊这个的时候，她安安静静站在门外听完。后来她拎着暖壶去水房把刚打的热水倒掉，又折回锅炉房新打了一壶，回宿舍时话题已经告一段落，她自自然然把壶放好，什么都没说。之后她去找辅导员，上上下下狠磨了一番。大约她的事那个男老师也有所耳闻，他从来没问她为什么，这就是证据。最后终于换了专业，她去念自己根本没有兴趣的古生物考古学。

周太太最初念的是历史系古代史专业，后来调至考古专业下属的古生物考古学，后面三年里大部分时间学的是榆社的古生物考古，这地方曾经河湖纵横，气候炎热，草木丰茂。在这河湖之中和岸畔林区，曾栖息过大量的鱼、陆龟、各种象类，还有剑齿虎、三趾马、大唇犀、额鼻角犀、长颈鹿、祖鹿、巨驼、牛鼠和各种猪、羚羊等生物。它们死后，被水冲入河湖之中，很快被泥沙埋了起来。它们的肌肉腐烂，而坚硬部分和骨骼、牙齿等被岩石中的矿物质填充替代，从而形成了化石。化石是研究古地理、古气候和生物进化的珍贵资料和最可靠的依据，有极大科研价值。

但无论它们有多大的价值多少的意义，她都不喜欢。很多年之后，她回味过来原来她从内心里真实无比地热爱这个专业的

时候，一切都晚了。时间不留情面，所有的人生选题都是快速问答题，不会留几十年供人思考衡量。这个专业人不多，他们那一届，满打满算才十四个，出人意料的是，这些学中国古生物的家伙最后大多没有留在国内。十个漂洋过海，剩下的四个，一个成了大老板，一个身居要位，一个早死。只有她，以世俗的眼光来看，是最没出息的。因为即便是早死的那一个，毕业之后也早早成功转型成了一个律师，心肌梗塞时还在念政法大学法学院的博士。

周太太年轻时也爱文学，初中每次作文都被当作范文诵读，甚至有几次还传到别的班级。但是后来再没有人关心她，也不知她这些"辉煌"过往，更没兴趣听她细说当年。宜井门王玉静从系花变成了厂花，有几次联谊会的男男女女打算排演话剧，都说请中文系大才女王玉静编剧。周太太把亦舒的小说撂到一边，总算见识了言情小说中的众星捧月，自此再也没有尝试过融入那个圈子。

遇到周先生，周太太以为自己终于可以扳回一局。周先生当时硕士毕业留在师大，虽然没什么钱，但好歹出身书香门第。她一年内相了三四次亲，到周先生时双方的家庭背景才比较合称。周家父母都是中学教师，收入不高，她父母虽然算不上知识分子，但是电厂效益好，经济一直都算宽裕。恋爱一年之后，恰好周先生考取了德国的公费留学奖学金，申上了博士，更是让周太太扬眉吐气了一回。

实际上，人生哪有那么顺遂，周先生也不是一定非她不娶的，但如今那些故事都依随岁月流沙，盖棺定论。这社会早已经不是需要冠夫姓的社会。可是偶尔当他国外的朋友同她打招呼，称她为周太太时，她感受到了一种雅致。她接受这个称谓，它现在已经跟了她三十年。

结婚之后，周先生去了德国，留她住在娘家，当时她已经怀有达利。辞了工作，脱离了宜井门，她才觉得自己和王玉静可以联系了。或者说她嫁给周先生之后，她觉得自己可以重新和闺蜜王玉静走到一起了。她喜欢她常常来家里坐坐，陪着她在一个旧到木纹里有清不掉的泥垢的矮椅上坐着聊聊天，陪她一起择豆角，把两边的头掰断，拉出两条长长的有韧劲的丝带。王玉静来了一阵子，有一阵子不常来，周太太预产期到的那几天，她又来了，说有好消息告诉她。

是什么呢？周太太笑着，可是心里莫名发堵。王玉静穿着藕色短袖小衫，下身是一条墨绿色绉丝长裙，来的时候摇曳娉婷，像是生在湖面上的荷花。

荷花立在院子中央，那时候他们仍是好几户人家分享一个院落，晋城的城建还没有轰轰烈烈地展开，还有些百年老院好好留着。可那时候没人珍惜，反而以身处这陈旧性历史伤痕之处为耻。

我调入电视台了，王玉静说，手续刚刚办好。

去做什么呢？周太太觉得自己喉咙坚硬，和多年以后患了甲状腺增生一样，吞口唾沫都觉得难。

先做记者，然后看看能不能转做主持。

周太太动了胎气，九月九号，达利就是那天生的。

7

达利在德国一共待了九年。三年的本科，他读了五年才拿下来。五年里他有过无数次想要放弃的念头，甚至有一次，在旅行中他差点跳下了一条河。

起初，他尚存希望，希望自己重新回到国内。那时候他还在西部一个小镇读语言，一切还来得及。他常常这样想，如果，人生需要在某个时刻坚持自我，那么一定是那时候，十八岁，一切都还来得及。

镇子坐落在一座小山上，连买床被子的商店都没有。从山顶上走到山下的火车站需要半个小时，如果去大一点的城市，要倒好几趟巴士。一天中往返车辆非常有限，最后一班车是下午六点钟，如果赶不上，就只能外宿。山间很美，云雾总是浮在人的眼前。山下有大片的田野，春天秋天都是黄黄绿绿的一片。他在那里待了整整八个月，但他从未享受过这美感。

你爸爸当年只用了一年就拿下了博士，你凭什么喊苦喊累？母亲说。

我小时候我父母可没有这样管过我。如果我有你这样的机会，就不会是现在这个样子了，年轻的时候不吃一点苦怎么成？她还这么说。

傍晚之后，山村就陷入了宁静，达利总喜欢爬上山道，去山顶上看看。日落总是令人不安，无论它是绚丽抑或是贫乏。他可以看到山下的教堂，他俯瞰着它们，万物矗立，唯有他想要将自己的脚拔出土地。太阳最后的闪耀使原野生锈，地平线上再也留不下斜阳的喧嚣与自负。他拍下了很多这样的照片，存在手机里，一次也没有回头看过。那些照片全部象征着他想要死亡的瞬间，它们形成了一个结界，将他牢牢锁死在其中。要抓住这紧张而奇异的光有多难，那是个幻象，人类对黑暗的一致恐惧把它强加在空间之上。想要纵身跃入一个深渊的念头就是那时候诞生的。

困难最初来源于洁癖，他不能和室友们一同生活，他觉得他们脏。房间里到处都是蟑螂，他每个月都要灭一次，但是挡不住他们照旧把没吃完的饭放在餐桌上发酵，一周都不扔垃圾。清理公共空间似乎变成了他的责任，最初他做了这些，后来也只有他一个人在做。如果他可以忍受打开砂糖就会发现一层蚂蚁，或者蟑螂从餐桌的边缘施施然地爬过，他也就不必做。但是他不行。干净的习惯是周太太帮他养成的，从小他就懂得规整自己的东西，如果不知道，反倒好了。有时候他也这么想。因为知道脏，所以就更不能接受脏，最后的结果就是他成了一屋子人的免费佣人。

有一天他在整理冰箱时翻出一盒已经拆封半个多月的鲜牛奶，奶已经发酵，冰箱里有一股恶臭。他把牛奶放到垃圾桶旁，傍晚的时候听到一声尖叫，有一个人高喊：是谁把我的牛奶扔了！怎么可以随便扔别人的东西！这句话让达利浑身的肌肉都紧绷起来，他想缩在房间里，就像一只蚌牢牢关上自己的壳。但是那叫声不肯休止，他听到另外两个室友走了出来，都为自己做了辩解，于是质疑变成了声讨。他明白他们高声说话的理由。他明白，只有等他走出去，才能让那些音量降低。但是他仍然选择了沉默。这是一种懦弱。他一直都知道的懦弱。周太太喜欢他变成一个懦弱的人。当然她并不认为这是懦弱，而是有教养。什么是有教养呢？就是永远不要和吵闹的孩子争辩。小时候如果和邻居的谁起了争执，为着一本书或者一个游戏机什么的，周太太永远会戴上自己骄傲又平和的面容牵起他的手离开。他们不争辩。

你有你自己捍卫权利的能力。有一次他听到一个父亲在对他的孩子说。他们争着玩一台从德国买回来的遥控飞机，几个孩子扭打在了一起。那一次他只是看客，实际上后来他常常是看客。看客的同义就是边缘化。他看到那个父亲站在孩子的身后，教他的小孩用肢体夺回属于自己的权益。成年以后，纵使似乎有了自己的思想，他也无法判断哪一种教化更为合理，人的存在与发展都像是无数个偶然。

稍晚一些时候，他走出房门，向那个室友说明了理由。室友脸上写满严肃：你应该提前和我说一声，怎么可以随便扔别人的东西呢？达利解释说牛奶已经过期，但是自己确实有不当之处。他平静地、微笑着对着那个人讲话，他明白了周太太所说的教养，它的本质是忍耐与精神制胜。"我觉得你下次不要乱动别人的私人物品。"室友轻易地击碎了他努力营造的高贵。达利感觉到了一种欺辱，这之后他更加沉默，沉默着做一切因他人而产生却要因他而结尾的事件，然而这样的付出并未能够为他赢得友谊，反而使他与众人格格不入，不知道从什么时候开始，人们开始喜欢针对他。他感受到了孤独与无限孤独。

谁不孤独呢？周太太说。达利每一次听到她这么说的时候，都加深了内在的无助。从小到大，所有他不能够做到的事，她总是逼迫他去做，他满足了她的要求，按照她的意见来，然而他们从来没有成功过，一次都没有，反而失败来得迅速又凶猛。

咱们高中一定要上三中。她说。

那对于他来说是一个完全不合理的规划。他的成绩，在班里勉强排得上中等，想要去全省最好的中学，简直是痴人说梦。他母亲不止是痴，还爱梦。

没有考上三中的暑假，周太太以泪洗面。后来他们托关系上了师大附中，又强行安排进了重点班，从那时起他就开始了垫底的人生。考上大学几乎是无望的，周太太也意识到了这一点，但是没有人捅破，她对外人说，原本就是要大学在国外念的。果然如此，高中二年级开始，他们着手出国事宜，连换新房的机会也放弃了。多少年过去，周太太还把这些事挂在嘴角。

读完语言之后他去了科隆，最初选了机械制造专业，但是他完全跟不上课程，语言像是白学了一般，课堂上的内容录了音，回去也仍然听不懂。第一个学年他的主修专业课挂了两门，到第二个学年补考了三次都没有通过。至此全德范围内的机械制造专业他都没有办法再念，只能换专业。然而换专业又面临着专业匹配的问题。这时候他才意识到，他已然面临退学或者无学可上的局面。

周先生飞了一趟德国，把他从科隆带到慕尼黑。周先生的学位就是在那里拿到的，在和旧日校友几经联系之后，达利改学文学，英德双语授课。

2016年年初，他在《欧洲时报》上看到一个男生因为学业压力大而在吕根岛自杀的消息时，竟然对自己生出了鄙夷。他一无是处，甚至连自裁的勇气也没有。

那几年，母亲说她似乎得了抑郁症。他感到好笑。明明遭受这一切重创的是自己，为什么会有人说，都是因为你让我崩溃。因为迟迟不能毕业，她的同事见了面就问了又问。她以他为耻。这些话她没有明着说，但是他知道。他知道自己天分有限，即便是狠狠读书，也难得跟得上。当她在他的深夜打电话来的时候，他常常假装没有听到。好多天之后，她问他，你为什么不接电话，他会说自己在做作业。

她很想到欧洲来，做一次母子间的旅

行。但是他以各种各样的理由拒绝了。

一号楼刘阿姨家的小虎在英国留学，他带着他妈妈游玩了半个多月。

她总会提到那对母子，先是从博士楼说起。原来博士楼里都住着些什么人，现在什么人都能住进来。刘阿姨一家不过都是工勤人员，怎么也能住到这里，这里可是博士楼啊，住的满当当的都是留洋回来的教授和家眷们。又说，你看一个后勤和一个校医院的护士生出的孩子都能如何如何，你怎么就连毕业也不行？

他自惭形秽，因为在他念了五年大学终于可以毕业之际，刘阿姨的儿子已经申请到了博士学位。

最后，他母亲会说，你和你父亲是一样的冷血动物，那时候他就不让我去欧洲，现在你也不让我去。

本科毕业之前，他说想要回国，周先生周太太都坚决反对。说这么多年搞回来，就是个一般大学的本科，这让大家的脸往哪里放，更何况回来干什么呢？工作也难找。于是他咬着牙又申请了本校的硕士。这许多年了，他也已然适应了环境，或者也适应了绝望。

他从来没有谈过女朋友，初中时他曾经对一个女性有过好感，唯一的，短暂的。那时他们排一个英文短片，女孩子演爱丽丝，他演柴郡猫。他实在爱极了这个角色，想出现的时候就出现，想消失的时候就消失。出现的时候他要转到一面，露出道具服的一侧，消失的时候要转到另一面，和背景色融为一体。排练时都好好的，但是上了台他大脑里一片空白，转错了所有出现消失的瞬间。下面的人乱哄哄笑个不停。下了戏，所有人都宽慰他说反而这样带了许多意料之外的喜感，包括那个女孩子，她第一次同他说额外多的话，她说达利这个名字很有趣。还没等他回话，就看到周太太找来了。她站在小小的后台更衣室的中间，问：哪个是导演。嘈杂声渐渐沉寂，爱丽丝站了起来。

达利英文拿过全国少儿口语大赛的优秀奖，你们谁拿过，为什么不让他演主角要演一只猫？她说。

那一刻，什么都完了。

8

和阿尔弗雷德是在一次高山草甸的徒步旅行中认识的。徒步是达利唯一自我救赎的方式。在德国也并不是没有朋友，虽然经受了孤独，但他并不孤僻，甚至在外人看来，还有一点幽默。只要不和中国人密切地联系在一起，似乎就会轻松很多。至少那时候他是那么觉得的。他克服着社交障碍，除了学业之外，连课外活动也积极地参加，甚至是学校管乐团的黑管演奏者。在慕尼黑的第三年，他租了一个独居的老先生独栋房子的一层，一间自己住一间放些垫子，每周二和周四教人做瑜伽。小学四年级之前，他一直在学习芭蕾，这让他的身体很软，软得像一团海参。来学瑜伽的人并不多，收入仅仅勉强够他支付相应的房租，但是他一直在坚持，这几乎是他唯一能够放松自己的时刻。

冷中生的多年生草本植物伴生中生的多年生杂类草，在眼前密密匝匝地铺开，植物种类繁多，莎草科、禾本科以及杂类草都很丰富。脚落在这些植物上，衣摆蹭着绒须而过，达利有种落在实处的安慰。植被群落结构简单，层次不明显，生长密集，植株低矮，有时形成平坦的植毡。领队一路解释着他们能够看到的草本植物和小灌木以及下层常有的密实的藓类，形成植被的茎层。蒿草、羊茅、发草、剪股颖、珠芽蓼、马先蒿、堇菜、毛茛属、黄芪属被他们踩出一片沙沙的声响。他始终更热爱此时此刻的触感，对于母亲总是拿来说的古化石不感兴趣。

山上到处都是小动物，欧亚红松鼠和松貂偶尔可见。达利不再记得那本画着松鼠的百科全书，因为他后来有了很多本同样类型的书。他从小对生物感兴趣，他隐隐约约记得的。后来他不再敢于表现他有兴趣的一面。因为兴趣会被覆盖。周太太买了很多国外出版的书给他读。有一些一整套要一千多块钱，周太太狠狠心都买了来。每买一次，周太太都会告诉他价格，小时候他不知道她为什么要这么做，后来他猜她大概想要告诉他，我对你的爱值这么多钱。钱可以用来衡量爱吗？大概是可以的。以前会有人说，哇，你妈妈给你买这个，羡慕死了。他也会因为这些话心中腾起一点骄傲，这些虚荣是对更深层次的压力的缓解。许多套书除了有限的几本，他对剩下的并没有表现出特别的兴趣，几乎连翻也没有翻过。倒是周围的同龄人，常常来他这里看书。书被几双手翻烂了。周太太等孩子们走了就说，花了这么多钱，就是叫别人来看的，你说说你是不是糟蹋钱。

每每如此，孩子们走了之后，就是他紧张的最高峰。这还真是讽刺。孩子们来看书会带给他趋于两极的体验，这就是他为何不能放手的原因。大多数时候同学们走了之后，周太太就会叫他进屋读书。张博士和王博士家的孩子都看了什么，他也必须看。晚上还有测试。周太太举着一本书，随意地翻着，当知识点一般考着问题。他答不下来。不但周太太冷了脸，连周先生也是。重复的苛责会在晚餐期间到来，他们在餐桌上没有别的说的，只好讲他的事情作为最重要的交流。达利常常把头低下去，想要塞进面前的饭碗里。他从小胃口不佳，都是吃饭时养成的坏习惯。

下山时他不小心踩到了一块滑石，跌了一跤。这一跤让阿尔弗雷德和他成为了朋友。他帮他背了一段行囊。实际上除了尾椎骨隐隐刺疼之外，没有大碍，但是阿尔弗雷德一直帮他把行李背到了车站。他住在距离慕尼黑三十多公里的一个小镇，坐火车半个小时就可以进城。他是那个镇子上唯一的游泳教练，有生物硕士学位的游泳教练。

你的家人同意你做这个？达利问。

为什么不可以？只要我能够赚到自己生活的钱。阿尔弗雷德说。

达利很想问问他能够赚多少钱，因为他想知道赚多少钱才可以让父母对孩子的人生选择不置一词任其发展。但这些话他从来没有开口问过，他有他的教养。这个教养就是你心里再想知道别人有多少钱你都要装作不想知道。然后你就总会对对方做出估量评分直到你能够算出数额，这个魔咒才会解除。

后面他们常常相约徒步，有时候随团队，有时候就他们俩。达利也在周末坐火车去过阿尔弗雷德任教的游泳馆。那天阿尔弗雷德不在，他进城去见他的女朋友。达利走进那个室内游泳馆，发现只有三条窄窄的泳道。他在其中的一个边缘坐下来，看到泳池里几乎所有的人都在看他。他觉察到了自己的失误。这是一个小镇子，从头走到尾不超过三十分钟，首先他是一个陌生人，其次他是一个特征鲜明的外国人，这样的特征很容易被传播，第二天阿尔弗雷德上班的时候就会有人告诉他一件奇怪的事：昨天这里来了一个没有肌肉的瘦高的亚洲人。他有黑色的头发和黄色的皮肤。

游泳馆简陋寒酸，连淋浴房也只有两只龙头，他没有下水，却还是冲了一个澡。水温不是很高，他的皮肤紧缩，他身上的每一块肌肉也在紧缩。走出游泳馆时，他觉得自己蠢得可笑，他看着面前碧绿的田野，发现春天已经到来，再有几个月，他就要回到中国。他决定了，这一次他一定要回到中国。

在回程的火车上他收到了阿尔弗雷德的消息，他问达利要不要晚一点在城里见个面，那时候他会带上他的女朋友，他想要介绍他们认识。女朋友在CELINE柜台做导购，常常会接待一些中国客人，会说简单的中文。如果达利有朋友去买包，她可以给出更优惠的价格，当然也希望他多多带人来。

达利说自己很忙，没有办法见面，祝他们周末愉快。他放下手机，心脏酸涩得发疯，嫉妒和焦虑几乎要把他绞磨成肉屑。但隔几天他发信息给阿尔弗雷德，说他要买一个包给自己的母亲，一个五十多岁的女士，让他的女朋友帮着挑一款。阿尔弗雷德没有回信息。他心里紧张起来，这个紧张无比巨大，笼罩了他的世界。又过了几天，他收到阿尔弗雷德的短信，如他预测的一样，他问他是不是去过他的游泳馆。

没有。他说。你为什么这么问？

没什么。阿尔弗雷德回答。但许久之后，他说：我只是想确认一下。

两三周之后一个女孩子给达利打电话，问他还要不要CELINE包。他说要，于是他们约好时间在店里见面。那是一个健康可爱的女孩子，和他的初中同学爱丽丝竟然长得很像，有着黑黑长长的头发和蜜色肌肤。他想，他此前想象的都不对，原来她是这个模样的。她递给他一只包，说是当季的新款，比折后价格还便宜了五十欧。那只包很好看，他刷了信用卡，知道这是自己能够支付的最后一件物品。

女孩子在包装袋上用粉红色的丝带打了一个蝴蝶结，达利觉得在回国之前他只好将这个盒子供起来，不然美好的形式会被破坏。她送他出门，在尴尬的余韵中告别。

她对他说，她已经和阿尔弗雷德分手了。

他很意外，极力从女孩子的面容中拼读她剩余想要表达的内容，但她只是深深地看了他一眼。再见，她说，随即转身走进了商店。

回家的路上他努力说服自己，花两万多块钱来见这个女孩子一面不是因为别的什么，而是因为他确实很想要带一份礼物给自己的母亲。

9

冬天很快过去，第二年三月份聂倩收到了一份喜帖，请的人是丛睿。聂倩并不想去。你都不在，我又跟他们不熟，不然就包一个红包好了，婚宴就不去了。聂倩在电话里说。丛睿说小叶已经打过几次电话了，还是代跑一趟吧，也是一份情谊。

参观这种大型作假现场，算什么情谊。聂倩不满道。

婚礼办在晋城南边围湖而建的一片高

档小区里的酒店。在晚上举行，是个小众婚礼，亲友左左右右不超过五十人。新娘叶欣是丛睿的学生，毕业之后开了酒吧，是个衣食无忧的富二代。叶欣和丛睿的关系一直亦师亦友，在国内时丛睿每个月都要去酒吧一两次，他说那里自酿的啤酒味道很好。他尤其喜欢店里调制的百香果酒。

聂倩和他一起去过几次，觉得还是嘈杂，所以后来也不常去。她记得清楚，叶欣的身边一直都有一个女孩小林，外地人，调酒技术很好。她一个人在吧台上无聊闲坐时，小林总会很体贴地找她聊天，请她试试她的手艺。聂倩对叶欣没有太多好感，她打扮很中性，喜欢热闹，喜欢秀酷炫的调酒技术，喜欢网络游戏，整个人咋咋呼呼。但小林却很招她的喜欢，她长得甜美，也很沉静，和酒吧的喧嚣是两极。后来熟悉了，她对小林的好感又多了几分。小林家境不太宽裕，念书时一直都在工作，工种就是酒吧卖酒的小妹，大学念完不但还了助学金，还帮家里修了房。她个性坚韧，每天跑步，沿着城北的奥林匹亚大道往返十公里。三年来只要开店，就一定陪叶欣到打烊，大学毕业之后她们就在一起。叶欣的父母很喜欢她，还认她做了干女儿。

那么叶欣父母到底知不知道实情？

谁知道呢？丛睿说，就算知道了也不会鼓励。

春寒料峭，晋城的树都还没染绿，小区里的常青树也不怎么青。车开进去，绕了一圈也没找到办事儿的点，没有气球没有条幅没有一个张灯结彩的喜字。这一带是富人区，各种高级会所嵌在其中，都是一副不显山不露水的门脸。绕第二圈的时候正好又过大门，她看到一个瘦瘦高高的男人从计程车上下来，穿着咖色的羊绒大衣，敞开领口的衬衫。她摇下车窗喊他的名字。

达利坐上车，指挥着她开下地库。也真巧，叶欣是达利的同学，那年演爱丽丝的爱丽丝。

婚礼很简单，也挺奢华。到处是灯光，到处是鲜花。空运来的薰衣草铺遍了通道的两侧，每张桌子的中央都摆着大束玫瑰，一只巨大的摇臂摄像机在圆厅里转来转去，努力要给这场婚礼留下一些永恒的东西。所有人都被安排在仪式中，流程固定，真和假变得没有任何界限。几乎每一个人都深切知道的事实被压在美轮美奂的场面之下，爱丽丝的父母甚至流下了眼泪。

观礼结束，新人们敬过酒，达利转向聂倩。我们走吧，他说。他站了起来，在她身边半步远的距离，侧着肩看那一对新人。爱丽丝换了中式礼服，金丝线的龙凤褂，手上环佩叮当。聂倩把餐巾折好，把手机塞进包包，把外套套上，达利看着远处的觥筹交错，不知道在想些什么。

走出大厅，有两张圆桌上摆着花样繁多的西式糕点，每一个都做工精良。小林穿露肩蓝礼服，手里捧着一只翻糖蛋糕发呆，上面立着一个小人，穿着蓝色的纱裙，和她长得一模一样。

外面有点冷，你穿着这个裙子还是待在室内比较好。达利对她说。

都OK的。小林笑着，伸手撩起蓬松的裙摆，露出黑色打底裤。我穿着这个呢，你都不知道，这个是高科技的充电保暖裤，我穿着这个在室内还出汗，一点不夸张。她伸手又拿了一只蛋糕递给聂倩：这个你真的得尝尝，是我找了好几家蛋糕店耐心试出来的，翻糖的中看不中吃，这个味道却很好。

聂倩接下蛋糕，上面有一只大大的蝴蝶结，洒了糖霜还有很多细小的糖豆。我肯定舍不得吃，她说，也太好看了。

这些图都是我一个一个自己设计画出来的，小林笑着说，大胆吃，以后你要还想要我帮你在店里订购，反正酒吧里的点心我们也想换这家。

她们不再多谈，聂倩走上前去，抱了抱她的肩头道别，一只胳膊撑着，把蛋糕举得很远，生怕红色的奶油蹭到她的身上，也怕那只蝴蝶结糊成一片。

电梯下行，喧嚣和嘈杂被屏蔽，显得异常安静。电梯内的四壁有三面都是镜子，虽然只站了两个人，可显现了许多他们不同的维度。聂倩尽量不去观察那些影子，对着电梯门对达利说，我记得大概十五岁左右，刚开始有那种破洞牛仔裤，我觉得很好看，就兴冲冲地买了一条，还挺贵，花了不少钱。结果我妈却不喜欢，认为惊世骇俗，不成体统，说只有小太妹才那么穿，然后没收了那条裤子，不知道塞在哪里，我翻了好多次都没找到。大概过了十年，我研究生都毕业了，过年回家，我妈又找出来那条裤子，说我可以穿了。那时候满大街都是那种裤子，她觉得没问题了，但是我已经不想穿了，年轻时对破洞牛仔裤的热烈渴望早没了。

那就不要穿了。好歹还有不穿的自由。达利说。

他们并没有急着回家，而是开到四环之外的一个山顶上。雾霾不是很严重，可以隐约看到很多星辰。山上的风有些大，两个人都裹紧了自己身上的衣服。达利讲起了他的少年。从松鼠讲到了爱丽丝。

我没想到，她会这样结婚。达利说。叶欣以前是我们班最好看的女孩子，一直留长发，我第一次从德国回来看到她变了样子时还受了一点惊吓。你看我，我也是一个保留刻板印象的人。她从小就很有主意，那时候搞什么活动都是她带头，我小时候还是挺崇拜她的。而且那时候我们班男生应该都很喜欢她，但是她就是大家的好哥们儿。

我猜他们没有领证。聂倩从达利手里接过蛋糕，刚张嘴就觉得有点后悔，冷气灌进口腔，她干脆转身，背着风把一大块塞进嘴里。

领了。达利说。你没注意看，刚才大屏幕上放出来各种合影，还有结婚证。

聂倩吞着蛋糕，像在吞一把淤泥。

从山上下来，达利说想要看看这座城市，聂倩开着车在东南西北四个方向绕了一大圈。环形道将整座城市画地为牢，修整成了扎扎实实的四边形。他们上了一座高架，又下了一座高架，看着城市边缘稀稀落落的建筑和零零散散的工地和农田，极力地感受边缘的荒败。

念书时我们有门课，专门讲建筑的功能性。依据日照、间距、流线、使用需求，简单直接地用色块、画线的方式，在二维平面上进行粗暴又隔离的功能分区，中国满大街都是这种。因为来得快，效率高，但失去了历史和文化，也失去了边界。我有时候会怀念德国。达利说。

那里好还是这里好？

不知道。他说。居住的权力、生活的权力和不被剥夺本性的权力，我在哪里都没得到。

车驶进一片黑暗，城市扩张得太快，路灯都还没装好。丛睿在的时候，他们有时也会这么环城绕上一圈。她还记得就是在这样一片黑色的路上，丛睿问她，你爱小坂正雄吗？不爱，她说，但是我因为他喜欢我而感受到了一种被恭维的满足。

代替路灯的是荒郊野外几座孤楼上的灯火。聂倩车速不快，它们缓缓从达利的右肩划过。

我有时不是很能够同情别人的处境，因为我觉得是可以改变的，为什么不改变。聂倩说。

那是你没有真的尝到痛苦的滋味。所以我即便看到别人的可怜，也觉得自己比他们更可怜。达利说。

你不回德国去了吗？

不回了。

为什么？

过够了。

那么这里不够吗？

不知道。

过了一阵子，好像是经过了一场短暂的回忆和思考，他补充道，真的不知道。

金辉小苑最麻烦的是没有停车位，他们回去得太晚了，楼前的一排空地已经被塞得满满当当。聂倩只好往前开，紫藤花园的路面上还有一些临时停车的公共区域，她把车停在了一个花圃前面，下车时有一只狗叫了起来。

那是哈库桑。她对达利说。主人一家访日去了，现在被另外一个教授家的保姆兼差喂着，挨不了饿，就是不能出来放风。这狗关了半年的禁闭，一开始每天在小小的庭院里来回绕圈，冲着每一个在围栏前停下来的人扑冲撒娇。后来它见人也不理了，只是伏在铁门边上，伸着手进去，可以摸到它的头。小区里住着的人经常顺路去摸它。最初它还有回应，会拿爪子搭住人的手，但人总归要走，再往后它就成了一个没有感情的玩具狗，静静地躺在那里任人摸。

一只随便给点爱就能顺从你的狗。关车门时她说。

一只给多少爱都不会忠于你的狗。过了一会儿她又补充。

他们沿着长长的夜路往博士楼走，隐约可以看到更远处的一片工地，建筑材料和盖了一半的房子都堆在黑暗背后，可是也还是不够黑，他们可以看到那些钢筋水泥的骨骼。

从我有记忆开始，这里从来没有停过工。达利说。先是水塘没了，然后是小树林，接着是周边的村庄。你看，他指着脚下的路面，以前这里都是土路，我去德国之前它们就变成了这样，把自然生长的树木砍掉，盖了这些奇形怪状的东西，然后又在旁边栽上树，这样一点也不美。

可是有功能。聂倩说。

那时候我住在山上，总能想起我小的时候。从我家窗户望过去，是一片绿地，另外一面都是果园，我们经常去摘果子，吃了很多梅子。我父母总是会给果农额外多的钱，比如有一次我只不过吃了两只桃子，我妈就给了人家十块钱，可现在那些人都是千万富翁。

他们在楼梯口道别。

我可以拥抱你吗？达利忽然说。

可以。聂倩回答。

两个人在短小的平台上彼此环绕。感应灯灭了，黑暗浸润了全部。聂倩的手伸展在达利崎岖的脊梁，和她想象中一样，隔着厚重的衣物，他也仍然如此单薄。

她感受到了脖颈里他温润的沉重的呼吸。我懂。她安抚他说。大概是讲话的声音传到了屋里，周太太打开了铁门。楼道里恢复了光明，白炽灯衬得周太太脸色铁青，但是聂倩懒得答疑，她朝她笑笑，把他们都关在了身外。

10

周太太又请了病假，几乎有两个月没来上班。五月过后，她终于露面，站到了两条桌子的接缝处。你觉得这个女孩子怎么样？有时她会翻一个女孩子的朋友圈给聂倩看，都是年轻的女孩子，皮肤都很白，画着形状一致的眉毛。相似的生命体从聂倩的眼前滑过，可是她总会想起那些隐鱼。原来软弱也是一种生物值得被厌恶的理由。

还不错。聂倩说。

她觉得自己有一天大概会常常回忆起这个时段，因为她们在重复着相同的动作，一遍又一遍。每当她从书本上抬起头，就总能遇到周太太审视的目光。她不避讳她对她的研究、探索和防御。聂倩知道她重复对自己说着没有音量的台词：不许勾引达利。

金辉小苑要被拆除的消息跟着夏天一起到来。学校说这栋一九九〇年建的老楼地基不稳，有住户反映去年紫藤花园扩建的过程里，只要那边一施工，这边就会跟着晃动，三栋楼里的住户每人都收到了一份问卷调查，上面有是否同意拆除重建的意向、补偿条件以及想要在未来置换的公寓大小和户型。周太太的问卷一直塞在一份《晋城晚报》的中间，聂倩看到她总是时不时把那张正反页打印的纸抽出来看看，又插进报纸的缝隙。

报纸的社会新闻版有一块不大的消息，一个女人砍了她闺蜜的老公十几刀之后自杀。受害者和施害者皆当场死亡，砍人的原因不明。整个事件写了不到三百字，小小的一块。周太太把这一页折在报纸的中间，它的皮肤贴着问卷，像一个人的人生贴着另外一个人的人生。

28寸的行李箱始终在客厅的角落里摊着，几个月来聂倩总是断断续续整理自己的东西，她填进去，拿出来，如此多遍，像海参在不断吐出和生长内脏。每次她感到不能够坚持，就将它塞实，一次又一次放到电子秤上称重。一把黑色的雨伞被她拿了出来，距离航空公司要求的行李额度，只多了这把伞，色彩和这间房子内脏一模一样。化学系的朱博士喜欢黑色，她也喜欢，这是她最后决定要买下来这间旧房子的一个原因。更主要的是她觉得自己并没有扎根的意愿，所以不去买紫藤花园的新楼。买来了还得装修，两年后不等住进去，自己就不知道漂在何处了，为什么要费那个功夫。因为对一个房子的功能不够期待，所以她也不嫌弃。刚搬进来的时候拉开次卧的一个抽屉，露出一个长脸的留着黑色短发的姑娘相片，她把它扔进了一只黑色的垃圾袋，里面还塞着一件防雨布工作服、一双手套、几只袜子、发卡、难看的毛绒玩具。朱博士一家走得急，留下了许多他们的余韵。这房子一直是他们的，后来又变成她的了。她用酒精把所有的家具擦洗一遍，又用稀释过的84消毒液把地板拖干净，扔掉了一只巨型化妆收纳盒和一只生了锈的折叠晾衣架。

她收拾了两三天之后，打开行李箱把衣服取出来放入那家人刚刚腾出来的屉柜里，连衣橱似乎都还有他们身上的温度。她这个外来人正在取代他们，变成了他们，他们的穿衣镜，挂在墙上的钟表，以及不能随身带走的一切东西都留在这里变成她的，就是说他们与各种东西、各个地方和各种人的关系正在变成她与这些东西、地点和人的关系，同样她则在变成他们，在她与她周围的人和物的关系中取代他们的位置。当聂倩在楼道里第一次遇到周先生周太太的时候，她觉得她完成了取代的最终一步——社会关系的建立。

现在，她把自己的行李一件件从橱柜里清理出来，就像是又一次替代游戏的开始。两三年前朱博士扔东西时也是这样的心情么。她见过他两面，他身上有和丛睿一样的香水味，但是细枝末节里又有差异。丛睿身上的松木味道更清透敞亮，朱博士身上有一种黏腻，发出渗着油花的甜。她对于他的模样已经不能记忆，但对于他的女儿印象深刻，她发现那张照片之后并没有第一时间扔掉，而是拿着仔细端详了一下子，想着要不要联系原来的屋主寄还回去。但是后来她觉得那张照片并不出色，一个女孩子一定不会在意这么一张既无神态也无韵味的旧照，甚至也许都是故意丢下的，所以看过几次之后她把它自自然然扔进了垃圾袋。

前一夜，她与好久不打电话来的丛睿几乎通联了五六个小时的视讯。中间断过两次，每打一个半小时，网络就会自动断掉。她原本以为丛睿不会再打来了，可是一分钟之后电话还是响起。他们商量着什么东西要彻底扔掉，什么还要留着。丛睿的记忆力很好，对自己衣橱里的东西十分了解，位置、颜色，都不用聂倩费力找。他的衣服品质都不错，聂倩觉得扔去垃圾站可惜，都整整齐齐叠好，准备放到紫藤花园里的衣物回收站去。

她叠衣服，丛睿在电话那头发出感叹。他说他真的没有想到会是那个样子，怎么会杀人？他问聂倩叶欣现在怎样，聂倩说她怎么会知道，她又不是叶欣的朋友。你没有打电话给她吗？她问。丛睿说他打了好多次，但是电话根本没人接听。

你那时候去参加婚礼，都没觉得有什么古怪的地方？

没有。

那到底为什么？

不知道，也许是小叶提出让小林搬出去住。我不知道细节，只知道后来她们还有一些经济纠纷，小叶打算给她经济补助，而小林想要那个酒吧。

不可能的，她们感情那么好。

丛睿，我累了，聂倩说，你那里是早晨，而我现在还在半夜。

聂倩把收拾出来的丛睿的衣物装进黑色的塑料袋，又塞进纸箱。叫了快递来，打开电子快递单，输入地址。快递员说这一箱子的运费四十块，聂倩掏了钱。她把这箱子衣服捐到了一个朋友的扶贫点，虽然觉得荒唐，却想着总比扔在紫藤花园无人处理更好。至于其他人怎么善用丛睿的潮牌，那不是她考虑的事情了。

傍晚的时候，达利从次卧里走了出来，他的头发长长了，盖着他的眼睛。聂倩的行李箱已经收拾停当，她坐在那只箱子上默默地望着他，一边心不在焉地敲打着那只有点歪斜的箱子把手。她看到他走到她的身边，慢慢地蹲下，然后又坐到地上。他穿着一件黑色的亚麻西装，睡觉的时候没有脱掉，现在被压得皱皱巴巴，他哭了。聂倩拍了拍他的肩膀，他身体抖动，她看到他的眼泪喷涌而出，滑落在脖颈里，湿腻腻的，鼻涕也跟着跑出来，糊满嘴唇。可是她不觉得恶心，抽出纸巾递给他。一大早他就去殡仪馆，六点钟他敲开聂倩的门,问她要不要一起去。聂倩想也没想就拒绝了。她说她只睡了一个小时不到,太累太累。她把自己的车钥匙递给他,也忘记问他是不是有驾照。

现代社会已经很少用"寡妇"这个词汇了。但是叶欣自称寡妇,向每一个人介绍自己的新身份。有了这个称呼,她就完成了一段表演。她演给所有主动选择观看的人,但悲惨的是,寡妇这个词对于她而言,从里到外都是真的。

达利十一点左右回来,却没有回家,直接敲开了她的门。他说他想睡一会儿。大概是太疲倦,他的脸都是灰色的。他在房间里睡得安静。中间聂倩几次去看,他的脸都埋在黑色的被罩之下。他和那团黑暗融为一体,如此和谐。她将房间的遮光窗帘拉好,造就一团更加真实的浓墨。

门铃被按响了,聂倩没有站起来,达利也没有。她抚着他的肩膀,感到自己的安慰是如此薄弱。他们已在这冰冷的地砖上坐到了黄昏,可达利的眼泪却仍然奔流不止没有尽头,仿佛足足能够哭泣一个世纪。她没有劝他停下来,她想也许他想要这么哭泣很久了。

更晚一些时候,门铃又被按响,这一次对方很固执,周太太的声音在屋外响起——小倩,她说,小倩你开门,我知道你在。

达利身上的肌肉迅速蜷缩,像是不小心被外界震慑的爬虫,浑身缩成硬邦邦的一团。

不要开门。他说。

但她还是剥脱了他的手臂,走到猫眼前去察看。

屋外的人听到了她的脚步,她开始捶门,聂倩,你开开门。她说。你不能这么干事儿,懂了吧。她说。

聂倩站在猫眼前,视线像一把爪子,伸进了周太太的身体。她像是一棵弯腰的老树,头夹在两臂之间,松鼠从她的左肩跳到右肩,颤抖的鸟栖息在她的腋下,飞行的门随时都会把她的腿撞断。她看上去那么可怜。

聂倩打开了门。

11

这一年,晋城的雨水尤其多,从初春开始,每个月都会有两场连绵数日的大雨。周太太的腿一到雨天就疼,有时候疼得凶一点,有时还好。腿上有旧疾,这是她身上的刻印,一个阴暗的图腾。

大学毕业那年,她回到宜井巷,感受到了一种回归的安逸,又同时感受到了再次逃离的焦虑。从前,她总向往外部世界,等她看了一阵子外部世界,她还是要回到这个壳子里来。回来了,她才发现不适感并没有降低,她还是要出去。

后来周先生要去德国,她有一种得偿所愿的满足和兴奋,她觉得自己像是一口不断喷发的活火山,总是寂灭又点燃。那一团火来势汹汹,她几乎无法阻拦。她问他:

我可以和你一起去吗?

那时候她坐在他的身后,一辆自行车的后架上。她的手环抱着周先生的腰间,是一种不知廉耻的、绝望的捆绑。他没有回答,他骑过了百货公司,骑过了刚刚建好的沁河公园。她远远地还能够看到河流的尾巴以及绿地之上的风筝。

天空是容器,鲜血却不会倒流上去,她的腿逐渐失去了知觉。她一路都在等他的回答，等待的过程中，她也问自己这样一个问题：为什么？

她以为这个答案模模糊糊，连她自己都厘不清。可冒上来的答案竟然比她想的简单，因为那是浮上她心头的第一个答案——王玉静——她想要比她更优秀，从她可以改变的角度。

去德国是那个角度吗？她不知道，但至少是一个可以改变的角度。

快到她家的时候，他终于开了口。他说，不行，我们没有多余的钱。

我可以问我的亲戚们借……

我连我自己都顾不了……如果你来，用什么名义呢？靠什么拿到签证？

我是你的家属……

家属并不能办下来居留。你要来，就只能靠你自己的能力。

你就是不想让我去。她说。

他开始蹬得缓慢，到她家去的巷子有一条长长的上坡，以往他骑到这里，她都会从后座上跳下来。你太累了，她会说。然后他们并肩一起往上走。但是这一次她仍然扎扎实实地坐在那只窄小的、勒得她腿麻的架子上。

下来吧，我骑不动了。他说。

她假装没有听到。但他的意愿不与她相关。他从车子上下来了，她没有预料到他会这么决绝，瞬间失去了重心，整个人往后栽倒。车子也被带倒了，腿是那时候压伤的。她不会忘记他眼中的惊愕和慌张，因为那里没有一点急切与心痛。她知道了自己要嫁给一个不会为自己感到心疼的男人。

她的腿骨裂了，去医院检查时她对他坦白其实自己已经怀了孕。这是个意外，一个让双方家庭都意外的意外。可是周先生格外的意外，甚至有点气急败坏。那现在怎么办呢？他说，你这个样子还能不能治疗？尽管医生说打石膏应该对胎儿没有大的影响，他们最终还是选择不加治疗，回去慢慢养。她说她不疼，没有关系。他才慢慢顺了气。后来他们领了证，他出国时她的腿还没好完全，只送他到家门口。

你不方便就不要出来了。他说。

自己说了什么却总也想不起来，她只记得自己好像流下了眼泪。

此后的生活里，每过一阵子就也会塞进来一点意外，比如六月底，聂倩递了辞呈。周太太原想着，也许是她们之间那么一闹，对方理亏，可也不必辞掉工作。她已经马上就要退休了，聂倩大可不必这么决绝。后来才听大小王提及，原来聂倩申请到了巴黎的一所大学的博士项目。周太太以为自己早已无所谓了，然而心头还是一堵。她回想过去的一整年，有了原来如此的答案。那时候她每次走到聂倩的对面，她的眼睛总埋在书上，头都不愿意抬起来，原来是在干这个。她总是以为，聂倩顶多不过是要仰仗丛睿，去那边陪读一阵子。太太们都是这样的，就算现在男女平等，学院里也多的是这种例子。

她讨厌聂倩，她不愿意承认但必须承认——并不仅仅因为达利。她自己活得够久了，很快就能辨识到一个人的根本，她讨厌所有这一类型的女人，从王玉静到聂倩。可生活从来不肯放过她，叫她总是躲在一个阴暗的苦难的角落一直观察另外一个人。可是那些个人从来没有在意过她。

她最讨厌的就是那一份不在意。

没有可比性的不在意。

只不过那天，当她闯进这个邻居的客厅，她从聂倩的眼睛里第一次看到了一丝关切，真实的，诚恳的。那时候她丝毫没有在意这一份关切，而是对自己的儿子产生了深深的厌恶。他蜷缩在角落，流出痛心疾首只有电视上才会看到的深情的眼泪。这让她瞧不起，觉得他是一个懦弱的可怜虫。多少年以来，她都不愿意承认自己的儿子是一个懦弱的人，和她一样懦弱的人。她甚至希望他可以像周先生一样表现得冷酷，但仔细一想，周先生也是一个懦弱的人，他们一家三口都是，然而每一个，都不愿意面对自己是可怜虫的现实。

她在达利这个可怜虫面前也流下了眼泪，她一边捶打他一边嚎啕：你至少知道，不能和结了婚的人搞在一起。我教育出来的你怎么会是这副模样？

是吗？

周太太听到聂倩的声音从头顶传来，和她想象过的许多次的一模一样，冷酷、傲慢、狠辣。她在她头顶上说：至少你应该要知道，达利，让你妈妈知道，如果不是今天，你还有什么机会？

我不要知道！周太太说，她说得很快，像是身体的本能反应，她拥有了巨大的力量，把达利从地上拎起来，像一只雌鸟把雏鸟叼回鸟巢。她忽然发现她不能够知道，不管是什么，她都不能知道。

入夏气温升上来之后，整个校园都散发着勃勃生机。可这一切似乎并没有延伸到金辉小苑。和达利在楼道里也碰到过两次，他让聂倩想起了一种治愈修复树木伤疤的方法：每年五月，待树木津液生长最旺的季节时，在树疤左右边缘处的树皮上，用刀竖向分别直划一刀，使树皮内渗出的津液向外流，第二年的五月份在疤痕两侧第一刀的内侧，再重复上述动作，分别再竖划第二刀，疤痕两侧的津液就会由刀口涌出，再向凹陷的疤痕中间渗流，流入的津液就会在疤痕中生长发育成树皮向内延伸，如此每年的五月份重复上述切刀技术，直至树皮将疤痕覆盖完毕，即将树干复原。

她不知道达利被划了几刀，但现在他看上去没有伤口，是一个滑溜溜的人，离那个傍晚很远很远。祝贺你。他说。谢谢。聂倩回答。

出国前事务繁多，从未失眠的聂倩忽然夜里睡不着了，每每这时她就在外面走走。周太太曾经说起周先生睡不着的时候会沿着曾经的池塘和小树林那一片地走一走。其实那么走的人不止周先生一个。这个校园里，有不少半夜出去走一走的人，大家走到不同的独属于自己的领域去，互不干扰，独自排遣。聂倩下楼，走到了那片池塘上。现在那上面泊着许多机动车辆，像曾经泊在池塘上的浮萍。柏油马路两边是夜灯，安安静静地把光打在池面，红的，蓝的，黑的，白的。她想起达利对自己描述的池塘果林田野，发觉自己的感知能力很差。她在车辆与车辆中穿梭，又记起曾经看过的一个灵媒节目，一个通灵者只要走过一辆车，就可以感应到这个人的生活，巨细无靡。多么神奇的技能。丛睿说这一切也许只是一个心理游戏，通过外部观察来监测内部活动。当她走过这些车辆时，她感到没有余力，没有观察他人生活的余力。

风刮来，哗哗哗哗，网球场四周的树叶翻动，像一把裁纸刀裁开纸张。它裁得很快，在阴影和光明之间，打开一扇又一扇灰色的空白。叶子翻动，并不整齐，像是书口被裁得毛毛刺刺的露着纸纤维，散开来的细小而弯曲的纸屑偶尔落下。还没有到秋天，一切都迫不及待地往下一个场景转化。触觉、听觉、视觉，聂倩觉得自己像在密林中前进。绕过一座白色的山峰时她看到另外一个人也和她一起在这些车辆中穿梭，他虽然没有达利高，但是背影还算笔直。

在停车场遇到周先生并不意外，毕竟这不是他们第一次走进这片池塘。

恕我冒犯，你在和达利恋爱吗？他们走到池塘边缘，绕过网球场沿着马路往图书馆方向走去时，周先生问。

没有。

据我所知……

您知道的大概都是白老师说的。她对我们有点误会。

那我可以知道你们现在的关系是什么吗？我指的是姐弟、朋友，还是邻居？

大概哪一种都不是。我是达利的一个工具人。

什么是工具人？

可以被当作工具来用的人。

什么工具？

有杀伤力的工具，但是杀伤力又不太强。一把没上膛的手枪，一支没有矢的箭，剂量不够的安眠药，只会痛但死不了的毒药，不够结实的上吊用的绳索，有点钝划不破动脉的刀片。诸如此类。

用来杀谁呢？

我想您大概知道。

他们走到了图书馆那个黑洞洞的入口，不约而同地折返。

听说你的叔叔是聂书记？

是的。

你当时的工作是他安排的？

不止我的，丛睿的也是。

你很幸运。

是的，我很幸运。几乎没有困难。

那么我不知道能不能请求你一件事？

跟我叔叔有关吗？

对。

应该不会有用的，她说，他明年就退休了。

这我知道，周先生说，但是事在人为。

为了达利？

对。

对您来说，只要为了，就会有结果吗？

当然不是。他笑了。我这一生，不知道尽力做过多少没有成功的事。我总是被某种东西驱赶，去做这个去做那个，但几乎无一成功。有一年，我甚至还想着开公司做个生意。

达利并不想这样生活。

没人想这样生活。我们大部分人不具备随心所欲生活的能力。

12

丛睿一直以为聂倩不过是去探亲两周。后来她跟他说要过去，不是一年两年，也许是很多年，是一辈子。丛睿对她的决定非常不赞同，他说她过于冲动。

聂倩懒得争辩，只淡淡告知他自己会辞职并且卖掉房子，如果他不愿意配合，她也可以和平分手。他没有立刻回答，她知道他还在衡量。丛睿的人生和她衔接在一起，是非常顺遂的。他需要好好考虑究竟是不是要继续顺遂。

为什么要告诉我你的真实？参加婚礼的那晚，坐在漆黑的山头，达利曾经这么问她。

因为，你告诉我了真实。而我对你而言几乎是个陌生人。

所以你觉得少数的我们可以辨析彼此吗？

是的。不然你为什么要告诉我？

那么你先生呢？

小时候坐在自行车后座，却发生了追尾事故，从此成为只剩一只环的青花花鸟哥釉双耳花瓶……所以他和一个 Asexuality（无性向）是最好的伙伴。

最好的伙伴。达利重复，我没有你幸运。

如果你需要，Anywhere, Anytime。

Anywhere, Anytime.

另外，这不是幸运。

嗯，这当然不是。

金辉小苑的房子虽然是老房子，但转手很快，刚把消息散出去，就有两个本校的年轻老师要来看房。一个是数学系的，一个是哲学系的，一个三十多岁，一个四十多岁，都未婚未育。巧的是，数学系博士也是在慕尼黑拿的学位，看房子时碰到了对面的达利，两个人互相觉得眼熟。数学博士对原来打进墙体的书橱感到不满，认为既不好拆也不美观，问可不可以便宜两千块。聂倩说大家都再考虑考虑。后来他们从书房出来，他忽然像是想起什么一样，啊了一声。聂倩问他什么事，他犹豫了一下，笑笑，硬是把话头扭到厨卫的问题上去。聂倩知道他原本不是要说这个，但也不再勉强。

房子最后还是转手给了数学博士，哲学博士需要贷款，聂倩觉得麻烦。她价钱要得不高，搬来之后因为几乎没有置物，过着极简生活，所以环境很清爽，新住户也根本无需重新打理。她和一百公斤的数学博士一起去银行转账，填好单子，等待业务员出单时，数学博士云淡风轻地对聂倩说：

你对门的那个人在留学圈里挺有名。我记得他弄过一个瑜伽馆，后来被另一个中国留学生举报，查出来是无证经营，告上法庭。再后来听说他聘了律师，说自己只是交流学习，并不是营利性质，官司打了两年，花了不少钱。好在律师是德国人，又是他朋友，这才险险脱身。但这个还不是他最出名的地方。

那是因为什么？

因为去的都是男人。

什么？他语速很快，声音又低，聂倩本能地又问了一句。

因为去瑜伽馆的都是男人。那个人觉得她完全 get 到了自己句子的精髓，于是又洋洋得意地加重了语气。

他猥琐地笑着，黑色的阿迪达斯 T 恤的下部隆起。不过才三十多岁，他就已经成了一个油腻的男人且无回旋余地。聂倩觉得学历不能够解决的问题实在太多，比如一个人的品格。

聂倩走了以后，古籍馆里又来了新人，年纪四十上下，从公共基础馆里调来的。周太太没有再费心经营，算一算，再有一年半就可以退休了，干什么都多此一举。她觉得自己身边充斥着神来之笔，王玉静、朱博士、聂倩，还有那所有从博士楼搬出去的人，每一个都鬼鬼祟祟在下面干了好多事，而她从头到尾都没有一双善于发现的眼睛。

至于那晚，聂倩想让她知道什么，这问题总是和博士楼外墙上的爬山虎一样，从肩颈攀爬上来。每每如此，她总会坚决地扯下它们，踩在脚底。她心里明白，无论是什么，她都不能知道。以往的一切不都是这么模模糊糊就过去了么？她的人生从未清晰过。这没什么大不了的。

她不再与达利谈及回到德国的话题，而是一个接一个帮达利安排相亲。新介绍的女孩是计算机科学系主任带的一个研究生，土生土长的晋城人，父母都是中学老师。达利嘴上答应了，却也没去。

你喜欢什么样的？聂倩那样的吗？有一天她忍不住问。

儿子罕见地没有冷脸，而是叹了口气，说，我记得那片树林里的松鼠。

什么？她没有顺应他跳跃的思绪，茫然发问。

达利张了张口，却不知道从哪里说起。他想说他记得她时常挂在嘴边的松鼠与池塘，那些他的记忆都是他人生为数不多的高峰体验，和现在截然不同。但他觉得她不会明白。

没什么。后来他说。就是聂倩那种的。他看向自己的母亲，在她的面庞上找到了自己期待的不满与失落。

他开了家瑜伽工作室，生意不太好，来的人不很多，托叶欣找了两个本地网红友情宣传，也到处打团购广告，虽然渐渐有了一点起色，还是入不敷出。后来叶欣的另一个朋友想要开舞蹈工作室，看到工作室的装修很符合她的要求，就问能不能转给她，省得自己再操心。达利犹豫了一下，还是同意了，前前后后也就四五个月的时间。

最后一晚只来了一个学员，她躺在地下跟着达利的声音冥想放松，从脚底一直放松到头顶，很快她就睡着了。她有一点胖，打了呼噜，睡得很好，达利不忍吵醒她。他走到窗前，关好支出去的一扇，对着对面静静凝望。工作室装修的那阵子，每到晚上六点，工人收工走掉，达利都会站在夕阳余晖浸泡的窗前，看看眼前的景致。整个城市都像是放了两百年的铁胆墨水画，被酸性腐蚀了，发出一种昏黄，露出不均衡的破碎的洞口。晋城最不缺的就是工地，他站在玻璃窗前，感到了一种平静。这种意外的平静偶尔让他回想起十八岁登上的山顶，那里有一个堡垒，但不是他的。现在他似乎有了一个自己的堡垒，但也不是那么肯定。

他带着聂倩来看过一次，那时候镜面还没有装好，一切都显得更加的空旷萧条。甚至连窗户都是坏的。他说他决定开一家瑜伽工作室，聂倩说，都到了这个年纪，做什么思量清楚就好，不必想前想后。她还说人最不能够亏欠的不是他人，而是自己。

工作室租的场地在大学城东边的这栋叫摩尔大厦的新建筑。一楼是各种咖啡馆和新式餐馆，二楼是服装饰品店，三楼是网吧和桌游吧以及电玩区，四楼是美容会所。五楼有一部分是一个小艺术影院。另外一部分就是这里。

旁边是小影院，不会吵吗？

不会，他们有隔音防护。

这面玻璃不错。聂倩说。她站在整面的落地窗前。看着还没有盖起高楼的那片土地。大概也是因为没有建筑的丛林，所以这块地看上去有一点荒凉，却通透无比。

就是那边，以前有一大片树林，还可以看到松鼠。他指着学校的方向。夕阳从他的指尖滑了下去。它们都四肢强健，趾有锐爪，爪端呈钩状，尾毛密长而且蓬松，四肢及前后足较长，但前肢比后肢短。它们跑得可真快……一转眼就跳到枝叶里，怎么着都找不着。

你有钱吗？她看着日落，过了一小会

儿问。

有一点。剩下的叶欣说她来投资。

你有资格证吗？

没有。瑜伽证书从来都没有国家认证、教育部认证、体育局认证、劳动部认证这些说法。

会有学员来吗？

不知道。

你妈妈会同意吗？

大概不会。她正在想办法给我在学校里找个工作。

也许你可以兼职。

不。他说。

我觉得你妈妈会误会。

误会什么？

误会我们……

如果我说我就是想要让她误会呢？他转过身，看着她。

她觉得他很可怜。而自己被当作一柄投掷出去的矛也未必有那么令人不快。

你知道海参？过了一会儿，不知道为什么，他对她说。也许为了打破寂静，也许只是想要单纯地卖弄一下知识。

知道。聂倩仍然望着窗外，并没有移开自己的视线。

这是一种很恶心的生物。

为什么？

因为它不知道怎么保护自己。

比如？

比如它们常常成为隐鱼的寄宿的对象。那些鱼会从海参的肛门里钻进它的身体，住在里面。

听上去就让人感到不适。

这还不是最恶心的。他说。它们钻进它的身体，会把它的内脏当成食物，它们吃掉它的所有内在器官，甚至是生殖腺。

那么海参不会死吗？

这就是最令我恶心的部分了。它不会死，它会再生。也就是说，被吃掉的部分会重新再长出来，一遍一遍。

所以它们总是在忍耐被吃的痛苦。

是。所以也有一些想要反抗的海参。

怎么反抗？

它们在肛门的地方长出一些钙质凸起物，你可以简单地把它们想象成牙齿。它们很像是科幻电影里的那种舱门。

它们长这个就是为了把隐鱼赶走吗？

对。可仍然是个蠢办法。它们不会永远紧闭肛门，所以当它们不小心放松的时候，隐鱼还是会钻进去。而遇到外在的别的威胁，它们又会把自己的内脏吐出去，期望吓倒进攻的敌人——用一种自残的方式。虽然听起来损伤很大，可是它们只要短短几周就可以把失去的器官再次生出来。

久而久之就习惯了吧。

可是，也许海参永远也追不到姑娘了，毕竟它已经自动丢弃了自己的生殖腺。

最后一个会员醒来了，她说她是被冻醒的，她说自己很容易感冒，不能着凉，言下有点抱怨，怨达利没有及时叫醒她。

达利想，自己的失败一直都是同一种源自温柔的软弱。他觉得没有比海参更像自己的生物了。

阿尔弗雷德后来发过这样的消息：我知道你来找过我，我知道那个来游泳馆的亚洲人就是你。我思考了很久，我什么都想不清楚，但我知道我想念你。

我想你大概是误解了，达利回复说，我确实撒了谎，但是我只是很好奇你能够在那个游泳馆赚多少钱，多少钱才可以让一个生物系硕士去那里工作，我只是想知道你的父母为什么可以同意、原谅。对不起，这是我没有办法说出口的好奇。

他没有再收到回信。

他不知道这辈子他还有没有机会，有没有能力说出真实的话，可是这些话梗在他的喉咙里，梗得越久，它们肿得越大。那天他去参加葬礼，叶欣哭得很可怜。他难得觉得谁可怜，可是他觉得她很可怜，比自己可怜。他从那个群里退了出来，出了这样的事，群组里退出了几个人，一点也不显眼，之后还会有新的人加入进来，人们像做一个糟糕的城市规划一样，劈掉自己的左膀右臂，装出闪光的义肢，在流光溢彩的世界遨游。

参加完葬礼，他在聂倩家睡了一大觉，梦里他看到了十八岁的山巅，他没有哭，他知道一切就那样过去了，他看到了树林和松鼠，看到了鱼、陆龟、各种象类、剑齿虎、三趾马、大唇犀、额鼻角犀、长颈鹿、付鹿、巨驼、牛鼠和各种猪、羚羊。它们的肌肉腐烂，泥巴一样糊在被抽干的池塘底下，发出阵阵恶臭。他看到了一个女孩把 CELINE 包递给他，对他说，去吧，我想你不用怕，因为我们都知道为什么。因为我们都能识别爱，这是我们最后最后的本能。这就是你花三千多欧从我这里买到的你想要听的答案。

后来他醒了，他发现自己在做梦。多么好的一个梦。如果可以，他愿意被束缚在梦境中，不要醒来。

星 光

王 凯

> **授奖词**
>
> 无论书写怎样的情景,王凯都仿佛天然地免于一本正经,处处有着轻微的谐谑调性,不紧不慢地呈现着人心暗处的卑微和无助,却又因为对卑微和无助的认知与反省,掘发出人性更深处某些干净明亮的地方,从黑夜中传递出些微澄澈的星光,为人赢回了一点踏实的尊严。(黄德海)

1

收到刘宝平的短信之前,整个世界和37路公交车都运行正常。这个闷热无风的周日午后,古玉站在车厢后门处的一个天蓝色空座边上,看着车流两岸无尽的楼宇和行人。车声涌动,乘客稀少,他是唯一站着的那个人。

他每次都站着,哪怕车上空无一人。这看上去有点傻,却让他感觉轻松。两年前刚从肋巴滩调到雍城那几个月,他也曾在公交车和地铁上坐过几回,不过很快就不坐了。坐着令他紧张。每到一站,他都忍不住望向车门,仔细甄别刚挤上来的乘客,然后飞快地评估自己是否应当起身让座。那些形形色色的陌生人与他毫无干系,他却莫名其妙地认为自己对他们负有某种责任,并为此瞪大眼睛绷紧身体,像个紧盯着显示器的雷达操纵员,生怕漏掉了重要的空情而被送上军事法庭。

他总结过，公交车上真正需要让座的乘客微乎其微：要么老得走不动路，要么小得还不会走路，要么就是身怀六甲不方便走路。问题是大多数时候，其间的界限并不清晰。有一回他把座位让给一个抱着爸爸大腿不停往地板上出溜的小男孩，不料他才起身，小家伙却冲他做个鬼脸，嘻嘻笑着跑去了车厢另一头，等他回过神来，位子已经被别人占了。更难判断的是那些刷老年卡的乘客，他们看上去压根儿没有六十五岁，常常担纲车厢骂战的主角，火力全开时中气十足口沫横飞，词汇粗鄙而丰富，弄得众人纷纷闪避，丝毫看不出需要让座的迹象。为了舒缓乘车时的紧张情绪，古玉也学着和别人一样靠在椅背上闭目养神，讨厌的是眼皮总在剧烈抖动，那种感觉类似见死不救，而自己正在无可救药地迅速堕落。最后一次是在地铁二号线上，他还没来得及从刚挤上来的一堆乘客中发现合适的让座对象，身边一位瘦小的阿姨已然起身去招呼一个穿裙子的姑娘了。来来，坐这儿。几个月了？她们微笑地攀谈着，让呆坐一旁的古玉深感沮丧。他怎么就没看出来那是个孕妇呢？问题是孕妇难道不应该挺着大肚子，体重一百六十斤才对吗？这失误造成的挫败感很长时间挥之不去。虽然那天他穿着优衣库买来的T恤和短裤，没人知道他是个三十二岁的空军上尉。

那次以后，他再也没在公交或地铁上坐过。他宁愿站着。站他不怕。十八岁上军校的第一课就是站军姿。最长一次他站过三个钟头，那是因为内务检查时他们忘了擦灯管而丢掉了流动红旗，班长盛怒之下对他们的惩罚。班长在他们身后走来走去，不时用膝盖顶他们的腿弯，或者冷不丁地去拽他们的袖子，看他们双腿是否用力绷直，手臂是否紧贴裤缝。那一回全班九个人站晕了两个，站吐了一个。每个晕倒的同学需要两个人搀扶回宿舍，呕吐的同学也需要有一个人陪同，最后只有古玉一个人从头站到了尾。他和班长大眼瞪小眼，至今回想起来都很可笑。那时候他的两条腿肌肉结实皮肤光滑，不像现在，右膝到屁股一线多了十几处白色的疤痕，总会在阴雨天开始作祟。所以只要站着，就不用再去考虑让座的问题，就不会让自己那么紧张。雍城总是让他紧张。即使现在陪着冯诗柔上街，他依然感到紧张。尤其是在商场，一进去便会面红耳赤胸闷气短，额头和掌心不停出汗。去商场是为了陪冯诗柔，他不好不去，但公交车上他可以不坐。你干吗呀？起初冯诗柔会奇怪地瞅着他，为什么不坐？这个问题的答案过于庸人自扰，连古玉自己都想不好该怎么回答。他只能笑着摇头，告诉冯诗柔他不坐，他真的不坐，他就是喜欢站着。

不过今天情况有点特殊。连续三个星期，他都被马处长摁在仓库搞方案。一个联合火力演习弹药保障方案。一个仓库实战化训练方案。一个野外驻训组织实施方案。这个周末本来也得加班，战区空军保障部李部长下周四要带工作组来仓库检查工作，马处长想尽快把汇报材料弄出来。意外的是周六下午，他突然开恩把古玉放走了。

我差点忘了，六月十九号你还要去西藏押运，也没几天时间了。马处长翻了翻台历，汇报材料先放一放，李部长周四到，时间还来得及。你先回趟家，也有日子没见小冯了吧？

没事的处长。古玉习惯性地客气着，

去西藏押运也没啥，也就是地方远点海拔高点，半个月差不多也就回来了。

你没明白我的意思。不是远不远的问题，而是能不能完成多样化保障任务的问题。仓库组建几十年都从来没往西藏押运过火工品，现在让我们去，这说明什么？说明这是一个全新的考验，机关和部队也在看我们能不能经得起这个考验！否则就那十几发弹，我叫保管队去两个人押运不就完了，还要你一个副营职参谋带队干啥？马处长瞅古玉一眼，行了，听我的，你先回去。你和小冯上个月不才刚领证吗？小两口总不见也不对……回去吧，材料周一再说！

古玉没再客气。在马处长手底下干了两年，听得出他是认真的。加上最近两天，右膝上方又开始发胀。凭他八年来的经验，这种特殊的酸胀感——让古玉想到缓慢生锈的金属——正在提醒他空气湿度过大，而他也在办公室坐得太久，确实需要休整一下了。

昨晚回来见到冯诗柔，免不了有些用力过猛，早上醒来右腿酸胀得厉害，下床都有些吃力。上午陪冯诗柔逛街时，右腿感觉像是粗了一圈，他不得不经常停下来用力甩腿。你咋了？没事啊。噢，我以为你等不及了。没有没有。那就好，我再试试这条。整个上午冯诗柔都在试裤子。大批裤子破洞的姑娘在街头出没，冯诗柔不能没有。他们走了两条街上的好几家商场，试了能有十五条裤子，那些裤子的颜色、材质、版型、长短、价格，以及洞的位置、面积和破损程度令冯诗柔犹豫不决。好看吗？挺好的。比刚才那条咋样？都挺好的。古玉每次都这么回答，虽然他认为那些紧身牛仔裤并不适合身材略显矮胖的冯诗柔。

快到饭点了，他们才走了很长的路回到最初去过的那家商场，买了最初试过的那条裤子。当然是在冯诗柔的带领下，不然古玉不可能找得到。调到雍城两年了，古玉依然会在商场里迷路。这不奇怪。城市缺乏能见度，比一望无际的戈壁滩更难辨别方向。

买完裤子，他们去了一家网红泰国菜馆。他们前面排了十一桌。认识冯诗柔之前，古玉从来没为吃饭等过位。排队上厕所是因为没办法，排队吃饭又是为了什么呢？肋巴滩不存在这种事。就像那里不存在雾霾、噪音和交通堵塞一样。可冯诗柔想吃，那就吃好了。他们坐在餐厅门口的条凳上各自埋头玩了四十分钟手机，身边弥漫着一股塑料烧着了的怪味儿。进去坐下以后才知道，那怪味来自一种漂浮着黄色泡沫的汤。每上一道菜，冯诗柔照例会先拍照，她的朋友圈需要这些照片。她还让古玉给她拍。把我脸拍这么大，你能不能走点儿心啊？和从前一样，古玉拍出来的没有一张能让她满意。算了算了，还是我自己拍吧！古玉如蒙大赦，赶紧把手机还给冯诗柔。

后来古玉回想起这一幕时，记得最清楚的是餐厅墙壁上的各种交通标志，以及服务员的东北口音。按照冯诗柔的计划，午饭后他们会去看电影。她要穿大家都在穿的破洞牛仔裤，也想看大家都在谈论的爱情片。古玉一直认为，爱情片和科幻片应该归入一类，因为它们描述的东西并不存在，当然，他不会发表这种愚蠢的意见。接下来，他们将去吃位于雍城最高建筑顶层的一家网红下午茶，里面有漂亮的蛋糕、餐具和外国服务生，冯诗柔已经念叨了好几个星期。古玉清楚那地方会很贵，而且自己会浑身不自在，他更想找个地方吃一颗白水煮羊头。至于晚上干什么，冯诗柔还没想好，好在马处长已经替他们想好了——午饭才吃到一半，古玉就接到了马处长的电话。

在什么位置？机关刚来电话，说李部长的日程提前到周二上午了。马处长的声音带着一丝皱褶，本来不想叫你的，宁主任一个劲催着要汇报材料，你现在能赶回来吗？

当然没问题。在这个湿热黏腻又生死攸关的夏天，没什么比马处长的召唤更重要的了。冯诗柔的脸本已沉了下来，听古玉提到马处长，表情又和缓了些。行吧，你去吧，咱俩的事还得靠人家呢。这让古玉有些内疚。从认识到结婚这半年里，两个人在一起的时间不超过十个周末。每次见面之间相距很长时间，仿佛横亘着一条接一条的路面减速带，刚加速就得制动，让古玉无法感受到想象中应有的速度与激情。按他的想法，以这样的交往频率，两年以后再结婚应该是适宜的，可冯诗柔却表现得很热情。咱们结婚吧，我想结婚了。她说，还需要等什么吗？古玉没想出还要等什么，所以他们就去领了证。冯诗柔是医科大学的硕士、肿瘤医院疼痛科的医生，人家愿意嫁给他，已经远超他的人生预算，他不能得了便宜还卖乖。领结婚证那天，他只请了一个上午的假。从婚姻登记处出来，两人吃了点粥，古玉就回仓库去了。这无疑是场成本低廉的恋爱，如果他是冯诗柔，恐怕都不会看上自己，可冯诗柔几乎没有抱怨过。除了幸运，他找不出别的解释。离开时，他提前结了账，又给冯诗柔微信里转了一千块钱。除此之外，他还能做什么呢？他怎么可能知道，这会是自己和冯诗柔共进的最后一次午餐呢？

车又停一站，下去几个人，又上来了几个人。一个头发乱糟糟，T恤卷到胸口的小伙子走过来，看了一眼古玉，像是嫌他挡住了座位。古玉赶紧往边上挪一步，小伙子一屁股坐下，又伸手拉开窗玻璃，一股热风顿时涌了进来，而37路本来是趟空调车。小伙子接着从裤兜里摸出根烟，点上抽了起来，灰色烟雾笼住了古玉的脸。二手烟果然很难闻，远不如自己抽着感觉好。

古玉只好又往边上挪了一步。这个时候，掌中的手机兀地震了一下。他拿起来看一眼，屏幕上出现的名字令他心脏紧跟着猛震一下。像是在机场上突然听到了消防车的尖叫。机场上每个人都知道消防车鸣笛意味着什么，而这个名字只有他才知道意味着什么。这个名字像是铁箱子上陈旧的标签，里面装满了破损的回忆、流血的伤口、泄露的隐秘和意外的死亡。

刘宝平

刘 宝 平

刘 宝 平

刘 宝 平

他瞬间预感到了危险。盯着屏幕上的短信通知，迟疑着不敢点开查看。他居然被刘宝平整怕了！每次想到这个名字，古玉都会立刻喝止自己。起码一年没有刘宝平的音信，他常常认为自己已经把这家伙忘掉了，至少在理论上，他是应该把他忘掉的。然而此刻，那张圆鼓鼓的脸却非常3D地从脑海中浮现出来，竟然还在冲着他笑。我是宝平啊连长。滚蛋，谁是你连长！然而回忆永远单向输出，刘宝平听不到。记忆中的刘宝平正像一只企图打开铁笼的野猪，背后有无数青面獠牙的往事正在互相推搡着想要冲出来把古玉撕得粉碎。

他似乎听到司机在前面喊了句什么，一时间却理解不了。脑袋像是高速运转的飞机发动机瞬间吸入异物，把原本坚固齐整的涡轮叶片打得稀烂。过了五分钟，要不就是五秒钟，他的意识才渐渐恢复。车上不许抽烟！司机在前面喊。显然，说的正是坐在他旁边的小伙子。但对方塞着耳机，正伸手把烟灰弹向窗外。而风又生气地把烟灰吹回车厢，有一些飞到了古玉黑色的T恤上。他抖了抖衣服，伸手去拍小伙的肩膀。

司机师傅喊你呢。古玉等小伙子转过头摘下一只耳机才说，车上不能抽烟的，赶紧掐了吧。

跟你有毛关系？小伙子可能受了冒犯，瞪起了眼，你算是干啥的？

我就是替人家司机师傅传个话。古玉赔着一点笑脸，公共场所抽烟总归不对，你说是不是？

司机是你爹啊？小伙重新塞上耳机，管闲事！

心猛跳起来，而脸也刷地热了。就在小伙子即将转回头的瞬间，古玉一把从他唇间揪出半截烟卷丢出了车窗。车窗抛物是不对的，可扔在车里似乎也不妥。小伙子腾地站起来，准确地说还没站起来，脖子已经被古玉扼住了，右手在这根汗腻腻的脖颈上稍微打了打滑。按照"捕俘拳"的套路，这个动作叫作锁喉。在肋巴滩场站警卫连，这是人人都要熟练掌握的基本战术动作。古玉认为自己并没使太大的劲，却也足够让小伙屁股悬空，上半身后仰着抵在椅背上动弹不得。这么僵持了几秒，小伙子终于放开双手举过了肩膀。

古玉松开手，小伙子一屁股滑回座位，俯下身剧烈地咳嗽起来。不会有第二回合了，古玉想。他似乎从来没这么干过。哦不，也不全是。很久以前，他也掐过刘宝平的脖子。心跳得很厉害，后背一阵阵发凉。为什么要动手呢？他问自己。他一时间也想不明白。要不就是刘宝平的短信闹的。他可能把面前这个小伙子当成了刘宝平。

2

周日下午的办公楼和古玉的脑袋一样空空荡荡。仓库领导和机关干部的家大都安在雍城市区，他们一般会在周五下午坐班车回去，周一早上再回来上班。唯一例外的是马处长。马处长属于纯种的办公室动物，基本生活习性就是在饭堂觅食，在办公室栖息，不求偶也不交配，每天傍晚在库区长久地散步。一般情况下他都一个人走，有时也会喊上古玉。据齐胖子说，马处长在保障部机关工作时买过一套经适房，离婚后给了前妻和女儿，所以没处可去。要不谁愿意天天待在这破地方啊？齐胖子评论道，老马有狐臭是不假，脑子又没病！

齐胖子把马处长描述成一个净身出户又流落到仓库这种边缘单位的落魄男人，古玉反感这种人设。平心而论，马处长是个不错的领导，单是经常亲自带古玉一起加班推材料这一条，仓库七个常委里头没谁能做得到。再说人家长得也好，身材高大气宇轩昂，自带两道浓眉和一张红脸，活像刚刚刮过胡子的关羽。不像齐胖子，一张鲇鱼嘴从来吐不出什么好话。古玉不喜欢他。从一开始就不喜欢。刚调来不久的一个周五下午，他想进城买点东西，就上了办公楼前的班车。刚坐下没两分钟，齐胖子也上来了，说古玉坐了他的座位。这车已婚干部才能坐，你现在属于无票乘车，快快快，赶紧起开！哄笑声中，古玉灰溜溜地下了车。那天下着小雨，他站在营门外树下等进城的客运中巴车。中巴车没来，常宁宁却来了。你怎么不坐班车？她放下车窗问。古玉愣了几秒钟，才认出这个裙子上绣了起码五十只蝴蝶的姑娘确实是政治处的常干事。又是齐胖子说的吧？班车从来就没固定过座位。你理他干吗？他就一傻×！古玉挺尴尬地站在车边，一时间不知如何接话。上车吧，我捎你回去。不用不用，车一会儿就来了。来什么呀，那破车从来就没个准点！古玉还想客气，常宁宁却翻了他一眼。别磨叽了好不好？那是他头一回和常宁宁说话，也是头一回见常宁宁翻眼睛。后来常宁宁成了他在仓库唯一聊得来的人，这大概是他唯一需要谢谢齐胖子的地方。相比之下，他和齐胖子在一个办公室坐了两年也没怎么聊过。齐胖子喜欢聊股票，割肉补仓什么的，古玉一点也听不懂——肋巴滩没人聊这个。两人同是仓库业务处副营职参谋，齐胖子管收发，他管训练，可实际上齐胖子经常不来办公室，而马处长除了把齐胖子的活儿派给古玉，似乎也没什么别的办法。古玉一直没搞清齐胖子那个级别很高的亲戚到底是他的姑父还是姨父，话说回来，这有什么区别呢？按新编制表，业务处顶多只能有一个副营职参谋纳编，连很向着他的常宁宁都觉得古玉很难争得过齐胖子。

你得给马处长说啊！这话常宁宁说过好几次，他现在不就靠你在干活儿吗？

古玉张不开口。如果是马处长主动提，他也许会趁机说一下。问题是马处长从来也不提这事。每次陪马处长散步，他说的全是工作。三号库再不加固真要塌了。北山二号洞库的湿度总是过高又找不出原因。库区改造方案报上去快一年了却迟迟批不下来。野战伴随保障一直没有专用装备。人工装卸作业满足不了部队需要。要不就是机关能用的人太少而叉车的故障率太高。马处长说这些事情时思路清晰又忧心忡忡，偶尔会停下来叹一口气。而古玉更希望马处长谈一谈新编制下来以后仓库机关的人事安排，这难道不是所有人唯一真正关心的问题吗？好在两年下来，古玉早已习惯了马处长的习惯。从市里赶回来领受任务时，马处长并没多说什么客套话，只是让他务必在晚上九点前把宁主任给李部长的汇报材料初稿拿出来。

李部长是第一次来咱们仓库。马处长交代完材料路子，啥意思就不用我说了吧？

不用说。李部长上任不到两个月，保障部系统的人已经初步领教了他独特的领导风格。该首长第一次下部队就拒绝在招待所就餐，大清早独自去了连队吃"碰饭"。饭堂里突然冒出来一个少将，吓得全连官兵魂飞魄散。当他发现早餐居然没给战士们煮鸡蛋，倒也没批评连长指导员，而是把闻讯赶来的场站领导痛批了一顿。还有后勤训练大队。几天前李部长去检查，正在会议室听汇报，不知谁的手机响了起来。谁把手机带进会场的？不知道保密规定吗？谁？自己站起来！几秒钟后，面红耳赤的副大队长畏畏缩缩地站了起来。连一个手机都管不好，你还能管好什么事？于是，该副大队长就全程站到了散会。这两件事弄得驻雍城的几个单位都紧张起来，而李部长来仓库的时间又突然提前了两天，难怪宁主任一个劲儿地催着马处长要汇报材料。

搁在平时，半天时间拿个初稿对古玉不算太难。毕竟有之前的汇报垫底，添上点新近的工作和时兴的套话，顺巴顺巴也就差不多了。可古玉在电脑前坐到快六点，连最简单的第一块都没搞出来。每隔几分钟他就会停下来，拿起手机搜索他从来没关注过的关键词。那些陌生又可憎的概念、术语和图片堵在他的思路上，弄得他磕磕绊绊无法前进。还有腿。自打坐到办公桌前，本已酸胀的右腿又开始发痒。先是这儿再是那儿，痒一会儿停一会儿，慢慢地范围越来越大，间隔越来越短，最后这痒打通了时间和空间，开始四处弥漫。古玉又捏又挠，却怎么也触不到那要命的痒处。仿佛有一队工兵正贴着他的骨头，在血管和神经间挖掘着坑道，弄得他心尖都在颤。挤捏抓挠类似炮火覆盖阵地表面，顶多在皮肤上留下些青紫，却丝毫影响不到深层的掘进。他不得不一次次把双手从键盘上拿下来，去死命地箍住大腿。材料的第一块说白了就是仓库的基本情况介绍，理应半个小时就结束战斗，可整个下午，他连这点事都没捋清楚。他唯一搞清楚的就是，自己的脑子已经不清楚了。

你啥时候跑来的？不是昨晚才回去吗？常宁宁不知道什么时候出现的，穿着短袖夏常服和军裙笑嘻嘻地走进来，来加班也不知道给总值班员报告呀？

进门的时候我想着给你说来着。穿着军装的常宁宁看着很清爽，让古玉乱哄哄的脑袋安静了些，我在值班室玻璃上看了，你没在。

噢，进楼的时候才我说啊，把我这个总值班员当什么了？常宁宁翻一个白眼，你出发的时候就应该给我说。

好好好，我错了，这行了吧。古玉知道常宁宁在逗他，他应该报以笑容，所以他使劲地笑了一下，也不知道笑得怎么样。岩岩呢，没带过来？

他姥姥看着呢，过来也没什么玩的，又得闹。常宁宁眼珠转转，咦，不对啊，你脸色怎么这么难看？跟你家冯大夫吵架了？

我没跟她吵过架，我们相敬如宾。古玉说，你当是跟你呢？

喊，谁稀罕跟你吵。常宁宁靠在古玉办公桌上，散发着熟悉的香水味儿。有一次她在车上说，别人都不喜欢这种黑石榴香水，只有古玉觉得好闻。走啊，到饭点了。

中午吃得晚，不想吃了。古玉把目光从常宁宁脸上挪回目前的屏幕，虽然那上面只有几个不成体统的段落，马处急着要汇报材料，我啥都还没写呢。

吃饭能耽误你多长时间？来个李部长你就不吃饭了，要是司令政委来了你还不活了？常宁宁又翻一翻眼睛，她总是喜欢翻眼睛，到底去不去，不去我走了。

常宁宁这么说，古玉就只有去了。不想才起身，马处长却走了进来。哟，小常也在这儿啊。马处长穿着身运动服走过来，浓烈的体味和常宁宁的香水味短兵相接，立刻就占了上风。

怎么样了，进展还顺利吧？他径直走到古玉身后，走一下我看。

古玉赶紧滑动一下鼠标滚轮。他写的那几行字根本不值一滚，指尖才轻轻动了一下，WORD 文档就已经见了底。

一共写三块，每块写什么，不是都给你讲过了么？马处长的声音在他头顶上凝成了浓积云，是我没给你讲清楚，还是你没听明白？

您讲清楚了。古玉如实回答，我也听明白了。

那怎么到现在连第一块都没弄出来？短暂的沉默中，古玉能听到马处长手指甲挠着下巴胡茬的声音，你写完了我得带你推，推完了还要再给主任政委看，还要打印还要校对，李部长周二一早就到，你认为什么时间拿出来合适？

古玉不知道自己什么时间能拿出来。有一刻他认为自己不可能拿出来了。脑子乱得像个灾区。历史辉煌。保障范围。库区面积。编制人数。肋巴滩。刘宝平。肿瘤。原发。继发。巨块。结节。A4纸十二页。三号仿宋。弥漫。浸润。地面库房。地下洞库。现代物流。跨越发展。他的思绪飘飞，没有一片是完整的，只能盯着键盘缝隙里的烟灰不吱声。

你平时不是这样的啊！马处长放缓了口气，怎么，叫你提前回来有意见？

没有，真没有。古玉赶紧表态，加班我不怕。您加班比我多多了，我干这点算啥。

那你今天啥情况？完全不在状态。马处长居高临下地盯着古玉，出啥事了？

古玉否认了。这也不算瞎说。他不过是收到了刘宝平的一条短信而已。这短信只针对自己，正如判决书只针对犯罪嫌疑人。就算把刘宝平的短信拿给马处长看，他也看不出任何名堂。《肖申克的救赎》里的典狱长也没看出安迪贴在牢房墙上的明星海报有什么名堂。何况古玉已经把短信删了。只看了一眼就删了，好像不删他就没办法再活下去。刘宝平什么时候变得这么有杀伤力？一个短信就让自己如临大敌？这太可笑了。除了"你的部下宝平"这个一如既往的落款，他确实无法还原那条短信的具体表述，但他不能假装不懂刘宝平告诉他的事情。从这点上说，短信绝对是一种操蛋的发明，差不多跟酒店里的针孔摄像头一样卑鄙。不像电话，你不想接就不接，不接你就不知道对方想说啥，既然不知道，这事就可以算作不存在。电话类似炮弹，你只要抱着脑袋缩在合适的掩体里，一时半会死不了。短信则不同。短信更像地雷，你根本不知道什么时候会踩上，只要踩上，"咣"——你就等着吧。

用肋巴滩当地的土话来说，那条短信古玉已经"看到眼睛里拔不出来了"。肋巴滩机场属于水青县地界，水青县的土话前后鼻音不分，"梦"会说成"闷"，"杏子"会说成"哼子"，遇上熟人会大叫一声"呔！"，这个字他只在《隋唐演义》或者《说岳全传》里见过。水青人说话时常常要把舌尖用力抵住齿缝，吐字时发出"嘶"的尾音，听上去又尖又硬。古玉始终不习惯这种方言，当初他之所以愿意和吕少芬交往的重要原因之一就是她能说一口很标准的普通话。吕少芬大学学的是历史，毕业以后在水青县博物馆当团支部书记兼解说员。博物馆位于水青县城文化街南头，古玉每次从肋巴滩机场进城时总要从博物馆门前经过，可他在肋巴滩待了好些年，从来没有进去过。据说那儿的镇馆之宝是后凉太祖吕光的金印，不过古玉并不知道吕光的底细，他也懒得知道。古玉对水青的一切都缺乏兴趣，包括历史、现实和荒凉的未来。当然，吕少芬也没邀请过他。吕少芬说过，大多数解说员其实并不真懂那些文物和历史，他们只需要把解说词背熟就行。吕少芬还说，她不好意思让古玉看到她解说的样子，那样特别傻。

我还说晚上九点带你一起推稿子呢，这样子还推啥？马处长在办公室踱了几个来回，小古，什么时间能拿出来？我现在需要一个准话。

晚上……晚上太晚您也得休息了。古玉犹豫着，明早一上班我给您放办公桌上。

休息？都这时候了还休息什么？你知道宁主任今天催了我多少回了吗？明天一早还要开协调会，仓库上下都得动起来，我哪有时间再带你推稿子？马处长叹口气，你现在不要再想别的事了，就专心在这里弄材料。什么时候弄完了，什么时候给我打电话，十二点弄完我十二点来，三点弄完我三点来，反正这东西不能过夜。我对主任政委负责，你对我负责，听明白没有？

古玉明白，马处长真的生气了。记忆中，这似乎还是第一次惹他生气。仓库的新编制表刚下来，这个时候惹马处长生气是不明智的。想到这儿，脑子又清醒了一些。马处长走了，并没叫他一起去饭堂，这也是两年里第一次。但凡加班到了饭点，马处长总会来叫他一起去吃饭的。好在他自己也没什么食欲。中午和冯诗柔吃的泰国菜还在他胃里反着酸水。他呆坐了一阵，想站起来活动一下身体，起身时才感觉到右腿吃不住劲儿，不得不伸手扶住桌子，以便把桌子下面那条不听话的腿拖出来。

他看着办公室窗外的北山。据说那黛色的深山里有一座香火很旺的北周佛寺，不过他至今没去看过。水青县博物馆他当初应该去看看的，也许在肋巴滩的时候，他认为自己会和吕少芬结婚并在那里度过半生，所以什么时候看都行。这种想法显然大错特错。当然，这辈子他或许还有机会重返水青，却不可能再见到吕少芬了。

她不在了。这是一年前刘宝平短信里告诉他的。刘宝平从来没告诉过他任何好消息，早知这样，真不如当初就让手榴弹把他炸飞算了。吕少芬不在了，而她爸吕老师还在。吕老师此刻就在雍城，这也是下午刘宝平短信里告诉他的。刘宝平说，吕老师查出了肝癌，水青县医院治不了，医生建议他来最有名的雍城肿瘤医院试试手术治疗。他确实来了雍城，已经在医院附近的旅馆住了几天，却一直等不到床位。可吕老师的身体不是向来都很好吗？古玉觉得这个问题过于庞大，他整个下午都绕着它兜兜转转，像一个工兵围着一棵陌生的炸弹在转，想不出怎么才能把它安全地拆除。

走廊里传来高跟鞋清脆的声响。常宁宁走进来，把装在塑料袋里的两个包子扔在古玉办公桌上。我真不饿。赶紧吃，哪儿那么多废话！好吧好吧，听总值班员的。古玉拿起包子咬一口，猪肉白菜馅的包子还冒着热气，味道不错。

有个事。古玉问，肿瘤医院你有熟人吗？

肿瘤医院？好像没有。常宁宁想了一下，哎，不对啊，你家冯大夫不就是那儿的吗？你今天是怎么了，没带脑子过来吗？

3

晚上八点多，冯诗柔发了条朋友圈。造型奇特的瓶瓶罐罐。木质楼梯。革面发亮的沙发。漂亮玻璃杯里的彩色饮料。窗外雍城流光溢彩的夜景。橱柜里的限量版马克杯。配着一句感想：爱和美好。

古玉飞快地点了赞。冯诗柔喜欢发朋友圈，每天都得发个三五条，图文并茂，风格相近，宜于直接点赞。不过每条朋友圈下面都只有他点的一个孤零零的赞。古玉明白，他和冯诗柔之间目前还没有共同的朋友。这也正常。毕竟他们在一起的时间非常有限，还没有机会去认识彼此的朋友或者同事。如果真要介绍什么人给冯诗柔，他似乎也没有合适的人选。齐胖子肯定不考虑。常宁宁也不妥。来给你介绍一下，这是我同事常宁宁，仓库上百号人就我俩最聊得来。他能这么介绍吗？不能。他不能把一个单亲妈妈介绍给冯诗柔。他和冯诗柔运行在两个不同的星系，相隔很久才会彼此接近一次。这个时候古玉会觉得，除了彼此的身体，他和冯诗柔其实还没那么熟悉。

所以他犹豫了半天，不知道到底要不要请冯诗柔帮忙。如果冯诗柔欣然同意，那她和吕老师就不得不见面。他们见面时将不可避免地谈及自己。而毫无疑问，吕老师口中的自己将彻底否定掉冯诗柔口中的自己，哪怕他们谈论的完全就是同一个自己。他到底有多少个自己？他回答不了这个问题。他唯一能做的就是继续痛恨刘宝平。这个该死的刘宝平，为什么要告诉自己这些该死的事情！他甚至怀疑这是刘宝平的恶作剧。他故意想让自己难堪，他难道没这么干过吗？在警卫连当连长的第一年，军区空军军训处来旅里考核警卫分队训练情况，现场抽考一个建制班的五公里武装越野和单双杠练习。古玉当然想让二班上，那是连队的尖子班，只要有工作组来检查，拉出去显摆的从来都是二班。但机关那帮家伙也不傻，拿着花名册直接选了全连垫底的四班。四班训练成绩最差的原因就一条：刘宝平在这个班。他河马一样的长相和身材轻而易举地将全班的平均成绩拽到了沟底。

考虑到考核的重要性，古玉还是选择了变通。他把两个排长叫来，告诉他们刘宝平不用参加考核，让二班派个体能好的新兵顶替刘宝平，点名时刘宝平不要吭声，由二班的新兵代他答"到"并代他上场。古玉认为这个计划没什么漏洞，为此还得到了两个排长的吹捧。他唯独没想到军训处的参谋在队列前点名时，刘宝平和他的替身竟然一起答了"到"。怎么回事？刘宝平出列！参谋火了，于是古玉眼睁睁地看着队列前站出来两个刘宝平。非但如此，刘宝平还立刻掏出士兵证，证明自己的确是正品刘宝平。正在现场陪同的军训科长指着古玉的鼻子破口大骂，说他弄虚作假蒙骗上级把训练当儿戏，好像古玉从来没向他汇报过而他也没拍着古玉的肩膀说此计甚好一样。考核结果不用说，刘宝平照例把全班拽进了沟底，因为全连唯一一个五公里越野不及格的就是他。而古玉的档案袋里就此多了一个行政警告处分。

那天从操场上回来，古玉站在连部门口一迭声地大喊刘宝平的名字，刚跑完五公里的刘宝平呼哧呼哧地跑到古玉面前，正准备立正敬礼，迷彩服领子已经被古玉一把揪住了。谁叫你站出来的？报告连长，我——你个×！你站出来想证明啥？证明全连就你跟猪一样连个五公里都跑不下来吗？报告连长，我觉得这样做不太妥当，我觉得……古玉没让刘宝平觉得完就一把掐住了他河马一样的粗脖子。你什么毛病？你脑子进屎了吗？被锁了喉的刘宝平无法回答任何问题，他脸涨得通红，两只手居然还紧贴着裤缝，保持着标准的立正姿势。古玉很想把他捏死又不能真把他捏死，只得猛地把他推开，刘宝平后背重重地撞在走廊墙上，然后才弯腰咳嗽起来。你到底想干啥？你们排长没给你说换人吗？报告连长，说了。说了为什么不听？报告连长，我觉得这不可能是你的意思，我觉得你绝对不可能同意这么干的。

古玉不记得自己后面还说了什么，关于这件事的回忆每次到这句话就戛然而止，像是一部数据出错的盗版电影。那时候刘宝平是个新兵，所以他说的古玉信了。现在他还能信吗？两年前在水青火车站，吕老师给他的那记耳光劲道十足，一点不像是有病的人。相反，在古玉和吕少芬相处的那段时间里，他看上去健康快乐，没事就叫古玉去家里吃饭。吕家饭桌下面永远放着一个十公升的白色塑料桶，装着从水青酒厂门店打来的六十度散酒。吕老师酒量不行却爱喝，喝不到三两就开始弹钢琴。这可是伟大的贝多芬啊！他脸红到脖颈，头顶秃了，留着一圈前清遗老式的头发。

古玉，你现在知道我为啥给她起名叫少芬了吧？这话他起码说过五百遍，我给你说，我这个女儿攒劲得很，你自己说，我这个女儿咋样？

哎呀你烦死了！这时候吕少芬会红着脸把酒杯收走，再说我改名去呀！

吕少芬当然不会改名。她多爱她爸啊！每天早上起来给她爸做一碗加荷包蛋的汤饭。水青的汤面叫汤饭，捞面叫干饭，当然，拉条子还叫拉条子。古玉最喜欢吃的就是把吕少芬炒的菜拌进吕少芬做的拉条子里，每次起码两碗，三碗也吃过，吃完后一站起来就没法再坐下去。刘宝平也常跟着去混饭，吃得比古玉还多。并不是古玉愿意带他，而是吕老师喜欢他。你们那个小宝平呢？如果他没来，吕老师就会问，你们那个小宝平攒劲得很，他会看人，对你相当崇拜！吕少芬每次发工资都去给她爸买两瓶"草原风情"，不过他爸更喜欢喝散酒。晚上过了十点她爸要不回家，她就会不停地打电话，像怕老头丢了似的。她甚至还张罗着给她爸再找个伴儿，不过古玉认为这是多此一举。水青县广大干部群众都知道，文化馆的作曲家吕老师向来风流不羁，身边总会围着几个能歌善舞的半老徐娘。吕老师一喝酒就弹琴，一出门就戴围巾。水青县城位于肋巴滩机场以东二十公里，海拔一千九百五十米，年平均气温只有一摄氏度，三伏天睡觉也得盖好被子，否则半夜会被冻醒。全中国都找不出几个像水青这样适合喝酒和戴围巾的地方，所以吕少芬给她爸买了至少一百条围巾，而高瘦的吕老师也有足够的时间来戴那些颜色材质各不相同的围巾。

印象中的吕老师戴过无数条围巾，可此刻古玉想不起任何一条具体的围巾。那些围巾在散乱的记忆里被抽象，变得久远而斑驳。眼下他更关心手头的汇报材料。到现在他才写完了第一块，照这个进度，写到天亮也交不了稿，而他不可能真的在半夜三点给马处长打电话。他给自己定的最后时限是十二点，再晚的话他将无法面对马处长。他不能在一天之内让马处长生两次气。

绝对不能。两个月前，他给政治处打结婚报告时才知道，冯诗柔的户口并不在雍城。你户口怎么会不在雍城呢？是不在啊，我给你说过我户口在雍城了吗？没说过。那你问起我吗？没有。那不就对了吗，搞得好像我骗你一样。接下来的两个月里，古玉没再请过一天假，每天晚饭过后就直奔办公室，像个恪尽职守的灯塔看守人一样点亮四根灯管，好让马处长散步回来时清楚地看到自己正在加班。马处长在任何时候走进办公室时都能看到他正端坐在电脑前苦苦思索。他在办公桌上摆着满当当的烟灰缸、深色的茶或咖啡和四处铺开的红头文件，附赠噼里啪啦敲打键盘的声响。这是他为马处长精心定制的欢迎仪式，约等于鲜花、地毯、军乐队。这些下三滥的手段他究竟是怎么想出来的？他什么时候开始在这些事情上变得如此才华横溢？古玉自己都无从知晓。仿佛正在假装专心听别人讲一个索然无味的老笑话，而且必须要发出夸张的笑声。

他并不想这么做，可他就是这么做了，不然他还能怎么做呢？仓库的新编制表上那些纵横的线条把他给死死地网住了。仓库机关三个部门——业务处、政治处和后勤处——很快将合并为一个综合办公室，原有的十五名军官编制削减了一半还多，只剩下六个。才六个！葫芦兄弟还有七个呢。这意味着现有的机关干部大多都无法纳编。按古玉从前的打算，只要和冯诗柔领了证，就算无法纳编而被迫转业，自己也能顺理成章地随着冯诗柔安置在雍城。现在事情复杂了。冯诗柔的户口并不在雍城——她的户口怎么会不在雍城呢？古玉甚至从来没想过这个问题，他一直以为在肿瘤医院工作的冯诗柔必定是雍城户口——这就意味着结婚只是一个段落的开始而非结束。他已经和冯诗柔结了婚，却依然不具备落户雍城的资格。他必须重新修订关于雍城的人生规划。他要尽快给冯诗柔办理随军手续，等她成了雍城人，自己才有可能留在雍城。他仔细研究过雍城的军转政策：干部配偶随军满一年之后才有资格转业到本市，否则只能回原籍安置，而他的原籍是雍城西北两百多公里的本省小县城，比水青县好不到哪里去。即便一切顺利，一年后办完随军，还要再服役一年，这样算下来，古玉最少要在仓库再待满两年才满足落户到雍城的条件。问题是，所有人都盯着那么几个军官编制，领导会让他再多待这凭空冒出来的两年吗？

他不知道。那么他不能再去想吕老师了。想也没用。今夜他不关心人类，他只想材料。在纳编的问题上，他唯一指望的只有马处长，所以他必须把活干好。活干好了马处长就会高兴。马处长一高兴，也许就会愿意帮他。他必须服从这个比吕老师的癌肿更为坚硬的现实。他需要把吕老师从自己脑袋里切除，哪怕只切除这一个晚上。他紧紧攥着手机，手心汗津津地，像是攥着颗拔掉了保险销的82-2式全塑钢珠手榴弹。他熟悉这种圆滚滚沉甸甸的武器，里面藏着一千六百颗直径三毫米的小钢珠。他不可能一直这么攥着。他必须得把它投出去。于是他就投出去了。投出去未必会炸到别人，不投出去肯定会炸到自己。他在微信里请冯诗柔帮忙联系床位时，特意说到这个吕老师只是几年前曾帮他们连队辅导过合唱节目并且得了一等奖的一个音乐老师，冯诗柔不必亲自出面——他认为自己不这么说的话，冯诗柔一定会亲自带着吕老师去看病的——只要电话联系好了告诉他一声就行。

扔下手机，古玉微微松了口气。腿忽然不痒了。他起身走到办公室中间，冲手心吐口唾沫搓一搓，深吸一口气趴在了地上。在继续写材料之前，他需要振奋一下精神。他不记得自己多久没做过俯卧撑了，半年？要么就是一年。他本打算一百个起，结果才六十个就感觉在垂死挣扎。好容易撑到七十，整个人像条甩在案板上的鱼，沉沉地擀在了木纹地板革上。搁在肋巴滩，这动作会让手下的兵笑上一个礼拜。在警卫连那几年，他的俯卧撑最高纪录是三百二十七个。即便后来到军训科当参谋，做两百个以上也毫无问题。而此刻，他觉得自己体肥如猪，气喘如牛，甚至远远比不上后来的刘宝平。

他爬起来回到办公桌前。他不确定自己的精神振奋了没有，心跳得倒是很厉害。靠在椅背上喘了会儿粗气，正准备继续干活，猛地发现窗玻璃外面爬着一只小壁虎。菱形小脑袋歪着，白色肚皮微微起伏，四只脚五趾大开贴着玻璃，在灯光下仿佛是透明的。这小东西在肋巴滩叫"四脚蛇"，夏天的戈壁滩上常能看见。它喜欢爬在石头上晒太阳，一旦有人走近，它会很不高兴地甩甩尾巴，扭身钻进石缝里。而在雍城，他还是头一回遇上。他拿起手机，悄悄凑近窗户想把它拍下来。可能是靠得太近，小壁虎警惕地动了动脑袋，在玻璃上转了个圈，转眼就不见了。

4

喝了一碗滚热的玉米粥，军装都湿透了，古玉感觉好了点儿。又摸出手机看看，依然没有冯诗柔的回信。奇怪。从两人开始交往直到昨天，但凡古玉发微信，冯诗柔基本都是秒回，顶多隔上几分钟。可昨晚发了那条微信之后，过了差不多一个钟头才收到回复。我问下。她这么说，之后便再无下文。整个晚上，她没有像平时那样和古玉在微信里聊天，甚至都没像平时那样给古玉发一个"晚安"的表情。

难道是自己给冯诗柔出了道难题？很有可能。她只是著名的雍城肿瘤医院星系中的一颗小行星罢了。她之于医院和古玉之于雍城差不多都相当于地球之于银河系，有联系的就么几个不大不小的星球，还相隔万里，各转各的。拥有上千万人口的雍城过于巨大，人们摩肩接踵又互不相识。不像肋巴滩，满眼都是熟人，走在路上得不停地挥手打招呼。每个周末家属院叫吃饭的电话从来没断过，弄得古玉常常安排不开。现在没这事儿了。请客为什么要在家里？还不够麻烦的。除了常宁宁，仓库这些点头之交的同事中他并不真的熟悉什么人。马处长似乎也不熟。而刘宝平却以为他能在雍城呼风唤雨。他以为人在雍城就拥有了雍城？得亏自己不在北京，否则刘宝平八成会认为自己正在金光四射的天安门城楼里上班呢！

古玉想不出刘宝平到底长了个什么脑子，还是根本就没长脑子。就算有脑子，脑皮层沟回也一定走的都是直角。新兵连的时候，一个正步的动作要领别人走两步就明白了，他得花上一个星期才知道什么叫"绷脚尖"。他还是个脏的家伙。要不是每天晚上班长踢着他的屁股让他去水房，他根本想不起来还要刷牙洗脚。最要命的是实弹训练那回，他把一枚82-2式手榴弹投到了自己身后，手榴弹在他脚后直打转，他居然还在那儿愣着。站在一侧指挥的古玉冲上去把他扑倒在地，他身边就是避弹沟，稍微打个滚就能进去，可这家伙却抱着脑袋一动不动地趴在地上，急了眼的古玉不好意思自己跳进避弹沟，只能死死压在他身上，然后替他挨了三十一颗钢珠。

所以分兵的时候，古玉根本就没考虑过要他。那会儿古玉的伤口刚拆线，走路还不太利索。刘宝平跑来求了他好几次，最后一次是抹着眼泪走的。古玉是从警卫连副连长岗位上被抽去当新兵连连长的，新兵连结束后他还得回警卫连去。他可不能把一个连五公里都跑不下来、又把手榴弹投到自己脚底下的蠢货弄到自己连里，那样的话他没办法向连长和指导员交代。而且警卫连的兵天天得携枪带弹，谁知道他会不会哪天走火打中自己人。不光古玉，他手下几个班长对刘宝平也没什么好气。新兵连最后一次在澡堂洗澡，刘宝平怯怯地走过来要帮古玉搓背，结果被三班长一膀子撞出老远。滚犊子！三班长瞪他，你祸害连长还没祸害够是咋地？冬天澡堂漏风，刘宝平抱着胳膊哆嗦着，臊眉搭眼地在边上站了一会儿说，连长，你的包皮有点长呢，应该去做个手术，不然容易发炎。

啊，这个蠢货！古玉认为刘宝平最佳的去处应该是去场站军需股生产班种菜。只能是种菜，喂猪都不行。毕竟蔬菜属于植物，他多少应该比植物聪明一点，而猪看上去都比他机灵。万没想到分配名单下来，刘宝平的名字竟然列在警卫连一栏内。老话不都说了么？没有带不好的兵，只有不会带兵的干部。行，我不会带兵，但我不会惯着兵。刘宝平说要去警卫连你们就让他去警卫连，他说要去中南海你也让他去？中南海我说了不算，警卫连我说了能算。反正我不要他！别给我扯那淡，反正这兵是你的了。你干啥非把他塞给我？他的命是你救的，他不跟你跟谁？再说了，这小子崇拜你——崇拜！哈哈！军务股长很开心从办公桌上拿起两页纸扔给古玉，看见没？血书！我当了快二十年兵，还头一回知道血书长啥样呢！

刘宝平的血书并不全是血写的，不过是在申请书的末尾涂了一行东倒竖歪的血字，还用了三个惊叹号。

恳请组织上批准我去警卫连！！！

纸上的血迹干了是暗褐色的，看上去污秽又恶心，不仅毫不感人，反倒像厕所里捡回来的。回到连里，古玉叫来了刘宝平。手伸出来！刘宝平像迎接军容风纪检查似的平伸出双手。手心朝上！刘宝平赶紧把双手翻转过来。写血书不是应该咬破手指的吗？可这家伙的十个指头完好无损。你的那什么狗屁血书拿啥写的？报告连长……他冲着古玉吐出了舌头。头一秒古玉以为他在做鬼脸，第二秒才反应过来。舌头！白腻的舌头！舌尖上一处猩红的创口赫然在目。你疯了！报告连长，我没疯。我原先是想着在指头上弄血的，问题是我这几天负责打扫厕所，怕指头弄破了不好干活……再说我又不咋说话，舌头破了就破了，反正也不影响啥。

古玉被刘宝平弄得没了脾气。后来他想，如果当初他坚决不要刘宝平，军务股长应该也会让步的吧？问题是他怎么能知道，刘宝平会那么努力地干着他力所能及的蠢事呢？他为什么偏要在这个节骨眼上告诉他这些烂事！昨晚十一点五十给马处长打完电话，他感到异常绝望。他从来没对自己出手的材料如此没底过，那十几页东西连他自己都没勇气回头看一遍。马处长肯定会大发雷霆，然后彻底击碎他想要纳编的梦想。他听到深夜走廊里马处长的脚步声时心跳如鼓。自己马上就要完了，他这么想，仿佛梦里刚刚捅死一个人而感到惊惧悔恨。他浑身僵硬地看着马处长端着茶杯走进来，拉过一把椅子坐到自己身边，右腿突然又痒了起来。

来，往下走。马处长盯着屏幕。走。再走。第一块，嗯，大差不差吧。再走。

继续走。慢点，我看一下这里……还行吧，走。古玉小心均匀地转动鼠标滚轮，他突然发现马处长身上向来浓烈的体味消失了。他可能紧张得失去了嗅觉。他沉重而脆弱的心高悬在一根发丝上，等着马处长喷出怒火将它烧断，狠狠跌落在地摔成碎块。

然而马处长只是短暂沉默了一会儿。来吧，退回去，咱们从头开始，争取三点前搞完。古玉瞟了一眼马处长，没看出什么表情。他很少能在马处长脸上看出什么表情。马处长口述，古玉打字。在仓库这两年，古玉经常和马处长这样加班。他抽很多烟，马处长喝很多茶。他们有种默契，至少在工作上。马处长常会下达一些简短的指令，大概只有古玉能听懂。刷一下。古玉立刻把小标题刷成楷体字，或者把阿拉伯数字换成 Times New Roman 体。看刚才。古玉立刻会找到马处长要看的段落。长短咋样。古玉会选中某一部分查看行数。缩一下。古玉会删掉一两个字或者标点符号，以免段落末尾的一个字被孤零零地挤进下一行，因为马处长不喜欢让一个单字霸占一行。在肋巴滩的时候，军训科陈科长也会这么带着他加班。唯一的不同是陈科长会时不时地跟他闲聊。机关人事、家长里短、领导轶事，以及各种段子。他们还会为了某句话该怎么写而大声争吵。古玉记得自己很多时候都能占上风。行行行，你牛×！按你的写行了吧？陈科长似乎生气了，其实他并没有真生气。吵得兴头上来，陈科长会操起电话叫他家属赶紧弄点吃的送来。陈科长是张家口人，总说自己是"张家嘴"的。古玉最喜欢吃科长家嫂子做的老虎菜和拌着炸花生的拍黄瓜，如果加上一罐冰镇的"西凉"姜啤——他和陈科长多次向参谋长保证过这玩意儿绝对不含酒精，其实还是有一点儿的——那就完美了。

他和马处长从来没这样过。马处长不是个喜欢聊天的人。他似乎总在思考问题。有时候古玉觉得他挺像庙里的佛像，不管你在心里念叨什么都不会得到回应，而你却感觉他是知道的。所以这也没什么可比性。往昔的美好不都是时间添加的滤镜吗？原片也可能是灰暗的。陈科长难道没有劈头盖脸地臭骂过他吗？各种污言秽语，还呲着一口大黄牙。而马处长对古玉说过最重的话，也就是下午那次了。何况从仓库大门出发，一路向南五十公里就到达灯光璀璨的雍城市中心；而从光秃秃的肋巴滩出发，他能到哪里呢？

又盛了一碗粥，还是没有冯诗柔的回信。他甚至想打电话问了，犹豫一下还是作罢。冯诗柔不喜欢电话。刚开始交往古玉就知道这点。他打去的电话冯诗柔要么挂断要么不接，接着会马上用微信联系他。古玉猜测她也许是不满意自己稍显尖利的嗓音。只是猜测，因为古玉从来没问过她。其实他是喜欢打电话的。在肋巴滩的时候，他曾和场站财务股的朱晓琳谈过一段时间。他们常常在夜里打电话，最长一次通话时间将近六个小时，最后两个人都困得说不出话了。咱们睡吧。却又都舍不得睡。他记得那时的话语和呼吸声轻触耳膜，直接又感性，他很享受那种感觉。那是他平生最投入的一次爱情，导致朱晓琳调走几年了，他都没再谈过恋爱，一直到认识了吕少芬。那都是很久以前的事情了。他拥有的只是现在。所以在打电话的问题上，他会顺着冯诗柔。他会继续等待冯诗柔的回信。

你今天情绪不高呀。常宁宁笑嘻嘻地

端着餐盘走过来坐在古玉对面,光吃粥?

你扣子开了。古玉扫一眼她短袖夏常服里露出的浅绿色内衣和一小片皮肤,注意点儿军容风纪行不?

反正平胸,又没什么光可走,没所谓了。常宁宁漫不经心地扣好扣子,说真的,早上出操我看你萎靡不振,还老下错口令……怎么回事?

没怎么回事,古玉说,我好着呢,就是昨晚加班太晚了。

你真写了一个通宵啊?常宁宁咬一口鸡蛋,蛋白上留下淡淡的口红印儿,马处长跟你一块儿加的班?

是啊。他计划三点推完,结果弄到快六点。古玉笑笑,我抽了能有半条烟,感觉嘴里跟垃圾桶一样。

那你干吗不去睡会儿,还出什么操?常宁宁白他一眼,那么多啥活儿不干还睡懒觉不起来的,你跟他们比觉悟呢还是怎么着?

我干吗跟他们比?古玉嘴硬着,反正也睡不成了,去出操活动活动也挺好。

得了吧,常宁宁盯着古玉说,马处人倒是不错,但好像也没到让你这么死去活来给他表现的份儿吧?

古玉被说中了,不免有些脸热,只好埋头喝粥。

你脸红啦?我也就是这么一说。你给马处表现也没什么不对。毕竟你家冯大夫户口不在雍城,你一时半会儿还真不能转业。常宁宁揪下一粒玉米放进嘴里,你是为这事儿着急吧?我昨天就感觉你整个状态不对,是不是马处给你说啥了?

古玉摇头。他倒希望马处长给他说点什么,遗憾的是马处长什么也不说。

那你怎么看着这么低落?常宁宁仰起脸看着天花板,小而翘的鼻尖向着天花板,让古玉想起动画片里的一只小狐狸。肯定有啥难言之隐对不对?是不是跟某个女人有关?哎呀,我最喜欢听这种事了,生活这么沉闷,没点八卦怎么行。快,说来听听!

常宁宁有种爽脆的聪明,仿佛肋巴滩能见度极高的早晨,你有时会在金黄色的光线里感觉到丝丝缕缕的清凉,迷人而不确定。不过这感受也许只属于他。作为仓库政治处的宣传干事兼心理咨询师,她负责的咨询室长期门可罗雀。唯一喜欢去的是齐胖子,不过每次都会被常宁宁赶出来。你当这儿是男科医院呢?刚到仓库时,古玉曾听见常宁宁在走廊里发飙。想讨论可以啊,先把你跟你老婆的情况拿到会议室讨论好了!接着就是齐胖子噔噔噔跑走的声音。

你也不用太担心,真要说起工作,全仓库谁比你强?领导当然会照顾关系,但他们也得要人干活儿吧?常宁宁按她的思路宽慰古玉,你以为马处真喜欢齐胖子?真要留下的全是齐胖子那号的,他还活不活了?

古玉笑笑,没吱声。有段时间,他也以为马处长讨厌齐胖子。有好几回马处长都沉着脸把齐胖子起草的材料扔在古玉桌上。你帮他重新弄一下吧,写的这叫什么东西?最起码的机关公文格式都没搞明白!古玉喜欢听马处长说这种话。贬低齐胖子好像就抬高了他古玉。后来他才明白,自己实际上一毫米也没变高。半个月前仓库组织体能考核,从引体向上、仰卧起坐到三千米跑,五个项目齐胖子全不及格。三千米他只跑了不到三百米就不跑了,引体向上更惨,连一个都没做成。古玉是训练参谋，考核成绩由他汇总上报。军官纳编的一个基本条件就是体能考核达标，所以古玉整理成绩表时心情不错，他认为光凭体能这一条，齐胖子都没资格跟他竞争。他兴冲冲地把成绩表呈送马处长审阅签字，可马处长瞅了半天却没签。先放我这儿吧，有空我再看看。他一看就是半个月，到今天也没通知古玉去取。

你俩真是形影不离啊！齐胖子端着餐盘一屁股坐在古玉旁边，聊啥呢，是不是又在背后说我坏话？

说你坏话还用背后吗？常宁宁哼一声，我当面也没少说吧？

那还是背后说吧，当面说太让人伤心了。齐胖子哈哈笑着，哎，你们听说没，李部长把走过的几个单位都给整蒙圈了。星期五老头去了油库，那边招待所房间给上了"软中华"。老头问他们用啥钱买的，油库丁主任想了半天说他自己出钱买的。哈哈哈哈，你们猜老头说啥？

不猜。常宁宁不耐烦了，你要说就说，不说拉倒。

扯淡！哈哈，不是说你啊，是老头说油库丁主任扯淡。齐胖子看着兴致不错，老头可真够狠的，这帮库头们都快被他吓尿了。

哎，古玉，今早出操别记我啊。齐胖子见没人接话，吃了个包子后又说，我昨晚加班了。

你加班？古玉还没来得及说话，常宁宁先笑出声来，逗谁呢？

啥意思啊你？我就不能加班？齐胖子把嘴里的包子咽下去，昨天下午老马打电话叫我进城去采购工作组用的东西，弄得我约好的酒都没喝成，这不算加班？还有，你上周五不也没出操，还说我！

我大姨妈来了，你呢？我一顿只吃半个包子，你吃几个？常宁宁冷笑一声，我年底准备转业，你转吗？

我干吗要转？我还要积极投身改革强军大业呢，咋，不行啊？齐胖子脸红一红，不过无所谓，我就是不出操又能怎么样？我还告诉你，我体能考核全都通过了，你不服？

啥时候通过的？古玉心里一惊，忍不住问，我咋不知道？

你现在不就知道了吗？齐胖子嘿嘿笑起来，上周宁主任让警卫排的人重新给我补考了，全部合格，成绩表我还拍了照片呢。齐胖子翻出手机照片在古玉眼前晃一下，怎么样，哥们儿还行吧？

古玉不想再听了，可又不好马上离开。他低头看着面前空空的不锈钢餐盘发了会儿呆，直到裤兜里的手机震动了一下。

刚问了一下肝胆外科，现在确实没床位，做手术起码要等三个月。冯诗柔终于回复了，实在没办法，你给你老师解释一下吧。

古玉愣一下。似乎哪里不太对，但他又想不出哪里不对。他端起餐盘起身离开。他得去办公室了，马处长正在等他。

5

挺好，就是感觉党委班子建设这一块还单薄了点，你们再充实一下，其他的我没什么意见。张政委很快翻完汇报材料，明天是宁主任代表仓库给首长汇报，你们主要看看他那里还有什么想法。

宁主任果然有许多想法。换句话说，宁主任对汇报材料不太满意。我说老马，你们就让我拿着这个去给首长汇报？宁主任把手上的材料翻得哗哗响，汇报应该聚焦主责主业，现在这里面反映得明显不够啊！咱们干了那么多事情，你不写，首长怎么能知道？所以我反复说，汇报重要就重要在这里，它是拿来在首长面前留印象、树形象的！李部长要求那么严，走过的几个单位都挨了批，咱们不能重蹈覆辙啊，你说是不是啊老马？

古玉直挺挺地坐在马处长身后，冯诗柔的微信却像街边的电子显示屏一样不停滚动。三个月。冯诗柔说起码要等三个月。三个月里，那些肆无忌惮的癌细胞什么事情干不出来？吕老师还等得了三个月吗？

……保障备战打仗我们抓得很有特色啊！上半年组织的抗敌袭扰演练搞得那么好，报纸都登了，应该浓墨重彩地讲，结果你看看，才写了三行不到！还有，营造练兵备战氛围我们做了那么多工作，围墙都刷成迷彩的了，营区里还树了那么多灯箱标语……这些也都没怎么讲。再有就是你们提到的这些困难，像什么三号库老旧、电动叉车缺配套托盘，还有作业线沿途的伪装这些，我看还是别说了。说这些没意义。哪个单位没困难，不能见了首长就叫苦，对不对？

我主要考虑这些问题几年了一直解决不了，光三号库这事，年年上请示，到现在也批不下来。马处长想了想，那么大的库房，不说推倒重建，就是加固一次，没个三四百万也拿不下来……

这个我当然知道。问题是咱们得想清楚，李部长这次到底是来干啥来了？人家首长刚刚上任，下部队主要是熟悉一下情况，咱们上来就给首长出难题，这恐怕不妥。而且你们想过没有，你提出来这么一堆困难，首长会怎么想？首长会觉得我们啥事不干，就坐在这里等、靠、要，那不是给人留话柄吗？宁主任说得有点激动了，点烟的手都有点发抖，老马，你是老机关了，又是老业务处长，你得把握住这个汇报的调子，对不对？调子不对，你再说啥不都是白扯吗？

明白了，我们马上改。马处长没再争辩，从宁主任手中接过了划了很多红线的汇报稿。从后面看去，古玉发现马处长微秃的头顶似乎又少了些头发。马处长一米八三的个头，不从这个角度观察，还真不容易看到他那一头浓密的头发也日渐稀薄了。

这让古玉有点内疚。昨晚推材料时，马处长本来是要把宁主任最得意的"抗敌袭扰演练"和"迷彩围墙"写充分一点的，可古玉建议还是简单写为好。你说说为啥？因为我觉得这事经不起说。古玉认为自己是实话实说。

行吧，先按你的来，不行再说。马处长采纳了他的建议，现在古玉又后悔自己多嘴了。宁主任说得没错。他干吗要把前几任欠的烂账算在自己头上？领导的眼睛是雪亮的，他怎么可能比宁主任高明呢？自己多嘴牵连了马处长，让他很过意不去。仓库的人都清楚，去年仓库周主任转业，大伙都说马处长是最合适的接替人选，可来的却是宁主任。宁主任之前是后勤训练大队的副大队长，副团刚满三年就提升过来当了仓库主任，而副团干了快十年的马处长依旧一动不动，很像那栋红砖砌就的三号库房，即使快塌了，还得在那儿撑着。

你按着主任的意思再改一稿吧。路子不用动，把他说的内容加进去就可以了。从宁主任办公室出来，马处长给古玉交代着，上午我还得开协调会，没时间带你推了，你改这个没问题，好不好？

马处长的语气里听不出任何情绪。这大概就是领导的本事。古玉点点头，信心却不是很足。特别是想到吕老师就在离自己不远的市区时尤其如此。他住在哪儿？宾馆还是小旅社？谁陪他来的？他只有一个除了借钱从不登门的外甥，不太可能会陪吕老师来雍城。吕老师是不是快死了？刘宝平的信息里并没有关于病情的具体描述，但肯定不乐观，否则像吕老师那样固执的人，是绝不可能从水青跑到雍城来看病的。

那自己能做什么？好像也没什么了。冯诗柔就在肿瘤医院工作，她说住不进去，那就是住不进去。这样回复刘宝平，应该也可以了吧？不不，话不是这么说的。他并不是在回应刘宝平，他只是想求得一个安慰。刘宝平算什么东西？光一个五公里武装越野，他跑了差不多两年才过关。刚下连时他一听说跑五公里脸就会发白，跑一趟下来少说得三十分钟，喘得好像两只眼睛都在出气。自从搞砸了考核被古玉掐过脖子之后，他变得主动了些，有几次古玉经过机场，都看到刘宝平正在联络道上吃力地奔跑。联络道一个来回六公里，古玉不知道他能不能跑下来，也不想知道。爱跑就跑吧，能怎么样呢？年底考核时他虽然有了点进步，但依然是全连垫底的那个人。

那阵子古玉的想法就是让他两年服役期满后赶紧打背包回家，除此之外他没替刘宝平想过什么。连队那么多优秀的士兵需要他去想，刘宝平根本排不上号。他唯一正确或者说可行的出路就是按时退伍，即使他非常积极地递交了留队选取士官的申请书。这次他倒写得工工整整，没搞什么恶心的血书，不过古玉并不在意这个。他根本不担心刘宝平能留队，光凭五公里武装越野这一条就足够把他淘汰了。奇怪的是预选士官考核时，刘宝平居然通过了。古玉不知道他是怎么通过的，就像现在他不知道齐胖子是怎么通过体能考核一样。士官选取考核那天，刘宝平开始落在所有人后面，直到从北塔台折返时他才开始超过别人。他像是开了加力的飞机，越跑越快。古玉站在南塔台下的终点，眼睁睁地看着刘宝平向自己飞奔而来，他仰着脸大张着嘴，一手用力摆动，一手扯着枪带向自己飞奔而来，仿佛屁股正在喷出炽热的尾流，推动着他继续闯入自己的生活。

报告连长，我跑了第三名！刘宝平一直冲到他面前才停下，鼻孔里臭烘烘的热气喷在古玉脸上。他一把抓起刘宝平腰间的水壶晃了晃。他认为水壶一定是空的，令他失望的是壶中水满满当当。最后定名单时他还想把刘宝平拿掉，指导员坚决不同意。你想把别人拿掉我还可以考虑，刘宝平绝对不行。为啥不行？你说为啥？刘宝平的小命不是你给救回来的？我后悔了。后悔也晚了，你以为他这一年多每天早晚跑两个五公里是为了啥？废话，为了留队转士官。错！他是为了不给你丢人！

多讽刺！刘宝平让自己丢的人还少吗？他简直就像盘踞在自己右腿坐骨神经丛里的那颗直径三毫米的钢珠，虽然不能影响他行动，却总是让他烦躁、酸痒甚至疼痛。他一直想把这颗残留的钢珠弄出来，医生却告诉他弄不出来了。看上去这颗钢珠要同无法抹除的记忆一道陪伴着他，直到几十年后从他的骨灰里滚落出来。医生弄不出钢珠，他也没弄走刘宝平，这一直令他耿耿于怀。如果刘宝平没转成士官，

364

就不可能当上班长。如果没当上班长，就不会被指导员找去组织什么小合唱。如果不组织小合唱，他就不会去请县文化馆的吕老师来辅导。如果吕老师不来辅导，这节目就不可能在旅里的"八一"晚会上得奖。如果不得奖，就没必要请吕老师吃饭。如果不吃饭，就不会知道吕老师还有个女儿叫吕少芬，而吕老师也不会想把女儿介绍给他。那时候财务股的朱晓琳早已调回兰州并且结婚生女，而他每次探家也都会去相亲，最多时一周见上五个姑娘。倒也有姑娘对他印象不错，有两个还在手机里交往过几个月。问题是视频里的自己是二维的，无法触摸也无法拥抱。

他就这么和吕少芬开始了交往。那阵子他已经快三十岁了，父母、陈科长和参谋长都认为他应该成家了。这是人生中不可或缺的议程。他不知道和吕少芬在一起时算不算爱情。和朱晓琳相处时他会时而兴奋时而伤感，而和吕少芬在一起他是平静的。他唯一确定的是他不喜欢和吕少芬接吻。若要深究起来，他和冯诗柔的吻向来也浅尝辄止。他总是把吻当成判断距离的标尺，或是检测电流的万用表，他自己也不知道这样对不对。这些年里，大概只有一次是他愿意的。春天的一个周末，他搭常宁宁的车去市里。常宁宁回家，他去找同学吃饭。和平时一样，他们一路上听歌闲聊，听了什么聊了什么忘得一干二净，只记得常宁宁把车停在路边等他下车，他却回头跟常宁宁对视了几秒，然后探过身去噙住了她的嘴唇。他记得那鲜艳又柔软的感觉。常宁宁瞪大了眼睛，瞬间又闭上了。咱俩这是干吗呢？两人分开时，常宁宁飞快地笑了一下，别瞎闹了，好好找个姑娘结婚吧。古玉也不知道自己是在干什么。常宁宁是个带着四岁儿子的单身女人，在他的观念中，自己是不可能和这样一个女人结婚的。那他为什么要去吻她？他问过自己很多次，却从来也没想清楚过。

很多时候，他都想不清楚。但他终于还是给刘宝平回了短信。能问的人都问过了，住院至少要排上几个月。古玉斟酌着用词，原则是尽量客观并且保持距离，干等也不是办法，还是换其他医院试试吧。

短信一发出去，古玉立刻关掉手机，拔掉电话线，关上了办公室门。他已经尽力了。起码他这么认为。他一眼就可以望尽肋巴滩，却望不尽雍城。雍城，这个感觉中自相矛盾的城市。巨大而琐碎，繁华而冷漠。有时听冯诗柔说起医院如何人满为患时，他会生出一丝怪异的优越感，仿佛自己已经跻身高台，拥有了俯瞰奔忙众生的资格。而当吕老师连个医院都住不进去时，他又苦涩地意识到这个城市其实与自己无关。雍城只是个贮满了人的容器。人是溶质，也是溶剂。人构成了城市，又被城市所淹没。此刻的他是一小滴飞溅在器壁上的溶液，如果不能尽快滑落其中，就会被彻底蒸发。他只能强迫自己去搜罗雍城的好处。肋巴滩没有雾霾，但有沙暴。肋巴滩没有生活，只有工作。肋巴滩倒是也有肿瘤，但没有肿瘤医院。肋巴滩夜空里布满了一文不值的星星，而雍城的夜永远是红色的。肋巴滩的单身干部宿舍楼靠着围墙，墙外村子里有只不要脸的鸡，每天早上四点半就开始扯着嗓门打鸣，弄得他没法睡觉。直到调走之前，他都想把那只鸡买回来弄死。这还不够吗？

他必须把跟肋巴滩有关的一切都忘掉。他手指翻飞，键盘发出的声音清脆密集，像轻武器实弹射击。宁主任主抓的抗敌袭扰演练、迷彩围墙和不锈钢灯箱极大强化了仓库全体官兵的备战打仗意识，全面锤炼了现代战争的核心保障能力，有力破除了长期存在的和平积弊，充分激发了大家投身强军实践的火热豪情。这不挺好的吗？他干吗要想那么多没用的？他飞驰在宁主任指引的思路上。那思路差不多有肋巴滩机场的跑道那么宽，可以起降现役各型军用飞机——天气晴好风速适中，只需要轻推油门，飞机便轰鸣着滑跑起来，接着柔和拉杆，机身抖动着离开地面——古玉觉得自己完全进入状态了。憋着一泡尿他也不去厕所，生怕一停下来就打乱了节奏。不到两个小时，宁主任和张政委提的修改意见基本上已经落实到位，只需要再从头顺一遍就可以出手了，而右腿中那颗充满了自我意识的小钢珠竟然也知趣地平静下来。

古玉你干吗呢？电话都不接！常宁宁猛地推开门，我你的电话打到我那儿去了，我给了你的号，结果人家又打过来说没人接！

我把电话线拔了，正赶材料呢。古玉说，谁打的？

我哪儿知道？我问了，人家不说。还是个保密电话，没有来电显示。常宁宁转身往外走，你赶紧接啊，不然人又打我那儿去了。

古玉犹疑地揪过电话线头，刚塞进插孔，电话立刻响了起来。

你好，业务处古参谋。他换成工作口吻，请问哪位？

是我呀连长。耳朵灌进呼呼啦啦的呼吸声，我是刘宝平，你的兵宝平！

古玉僵在了原地。这声音仿佛肋巴滩的风，他已经很久没被吹到，并且以为永远不会再被吹到。那粗粝坚硬又永不止息的漠风总是吹得他灰头土脸皮肤皱裂，即使待在房间，它也会在窗外徘徊，在门缝呜咽。风声是肋巴滩永恒的背景音乐，而雍城，只有无尽的车声。

谁让你打到这儿来的？古玉把口气放冷了些，有事赶紧说，我还忙着！

连长，我刚收到你的短信，想给你打电话结果你关机了……

收到就行，没必要给我报告。古玉低头揉着电话线，现在就是这么个情况，肿瘤医院病人太多，我也没办法。

是是，我知道，大地方的事情有时候还不如咱肋巴滩好办。我问了县医院的大夫，说吕老师可能等不了多长时间了，我本来也不想打扰连长，问题是吕老师他……你知道他本来就瘦的对吧？现在瘦得连个人形都没了，脸也是青的……我想着连长你再咋说也在城里……刘宝平停了停，使劲说了一句，连长，你不能再想想办法吗？

不是给你说了没办法吗？古玉知道刘宝平的那股黏劲儿又上来了，能找的人都找过了，没用！

我知道我知道，我意思是……连长，你不是认识保障部的一个领导吗？我听旅里的人说，你认识保障部的领导，一个姓栗的处长，我特意打听过了，保障部直工处的处长确实姓栗，糖炒栗子的栗，应该是这个栗处长吧？刘宝平小心翼翼地往古玉耳朵里塞着话，连长，保障部不是管后勤的吗？咱们场站都归他们管的对吧？他们肯定跟地方上的大医院都熟悉，你能不能找找那个栗处长，让他给想想办法？你调动那么大的事情他都能办，这事他应该也能帮上忙吧？我感觉——

你感觉个×！你叫我找谁我就找谁？

366

你有什么资格给我下指示？古玉抓着听筒破口大骂，仿佛瞬间回到了肋巴滩场站警卫连的操场上。那时候总有近百号人背着枪齐刷刷地站在对面听他训话，就算是狂风裹着砂石横扫过来都纹丝不动。那时候的他威风凛凛理直气壮，而现在却像个骂街的泼妇，刘宝平你给我听清楚，我不认识任何领导！

连长你别生气，我也不想惹你生气。刘宝平沉默了一会儿，又从古玉倾泻的怒火中重新探出头来，我知道自己给你惹了好些祸，你不想睬我也是应该的。我就是想着吕老师人挺不错的，现在身边又没个人照应，要是吕少芬在的话还好说，现在……连长，我没别的意思，你要能帮就帮一下他，实在帮不了……就算是我给你最后再惹一次祸吧。

古玉闭上了眼睛。他不知道说什么好了。刘宝平怎么这么平静？噢……是的，他早已不再是当年那个手足无措的列兵，而是个服役第九年的上士了。带过兵的人都清楚，老兵总是最有主意的，不管他曾经多么幼稚可笑。古玉拿着听筒睁开眼，突然看见常宁宁还站在门口，默默地望着他。

我再打听打听吧。古玉的声音低沉下去，不过够呛能有啥结果。

谢谢连长，给连长添麻烦了。刘宝平似乎高兴起来，连长你挺好的吧？

就那样，没啥好不好的。古玉没有正面回答。他怕一回答，刘宝平就会误以为自己愿意同他聊天了。他也许又会像从前在连队那样，没事就跑来站在古玉身边东拉西扯，像只讨厌的苍蝇嗡嗡着，挥之不去。

连长你多保重，我先挂了。刘宝平犹豫一下，连长，我……我挺想你的。

连长。从新兵连开始，刘宝平就喊他连长，一直叫到现在，即使他早已不再是连长了。他想起那年秋天，自己重感冒烧到四十度不退，刘宝平在医院守了整整两天两夜，谁来换班他都不让。他整夜都在不停地弄湿毛巾给古玉降温，体温终于下来时，刘宝平居然哭了起来。我又没死，你哭个×！古玉记得自己这么训过刘宝平，而他赶紧拿起手里的湿毛巾，手忙脚乱地擦去脸上的泪。

那已经是很久以前的事了。肋巴滩的那些年里，刘宝平始终对他忠心耿耿唯命是从，永远都用崇敬的眼光看着他。也许真像当年分兵时军务股长说的那样，刘宝平崇拜自己。他希望像一颗卫星似的永远围绕着自己这颗行星旋转。问题在于，他不需要别人崇拜。他没准根本就不是一颗行星。他可能只是茫茫宇宙中一块孤独又冰冷的陨石，从不确定下一秒会飞向何方。

6

根据反复修改的迎检方案，周二上午李部长工作组行程安排如下：

一、步行前往作战值班室检查库区安全监控系统，并与保管队北山二号洞库执勤官兵视频连线（指定干部战士各一名做好连线准备，业务处提供应知应会内容，政治处提供简短表态发言），时间约十五分钟。

二、乘车前往北山库区，换乘电瓶车进入一号洞库检查装备器材储存保管情况（保管队彭队长负责现场介绍），时间约三十分钟。

三、乘车前往军械站台现场查看器材

收发作业，同时组织应急机动分队拉动演练（携带全套装具及空包弹），时间约三十分钟。

四、乘车前往四号库房检查装备器材条码管理，并在四号库房作业场观看叉车驾驶技能展示，时间约二十分钟。

五、乘车返回办公楼三层党委会议室，听取仓库工作汇报并讲话做指示，时间约一小时。

事实上，在古玉做的最早一版迎检方案中，还有两项内容。一是去三号库房现场查看房屋危旧情况；二是进入北山二号洞库体验湿度过大的问题。现在不用了。宁主任直接否掉了第一项，又把检查二号洞库改成了视频连线。对此马处长没再说什么。他只是业务处长，宁主任才是军事主官，相比之下，宁主任压力更大。前方友军战况不利，几个历来先进的迎检单位已被李部长迅速攻陷，这令仓库领导们深感焦虑，怎么安排都感觉不托底。迎接工作组的马奇诺防线多年来都十分牢靠，可万一李部长偏要穿越阿登森林呢？

这不啻一次复杂的想定作业。例如，从高速出口到仓库这段路上到底要不要设调整哨？如果安排了，李部长可能批评他们兴师动众迎来送往；真要不安排，谁知道李部长心里会不会不舒服？还有午饭。到底怎么安排？惯例都在招待所小餐厅，可李部长要去连队吃怎么办？还有工作汇报。据最新消息，李部长今天上午在机关直属保障队检查时，对队长照稿子念汇报很不满意，现场要求脱稿。队长是营房助理员出身，跟包工头打交道是把好手，脱稿讲话却不在行，立刻就傻在了那里。眼下宁主任的汇报稿是准备好了，但也是准备拿去念的。如果李部长心血来潮让宁主任脱稿，麻烦就大了。敌情不明是兵家大忌。李部长当然不是敌人，只是从某种意义上说，他比敌人更难对付。宁主任一接到通知就开始四处打电话搜集情报，先找的就是刚被李部长批评过的几个单位。人家正自郁闷着，哼哼哈哈半天也不愿把检查的具体细节和盘托出——我们挨了批，你们还想受表扬？要死大家一块死算了。宁主任无奈，又让马处长去问机关的熟人，试图套取一些李部长的喜好。难办的是首长刚上任，机关也被批得鸡飞狗跳，得到的回答全是"正常安排"或者"该咋办咋办"之类的敷衍之词。最后宁主任七拐八绕，把电话打到了多年未曾联系的军校同学那里。那人倒曾在李部长手底下干过几年，可他只当宁主任在胡扯——他印象里的李部长在航空兵师当副师长的时候千杯不醉，酒量全师无人能出其右，怎么可能像宁主任说的那样滴酒不沾呢？

求援无果，仓库只能孤军死守。从前的套路不好使了，新的套路尚待研发，最后只能双管齐下，把弓箭和步枪都背在身上，让歼-7E和歼-10C编队起飞。调整哨不搞了，改用引导车在路口迎候。招待所照常准备午饭，机关和连队两个灶也各加两个硬菜。至于汇报材料，古玉改了一上午，快下班时才把稿子呈阅。宁主任叼着烟，把个材料翻来翻去，好一阵不言语。古玉站在一边，只怕宁主任又提出什么意见。他脑子已然发木，感觉自己再也改不动了。

工作差不多就是这些了，关键是首长要让脱稿汇报怎么弄？宁主任皱着眉头扫一眼古玉，你们马处长怎么考虑的？

除了直属保障队，其他单位也没这样要求。古玉认为他代表不了马处长，自己又提不出什么建议性意见，只得试着宽慰一下宁主任，我觉得首长应该不会让脱稿的吧？

你觉得？你还能替首长觉得？万一首长让脱稿呢？我是搞不懂你们马处长，一个汇报给我写了十五页！谁能背得下来，他能背下来？宁主任摘下眼镜揉了揉眼角，你们这机关，真是让我无语啊！算了算了，材料先放我这儿，忙完了我再找你们！

这话古玉当然不会转达给马处长。他自保尚且困难，不可能去掺和领导之间的事，哪怕他真切地替马处长感到不平。原想午饭后回宿舍眯一会儿也不行，整个中午，所有人都在打扫卫生，业务处负责机关楼到库区大门道路两侧的卫生区。马处长一身短打推着割草机，碎草飞到半空，落得他满身都是，空气中弥漫着草汁的腥味儿。

打扫完卫生，马处长让古玉通知几个基层主官来开会，又交代他去四号库，盯着装卸班的人把叉车展示的项目认真演练一下。条码管理那些都好说，关键是叉车表演，好久没搞了，你得让小徐多练几次。马处长眼圈有些发黑，精神却很抖擞，你告诉小徐，这是宁主任最看重的亮点，千万别搞砸了！

快到四号库作业场，古玉远远地就看见保管队的四级军士长老徐和几个兵正坐在墙根玩手机，叉车停在一边根本就没动。

徐班长，主任政委马上要来检查了，大家伙儿不能都坐着啊。要搁在肋巴滩警卫连，古玉早就开骂了，可他现在必须得赔着笑脸，宁主任专门说了，你这可是咱们仓库的压轴戏，明天就靠你出彩呢！

噢，这会儿领导又想到我了。老徐打着游戏，头都不抬，去年底评功评奖的时候，不是说我这个是雕虫小技，不符合实战化要求吗？今年我咋又成了压轴的了？

去年是周主任，今年是宁主任嘛。古玉赔着笑好说歹说，老徐才很不情愿地收起手机上了车。演示的第一项是四台半吨的野战叉车进行快速装卸作业。第二项是四台叉车排成一路纵队在标杆间前进、倒退和曲线行驶。第三项则由真正的男一号老徐担纲。他的绝活由两部分构成，先是在货叉上固定一根钢片，然后拿这根钢片来开可乐瓶盖，"叭"一个，"叭"一个，固定在铁架上的十瓶可乐被一瓶瓶起开，简直比饭馆服务员还快。几个兵喝着老徐起开的可乐，乐不可支。接着把钢片取下来，换上一根十来公分长的细钢丝，老徐将操纵叉车，把这根细钢丝穿进铁架上一根大号钢针的针眼里。

在叉车的轰响中，古玉盯着那根微微颤动的细钢丝。钢丝是确定的，针眼也是确定的，但能不能穿进去却是不确定的。不确定的事物往往令人焦虑。老徐一共试了三次，头一次没成功，后两次成功了。

怎么样，还行吧？老徐在车里哈哈笑，古参谋，你是管训练的，得帮我给领导反映反映啊！我当了十六年兵，开了十六年叉车，全保管队没人比我更熟悉这东西了。你们要是觉得这活计以后还得给首长看，那年底转三级军士长的事就应该考虑一下我。要不然明天李部长过来，我这针可不一定能穿进去啊！

古玉笑着，继续看他们在作业场上演示，直到所有的流程走完两遍，才拍拍老徐的肩膀告辞了。老徐说什么他不担心。不管他说什么，他都不可能故意不把钢丝穿进针眼。每个人都是这样。每个人都要揣测、试探、迂回，在话语的齿轮中涂上滑油，以便继续以咬合的方式和谐相处。当初他向吕少芬提出分手时也是这样。在肋巴滩的最后几个月，他没有给任何人讲过自己调动的事已经差不多要办成了。他不说不会有人知道，因为那完全是个巨大的意外。他开始故意不接吕少芬的电话，收到微信也很久才回一个"好"或者一个面无表情的符号。他开始找各种借口不再去吕老师那儿吃饭。古玉知道，用不了几天吕少芬就会问他到底是怎么了。他当然不会告诉吕少芬调动的事，他只是一口咬定他父母不同意他在肋巴滩找对象。这对他来说是件异常艰难的事，因为这个借口听上去连刘宝平都不会相信。所以刘宝平才会跑来问他。

连长，你真的要和吕少芬断了吗？

滚一边去，关你屁事！

刘宝平问，他可以这么说。吕少芬问，他却不知道怎么说才好。他没办法说实话。实话从来不是好话。他不能说，在她和雍城之间，他只能选择后者。他不能说，她只是自己在肋巴滩那荒凉时光中暂时的慰藉。他不能说，自己从来也没有在她身上感受过激情和痛苦。和吕少芬最后一次见面时，她哭得几乎喘不上气来。古玉从来没见谁那么哭过。那就这样了是吧？平息下来之后她轻轻地自语着，嗯，好吧，我懂。古玉一度怕她会出什么事。不是担心她，而是担心自己。真要那样的话，他调动的事可能就会黄了。古玉那时唯一关心的就是这件事。好在吕少芬是个柔软又坚硬的姑娘，而古玉从前并不真的了解她。那次见面真是太要命了，古玉整个人都是僵硬的，像棵枯朽的死树，只要拿手指轻轻一碰，咔吧，枯枝便会应声而落。不论当面还是背后，他都承认自己对不起吕少芬。他不该去占用她的时间和情感，那都是她生命的构成部分。他唯一聊以自慰的是他并不真的爱吕少芬，可什么又是爱呢？他回答不了。也许爱情跟塑料差不多。什么乙烯、丙烯、酸酯之类，大家每天都离不开它们，却没人真能搞得清那究竟是些什么。

他走在空旷的库区，远处是涂成迷彩色的围墙。刚调来时，他很喜欢这里的安静，偌大的库区常常见不到一个人。后来他却很怀念肋巴滩机场上的轰鸣声。那金属质地的巨大噪音曾令他厌恶，奇怪的是它们又在回忆中雄浑激昂起来。这到底是怎么回事？人的感觉为什么这样飘忽不定！或许他从来都是迷惑的，他甚至都没搞清楚过自己究竟为什么非要削尖了脑袋调来雍城。这个念头也许是在被朱晓琳甩掉之后就种下来，然后被肋巴滩的烈日和漠风滋养长大，直到整个脑袋塞满了坚韧扭曲的藤蔓。他已经来到了雍城，而藤蔓并未消失，它们依然在生长，以至于他透过那些细小的缝隙，始终无法看到任何一张完整的面孔。他唯一确定的是那些面孔仍隐藏放在藤蔓深处，它们只被掩盖却从未消失。

是的，是这样。刘宝平不正在藤蔓之间呼唤他吗？让他想起自己曾在吕老师家里喝过那么多次酒。他还非要教古玉划拳。你以为我不知道你们那啥禁酒令？划拳是划拳，喝酒是喝酒，谁给你说的划拳就等于喝酒？我还和人家划拳唱歌呢，咋就不行了？咦，你咋不喊？不喊你划啥呢？你一喊酒劲就散掉了，这是有科学道理的懂不懂？来，带一个帽啊，就是只喊一个哥俩好。咋又是五魁首？给你说了水青划拳不带五！五这种拳，咋划都能赢，有啥意思？你以后是水青的女婿，你不按水青的规矩来咋行呢？来，再来一次，听我的啊，兄弟两个好上……吕老师喊"兄弟两个好"时一本正经，常引得古玉忍不住笑。等他学会划拳后才发现，吕老师的拳其实烂得要命，他最爱出二喊四、出四喊七，十次有八次会被古玉逮个正着。水青划拳喝酒的规矩是一次六拳，一拳一杯，赢二输四，几个回合下来，古玉还没怎么着呢，满脸通红的吕老师就已经坐到了钢琴前开始演奏了。在吕老师家，他听了很多钢琴名曲，可他最爱听的却是老头用极其流畅的轮指演奏《阿尔罕布拉宫的回忆》，而那本来是一首吉他曲。几乎可以说，他是冲着这个可爱的老头才去和吕少芬交往的，比起女儿，他可能更喜欢父亲。吕少芬是多么安静啊！她不爱说话，永远只是点头或者微笑，以至于古玉很少能回忆起他们相处那段时间里，究竟都聊过些什么。

现在一切都凋落了。到雍城刚七个月的一天，刘宝平在短信里告诉了他吕少芬出车祸去世的消息。他没有回复。这可能是他自从有了手机以来唯一没有回复的信息。他不知道如何回复。他应该回复的，哪怕只是问一问具体情况，可他的确没有回复。刘宝平说事故出在312国道上，吕少芬夜里开车时跟一台货车追尾。他在网上找了很久，并未找到相关的事故报道。312国道长达数千公里，每天都可能发生事故，而吕少芬的这起事故或许小得不值一提。她为什么要夜里开车？古玉同她分手时，她还在驾校学车，科目二考了两次都没过，一次折在了倒车入库，一次折在了坡道起步，她还在那儿傻笑。不是能考五次吗，还早着呢！第三次考得怎么样古玉就不知道了，看样子应该是通过了。那她出事是什么原因？超速？酒驾？还是别的什么？他没问，也不可能再问了。

出了库区大门刚到路口，一辆吉普车在他面前停下来。你搞什么呢！齐胖子从车窗里探出脑袋，马处长正找你呢，领导电话你也敢不接！古玉摸出手机，果然有马处长的两个未接电话，应该是被刚才的叉车声盖过了。古玉答应着走了两步，又停了下来。胖子，肿瘤医院你有熟人吗？肿瘤医院啊……好像还真没认识的，谁他妈没事谁想去那儿看病啊。齐胖子眼珠转转，你要说部队医院的话我还能帮你找到人……哎，你逗我呢是吧？你老婆不就是那医院的吗？

古玉逃也似的走开了。赶回办公室，正靠在椅背上闭目托腮的马处长立刻坐直身子。果然没什么好事。宁主任终于想出了解决脱稿汇报的高招。他要求准备两个版本：一个是十五页的完整版，汇报时与会人员每人打印一份；另一个则是不超过八页的缩写版，让政治处会写书法的士官小李抄在自己的笔记本上，一旦首长要求脱稿，宁主任有这册孤本在手，应付下来绝无问题。

意思明白了吧？宁主任说这个叫干货版。就这点干货，要你去汇报，你闭着眼睛也能说个一二三出来吧。马处长罕见地露出一丝讥讽的笑容，不过立刻又收了回去，宁主任既然要求了，你就善始善终吧。弄完不用给我看了，直接呈给宁主任就行。马处长停了停，忙完这个工作组，这两天我尽量不给你派活儿了，让你也休整休整，下周好安心地带队去西藏押运，好不好？

古玉本想说这个"干货版"可能比完整版更难写，可马处长的最后一句话把他嘴给堵上了。回到办公室，古玉坐在电脑前发了会儿呆，然后摸出手机给冯诗柔发信。他们不是已经领证了吗？那就不应该再有求人的感觉。他想他可以再试一次。他盯着手机，好在这次冯诗柔回复得很快。

我又问了一下，等床位的人太多了，真的住不进来。冯诗柔加了一个"流汗"的表情。

好的，明白了。

你会陪你朋友来医院吗？

为啥，不是说住不进去吗？

住院现在确实不行，我是想问你会不会陪你老师去门诊看。

应该不会，这两天太忙了。

没帮上忙，你不会怪我吧？

怎么会，你又不是院长。

假如你要带病人来的话，一定提前给我说一声，这几天我们也忙，不一定在。

好的。古玉最后回复了一句。微信无疑也是有语气的。冯诗柔的语气似乎和平时不太一样。也许是因为没帮上忙而过意不去？从早上到现在，她甚至连朋友圈都没更新。平时古玉吃早饭的时候，她至少已经发过一条了。车流。朝霞。花朵。瑜伽。海滩。小狗。戒指。咖啡。食物。还有很多胖乎乎的猫，虽然古玉确定她并没有养猫。最多的是自拍，特别是嘟着嘴的照片。冯诗柔说她嘴唇薄，嘟起来会好看些。可现在最新的一条还停留在昨天下午。不过他没时间去考虑这些了。他还要去写宁主任要的"干货版"。他已经做了他所能做的一切，至少他自己是这么认为的。

桌上的电话响起来，古玉仔细地看了来电显示，确定是保障部战勤计划处的号码才接起来。

小古，我是王参谋。明天上午李部长工作组名单改一下，直工处曹副处长不去

了，换成栗处长去。电话那头的口气稀松平常，而古玉听着却像个噩耗，栗处长名字知道吧？栗建中，建设的建，中国的中，给你们领导报一下啊，就这事儿！

放下听筒，右腿却冷不丁地痒了起来。古玉伸出手去揉腿，可无济于事。他怀疑那颗令医生束手无策的小钢珠可能卡在了某根神经枝杈当中，他愤怒地冲着大腿侧面猛击几拳。这下好了，小钢珠生起了气，它大概是使劲蹦跶了一下，一阵剧痛瞬间爆发，疼得古玉差点叫出声来。一口冷气倒吸进去却半天吐不出来，他双臂死命抱住右腿一动也不敢动。不知道过了多久，疼痛渐渐消退了，他仍抱着大腿在椅子上蜷缩着，像一条可怜的狗。

7

会议室没什么可说的，长得都差不多。唯一的变化是胡桃色大会议桌蒙上了迷彩布，看着有点儿晃眼。宁主任对这块灰蓝色数字迷彩桌布十分满意，昨晚铺桌布时还专门上来看了一眼。他表示，落实实战化要求就是要从细节做起，后面他还打算定做一些迷彩文件袋和迷彩封面笔记本发给大家，以期进一步增强仓库官兵的备战打仗意识。正往一头扯桌布的齐胖子听了连声叫好，因为这桌布是他周日在城里定做，昨天下午又去城里取回来的。至于怎么把那十几把又大又沉的黑色革面软椅搞得更加实战化，宁主任暂时还没想出办法，所以只好先这么用着。

会场内众人两侧分坐——李部长工作组靠窗，仓库常委班子靠墙。也不完全靠墙，他们背后还放着一溜窄桌，坐着会务组的几个人。古玉的任务是给首长讲话录

音并在会后整理讲话稿。但还早。还没到"请首长讲话做指示"的时候。这会儿仓库宁主任正在给李部长汇报工作。他面前放着棕色的笔记本,那里面抄录着古玉绞尽脑汁炮制的"干货版"。可惜这活儿白干了,因为李部长并没有要求脱稿汇报。没人知道李部长为什么没让宁主任脱稿,大家都在揣测领导,于是领导变得更加难以揣测。这可能跟刚才老徐的叉车穿针有关。到四号库房之前,李部长一直面无表情,除了问一些专业上的问题,没有一句多余的话。陪在李部长身边的宁主任不停出汗,短袖夏常服几乎湿透了。检查的前半程气氛都很紧张,直到老徐操作叉车成功地把钢丝穿进针眼,李部长的表情才微微活泛起来。他从随行参谋那儿取来自己的花镜戴上,凑到货叉尖前仔细端详,然后笑了起来。嗯!李部长点点头。毫无疑问,这代表着表演取得圆满成功。来,小伙子!李部长甚至还拉过老徐合了影,这绝对算得上是锦上添花。就此开始,整个气氛变得松快了些,至少跟在后面的古玉感觉如此。

最高兴的当然是宁主任。对李部长这样标准高要求严的领导来说,不批评基本等于受表扬。他声音洪亮地念着汇报稿,显得有了些底气。古玉坐在后排常宁宁旁边,假装在稿子上勾勾划划,虽然他是最不用看这稿子的人。上午的阳光正披在李部长背上,肩上一颗金色星徽闪着光。刚上军校时,古玉也想过自己哪天能当上将军,后来他就不想了。金星过于遥远,而他只能停留在地球上。

身边的常宁宁抓起桌上的相机,起身去给领导照相。刚才李部长检查时,她也一直在跟拍,其中的一些照片将会出现在办公楼前的灯箱里。天天给领导照相,相机都快吐了。想起刚才常宁宁在会议室门口的话,古玉觉得有些好笑。常宁宁的迷彩服显然是小了一号,穿在身上很显身材。古玉的目光一直抵着常宁宁背影,像双机编队的僚机盯着长机。正盯着,常宁宁在会议桌前突然转了个身,古玉的目光瞬间从她纤细的腰肢上滑开,猝不及防地跟栗处长撞在了一起。脑袋里"呼"的一响,宛如金铁交鸣,震得他浑身发麻。天啊!他赶紧低下了头。他见识过栗处长的眼神,像是明晃晃的刺刀,而他无力与栗处长抗衡。

古玉不敢再乱看了。他强迫自己集中精力,埋头听着宁主任的汇报稿究竟念到了哪儿。第二块……第三点。正念着,李部长却一下子截掉了宁主任的话头。

我插一句。李部长取下花镜,你们这汇报是谁搞的?

宁主任立刻停了下来,会议室瞬间毫无声息。古玉赶紧按下录音笔的红键,可李部长只说了这一句就不说了。李部长在等待回答,然而这个问题不怎么好回答——谁也无法判断李部长这话究竟是什么意思。即使从侧后方观察,古玉也能看出宁主任被问懵了,像个被老师叫起来提问的小学生。小学生答不上来可以红着脸说不知道,宁主任可以红脸但不能说不知道。

首长,我报告一下,这个汇报材料是我们业务处的马处长牵头起草的。宁主任终于反应过来,伸手指了一下马处长,我们马处长以前在保障部机关干过参谋,干过秘书,又是仓库的老业务处长,经验很丰富的。

噢……还干过秘书。李部长点一点头,给谁干过秘书?

古玉忍不住抬起头。所有人都看着马

处长。马处长端坐在桌前，声音不大却很清晰地说出了一个名字。古玉在肋巴滩时就知道这个名字，不仅如此，他还亲眼见过这个名字的主人。那会儿他在警卫连当连长，曾在队列前跑步向他报告，并和指导员一起陪同这位相当平易近人的将军检查过连队。搞得不错。搞得挺好。古玉至今记得他很长的眉毛，以及听上去漫不经心而又言简意赅的评价。来仓库以后，他才知道马处长曾给此人当过秘书，只不过干了没多久便从保障部机关下到了仓库当了业务处长。虽然是副团职平调，但从大机关到这个小仓库，实际还是贬了。几年后该将军落马，有关部门把马处长叫去配合调查，大家都以为这就算是永别了，谁知道没过一个月他又回到了自己办公室。古玉最初听到的版本是说，马处长因为多次犯颜直谏惹恼了首长，才从雍城市中心的机关大院贬逐到了这个北山脚下的团级仓库，走的明显是范仲淹的路子。但齐胖子不这么认为。哪儿有那么多不要命的？不要脸的倒是有。齐胖子哼哼着，那是因为老马有狐臭，秘书才干了三个来月就熏得首长受不住，这才把他弄走的，不信你们去闻啊！

古玉很不喜欢齐胖子这个版本，即便他此刻确实能闻到马处长身上那股不太友好的味道。他看不到马处长的脸。他只是感觉马处长的头发似乎又少了些。

宁主任你接着说啊，愣着干什么？我批评你们了吗？没有嘛！李部长怔一怔，重新戴上花镜，嘴角咧了一下，听你刚才讲的那个防空袭演练，有那么点意思，最起码反映了你们仓库党委的备战打仗意识。不像有些单位，思维还停留在过去，跟不上当前的形势，这怎么行，是不是？

宁主任抹了把汗，清清嗓子继续汇报。念到每一页末尾，会场上就会响起大家一起翻页的哗哗声，像是海水冲过沙滩，抹掉了所有的脚印。但那些脚印曾经存在过，不是吗？刚才那个名字是马处长的一小片过去。人人都有皮肤一般的过去，即使长出了斑点布满了皱纹也依然领臾不可分离。古玉抬起头来看一眼坐在李部长身边的栗处长，他正拿着笔在面前的汇报材料上勾画着。一个念头气泡般在他脑海里冒出，一串接一串，起初他不确定那是什么。如果不是刘宝平，他从来没往栗处长这里想过。他只看到海面泛起异样的波纹，接着涌起白色的泡沫，突然间，一头巨鲸从海中跃起又轰然落下，黑色的皮肤在阳光下闪闪发光。

你看，首长表扬你了吧？下楼去招待所吃饭时，宁主任笑哈哈地拍着马处长的肩膀，我这人就是这样！该你们露脸的时候，绝对要把你们往前推的！

吃饭轮不到古玉参加，其实他也不想参加。和领导吃饭本质上是一项工作，而此刻他只想办点私事。等领导们鱼贯进入餐厅，他快步上了二楼，钻进了楼道尽头的卫生间。昨晚陪着马处长过来检查准备情况时他已经看过了，二楼每个房间都带卫生间，所以楼道尽头的公用卫生间不会有人去。卫生间的地形也十分有利，只要从里面出来进入走廊，经过的第一个房间门上就贴着红色的名签：栗建中。

他关上隔间木门，坐在马桶盖上抽烟。楼下餐厅里的说笑声隐隐传来，而他像个纠结的刺客。他要去找栗处长，而栗处长肯定不想见他。他们本来就没有任何关系，按说也不可能有任何交集。他们只是彼此的一个意外。很久之前的那个晚上，古玉借着来雍城出差的机会跑到战区空军机关大院门口，只是想求见人力资源处分管干部调配的干事。那是他绕了好几个弯才联系上的老乡，他想去打听一下调动的事情，可人家全然没有想见他的意思，不耐烦地挂断了电话。我说了不要来不要来，你怎么听不懂话呢？古玉在站着双岗的营门外徘徊了很久，直到一个剃着平头的便衣暗哨走过来盘问他，他才讪讪离开。他在夜色中往地铁站走，一路上用力发誓再也不去求人办调动了。那本来就是个梦，已经损耗了他大部分的平静和工资。他应该消停下来，老老实实待在肋巴滩，看战斗机起降，跟吕少芬结婚，这并没什么不对。起初不甘于命运，最终又屈从于命运，大家不都是这样的吗？

总的来说，那是个离奇的夜晚。大概也只有夜晚才充满偶然和悬念。闷头走下地铁站又长又陡的台阶，一声惊呼唤醒了他。隔着台阶中央的护栏，一个人从高高的台阶上滚落，一直滚到台阶中间的平台上才停下来，那又重又钝的声音听得他心惊肉跳。他四处张望着，如果就近有别人，他可能就那么走了，他没心情管这些闲事。奇怪的是当时还不到九点钟，而视野中除他之外却空无一人。他待在原地犹豫了一下，这才跳过护栏跑了下去。那个穿着红色羽绒服的老太太在地上蠕动呻吟，额角和嘴里流着血，看样子摔得不轻。古玉唯一能做的就是拨打120电话，从台阶上捡回了老人飞掉的鞋，然后守在老人身边。

急救车来得很快，古玉帮着医生把担架弄出地铁站，又把老人送上车。如果他就此离开，一切会很完美。他将像蝙蝠侠一样扶危济困，然后背对着鲜花和赞美，大义凛然地消失于暮色。令他意外的是，把老人送上急救车后，他却没能下来，因为老太太一直抓着他的手不肯松开。那时他不可能知道，老人有一个叫栗建中的儿子。现在再让他选，他宁愿选择不去知道。他不应该接过老人的手机，去帮她给儿子打电话。当他从老太太口中得知，即将匆匆赶来的那个中年男人居然是战区空军保障部直属工作处的处长后，又决定继续等在手术室外面。他脑袋里一定有个病毒程序被激活了，完全管不住自己。第二天中午，他又鬼使神差般地坐了二十几站地铁跑来医院，还在医院门口买了一大束鲜花。那是他平生唯一一次买花，送给了一个老太太。或者说，送给了有个处长儿子的老太太。他知道会在病房里再次见到栗处长。他必须抓住这个机会，这个机会是他自己挣来的，难道不是吗？如果他只是把老人送进医院就悄然离开，像一个真正的好心人那样，那么他会心安理得地接受栗处长的笑容和感谢。可惜他已经迫不及待地把那些笑容和感谢变现了，仿佛把捡来的钱包还给主人，然后又向对方索要了一份酬金。他在心里反复申明，这并不是自己想去做的。也许捡到钱包的人已经饿了很久，需要像个人一样吃上顿饱饭呢？

他从来也不确定，自己在栗处长眼中是个什么样的人。两年前接到调令来雍城报到时，他借机又去找了一次栗处长。光是打听门牌号就费了半天周折。那天晚上，他走在营区昏暗的路灯下，一直担心信息有误而敲错了门。还好，出现在门口的正是栗处长本人。他穿着短袖体能训练服和拖鞋，手里拿着一副花镜，很疑惑地看着古玉。

那是他和栗处长最后一次单独见面。他很拘谨地坐在栗处长斜对面的沙发上，双手放在膝头。他记得栗处长指指面前茶几上的水果让他吃，他当然不能吃。他向栗处长表示衷心感谢，感谢他费心把自己从肋巴滩调到了雍城，栗处长却靠在沙发上盯着电视，半天没有回应。古玉挖空心思准备的开场白很快就用完了，而栗处长看上去仍未打算开口，于是两人之间显露出大片的沉默，仿佛空旷而寂寥的戈壁滩。

阿姨怎么样？他硬着头皮找话，身体恢复得挺好吧？

栗处长好像"嗯"了一声，但混杂在电视声里，古玉听不真切。栗处长始终盯着电视，那里有两个专家在讨论特朗普，好像他们和特朗普很熟似的。

古玉知道自己该走了。他起身从挎包里掏出一个小纸袋，轻轻放在了茶几沿上。事后回想起来，这个举动带来的悔恨可与当初让刘宝平去了警卫连有一比。为了这个破玩意，他在商场的珠宝柜台折腾了好半天，最终被扣除了百分之十的"手续费"才得以退货，白白损失了小一万块钱。

合适的干部可以调过来，不合适的干部也可以退回去。他记得栗处长说的每一个字，东西拿走，你也回去吧。

呼吸变得困难。套近乎远没他想象中容易。他很想给栗处长解释一下，这不过是聊表谢意，但栗处长看上去并不这么认为。他一定以为古玉不仅想要一次性优惠，还想享受长期的会员折扣。栗处长当然不可能这么说，这是古玉自己想的，说明他真的这么想过。从医院手术室外的交谈开始，栗处长可能就已经开始烦他了。那次短暂的会见中，沙发上的栗处长连动都没动。他的目光从花镜上方斜射过来，仿佛一只老虎，看得古玉心中一凛。

我说话你没听见吗？回忆的最后一幕是一只被重重摔在茶几上的电视遥控器，年纪轻轻搞这种名堂，你不觉得丢人吗？

古玉揿灭手里的烟。他的脸可能比烟头还烫。不能再想下去了，否则他会失掉最后的勇气。他从马桶盖上站起来，听着喧哗声由远及近。他心跳加速，而腿又开始痒了。副营。落编。丢人。肝癌。转业。美好。户口。旅馆。请求。地铁。混蛋。钢珠。感谢。尊严。叉车。再见。他用力晃晃脑袋，他需要确定自己到底要对栗处长说些什么。

人声渐息，走廊里传来几记关门声。古玉再次确认迷彩服的领章、胸标和臂章佩戴无误，扯了扯衣襟走出厕所。走廊里空无一人，工作组的人应该都准备休息了，下午两点半他们还要去空防工程处检查。他站在栗处长门前，调动出所有的勇气开始敲门。他设想着栗处长的脸色，应该不会好看。不过作为一个有涵养的领导干部，他应该也不会立刻把自己轰走。就算是神色冰冷古玉也完全理解。阿拉丁神灯的故事已经讲完了，他当然不能厚着脸皮要求再来一段渔夫和金鱼的故事。

8

去市区的班车上，古玉睡着了一会儿。接到刘宝平的短信到现在，四十八小时里他基本没怎么睡。现在好了。他感觉轻松，几乎有些愉快。这愉快有一部分是栗处长带来的，虽然他中午敲开招待所房门时，穿着白色背心正准备休息的栗处长显得有些惊讶。

要是工作上的事，你可以说一说。栗处长坐在窗边的椅子上，如果是个人的事情，最好还是通过组织解决为好，明白我意思吧？

栗处长当然不可能猜到古玉要说什么，这让古玉有一丝得意。如果不是刘宝平的短信，就连古玉都不会把栗处长和吕老师联系起来。刘宝平的想法如此离奇又危险，宛如一颗深水炸弹，在黑暗沉寂的海底炸出一团橘色的火光，令古玉无法继续潜藏。他在栗处长几步开外立正站好，有些结巴地说了一分钟，要么五分钟，直到栗处长的目光从天花板落到他的脸上。

好了，我知道了。按说这个事你也不应该来找我。栗处长语气淡淡地，不过人命关天，我就帮你问一问看吧。

见栗处长拿起手机，古玉准备回避，栗处长却摆摆手让他不要走。栗处长显然和对方很熟，听上去应该是战友或者同学。这不意外。意外的是他敬完礼转身走到门口时，栗处长又把他叫住了。

有些话我一直没给你说过，既然你今天来了，说说也无妨。栗处长顿了顿，你从肋巴滩交流到雍城的事，有一部分是我母亲的原因，不过这不是主要的。最主要的，是我看到你简历里有个二等功，这让我还有些意外。从这个事情上讲，你其实是个优秀的干部。栗处长盯着他，优秀这东西，不是谁赏给你的，也不是你拿钱换来的，所以我希望你……希望你继续优秀下去。

出门时，古玉似乎看到了栗处长微笑了一下。一颗小行星紧掠过地球，草木依旧葱茏。

给马处长请了假，又从宿舍换了便装出来，正好在楼梯口碰上了齐胖子。你知道李部长今天为啥没批咱们仓库不？不知道。我给你讲吧，他当副师长的时候，那几个单位都刁难过他，只有咱们仓库对他不错，懂了吧？古玉笑笑，侧过身子下了楼。他不想知道那么多，那跟他没什么关系。

在上班吗？上了地铁，古玉给冯诗柔发信。

对啊，怎么了？

没事，随便问问。

你那个老师看病的事咋样了？还会来我们医院吗？

不来了。看来冯诗柔对这事真很上心。不过现在古玉可以放心地和她开开玩笑了，你们医院不是住不进去吗？他们去别处看了。

好的。冯诗柔说，我们医院就这点不好，人太多。

用不着告诉冯诗柔。她知道了反而尴尬。古玉要做的只是去医院找到张主任，然后和冯诗柔共度这个夜晚。下周一出发押运，至少半个月不会再见到她了。

栗处长打了招呼，一切都很顺利。院办张主任是个忙碌而严肃的瘦子，直到听古玉说到肋巴滩，才突然变得热情起来。我在肋巴滩待了十六年！跟你们栗处长是一个车皮拉过去的兵，都在机务大队，他搞特设我搞机械。张主任说，后来他到师里政治部当干事，军区空军调他他还不太想去呢，说舍不得那儿的羊肉，哈哈！

古玉还是头一次听说栗处长居然也是肋巴滩出去的。这感觉很奇怪。仿佛他怀揣着一个秘密要去告诉别人，而别人早已心知肚明。张主任一连问了古玉好几个人，只可惜年代过于久远，古玉只认识他说的一个老飞行员。

那家伙人不错。我当机械师的时候，每回上飞机他都给我们发"阿诗玛"哩。张主任打完电话，又撕下一张便笺纸给古玉写了两个电话号码，栗建中搞得也太夸

377

张了，谁给他说要等三个月的？我问了肝胆外科，没那么紧张，等个一周十天的也就住进来了。

张主任的法说和冯诗柔不同，这没什么奇怪。张主任说话肯定比冯诗柔好使。再说等的时间越短，插队的感觉就会越小。无论如何，吕老师明天就可以住进来，然后手术，然后化疗，然后就好了。他仍然可以戴他的围巾弹他的钢琴，身边的半老徐娘还可以继续存在，唯独酒可能不能再喝了。酒。他白喝了吕老师那么多的酒，还搭着吕少芬做的菜和拉条子，按说他应该陪着吕老师来医院办手续才对，可他怕吕老师见了自己会气血攻心，没准会强撑病体，用弹惯了钢琴的手再给自己一个耳光。耳光击打的是身体，而受损的是灵魂。一个耳光的当量不亚于一万句辱骂和斥责。他清楚这一点。两年前那个戈壁夏夜，他拉着黑色的行李箱悄悄出了营门。他专门买了最晚一班的过路车，因为他不想让任何人知道。去水青火车站的路上，他和熟悉的黑车司机聊得不错，直到看见刘宝平从车站门口的台阶上跑下来迎接他。

古玉至今搞不明白，刘宝平是从哪里打听到的车次。他没告诉任何人，包括对他一向不错的陈科长都以为他第二天才走。刘宝平说是他猜的，可古玉不认为他有这么聪明。最大的可能就是他问过了当晚送自己去车站的司机。问题是常年跑水青县城到肋巴滩一线的黑车司机有十一二个，刘宝平真的会逐个打电话去问吗？也许会。这种事只有刘宝平才能干得出来。

刘宝平抢过他的箱子走上高高的台阶。想提就提吧，古玉自己无法改变他在刘宝平心目中的崇高地位，哪怕他从来也没给过刘宝平一点儿好脸色。他虚幻的崇高完全建立在刘宝平可笑的愚蠢之上，他不相信刘宝平不明白这一点。行了，你赶紧回吧。那咋行，我还得把你送上车呢！古玉不想再见到刘宝平了，没谁愿意面对戳穿了自己谎言的人，可刘宝平却赖着不肯走。他从迷彩服口袋里掏出个小盒子递过来，说那是他专门送给古玉的 ZIPPO 火机。

别给我，我不要。别啊连长！我买的时候叫店家在上面刻了你名字呢，不信你看。刘宝平手忙脚乱地想要证明，火机却从盒子里掉出来，滑到了椅子底下。他赶紧弯腰去捡，就是这一刻，古玉猛地看见吕老师正冲他走过来。他穿着件浅色牛仔衬衣，围着条很薄的黑色围巾冲他走过来。自己该怎么称呼他？刚认识他时，古玉叫他吕老师，后来又叫他吕叔叔，如果没有遇到栗处长，他可能已经改口叫爸了。还没想好怎么称呼，他脸上已经挨了一记重重的耳光。吕老师的预算应该是一串耳光，只不过刚刚完成了一个，就被刘宝平紧紧抱住了。他使劲挣扎着，可河马一样壮实的刘宝平已经当了几年的警卫班长和连队的捕俘拳教员，如果被他抱住，就连获得过摔跤比赛名次的蒙古族牧民都没办法把他甩脱。

放开。古玉轻声命令着，他不想在空荡的候车室发出回声。

再打你怎么办？刘宝平看一眼古玉，又看看老头，吕老师，有话好好说啊，你怎么能打人呢？

你为什么要干这事？我就想知道你为啥要干这事？吕老师不理睬刘宝平，他只是瞪着古玉，两只发红的眼睛突然涌出泪来，我们哪里对不起你了吗？

这一定是人生中最为难堪的时刻。古玉垂下了眼帘。他无力与吕老师对视。他

378

只是想离开。他想把自己从戈壁滩上拔出来,所以不得不扯断那些同别人缠绕在一起的根须。他想要对既定的目标发起空袭,就不可避免地造成附带伤害。他并不想这样,可除了这样,谁还有什么更好的办法吗?

你跑来干啥呀爸!谁叫你跑来的?一阵急促的脚步声,吕少芬不知从哪里冒了出来。她带着哭腔跑过来抱住父亲,这是我的事,你跟着我干啥呀!

几个面容疲倦的旅人远远地看着他们,一个婴儿响亮地啼哭起来。候车室天花板上起码有一百根荧光灯管,他们为什么把这里弄得这么亮?他不知道接下来该怎么做才是正确的。大概怎么做都不可能正确。他只能怔怔地看着吕少芬拉扯着父亲走向候车室门口,继而消失在无尽的暗夜之中。

连长,吕老师这事办得不好,再咋说也不能动手……刘宝平凑过来,却被古玉揪住了脖子。像当年那样,刘宝平还是一动不动,像一只被揪住了后颈的猫。唯一的区别是,古玉头一回感觉到了刘宝平的强壮和分量。

你告诉他们的,是不是?

我……吕少芬问我你啥时走,我觉得不说也不好,后来吕老师也问我……连长,我不是那个意思……

古玉松开手,提起箱子走向检票口。刘宝平追上来要帮他提箱子,被他一把推开了。连长,我错了,我没想吕老师会动手,我就是想着你和吕少芬好过那么长时间,她送你一下也没啥。连长,你把箱子给我呀,以后我想给你提也没机会了……

你给我滚远点!古玉狠狠地瞪着刘宝平,你以为你是个什么东西?你觉得我最烦谁?就是你!你不知道吗?

古玉走开了。进站前,他看见玻璃门上映出刘宝平的影子。他低着脑袋戳在那儿,活像一个混凝土墩子。那时他恨透了刘宝平,现在他忽然又不那么恨了。他更像个不知轻重的孩子,见抽屉就拉见门就推,他从不管那里面会藏着些什么。那么还是告诉他吧。打电话当然说得最清楚,可他一时间拿不准该以什么样的口吻对刘宝平说话。他一直认为刘宝平是怕他的,此时自己却像是怕起了刘宝平。这是不对的,怎么能有这种感觉?刘宝平不是他带出来的兵吗?

古玉站在医院行政楼前,摸出手机犹豫了好半天,然后给刘宝平发了一个很长的短信,包括所有的联系人、电话号码、住院流程和一句对吕老师的祝福。他不可能像在肋巴滩的机场上那样,一眼望到祁连山顶的雪。他只能站在被无数建筑立面切碎了的城市天空下,琢磨、掂量、纠结着,怀揣散沙般细碎又卑微的心思。

古玉重新穿过门诊部大厅准备离开。从认识冯诗柔到同她结婚,他从未来过这里。眼前这巨大喧嚣如同春运高铁站的门诊大厅令他震惊。这是雍城背景音乐的一部分。古玉在人流中绕来绕去,即将走出这嘈杂之地时,他随意地抬头扫了一眼,不由自主地停下了步子。

疼痛科

绿底白字的牌子,古玉在冯诗柔的朋友圈里见到过。他一直以为这是一栋独立的建筑,搞了半天只是环绕大厅天井的一层回廊。他仰头看了一会儿,迟疑着上了扶梯。一排诊室都关着门,古玉不知道冯诗柔在哪一间。每间诊室门口的屏幕上都显示着医生和患者的姓名,他从头走到尾,却没看到冯诗柔的名字。看来她还太年轻,不仅没办法搞定住院的事,连在屏幕上显示姓名的资格也还没有。古玉转身往回走,忽然看到楼道拐角处的墙上贴着一张医护人员值班表。他摸出手机,想把冯诗柔的名字拍下来发给她,那一定很好玩。奇怪的是,古玉盯着那张表格上上下下仔细找了几遍,都没找到冯诗柔的名字。

你好。他喊住迎面走来的一位中年女医生,请问冯诗柔在吗?

谁?她满腹狐疑地打量着古玉。

冯、诗、柔。古玉又认真地重复一遍,她是你们这儿的医生。

冯诗柔?她嘴里嘀咕一下,你弄错了吧,我们这儿没这个人。是不是其他科室的?

这儿不是疼痛科吗?

是啊。这点我应该还不会弄错,这科成立我就在这儿。她笑笑,指指白大褂上的胸牌,上面印着她的照片和姓名,我可以很肯定地告诉你,我们这儿没你说的这个人,要说,我们这儿从来也没有过一个姓冯的。

古玉站在原地发了会儿呆,才想起给冯诗柔打电话。和平时一样,她直接挂掉了。她为什么这么讨厌接电话?

老公有事吗?冯诗柔很快发来微信,我在上班呢。

我就在你上班的地方。古玉在巨大的嘈杂声中打着字,没找到你啊。

别逗了,我正忙着呢。她回个笑脸,今天病人特别多。

肯定是哪儿搞错了。疼痛科。多么怪异的名称。古玉冲着走廊拍了张照片发出去。这地方他一点儿也不熟悉,冯诗柔应该能告诉他到底是怎么回事。

我刚才没说清楚,我今天不在单位上班,一下午都跟着专家在医大附院这边出诊呢。冯诗柔的电话立刻回了过来,这似乎是她头一次主动给古玉打电话,你怎么跑到医院来了,你到底在干吗?

我顺路过来的。古玉笑,刚才我问了个医生,人家说不认识你。

谁让你来的?我不是给你说了,你来的时候告诉我吗?冯诗柔不知是怎么了,发动机试车般的尖利嗓音刺得古玉鼓膜生疼,我现在不在医院!你别瞎跑了,赶紧回去!听见没有?

问题是我已经来了。古玉突然觉得整个世界都晃动起来,你这是咋了?你到底在哪儿?

9

在一号洞库仔细核对完将要押运走的十二发15号弹,古玉没坐电瓶车,而是沿着幽深的坑道往外走。航空爆破弹重而航空杀伤弹轻。航空穿甲弹细而航空燃烧弹粗。航空照明弹带吊伞而航空照相弹不带。梯恩梯的机械感度很小,就算朝着它开枪也不会爆炸。黑索金一点不黑,它其实是种白色的结晶物。

身边码垛的弹药古玉已经非常熟悉,而人却依然陌生。从洞库出来,刺目的阳光让他眼前发黑。他索性坐在了洞口旁的草坡上,面朝太阳闭上眼睛。他应该回办公室的,但这时候他不想见到任何人。昨天傍晚离开家,他在大街上游荡了很久,后来右腿酸胀得厉害,就坐在路边的长凳上,一直坐到街上再也看不到行人才打车回了仓库。整个晚上,冯诗柔给他发了很多条微信，还打了十几个电话，但他没回也没接。他不知道说什么。就像早上马处长问他为什么没在家多待会儿，他也不知怎么回答。

回来了也好，正好把这个给你。马处长把手里的几页传真纸递过来，我从我同学那里要来的一些高原行车的经验材料，他在拉萨和日喀则都待过，对西藏那边的情况特别熟。你好好看看，马处长带着一丝笑意，这可是押运秘籍，应该能有点帮助。

不用了处长。古玉犹豫一下，我用不上。

有备无患嘛，怎么叫用不上？马处长愣一下，人家出去旅游还做做攻略呢，这是仓库第一次押运火工品去西藏，你又是带队干部，更得准备充分些。

我去不了了。

为啥？

我不想去了。

这话怎么讲？马处长把手收了回去，意外地看着古玉。他可能想从面前的这张还算年轻的脸上发现点儿什么，为什么不想去了？

不为啥，就是觉得没意思。

没意思？什么有意思？

没什么有意思的，什么都没意思。

所以你就不去了？

是。

因为你心情不好，所以就打算撂摊子不干了？马处长的腮帮子微微发抖，我知道你这几天状态不对，但这好像还构不成你不去押运的理由吧？

我状态挺好的。古玉愣了愣，就是不想去了。

现在要是让你上前线打仗去，你也打算说你不想去了，是这话吗？

我没那么说。古玉低声嘟哝着，那不是一回事。

这就是一回事！马处长猛地把手里的材料拍在桌上，震得古玉一激灵。他眼看着马处长的一张关公脸很快红得要滴血，不想去了，你说得轻巧！你凭什么不想去？你有什么资格给我说这种话？就你古玉有情绪？别人没有？我马书南没有吗？你加班我也加班，你熬夜我也熬夜，我比你舒服吗？我副团马上满十年，原来人家说我是保障部最年轻的副团，现在呢？现在是最老的——算了，不扯这个。没错，我明年三月就该转业了，那我现在是不是就可以去对领导说我不干了，能吗？不能，因为我说不出口！因为我还有我的原则，我还有我的尊严！尊严，懂吗？我不知道你遇上了啥事，我也不想问你，但是不管遇上什么事，我都不能允许你给我拿出这副半死不活的样子！不允许！什么叫疾风知劲草，一点风就把你吹倒了？以前的你是这个样子吗？你档案里的二等功是怎么来的，你自己不记得了吗？

古玉完全呆住了。他从来没见过如此咆哮的马处长。他印象中的马处长永远和颜悦色温文尔雅。两年前来仓库报到那天，马处长什么也没问，只是让他起草一份从严治军教育提纲。古玉熬了一个晚上，第二天一早把十页纸的提纲送到了马处长桌前。他不知道马处长看了没有，因为马处长压根就没再提过这事。这说明只有两种可能：要么很好，要么很烂。不过古玉不担心。部队机关搞材料，一级就是一级的水平。离开肋巴滩时，古玉是航空兵旅司令部军训科的副营职参谋，而综合仓库只是个团级单位。一个作战旅机关拿出来的材料多少要比一个后勤团级机关高一截，就像雍城的人总比水青的人见多识广。事实也是如此，虽然马处长没给出任何评价，但业务处乃至整个仓库的大材料从此就归了古玉。从这点上说，马处长是赏识古玉的，虽然他从来没有明确表示过，就像他从来没有如此狂怒过。

我为什么要推荐你去负责这次押运？我不看别的，我就看你古玉经历比别人全面，干工作比别人卖力，出去能把这个任务完成好！当然了，我也有私心，我想把你留下，所以我得给你压担子，我得让别人看到你古玉是可以的！我想尽量给仓库留几个像样的干部，一个单位没几个踏实干活的人，那就彻底完了！刚才的怒吼像是把马处长累坏了，他的声音低沉下来，我给你一天时间考虑，想清楚了再来找我。我希望你去，但如果你坚持不去，我不勉强你。听明白了吗？

古玉点点头，看着马处长离开。马处长失态了，终于流露出了自己的失意。自己也失态过，死死揪住刘宝平的脖领要揍他。常宁宁也失态过，酒后抱着古玉哭过一回。吕老师也失态过，给了古玉那么结实的一记耳光。冯诗柔也失态了，昨晚她冲着古玉用力哭喊，用掉了好多张纸巾。也许每个人一生中至少都会失态一次，仿佛一扇沉厚的铁门突然开启又迅速关闭，露出门内一瞬间的隐秘光景。

古玉摸出手机瞅一眼，冯诗柔今天没有更新朋友圈，也没再给他发微信。她可能也意识到，虚构不是件容易的事。他想起第一次和冯诗柔约在星巴克见面时，她话不多，显得有些拘谨，直到她站起来去拍陈列架上那些新来的杯子。这是新款的呢，好漂亮呀。她说，然后把它发在了朋友圈里。第二次见面时，古玉是带着那只杯子去的。那天他有些兴奋，因为别人从来没给他介绍过一个容貌尚可并且有着一份体面工作的姑娘。他太需要一个合适的结婚对象了，而冯诗柔看上去是最合适的一个。在他们相处的短暂时光里，她最常讲的是医院里的事情。一个危重病人如何化险为夷。手术结束后少了一块纱布。号贩子和快递小哥打起来了。某种进口的针剂一支就几千块。这些事情她总是讲得异常具体，充满了带着消毒剂味儿的细节。

这很荒谬。他只不过是一个小小的上尉，每月拿着在雍城面前不值一提的工资，就算全花在冯诗柔身上，那也不是什么值得欺骗的数目。相反，他从她那儿得到了很多满足，不论欲望还是虚荣。他失掉的原来并不是他理应得到的。所以昨天晚上，他和冯诗柔沉默相对时，居然找不出什么事情来责难她。他唯一想知道的只是她为什么要这么做，可她却不肯给古玉一个直接的回答。

不为什么。她始终坚持着，因为我喜欢你。

这不是真的。古玉知道他没那么大魅力。他可能是冯诗柔秘密计划的一部分，正如冯诗柔也是他秘密计划的一部分。他们理应心照不宣。在肋巴滩时，他曾做过那么多计划和方案，现在想来，没有哪一次是完美的。着陆的飞机撞上鸽群。打地靶时突起沙尘遮掩了十字靶标。拉羊粪的车在戈壁滩迷路。手榴弹在身边爆炸。离开肋巴滩那个晚上，古玉也精心计划过。他特意买了最晚的过路车以避开别人，最终还是遇上了早已等在那里的刘宝平。

古玉不太能够辨别此刻涌动着的到底是痛苦还是难堪，也许兼而有之。如果最开始他就知道，冯诗柔其实只是肿瘤医院旁边那家民办医院的护士，那么他还会继续同她交往吗？她从来没念过医科大学。她和古玉同住的那套两居室公寓也是租来的。她从前说过，她的名字是当老师的父亲起的。现在古玉对此表示怀疑。虽然身份证显示，她真的姓冯名诗柔，一个字都不错。

那么她还是不是她呢？古玉想。冯诗柔的头发垂落下来，遮住了半张脸。她的模样和两天前毫无二致。只是当她红肿着双眼坐在古玉对面的沙发上一言不发时，他也惶惑了。他只觉得每个人都如此深奥，令他费解。

不知在橘色的光晕中停留了多久，古玉睁开眼，拍拍屁股向山下走去。拐过六号库房，远远地看见常宁宁正快步走过来，估计是走得有点急，脸颊红扑扑的。

你干吗呢？打电话你为啥不接？看见古玉，她立刻气急败坏地喊起来，你到底在干吗！

我在洞库清点导弹啊，洞库不让带手机你不知道啊？古玉看着常宁宁的发梢被汗水粘在了额头上，怎么了？

没怎么……没事了。常宁宁长舒一口气，无力地靠在库房迷彩色的外墙上，你早上跟马处长怎么回事？我从来没见他发那么大火。

我知道了。你是怕我想不开去引爆弹药库吧？

滚你的！常宁宁瞪着他，你去引爆啊！

我逗你呢。古玉笑笑，早上我是有点失控，不过现在好了。

哟！常宁宁也笑起来，你这么冷静的人也会失控？

自己冷静吗？古玉想了想，很多时候是的。两年前局势最紧张的时候，肋巴滩要派出一个任务分队去西藏。动用飞机数量。航弹种类和基数。空转安排。地转安排。轮战方案是古玉做的，他也把自己写进了前指人员名单。他考虑得很周详，连参谋长都这么说。唯独没想到的是方案上午刚批下来，干部科下午就通知他去雍城的调令到了。他忘不掉那无比纠结的一天。我知道你想去，对吧？我也觉得你应该去。当兵不就为的这一天吗？陈科长满怀期待地看着古玉，想去咱们就请干部科帮你协调，特殊情况嘛，晚几个月去报到应该没问题，你说呢？

古玉不说。他没法和陈科长对视。他飞快地评估了一下成本和风险，然后拒绝了。虽然吃力，他还是拒绝了。他怕夜长梦多。万一因为参加了任务分队弄得调令作废了呢？他承担不起这个后果。现在他才发现，后果永远是存在的，就像行进的落脚处，避开了这里，就得踩到那里。

忽然想起个事。古玉说，我在肋巴滩的时候，有一回要在营门口栽个牌子，参谋长说要写"哨兵神圣不可侵犯"，我说应该写"哨位神圣不可侵犯"。参谋长说其他单位都是这么写的，我说其他单位都没过脑子。这下把参谋长惹火了，他说就你聪明？你给我写"哨兵"哪里不对了？我说神圣应该形容事物啊，像神圣的战争、神圣的领空什么的。哨兵就是一个兵，他能神圣炊事员为啥不能神圣？站长政委神圣？你办公室门上是不是也要写个"参谋长神圣不可侵犯"？差点儿没把他噎死。

你这就是抬杠。常宁宁翻他一眼，那最后呢，按谁的写了？

那还用说，当然是参谋长的。古玉笑起来，谁官儿大谁说了算嘛。

所以你还是会去押运的，对吧？

应该会吧。古玉重新闭上眼睛，让自

383

已回到橘色的光晕中，我会做我应该做的一切事情。

10

夜色不动。高原不动。109国道不动。抛锚的车不动。古玉也一动不动。只有心脏在疯狂跳动，像个被快速拍击的皮球，咚咚咚咚咚，他能清楚地听到这声响。古玉想转移一下注意力，手机却不听使唤，屏幕上的图标浮动着，指头总也点不住。他自己也不听使唤，背包带勒住的脑袋一跳一跳地疼，感觉血管马上就要爆裂了。他张大嘴巴呼吸着，又不敢张得太大，不然心从嘴里跳出去怎么办？鞋上全是中午在大西滩推车时粘的泥巴，难道要把沾满了污垢的心脏从脚底下捡起来重新吞下去吗？

一天下来，他们其实并没走出多远。眼下离沱沱河兵站少说还有七八十公里。早上在格尔木刮过的胡子，此刻已经长出老长。气压减小，胡子就会长得快？这个可以研究一下。出发时带的红景天胶囊马上吃光了，没觉得有什么用。车打不着，用不了暖风，他把所有能穿的衣服都穿上，依然觉得冷。这是废话。能打着，他就不用待在这里。打不着，他就得待在这里。没别的办法，带队干部是他，他不能把一车的15号弹扔在野地里，也不能让保管队那两个兵替他待在这里。

他一动不动地靠在车门边。路上已经见不着车了。雨不知道什么时候开始下的，透过布满雨水的车窗看出去，此时的夜色如同肋巴滩一样深沉。不像在雍城暗红色的夜空下，他总能看到自己那层浅薄的影子。说起来，古玉一直觉得自己是喜欢黑暗的。接任警卫连长后，他干的第一件事就是把营门夜间的灯给关了。从前的营门并非如此。从前的营门一到夜晚便灯火通明，卫兵的眼睛和刺刀在灯光下闪闪发亮。没人觉得这有什么不对，所以参谋长晚上散步，远远看到营门黑着还以为灯坏了，打电话让古玉赶紧找机营股来修，当知道是古玉故意把灯熄了，还把他训了一通。古玉很认真地向参谋长指出了其中的差别。执勤卫兵必须背着步枪藏身于夜幕，直到有人跨过那条写着"警戒线"字样的白线时——他是这么要求的——卫兵才会突然把营门顶上的大灯打开，让对方瞬间暴露在刺眼的灯光下。他告诉参谋长，灯火管制是一种安全策略。灯光辐射能量，会让卫兵误以为温暖和安全。唯有黑暗，才能让他们绷紧神经瞪大眼睛警觉起来。

出发前那个周日他也是这么想的。肿瘤医院住院部安静而明亮，而他恨不得去把电闸拉了。他在漫长的走廊里寻找病房，每个拐弯处都会先停下来，像个贼似的把头探过墙角观望。但他终究是要走出来的，他必须闯过护士站前的那片开阔地，才能到达吕老师的病房。

你干什么？一个年轻的护士严肃地看着他，探视时间结束了。

古玉尴尬地停了下来。你找谁？他几乎都要转身离开了，护士却又放了他一马，十九床在那边，你动作快点儿啊！

古玉站在门外，隔着玻璃看着病床上的吕老师。老头躺在白色被单里，露出一张苍白的脸，看上去像是死了，好在古玉确信他还活着，没准还能活挺长时间。吕老师不会知道他曾经来过，他只是需要让自己知道他曾经来过。

呼吸越来越困难。古玉裹紧大衣，把

车窗摇开一条缝,稀薄又冷冽的空气灌进来,他打了个哆嗦。便携的小氧气罐只剩下两个,人却有三人,他不能再吸了。头疼得几乎要裂开,眼前闪现出不明不白的眩光。马处长给的资料上说得很对,夜间的高反确实比白天更大。古玉想再把头上的背包带勒紧些,可使不出一点力气。这是要死了吗?他感觉自己撑不到两个去求援的兵回来了。以今天路上的平均行驶速度,他俩搭乘的便车即使顺利到达沱沱河兵站,找到修理工再马上返回,起码也得四五个钟头。那时候自己一定已经死了吧?

他瘫倒在座椅上,躺下应该会好些。正挪着身子,突然觉得腰下硌着个东西。伸手一摸,噢,枪。一支老牌的五四式手枪。上军校新训时用的就是这个,肋巴滩警卫连也用这个,现在还是这个。他其实挺喜欢五四式,很趁手。相比之下,空勤用的七七式就显得太小了些。棕色的牛皮枪套上插着一只弹夹,里面有五发子弹。古玉退出空弹夹,在黑暗中把装有实弹的弹夹塞进手枪。咔嗒,好了。然后呢?在肋巴滩的时候,他们会射击固定靶和移动靶。不过现在没有靶子,有的只是他自己。刚开始学习轻武器射击时,总有人不理解什么叫"有意瞄准无意击发"。报告连长,我老想着无意呢,那这是不是又算有意了啊?刘宝平这么问过他,不过后来他总算明白了。当然,手枪训练最基本的要求不是这一条,而是"枪口不得对人"。古玉打了那么多子弹,还从来没把枪口对准过谁呢。对着那小小的、圆圆的、刻着精细膛线、黑洞般看不到尽头的枪口会是什么感觉?他好像从来没想过这个问题。

古玉举起手枪,在车窗透进的微光中端详着枪身优美的剪影。他盯了它一会儿,用拇指张开击锤,又把手慢慢移开,直到枪口碰到了太阳穴,那里的血管正跳得厉害。古玉把枪口紧紧压在太阳穴上,但似乎还不足以压制住那弹跳的血管。他僵了几秒,试着把笔直地紧贴在扳机护圈外的食指移进护圈,可就在轻触到扳机的那一瞬,他像被电击了一般,猛地坐了起来。

天哪!他飞快地关上保险退掉弹夹拉动套筒,枪膛里那颗子弹掉在了座垫上。他赶紧捡起来压进弹夹,又神经质地把弹夹内所有的子弹退出来数了几遍。一、二、三、四、五。没错,是五发。五发够了,送他出发时马处长这么说过,就是那么个意思。他这才把子弹重新压回去,给手枪换上空弹夹,然后把这沉甸甸的家伙装回枪套,再一把塞进工具箱,"叭"地扣上盖子。他浑身紧绷地坐在那儿,只觉得从脚跟到后颈一阵阵发麻,身上酸痛的感觉反倒消失了。

这时候,手机屏幕突然亮了起来。

给你看个东西。常宁宁发来一个视频,你肯定感兴趣。

古玉不知道她说的是什么。信号很差,视频始终在缓冲。但不管怎么说,刚才那一波接一波的后怕开始平息。昏昏沉沉不知道坐了多久,古玉再点一下视频,居然可以打开了。古玉认出那是保障部机关礼堂,他曾在那儿开过几次会。镜头从主席台顶上一条"先进事迹报告会"的横幅移下来,又拉大,主席台侧面的发言席上,一个穿着军装,斜挂着红色绶带的士官正站在那儿发言。起初古玉没认出这是什么人,因为他戴着军帽,脸上似乎有一块一块像是没洗净的东西。看了差不多一分钟,他才陡地明白过来。

刘宝平。这是刘宝平。怎么可能是刘

宝平呢？他长得不是这样的。在水青火车站送他时，刘宝平还像只河马一样敦实，现在却瘦多了。常宁宁拍的视频声音不很清楚，得仔细听才能听出里面说的是什么。

……我特别想感谢的，是我的老连长古玉。当初在新兵连训练时，我因为过于紧张而把手榴弹投到了脚下。是我的老连长奋不顾身地扑上来，用自己的血肉之躯为我挡住了弹片。我毫发未损，他却被炸伤，整条裤腿浸透了鲜血，直到现在，他身上还留着没能取出的弹片。我的老连长是我最尊敬的人，是他用实际行动给我树立了崇高的榜样，教会我怎样去做一个合格的军人。所以在看到战机起火迫降时，我脑海中第一个闪现出的就是老连长当时的身影……

身影。刘宝平居然也会用这个词？不用看都知道是宣传科的赵二宝给写的，肋巴滩的人都知道，赵二宝最大的本事就是添油加醋，然后去骗报纸的稿费。还有刘宝平，他说得太逗了。谁想去替他挡什么弹片？

可古玉却忍不住看了一遍又一遍，直到屏幕变得完全模糊起来。他推开车门爬下去。雨不知是什么时候停的。天空洗净了，头顶一片汪洋星海，弥漫着雾一般的星云。他眨巴几下眼睛，星空变得清晰起来。这里的星河和肋巴滩的一样宽广灿烂。在肋巴滩那些年，古玉就喜欢坐在操场边上的混凝土墩子上看星星。时间久了，墩子上露出的钢筋都被他的屁股磨得发亮。那阵子刘宝平常会跑来和他一起看。古玉叫他滚开他总也不滚，他坐在几步开外的另一个混凝土墩子上，学着古玉的样子，仰着脑袋看天。

连长，古玉忽地又想起刘宝平曾问过他的问题，你说天上这么多亮闪闪的星星，为啥夜还是黑的呢？

这就不错了，你还想怎样？古玉可能是这么说的，他对刘宝平从来都是这副口气。也可能他什么都没说，就那么沉默着，因为直到今天，他依然没想好该怎么回答。

月球隐士

李宏伟

授奖词

凭借出色的想象力和严密的逻辑力，李宏伟构想了一个饱满的未来社会，用虚构中的试验来检视人类现实和思维的某些界限，并以复杂的人物形象来尝试打破这些界限的可能，其中隐含着人或未来的某种成长契机，从而启发人们更为雄沉地面对现实世界。（黄德海）

A

"叔叔最干净。"

赵匀走出校门，一眼看见叔叔赵一平，心里浮现的是这句话。叔叔站在人群后面，双手插在兜里，望着旁的什么地方，似乎比几个月前赵匀见他时又瘦了一点。叔叔望着某处出神的样子赵匀特别仰慕，用爸爸的话说，那是"从在做的事或连续的行为中不经意地停顿"，是"灵魂的清洁完成"。叔叔在停顿的瞬间，整个人会从大人特有的紧绷、昂扬状态出离，如同弓弦松弛，如同木叶摇落，有一些委顿，有一点颓靡，无论隔着多远，这种气质都能猛地一下将他那张瘦瘦的、带着一缕若有若无愁容的脸，推到赵匀眼前。

赵匀穿过翘首望或伸手接的家长，走到离叔叔几步开外，停住。叔叔上身是灰色的T恤，下身是洗得发白的蓝色牛仔裤，脚下的黑色运动皮鞋是新的，整个人仍旧那么干净清爽，和赵匀见惯的那些人不一样。叔叔眉头微皱，目光专注又失神。赵匀偏过头，想捕捉叔叔目光的去向，但没有发现什么异于日常的东西。转过头来，叔叔正盯着他。

"看看，看看，这是谁家的大小伙子。"叔叔脸上已是由里向外透出的纯然的微笑，他等到赵匀回报以咧嘴大笑，才上前两步，伸出右手，在胸前握成拳头。赵匀上前一步，右手握拳举起，在叔叔的拳头上敲打三下。然后叔叔弯下腰，双手卡住赵匀的两肋，举起他往上抛，在下落时接住，再往上抛，如是三次。放下赵匀时，叔叔有点带喘。

"叔叔，没以前高。"赵匀笑嘻嘻地说。

"能抛起来就不错啦！"叔叔摇摇头，"小伙子，你这半年可没少长。咱们下次见面，就不玩这个游戏了。我想想该举行什么样的见面仪式，说不定这几天就告诉你，说不定下次见面再说。"

"可是，叔叔，咱们每次——"

后面的话被打断了——"赵匀，还没走呢。"——是指导员。赵匀马上转过身，正对着她，恭敬行礼："指导员好！"

"你好。你好——"指导员向叔叔伸过手去，"是赵匀的……家人吧？"

"你好，我是赵匀的叔叔，赵一平。"叔叔几乎在手握住的瞬间就松开。

"哦——我知道。"指导员停顿一下，然后点头，"赵匀那次讲述很不错，还在全校示范过。'我的叔叔最干净''那些时刻，我的叔叔像是刚刚从童话里走出来，还没有适应外部世界的……忧郁王子'……不少人记得其中的句子。你是在做——"

"处理工。"叔叔说得爽朗，"19号舌头——哦不，19号污染区那边，有一天的路程。"

赵匀注意到，指导员的脸红了起来，她情不自禁地看一眼叔叔的右手，再看一眼刚刚被叔叔碰了一下的她自己的右手。"不要说你的叔叔'忧郁'，更不要用'忧郁王子'这个词。"那次确定赵匀做全校讲述示范时，她特意和赵匀交代。在台上，有点口误又有点存心地说出"忧郁"时，赵匀紧张地看过去，指导员正是这番模样。只不过，那一次她红着脸看赵匀一眼，目光就垂了下去。

"是回来休假吧？"指导员继续说，"可以好好陪陪孩子，陪陪赵匀。"

赵匀感到"孩子"两个字正强行把他从叔叔身边拉开，仰头抗议："指导员，叔叔没有孩子，他还没结婚呢。"

"啊，是吗？"指导员脸更红，"不着急，你看你叔叔这么帅气——"

赵匀摇头："着急——我妈妈特别着急——说他马上就三十五岁，再不——"他住口，妈妈后面的话不能和指导员说。他暗暗掐一下右腿，就不该插话。

"是回来休假。"叔叔接指导员刚才的话，然后冲她点点头，"我们先走了，再见。"

"再见——"指导员犹豫一下，又咳嗽一声，说，"祝你独立日顺利！"

"叔叔，独立日是什么？"赵匀往后看，指导员往另一个方向去了，肯定听不见，这才问道，"你要去参加吗？"

"独立日嘛，就是独立到来的日子，一群年轻人聚在一起，庆祝一下。庆祝完就独立了，要么这么独立，要么那么独立，主动或被动，实际上是一样的。"叔叔伸手挡住赵匀，让好几辆自行车过去，"独立日又叫告别日，告别一个地方，或者告别一种状态,这才是这一天的实质。不管告别什么,不再依赖别的人或事,自己决定,自己承担,才是独立。"

两个人走到车站,赵匀平常回家乘坐的那班车正好在站上,但叔叔拉住他。

"咱们先不回家,去自由购物区。"

赵匀听过自由购物区,没去过,但他现在没那么高兴——叔叔的话,他没听懂,就捡起话头:"独立日在哪儿?我能去吗?"

"能啊!带你去见识见识——"叔叔说着,又一辆公交车靠站,他拉赵匀一下,两个人紧一步上车。车上人不少,不要说座位,立脚的地方都不好找。赵匀跟着叔叔,往后面挤过去。后门旁边有个小高台,大人需要弯着腰,因此只有一个小女孩站在那儿。赵匀挤过去,和叔叔把着同一根铁柱。叔叔答应带他参加独立日,削弱了赵匀问下去的急迫感,他有别的问题。

"叔叔,为什么叫舌头?"

"什么?"叔叔一愣,随即反应过来,"哦——舌头是我们每天进出污染区的闸口,还有一排房屋。我们早上在那里换上防辐射服,坐运送车到达处理的地点,下午再坐车回来,脱下防辐射服,洗澡、清洁……"

"对不起——"叔叔旁边的女人打断他,"你是在污染区工作吗?"

她的声音并不大,却有强大的消声、降温功能,让周围一下子冷寂下来,其他人脸上原本躲闪的表情随之明朗,他们一同看向叔叔。

"我在19号污染区工作,是处理工。"叔叔没看她,回答得很平静。

女人也没理叔叔,她伸手拽住小高台上的小女孩,将她拉到身边,往前面挤去。被她动作吓住的小女孩,一声不吭,乖乖地贴着她。得到号令般,原本挤在周围的人都往前拥去。毕竟没有多少空间,只能留出一米多的距离。另有个女人也带着个女孩,坐在后面,见大家这样,犹豫一下,慌慌张张地抱起女孩,也往前面挤去。赵匀脸腾地红了,愤怒、羞愧交加,烧得他握不住柱子。他瞟一眼叔叔,叔叔脸上平静如铁,仿佛没注意到这些纷扰。赵匀低下头。

这时,公交车到站。叔叔松开手,示意赵匀下车,没等他俩动,一圈人忙不迭地从后门下去。有的还在车下面招手、呼喊,又叫下去几个人。有些还不清楚发生了什么的人还在犹豫,后车门就关上了。叔叔见状,冲赵匀摇摇头,让他继续站着。但车没来得及启动,后车门又打开。一个健硕的女人右手抓住车门上的横梁,迈步上来,她留着短发,头发灰中夹白。跟在她身后的,是个佝背缩肩的男子,他的神态兼具幼稚与衰老。两人上车,女人看一眼,就要往车后来。旁边一人拉住她,低声说句什么。

"这有啥——"女人嗓门大得惊人,她径直走过来,坐在那对母女离开的空椅子上。那个男人正犹豫着,女人一声吼:"你还怕这个?!过两个月都不知道在哪儿,现在惜命起来了?"

男人赶紧走过去,挨着她坐下。坐下之后,他的肩背打开一些,人显得年轻不少。女人的话可没打住:"你就这出息,什么狗屁事都怕。你要真怕,就长点本事,找个女人!光跟我赖有什么用,我造孽,生下你来就得管你!你去了……那边,谁管你?我死了谁管你?"

刚才拉住女人说话的人不乐意了:"大姐,你怎么说话呢?我好心提醒你……"

他看看叔叔，没再说下去。

"你是好心，我谢谢你！你要是能再好点心，帮我找个儿媳妇，把我这……这窝囊废救下来，别说感谢，天天把你供着都成！你晚上睡觉，踩着我的头上床都成！不但让你踩着，我还捧着你的脚，往上举！"女人话如连珠，说着还举起右手，在左手上猛力一拍，像是给自己鼓掌。

那个男人还要反驳，被旁边的人拉住："大姐，孩子多大了，你这么焦急？"

"我才不急呢，再有一个月，他就滚去沙漠，死在那边，我再不用操心。"女人双手又拍一下，"不知道谁定的这种王八蛋规矩！三十五岁没老婆就得流放。没老婆，又不是杀人。我当妈的都不嫌弃他，协会他们凭什么？去沙漠，不如直接要他命……"

"大姐——"刚才拉住那个男人的人反而没忍住，"话不能这么说。协会制定这样的条例，还不是为咱们好，还不是为文明延续？要是都赖着，哪儿还有什么丰裕社会，早炸锅了！"

"就是！谁不是这么过来的？谁不是兢兢业业工作、踏踏实实做人，才能娶上老婆，留下来？没能力把孩子教育好，没本事给他娶老婆，就不要生嘛！"终于轮到男人还击了。

"对啊，这么说协会就不对，这么多年，全靠协会带领咱们前进。"

"不是这么说协会不对，是这么说本身就不对。都说这是流放，谁还记得最开始是自愿的？否认这一点，就是罔顾先辈们的牺牲，更对不住还在匮乏社会生活的那么多人。那里面的，哪一个不是有家庭，不是有父亲，有母亲的？"

众人七嘴八舌，越说越激愤，公交车进站出站，乘客上上下下都没消停。人员变化加讨论热烈，没人再顾忌或注意到赵匀和他叔叔，很快人又挤到后面。口舌纷争中，忽然有异样的声音夹杂，先还抑制着低回着，只在声浪下落时显出来，但放量时间短促，不一会儿就与众人的嘈切等量，然后再迅速攀爬，占据上风。这时，大家反应过来。毕竟是临时纠集的议论，谁都无心争胜，于是溃退，彻底噤声。

赵匀一直盯着那儿子，众人说话间，他非常恐惧也非常依赖地，双手抱着女人的右胳膊。每当她要开口还击，他就战栗似的晃一晃，女人的怒火随即平息。但没多久，他自己就支撑不住。现在，他不只是张着嘴，悠扬地递出声音，他的两只眼如同泉源成熟，大颗大颗的眼泪涌出，他的声音正在往上扬，随时都可能失控，随时都会爆裂。他已不再是哽咽，而是号啕。与之相应的，被他拽住右胳膊的女人，他那上车后短暂展现彪悍气息的妈妈，早就面如死灰，手足无措。

赵匀被这一幕吓住，但他又无法将目光从那对母子身上移开，仿佛他们身负强大的吸纳器。不过，叔叔伸出手来，他抓住赵匀："下车。"叔侄两人挤开门口的人，跳下车。

"叔叔，对不起。"赵匀非常沮丧。

"对不起什么？"

"我不该在车上说你的工作、污染区什么的。"

"赵匀，不用说对不起——不是你的错。"

"可是——"

叔叔转过来，正对着赵匀，看着他："这不是你的错，不是我的错。我是在污染区工作，但现在的护理、清洁工作做得很好，我不会沾染污染物，更不会让自己成为污染源，威胁别人的生命健康。那些人……他们也没错，谁都会有恐惧，都想保护好自己。"

"可是——"

"可是，他们有躲避的权利，我也不会为了他们的躲避，遮掩自己的工作，在你问到时不回答你。"

赵匀被叔叔的话和语气鼓舞，慢慢高兴起来。叔叔也拍拍他的肩，两个人继续往前。天早黑下来，街上的灯光并不比赵匀去过的地方亮多少，人同样不见多多少，甚至和他们的居住区差不多。

"这就是自由购物区吗？"赵匀不敢相信自己的眼睛。

"当然——不是！"叔叔说着话，拐进一条暗巷子，赵匀赶紧跟上。

"叔叔，污染区是什么样？"赵匀得小跑着。

"各个污染区情况不同。"叔叔存心似的，越走越快，"有的地方就是纯粹的电厂，有的地方是大片的生活区，还有的地方是养殖场、林场什么的。不管是什么地儿，一律都把边界标示得非常清楚，沿边界的大多数地方都竖着铁丝网。有些过于险要或者不方便的地方没铁丝网，个别的地方年深日久，铁丝网断裂、脱落，有大大小小的洞。无论如何，不是由学校组织，没有穿上防护服，都不要试图穿过边界，进入污染区。那只有一个结果，就是加速死亡，而且死得异常痛苦。"

赵匀被叔叔最后一句话吓得一哆嗦，他紧紧盯着这暗黑的巷子，仿佛只要他一眨眼，它就会变成污染区。那会是什么样？是不是一瞬间，所有人离去，只留下新鲜的物品，菜啊肉啊水果啊烂成一摊、干成一片，贴在地上，再然后变成一块印迹。猫和狗，蛇和鼠，蚂蚁和蚯蚓，还自在地活着，只是变成他再也认不出来的样子。然后无穷无尽的灰尘从天上落下来，裂纹在地上密布、蔓延，两者相应相撞相唱和，这巷子以及它通达的地方，在最细小的罅隙都写着两个字：作废。

没完，还有奇形怪状的死亡。肿成一大块的，拉成一长条的，碎成一粒粒的，搅成一丝丝的，卷成一团团的，流成一洼洼的，散成一圈圈的……各种各样的死亡，贴在见过的东西上面，附在没听过的东西里面，一股脑儿全涌进来，把整条巷子堵得水泄不通，把灰尘卷成旋涡，填满每一条裂纹的同时又将它撕裂得更深、更广。每一种死亡都长着一张浮肿的脸，上面露出尖牙齿的笑容，笑容背后藏着烧焦的翅膀……

赵匀越想越害怕，越害怕被落得越远，终于他扛不住死亡的拥挤，大叫一声，双腿发力跑起来。叔叔被他的叫声和脚步催动，也跑起来。两个人跑过这条巷子，穿过一个十字路口，跑进一条长长的地下通道，到尽头，泥浆中贪求新鲜空气似的冲出地面。

地上仿佛是个全新的世界，他们站在灯火通明所在的入口。左侧是一条宽阔的车水马龙的沥青路，右侧是一大片高楼与橱窗，灯光炫亮，霓虹点缀，已经熙熙攘攘，但如织的人流还在不断往里涌动。街道足有三十米宽，两旁摞积木一样，立起高低错落、大大小小的建筑，形状有圆有方有不规则，不一而足。每两三栋楼之间，夹出一条小巷来。不管是面对街道，还是朝着小巷，这些建筑的一楼都门户敞开，堆满各式各样的物品，吃的、穿的、用的，满目皆是。店里还有各种颜色鲜艳的招贴或者广告画，立着的、贴着的，有的店员双手举着，有的干脆穿在身上。尽管店员们满脸都是亲切的招徕人的微笑，却并没有一个高声嚷嚷，叫卖自家货品的出色、价格的适中，更没有谁强拉过路的人进去，硬要卖成什么。

随着夜晚的行进，来到自由购物区的人就像撒在地上的豆子，滚动着一个挨一个、一个挤一个，又像是被分了群组，每个人都目的明确，直接奔赴摆放不同货品的店面。因此，场面看起来拥挤不堪，却并不混乱。每个到店里的人，并不直奔货物，而是在收银台前面，排队一样，确立着某种秩序。等和收银员们一番问答甚至耳语之后，才放心地去找其他店员咨询，请他们带领自己去具体的货物前面。

"叔叔，他们在说什么？"赵匀指着离他们最近的一家鞋店，那里的收银台前，站着一个神色惊惶的女人。看她的表情，她是压低了声音，可从她不时忍不住要抬起的手部动作来看，她非常激动，恨不得高声嚷嚷。

"可能她想要的鞋子已经没了，或者，她看中的鞋子没资格买。"叔叔见怪不怪的样子。

"没有资格？买鞋子还需要资格吗？"赵匀大为惊讶，"那些店里的人，他们都是在和店员确认自己的资格吗？"

"小伙子，反应很快嘛！"叔叔并没停下来，他直往前走，"他们是在确认资格。每个人在不同阶段，都对应着可以买的东西，需要和店员确认。至于这个资格怎么认定、如何变化，很复杂，一时半会儿没法跟你说明白。"

赵匀站住："叔叔，你不是说这是自由购物区吗？怎么还有这么多限制？"

"你以为自由购物区是什么？"叔叔拽住赵匀的胳膊，让他停不下来，"是想买什么就买什么吗？不对，那是最低级的自由。自由购物区是你在这里明确自己的等级，可以买到相应的东西。自由购物区不是你可以自由地购物，而是你可以通过购物，证明自己是自由的。懂了吗？"

说完，叔叔走得更快，同时他嘴里发出一长串不可抑制的笑："哈哈哈哈哈——"

赵匀不懂叔叔的话，更不明白他为什么要笑。努力回想，他也只记起指导员曾经说过"幸福"之类的词语，从未提过"自由"，有些老师既提到"幸福"又提到"自由"，可他们从来没有深入解释过"自由"的意思，连叔叔刚才这句话那样的深入都没有过。可叔叔的步履如此急促，赵匀跌跌撞撞才能跟上，根本没时间再问下去。他们路过的那些店面，和之前的一样，人挨人，人挤人，人们又很克制地找人、询问人。赵匀无法从那些通过购买确认自由的人的动作、神态上判断他们身处什么样的秩序，他们来自哪个等级的生活区。他只能匆匆忙忙瞥上一眼，就赶紧跟上叔叔。

越往里走，人越多。有些人较为悠闲，走着、张望着，似乎没有确定该买什么，要不要买。更多人则像他俩一样，往前赶或者迎面而来，匆忙，甚至带点慌张。到后来，赵匀干脆被挤在中间，往前看，往左右看，都是人头、肩膀、后背，偶尔才能从人缝里看到漏出来的店面的光、店内的景致。再抬头，还能望见远近一些建筑高层的灯光，可是他也不能总仰着头。

深陷人潮，快要首先从视觉上窒息时，赵匀失去了叔叔的身影，赵一平不知道去了哪儿。"叔叔——"赵匀喊了一声，想站住，却根本停不下来。他还要再喊，忽然一只手伸过来，紧紧拽住他的右手，往右侧拽去。赵匀一点都不慌张，他认定那是叔叔的手，由它拽住，像是一条鱼突然在激流中发现一道斜着的缓流，几乎是欣悦地游过去。

叔叔一声不吭地把赵匀拽出人潮。或者说，顺着向右斜去的人潮，他们来到一座高楼面前。

a

月球隐士一身尘埃，开始旋转。

是从地下。毫无来由，没有征兆。如同一只手倏然出现，一根手指伸过去，在钟面上轻轻一拨，嘀嗒嘀嗒，嘀嗒。时针、分针、秒针，同在一条竖线上的三者动起来，步伐不一。月球隐士缓慢地，以肉眼无法辨认的速度开始旋转。顺着时针的方向，头带动肩，肩带动腰，腰带动双脚，转动。或者，以腰为轴，头与脚发力，转动。无论如何，速度之低，甚至不足以迎来阻力。可一旦开始，就没什么再能阻拦，或者喊停——和以往每次一样。

仍旧一片阒寂。仍旧有物体从天外飞来，再从天边掠过，曳出一抹红色或者白色的光。仍旧有东西径直砸在月面上，砸出一圈礼花般抛向四周的尘埃，砸出一个足可以积出一座湖的坑。月球隐士不为所动，仍旧原地旋转。在他旋转之前，所有砸来之物的落点都已避开他的藏身之处；当他动起来，哪怕是无从分辨他仅仅由语言启动仍在言语之中地动起来，它们都被那只拨动钟面的手同样拨动着，避让得更远——如果不能说，砸的力度也大为减轻的话。

由这一片月面的扰动可以见到速度了。波纹般的，不是由一滴雨落在湖面而起的扰动，不是由谁在拍打湖的边缘，传递至湖心而生的涌动。是自生的苏醒的波动。先是在这一片月面的一点，如针尖一刺，漏出麦芒般细小的一颤。继而那麦芒涡动着、内陷着，转起来。速度并不惊人，但有的是时间。在尺度拉长的时间内，缓慢速度带动的变化仍旧惊人。这几十米范围内也不规整的月面颤动着，由转动的波纹自内向外传递抚摸的力量，耙地似的抚平差异，取得大致的均匀。留下垄沟一样的痕迹，不过是作为动起来的表征。

这动是加速的，即或加速的频率迟缓，即或起始速度如同针尖麦芒，细小、锐利不可分辨，但经过时间尺度的度量，到现在，起了势，节奏频密，鼓点骤急。内陷的涡动越发急切，于是覆盖在月球隐士身上的尘埃由上及下，绕着中心那一点转动的同时，脱离月球表面，向上飘动，如同一股弥漫的慢镜头放送的龙卷风，幼年的咿呀学语的龙卷风，稚嫩的蹒跚学步的龙卷风。龙卷风茁壮成长，无须太过耗费时间，裹挟之力已然见长，中心的旋涡迅速扩大边界，尘埃的漏斗不断下陷。深入二十余米，总算触及力量的源泉，露出月球隐士那毫无遮掩的仅仅一瞥也足以窥见力量内蕴的躯体。

是躯体极其细微的一部分，一小块肌肤，也可以说是一小块组织、一部分结构。太阳刚好照射过来，沿着漏斗的边缘，顺着龙卷风的触须，将一点集中在月球隐士的躯体上。阳光的力量灌注而入，突破表皮的限制，去除内外的隔阂，两股力量融汇而一，在月球隐士体内滋生、奔腾。这才符合词义地真正转动起来，齿轮与扇叶的协调一致，力量与线条的完美结合。尘埃进一步被搅动，之前那弥漫的可能被收束，加以整饬，均匀、密实地盘旋，像是一只毫不退让地倒着往里种植的牛角。

时间推移，旋转之力不断增强，种植的力量亦有拔出的作用。二十余米深的坑内，月球隐士的躯体逐渐被拂拭干净。露出得越多，转动得越快，阳光不需要偏移，就见到完整的躯体。这时可以认清，他面朝下，身体平直，双腿伸展，双臂自然垂在两侧。他那金属与纤维合成的头发，在过去这段漫长的时间，又按照设定，自然拉伸或者说生长了至少五分之一，即使没有风，也显见地呈飘浮状。依托旋转的力量，头发没有分散没有下垂，一接触到阳光，即开始工作，有条不紊地接受能量。受能量的驱赶，头发上沾染的尘埃纷纷避退，但依据惯性，仍在小范围形成追逐的雾状。还是在能量的作用下，丛生的虬结的已见褪色的头发开始舒展，根根直立，相互挨挤，每一根都逐渐泛发哑黑粗糙的暗光。

头发完全舒展开时，月球隐士依靠他的转动，摆脱尘埃的掩埋，从二十余米深的坑内上升至与月面齐平。转动的力量如此之大，不再仅仅将他身边的尘埃带动着成为旋风的躯壳——还不是破壳而出，作用于旋风之外范围近百米的月面，像是点射的子弹，激起一股股升腾的尘埃之烟。顺理成章地，一切都没有停止，因为他尚未睁开眼睛，尚未确知这一次醒来的缘由。于是由月面继续旋转上升，速度越来越快，力量越来越强，搅动的尘埃层次越来越复杂，一直往上。当尘埃由敞口式分成几股，再由几股合拢，力量汇聚于一点时，这一点所托的月球隐士，已经升至千米，只要

他苏醒过来，集中意念与力量，在那一点上轻轻一摁，仿佛就可以脱离月球而去。至少，也可以在低空绕着月球飞行数周，和他以前玩过很多次的一样。

是醒了。在提及的瞬间，在这样描述的时刻，月球隐士睁开眼睛，醒过来。如果定格，他就是一棵横向生长在空中的低矮的树木，被蓬勃的倒披瀑布般的树冠映衬得低矮。与醒来同步的，是那树冠般茂密、交错、直立的头发，开始下垂。当然，下垂缓慢，不会挡住月球隐士那睁开的双眼，更留出足够的时间，让他先动起来，双脚下探，转换成直立的姿势，开始降落。这降落迅疾却并不张扬，如同一支稳重的礼节性的箭，带着一种刻意的略显夸张的姿势，旁逸斜出地避开不久前那个坑，向下落去。这一落中却包含着后发先至的要义，因为他的双腿以超过躯体的速度弹射，带着与躯体的牵连，先行落在月面上，随后躯体再回收一样，向它们靠拢。稳稳地站在月面上时，因为双脚所占面积的窄小，因为躯体抵达时间的悠长，没有激起另一股尘埃。

月球隐士长身而立，在此期间，每一根头发早就行动起来，接受着来自广袤宇宙的各样信息，再配以长久以来的储存、筛选、分类、合并，描绘出上一次沉睡以来，整个世界的变化轴线，标记出其中需要重点关注的几个区间。完成这一初步动作，所有的头发才垂下来，披散在他两肩。因为这些信息的汇总，睁开的眼睛由空蒙聚敛精神，恢复原初的光亮。再定一定神，它们才掀开第二层眼皮似的，成为他整个身体最为光彩的外显部分。双眼由脚下的月面，由置身的空间，扫描触及的一切，以它们为现状的索引，对照头发分析的结

果，给出他现在的时空样态。没花费多少时间，月球隐士就完全确认周遭的所有。尽管如此，他仍旧疑惑，为什么会在此时此刻醒来？

当然，只是轻微的疑惑，他并没有调出以往醒来时的数据做进一步分析，更没有丝毫怀疑这次醒来所经受感应的正当性——即使他是个隐士，无须依据经验，也有完全的确信。可能只是需要他比以往更加耐心地等待，可能只是要求他比以往更加主动地寻找。不管怎么样，作为一名隐士，既然醒了，就行动起来吧。但月球隐士仍旧站立许久，等着因他而起的尘埃落下来——它们并没有完全落回因旋转而出的坑中，可也不离那附近，因而在坑的周边制造出了沙丘的效果——然后，他才真正行动起来。

并没有想象中那么强烈的目的性。不过是矮下身子，借用双腿的弹性，运用上半身的力量，把自己像颗从容的炮弹，往前射出，巡航那样沿途观察掠过的景致。说景致并不准确，但总不能说是风光吧？反正就是留神沿途所见。因为有记忆做对比，更有数据为依据，沿途的变化很容易判断出来。并没什么值得特别关注的。无非是大大小小的陨石落下来，砸出几个坑，这么长的时间里，这是最常见的事。甚至前前后后有三颗陨石落在同一个坑里，位置完全重叠，就像是使足力气往同一个洞里打进三颗球，仍旧没什么好惊奇的。上上次醒来，他还见过前后五颗陨石砸中同一个坑。有什么呢？只要时间足够，任何事情的概率都无限大。话虽如此，他还是会在一些陨石坑前停下，捡起那些沉甸甸的太空来客或风化后的残余，在手里掂掂，摸摸它的纹路，猜想它来自何处、沿途的见识。兴之所至，他也会弯腰使力，将它们往前后左右随便什么方向掷出去，再看着那升腾的尘埃，估算掷出的距离。

那几串脚印也还在。它们是他每次醒来都会有意识去核实的东西，看着它们深深浅浅地印在那里，证明自己上一次施加的力量仍旧有效，保护它们不让太空来客袭击、破坏，月球隐士就会心生愉悦。有一天，新的人来到这里，见到这些脚印，肯定会大吃一惊。他们当然知道它们是什么，他们也完全能判断出这些是什么时候留下的，但他们必然惊诧于它们的完好无损。想到这一点，想到那时候自己可能就隐身在他们周围，即使他们仍旧戴着头罩，他也看得清楚他们脸上的惊讶，月球隐士忍不住就嘴角上翘。要不是知道笑声会在出口的同时就消失在空中，他想必还会让喉头蠕动，笑出声来。

也只是想想，还有更重要的事。月球隐士从设想的情境中抽出身来，再次伸手在每一个脚印上面施加能量，然后再在整个这一片有脚印的区域施加能量。完毕，他正要拍一拍手，垂在左颊的一缕头发动了动，一波信息传过来。信号很弱，勉强能被他接收，毫无办法进一步分析。会是什么呢？月球隐士抬起头，头发四散——没有其他异乎寻常的信息，此前此后也不会有陌生访客，刚刚降临的那颗陨石在两千小时之前，将要来临的那颗则在三百五十八小时之后，它们砸中的地方离他都有上千公里。但那信息仍在，只是信号越发微弱。月球隐士快速确定信息的大致方位后，让所有的头发都朝向那个方向飘浮，像群蛇的舞动，然后矮身使力，向信号源弹射而去。

足足在中途停留三次，连番搜寻，月

球隐士才准确找到发出信息的地方，是在那块巨大的岩石后面，难怪信号如此微弱。很多年以前，他巡游时曾经过它，不知道怎么的，见到岩石那斜长的边角，运作系统里浮现7这个数字，因此7就成为这方圆几千米巨石的名字。信息的来源是在7的左侧，也就是朝向那串脚印所在的方位被遮住三分之一的地方，大概也是因此，信息才没完全受到岩石的阻隔，能够断断续续被他接收。到了这里，信息仍旧微弱，可终于顺畅起来，接收与解析都毫无障碍。那是一串求助信号，内容并不复杂，但用了八种不同的语言循环播送。

"遭遇巨大困难，无法凭借自身力量解决，请收到信息者前来提供帮助。在我们共同拥有的开放空间，这是你的责任，是你必须履行的义务。毫无疑问，你也会得到由衷的谢意，寒冷中必有温暖在前方等候。"

先解析出这段内容，再顺着信号的指引，找到源头。那是一头蓝色的兽，它有着宽敞的身子、细长的脖子、方方的脑袋。稍做扫描与分析，月球隐士就发现这蓝色的兽处境窘厄，它的身躯在不断缩小，现在已不到正常状态下的百分之一，它身上的蓝色在不断稀释，飘散开来，迅速消失——难怪它如此虚弱。它的脑袋无力地垂下，四条原本粗壮的腿，只能疲软地在空中划水那样一下下蹬着，但是够不着任何可以使力的地方。它的脑袋一动不动，但双眼仍旧在惶急地转动着，向四面八方发出求援的信息。

月球隐士决定先帮助蓝色兽站起来。他伸出双手，为求稳妥，一只手托住它的脖子，另一只手扶住它的身子，凌空托起它，托离石头，放在旁边平坦的月面上。

接着，他双手捂住蓝色兽的双耳，灌输进去一部分能量。得到援助，蓝色兽大为振奋，它闭上眼睛，任能量在体内运转，很快它身上蓝色的稀释止住，它像是困顿许久后解除束缚的马驹，绕着月球隐士转了好几个大圈。

当蓝色兽终于自在一些后，它停下来，郑重其事地走到月球隐士面前，一动不动地看着他，它的双眼闪现让月球隐士极为舒心的蓝色光芒。

"寒冷中必有温暖在前方等候。"蓝色兽发出信息，"感谢你伸出援手，履行你的义务。"

"你为什么会被困在这里？"月球隐士止住它再以其他七种语言重复这一番话，以它刚刚使用的那一种回复道，"你来之前，没有想到会有这样的困难吗？这里显然不是你应该在的地方。"

"我确实不应该出现在这里。"蓝色兽摇摇头，"我是逃出来的，到这里能量不足，这不是我熟悉的环境。可是你看看我来的地方——"

月球隐士配合地掉过头去，蓝色兽出来的那颗星球没什么变化，还是蓝色的，和他上一次睡去时差别不大。

"不，你不要被假象迷惑，穿过迷雾才行。"蓝色兽显然知道月球隐士会首先看到什么，出言提醒。

月球隐士增强探测的能量，发现这蓝色是雾气制造的假象，蓝色下面是浓重的橙色的雾。橙雾后面，上上下下翻腾着成百上千条巨型的以及刚生成的幼小的兽，主要是绿、紫、金、白、黑几种，颜色有深有浅，模样各异，但都有着和蓝色兽天然不同的，凶恶。它们在山川湖泊中穿行，更在乡村城市出没，有的只管横行无忌地来去，有的则摧毁遇到的一切，无论是人还是动物，都一口吞下，有时吐出残骸，有时什么都不剩下。不用说，是他这一次沉睡期间的事，可他是因此醒来的吗？

蓝色未兽打断月球隐士的沉思："看清楚了吧？"

"你们未兽被末兽压制得厉害。你是被围攻，逃出来的？"

"我想寻求宇宙力量的帮助。"蓝色未兽说完，将脑袋转向被橙雾笼罩的星球，全身一动不动，陷入长久的哀悼般的沉默。

"你有什么打算？"月球隐士试探道，他能猜到它的回答，必然是让他头疼的。一般而言，他对月球的来访者持欢迎态度，虽然通常他都在沉睡中，并不会因为有人来访就醒过来，但来访者留下的痕迹会在他醒后提供信息、增添乐趣。他知道蓝色未兽支撑不了多久，很担心它提出他必须拒绝的要求。

果然，蓝色未兽回过头，长久注视着月球隐士，显然是在判断接下来的话是否有必要出口，它评估了许久，眼睛里的蓝色光芒暗淡下去。

"我没有什么打算，看来我的家园必须遭受这番劫难。"蓝色未兽的语气越来越伤感，"早知道这样，还不如……不让我碰见你。你也没必要……"

"对不起。我在这里，并不是为了……"

月球隐士停住，他的头发如愤怒的刺猬，根根参开，一股强烈的信息流涌过，是单调重复的信息。

"等等——"蓝色未兽显然也收到了这股信息，这是它无比熟悉的内容，因而它毫不停顿地转换完毕，发送过来，"恶意肆虐，亟须平衡。向开放空间呼吁，朝向未来的力量，请来到义务现场。众多种子，即将形成，即将结束，等待被你打开、见证，等待保存在你的责任院落。"

这一次只有四种语言。月球隐士将蓝色未兽发来的信息与自己接收到的做了核对，四种语言没有偏差。可以确定，这是刚刚发送来的，还可以确定，他们确实遇到了巨大的麻烦。他和蓝色未兽停止交流，转向地球。

地球上情势再度变化，几只游动的巨型末兽突然间互相吞食，结果却合并成一体，变得前所未见地庞大，它们更加肆无忌惮，时不时地仰头喷出几股火舌，直扑向天际，如同被同时点燃的焰火。没夸张到热浪向月球隐士袭来的地步，可那蒸腾的势头，燃烧的持久，说明地球上正在经历的变化之剧烈，困难之巨大。月球隐士让头发尽可能地伸直，占据着尽可能大的空间，以免错过任何信息。他的双眼对准火舌吐露的地方，仔细扫描火舌与其周边，再将它们与他存储的信息一一对比。蓝色未兽等在一旁，它转动着脑袋，却再没接收到任何新的信息，但它非常清楚，此刻不能打扰月球隐士。

"末兽已难阻挡，大多数生存区都会被它们占领。"月球隐士做出结论，他又往别的地方望了望，"你的同族还在守卫人类，有的地方继续生存的条件仍在，但不知道有多少人能够及时转移过去，更不知道能够维持多久。"

他没看蓝色未兽，也没把话说透，但意思很明白。他最初顺从宇宙的冷热收缩漫游到这里，以月球作为中点，却意外发现地球蕴含着丰富的可能性，并从这可能性的猜想、实现、变化中得到别样的乐趣，决定留下来时，就定义出自我要求——他只是旁观，除非发生影响这颗星球存亡的事，他绝不插手，更不采用某个具体的群落或者某种抽象力量的立场。对于人类，他不确知他们还能不能像以往那三次，挺过这一次。记得那一次洪水滔天，他都以为他们完了，但蓝色未兽将仅余的三艘船引导至适合的地方，给了人类喘息、延续的机会。更早的一次冰封万里，大多数人被冻得只能挤作一团取暖、坐以待毙，是蓝色未兽找到续断的火焰，分别滋养他们。还有一次……

"你去看看。"蓝色未兽打断月球隐士的回忆，知道这不是该自己决定的事，它有点畏怯，"离得太远，总会有看不清楚的地方。"

"看看？"月球隐士很惊讶，蓝色未兽居然如此幼稚——他当然要去看看，可它怎么能够支使他？

"对，算是替我去看看。"这句话耗尽最后能量似的，蓝色未兽说完，四肢一软趴在地上。月球隐士简单扫描，发现它的能量正在加速流散，而且是它主动驱使的，但他没有阻止，毕竟这不该由他决定，况且就算阻止，不过是能短暂延长。因此，月球隐士看着蓝色未兽的颜色越来越浅，身体越来越小。

月球隐士的头发恢复正常，重新披在肩头，他从内里感受到地球的强烈呼唤。他确知，这是这一次醒来的感应。蓝色未兽的注意力还死死落在他身上，于是他点点头。蓝色未兽欣慰地闭上眼睛，褪尽身上的最后一抹蓝色，它的身体加速收缩，直到变成一粒仿佛浓缩所有蓝而成的种子，像一粒固态的风。

月球隐士上前拾起种子，他知道，蓝色未兽希望他带上它回到地球。

B

妈妈在厨房里站着，没有发现赵匀和叔叔从窗外经过，进了家门。真不知道厨房里有什么可忙活的！

爸爸靠在客厅沙发上，跷着二郎腿，手里拿着报纸。"哥——"叔叔打个招呼，转身进了卧室。"爸爸——"赵匀打个招呼，也想跟上。"王叔——"他这才看清，爸爸左手边的凳子上，坐着他同一个生活区的同班同学王如海的爸爸，本来就瘦小，又双手撑着膝盖、弯腰低头，所以没一眼看出来。

王叔正和爸爸聊着什么，听见喊，停下来："赵匀回来啦？"

"嗯——"赵匀一顿，向沙发走去。王叔一向说话都很逗，他也想问问，晚饭后能不能去找王如海。爸爸见他过去，顺手递来报纸。

"后天就是独立日，一平得去啊。"王叔挪一下，让赵匀在旁边坐下，嘴里没停。赵匀正翻开报纸，听见这话，侧耳留神。

"去。肯定得去，他就是为这个回来的。"爸爸有点不自在，放下腿。

"老赵，你别嫌我们催你。你看——"王叔丝毫没有压低声音，"咱们一直在争取，把生活区从三等变成二等，各方面条件差不多了，就等着九月的重新评估。你又是咱们生活区唯一的五级会员，始终领导着咱们，关键时刻问题可不能出在你家啊。没婚配肯定减分，还得情有可原，一平这条件，一表人才的，收入又不低，就不要那么挑了嘛……"

变成二等生活区？赵匀一愣，随即脑子里一团热。要是能够成真，他和王如海那些畅想，长长的计划清单，就不用等那么久了。嗯，他马上决定，这个惊喜得留着，先不要告诉王如海。但这事……怎么又和叔叔有关？

"成了！这下——绝对没问题。"门口又有人说，听这大嗓门就知道是小苏她爸爸。果然，跟着声音进来的，就是他。别看他嗓门大，体形和王如海他爸差不多。"苏叔——"赵匀喊一声，站起来转到沙发另一边，让小苏她爸和王如海他爸挨着。

"老赵，老王，成了，真的成了！"苏叔说着，还搓了搓手，一脸喜色。他根本不需要人接话搭腔，更不给别人留出反应时间，"我之前跟你们说过，协会在考虑，把邻近的生活区和咱们合并起来。得到消息，决定了！重新评估的时候，一起办。不只咱们，还有好些个生活区都要调整、合并。你们说，人家是二等，咱们是三等，肯定就高不就低啊，这下咱们就算没做之前那么多工作，也没问题。"

王叔没多高兴，他摆摆手："老苏，话不能这么说。该做的工作肯定得做，生活区的条件改善，受益的总归是咱们自己。你不要掉以轻心，什么就高不就低啊，听说这次评估严着呢。硬指标过不去，别说二等，直接降成四等，都不是不可能。这五年，咱们千方百计，手段用尽，除了老陶家那儿子身体实在糟糕，别的没一例流放的。临了，砸在一平这儿就太可惜了。对吧，老赵——"

"老王，我知道。你放心，你看——"爸爸一脸苦笑，"一平不是回来了嘛。后天，后天肯定让他去独立日，绝不因为我们家的事，耽误整个生活区。"

"光去不成啊！得解决问题。你把一平叫出来，我们和他谈谈，你们做哥哥、嫂子的不好说的话，不方便说的，我们来说。

都什么时候了，得实际点。一平一表人才，修养又好，肯定招女孩喜欢，可是差不多就得了。现在是新文明时期，旧文明那些爱情啊什么的，可以追求，但要是追求不到，就得放下，别想着完美。毕竟一个人不再是一个人……"

"老苏说得对。老赵，不说别的，一平生日不远吧？独立日再不解决，真的就没什么机会了。总不能眼睁睁看着他被流放到匮乏社会去，在沙漠里度过余生吧？"

"老王，老苏，你们别说了，我们都知道。放心，我……"

爸爸没再说下去，苏叔、王叔互相看一眼，起来道别。爸爸还是站起来，把他们送到门口，三个人又低声说了好一会儿。

赵匀没再跟上去，他瞄一眼报纸，这一版没什么新鲜的。各地仍有一些新的灾情发生，会长表示，会动用协会的储备物资，帮当地渡过难关；受灾严重、需要搬迁的生活区，会尽快确定新址。翻到第二版，整版都是一份文件，协会准备通过的《性别确认法案》全文，说是征求意见。什么意思，性别还需要确认？他不明白，抬头看看，爸爸还没回来，叔叔还在卧室，没人可以解惑。看下去，"一个月内意见汇总，由理事会议定，呈交会长批准后生效"，再下面则是第一条、第二条、第三条……有几条下面还分有若干款，不外乎一些约定和惩罚。惩罚他都能看明白，以"取消配偶资格"为多，还有"以《丰裕社会维持原则》为准绳""参考其他法案（列举了一堆名称）"的，可那些约定他看不太明白，什么L，什么G，还有B和T，并有一堆数字做标识。这些内容，学校还没有教。

"搞得这么复杂——"赵匀看见爸爸过来，随口抱怨道。但他下意识地觉得不能在这方面讨论，便又翻翻，翻到报纸的另一版。"爸爸，到处都是污染区，为什么叔叔他们要去19号舌头那儿工作？而且舌头都建得那么远呢？"

爸爸的目光落在赵匀的脸上："老师没有告诉你们吗？舌头所在的地方都是新的污染源，周边的污染区要么是时间久远，要么只是被空气啊水啊，甚至还有动植物带过去的东西污染的。"

"老师没说，也不想我们太了解这方面的情况。零零星星有人问，有的老师说不要自寻烦恼，有的老师说有人在治理、控制，反正就是要我们有信心。爸爸，叔叔他们的工作就是治理吗？"赵匀一低头，这一版的报纸一角写着独立日的情况，他顿时兴趣浓厚，顾不得爸爸怎么回答。

但报纸被一只手拿走了，是妈妈。妈妈右手抓住报纸，左手把一个大盘子放在桌子上，还是一盘子白菜汤，上面漂着肥多瘦少几片肉。

"治理？"爸爸还在刚才的讨论里，"能控制住就不错啦。亏他们想得出'治理'这个词，这种事除了交给时间，还能有什么办法？'控制'也别提了，自求多福吧。"

"你说什么呢？你也是负责整个生活区的五级会员，怎么能这么想？就算真这么想，也不能当着孩子的面这么说。"妈妈大为不满，"孩子把这些话带到学校去，被老师听见怎么办？就是有邻居听到，往上面一报告，全家都得吃不了兜着走。"

说着，妈妈还冲爸爸一扬手里的报纸。得，这报纸再也看不成了。赵匀明白妈妈的意思，没什么好说的，他起身往厨房去，看看能帮上什么忙。爸爸也明白，他接过报纸，往他们的卧室走去。

"一平回来了，记得叫他。"爸爸走到卧室门口，说了句废话。

"知道。一平去接的赵匀。"妈妈声音拔高，足够叔叔在卧室听见。

厨房里还有一盘子煮好的土豆。土豆加白菜汤，果然没有什么好忙活的。

"又是土豆，又是白菜。"赵匀端起盘子，忍不住抱怨一句。完了，话一出口他赶紧吐吐舌头，瞟妈妈一眼。没办法，她还是听见了。

"有白菜，有肉，你就知足吧！等过些天被赶到五等生活区，连白菜汤都没得喝。那时候，只怕你得自己去挖野菜。"妈妈的声音有点尖厉，听得赵匀头皮发麻，他赶忙端着盘子快走几步，去到桌子边，放下盘子。

叔叔正从卧室出来，听到妈妈的话一下子僵在那里，满脸通红。爸爸正从他们的卧室出来，他走到叔叔身边，伸手拍拍叔叔的后背。

"吃饭吧。"爸爸说。叔叔应一声，走到桌子边。

妈妈抱着四个碗走过来，给每个人分了个碗，碗里搁了汤匙。"老王他们真是的，饭都不让人吃安生。"

"我来。"三个大人都面色凝重，让赵匀不由得紧张起来，他说着，站起来给每个人碗里都盛上白菜汤，分出几片肉。他最后给自己盛，留的汤也比其他人多一点，但他们没有像以往那样，拿这个和他开玩笑。

"爸爸，我们为什么会被赶到五等生活区？"等了好一会儿，都没有人跟自己说话，赵匀忍不住问。话一出口，三个原本默默用餐的大人都卡了壳。叔叔停下正在撕土豆皮的手，爸爸搁下正要伸到嘴边的汤匙，妈妈则对着土豆和白菜汤发了一会儿呆，端起又放下，放下又端起，她要说什么，被爸爸用眼神止住。赵匀知道自己又说错话了，恨不得抽自己一个耳光，可他并不知道错在哪儿。更何况，他实在无法分辨妈妈说的"被赶到五等生活区"究竟是真是假，她还说"转到一等生活区"呢。

"哥，嫂子，"还是叔叔打破沉默，"后天独立日，我想带着赵匀一起去。"

"你带他干吗呀？他这么大的孩子，能解决什么问题？与其花这个心思，你还是集中精神，早一点确定下来，才是真的对他好。"妈妈不管爸爸一个劲儿使眼色，吐出一串话来，可说到这里自己又叹口气，语气软下来，"算了，你爱带就带着他吧，让他早点知道将来要面临什么也好。至少哪天有个小唐那样的姑娘示好，他不会像你那样不知道好歹。"

"杏子，你过分了啊！"爸爸出言呵斥。

"我过分？！"妈妈正端起汤碗，猛地往桌上一蹾，"究竟是谁过分？一家人的命运都捏在自己手里，还这么漫不经心。是，就算被赶到五等生活区，平常只能吃土豆，一年到头，菜汤也没个油星，这些都能接受。可赵匀马上就要升学，以他的成绩，考到一等生活区完全没问题，但这件事再不解决，他最好也就是留在三等生活区。别说他是自家的孩子，就是不相干的人，因为这个他的人生被锁死，又于心何忍？你们这样，不算过分？"

妈妈说着，眼泪夺眶而出，但她任凭眼泪落到碗里、桌上："老苏、老王往咱们家跑，你以为我不知道他们来说什么？你整天在办公室坐着，真的听不见别人在背后议论什么？生活区是三等还是二等，我可以不管。一平生活在丰裕社会还是匮乏社会，只要他自己乐意，我也可以不管。赵匀我能不管？他做错了什么，有什么是他自己决定的？"

妈妈再也说不下去，她伸出双手捂住脸，抽噎起来。

"赵匀，去卧室。"爸爸轻声说。

赵匀想留下来听个究竟，可是看看爸爸的脸色，知道说也白搭，只好回到他和叔叔共用的卧室。他本来留出一条门缝，坐在叔叔的下铺，但是爸爸走过来，使劲带上门。没办法，他干脆爬到自己的上铺，一只手撑着墙，斜着身子从门上面狭长的玻璃窗望出去。他能看到妈妈双手从脸上拿开，配合着嘴巴的开闭，做出一连串激烈的动作，脸上与之相应出现愤怒、委屈、困惑等诸多表情。爸爸一直在试图安抚妈妈但并没有效果，因而一脸尴尬，只好时不时瞅瞅叔叔。叔叔沉默地坐着，腰背如弓，越来越弯曲，但他的情绪似乎并无剧烈变化。

撑着墙很快就累了，外面的没完没了又加重了疲累，赵匀终于离开门和门上的玻璃窗，回到床上躺着。妈妈说的小唐是谁呢？他想不起来，印象中唯一来过家里好几次的，是七八年前那位笑起来声音有点像蜜蜂扇动翅膀一样嗡嗡作响的阿姨。

"叫我甜甜阿姨。"第一次见面，她的蜜蜂就扇了好几次翅膀，酿了不少的蜜。那之后她又来过几次，每一次都让赵匀管自己叫"甜甜阿姨"，叫完后塞过来两颗糖，让赵匀出去玩。

赵匀不知道甜甜阿姨和叔叔躲在房间里说什么、做什么，他有一次远远地从窗户外往房间里望过一眼，只看到他们一个坐在床上，一个坐在凳子上，似乎都没说话。她最后来那次，赵匀在上铺刚午睡醒，正想爬下床拿过糖出去玩,就听见她叹了口气。那口气让他莫名难过,他赶紧闭上眼睛装睡,甜甜阿姨和叔叔都没有理他。

"你就这么讨厌我吗?"两个人枯坐良久,甜甜阿姨又叹口气,问道。

"你走吧。"

"你就算不喜欢我,也可以让我留在你身边。你知道,我可以保护你,我愿意。"甜甜阿姨说到这里,有些哽咽。

"你走吧。"叔叔说,他的声音在发颤。

甜甜阿姨没有再说话,她又坐了好一会儿。赵匀不知道过了多久,在他快要再次睡着时,甜甜阿姨才终于站起来走了。

这么说,甜甜阿姨就是小唐了。也难怪,糖总是甜的。赵匀刚想明白这一点,就迷迷糊糊睡着了。他不知道睡了多久,反正醒来时,屋里还是黑的,屋外面有淡淡的白,是月光。窗户边,站着一个人,是叔叔。

"叔叔——"赵匀怀疑自己还在梦里,一声喊后,叔叔走过来,站在床头。赵匀看不清叔叔的脸,但能感到他的眼睛,一定像平常那样注视着自己。

"叔叔,甜甜阿姨现在怎么样了?"赵匀问,他仿佛在暗夜里,又听到蜜蜂翅膀的声音。

叔叔沉默了好一会儿,仿佛在搜索信息,"小唐她,好几年前就结婚了,嫁给一个工程师,搬到离得有些远的另一片居住区,别的消息我不知道。"

"她现在的居住区比咱们的好吗?"

"好像是二等。怎么啦?"

"你是为了让她过上更好的生活,才不跟她在一起的吗?"赵匀又想起那句"你就这么讨厌我吗?"——甜甜阿姨是不是傻,连他都看得出来,叔叔并不讨厌她。

叔叔轻笑一声,仿佛还摇头来着:"赵匀,人生不能这么设计。我当然希望她过上更好的生活,但我不是因为这个才不跟她在一起。"

"她说你讨厌她,特别讨厌。"

"她说的讨厌不是你理解的那个讨厌。以她理解的方式来说,我并不讨厌她,可也不喜欢她。我只是——"叔叔卡了会儿壳才接着说下去,"我只是不愿意和别人生活在一起,你知道吗,两个人捆绑得紧紧的,甚至还要有孩子。"

说完,叔叔又沉默了一会儿,他伸出手抚了抚赵匀的头,说:"那太紧了。"

赵匀听得明白的都在了,他听不懂的也在,因此不知道还能说什么。仿佛那只蜜蜂变成一群,它们都飞进房间,振动着翅膀,占据每一处。他的额头、眼皮、鼻子、嘴唇上,都有翅膀扇动带来的微凉的风。但这扇动和风都消声了,都在黑暗的房间里,在叔叔的注视下,无声地持续。

"叔叔,独立日在哪儿,究竟是什么样的?"赵匀挣扎着,打破沉默。

"具体什么样我也不知道。去过的人说那儿最初是一片厂区,后来被人用作艺术区,再后来自发成了每年一度的独立日活动区。都说那儿有大片的樱桃林,所以叫樱桃园。但独立日都有什么流程,究竟是什么样,每个人说起来都不一样,有的特别兴奋,有的特别沮丧,有的想多去几次,还有的人去了之后再也不想听这三个字。这些人的说法可能只有一个共同点,就是独立日这一天的生活绝对和平常不一样。"

"一天?从早上就开始吗?那咱们是不是明天就得出发?"

"不是。其实是一夜,从后天晚上八点,到星期天早上六点。我们到了那附近,找到停车的地方,说不定还要在车里再等一会儿。"

"还有车?"

"对,你妈妈管人借的。"

"可是,叔叔,"赵匀这才想到一个大问题,"别人会搭理我吗?会不会根本就不让我进去?"

"不会。"叔叔笑起来,"那里不查证件,怎么打扮也没人管。你不记得咱们在自由购物区买的装备了?穿戴上谁会知道咱俩多大?你少说话就行。"

"啊?!你买它们就是为在这里用?"

"没什么专门用途,可以用在这里。当时你说他们两个像什么来着?"

"一个是行者,一个是使者。"

b

与以前来时比,地球变化巨大。当然,每一次月球隐士醒来,地球都会变化不小,但那都是依据以往情势可以推测出来的,而且除了他受到感应前来旁观蓝色末兽解决的棘手问题外,变化的大趋势仍旧乐观。这次不一样,距离地球还有不少距离,他的远程探测就确认,即使对他来说,现在下面也不适宜长期逗留。另一方面,他又接收到各种强烈的信息,由各种末兽发来的,它们并不直接对他说话,而是展现出强大的攻击能力、强烈的攻击欲望。

月球隐士对这些信息并不担心,他知道下面不适宜逗留,多半还会受到损伤,但他回到月球后,有的是时间修复。末兽更不必放在心上,如果它们纠集到足够数量,同时发难,他确实有些忌惮,可只要他愿意,随时撤离不成问题。他唯一不确定的,是地球上的人类能否顶得住末兽的肆虐。落地的同时,他做了测算,末兽横行的时间并不会持续太久,但对下面这些人包括很多动物,那都是一个绝望的绝对熬不过去的长度。

哪怕是地球的表面也证实了月球隐士的评估,目力所及与身体发肤能探测到的地方,到处都是废墟,处处都呈现被强力破坏的景象,携带着强大能量的巨型末兽耕耘一般,将能够到达的地方翻了个底儿朝天,即使有小片被破坏得不太严重的残余处,风中、水里也都在孕育新的末兽。移动良久,月球隐士最终找到一片莽莽丛林。

甫一落足,月球隐士即分析了丛林的构成,这是一片人工丛林,它足够庞大的面积,层次丰富、互补性强的树木品类,以及过碗口乃至一抱粗细的树身,都说明有人经年累月经营于此。正是板栗成熟的时节,林子里飘逸着新鲜栗子的香味,一股没有炒煮烹饪过的生淀粉的味道。不需要走动,只静静伫立,就能听到外壳爆裂,栗子落在地上的啪啪轻响。月球隐士全身心接收来自栗子的味道与声响,这画面将储存在他的记忆里,成为这一次地球之行的慰藉。

"人类这一可能性会不会就此彻底消失?"结束静立,月球隐士沿着林中小道向前,他已扫描得知,这是一条缓坡,下行八公里,才能走出这片果林,进入一望无际的种植区域。一路行来,月球隐士都在琢磨这个问题。人类必须在蓝色末兽的庇护下,自行与末兽搏斗,他不能干涉更不能阻止——现在结果都摆在这里,他就算有心,也已无法倒流时光。他没必要善后,这疮痍满目、死亡窥伺的现场,不需要他来归置、整饬,在歼灭至少击退末兽前，这也没有意义。如果是以往，可以断定，蓝色末兽可以保存人类、延续下这方面的可能性，这一次真不好说。抛开自我要求，做一次单纯的推演，他并没有把握，能够护佑整个群体挺过末兽的连锁式进击。难道是……月球隐士压下涌起的念头，那可太费周章了，搞不好会打散他。

算了，暂时不去推算，月球隐士做出决定。在末兽到来之前，这条道确实值得一走，两旁的栗子树枝条摇曳、果实累累，在风的轻抚下一派祥和丰收的景象。长久无人照顾的结果，是树木间夹杂着一蓬蓬水分已失、面目枯黄的野草，土块、石头也峻嶒起伏，东一堆西一堆，但这些反而抹去了林子表面的人为痕迹，更见野生的活力。走不远，开始听到水声，是一条和小路几乎平行向前的小溪。月球隐士并不急于走到溪边，他关闭所有扫描与探测的功能，仅仅留下普通肉体的感官，以便能够完全投入地体验林中微风拂过身体，水声、虫鸣、鸟啼进入耳畔，沉甸甸的浓到极致、开始发黄的绿映入眼帘，还有无处不在的环绕式的层次丰富又分明的味道充盈鼻孔——这是他每一次重返地球后必然的功课，当他在月球上沉睡时，它们都是构成他在时间河流里不断回返的美梦的重要元素。

如果我初次来到地球，就主动介入，施行管理……沉浸式体验中，这个念头再度冒出来，和以往一样。当然，月球隐士只是让这个念头在脑海里闪烁几下，燃烧想象的乐趣，就熄灭它。他的乐趣是对照可能性的分蘖情况，不定时观察，而非管理，更不是主宰。就算他接手，地球一定会发展得比现在丰富吗？人类一定能做得更好吗？真不好说。想到这里，月球隐士退出沉浸，重启身体发肤的功能，然后，他探知到异动，微弱的气息起伏交错，是三个人，一男一女的成年人加上一个男孩，距离他左前侧五公里。对，是沿着那条小溪的流向往前，在它与前方那条河交汇处。

赶到时，只剩两个人的气息。交汇处的右下方，是一块兀立的尖角巨石，横在水里，如同一叶不沉的扁舟——现在，它的旁边真的横着一只独木舟。独木舟是从上游而来，撞在巨石上，前半侧已然破碎，水涌了进来。下冲之力巨大，舟首搭在巨石棱上，因而没有沉没，也没有倾覆。舟上三个人。男子在前仰着面，上半身斜靠着石头，一只脚搭在船舷的碎木上，另一只脚搁在水里。女子朝下趴在男子搭着的脚上，右手戳在石头上，正汩汩流血。离两人稍远的舟尾，坐着十岁出头的男孩，大概是变故来得太快，他还在发愣，看见月球隐士，也只是用目光扫了扫，别无反应。

离他们十来米远的河滩上，趴着一条幼小的绿色末兽，上半截身子在卵石上，下半截在水里如同水藻漂荡。这是成形没多久的幼兽，看见独木舟，忍不住顺流而下，推波助澜，与之嬉戏，迅速耗光能量，还在就地复原。月球隐士走到绿色的幼小末兽面前，伸出右手，取走它的性命，将它化作雾气。随后，他蹚水来到男孩面前，先将男孩抱到岸边，再拖着船将男女二人挪到河滩上。没有气息的是男人，他也最不成样子，双手、脸、脖子等能看到的地方都已溃烂，左手背的皮肤掉了一大块。女人好些，但也不过是保持了完整的样貌，皮肤上的斑点、疮口预示了将来，连右手流出的血颜色都不那么鲜艳。略寻思下，月球隐士将女人抱起，放在河滩近岸处的野草丛里，从小溪里掬来水，灌一点到女人嘴里。男孩也恢复神志，过来抱着女人，嘴里喊着"妈妈——妈妈——"，一会儿见女人仍旧昏迷，又伸右手，在她人中掐下去。

女人身体微微抽动，有了反应，接着她睁开眼，又闭上，再次睁开时就紧紧地盯着月球隐士，盯上一阵，她翻身想行礼，却只是从男孩怀里滑在地上。男孩赶紧抱扶起女人，嘴里焦急地喊着，让她保持坐在地上的姿势。

女人嘴里吐出的声音微弱，内容倒是清楚的，"先生，救救我的孩子。"她连声说着，很快变成呢喃，似乎不耗尽最后一点力气决不休止。

月球隐士不忍听她继续这样说下去，他走上前，伸右手抬起女人的左手，输送过去少许能量。女人脸上有一块被绿色末兽尾巴抽中的印迹没有消除，水淹的迹象确实在消失，气色慢慢好了不少，她右手的伤处止住了血，呼吸逐渐平缓，眼里一点点浮现神采。随后，她挣脱男孩的怀抱，站起来。站起来的女人仿若刚刚见到月球隐士，上下打量一番，这才双手合十，悲伤、欢喜、庄严夹杂地行礼。

"可惜，孩子的父亲我无能为力。"面对女人行礼，月球隐士有点不安，他知道自己没说实话。但不安转瞬即逝，他知道自己终究对此不承担义务。

女人顺着月球隐士的话，看看河滩上的男人，目光中平静胜过悲伤，转过头来，只余下平和。"先生，他已经这样，我也这样，我们都没办法可想。但是他，我的孩子，他受伤不重，没有问题。求你救救他，救救我的孩子。"

说着，女人准备跪下行礼。月球隐士急忙拦住女人，并让她带着男孩在岸边倾倒的条石上坐下。在此期间，他回溯时间，发现这一家人的过往呈加密状态，无法查看。唯一能确定的是，加密由一位行脚僧施与。查看行脚僧的踪迹，发现他大多数时间都是敞开的，偶尔才会加密经过的时间以及牵涉其中的人的时间。月球隐士并非第一次遭遇类似情况，以往在地球上游历时，他也遇到过人、动物甚至一棵树封闭某个空间里的一段时间，但他都遵行当初留下来的自我约定，恪守隐士的法则，不强行清晰一切。事情的发展证明这是明智的，因为极少数时间段落的加密，并不影响可能性的通达。

现在，女人的话将他引向那位行脚僧，他不介意这条线上溯到行脚僧为止。月球隐士四周探看，从离河岸最近的栗子树上摘下一根枝条，再将枝条上的叶子摘在手里，沿小溪汇入河流的口子往上走几步。叶子放入溪水中的瞬间，旋转着构成一个绿色的杯子，捧起来时，装着满满的水。

女人捧着绿叶杯子，让男孩喝。男孩喝了两口，让给女人，女人又喝了好几口，再把杯子递给男孩，示意他喝完。男孩喝完水，叶子还是杯子的模样，他小心翼翼地蹲下，把杯子放在地上，杯子一下散成一把叶子。整个过程，母子二人都没对此品评一句，但女人神情的自然、男孩目光里的神奇，一清二楚。

"大和尚说得没错。"女人吁了口气，以此起了个话头。

"那个行脚僧，说了什么？"月球隐士强调一句，女人明白他的意思，她又看看河滩上的丈夫。

"大和尚说了两句话。第一句话是让我们一家三口乘小舟顺河而下，第二句话是

405

说我在绝望的时候看到的第一个人会带来希望，救走我们的孩子。"

以前那些锁闭时间的力量并不和月球隐士发生关系，它们仿佛只是提醒他，这个世界上有他无法解决、至少是无法轻易解决的部分。有时，月球隐士会把那些锁闭的时间当成迹象，表征着除他之外，还有别的力量存在，或者只是观察，或者是受命前来。现在行脚僧的话让月球隐士犹豫，可他不需要测算就知道，最好的办法就是让女人说下去。因此，他冲看着自己的女人点点头。

"先生，这么说起来太突兀，我还是说一下我们怎么会在这里的吧。"女人说，她的语气异于常人，像是在讲将要发生的事。

"沿河往上，走路大概两天，坐船下来不到一天，两座山间有一片小小的平地，那儿建有一个监测站。监测站的工作正好需要两个人，这两个人还得一天忙到晚，在河边与两座山的山头间上上下下好多次。那时孩子小，我们想着去艰苦的地区奉献些时日，等他大了能有个机会搬到更适宜居住、有点前途的地方，申请后就被分配到监测站。忙是忙些，那儿的日子过得可真像世外桃源。重要的物质有供应，菜蔬可以自己种植。空气中的迹象在不断增强，邻近地区末兽出没的频率在不断增加，威胁越来越大，这些都是事实，可也并不比我们原来的住处更厉害。何况，监测站建有不算小的掩蔽所，至少一时半会儿安全无虞。就这样几年过去，我们已经把监测站当成理想居住地，甚至有调动机会也放弃了。"

女人说到这里，闭上眼睛，不是疲累，而是痛苦乃至悔恨。月球隐士等着，等着她睁开眼睛，等着她伤痛地凝视河滩上的男人，等着她收回目光，继续讲下去。

"长话短说。我们意识到风向、植被都在吸引末兽向监测站逼近，想离开时，可以去的地方已经越来越少。何况，我们总觉得在监测站还有一份职责。何况，没有正式调动，我们擅自离开也进入不了居住点。就这样一拖再拖，拖到大雨倾盆而下数十天，离得最近的抵御点终于出了问题，巨型末兽的嘶吼再也无法忽视。这时候，我们想离开也难，向下的路全被冲毁，向上的路倒还都在，但都是山路，车走不了，步行又不知得走多久，能走到哪里。掩蔽所里有只独木舟，可这么小，我们又没经验，根本没信心能划着它顺利离开这一带。这时，和尚顺着山路走下来，他看出我们的犹豫不决，就说只有坐船才有希望。"

月球隐士听到这里，再次向时间深处望去，一眼便望见一身旧布僧袍、打着光脚的行脚僧。行脚僧正走在一座垮了一半的石桥上，仿佛有了感应，忽然停下来，冲月球隐士查看的方向望过来，脸上似悲似喜，似庄严似怜悯，目光深邃，让月球隐士内心有所波动，又觉含义不明，便退回来。

女人的讲述并没有遗漏什么，她说着："和尚也说了，希望是孩子的，我们两个大人见到你就结束了。"

"先生——"说着，女人站起来，一揖到底，"孩子的爸爸已经结束，我也在这里结束，孩子就托付给你了。"

"妈妈——妈妈——"男孩被女人的话吓住，拽拽她的衣角，怯怯地喊了两声。

"儿子，别怕。和尚说过，这位叔叔会救你，带你脱离这儿，脱离这一切。"女人摸摸男孩的头，再次期盼地望着月球隐士。

月球隐士正在全速运算，能将男孩带

到哪里安置，附近查找到的都是暂时的避难所，不过是延缓男孩必然的命运，延缓的时间并不足以被称为"获救"，他相信那也不是和尚的意思。除非……他得到一个可能，随即又将这个可能去掉。他不相信和尚能远见到这个程度，他也不相信这在感应醒来的缘由之内，那超出了可能性给予的乐趣范围。

"你希望我带他去哪儿？"

"听说有一些保护点……"女人说着，点点头给自己鼓劲，"我们来监测站前就听说了，那里远离末兽，保有正常的人的生活。我们也听说，能进去的条件非常高，要是……"

"是有，离这里不算太远就有一处。是没有末兽……一时半会儿还不会有，不知道那算不算正常的人的生活，现在又怎么知道什么是正常呢？进入的条件的确高，不过……"月球隐士很快找到进入那个保护点的捷径，一条未曾有人察觉的地道，只要进入就能让男孩留下，"你确定要让我把孩子送到那儿去吗？"

"不去那儿，还能去哪儿？"

也是。月球隐士点点头："好，我答应你。"

"他到那儿就获救了吗？"女人得到承诺，欣喜在脸上飘过，随即想起问题的核心。

"他在那儿会过得很好。踏实，没有末兽的袭扰，死亡也不可能随时随地扑上来。食物的供应还不错。还有人真诚地上前，和他交朋友，给他足够的关心，也需要他的友爱。恐惧慢慢偏移，让位给求知欲、好奇心，它们将得到恰如其分的滋补与满足。这每一部分，都构成你说的正常的人的生活，你就放心吧。"月球隐士说着，话锋一转，"你留在这里，能行吗？"

"不，我不要。"男孩尖叫一声，"我要和妈妈在一起，她在哪儿我就在哪儿。"

"儿子——听我说。你看，爸爸留在了这里，妈妈必须陪着他，找个好地方把他埋下。妈妈这段时间的疼痛，这几天受的伤，你都知道，你跟着我，我也活不了多久，又有什么必要？不要说和爸爸妈妈死在一起的话，你活下去，活得好好的，这样你想起爸爸妈妈的时候，我们就又活过来了，又能陪着你，听你说话听你笑。说不定还有特别重要的事，等着你完成——你还记得和尚专门对你说的这句话吗？"

女人一边笑着说，男孩的眼泪一边沿着脸颊往下淌，流进他的衣服里或者掉在脚下的石头上。女人说完，男孩点点头，眼泪也甩了下去。女人仍旧笑着，摸摸男孩的头，这才又掉过头，以湿润的双眼看着月球隐士。

"先生，一切就拜托了。"说完，她又深深弯下腰，"孩子跟着你一定会得救，谢谢你。"

"我会把他安置好的。"月球隐士说完，就拉住男孩的右手，再也不看女人一眼，沿着河岸往下走去。男孩号啕大哭，却也没有挣扎。到后面，为了跟上月球隐士急促的步子，号啕变为抽泣，抽泣变为哽咽。等到终于走出这片丛林，站在一条尽管破烂而宽阔不改的大道旁时，男孩脸色红润，哭泣完全止歇。只是急速地奔走、大口地喘气，再加上离别的伤痛，所有这些让他有点发蔫。

月球隐士让男孩面朝自己站定，双手持着男孩的左右手，默默地将他全身彻底检查一番。结果出乎意料地好，男孩几乎没有受到绿色末兽的伤害，里里外外都没有器质性损伤，可见他的双亲花了多大的精力，以多么细腻的心思保护着他——这个结果让月球隐士的情绪略有跳动，他迅速愈合男孩身上的伤口，并花了一番心思，在他身上构建好短期的保护机制。

"咱们走吧。"松开男孩的手，月球隐士拍拍他的肩。以男孩的正常速度，到最近的那个保护点时，天会黑下来。

男孩没动，他站着，等月球隐士带着疑问看过来才说："到了那个保护点，我也不算得救，对吗？"

月球隐士一惊，还是不想骗他："你怎么知道？"

"你没有明确答应我妈妈。"男孩说着，自己迈腿走起来，"没有关系，我知道这也不是你答应就能做到的。"

月球隐士还没来得及回答，男孩忽然跑起来，跑了没几步，就从大路上一跃，跳进路旁的麦地里。那些无人收割的麦子早就长疯了，它们高高矮矮，绿绿黄黄，那些畸变的茎、叶、残余的麦粒，在一阵阵风的吹拂下，如同梦幻的波浪，翻滚、连绵。在里面奔跑的男孩，就像一只游泳的兔子，脑袋时而蹿出，时而没入，带起一根浑圆的水线，向前而去。

等男孩停下，等月球隐士赶到，有两个高大的稻草人或者说麦草人，正张开他们的双手，站在小坡的这头。似乎立起得并不算旧，至少他们的衣服只有些褪色，而尚未破烂。他们那形状奇怪得如同面具的帽子，还稳稳当当地罩在脸上，掩护着的不可窥视的面容。

"咱们替他们去保护点吧？"男孩静立着，好一会儿才说。

"怎么去，穿上他们的衣服吗？"一瞬间，月球隐士感到前所未有的美妙的恍惚。

"对。穿上他们的衣服。"男孩肯定道。

"要有名字。"

"你来取。"

月球隐士望着两个麦草人，他们意识到有人站在身旁，有些羞涩有些期盼地迎风动了动身体，给出麦草人的承诺。这时，月球隐士望见了那个一身灰衣的行脚僧，行脚僧还在看着他。

"他们，一个是行者，一个是使者。"

C

"咣当"，铁门在身后关上，一阵铁链横挂、铁锁上锁的声响后，世界陷入消声的寂静，幽晦弥漫开来，充塞所有的感官。行者与使者站在通道里，黑暗在眼前翻滚如浸骨河水，又如流沙涌动，以漫溢而柔韧的力要将他们带走，片刻前那些嚣嚷，那些挤挤挨挨的冷然的旁观的脸，全部退隐进而消散。他们就那样站着，静立如枯松如生锈的钟，等待必然到来的开场。

"两位好，请跟我来。"声音响起，语调平和、音量适中，难以分辨性别、年龄，但并不机械，没有职业化的假腔假调。并无别的事物伴随声音出现，至少没有光，让人可以辨认出伴随之物。那声音的主人没有等待，走动起来。足音轻微，如同光脚踩在沙滩上，细碎、潮湿，可以作为引导。

使者与行者循着声音，蹑踪而行。那声音又起："两位不必惊讶，樱桃园虽小，没人引导、陪伴，短时间内总是难以完全领略其美妙。不过请放心，我不是你们在此的引导者，我只是你们的引路人、守望者，在你们需要时，提供必要的资讯、帮助。"

"引路人——"行者提出第一个问题，"每个来到樱桃园的人，你们都会安排人跟随吗?"

"并非如此。樱桃园有自己的规则,会挑选、认定需要引路人或守望者的人。请别误会,没有'你们',我和二位前后脚来到樱桃园。二位肯定知道,每个人一生都只有一次机会来到樱桃园。没有任何预兆,当我进入樱桃园,就对这里一清二楚,感受到使命——需要做二位的引路人,无须任何委派。结束时,我会和你们一样,离开。"引路人这番话和方才说的一样,仿佛其中毫无离奇之处。

行者和使者听完,再无多余的话,继续往前。行经的空间似乎在逐渐开阔,有奔腾的声音作为背景,在远处回荡,一如浩瀚江面由上及下,挤过一两处狭窄的咽喉要冲,惊涛拍岸;又如纯粹的无主次的人声,在议论在述说在独白在吟唱,汇总成声浪,密密麻麻、窸窸窣窣,编织成锦、过滤成风,不在乎听者作何感想,只管一股脑儿地释放。这声音回荡,漫漶地无可阻挡无法挽回地,开拓着他们行进的空间,仿佛黑暗中大面积的更见深沉的另一种黑暗。

但终究有竟时。无论是短促的前奏,还是没有始终的绵延,都必然要行进至下一阶段,这才是安排的要义。黑暗中,行者和使者并无丝毫的不耐,他们跟在引路人身后,做好了永堕此催眠境地的准备,甚至摒弃准备本身,只剩下继续往前。但终究有竟时。不是光,不是声音,在某个无法标注的地方,一阵风掠过,无来源无去处,如同意念所引发。风拂在他们脸上、身上,他们的头发、汗毛被它微微梳动,他们的毛孔、鼻孔因之轻轻翕张,于是他们慢下脚步。是一阵风,可同时又温煦与舒爽,让他们沐浴其中。行者率先停下,随后是使者。引路人因之察觉,他也停下。

"引路人——"行者提出第二个问题,"咱们到了。可以就此停下吧?"

"可以,"引路人说,又说,"应该就此停下。"

于是他们停下。没了脚步声,黑暗仿佛瞬间向后退去,留出无边的空阔。再有一阵风起,拂过的瞬间即消失。然后光出现,针尖般微芒一粒,麦芒般锋锐一线,出现即炸裂即膨胀即如花绽放即如席铺卷,原本他们站立如在一点,依据光的到来,那一点被触动,如同生长亦如同被赋形,樱桃园随之显现。是古老的园区,他们站立的地方正是小广场,从这里望去,四周都是红砖、黑瓦、木门搭配落地窗的三层建筑,只不过,有的房屋顶上竖着尖尖的烟囱,有的上面插着彩色的旗帜——既辨认不出那些烟囱是纯粹的装饰,还是具备实用性,也看不清楚褪色大半的旗帜上究竟是些什么图案。建筑不是连续的,它们独立三五栋连成一片,人为地将目力所及的空间切得有些细碎。换而言之,增加了整个空间的复杂性。以至于他们站在那里,无法确定这个空间有始或者有终,也无从判断它究竟有多大。

光早已不再是一点一线,不再拘泥特定的角落,不再专属特定的人物。甫一出现,它就如常地充溢整个空间,只是过了一阵,空间里的人才反应过来,仿佛光落在身上启动他们需要一个间隔。不,光启动这整个世界都有一个过程。现在,以站立的点望出去而言,可以认为整个樱桃园以行者和使者为中心,发动起来。音乐处处,雅致、从容中含着一点振奋,钢琴、小提琴的潺湲中埋伏着小号的沙石。人的身影聚集又散去,在不同的建筑间闪动,或者停驻在落地窗前，出神凝望，或者和别的人密语窃笑。楼群之间，道路两侧，目光所及，都是枝叶并不繁茂的樱桃树。正是樱桃成熟的季节，树上的果子红嫩，如点点少女之唇，叶子似一张张慵懒的小小的面孔，有的恣意地奔放地绿着，有的已然瑟瑟蜷缩，边缘发焦，为坠落做好了储备。樱桃树如此这般地布满空间，渲染出极其蓬勃的葳蕤感，仿佛随时可以把它们一把攥住，拧出绿色的未必稠密却一定醉心明目的汁液来。

行者和使者等待这一切的层次显明，等待这个空间从光照那儿获得足够的活力。引路人默默地陪立一旁，并无一句絮语赘言。有了光，看得出引路人的寻常，并没有被先前的黑暗罩上神秘外袍。一身深色的略显复古的长衣罩住引路人，透过长衣，仍旧看得出修长得近乎瘦弱的身体，因此而难辨性别。那张脸很有几分非现实感，可以确定那不是面具，也没有化上厚厚的妆容，可它带着某种夏天的生机而凝固，也许用沉静的雾气氤氲的水面形容更为恰当。一眼看去，它是一成不变的微笑表情里带着一缕哀愁，再一错眼，那哀愁又遮住微笑，或者微笑又驱散哀愁。无论如何，你相信看到的是同一张脸，却又认为每一眼看到的，都不是同一个人。

好在行者和使者并没有多看引路人，因而不会在一张脸上纠缠。等待的节点已到，引路人扬扬右手，示意他们跟从自己走向右侧最近的一栋楼。动起来明确了另一些事物，比如光照下行走，才发现这不是阳光，而是模拟黄昏柔和的灯光，尽管作为来源的灯盏无可觅见。在他们身后，随着他们的离开，喷泉凭空出现。喷口的分布并不规律，喷水的节奏也不整齐，可它们组合到一起，完美吻合他们连成一线的身影，完全踩上他们离开的步幅，让从一旁经过的人停下来观赏的目光都显得恰到好处。

楼门随着他们的进入自动打开。门开的刹那，欢乐得快要被遗忘的人的气息扑面而来，行者和使者在门口站立五秒，随引路人迈步而入。上面是玻璃的楼顶，中间天井，周围一圈建筑环绕。两道楼梯以螺旋状，盘在建筑朝内的这一侧，将整个空间连接成一体，让天井下的世界很有一点儿拥挤。这一定是刻意的，热情不需要那么多空间。从下至上，三层建筑每一层的楼道里都站着人，或者三五成群，或者独自一个。有的望下来，有的不知看着什么地方。这些男男女女，如同室内的一棵棵树。

"你们可以从这里——"引路人指着楼梯起点对应的房间，"挨个看下去，看完一圈。然后这样上去，看二楼，转上一圈。再上去，看三楼。再下来。"

随着这些话，引路人的手指转着小圈，或者停下来，在空中点一点，仿佛点在一颗小小的豆子上。最后停下，又说："也不一定要转完。樱桃园里，你随时都可以停下，只要你和另一个人合榫。你们同时停住脚步，对视一下，听到咔嗒一声。接下来，可以甜蜜，也可以纵情。"

"去吧。我在这里等你们。"引路人说。

行者和使者并没有走向引路人指示的房间，他们往旁边去，走向它隔壁的隔壁。当然，对于环形空间来说，从哪儿开始并不重要。这个房间门口站着好几个女人，她们身材高挑、目光冷峻，明明是分散开来，却呈现出某种防备的队形，仿佛要阻挡特定或所有的来人。没有人阻拦。她们任凭行者在前，使者随后，任凭他俩意图不明地走向房间，任凭行者走进去。那是冷的房间，灰色的调子，地板、墙壁、天花板……墙角、墙缝……都是灰烬的颜色，到处堆积、凝固着灰烬，沙状的灰烬，颗粒明显，质量轻浮，却也没有风来扬起——这一切都营造出绝无人至的迹象。房间里确实没有人影，也没有谁跟着行者走进来，至少说明，门口站立的女人，宁愿继续等待。

灰烬随着行者的抬脚放脚，扬起一圈圈的尘埃，后来更随着他脚步的加快，绕着他周围盘旋，形成小小的尘埃屏障。再后来，行者来到每一堆灰烬前，都伸脚从灰烬的正中一脚插进去，从中间踢起来。这玩耍的动作，加大灰烬扬起的高度与范围，让房间里很快长出一棵棵纺锤状的灰烬之树，或者是一团团缓慢转动的灰烬旋风。这强烈的笼罩般的弥漫模糊了空间感，慢慢融化边角的界限，消除房间的稳定，让它像是一颗独立存在的星球，在使者的眼前飘荡，上升又降落。踢散所有的灰烬堆，行者仍旧不管不顾地忙活，那偏执的专注，如有重任在肩。终于，行者停下来，灰烬随之渐次落下。

等灰烬落定，行者忙活的结果显现出来——地板上的灰烬铺开，像是由力道均匀、计算精准的手抛撒而成。地板静止，平铺的灰烬将它抬升几厘米，更新了它的颜色。可是平静的地板不是孤立的，墙壁与天花板上凝固着的灰烬堆仿佛绕着地板，或者以之为参照，获得新的能量，随时可以运行起来。行者没有拖延，他于站立处起身，向门外走来。随着他的移动，地板上的灰烬忽然散发出白色的辉光，照亮整个房间，更给予最初的推动力。那些灰烬堆在白色光线中，以不同的速度在天花板与墙壁上游动，是一幅足以象征整个宇宙的星空图。

整个过程，使者都站在门口，没有进入房间，更没有帮助或者劝阻行者。使者像是观望，又像是守护。没有其他人来，那些女人仍旧站成防备的队形，像是配合着使者，更像是互不干涉。行者走出房间，两人互相不出一言，不向女人们招呼、道别，径直走向下一个房间。

房间里有一张沙发、一把竹椅、一个圆凳，三个女人分别就座。她们面前各自排着一个队列，五六人、七八人不等，都是面色紧张、神态谦恭的男人。排在最前面的男人一律弯着腰，低声说着什么，有汗水从额头流下，或者浸湿后背。三个女人各有各的疲惫与厌倦。沙发上那位拿着指甲剪，表演性地修理着左手的指甲，不时抬起持着指甲剪的右手，捋一捋垂下来遮住额头的长发。竹椅上的那位努力睁着一双并不大的眼睛，目光落在面前不停说话的男人的脸上，却一片空茫，是否真的听进去，很值得怀疑。圆凳上的女人则手里端着一个玻璃杯，里面盛着琥珀色的液体，她一会儿转转杯子，一会儿将它举到唇边，喝上一口，一会儿又打断面前男人的话，问上一句，点评一二。

行者带着使者从这个房间的前门进去，经过等候的男人和三个女人，从后门出来。没人对他俩有兴趣，更没人拦住他们，说上几句。下一个房间小了很多，里面的一男一女牵着手，谈得极为热烈、契合，同样没有谁搭理经过的行者和使者。开始这一圈之前，如果行者或使者还考虑过，真有突发情况，该如何应对，走上多半圈证明，这纯属多虑。各个房间里的女人，要么已经和某个人互生爱慕，要么正疲于应付围拥在面前的男人，没有谁还有多余的精力、兴趣，分给匆匆经过的人。

有一个房间的情景稍有不同。只有一个女人站在窗户边，衬得房间格外阔大。房间里的灯光昏暗，外面的灯光又从窗外照在女人的后背，因此根本看不清她的模样，只知道她留着男式短发。女人的声音很悦耳，一开口，就让人觉得房间里是明亮的。可她说出的话，让这明亮阴冷起来。

"别啰唆，你俩都进来。靠墙站着，靠墙，背贴着墙。就这样。我会冲你俩各开两枪。简单的算术，一次进来几人，就冲每人开几枪。不管是否命中，子弹都会在墙上留下痕迹，咱们据此判断是否应该在一起。"

不需说明，行者和使者也知道女人举起的手里，那被窗外灯光映照出幽幽光亮的是什么。随后，啪啪——啪啪，四声响过。子弹自然没有命中，行者拽着使者奔了出去，留下墙上的弹孔等待女人验看。

一圈下来，行者与使者没有得到任何人的青睐，引路人对此没有予以评论，只是等他们到面前，伸手示意后，就率先走上螺旋楼梯。

只在两个房间门口望望，就知道二楼的情境不同于一楼。第一个房间的气氛热烈、甜蜜，一对对男女拉着手、把着臂，拥抱着、亲吻着，旁若无人，沉浸其中，连空气都是黏稠的。这样的黏稠既是怂恿，也是保护，因而引路人带着行者与使者进入房间后，还不断有人到来。就像有个故事说的，盛器里面装满石头后可以装入沙子，装满沙子后可以装入水，不断到来的人总能在房间里找到立足的空隙。本就举止亲密的他们，一旦进入这个房间，就如连体婴儿般，如胶似漆地亲热起来。个别单身一人的，进入这个房间时，怀着入虎穴的坚决，挤挤挨挨走上一段，明白自己在众人的眼中隐了形，没人多看他一眼。但房间里的气息如此让人贪恋，他索性真的隐形起来，将自己代入某一对缠绵的人中的一位，抵御着时间的流淌。

引路人努力分开人群，让行者和使者跟上自己。在不少地方，在最亲密的人面前，引路人都停下来，以便行者和使者可以自行其便。没有，行者和使者明确传递出继续的意思。快要从另一道门挤出去时，使者听见两个人在讨论，他们的语气如此冷静，与说出的话语完全不相称，更像是越发稠腻如油的房间里，两滴一不小心滴落其中的水。

一个说："出去我们就在一起。"

另一个说："在一起干吗？出去就各走各路。"

先前那一个说："那就不出去。就这里，就现在。"

后来的话再没听清，使者无法从身边那么多迷醉的脸庞中，辨认出这几句话究竟出自何人。挤出门外很久，那房间里的气息仍旧萦绕在他们周围，经久不散。唯有偷听来的几句话，漏进一点点别样的感受。

连续经过几个房间，行者和使者都拒绝引路人的示意，没有往里去。每一个门口，都能感受到房间内的气息，未必那么黏稠、炽热，未必人挨着人、人贴着人，却一样地必须由忘却孤独、抛开寂寞的成双成对的人才能产生，才能将其凝聚、散发出来，是诱惑又是拒绝，是垂怜又是指责。

直到一个房间传出来的不是气息，而

是声音，乐器的声音。行者和使者在引路人例行的示意后，停在门口。是弦乐器，琴弓在弦上滑过，仿佛试探或者试音，音声短促，又在短促的限度内，强力到极致，因而需要注意力集中到发挥想象的程度。与此同时，键盘乐器始终跟随，力度不大，音量不高，但主导着节奏。进去，是一男一女，衣着简朴，站在房间前端，操弄乐器。都长发披散，遮挡住小半张脸。看得清汗水在额头、鼻尖、脸颊蠕动，辨认不出脸上的表情。

男人左手持小提琴，搭在左肩，右手持琴弓，仍旧在试探。不是在试探音声，而是在试探房间里的气氛、女人的反应，仿若颉颃翩跹的两只鸟中，时时要向上、刻刻想引导的那只，因了这欲念而活泼，又因了不确知另一只的回应而畏缩。这恰好给了小提琴声婉转、幽怨的余地，连男人的动作都那么欲说还休，令人掬泪。女人坐在钢琴前，并不看向男人，也没专注于面前的黑白键，她处于某种失神状态，也可以说处于一种倾注状态，她的人和整个房间融为一体，她就是这个容纳了大家的房间。

只是在某个间歇，女人的手指会落在琴键上，按下一个或一串白色，间或也有黑色羼入。她每一次动作，都将男人手下指尖那即将狂热的声音拽回来，赋予其沉稳与次序，可是她旋拽旋止，并不构成滞碍——只是如此往复多次，男人未免有些焦躁，小提琴的声音有了突破的意欲，耳听得渐渐流露出一丝尖厉。女人仿佛没有意识到，仍旧按照先前的方式，给予自出机杼的节奏。

原本站在几米开外的行者忽然上前几步，来到女人身旁。小提琴声结束试探，因为不断被抑制而积累的沮丧显露无遗，起的调子很是高昂，随后由此进入，一路向上并以炫技的指法、速度，以连续的颤音，开始强行地引领。女人右手扬起，指尖下垂，却犹豫该在哪个节点进入。没有继续等待，行者的手指完全即兴地，在钢琴上远离女人的地方弹奏起来，这是一首和男人的小提琴行进无关的乐曲，它匀称、完满，如同一条泱泱向前的自有线路与痕迹的小溪，但它又毫不封闭，在任何地方都是敞开的，能接受另一条溪水或者一股泉水的汇入，哪怕是雾气、露水，一律来者不拒。

女人是敏锐的，她感知到行者弹奏的邀请，号到这邀请的脉——无主次无主从，无须引导无须跟随，于是她的手指落下。因为这四手联弹，钢琴不再是一架固定的琴键有限的乐器，而成为打开的空间，因打开而能与原本封锁在外的空间连为一体，女人顺势破除将自己等同这个空间的幻象，变得不再固定、拘泥。在这一瞬间，似乎盈满的钢琴声忽然清空，小提琴声再度进入，不再带着颉颃的羽翼，而是和钢琴声融合为一体，成为翩跹本身。

行者从弹奏中脱身顺理成章，男人、女人的神情证明，他们明了这离开并不算撤出，没有远离也没有缺漏。是行者走在前面，使者跟着，最后才是引路人。

没有再在二楼停留，就这样上到三楼，仍旧是行者在前。三楼一片静谧，没人在楼道张望，房间里也没有传出任何声响。向着楼道这一面，每个房间都是大大的落地窗，是为展示，也是为证明。房间里并无特别，依旧有男有女，人数有多有少，可他们都如同雕塑，站立着、倚靠着、坐着、卧着，互相凝视、互相护持。从哪个角度，在任何时间，望过去，看到的都是这样宁静的永恒的画面，不因有人走过而被扰动，也不因停在其间而变化，可又绝无死亡的僵冷在其间，能感受到的，就是无声的澎湃的涌动的宁馨的充沛的流淌的爱意，是恰如其分的得其所哉的爱，是与自身之外的他人天长地久的爱。

行者和使者在三楼的爱意间徜徉、流连，引路人自然又回到前面，没有话语，没有示意，就来到下楼的螺旋楼梯口。行者与使者在那一刹那醒过来似的，带着一点点羞涩，紧紧跟上引路人的步伐，顺着楼梯一级一级地向下走去。同样的路径，下降和上升已将其修改，所见和不久前大相径庭，一切都散发出速成的现已朽烂的气息，不忍卒视。引路人对此熟稔于胸，步子越来越快，要不是仅有三楼，只怕很快就会变成直线下坠。

到了一楼，不久前围观的那些人已然视行经的引路人、行者、使者一行为无物，仿佛时间已跨越遗忘的界限。这一行也无意停留，引路人亦无须动用光的闪现与闭合，只需要带着行者、使者穿过人群，走到一扇区别于其他房屋的铁门前，等待着它打开并走进去。

铁门背后是向下的阶梯，类似高楼的救生通道。不同的是它四面封闭，没有护栏、扶手之类的存在，而且它前后左右呈均匀的半透明状，其程度恰好既保证人行走在其中享有足够的采光，又无法完全看清半透明的内里或者另一边是何等情状——不妨说，这是一个阶梯状的洞。引路人没做介绍，没留出空闲让行者与使者观察，直沿阶梯下行。尽管半透明自带不稳定感，让人以为每一步都无法踩在实处，但落脚的感受还是很快让行者与使者踏实下来。这踏实喂养出足够的耐心，当阶梯开始变换陡峭、拐弯、直行、爬升、分岔诸般游戏时，行者与使者都不紧不慢地跟上，没有烦言。

仿佛兜完一大圈，回到一道与出发时不差分毫的铁门前时，引路人示意目的地到了，待行者与使者在身后停下脚步时，才又推开铁门。门后不是新的阶梯，是一座令人失重的大厅。失重不以其宏大阔深，也不以其布置烦琐，仅仅由光线造成。这大厅陈旧如仓库，没有一根柱子切割空间、划分区域，而是依赖不同颜色与亮度的灯光。灯的装设位置、照射角度很巧妙，将大厅分隔成中间一周边四，共五个空间。空间的大小并不均匀，相互之间的界限可以分辨却也并不分明。可以明确的是，每个空间里面都有人。

引路人并不迈进铁门内，只是伸伸手。行者与使者毫不踌躇，跨出一步，走进去。这个空间现有一男一女，两人都各拿一把剪刀，随手拾起地上散落的纸张，剪下去。纸有大有小，颜色有别，两人剪速快慢不一，可不用多久，就看得出他们的动作有着独特的一致性。一个人速度略快，完成手里的动作，扔下剪好的纸，再稍做选择，从地上拾起又一张纸后，另一个人亦完成手里的剪纸，必然会拾起一张颜色、大小完全一致的纸，再追随先动剪的人，剪起同样的画面、物品来。两个人的动作、神态相差无几，只是前后稍有延宕，如同同样的画面播放两次。更为特别的是，无论一方动作幅度如何，另一方都会跟上，可两个人的时间差始终一致，犹如被先行设置。

行者与使者等着两只绿色的长颈鹿从二人手中掉到地上时，顺时针走到下一个灯光略红的暗色空间。里面有十二把椅子，一对男女分坐其中两把。他们互相望着，目光在凶狠、鄙夷、漠视、讥诮等各种强烈而负面的情绪间切换，却也一刻不相分离。毫无间隔规律地，其中一人或两人就会站起来，换一把椅子坐下，整个过程目光并不转移。他们的距离随每一次调整而变化，情绪却总在那可数的几种间切换。有一次两个人甚至接近到脸对脸、鼻子挨鼻子，目光中的情绪仍没有变化分毫。只是在行者与使者看来，那个距离反而消解了情绪，让两个人变得极其陌生。

下面一个空间，粗粗一看以为是一个人，等那身影转到离强烈至炫目的灯光稍远处，才看得清楚是两个人，像两条纠缠为一体的蛇。从背影来看，这是两具赤身的裸体，可无法分辨他们的性别。两人完全融合在一起，搂抱的手臂已长进对方的身体，严丝合缝吻合在一起的口腔互为呼吸的器官，相接触的皮肤互为表里。他们一刻不停的动作，就是占据全部空间的蠕动的风，或者风中的蛇与树，不留出丝毫的缝隙与缝隙的可能。这密集的密不透风的空间直接将行者与使者赶到下一处，可是他们刚刚迈入其界限，就有几样东西飞过来。

那同样是密实的空间，密实肉眼可见。各处都塞满东西，从上到下，堆积木一样，满满当当、摇摇欲坠。没有一样是完整的，也没有一样是稳定的，奇就奇在，整体的不稳定构成在每一个时间断面上都可以求得的平衡。方才迎着行者与使者而来的，是一把刀子和两个碟子，刀子没了刀把，碟子各缺一大角。没有砸着行者和使者，也没人过来解释，更没人道歉。不需要解释与道歉，那对男女还在互相投掷，动作极其危险，力量都用到极致，决心要解决掉对方似的。可这外显的狠劲，让他们的投掷与躲藏又带着儿童游戏般的超凡的轻松，让行者与使者既没法劝和又无法离开，只得在各样物品间闪展腾挪，寻找落脚处。

到面前发现，尽管两个男女互相瞠视，根本不考虑手边是什么，抄起来就扔，可扔出的刹那，两人脸上都浮现出流淌的蜂蜜般的甜美。这甜美如此相似、如此动人心魂，以致他们恨意足以夺命的动作看起来如预定的共舞。

还能去哪儿？当然是被四个空间环绕，居于中心的那一个。使者率先走出堆积如迷宫的物件，可一进入那个空间，就呆住了。直到行者也走进来，直到空间里的目光锁定行者，使者才又恢复行动的力量。是一个灯光由上至下，平行射在每一寸地板上的均匀空间，中间垒起四方的台阶状的平台，平台上端没入天花板上方。但平台是透明的，也可以说是透明而能投影的，因而在每一级台阶上，都能看见一张脸的一部分，那梯形状的脸正从四个方向对着行者和使者，目光一番游弋后，锁定行者。

随后那脸上绽放粲然的笑容，无邪的事物原初的笑容，一个声音随后传来，怨怼、炽热、魅惑、自尊……这等情景下能够想起的意味、能够予以理解的况味，都在那声音里。那无性别的声音说："带我走吧。"停了停，又说，"或者上来，到我这儿来。"

"无论如何，都和我在一起。"

听到这里，行者转身就走，使者赶紧跟上。没有引路人的提示，行者和使者的脚步是慌乱的，他们先走进男女互相望着的空间。这一次，那个男人一下放松，他掉过头去，转身跑向中间的空间，迅速爬上台阶，消失在上面的平台，或者也趴下来，让自己的脸与说话的人的脸重合，让自己的眼睛并进说话的人的眼睛。在他离开的空间里，女人也放松下来，她没有看行者和使者，而是哼起一首歌。行者和使者往回退，退到还在剪纸的空间里，女人见到他们，放下已剪出雏形的苹果树，挥挥手。男人依依不舍地放下手里的苹果树，同样跑向中间的空间，爬上台阶，在平台上趴下。

密集空间里的男女手里各拿着一把餐刀和叉子，行者与使者的出现也如下达命令，让他们停下。男人冲女人鞠躬后，走上前，餐刀交到女人手里，转身走向台阶。女人则仪态大方地放下餐刀、叉子，顺手从地上捡起一面镜子，整理了一下头发。从镜子里，行者和使者瞥见旁边空间里仍旧融为一体的只看得到后背的两个人，以蛇与树的动作，踩着梯形的脸，迅速上了台阶。

行者愣了愣，看着使者，两人面面相觑。随即，共同下了决心，同时点点头，向着中间的空间奔去。台阶上那五合一的脸更加明确地朝着二人，目光在行者与使者间流转。行者与使者的四只脚轮番踩着梯形的脸向上攀爬，一级级抬起二人的身体。是在向上攀爬，可又像是踩到了某个关键的按钮，平台在往下陷落，这一个动作带出的双向链条让二人恐慌，脚下的动作更加快速。再漫长的陷落也有到尽头的时候，不用等到攀上最后一级台阶，平台上的一切尽收眼底。

并没有人在那里趴着，平台两端，相对而立着两个人，静默如山。光从上面照下来，白晃晃、直通通，让两人从额头到嘴唇再到脚底，亮度从几何级数降低，整个人明暗不等、面目全非。辨认不出他们的肤色、年龄，但无可忽视的性征宣示，这是一男一女。行者与使者踏上平台的刹那，灯光熄灭，世界顿时熄灭。在忍耐之弦即将崩断的瞬间，灯光亮起，世界一如方才。男女站立，行者与使者观望。刚够看清的瞬间，灯光熄灭。这次没那么久，视网膜上还留有物象的影子，就又亮了。光亮时间恒定，光灭时间不定，空间如是开启它的延时摄像，并以光为声音为节奏。一帧帧延时得来的画面中，男女在对望，在凝视。身体在燃烧，在反应。喘息如细雨密布，如迅雷弥漫。他们动起来。男人跑向女人，女人奔向男人。一定是迅捷的，只是被光的切换定格，仿佛迅捷在延缓。男人速度更快，跑过中线，那里有透明的游丝般的利器，切过他的咽喉。被割下的脑袋滚过平台，翻下台阶。断头的躯体喷出血液，血腥被光的明灭放大又抹去。躯体受惯性的驱使，继续跑动，女人奔到面前，双手搭在男人肩上，向上跃起，坐入男人的身体。

最后一次明灭。男人进入女人，头颅从肩上长出。随即灯光熄灭，倒数结束后，灯光恢复如初。并无男人，并无女人。只有一个人站在平台的中间，就是引路人。引路人正面对着行者和使者，不等二人提出任何问题，即伸手止住，又向上指。平台在加速降落，很快就和行者与使者之前置身的空间平行，但已望不见空间里的三个女人。望上去，就看到周遭变化中最剧烈的部分。置身的空间正在一起下降，就像拽着一个平面的一点，让整个平面呈漏斗状下跌。

下跌停止时，平面对着漏斗尖，行者、使者、引路人正以三角形的站位，承接着漏斗的倾斜。晨曦已经展露，旭日尚未得见，漏斗的聚焦仍旧让平台的顶端极为明亮。一阵阵喧哗让使者低下头，看到脚下一级级台阶上站立着一圈圈的男人，每个人的脸上都布满迷茫的渴望。使者想说点什么，再次被引路人上举的手指止住，光线忽然变得通红，整个空间丰盈、性感起来。再抬头，只见如同巨鸟垂翼，樱桃罗列而成的云朵压满天空，每一粒都是紧抿的红唇，每一粒都由内向外洋溢吹弹可破的光。那不是一朵云，是一团，是轻盈如雪花似飞絮，是堆垒如山峦似荒岭，团团围拢的云层。

没有任何等待与缓冲，云朵翻卷，罗列松散，带着露水的鲜艳欲滴的红色樱桃密布倾落，从中间到漏斗的四边，干脆雨滴如雹子一般，噼啪而下，似乎要把这个下坠的空间淹没。

低头避让樱桃时，使者忽然看见引路人痴痴地望着行者，眼睛一不地两个眼窝直往下滚淌泪水。

d

旭日与朝霞映染下，半个天空如堆叠一张织锦，色彩的丰富与褶皱的牵连，有着失真般的迷人心魂的力量。男孩坐在门前不远的树桩上，久久凝望着半个迷幻的天空，眼睛偶尔不舍与胆怯地望向紧挨着的另一半长空，那里只有被过分用力刷过的接近死寂的浅橙。无论那绚丽织锦令他多么迷眩，那死寂浅橙令他多么畏惧，男孩都只将目光上举，身体都背朝着昨晚入住的铁皮屋。

"你出去，不管走多远，不管在哪儿，都不要回头看。我不叫你，不要回到屋里来。"这是不久前月球隐士对男孩说的话。

男孩几次都想回头，看看月球隐士究竟在房屋里面做什么，每每都被月球隐士说那番话时的严肃语气给阻止。越是这样，自然越是好奇，以至于为抑制这一意愿，脖颈越来越痒，身体越来越颤抖。

身后世界的一切都被放大，虫子鸣唱、跳跃的响动，风拂过草与树，摇得铁皮晃动，甚至随着温度的升高，世界开始缓慢地舒展发出的声响，统统没有逃过男孩的双耳。但并没有别的声响，没有来自月球隐士的声响。天空望得越久，耳朵听得越深，越感到身后什么都没有，是空是寂静。在某个瞬间，男孩身体一颤，感觉自己和屁股下的树桩向前滑去，像是在那条他现在搞不清楚离开了多久的河里，没有别的依靠，只能在一只孤零零的独木舟中，向前漂，向下越去越远，速度越来越快。

男孩啊的一声，再也顾不上别的，猛地转过身去。铁皮屋还在原地，像伏在那里的一只蜗牛，一动不动。旁边的草、树，那条小路，都和昨天他们被安置下时一样，和他不久前走出来，一眼看到的没有什么区别。又是一阵微风起，草偃树动，铁皮作响，别的没什么异常。

"他去哪儿了？"男孩有点疑惑，他站起来。这时，他察觉，铁皮屋里似乎比外面更加明亮。铁皮屋上方在一侧开了两个不大的口子，用透明胶布粘上两块玻璃，采光并不好。装了一盏吊灯，但五个灯位上只有两盏，男孩记得出门时，关掉了灯。但现在，房间里布满柔和的白光，比室外还要明亮，衬得铁皮屋仿佛一个发光体。

男孩不敢相信地揉揉眼睛，不是眼花，铁皮屋的白光持续而稳定。可揉眼之下，他发现别的变化。原本蓝色的铁皮屋上，有一些地方油漆剥落，露出灰色的底子，甚至有的地方还在风吹雨淋下，生出铁红色的锈迹。他记得很清楚，朝向他这面的墙上，有两大块灰色，像是两只眼睛，又都在门的一侧，让这座铁皮屋更像一只比目鱼。现在，那灰色正在消失，两只眼睛正在闭上。

犹豫一下，男孩还是跑过去，站在灰色斑块前。是的，灰色正以肉眼可见的速度消失，它周围的蓝仿佛一摊水，向灰色漫过去，填平它与墙体之间那一点点的凹陷。也可以说，蓝色活了过来，一点点地毫不留情地吞噬着灰色。无论是漫溢还是吞食，都进行得悄无声息，不留余地，让看着的人反而无法相信。男孩伸出右手，拇指向左侧的灰色摁去，那里刚好还有一个指头的空余。蓝色没有退缩，走到男孩的手指上，是微凉的蓝色的感受。眼看着蓝色沿着手指上移，男孩惊恐地退后一步，指头回缩，蓝色如黏稠的液体，一端连着墙壁，另一端跟随他手指的拔出，还在向前漫溢。

"不要动。"是月球隐士的声音，话音未落，男孩手指上蓝色的微凉开始消失。他听话地站在原地，手指也一动不动。那蓝色不再蠕动，慢慢地干燥起来，男孩的拇指因这干燥而有点紧绷。

"可以走了。"男孩听从月球隐士的吩咐，慢慢腾腾地先后退一步，再往外拽手指，如同从插入的纸张里拔出，有清脆的声响。笋壳或者蝉蜕般的蓝漆从墙上凸出来，留在原地。男孩有点畏惧地退出好几步，确信蓝漆不会扑上来，才把手指上已经干燥的漆剥落。拇指上没留下漆的痕迹，不痛不痒，左手捏住它，也没任何异常。男孩又对墙上突出的那一截蓝漆生了兴趣，回去几步，食指试探着碰碰，蓝漆已然干透，没了生命。右手拇指、食指呈钳状，捏住它，左右晃动，那截蓝漆应声脱落，在手里如一截松枝。不等男孩看仔细或者拿它玩耍，那截漆化为齑粉，散落地上。再看墙上，那只眼睛留下一根拇指大小的空隙。

"我能进来吗？"男孩不知道是否犯了错误，如果是，错误又有多大，便以大声作问来试探，月球隐士没有回答。男孩等了等，还是没得到回应，又想想，终于走进去。

铁皮屋很小，就一个单独的房间，房间中央是一张小几，几上搁着一个空空的破损的花瓶。两扇粘着玻璃勉强做成的窗户，一扇窗户下面放着一张桌子，桌子上面是煤气灶，灶上是口小锅，锅的旁边是碗和筷子，桌子下面放着一个塑料桶；另一扇窗户旁边放着上下铺的铁床，床上的用品也很简单。月球隐士没在房间里，房间却始终有柔和的白光，和在外面看来是一样的。

"什么东西在发光呢？"男孩很疑惑地把房间里的所有东西都看上一遍，却找不到光源。莫非，是房子本身在发光？照着这个意思，他仔细查看四面墙壁、房顶、地面，仍旧看不到发光体。

"出来。"月球隐士的声音在外面，男孩听话地跑出来，房门咣当自动关上。男孩张望一圈，看不见人，抬起头来，往房顶上望，房顶上没有。等了等，男孩觉得房顶上有什么东西闪了一下，丝丝缕缕，定睛细看，是阳光，是蜘蛛网一样的阳光。房顶上方似有一张细密的蛛网，此刻正晃动着反射旭日那红嫩的光芒。那网很大，张得很宽，离铁皮屋还有几米，完全覆盖了铁皮屋的范围。网上面是什么呢？男孩仰头看上去。

网上闪闪烁烁的阳光一大片，网上面很高的地方，若有若无飘散着一圈黑色的东西，猛一看以为是乌云，稍留神，乌云里星星点点闪着光，再细看，那黑色的光泽、柔韧度，都不像云的样子，反而有点像……男孩寻思一会儿，才敢肯定，有点像头发。认定后越看越像，只是比头发的光泽多一点金属感。谁的头发，为什么会飘在天上？男孩这么想着，下面的网开始变化，网上的线越来越密，迅速在空中织成无色的布，聚拢阳光，悬在那里。这光之布既像个平面，又像个流荡的立体，不给男孩更多疑惑的时间，就开始在上面隐隐约约呈现被光明晰的五官。与此同时，黑色的云也开始往光之布上收拢。

男孩正看得入神，忽然听见脚下传来"让一下"的声音，正是月球隐士。一低头，并没有看见月球隐士，却有无数股银色的液体在他脚下涌出，吓得男孩急忙退开。那银色的液体表面反光，涌出的部分迅速聚拢，并且不断向上，眼见得形成了一个柱状。"转过去——"又是月球隐士的声音，男孩转身的瞬间，感觉有白光从后面逼近。得到"好了"的命令再转过来，月球隐士完完整整地站在他面前。

男孩不由得看向地下、天上和铁皮屋里，银色的液体、光织就的布、头发质料的云，都消失了，铁皮屋里也没了柔和的白色光芒。

"没有吓着你吧？"月球隐士伸手，摸摸男孩的头，"让你不要回身嘛。"

"我……"男孩刚开口，月球隐士止住他。

"有人来了。"月球隐士说，说完收回手，整个身体像一棵顶风的树。

铁皮屋建在小山顶的平地上，只有一条小路从山脚下的聚居区通往这里。现在，两个人正顺着小路往上来，一前一后。前面的人不时侧着身，看看后面的人，可能正在交代或者介绍什么。后面的人则不时抬起头，向山顶望来。月球隐士和男孩站在原地，看着两人走过路旁那一排干枯的樱桃树，又走进那棵巨大的枝叶繁茂的樱桃树，间或有阳光从枝叶间漏出，映在他们身上，像是缀上一个个补丁。男孩偶尔瞥一眼月球隐士，脸上浮现出如在梦中的迷瞪。

等两个人上得坡，来到铁皮屋的一侧，才看清楚前面那个蛮精神的年轻人正是昨天接待他们的小方，后面那人显见年岁不小，头发已由铁灰大面积向灰白过渡，发量倒还充足，收拾得也很利索。走到十几步开外，小方慢下来，逐渐让出半个身位，跟随着年岁不小的人，来到月球隐士和男孩面前。

"二位早上好，这是我们保护点的负责人，程老师。"小方向年岁不小的人伸伸手，介绍道。

"别客气，叫我程远就好。"程老师点点头，目光在月球隐士与男孩脸上扫过，"昨晚睡得好吗？很抱歉，聚居区正在加固，只能让你们暂时住在这里。不过小方会负责提供食物和饮水，谈不上丰足，但不至于饿着。"

"你太客气了！这里地势高，空气清爽不少，望得也远。"月球隐士说得很正式，"非常感谢你们的收留，尤其得替这个孩子、替他的父母感谢你们。"

"言重了。"程远收回望向远处的目光，再次看着男孩，"来到这里的每个人都不容易。这里每个人都是家人，你们慢慢会发

419

现这一点。"

他再次看向远处，指指点点："这里本来是瞭望点，观察风向，留意紫色末兽的出没，特别是它的变化，当它开始变红时，向聚居区发出警告。后来，一是因为紫色末兽很少在这一带出现，即使出现，也不是奔着这一片而来，仅仅是波及性的伤害；一是因为金色末兽肆虐，损害严重，大家防范的精力完全转移，瞭望点就没再使用。"

"瞭望点不应该荒废，别忘了，末兽不止紫色和金色两种。"月球隐士插嘴道。

"这是真的吗？"小方颤声道，"我们一直为金色末兽所苦，偶尔被紫色末兽所伤，逃到保护点来的人里，有不少也说起过别的末兽，但是并没有谁亲眼见过，久而久之，大家都把那些当成传说，有时还彼此取笑。"

"一点不假。除了紫色和金色，至少还有绿色、黑色、黄色几种末兽，有时它们独自出行，有时联合行动，没有见到仅仅是这个保护点的幸运。"

月球隐士这番话让程远眉头紧锁，沉默许久。再开口时，程远的语气有些迷惘："照你这么说，我们加固聚居区毫无用处……"

说着，程远一直紧绷的身体如同去了骨，整个软下去，多亏小方扶住。月球隐士不忍心直视程远，对着小方回答道："也不是毫无用处——末兽只是经过，捎带性的损伤多少能阻挡一些，等到人口密集的地方被毁坏殆尽，更显眼的目标灰飞烟灭，它们会掉过头来，积蓄力量，毁灭这里。那时，现在的加固起不了什么作用。"

"你说的这些末兽，你都见过吗？"小方问。

"我都知道——"月球隐士说完，于心不忍，只好提前揭晓自己隐藏的秘密，"这个铁皮屋子，末兽来袭时，可以作为临时的庇护所。"

程远与小方听了这话，一脸的不可思议，小方更是走进去这里敲敲，那里摸摸。好一会儿，小方才走出来，他冲满脸期盼地望着自己的程远摇摇头。程远的沮丧显而易见，不过他发现什么似的，偏过头来，盯着男孩。

"你相信——你知道，对吗？"他问。

男孩听见月球隐士说铁皮屋可以做庇护所时，眼睛亮了亮，不过他的目光随着小方进去出来的一脸失落而陷入迷惑，没想到这些都被程远看在眼里，陡然被这么一问，吓了他一跳："我相信，我看见，我什么都不知道。"

"他不太明白。"月球隐士解了围，"我给这座铁皮屋做了隐蔽，加上保护层，末兽来袭时，只要你们所有人躲在里面，它将看不见、嗅不到铁皮屋的存在，只会把它当成一块普通的巨石，就算它想搬动这块石头，也无能为力。不过这些是针对末兽分头来的，如果它们一起来，合力一处，铁皮屋也很艰难。但这种情况短时间内很难出现，就算真的有那一天，想必……"

月球隐士打住。程远与小方对视一眼，目光苦涩，还是说出口："请直言相告，还有什么我们承受不了的？"

"就算真的有那一天，想必这个保护点上的人，都已不在人世。"

"这些……是你的推测……还是……还是实际上将要发生的？"程远问。

"是你的经历吗？"小方慌不择言。

"都不是，我只是知道，根据现有的信息，根据大地的变动、天空的旋转，知道必然会这样。不管怎么说，你们都不算孤单吧,和这么多人在一起。"安慰不是月球隐士的强项,何况是安慰这些到现在他都还没有怎么搞明白的人类。

"你既然都知道,为什么还要到我们的保护点来呢?就是为了告诉我们这个噩耗吗?你既然清楚,能不能想个办法,把末兽都干掉?"程远恳求道。

"很抱歉。"月球隐士不知道怎么说,他真希望有谁能够传输一套说辞给他,只需要通过他的嘴搬过来就好,但没有。他就只好自己斟酌词句,往下说:"很抱歉我做不到。诚实地说,就算能做到,也不会这样做,这不是我来到这里的目的。"

说到这里,月球隐士又看着男孩,男孩正以前所未有的专注盯着他:"我来这里,是想把他托付给你们,这是我答应他妈妈的事。"

"这么说,你要离开这里?"程远对此倒不怎么吃惊。

月球隐士没有回答,他站在那里,专注得如同一段枯木。不一会儿,程远等人感觉到异常,立体的但以空气为主导的颤动,一波波传来。大地如鼓,被人擂动,声音沉闷但颤动强劲,地上诸般事物都随之摇撼,仿佛要带着根基跃起,小块的石头开始翻滚。空中则如有无数双巨手,挤压气球般从四面八方涌来,无形而柔软,柔软而席卷,席卷而绵绵不绝,如同汪洋波涛。

"去铁皮屋。"月球隐士忽然苏醒般,声音平静、坚毅,他又挺了挺身子,程远他们感受到的压力缓解不少。

接着,他直接说出程远的心事:"保护点的人都没事,放心。"

三人不再啰唆,搀扶着躲进铁皮屋,出于保险,关上门。男孩叫着小方,使劲将上下铺的铁床拖到窗户下,爬到上铺望出去。小方和程远在地上转了几圈,还是没敢爬上铁床,索性在下铺坐下。铁皮屋里一片平静,听不到声响,感受不到颤动,这熄灭般的寂静让他俩极度不安。好在,小男孩明白这点,他在上铺不时说两句看到的情形,以做宽慰。

月球隐士已背朝铁皮屋,站在小山顶,从他周围树与草的剧烈摆动,再看叶子不断从树枝上被撕扯下,绕着树冠旋转,可知他面临多么强烈的冲击。但月球隐士安稳如山,仿佛与男孩看不见的什么对峙着。看不见迅速切换为逐渐显现。空气不再是透明的,至少月球隐士正面相对的部分是这样。类似清晨或者黄昏,柔软的光芒落在粼粼水波上,空气中出现一枚枚钱币大小的金色光芒,并在晃眼间连成片。那成片的金光如同鱼龙之鳞,彼此遮盖、衔接,又取消构成稳定立体的意欲,于是互相缠绕、彼此周旋,使得它没有首尾、主次之分。

几乎在相同的瞬间,金光周围出现绿色、黑色、黄色的物质,因为不断变化而无法确定性质的物质,一会儿是在空中互相流淌、渗透的液体状,一会儿是绞成一股、混成一团的气体状,一会儿各自成为有躯体、四肢、头颅的生物,而各部位的外形又在古典、现代、自然、人造、生物、机械等不同风格间切换与混搭,无一刻定型。月球隐士的静与颜色纷异、形态变化之物的动,在小山顶上构成男孩从未见过的对立,像一把剑指向旋转的星空。

不等男孩看得更仔细,月球隐士向前迈出三步,他每走一步,对面的变形物就集体往后退一步,第三步之后,又是一段时间的停滞。没有任何预兆,像铁拳击碎流水,颜色分明的变形物哗啦在对面散开,一阵漫无头绪地窜走后，冲着铁皮屋而来。男孩来不及在上铺坐下，铁皮屋就被撞击得咣咣作响，但也就十数秒即安静下来。

"没事了。"月球隐士的声音在门外响起，程远和小方、男孩出去时，外面阳光热烈，月球隐士就站在阳光下。"它们走了，一时半会儿不会再回来。"月球隐士说。

"它们怎么突然出现在这里？"男孩抢先问。

"因为我在。"月球隐士毫不避讳，"这些末兽，天性残暴，但它们一般不同时行动。因为不清楚我的意图，所以联袂而来。我清楚它们的力量，它们不清楚我的，刚才一番试探，现在清楚了。短时间之内，它们不会再来，铁皮屋也会让它们有所忌惮。"

月球隐士说到这里，冲大家点点头："各位，我得离开了，保重。"

"你要去哪里？"小方显然没料到月球隐士这么快又回到之前的话题，还这么坚决，"如果一定要走，能不能带着他？何必留他在这里受苦呢？"

"回到我来的地方。我没法带着他——"月球隐士这句话是对着男孩说的，语气里有着明显属于人类的歉疚，"这里已是他最合适的去处。那些末兽会在这个世界游荡、肆虐很多年，随着时间的推移，有的会衰老、死去，有的会蛰伏起来，等到合适的机会复苏，但形单影只，不足为患。"

"那时候还有人类吗？"男孩问得突兀。

"什么？"月球隐士一时没有反应过来，随即摇摇头，"我没法回答这个问题，这么漫长，无法确知会发生什么。但一定会有生命，末兽与生命是共生的，没有生命，末兽的威力缺乏见证，没有末兽，生命的活动留不下痕迹。"

"怎么做才能保证有人存活？"男孩又问。

"这需要有人能够熬过那段时间，末兽控制地球的时间，这完全不可能。大多数末兽的寿命，都是以万年为计算单位，如果末兽和人类友好相处，各行其是，还有一线可能。现在，它们的兽性被完全激发出来，非要找到所有的人类，逐一消灭才罢休。"

"你怎么确定是人类激怒末兽？这不过是私下流传的说法。末兽是什么？是兽！它威力再巨大，体形再庞大，变化再多端，都是兽。是兽就由兽性主导，就没法像人这样，理性又重情义——"程远本来激情饱满，声调里都是赞颂，说到这儿，却忽然低沉，"可惜这样理性又重情义的人类、万物的灵长，就要这样在末兽的爪牙之下，完全灭亡。"

想起自己的目的是什么似的，程远陡然转折，附议月球隐士："在末兽的搜寻、屠杀下，没人能熬得下来，不是说人的寿命短暂，而是没有那么一群人熬得过来。如果不能成群，人会完全灭绝。"

"真的不行吗？一个人都不行吗？"男孩仿佛没有听见程远的话，执拗地问月球隐士。

月球隐士忽然伸出双手，止住程远和小方继续说下去。他走到男孩面前，双手捧着他的头，四目相对，以近乎扫描的凝视，久久望着男孩。小方和程远面面相觑，觉得异样又不知道该怎么办，男孩也感到不自在，但还是强忍着与他对视。

D

旭日红嫩光芒下的樱桃雨，让赵匀眼前始终有红点在滚动、下坠，每一粒果实上面沾染的露水，又放大樱桃局部的圆面，加深它让人不安的色彩，再与折射的阳光相结合，使得赵匀的双眼被填塞得过于饱餍，以至于所有感官的各个层面，都处于懒怠的半瘫痪状态。一路上，他都靠在副驾驶座位的椅背上，没和叔叔说一句话。

当路况偶有变化，车子颠簸或者拐弯的瞬间，被绵软缤纷填得满满当当的思绪中出现一两个缝隙时，赵匀会想起该问问叔叔，过去十二小时左右，究竟发生了什么，哪些是真实的，哪些是他自己的幻觉与幻想——至少，该和叔叔确认一下，引路人为什么会望着他，引路人流下的眼泪又是怎么回事。——可这些念头都无法停住，仿佛在他想起、醒悟的瞬间，它们就跟着大量的樱桃翻滚而去。

快到家时，樱桃的迷雾才被心头越来越强烈的畏惧驱散。独立日去了，现在又回来，妈妈的希望不要说解决，连解决的机会都没有见到，她本来就让赵匀不敢直视的脸色，会变成什么样？霜雪只怕都不足以形容。那不是针对赵匀的，可更让他不安——尽管尚未理清其中的因果，可他完全明白，妈妈是为他才这么对待叔叔的。到家门口，车停好那一下，赵匀禁不住身体一颤，伸出左手，搭在叔叔的手上。

"叔叔——"赵匀咽咽唾沫，防止声音变得更加干瘪、粗哑，"一会儿见到妈妈，你就说，就说是我把事情搞砸了。"

叔叔轻笑一声，左手拍拍搭在自己右手上的赵匀的手："傻小子，你妈妈怎么会相信这样的话？她要问你怎么搞砸的，怎么说？就算咱们有话说，她也相信，我怎么说得出口，怎么可能推到你身上？"

赵匀顺着这番话想了又想，知道叔叔已打定主意，这让他对即将见到妈妈这件事更加害怕，几乎哭出来："要不，你干脆出去躲着吧。不，咱俩一起离开，躲起来。妈妈看不到我们，就没那么生气了。"

叔叔望着车前地上的阳光，许久没有说话。然后，他转过头看赵匀一眼："躲终究不是办法，又能往哪儿躲呢？无论如何，都不能再让你妈妈伤心。"

说完，叔叔轻轻拿开赵匀的手，下车，等赵匀走到他身边。叔侄两人仿佛同时在心里数着"一、二、三"，迈着节奏一致的步子，叔叔在前，赵匀在后，向家里走去。

离门口还有十来米，赵匀看见王如海的爸爸和小苏的爸爸从他家里出来，满脸堆笑。他不知道他们在笑什么，不知道爸爸为什么没出来送人，但他知道不能让他们见到叔叔。他拉住叔叔要避开，来不及了。

"赵匀——"苏叔叔喊，招着手。

赵匀绕两步，挡在叔叔前面。他盯着四只挪过来的脚，它们都在黑色皮鞋里，两只拥挤，两只有余。

"一平，恭喜。"苏叔叔说。

"这下踏实了。"王叔叔说。

赵匀抬头。苏叔叔和王叔叔都没看他，更没和他说话的意思。叔叔没搭腔，他俩像被沉默抓了个现行。苏叔叔还要说什么，王叔叔拉他一下，两人一个拍拍赵匀的肩膀，一个摸摸他的头，走了。

他们知道独立日的结果了？那不是该……赵匀没想明白，和叔叔走进屋里，注意力就被一股扑鼻而来的浓烈香气吸引。香气成分复杂，赵匀分辨不出其构成，可这香味挨上身体的瞬间，他的口腔里就像捏爆一粒青涩的葡萄，口水四溢，整个人精神一振，紧张得以释放。再往里走，听见一阵哼唱，赵匀顿时有点恍惚。妈妈喜欢唱歌，唱得也好，在他六岁以前的记忆里，那清越的歌声，特别是有些地方蜿蜒如丝帛的吟唱，始终萦绕着妈妈的身影。那时他们还在四等生活区，条件比现在艰苦，但那时妈妈很快乐。后来因为爸爸工作出色，他们搬迁到三等生活区，妈妈的歌声就少了，偶尔她一个人不被打扰时，还能有两句。再后来，再也没听见。

今天这是怎么啦？赵匀看看叔叔，叔叔也满脸茫然，但他指指客厅，让赵匀先过去，自己转身进了卧室。爸爸还坐在客厅沙发上，换了身衣服，头发和脸收拾得清清爽爽，比平常精神不少。看着爸爸那么正经地坐着，赵匀有一点新鲜，有一点别扭，可他的目光并没在爸爸身上停留多久，而是落向餐桌上的一只花瓶。花瓶长肚宽口，白色瓷底上是瓣、叶、茎都呈对称状的一丛花，花旁边站着一个瘦瘪的男子，赵匀不知道那丛蓝色的花是什么、男人是谁，可花与人的色调，二者的形态都让他望一眼心神安宁，再看两眼，又若有所失。花瓶不是空的，插着一束生活区常见的红色小花，几根绿得墨汁般浓烈、稳重，节节分明的骨节草，在它们中间是两枝花瓣层积、堆叠的白花。

香气是白花散发的。赵匀走到跟前，吸鼻子闻两下，顿时如在仙境，有点飘忽。白花那仿佛永葆鲜嫩又仿佛下一秒就枯萎的花瓣上沾染着露珠般的小水滴，既让他想起不久前填满双眼的樱桃，又让他判定，那哗啦啦而下的樱桃雨是一场不可追认、不可信任的梦。赵匀看了又看，伸出手去。

"别摸。"爸爸这一声才真的将赵匀从恍惚中唤回，再看眼前的花瓶与花，还是那么让他喜欢，甚至不真实，但这喜欢和不真实都是伸手摸得着的。赵匀想起花瓶不是家里的，白花也从未见过。他更记起叔叔与独立日的事，这事将会让歌声碎裂、让花香荡然。

赵匀伸手贴着花瓶，摸两下，是通透的沁凉。他问："哪儿来的花瓶？什么花，这么香？"

爸爸的目光在花瓶上，赵匀发现那目光有点飘忽："玫瑰，白玫瑰。我也很多年没见。花瓶嘛，你一会儿就知道怎么来的了。你叔叔呢？没跟你一块回来？"

"回来了——"

"赵匀回来啦！"妈妈的声音十分自然，搭配着脸上的轻松，掩藏不住也并不努力掩饰的喜悦，十分亲切、细润，让赵匀提着的心放下来。妈妈手里端着那只赵匀在厨房见过却很少用到的条盘，走过来放在桌上，条盘里是一条清蒸鱼。

"不许偷吃！"妈妈嘱咐正咽口水的赵匀，又问，"你叔叔呢？"

"在——房间里。"赵匀好不容易从鱼上挪开目光，回答道。他看看爸爸，爸爸没有说什么，指指房间。

"去请你叔叔出来吧，准备吃饭。"妈妈说，她用了"请"。

叔叔站在窗前，望着窗外。时间过午，天空一片澄蓝，外面的世界如同静止了。也许光听脚步声，他就知道来者是赵匀，却没有回头，没有动。叔叔的身体和窗户和外面的世界一体静止，于蝉噪中透出寒凉，让赵匀不敢开口。他站在那里，看着叔叔，心想，自己什么时候能像叔叔这么干净就好了。

"赵匀——"叔叔轻唤一声，回过身看着赵匀，世界继续流动，"赵匀，原谅我。"

叔叔的目光让赵匀有点害怕，有点想哭，这样目光下，他听不懂叔叔的话，甚至听不清。赵匀脑子里一片模糊，只记得爸爸妈妈的话，他说："叔叔，吃饭。"

424

饭桌旁，三个人已经就座。没错，是三个人，那个额外出现的人让赵匀更加如在梦中，可他知道，是三个人。在妈妈的右手边，坐着一个长发、大眼、脸方的阿姨，她身着一件白色衬衣。那个阿姨很大方，看见叔叔和赵匀，站了起来，爸爸妈妈就跟着站起来。她等叔叔快走到跟前，伸出右手。

"一平你好，我是徐粒。粒子的粒，不是力量的力。"说完，她浅笑一下。

叔叔伸手和她握上。赵匀觉得，两只手握上的瞬间，叔叔有点不自在，像是双脚离地，往上飘浮了一点儿。叔叔的反应莫名让赵匀对徐粒有了好感，他发现，这个阿姨也很干净，和叔叔站在一起，相差无几。而且……而且……这个阿姨的干净比叔叔多了点什么。是什么呢？大家依妈妈的话坐下来时，赵匀明白了，是多了点力量。

"一平，小徐是我同事大徐的妹妹。大徐知道咱家的情况，无意间和小徐提起，小徐主动提出来咱家看看，说不定能帮上忙。"妈妈让叔叔挨着徐阿姨坐下，伸出筷子先在鱼的腹部拨出一大片肉，夹到徐阿姨碗里，"这鱼是小徐动手做的，这花瓶是小徐带过来，送给你的——还有，这些花是小徐买的或者采的，亲手插进去的。"

说到这里，妈妈停下筷子，看着叔叔，非常郑重地说："一平，小徐这么好的姑娘，你可得对她好。"

叔叔没说话，倒是徐阿姨看着妈妈，用脸上的笑宽慰了她，让她也笑起来。然后，徐阿姨看看叔叔，说："我和一平早就认识。这么多年，我一直都想知道他的消息，没想到这么巧。放心吧——"

最后这句话是特意看着妈妈说的。妈妈的脸色正在诧异与恍然间转换，这下全然放松，嘴角忍不住带出笑。爸爸始终以不动声色掩藏着些微的惊讶，他沉稳地劝菜，偶尔说几句配合性的话，看向赵匀的目光里提醒着"别多嘴"。再看叔叔，自与徐阿姨握手后，他平静的脸上也忍不住挂出笑意，听了这番话没有接茬，算是默认"早就认识"。听到"放心吧"，他忍不住多看徐阿姨两眼，可在四目相对时垂下了目光。

赵匀瞧着桌上的情形，脑子里的迷糊并没有减轻，不过没时间去澄澈它。他的注意力实实在在被这一桌子的饭菜吸引，除了鱼，还有烧鸡翅、卤牛肉、五香兔腿、清炒空心菜、丝瓜汤，每一样都让他忍不住多看两眼、多攒两筷子，他没注意到爸爸妈妈看过来的目光，那里面的心疼与喝止；他也没注意到徐阿姨偶尔看过来的目光里，全然的心疼；他更没注意到，叔叔看过来的目光里，是一片意味无法明确的黯然——但赵匀并没有狼吞虎咽，不管怎么说，桌上有一位陌生的、挺好看的阿姨，让他不好意思。

这顿丰盛的午餐就这样稀里糊涂地结束了。吃完饭，爸爸收拾餐桌，准备洗碗，叔叔和徐阿姨要帮忙，被爸爸拦住。

"别管了，我们分工明确，一人做饭一人收拾。今天一平沾你的光，也不用出力。"妈妈笑着止住徐阿姨，"一平，车还停在外面吧？带小徐出去兜兜风，去什么地方转转吧。"

"好。咱们——去游乐场那边吧？"叔叔问徐阿姨。

"我也要去！"一听游乐场，赵匀忍不住。

"你瞎凑什么热闹！"妈妈呵斥道，声

425

音倒是没那么严厉。

"让他去吧，难得去一趟。"叔叔说。

拉开车门，赵匀就钻进后座，徐阿姨大大方方在副驾驶座坐下。妈妈叮嘱赵匀"别太调皮"，赵匀"嗯嗯"点头。但车还没驶出居住区，就在一个路口被人拦住。是两个年轻人，一男一女，二十出头的样子。他们走到驾驶座这一侧的窗户边，等叔叔摇下车窗，男子递过来一张彩色的纸，他发现徐阿姨，马上又递过来一张。

赵匀摇下车窗，冲着女子喊："姐姐，我也要。"女子笑了，给他一张。两面都有字，正对着这面三个红色大字特别醒目——要平等。

"先生——"男子弯腰，脑袋和叔叔齐平的姿势。

"你等等，我下来。"叔叔止住他，推开车门。徐阿姨从另一边下车，赵匀也赶紧下去。

"谢谢。"男女二人同声致谢，女子又冲赵匀笑一下，还是男子来说："先生，女士，小朋友，我们在推动'要平等'，希望能得到你们的联署支持。"

徐阿姨马上问："哪方面的平等？"

"各方面。首当其冲的，是两个巨大的不平等。第一是居住区的不平等，为什么要把大家居住的地方划分成五等，再据此分配不同层级的生活资源？这不是完全违背了人人生而平等的基本原则吗？第二是男女的不平等，表面上，新文明时期女性地位发生了翻转，她们是否愿意和一个男人结婚、生活，直接决定他的存亡，至少是他的生活质量，但这实际上是更大的不平等。女性不但被物化，更降低成冰冷的数字，成为婚配、生育的机器。"

男子接下来的话赵匀更听不懂，里面好多词语、人名他都没听过，但叔叔和徐阿姨都耐心听男子说完。

"你们想要什么？推翻这两项吗？"叔叔问。

"这是我们的最终目标。现阶段，我们要废除社区等级的划分，停止九月的评估。再争取男女更大的平等，实质性的平等。"

"需要我们做什么？"

"我们有个宣言，需要大家签名支持。"男子说话间，女子从随身的背包里，拿出打印、装订好的册子，递给徐阿姨。叔叔和徐阿姨看的时候，赵匀也凑过去，最上面仍旧是"要平等"三个字，黑白的。接着是两页内容，然后就是签名，已有三十多页名字，徐阿姨翻了好一会儿，才到最后空白处。

"大家的签名是民众的呼声，是民意的证明，更是我们持续奋斗的动力。"男子的声音有些激动。

叔叔摇摇头："对不起，我不能签。我对你们的行为充满敬意，但我也不能欺骗自己。男女平等的事更复杂，就拿生活区等级划分来说，它的实质是资源的匮乏，不可能满足所有人一样的需求。就算废除明面上的划分，执行时仍旧会倾斜。"

两个人不解地望着叔叔，男子眼中甚至有怒火，但他忍住了。女子微微低头："打扰了——"

"等一等。"徐阿姨叫住他们，"请给我笔，我签。"

赵匀看看叔叔，再看看徐阿姨："我能签吗？"

青年男女离开后，三个人回到车上，车又过了两个岔路口，上了和去樱桃园不同的一条道，但路上的风光差别不大。赵匀的心思不在车窗外，他的注意力全在叔叔和徐阿姨身上，他怕他们吵起来，怕叔叔会责怪他为什么要凑热闹。但并没有，他们虽然沉默着，但这种沉默很奇特，有种他未曾感受过的气息在流动。

"算是物归原主。"车驶入那个长豆荚般的大弯道时，徐阿姨开了口。

"什么？什么物？"叔叔禁不住侧看一眼。

"花瓶。"

"哦——花瓶啊——那可不算物归原主，是赠予。"

"你忘了——"

"记得。花瓶上的图案是我画的嘛，那天从你们手工坊路过，你那么为难，不知道该往瓶子上画什么，我又忍不住手痒。别说，当时画完不满意，你不让改，现在看，还真的挺漂亮。原本担心人人都能想起陶渊明的那句诗，搞得场景雅俗雅俗的，放这么些年，没了刚出来的鲜丽劲儿，反而压得住，沉得下了。"叔叔的几句话，赵匀没听懂。

"这么多年，什么都压得住、沉得下了。你怎么——"

"对，这么多年。你怎么样，在做什么？"

"我啊——"徐阿姨看叔叔一眼，"我在一家生产公司做模型设计，离原来学的和自己的兴趣也不算远，虽然实际上主要是和机器打交道。"

"你在二等生活区？"

"是。"徐阿姨又看叔叔一眼，"二等生活区跟这边差别不大，也就东西丰富一些、购买方便一点。对了，酒的供应比这儿便利，品种还算多。我现在也喜欢喝几杯，每到休息日的前一天晚上，约上朋友，找个地方，踏踏实实坐下，等着他们端上啤酒，看着啤酒沫从杯子边缘滑落到桌上，非常宁静。"

叔叔沉默好一会儿，才说："我不喝酒了。浪费，太浪费。"

听见"二等生活区"几个字后，赵匀下意识地看看他放在旁边座位上的那张纸，他对折一下，挡住"要一等"三个字。可想象好一会儿，他也不知道二等生活区究竟是什么样，也许是前几天叔叔带他去的自由购物区那样？他不关心徐阿姨说的酒，更不关心叔叔说的"浪费"究竟是什么意思，他现在只想知道——

"徐阿姨，二等生活区有游乐场吧？肯定比咱们这个大吧？关键是，它肯定在运转，有很多人去玩吧？"

车刚好进了隧道。隧道里影影绰绰有几盏灯，相距足够远，让隧道里有点阴恻恻的，徐阿姨究竟有没有回答自己的话，赵匀都不清楚。出了隧道，来到阳光下，赵匀马上又把刚才的话重问一遍。

"有啊，游乐场很大，设施很全。每个休息日、节假日，都有很多家长带着孩子来，也有自己去玩的年轻人，他们在每个区域排着长长的队列，发出高声的尖叫。找时间，你过来，我们去玩。"

赵匀迄今最美妙的梦想，就是游乐场再次通上电，同学、伙伴和他一起，像蛾子扑火、浪涛拍岸，拥上前去，疯玩个遍。徐阿姨说的比他的想象更美妙，这不禁让他羡慕地陷入沉默。他的沉默传染开去，让徐阿姨、叔叔也沉默下来，似乎该说的话都已说完，或者大家的心思各自飞去了二等生活区的游乐场。

好在，他们的游乐场也到了。这里比三年前赵匀来的时候还要破败，茂盛的野草连天接地，夹杂着颜色不一的野花，除了摩天轮、过山车、海盗船、大摆锤之类有高架的项目，大多数设施都像是隐藏在野花野草之中。有的已经倾圮,砖、混凝土、木条、钢筋露出来,或者干脆歪倒在地上,一眼望去就知道无法运转。更甚的几处,要么设备朽坏,内里的链条、脱漆的钢圈赤裸裸地展露在外,要么完全坍塌,设备的关键部位已有半截埋在土里。到处都是衰败,到处都能看见锈迹,让人无法轻易从中辨认出早先的模样,只有仿佛朽坏的风从未止歇片刻。

尽管如此,赵匀却没有丝毫的失望,再衰败的游乐场都能提供无穷的乐趣。车停稳的那一刻,赵匀听见徐阿姨对叔叔说"幸亏没有听你的,改成力量的力",感到了她声音里的情绪,还有那情绪里的悲伤,但他没有停留,而是径直打开车门,向最近的旋转木马跑去。

旋转木马的顶棚早坏了,裂开的口子漏下几条剑般的阳光,棚子顶部彩漆剥落,绘就的人物面目不全,但整个结构完好,由上至下贯穿的十二根钢铁柱子定海神针般,每一根柱子都穿过一匹神态固定、跃然欲出的马中神骏。赵匀拽拽离得最近的那匹马的尾巴,拍拍它的头,捏捏脖子、身子,像是在检验是否安全,又像是在和马亲昵沟通。这些动作做完,他左脚踩蹬,翻身一跃,跨到马背上。

"嘚儿——驾——"嘴里吆喝着,双腿不时夹紧不时放松,身子起伏、摇晃,赵匀相信自己正在一群骏马间奔驰,前方有辽阔的风吹草低的原野。马的奔驰鼓动起飞翔的心,赵匀神游一般从马背上站起来,纵身一跃,双手抓住前面的柱子,双脚牢牢踩在这匹马的背上。

"好!"徐阿姨及时喝彩。这是鼓励,更是怂恿,配合着嘴里的"嘚儿——驾——驾——驾——"赵匀向下一匹马跃去,并像猴子那样,在踩到的一瞬间,再次使力、起步,不断地向又一匹马跃去。兔起鹘落间,赵匀的身影在木马之间跃动,迅捷、连续,如痴如醉又险象环生,仿佛以一己之力驱动旋转木马,复活十二匹天骥。当他转完两圈,满头大汗地跃起,启动第三圈时,叔叔伸手从空中将他的身体抄下来,抱在怀里。

"别一上来就这么疯,还有别的可玩儿呢。"叔叔说完,将他放下。

跟在叔叔、徐阿姨后面,赵匀走得有点没精打采,刚才那番神魂颠倒的跳跃也让他有点气喘,索性更慢些,落在了后面。下午的阳光很是猛烈,明晃晃照下来,让人眼晕,但因为地势开阔,风也一阵阵卷过,并没有那么热。沿着小型赛车道往下走,赵匀发现,整个游乐场并没有他以前认为的那么大,更不像他一度想象的那样,可以让他没完没了地一直玩下去。

"我不同意。"叔叔的声音陡然提高,将赵匀从失落中震醒。赵匀一激灵,以为叔叔是不同意自己"一直玩下去"。

"你为什么要犯傻?当务之急是什么,你不知道吗?"徐阿姨很生气,干脆站住。

"我知道,但不能因为病急就乱投医。"叔叔也站住,他的声音倒是柔和起来,"徐粒,告诉我,你是不是有爱的人?"

"你——说什么?"叔叔的话像一阵风,摇动徐阿姨这棵挺立的松树,但风过之后,树更坚毅,"是,我有爱的人。我爱那凝视着我,让我知道自己是谁的女孩,她也爱我。这个决定是我俩共同做出的,又符合法律的规定。其实,是委屈你,要承担和我生活的形式。"

"不是我委屈的事。爱不是权宜之计,不是非必要的妥协。就算《性别确认法案》

通过，也还没到这一步。"

"当然没到，就算到了，我们，我和她会承受一应后果。但这和我们现在说的是两回事！"徐阿姨真的急了，"就算你接受流放，去沙漠地带，你哥哥一家怎么办？赵匀怎么办？就这么被你拖累？"

徐阿姨说到"赵匀"时压低声音，这让赵匀很难过，他低下头，避开回头看过来的徐阿姨的目光。

"不，我们说的是一回事。人可以做自己不想做的事情，只要他愿意也能承受全部的后果。赵匀他们我有办法，你放心。"说完，叔叔看着徐阿姨，过了许久，又说，"徐粒，你是有力量的粒子。"

徐阿姨几次想接话，都不知道该接什么，神色怆然。三个人就默默往前走，走到一个大的转盘面前。圆形的转盘被转环托住，外围是一圈一人多高的金属栅栏，栅栏上留出可供一个人进出的开口，挂上金属链条就形成保护。叔叔握住一根栅栏，转动一下，转盘嘎嘎吱吱一阵响，磨损着转环，转动起来。这响声和栅栏与转盘上的锈迹结合，有着非常熨帖的属于整个游乐场的粗犷气息。

赵匀抓住栅栏，停住转盘，从开口走去。徐阿姨挂上链条，叔叔说声"抓稳"，就把栅栏猛力地转动。整个世界在赵匀眼前旋转起来，以两张变形的脸标示着一圈又一圈。

"快点——快点——快点——快点——快快快——"赵匀急不可待地催促，叔叔应声不断加力。转盘越转越快，像是做好了准备，随时可以从游乐场飞走。

终于，在某个点上，赵匀松开双手，让自己更加自由地飞起来。在将要飞到地面的那一刻，他和转盘平行了，天空正徐徐飞过他的头顶，那里面有两张匀速的脸。

e

"你真的准备好了吗？"月球隐士问。

"你真的准备好了吗？这个决定意味着，你将要经受的超过人的限度。时间在你身上流淌，每一刻每一秒你都知觉，落下的每一滴都滴在你皮肤上。你孤悬在一个固定的点，能理解与不能理解的空间都在你面前展开、收缩、扩张，空间里的每一次变动都不容你错过。没有任何类别的同伴，没有人和你说话，没有任何生命向你示现。你在地球上生活过的场景、画面，将一帧帧在你意识的深层与表层，不断映现，而你只能反复独享。你可以听，可以看，可以闻，可以触感，词语从你大脑、你的心脏，喷涌而出，源源不断，流向你的舌尖，但是在将要出口的瞬间，分崩离析、灰飞烟灭，无人可说，更无处可说。除了经受无可估量的经受，你什么都做不了。"月球隐士问。

"你真的准备好了吗？越过前面这个阶段，你会发现它是美好的，因为你必须跨到门槛的这一边。你必须离开固有的死寂、安全的保护，回到曾经心心念念的家园。家园早已毁坏，看不出半点熟悉的模样，但你必须由此开始。不是唤醒，不是重建，是开始。启动按钮，设置参数，凭借现有的残余，开始。是殚精竭虑，照顾每一个角落，考虑每一个因素，让已然开始的进程不出现任何重大的纰漏，不能中途卡壳，更不能毁坏进程。每时每刻你都会怀念前一阶段的舒坦。是重任在肩，你是提着全部悬念与可能的那一根纤细的发丝，发丝是你，悬念是你，可能还是你。你还不是单纯的设计师,你是完全的参与者、承受人,你要找到种子的另一半,将开始与她分享,将生机向她转移。她的护持者将验证你的契约,她的胚芽将为你托底,你们各自延宕的无限,才有机会向着有限,得以完成。经过如此漫长的旅程,你妈妈的嘱托才告终结。"月球隐士问。

问题第一次提出时,小方与程远兴致勃勃,看着男孩,好奇他会如何回答。问题第二次提出时,小方与程远面面相觑,困惑消退,被戏弄的羞恼陡然上升。问题第三次提出时,小方与程远仓皇而逃,他们踏在小径上的步子如此无力,他们的双手恨不得捂住耳朵。男孩根本没有关注小方与程远的反应,他就像早已倾空的玉瓶,承受着月球隐士目光的倾注,容纳下三个问题携带的全部信息。

三个问题全部提出,意蕴完整显现后,男孩仍然长久地等待。以等待延续问题,以等待扩充问题,然后,他的意念在"妈妈"二字上面盘桓许久,才终结询问。男孩点点头,以玉瓶刚好被注满的语气,说:"我准备好了。"

月球隐士没有再说什么,他拿出那粒像固态的风、浓缩所有蓝而成的种子,交给男孩,男孩紧紧将它攥在手里。月球隐士的身体开始分解,不是分解,是无限绵延地扩充,是生长。男孩看见月球隐士就像抽丝,身体的各个部分向外逸散。那逸散出去的部分放出强烈的光芒,随着离开他的身体越来越远,光芒变得越来越淡,最终无形无相,仿佛溶解在空气里。随着逸散速度与规模的增加,月球隐士看起来像是整个人在变薄变细,如同味道消失在味蕾上那样,消散在空气里。当月球隐士完全不可见时,男孩站在那里,注视着他消失的地方,有点愣神,有点怅惘,有点想做什么又不知道如何去做,恍若自起初就如此孤独。

但男孩并没有慌张,也没有行动,他也无须行动。因为他发现自己双脚离地,飘浮起来。飘浮的高度很低,刚好保证他双脚完全离开地面,不与地上的任何东西有碍。这不是完全的悬空,是仿佛踩在实处,只不过眼睛看不到踩踏的东西而已,但这种踏实感让男孩放下心来,他确定,月球隐士和他同在,就像那粒种子和他同在。

"不要害怕,等我收集完这个世界的消息——你将来用得上的消息,咱们就离开。"月球隐士的声音响起。

男孩飘浮在空中,起先还瞪大双眼,留神身边的声响,留意阳光的移动、风的起止,以此判断时间的流速。但这样的状态持续的时间并不太长,换句话说,这样的状态持续到越出他的感觉范围,周遭的世界开始消融界限,世界里的一切以别样的方式向他显现。并不是万物混一,是万物更清晰,以至于在清晰的层面上,让他看明白,它们是一回事。

可不是嘛。男孩在看清楚每一样东西原来的模样时,还能看到它们与外在接触的那个层面,不管是一条线、一个面,还是无法简单描述的形体,都放射出柔软的温暖的光芒,这光芒既让他能看到这样东西的内里,又照亮它的表面,端赖他的注意力当时在哪个念头上停留。这一晃神的工夫,男孩洞彻另一层秘密:他的注意力滑动起来,或者说扩散开来,可以同时在两个念头上停留,他能同时看到一样东西的内里与表面——这里的"同时"并非完全比喻意义上的。

意识到这一点,就超越这一点,男孩

不再区分外面的东西和自己。他的感官进一步扩散，周围的物品，所在世界的构成，他的眼睛能看全，鼻子能嗅透，触感能贴合，自我能融汇，完全达到物我两观，物我两忘。这让他喜悦，让他恐惧，因为他无法确定，自己是否正在消失，这消失是否拥有尽头。因这喜悦、恐惧，男孩隐隐知道还有自己不能控制的地方，他的感官就像岩浆，还在漫流。无须辨认迟早，它们与一团无法深入的混沌短兵相接，只有青色、绿色、红色、紫色、黄色、金色、黑色、蓝色等色彩搅在一起，反弹所有的触碰。

男孩的感官往回退缩，对方却乘势而入，寻找着他的缝隙。是这时，男孩醒悟过来，发现还在原时原处，只不过他的双脚不再是有着踏实感的飘浮，而是实实在在落在具体之物上。那是一团白色的物质，由一根根丝线般的东西织就，看得再细一点，就能发现在他的脚下，由远至近汇聚一般，光线拢过来，离白色物质越近，越是耀眼，然后在某个无法分割的临界点，固化下来——就像是月球隐士之前逸散时的逆转。只不过，其结果不是月球隐士再出现，而成为白色物质的不断生成。

当脚下的白色物质足够容纳双脚且还在增长时，男孩动动脚，是自由的毫无阻碍的感受。男孩天然地知道，双脚并不能穿过白色物质，可是他喜欢这感觉，于是任随这白色物质不断生长，直到它以茧状将他包裹起来。和之前意识与外界相融时一样，男孩的感官能透过茧状物看到、感受到外面的世界，又能够停留在茧状物的柔软白色上。

"可以了。"是月球隐士的声音，来自茧状物体，无须分辨具体部位，亦无从分辨。

"好的。"这是男孩现在唯一能说出的话。

话音刚落，茧状物体飘浮起来。它慢慢悠悠，基本沿垂直线，却并不僵硬地，向上飘浮。男孩不知道自己算是站着，还是坐着、躺着，甚至倒立着，他的感受前所未有，是和茧状物体、外面世界的整体以及每一个具体之物一体化的无隔，又是在其中随时可以独立出自己的明朗。因此，随着上升，掠过的屋顶、树梢，吹在身上的风，飞过身边的鸟，男孩都知晓，它们带给他的新鲜的即时的感受，不是可以用概括代替的。

速度不算快，开始男孩看到的世界并没有太多超过他已知的。山的浑莽、丘的秀丽、江河的交叉、湖泊的自持，随着他的上升一点点退得更远，更加袖珍。就连浓烈的独立或交错的色块，征兆他离开缘由的末兽出没的迹象，也不过是更艳丽一些。随着他进入云团之中，他偶尔还穿过电闪雷鸣，最终上升到风云全失，只有静与寂的境地时，再看下去，之前那些细碎的印象完全成为一团，不同的颜色拼接无缝，不同的形貌抽象成线与团，仿佛一切就应该如此并置，没有任何罅隙、冲突存留其间。即使从这里，也能看出，下面完全不是静止的，可任何一丝动一声响，都像是其本身应然的节奏。

"末兽不见了？"男孩问。

"从这里看，末兽就是其中的一部分。也可以说，一切都是末兽。"比起在下面，月球隐士的声音干燥了不少。

"那我们为什么要离开？他们为什么还有危险？"

"他们还不能生活在这里，你也无法一

直生活在下面。等末兽安息，至少隐退时，你才可以回去。"月球隐士稍作停顿，"你再看看，我们就该离开了。"

男孩选定方向后，径直看下去。目光先是穿过云雾，不断拉近、放大，来到一条河边，以河边的一座石桥为圆心，不断向周围扫描，范围内共有三个潜在目标。一一看过去，其中两个是久无人居住的空房子，余下一座草房子，最近有所修葺，房门上的大洞新用绳子绑住几根木棍，做成栅栏一般遮挡住。三个房间都扫描一遍，仍旧没有找到人。男孩并不心慌，他扩大范围，很快在房子左边的树林里找到活动的迹象。

那是一片梨树林，树上的梨子已掉落大半，但还有几个残存的。在一棵低矮的梨树下，他找到那个女人，她正踮起脚，够离自己最近的梨。

眼泪从男孩的双眼流出来，它们没有顺着脸颊向下，而是在茧状物里飘散，如同一粒粒形状毫无规律的不规整的细小珠子。茧状物外面，仿佛有什么力量在对它们进行召唤或者吸纳，飘散的小珠子就那样分散着从茧状物的白色壁上渗出去。男孩肆意地任随眼泪又流了一会儿，看着最后一粒钻出去，消失在寂静的空间里。

女人已经摘下那个梨子，放在嘴里，咬了一口，她的表情说明味道没有那么美妙，但她毫不停顿，继续咀嚼，慢慢地咽下去。

男孩终究没有开口，他盯着女人，直到她把一个梨子都吃下去，才道别似的，收缩目光，再次以先前的全景的方式看着下面的地球。

"我们走吧。"男孩说。

茧状物沉默许久，动起来，月球隐士的声音响起："你知道我们要去哪儿吗？"

"月球。"

"对。"月球隐士说，"你在月球上会面对什么，已经说过。到了月球，我就会睡去，按照你们的意思，说死去也行。你会被我保护得很好，也就是，你会被自己保护得很好，因为这白色的生命壳就是我，也会是你。当属于你的时间真正到来，需要你回去，继续按照地球的节奏生长，启动按钮时，生命壳才会和你融为一体，我才会完全是你。"

"在那之前，我只能等待？"

"余下全部的只有等待。"月球隐士说，"就这样吧。"

月球隐士的声音既像是在男孩之外，由那个茧状物发出，又像是来自男孩体内，由他的胸腔、咽喉、唇舌合作而来。说完，那声音消失在茧状物内，消失在空茫的星空中。

在声音消失的那一刻，茧状物加快速度，向月球飞去。男孩明白，从现在开始，他就是月球隐士。

下一个月球隐士，定义开始滋生。

E

从游乐场回来，徐阿姨和妈妈在家门口说完几句话，走了。她没再进屋，更没让叔叔送。晚霞辉映下，看着她的背影在街道上远去，再转过街角完全消失，赵匀再次心生畏惧，不知道妈妈会怎样发作。

但妈妈并没发作，她将中午的剩菜和一些白菜、土豆炖成一锅，烧熟后让赵匀去叫叔叔吃饭时，语气甚至比平常还要轻柔。只是这句话外，妈妈全程沉默，连给赵匀夹菜时，都没有往常那句叮嘱——"好好吃。"叔叔一直低着头，吃得很慢，等大家都吃好后，默默地去厨房，收拾起来。爸爸几次想说什么，都只是张张嘴就又闭上，他甚至反常地把鱼头夹给赵匀，一个劲儿地告诉赵匀"鱼头最有营养"。

赵匀一会儿看看这个，一会儿看看那个，他想问叔叔，徐阿姨是不是和"甜甜阿姨"一样，再也不会来家里做客了，终究没敢问出口。于是，他陪着叔叔去厨房，看他过分细致地清洗干净餐具、厨具。

走出厨房，妈妈不在客厅，爸爸还坐在桌旁，翻着报纸。叔侄俩正要回卧室，爸爸叫住他们："一平，下周五晚上别安排事，咱们一家子好好聚聚。"

叔叔愣了愣，点头答应。

爸爸说："是杏子的意思。你别怪她——"

"嗯——没怪——哥——"叔叔顿了顿，才似乎找到准确的词语，又说："从来没有怪过。"

说完，叔叔转身进了卧室。赵匀跟进去时，只看到叔叔站在窗前的背影。天光早已收束，窗外一片漆黑。

接下来这一周是考试周。事关升学，并有可能跨入更高的生活区，学校、老师、家长、学生，乃至整个生活区，都非常紧张。爸爸妈妈整天装出一副若无其事的样子，实际上却像超速运转的探测器，试图从赵匀回家时的表情，窥见他在当天结束的科目中发挥得如何。想必他们晚上更难踏实，有两个晚上，赵匀中途起夜，都听见他们卧室里应激一样，有人坐起来。第二次起夜的第二天晚上，妈妈驳回爸爸烧个汤的提议，说"喝汤容易起夜"，无意间证实了赵匀的猜测。

这些琐碎和考场上唰唰的写字声外，赵匀再没记住别的，时间就像阳光，在他心里的白石头上流过，透彻、明丽，却什么也没留下。走神结束的瞬间，他会记起，周五就是叔叔生日。他听人说过，周六早上，会有人登门，将叔叔带走，带到老师和家人都不愿对他提起，同学偶尔吐露偷听来的只言片语都会脸色惨白的地方。那是个什么样的地儿呢？如果只是他听到的"沙漠"，为什么大家那样恐惧？是地狱吗？有人等在那里，把新去的人统统吃掉的地狱？

总算到了周五，考完最后一门，是下午五点半。每个人的成绩与去向，都会由具体的办事机构直接和家长联系，所以这实际上是大家在校的最后一天，说不定还是很多同学此生相见的最后一面。但学校并没有举行任何仪式，赶来接孩子并带走他们放在学校里的物品的家长，更是没有这个心思。只有孩子们，会拉着同学的手，或者几个人围在一起，说些道别、不舍的话，多半还流下几行热泪。

赵匀没和任何人道别。东西早就收拾妥当，能装在书包里的就装在书包里，装不下的统统放在爸爸带去的布袋里。赵匀坚持背上压得他腰下沉一大截的书包，低头走在前面，爸爸拎着两个大袋子，跟在后面。这次在校门外，赵匀没看见叔叔，倒是看见王如海的爸爸，他赶紧低头走开。

赵匀一直低着头，都没往公交车站看一眼，更没有张望是否有下一班车迎面而来，就迈步往家的方向走。爸爸摇摇头，跟上来，想接过书包，被赵匀拒绝。父子俩就这样沉默地负重，一步一步走着。直到走进小区，快到家门口，看见厨房灯光下，叔叔和妈妈忙活的身影，爸爸才找到缝隙，说了句话。

433

爸爸说："你叔叔要一展厨艺，菜都是他买的。"

叔叔不仅买了菜，还拿出一瓶酒来——赵匀印象中，只有过年时，家人才会去买那种用小塑料杯装着的酒，每个人匀一点，表示庆祝与祝福。现在这瓶身纯白色圆形，没有一个字的酒放在那里，有种不可思议的庄重感，又增加了房间里的压抑。妈妈什么都没说，接过酒，将它打开，倒在准备好的四个平常装水也装点碎茶的陶瓷杯里。

"赵匀也来一点——"妈妈给最后一个杯子倒一半，"不管怎么说，考试结束，9月就该开始新的学业。"

倒好酒，叔叔先端着杯子站起来："哥、嫂子，爸爸妈妈走得早，这么多年，没少让你们操心。虽说一家人不说两家话，但我还是必须说一声，谢谢。今后你们照顾好自己，赵匀肯定有他的福气，你们放心。"

爸爸站起来："一平，到那边千万保重身体，不要自暴自弃，说不定什么时候形势变化，就又回来了。那时候……"

"你说什么呢——"妈妈截住爸爸，"听说那边的生活和这边差不多，最多苦一点。吃苦嘛，在哪里不吃苦。一平，有些事、有些话我也是为了赵匀，你多担待。"

"嫂子，哪里的话。赵匀——赵匀一切都会好的——"

这顿饭就这么开始。起初是完全机械的压抑，人人想避免它，却搞得更压抑。三个大人以叔叔与爸爸、叔叔与妈妈、叔叔与爸爸妈妈，这三种方式，相互碰着杯，说几句令彼此都尴尬的话。为缓解尴尬，偶尔他们还和赵匀碰杯。有那么一次，爸爸试图和妈妈碰杯，被妈妈看一眼又放下酒杯。

随着杯中酒干，第二轮倒上，桌子上的气氛欢快起来。开始大家都强努着劲儿地说话、欢笑，后来慢慢地，话语里的做作味儿衰减，每个人都真正兴奋起来。爸爸和叔叔说起他们小时候的事，特别是四处弄食物的事，提到叔叔经常拖后腿又嘴馋的样子，不禁哈哈笑起来。妈妈念叨着，她原本以为嫁过来条件会好很多，没想到和她自己家里差不多。说完，妈妈还安慰爸爸："老赵，你还是不错的。"然后两个人居然干了杯中酒。

赵匀默默地看着，桌上的菜、杯子里的酒，都丧失了准确的滋味，仿佛被口腔给统一成木屑，只能塞满嘴巴，再沿着食道勉强滚下去，不能带给他丝毫喜悦。他知道明天就要和叔叔分别，但不知道究竟怎么分别，是眼睁睁看着他被人抓住双手、架着肩膀离开，还是叔叔像去上班那样，随随便便挥一挥手就走了？或者，在他熟睡时，有人走进来，拍拍叔叔的肩膀，叫一声"赵一平"，叔叔就跟着他们走了？

想到这里，赵匀决定，晚上一定不能睡着。

"一平，我不行了，得去睡了。"爸爸说着，站起来，举起酒杯，还没和叔叔碰着，就一口倒进嘴里。赵匀看见爸爸举起酒杯的手在嘴边停留了好一会儿，担心他会往地上一摔。没有，爸爸轻轻地放下酒杯。

"我对不起爸爸妈妈，他们交代的事我没有办好。"爸爸说着话，没看任何人，转身向卧室趔趄而去，嘴里嘟囔着"没有办好，没有办好"。

叔叔注视着爸爸离去的背影，眼中有赵匀不敢看的温润的光，然后端起酒杯默默地抿上一口。

"一平——"妈妈开口。

"一平——"爸爸的声音又冒出来，堵住妈妈的话。爸爸摇摇晃晃走出来，手里举着一个纸袋子，走到桌旁，递给叔叔。"杏子给你买的新衣服，明天……明天……"

叔叔接过纸袋，也接过爸爸的话："明天出发时我换上。"

"嫂子，谢谢你！"叔叔举起酒杯，向妈妈致意。

妈妈站起来，一口干掉杯子里的酒。她止住又要转身离开的爸爸："老赵，等等。我要给你唱首歌，等我唱完。"

说完，妈妈放下杯子，往旁边跨出两步，就唱起来。她唱："幸福的花儿心中开放/爱情的歌儿随风飘荡/我们的心儿飞向远方/憧憬那美好的丰裕理想/啊，亲爱的人啊，携手前进，携手前进/我们的生活充满阳光……"

妈妈一直唱着，她站在那里，脸上有着吊灯无法遮掩的光芒，像是直接来自太阳。爸爸沉醉地听着，不时闭上眼睛，当他终于发现妈妈的声音始终在"我们的生活充满阳光/充满阳光"这两句上来回时，摇晃着走上去，抓住妈妈的手。没有看叔叔，没有看赵匀，他们牵着手走回卧室。

"赵匀——"过了很长时间，叔叔轻声唤道，"来，干完杯中酒。你也去睡吧，让我坐一会儿。"

赵匀躺在床上，努力不让自己睡过去。这并不容易，现在不早了，加上酒的作用，他需要不停地命令自己，才能睁开双眼。即使睁开双眼，他仍感觉到身体下面无限柔软，如在水中，如在云里。"不行，不能这样。"赵匀用力对自己说，他勉强支撑着身体，坐起来，晃晃脑袋，爬下床，坐在叔叔的下铺，拉开一条门缝，盯着客厅。

叔叔正拿着酒瓶，底朝天地将余下的酒全部倒进杯子里。酒不多，叔叔喝得并不急，品尝好几口菜，才来一口酒。他的动作和体态都很从容，仿佛在等待谁似的，看得赵匀一阵阵着急，一阵阵眩晕。

总算喝完酒，又从卫生间出来，叔叔拿过纸袋，打开，里面是件白衬衣。叔叔站起来，赵匀以为他要回卧室，也站起来，准备爬回上铺，却见叔叔脱下身上的T恤，将它放进布袋里，穿上衬衣。叔叔一粒粒扣上扣子，抚了抚衣角，静静地站着，站在房间里，灯光下。

"叔叔最干净。"赵匀禁不住又念叨一句，随后看见叔叔转身，向门口走去。不知道他要做什么，赵匀等了等，听见开门的响动，赶紧跑到窗户边。叔叔手里拿着纸袋，走了出去，他没有回头，没有张望，径直走到房角那儿，向右一拐。来不及多想，赵匀赶紧出门，紧跑几步，看见叔叔后，蹑手蹑脚地跟着。

叔叔离开生活区，沿着前面的大道向右走，过第三个红绿灯，仍旧往右。赵匀身上的睡意与酒意本已不多，这一下全部散去，他不知道叔叔为什么要在这里右拐。他知道，这里右拐往前，通往的是曾经的电厂、现在的禁区。它如此有名，以至于周围的铁丝网只是为防止小孩子误入，而虚张声势地简单围着。往前走上两百米，就没了路灯，再往回看，仿佛两个世界。不过月亮还可以，照清了所有事物的轮廓，虽然让叔叔的白衬衣反而相对模糊，却足够赵匀盯住目标。现在，赵匀不需要再掩藏自己，动作和平常一样，只要不踢着什么就行。

越往前走，月光越明亮。沿途到处都是那个标志，黑色圆核周围，张着三片电扇叶子似的扇状物。标志的时间已很久远，不但大多已褪色、破败，极个别的还贴了一层又一层，就连贴、系、撑标志的物体本身，都已飘摇不堪。叔叔没有理会这些，他就沿着道一直往前走，他的衬衣仿若月光的一部分。赵匀没有叫住他，更没有阻拦，就这么跟着。叔侄俩一前一后，走在月光下。又走出去几公里，身后的城市只有点点光芒，再也看不出来形状，在他们前方，电厂那些标志性建筑浮现在月光里，仿佛守候的巨人。

赵匀几次想叫住叔叔，说点什么，可是一想到天亮后会发生的事情，就无法开口。他们走过这段过于宽阔的道路，走过多年废弃不用，时间在它上面留下的坑坑洼洼。叔叔下了大道，下到一条用河沙与卵石铺就的小道。河沙早就若有若无，赵匀踩上去，只感到卵石硌脚。他知道，小道通往电厂的生活区。

小路缓缓向下，一侧是蓬勃的野草，另一侧是干枯的树，听说原本计划在那里建成一座公园。历来柔和的月亮似乎变得暴烈，月光简直要照透地上的一切。沿途再没有那些标志，只有赵匀从未听过的虫鸣，伴着他走过这一公里多，跟着叔叔来到那个著名的雕塑前。雕塑上那些如天体运行的圆球、如运行轨迹的钢线条，都被月光镀上一层浅浅的银。

叔叔忽然停住，等了赵匀出生以来那么久似的，随后他举起右手，并不转过身来地挥了挥。赵匀在那一瞬间感到窒息，他知道叔叔是在向自己道别，他不希望自己再跟着。叔叔又向前走去，赵匀喘过气来后，走到雕塑前，它的钢线条恰似可以攀缘的阶梯，那些圆球正可以双手抱着。

爬到雕塑顶端，赵匀看见身着白衬衣的叔叔走到铁丝网围着的厂区，也许那儿根本就不严实，也许日晒雨淋风吹撕开了口子，也许有奇迹发生，反正叔叔就那样穿过去。他的身影在厂区越走越远，越走越小，终于在走到一片开阔地带时，消失在赵匀的视线里。

那一刻，月光如水，干净整个大地。

仰头一看

林那北

授奖词

优秀的作家往往都会抓住能够使小说诞生的某种灵感，这种灵感就会带着妙趣横生的文学基因，赋予小说健康生长的诸多可能性。《仰头一看》就是这样一篇得天独厚的作品，四个字读完的一瞬间所决定的人生命运让人觉得匪夷所思，小说的主人公还能否在阴影笼罩下把握住自己的人生困境？在特别容易歧路亡羊的小说道路中，《仰头一看》在呈现出小说家循着直觉而产生的非凡魅力的同时，也使那些只依赖匠气制作的小说黯然失色。（宗仁发）

一

天是阴的，雨在前一天已经下过，并没有立即再下一场的打算，但也不是太坚定，或者只是歇一口气，喘一喘，等过一两天攒足劲了，再拿点水分往地面洒。这就是初秋让人最舒服的日子了，风似乎都刚洗过澡，裹着一股说不清的淡淡香甜，脸被吹拂时，每个毛孔都张大嘴一口口吸着。

徐明噘噘嘴，把头向上举起。四十六

年前初秋的这个阴天,他才九岁,眼睛很大,形状像两枚横下来的橄榄,眸子黑得出油,泛着星星点点的光,眼梢还宛若燕尾向上翘出一条柔和的线条。他姐姐徐华单眼皮,整天没睡醒似的眯缝着。妈妈林芬奇左右一比较,长吁一口气。徐明这样的眼睛放在女孩脸上,只能以妩媚来形容,一不小心就徐徐散发出狐狸精的气息,肯定会惹出一堆是非,放徐明脸上就安全多了。男人注重整体性,身高和气质才是取胜法宝,一定拿脸说事,鼻子挺不挺是唯一的评判标准,而眼睛一直不算重要器官,但既然眼睛好看了,也不多余。

徐明九岁时个子在同龄人中偏高,长胳膊长腿,脖子也长。他还有一个特点,就是好奇心重,学了"水滴石穿"这个成语,就端一盆水到楼下,双手捧起水,往石板上持续滴落,试一试石板会不会穿。个高本来是好事,正如眼睛大原本值得庆幸,好奇当然更是。人类所有的发明都建立在好奇的基础上。但在那个初秋的阴天,大眼、高个和好奇凑在一起,却几乎置他于死地。

那天晚上部队礼堂放电影,中学英语老师林芬奇本来要骑车带徐华和徐明去看,结果前一天发现英语小测一塌糊涂,一气之下她决定把全班留下来补课。天下电影那么多,反正看不完,就不看了。也就是说,傍晚放学,徐明本来直接回家,那就什么事都不会发生。没有了电影,徐明放学后到操场上打一会儿乒乓球,然后才往家走。从小学到军区宿舍得经过奋发路,五六百米长,两旁的樟树已经种了二十多年,树身经过无数次蓄意修剪,分别整齐地往路中央倾斜,枝丫和树叶在半空中密密麻麻交错在一起。这是一段没有天空的路,树梢离地面至少是十个徐明的距离。

路旁加了围墙的是市委机关宿舍,大门是拱形的,顶上有一颗粗壮的红星。徐明走在人行道上,看到拱形门前的夏伟伟了,还听到叮叮当当的声响,响声是从夏伟伟掌心发出来的。罐头厂用剩下的边角料压出麻雀、飞机、公鸡、蜻蜓等形状的小铁片,和爆米花装在一起卖,每包五分钱。爆米花不如糖果经吃,进嘴就化了,但包里有块铁片,这足以让人把有限的钱舍弃买糖果而买了爆米花。课间时,两人先锤子剪刀布,输的把铁片放地上,让对方用铁片摔。不是直接摔铁片上,而是砸旁边,两个铁片碰到一起就犯规认输,所以这需要技巧,靠得越近,冲击力越大,地上的铁片就越容易翻转过来,翻过来就赢了。夏伟伟其实不是本地人,父母都在江苏一家纺织厂上班,一个挡车工,一个修理工,兄弟姐妹共七个,三餐都顾不过来,就把最小的夏伟伟送到叔叔这边。叔叔结婚多年生育不了,夏伟伟来了当儿子养,但据说婶婶很不喜欢他,打打骂骂,还严控叔叔把钱花到他身上。夏伟伟没有零花钱,他买不起爆米花,但臂力好,总是轻易就能把别人的铁片摔翻过来。今天又赢多了吧,所以抓在手心得意地捣来捣去。

徐明和夏伟伟关系谈不上好也谈不上差,碰到就一起很嗨地玩,碰不到互相也不会思来想去。他紧走两步,本来想喊一声夏伟伟。如果他喊了,夏伟伟应该会停下来,转过身等着他,那接下去一切就不会发生。可是还没开口,陈力力出现了。陈力力铁青着脸从旁边的树后闪出,估计早就埋伏在那里等着了。他们马上吵起来,每一句话都围绕着铁片,大意是今天夏伟伟从陈力力手中赢走的铁片都是靠下流手段，在铁片摔下的瞬间，巴掌同时着地，这就大大增加了冲击力，铁片是被这股力带翻的。两人课间交手时陈力力就发现这一点，马上就戳穿过，但夏伟伟不承认。陈力力输光了为数不多的铁片，整堂课都听不进老师的一句话，越想越气，然后就早早溜出校门，不是为了回家，而是留在奋发路上，把身子贴在樟树后，等着夏伟伟经过。他让夏伟伟把赢走的铁片还给他，夏伟伟不肯。两人扯起来，身子粘到一起扭来扭去，脚下趔趄着。

这时徐明慢慢走近了，离他们只有五六步远。他没打算帮谁，甚至也没想劝架。打架本来就很吸引人，两人都是他同班的，脸这么熟，就更有吸引力了。人行道上有一块砖坏了，一脚踩下，身子一歪，上身就很自然向下低去。待到他重新抬起头，脑子还是空的，脸向左上方微微仰了仰。上面有东西，不大，如果是晴天，阳光会把树叶打得半透明，那么飞行中的东西，就会显出形状。但天一阴，叶子就跟着暗了，这时候一块不大的飞机状铁片闪过，它的形状就似是而非。

后来才知道陈力力要抢夏伟伟手里的铁片，夏伟伟抓牢不放。夏伟伟手臂有力，但陈力力更有劲。两人揪住互相扭着，如同发动机被摁下马达，每一下都是加速度。突然陈力力把夏伟伟捏住铁片的那只巴掌往上重重一拍，夏伟伟受惊，松开巴掌，十几个铁片像从一张怪兽嘴里喷出，在空中划出不同弧线，扑向徐明。徐明四周水泥板叮叮当当响起，飞机形那个却没响，它没有砸到地面，而是直接扑进徐明的眼睛。

眼黑了一下，是左眼，徐明脱口叫起，然后蹲下，双手捂住脸，头插到两膝间。

半个小时后，他被小学老师用自行车送进附近的市一医院，然后老师拨通中学校长办公室的座机，林芬奇赶来，摇摇晃晃跑进急救室，一把抱住刚用白纱布做过简易包扎的徐明，哗的一下，张大嘴。徐明吓一跳，从来没有人这么近地对他哭。哭原来这么丑陋。一个多小时后父亲徐刚健才来，把他转到部队医院去。穿军装的人，对部队医院总是更信任。

眼球破了，飞机状铁片最尖的部分，差不多是横着切过他眼球，球体正中央裂开，长度不大，但伤口恰好在瞳孔上。医生在瞳孔左右两边各缝两针，瞳孔却没缝，让其自然愈合。倒是合上了，但留一个米粒大的白点，按林芬奇的猜测，可能是里头的晶体流出来，凝结在那里。

一个多月后徐明出院时，林芬奇皱着眉走得像舍不得离开。到大门口，林芬奇把徐明右眼捂住，指着医院大门上的字问他："写着什么？"徐明摇头。其实林芬奇问得多余，医生早就告诉她，徐明左眼视力丧失，只剩下隐约光感。她无非抱着侥幸心理，徐明一答，她眼睛就湿了。徐明脸无表情，主要一时之间他不知该有什么表情，他的表情已经跟左眼视力一起，从脸上逃走了。

整个世界还是完整的，可徐明却只能微微侧过脸，慢慢习惯用剩下的右眼看东西了。

二

徐明和夏伟伟、陈力力都是1966年出生的，月份也差不多。事情发生后夏伟伟就被叔叔送回江苏，陈力力参加高考，考上外地什么大学。高考跟徐明无关，连高中他都没上，初中离毕业还有一个月，红星通讯修理厂招工，招的都是部队子弟。也不是所有部队子女都招得进，至少得高中毕业。徐明不够格，但林芬奇怕以后未必再招。这事徐刚健认为有不正之风嫌疑，他不管，也反对林芬奇管。林芬奇哪里听得进去，她到处跑，在很多领导面前说徐明眼睛，边说边伴着众多眼泪。从前许多人印象中非常清高的林芬奇老师，突然变成另一个人，头发蓬乱，声音颤颤，一开口就一脸涕泪。她这副形象多少让人震惊，这一惊，就惊出效果，徐明因此被招进红星厂。即使不去，其实高考仍然跟他无关。九岁初秋那个阴天后，他除了住了一个多月医院，后来又三天两头请假，接着干脆休学一年，一年到了觉得不够，又休了一年。徐刚健但凡去北京、上海、广州这样的大城市出差，都把他带上，托人找医生瞧瞧，看能不能动手术换晶体，让视力得以恢复。据说现在这已经不是大问题了，跟白内障手术有点类似，但那时谁都摇头。学校很快习惯了徐明请假，徐明自己更习惯，动不动说眼睛难受，林芬奇就明白他不想上学，很配合，说："好，那就别去了。"

接着总要再骂一句："什么破学校！"

徐明觉得徐刚健对他眼睛的反应远没有林芬奇大。在病床边照顾徐明，林芬奇一急得骂起，徐刚健就冲她摆摆手，小声说："都是孩子嘛，又不是故意的，计较什么？"林芬奇哭腔就出来："我们徐明也是孩子，他以后可怎么办啊？"徐刚健紧张地看看左右："谁都不愿意这样，但已经这样了，你闹有什么用？传出去不好。"

徐明很久以后才知道那时徐刚健被提为副团长不久，正对自己职务十分受用，做好团长、副师、正师一路上升的眺望，他认为高风亮节是必要的，所有人的形象都是靠自律一点点建立起来的。"这里是部队医院！"这是他当时最常凑近林芬奇耳边提醒的话。在部队医院里，当时部队家属看病是免费的，也就是说徐明住在这里，除了吃，其余都不需要花钱。受了伤，纯属意外，那就治呗。夏伟伟的铁片是被陈力力打飞的，但陈力力的手并没有碰到铁片，他打的是夏伟伟的手，责任因此就不好算了。如果要赔偿，夏伟伟父母肯定拿不出钱，他叔叔也不可能背这个债。至于陈力力，他家更穷，父亲以前是搬运工人，一天夜里喝点酒回家被汽车撞倒，腿骨被车轮碾碎，车跑了，他没钱，到医院草草治一下，没治好，路都走得一瘸一拐，再也扛不动货，一直在家歇着；母亲是扫马路的，赚的钱还不够一家人糊口。

徐刚健和林芬奇都有工资，确实比他们家境好，至少三顿饭菜不至于愁，穿衣买鞋也大致有保证。但那都是之前，徐明眼睛受伤后，林芬奇一下子捏紧了钱包，饭桌上肉少了，鱼不见了，衣服太短了接个边照样穿。

祁小燕后来一直对这件事叨个没完。哪有伤了人却不要人家赔的，二百五啊？责任是谁就是谁，陈力力打了夏伟伟的手，铁片从夏伟伟手里飞出去，那两个人就是同谋了，管你穷不穷，反正都得赔。祁小燕："你爸你妈太傻了，就是缺心眼！"

徐明叹口气，不完全同意，但也不是一点认同都没有。副团长军装上已经有四个口袋，跟夏家和陈家这两个老百姓公开较劲确实不太方便，但脱掉军装冲上门去，至少横七竖八骂一顿，顺便把他们家的碗摔碎一两个，好歹发泄一下作为父亲应有的愤怒。什么都不说，都不做，连个道歉都没有讨来一句，好像徐明只是被蚊子叮一个包，这算什么？升官当然好，但徐刚健最后转为文职，职位也仅相当于副师。副师多如牛毛，多一个少一个都不稀奇，但徐明多一只眼和少一只眼，却完全不一样。

也只有像红星通讯修理厂这样的工厂才不在意徐明的眼睛。但是很奇怪，祁小燕为什么也对他眼睛不在乎？这是徐明不明白的。他进厂时，祁小燕已经在厂办上班一年，做着收发信件，替客人倒水这类清闲的活。她其实不是部队子弟，老家在离这座城三百多公里外一个盛产茶叶的村子，传说前厂长去村里出差，喝了几天好茶，认下一个干女儿，就是祁小燕，眨眼祁小燕就出现在红星厂办公室了。有人怀疑不是干女儿这么简单，但也仅是怀疑而已，收着信倒着水的祁小燕对谁都像对前厂长一样好，脸上浓厚的笑意可以融化红星厂每一块砖，张口就是哥长叔短，姐呀姨呀地叫，声音又柔又甜，大家慢慢心里就捋平整了，甚至觉得再对她说三道四很无耻。

见到徐明第三个月祁小燕就开始倒追，这让徐明吓得不轻。他接到祁小燕写给他的信，约他看电影逛马路，又给他买衬衫、皮凉鞋之类的。徐明那时还小，祁小燕比他大三岁。回家徐明在饭桌上怯怯聊起这事，林芬奇马上放下筷子，眉头拧起片刻，一字一顿地说："可以！"边说边往徐明左眼瞳孔上瞥一下。徐明只有一边视力，算半残疾，祁小燕虽是农村的，父母大字不识，下面还有两个智力不全的弟弟，但她手脚齐全五官正常，脑子也一点毛病都没有。林芬奇的"可以"，指的就是把她娶进门不亏。

几年后徐明真的就跟祁小燕结了婚，生下儿子取名徐平安，眨眼三十岁了，五官像祁小燕，个子却像徐明，一米八六，腰瘦瘦的，背向前躬去，看上去就像半截细长的括号。儿子一天天长大，祁小燕的埋怨就一天天增加，她认为如果当初拿到赔偿，哪怕仅三千五千，那时钱值钱，一套房子才多少？用一只眼换一套房，也不过分，那样徐平安结婚时，也能有自己的新房。现在什么都没有，一只眼等于白白坏掉。

如果徐刚健活着，还能补贴他们一点，毕竟部队工资高。徐明和祁小燕也在部队，但只是工厂工人，而且祁小燕前几年五十岁，已经退休，退休金每个月四千多。徐明还没退，也只是名义上在岗而已，工厂早废了，每月只拿到基本工资，比祁小燕的退休金高不了多少。两个人加起来每月收入上不了一万，这点钱孤立起来看，也够日常开销，但一比较就不够了。

跟谁比呢？跟夏伟伟和陈力力。

三

徐明住院时，夏伟伟和陈力力一次都没出现，他们家长明显约好了各自写封慰问信，夸徐明是勇敢的好孩子，未来肯定是前途无量的国家栋梁之材，好好休息，病好了广阔天地大有作为。林芬奇一下子把信撕碎，狠狠摔地上，吐几口痰，再用脚掌拧几下。尽管不是故意的，可徐明眼睛毕竟被弄破了，作为肇事者，他们来医院看看，当面道个歉，又不是多难，为什么却不来呢？

因为休学两年，徐明眼睛受伤后，回

江苏的夏伟伟就见不到了，陈力力变得比他高两级，他也见不到。上初中后更没见到，也许陈力力去了另外一所中学，或者远远见到徐明，就早早躲开，反正徐明视力没他好。徐明那时也特别不想见他们。一开始他没意识到自己不想，直到姐姐徐华要出嫁的前一天，一家人围着吃饭，徐华盯着徐明看片刻，突然把筷子往桌上重重一搁，说："好好的一个人，成这样了！"

当时祁小燕已经住进家里好一阵了，是林芬奇一开始就故意弄出各种借口，让祁小燕早早来过夜，显然要把生米做成熟饭。家里只有两房一厅，之前徐明睡在客厅沙发上，林芬奇逼徐华和徐明对换一下，也就是徐华睡沙发，腾出来的次卧让徐明和祁小燕住一起。徐华挺不高兴，她一个大姑娘，因为一个外来的陌生女孩，就得搬离自己从小住到大的房间，每天把身体摊在沙发上，再也没隐私可言。林芬奇反驳她不满的武器就是一句话："那你快找个人嫁掉呀。"

徐华二十二岁嫁给小学老师王明胜。论脸蛋，王明胜配不上徐华，单眼皮的徐华，小时候老是让林芬奇不满，但慢慢长大后，发现单眼皮安在鹅蛋脸上，跟高鼻梁和小下巴真是绝配。可惜徐华的身材不配合，只有一米五五，再高十公分，去当电影明星都够格。徐刚健和林芬奇都不矮，徐明最后长成一米八二的高个，徐华却从十一岁起，就不怎么往上长了。她十一岁时，徐明九岁，左眼被铁片划裂，在医院住一个多月。这一个多月，以及后来的十几年，徐刚健和林芬奇仿佛就只剩下一个孩子了，他们轮流去医院陪徐明，后来又带徐明去各地医院。徐明眼睛出了这么大事，一门心思往上扑，徐华也不是不理解，但她又不是圣贤，不高兴是正常的。有时候徐刚健和林芬奇离家走得匆忙，连钱都忘了留点，到北京或者上海了才记起。幸亏部队通个话方便，徐刚健的战友找上门，把哭得快别过气去的徐华领去住几天，徐华要是不去，他们就给点钱、捎些菜，让她囫囵吞枣对付着。

"好好一个人，成这样了！"徐明听出来了，徐华说这话有多重意思，最核心的问题归结到他的眼睛。那个阴天，他从学校打完乒乓球，走在两旁种着大樟树的奋发路上，正要回家，铁片飞来了，划过眼睛，眼球破了，在医院住一个多月，缝了几针，但一边视力没了，成了残疾人，其实这个家也残疾了，否则徐华不至于这么匆忙就嫁给长得那么难看的王明胜，鼻子塌，嘴巴宽，比徐华还大了八岁，结婚时大半个脑袋已经秃了。徐明就是在这一刻突然想起夏伟伟和陈力力，只是一闪而过，但身子马上紧了一下。他垂下眼皮盯着自己的胳膊，上面变得非常陌生，像鸡褪毛后密布着一个个浮起来的疙瘩。"真是受够了！"徐华猛地站起，扭头走进厨房。家里没有属于她的房间后，她只剩下厨房。以前三顿饭菜林芬奇做起来绰绰有余，但徐明一住院，厨房的主人就从林芬奇变成徐华。十一岁的徐华在小小的厨房里慢慢变大，终于熬到可以出嫁。

当时徐明发现祁小燕正瞥他，想跟他对视。他把脖子梗住，脸就是不转过去。他不需要跟谁对看。夏伟伟和陈力力有姐姐吗？出嫁了吗？徐明一点都不知道，他甚至记不得他们长什么样了。

他知道夏伟伟的消息是去年，也就是五十四岁时。那时他和祁小燕带着儿子刚搬到新房，房子所在的小区叫大成江山，

442

是林芬奇出钱买的,三房一厅,有电梯,每幢四十层,他们家在第十六层,连装修也是林芬奇出钱出力,整天灰头土脸地跑前跑后,家具都配齐了,连车库和小车都买好,徐明一家三口才直接入住。有一阵林芬奇明里暗里收学生补课,英语嘛,怎么补都不见底,多收一个是一个,中午、周末、傍晚,她骑着自行车去这家跑那家,赚到的钱一分一厘攒着,最后变成这套房子。幸亏早买,再迟房价涨起,而林芬奇岁数大牙一掉,发音不准,新教材又跟不上,就没人付钱请她了。

"哎呀徐明快打开电视,本市一频道,对,新闻台,晚间八点新闻,快点快点!"林芬奇在电话里气喘吁吁地说。徐明"噢"了一声,并没动。林芬奇的声音以前被讲台弄大了,现在改不了。"你不要光'噢',快打开电视!"林芬奇加重了语气。徐明想你倒是说呀,电视里到底有什么。他不喜欢电视,林芬奇又不是不知道。按他的意思,家里根本不必装电视,反正他又不看。他只剩下右眼视力,世界就不再是三维的。静态的东西还可以,一旦动起来,眼睛没法对焦,就好像一个人本来两条腿走路,突然丢了一条腿,剩下的那条勉强也能走,但可想而知完全不一样了。反正电视也没什么好看,别人的新闻,别人的故事,安在那里,祁小燕看连续剧,儿子看足球赛,根本轮不到徐明,轮到他也不看。

他打开电源,抓起遥控器,按来按去找不到本市一套。话筒里林芬奇还在催,急得跟着火似的。他转过头朝厨房里喊:"小燕,来一下。"祁小燕正收拾晚餐后的碗筷,半晌才慢吞吞出来。徐明先把遥控器递给她,马上又把话筒也一并递过去。

祁小燕"喂"了一声,眉头很快皱起,然后像被人按了快进键,手指头在遥控器上啪啪跳动,屏幕上很快就出现一个男人的画面。祁小燕话筒还压在耳朵上,脸转过来盯着徐明,嘟嘟嘴,紧着嗓子问:"他是不是夏伟伟?"

徐明一时间没反应过来,他看看祁小燕,又看看电视,不知道里头这个人跟祁小燕有什么关系。

"快说,他是不是夏伟伟?"祁小燕提高了嗓门大声喊起。

"妈,他还晕着哩。"这话祁小燕是对话筒里的林芬奇说的。

话筒很快就射出一声尖叫。祁小燕把话筒拿远一点,她盯着徐明说:"妈问,这个人是不是当年弄伤你眼睛的夏伟伟?"

徐明脑袋嗡的一下,脸马上转向电视。里头正在开会,镜头拉大时,上方的横幅标语写着是市人大闭幕,主席台上一个男人正站在左边发言席上读着稿子,微胖,中等个,细眼,三七开的分头梳得极其工整。可能读的时间有点久了,稿子已经翻到最后一页,读完,他长吁一口气,下面掌声顿起。他走出来,对台下鞠个躬,又转过来对主席台再鞠个躬,然后走到自己位子坐下。刚才屏幕上打出字幕是夏伟伟,这会儿坐到前排正中央位置时,桌牌写着的也是"夏伟伟"。

这个夏伟伟就是那个夏伟伟?徐明没把握,他完全联系不起来。

"有他以前的照片吗?"徐平安不知什么时候从自己屋里出来了,头伸到电视前看着。

徐明摇头,没有。

徐平安说:"合影也行。"

徐明还是摇头。那时照相机还没普及

443

到小学生头上，哪有合影？他盯着徐平安后背，觉得奇怪，儿子对家里的事从不过问，整天关在屋里闭紧门，这会儿怎么突然有了兴趣？

第二天一大早祁小燕出门了，徐明以为她照例去公园跳广场舞了。快中午祁小燕才回来，一进门就冲着徐明喊："真的是他，就是你那个同学夏伟伟，他当市长了。"话音未落，电话响了，是林芬奇打来的："徐明啊，就是他，弄伤你眼睛的人居然当上市长了，你说巧不巧？"

弄伤徐明眼睛的人，林芬奇以前每次说起都恼火，恨不得提刀扑过去，这会儿话语里却透着一点喜气。联想到刚才祁小燕进门时的表情，徐明相信这两个女人在这件事上，情绪是一致的。后来祁小燕说起来他才知道，不仅两个人，加上徐华，应该是三个女人。祁小燕找林芬奇，林芬奇和她一起找徐华，然后徐华逼她老公王明胜找在市委办公厅工作的同学打听，问到的情况如下：夏伟伟考上南京大学，毕业后留在江苏工作，读了在职研究生，从乡镇做起，一步步升到厅级，然后调来，先当代理市长，再正式被选为市长。小时候他曾在这座城市短暂生活过，算衣锦还乡。

祁小燕突然说："徐明，你应该去找找这位同学，是他把你眼睛弄半瞎的嘛。"

徐明在客厅沙发上缓缓坐下，闭上眼，心咚咚咚地跳着。市长，夏伟伟居然是市长了，这太意外了。

四

就是在得知市长夏伟伟就是小学同学夏伟伟的第二天，徐刚健体检报告单出来，肺癌晚期。过六十岁之后，别人动不动就往医院跑，徐刚健相反，他不去医院。部队医院跟以前不一样，已经对地方开放，每天乌压压地挤满人，没病都会被挤出病来，这是徐刚健的看法。其实不挤病也照样来，他咳了很长一段时间，气喘不匀，走几步就得歇下，被林芬奇拉去查，报告一出来医生让他马上动手术。

徐刚健和林芬奇还住在原先部队分的两房一厅老房子里，五楼，没有电梯，每天得爬上爬下。大成江山这套新房子，徐华认为应该让父母住，老人有电梯毕竟方便，但林芬奇不肯。老房子是砖混结构的，顶上架着预制板，据说五级地震都够呛。林芬奇认为年轻人的命更值钱，他们上年纪了，真要撞上，死就死呗。徐华当时撇撇嘴，脸拉得老长。

徐刚健动了手术。其实也没用，拖了一年多还是死了。从火葬场回来，徐华在老房子边帮忙收拾东西，边念念地说："我爸说不定是爬楼梯累死的。"

屋里一下子静下来。

林芬奇已经哭了两天，主要哭之余还得操心所有的后事。这会儿累了，正闭眼靠在客厅沙发上养神，听到徐华的话，她眼猛地睁开，又很快闭上。当时徐明和祁小燕也在，祁小燕用脚尖踢了踢徐明，徐明没理她。徐华是他姐姐，这是他家内部问题。徐华不缺房子，当年她嫁给王明胜，就是因为王明胜家老房子大，后来拆迁分到四套单元房。王明胜有一个弟弟一个妹妹，弟弟妹妹各分一套，王明胜是长子长孙，就多分一套，一套自己住，一套出租挣钱。但不缺是不缺，父母给徐明买房，却没给徐华买，徐华心里不舒服不是一天两天了。文化课她比徐明强，但也没强太多，只是高中毕业。如果林芬奇能像为徐明招工时那么不要命地托关系,她个子矮是矮点,进部队当兵也不是绝对不可能,但林芬奇把所有能找的人已经为徐明都找过了,轮到徐华,无论是否求得动,又重新清高,谁也不求,想都没想过去求人。徐刚健关系比林芬奇多,但徐刚健脸皮太薄,前些年他出差时顺便带上徐明去治病,被人举报了,说假公济私,进步的事就停下了,几乎被焊住,很多在要害部门任职的上级,都是他以前的下级,他最沮丧的就是这一点,所以根本不想出面。"不要搞不正之风。"他还是这句话。徐华于是下乡当了知青,几年后招工进市橡胶厂,八十年代中期下岗,在家闲着,终于捱到有房租收入,手头才松下来。

徐刚健从发病到死去这一年多,跑医院的基本是徐华。徐华的女儿大学毕业后留在上海工作,所以她平时除了打麻将,也没其他可忙的。有时她懒得动,在电话里冲林芬奇喊:"又叫我,你不会叫徐明去?"林芬奇马上用更大的声音顶回去:"他只有一只眼,你呢?你也残废了?"徐明倒是主动提出自己也可以去医院顶一顶。林芬奇马上说:"你要上班她不要上班。"徐明悄悄叹一口气,心里知道林芬奇是故意的,她不是不知道红星通讯修理厂的情况,还有什么班可上呢?挂在车间门后面的签到本早被人当草纸撕光了。

按说祁小燕也退休了,可以帮徐明跑跑腿,但从一开始林芬奇就不让祁小燕做事,舍不得似的,其实是怕她做着做着一恼火就把徐明蹬掉。这也是徐华一直介意的。一个外人住着林芬奇花钱买入和装修的房子,亲生女儿却当牛作马。

徐明理解徐华的想法,换他应该也会这样,但理解是一回事,试图改变又是另一回事。一直以来,他从来没有动过改变什么的念头。林芬奇说招工,他就去了;徐刚健带他去外地看医生,他也去了;再就是林芬奇认为跟身体健全的祁小燕结婚很合算,他二话不说就结了。九岁以前他肯定不是这样,他手脚长,体育老师挑乒乓球人才时,还把他算在内,大概七八个人站一起,体育老师若无其事边说话边向前走,突然一转身,扔出几个粉笔头,其他人都条件反射地闪开了,只有徐明没动,粉笔头直接击中他脸。反应能力不行,身体协调性差,就这两点,就不适合乒乓球。可是徐明真是太喜欢乒乓球了,白色小球一来一往噼噼叭叭的脆响,简直是天下最美妙的声音,他就自己每天后裤腰带上插一块球拍,有空就冲去操场上练。反应能力而已,他觉得完全可以练出来。但还没等练出来,铁片划过他眼球,证明他反应能力确实不好。出院后他只拿过一次乒乓球拍,发现更不好了,不是一般的差,球冲过来时,他靠仅剩的右眼根本无法对焦,哪还看得清楚?眼球一破,一切都不一样了。

徐华在主卧里收拾徐刚健遗物时,徐明和祁小燕跟林芬奇一样,整个身子窝在沙发上。祁小燕看手机,徐明看窗外的云。云也是动的,但变化不大,缓慢柔和地变,仿佛正是为徐明这样眼神不好又需要持续锻炼的人存在的。大成江山的新房子买在十六楼,装修时林芬奇特地在朝南大阳台弄出五六平方米的小空间,侧面用磨砂玻璃推拉门隔断,正面也围起来,从栏杆到天花板立起一面贴有3M防晒膜的大玻璃,再以格子状的白色铝合金固定住,安了空调,摆一张深褐色的牛皮大沙发,旁边搁个小茶几,再放张小矮凳,这样徐明大部分时间都可以摊手摊脚躺在那里看云。只有晴天才有边缘清晰的云交错上演，所以几十年来他都喜欢晴天。天一阴他就浑身毛孔都缩紧了，他讨厌阴天。

林芬奇看来累坏了，徐刚健患病这些日子，她瘦了很多，却并没有想象的悲伤。徐刚健前天死了，昨天很多亲友来吊唁，今天送去火化，一切处理得紧凑利索，都是林芬奇自己一手操办的，她永远不相信别人能办得比她好，二十岁是这样，四十岁是这样，现在八十三岁了还是这样。

主卧里不停传出响声。徐明走到门旁，见徐平安在徐华边上走来走去，就也凑过去。有本相册装的都是徐刚健和林芬奇年轻时候的照片，其中有几张是徐刚健在上海或北京，他的旁边站着瘦削的小男孩，就是徐明。徐平安把照片从塑料套里抽出来，摆平了，一张张拍照。徐华问他："以前没见过吗？"徐平安摇头。徐华又问："拍这个做什么？"徐平安说："玩。"

徐华把徐刚健的衣服一件件清出来，摸过口袋，准备抱下楼烧掉。这时林芬奇喊起："徐华，来来来你过来。"顿一下又喊："徐明，你也来。"

徐明就放下相册，从主卧出来。

"你爸其实是没用的人。"林芬奇摇着头，"我也没用，这一辈子我都听他的。那年他要装高尚，我也只好装了，可是这一口气我几十年都没顺过来啊。是眼睛啊，又不是哪里破个皮……"

徐明抿抿嘴，他觉得父亲刚死，母亲就在背后说坏话不妥。

"这些日子被他这一病，差点误了一件事了。我心里其实一直惦记着，只是腾不出空来，年纪大了，精力实在不够花。哎，徐华。"林芬奇看着站在旁边的徐华，"你让王明胜的同学转个口信，让夏伟伟来我们家坐坐，我要见见他。"

徐华瞥一眼祁小燕，祁小燕抬起头，嘴咧了咧，轻微一笑。徐明没看懂祁小燕为什么笑，这日子本来不适合笑。

徐华说："妈，这么多年你一直说我爸是窝囊废，我跟你说，王明胜才是真正的废物。上次找在市政府办公厅的同学打听夏伟伟情况后，他吓得吃了十几天安眠药。还敢再托口信？要敢托，小燕早让他托了。小燕提了酒和茶跟他磨了多少遍，还是一点用都没有。不是不愿意，是借十个胆他也不敢了，他不是这个料。"

徐明和林芬奇唰地一下，同时把脸转向祁小燕。

祁小燕反复尝试找夏伟伟，徐明一点都不知道。

五

徐刚健第一次见祁小燕就摇头："跟我们不是一路人啊。"他一这么说，林芬奇就急了："什么跟什么呀，人家不嫌我们就好啦！"徐明当时垂下眼皮。他只有一只眼，他知道林芬奇指的是这个。徐刚健指的是什么，他不太明白。得有个老婆，老婆有了得再有个小孩，人生不过如此。但祁小燕究竟是哪一路人呢？这个问题有时会猛然闪过，但他懒得再往下琢磨。他眼睛坏了，一眨眼大半辈子就过去了，他已经习惯了是祁小燕的丈夫、徐平安的父亲这样的角色。习惯是个好东西，身心都因此放松下去，过一天是一天。

祁小燕也习惯吗？他不知道，没问过。两人间的对话其实一开始就很少，就像两根并排竖在操场的旗杆，在别人眼里是一体的，其实却各自站立。唯一重叠的是在同一张床上，还联手制造出徐平安，但细想起来仿佛钥匙插锁孔，彼此也不过如此一下而已。

徐平安高考两次才考个三本，学新闻，毕业后去当地都市报应聘，当了跑时政新闻的记者。报社搞末位淘汰，上稿量最少的每半年开除一位，徐平安第一次就轮到了，也就是说他只上了半年班，就迅速成为末位。稿子他不是不会写，时政的新闻每天都上头版，接二连三的会议通常人家早备好通稿，去了拿回，安上个"本报记者"就不愁工分了。问题在于徐平安对开会有看法，他懒得去，就有其他人抢着去。祁小燕气不过，哪能这么对待一个老实本分的年轻人？她这么一说，徐平安嘴角一扯，一脸都是不服，喃喃道："老实个屁。"

大成江山小区旁边有个全市最大的公园，林芬奇看中的就是这个。大前年交房，装修，又透气大半年，去年初徐明一家三口才搬过来。他们房子装修时，大成二期开建，住进来后三期也动工了，都围着公园C形展开。之前传说市里本来要把公园再扩大，最后没扩成，预留的地都被地产商拿走了。又传说地铁本来并不经过这里，也是地产商让地铁拐道了，报道出来的理由是为方便市民上公园，地铁站就设在大成江山三期门口，房价立马蹭蹭涨了几波，连一期二手房价格也跟着上跳一大截。

公园有空地，空地如今都不可能白白空着，只要不下大雨，每天早晚都有穿着花花绿绿、挂着鲜艳长纱巾的女人在那里高声放出音乐，起劲地跳来跳去。年轻时她们只能远远看别人在舞台上跳，现在不需要舞台，有块十几平方米以上的草地就行，水泥地也行，可以从藏舞、蒙族舞、新疆舞，一直跳到古典舞。不过举个胳膊蹬个腿，她们觉得自己会。

徐明不知道祁小燕是怎么混到其中的，她突然变成一个文艺妇女，家里就多出歌声，不是她唱，而是手机里反复播着视频，她坐着站着都盯着看，冷不丁就手一举比划几下，再转两圈，连煮菜做饭都可能突然屁股一扭，弄出个造型。时代真是进步了，以前跳舞是件多高不可攀的事，哪怕像林芬奇这样，读大学时曾在几千几万人马中放声唱歌，被掌声热烈包围过的女人，要让她到演出场地以外的地方扭动身姿，都是不可能的。按林芬奇的说法，没有舞台，就是裸跳。胸罩三角裤不是也把该遮的都遮住了吗？但穿出去逛街，是不是让人笑掉大牙？道理是类似的。

对动起来的东西，从九岁那个阴天起，徐明就下意识地避开，所以祁小燕手脚一动他眼皮就像被烫了般垂下，或者转开脸，这样他打量祁小燕的时间就比以前又少了大半。

祁小燕要王明胜帮她找夏伟伟，王明胜怎么都不敢。舞友就给祁小燕出主意，让她打市长电话。祁小燕果真就打了一阵，但每次接电话的都不是市长。对方问她反映什么事，她支吾一下，就把电话放下了。受打电话启发，她开始写信，然后在文印店打印了一大叠，一周寄出一封，没有回音再寄下一封。

徐明对家里的东西从来不细究，就是一只大象戳在那里，他一般也不多看一眼。眼睛不好，他得省着用。打印回来的那些信，祁小燕一大意，就随手扔在沙发上。那天徐明从阳台进来，恰好一阵风也跟进客厅，掀翻沙发上的纸，一张张落地上。徐明走过去，脚踩着纸，然后坐到沙发上。屁股下还有纸，嘎叽嘎叽响，他伸手抽出，往旁边甩去，然后猛地就停下了手。他右眼看见"夏市长您好"这几个字了。

当时祁小燕正在厨房准备晚饭，徐明一扭头，把她喊出来。"你都写了什么呀？"他很恼火，事情不能这么做，而且瞒着他。结婚以来家里大部分事都是祁小燕处理的，不需要跟徐明商量，徐明不听，不理，不管。但这件事毕竟不一样，信是以徐明名义写的，却瞒着他。"夏市长您好，我是徐明，以前是您在奋发路小学的同班同学……"信里没提到眼睛的事，这件事过去这么久了，当时也没道歉，夏伟伟还会记得吗？

徐明早就不是个好奇的人了，但这会儿他突然有了点兴趣，他问："他回信了？"

祁小燕迟疑一下，摇摇头，说："没有，电话也没打。"

祁小燕在信里写了自己家的住址，还写上她自己的手机号，而不是徐明的。徐明对这个细节在意了一下，他想不明白以他名义写的信，却为何不留他的电话电码。他问："你是不记得我手机号吗？"

祁小燕两肩一耸，反问道："你看手机吗？你手机随身带吗？以前给别人电话你哪次不是留我的手机号？"

徐明想想也对，但问题是留你的手机号，人家也不打来啊。他已经不愿意在这件事上争论下去了，任何人任何事他都不争。他说："以后信别寄了。"

祁小燕把那叠信从徐明手中抽回来，转身进了卧室。

林芬奇很快也知道这件事了，她打电话来问信具体怎么写的。祁小燕不在，电话是徐明接起的。林芬奇说："你去把信拍个照，发微信给我看看。"

徐明忽然想起徐刚健。活着时，徐刚健智能手机不会用，上街买菜必须用现金。"都像你们这样，再要执行'三大纪律八项注意'，你们说说看怎么办？钱都看不见，不拿群众一针一线怎能说得清楚？"这话徐刚健说得甚至有点生气。林芬奇其实微信支付也不会，但她至少会用微信语音，图片也懂得点开看。同样是老人，林芬奇还是不一样的。

徐明说："妈，我爸刚过世不久，你好好歇一歇，别管这事了……"

林芬奇打断他，说："他刚死我更要管这事。他都死了，他儿子眼睛被人伤了的账都还没有算哩。以前是他拦着我，现在他死了就没人拦了。这个夏伟伟，我得找找他。他是市长了，市长也是人嘛，也会伤人。无论有意还是无意，反正事实摆在那里，他想要赖不可能。唉，跟你说有什么用，一会儿我问小燕去。"

徐明把话筒放下，悄然长吁一口气，然后用巴掌从眼眶的左边拉到右边。以前老听人说眼睛左右是相通的，这边有什么问题，另一边也一定会出现相应的问题。他暗暗捏了把汗，左边视力没了，右边如果再没有，他就是瞎子。祁小燕肯去跳广场舞锻炼一下身体倒也好，他万一真瞎了，以后一切还都指望她哩。但其实这么多年右眼的视力并没有怎么改变，不如以前了是肯定的，但哪个渐渐上年纪的人，不是眼睛渐渐不好使的？每年体检他都略去查视力这一项，不查了。前些年徐刚健还催他去问问医生，看能不能动手术，他不问。九岁起，他不得不慢慢习惯以右眼独览，如果手术成功了，他不知道该怎么重新同时使用两只眼球。

第二天早上六点多，祁小燕照例要去公园。晴天在空地上跳，雨天她们缩到自

448

行车棚里跳,不跳是不可能的。广场舞居然能被女人当鸦片,真是不可思议。每天祁小燕都早早去公园,从不迟到。每天去她都要化妆,穿得也越来越花哨,紧身上衣、长裙、纱巾,马尾束得高高的。据说有很多早锻炼的人围观,围观的人越多,祁小燕和同伴越觉得自己跳得好。她们的共同点就是,每个人都认为自己最风姿绰约。

祁小燕一走,徐明也马上从床上翻下来。人把身体横下来跟地球平行,真是最舒服的,刚生下来是这样,死了也这样,这么一想,出生和死去原来是人生最舒适的两个阶段。今天徐明不打算舒适下去,他趿着拖鞋开始拉每个抽屉,打开每个柜子。家里有电脑,但没有打印机,祁小燕会打字,但无法把信一封封打印出来。那一叠文印店打印回的信,他记得祁小燕从他手里抽走,然后就进了卧房,可是卧室里没有。

房子一共三间,朝南的主卧他和祁小燕住,朝东南面的次卧儿子住,朝北的客房也放了床,装修时林芬奇是准备自己和徐刚健偶尔过来住的,其实一天都没来过,就成了储藏间,什么东西都堆进去。徐明也进去找了一遍,没有,再找一遍,还是没有。

儿子的房间他没进去。离开报社后徐平安一直不再找工作,每天迟迟睡再迟迟起,中午出来吃一口饭又关到房间里,一般都反锁着门,好像跟自己房间焊到一起了,一步都舍不得离开。忙什么呢?不知道,祁小燕曾贴在门上听过,没听出什么。屋里电脑似乎二十四小时都开着。写文章?不是;看别人写的文章?应该也不是。除电脑外,他最迷恋的是手机,华为一部,苹果一部,总是不离手,动不动就拍照或录视频。独生子女这一代真是奇怪,可以天天自己跟自己玩,挣钱不急,找对象更不急,除了电脑,其他什么兴趣都没有,需要的东西就网购,包裹直接送到家门口,连街都不用上了。

林芬奇一直叨叨这样不行,一点本事都没有人就废了。祁小燕整天上人才网找招聘信息,但没用,徐平安不去应聘。徐明倒是无所谓,不去就不去吧,没本事有什么关系,在家老实呆着,不害人也是本事。

主卧有个抽屉上了锁,徐明知道这是祁小燕用来放钱和首饰的。家里的钱徐明不管,事实上他什么都不管,工资卡一直放祁小燕那里。抽屉是祁小燕锁的,但告诉过他钥匙放哪里,他走来走去,想不起究竟在哪里。要打开这个抽屉,得先找到钥匙。

看看时间,已经快八点,一般祁小燕早上在公园的时间是一个半小时,太阳出来前她们得散,晒黑了不值得。从公园往家走,二三十分钟,快的话她八点五十分就会推开家门。

很巧,八点二十七分时,徐明在衣橱最角落一个茶叶罐里,找到了抽屉钥锁,打开来,果然有一叠打印好的信,共十二份。"夏市长您好……""夏市长您好……"每封都一模一样,以徐明的口吻介绍自己,说多想念他,见他当了市长有多高兴,请他有空来家里坐坐。

徐明双掌一用力,嗞的一声,再几声,十二份精白的A4打印纸就不完整了,碎成大小不一的块状。客厅也有一部电脑,他不会打字,平时也很少开,但懂大致的操作。打开文档,找到那封信,删除。

终于忙完了,他抬头看看钟,八点四十七分。整个早上他像被摁了快进键,额上已经一层汗。他想不起自己何曾这样过,九岁之前也许有过吧?不知道,不记得了。

门上有响声,钥匙孔开始转动。祁小燕回来了。

六

徐平安从来没喊过"爸",他对家里其他人喊得也不多,但称呼都正常,轮到徐明却卡住了。林芬奇以前一直催徐平安喊,但越催徐平安越不喊。这事徐明不急,细算起来他也没喊过徐刚健几声"爸"。一个称呼而已,又不是器官,有没有不重要,血缘关系又不是靠嘴喊出来的。何况徐平安从小话就少,能不说就不说,也不粘人,自己独自蹲一旁拿个魔方就能玩大半天。那二十六个小正方体方块被他扭来扭去,手指头飞快动着,六个平面的颜色一次次被打乱,眨眼又归位了。徐明对他不管吃不管穿不管上学,这些事都归祁小燕,每天能平安进家门就够了。有时心里会突然一怔:儿子居然这么大了?

晚饭后徐明照例坐到阳台那张褐色沙发上。快中秋了,月亮歪斜地吊着,云被月光一照,镶了金边似的,一绺绺地散开,无序中又有几分奇怪的周正。徐明觉得应该把林芬奇喊过来过节,毕竟这是徐刚健走后第一个节,林芬奇独自留在老房子里,难免睹物心酸。

电话通了,林芬奇似乎早就等在那里了,马上说:"徐明啊,你看夏伟伟现在天天在电视里露脸,又是开会又是去哪里视察,他凭什么这么风光啊!"

徐明咳一声,嗓子眼似乎真有口痰堵着。

林芬奇说:"我天天看电视,天天生气。明明就是他把铁片弄进你眼睛的……"

"明天中秋到我这边过节吧。"徐明打断她。

"什么节不节的,不去!"林芬奇话音一落,手机挂了。

徐明叹口气。他不明白本市新闻有什么好看的,连徐平安这一阵也凑同样的热闹,祁小燕每天一打开电视,徐平安就从屋里冲出来,等着夏伟伟出现。既然见了生气,换个台夏伟伟不是就不见了吗?

风凉起来,节气一到,气温就准点起变化。徐明起身把玻璃门关上,然后重新坐下。这幢楼在小区大门旁,一墙之外就是马路。但从这个阳台是看不到马路的,阳台在南面,马路在东面。去年这条路开挖地铁,争议一直没停过,地方志专家不停地在报纸上写文章,说路下面是东汉古城旧址,不能挖。开工不久确实停过一阵,以为不修了,没过多久又继续修,打桩机、挖掘机、水泥车每天轰隆隆响着。徐平安的卧室正对着工地,祁小燕怕他被吵着,说过几次,让徐平安搬到客厅住,徐平安说不吵,他喜欢吵。

玻璃门被推开,是祁小燕:"我打印的那些信呢?"她声音很硬。

徐明不看她,也不答。

祁小燕跨进来,问:"我打印的那些信呢?"

徐明说:"小燕,别惹事了好不好?你找他干什么?"

祁小燕眉头拧起,说:"我只是让他来喝喝茶,惹什么事了?"

玻璃门暗了一下,徐平安瘦高的身子立在那里,两手交叉在腹前,不说话,抿着嘴,这个看看那个看看。

祁小燕问:"信到底在哪里?"

徐明说:"撕了。"

"神经病啊,干吗撕?"祁小燕抬脚正要往沙发重重踢去,胳膊被徐平安揪住了,一把拉了出来,再推向客厅。然后徐平安又返回,倚到门上,脸转向栏杆外,看着越来越清晰起来的月亮。"你为什么不是市长呢?"他说得很小声,像是自言自语。但接下去徐平安看着徐明,提高了声音,又说:"如果反过来,是你弄伤了他眼睛,市长会是你吗?"

徐明身体在沙发里挪了挪,正不知怎么答,徐平安已经转身走掉了。

手机响了,徐华打来的:"你们怎么回事啊?过节了都不管妈吗?"

徐明说:"她不来。"

徐华喊起:"你不会过去接?你要不去,我只好把她接来啊,虽然我房子不是她出钱买的。"

"好吧,"徐明说,"我去接。"

第二天徐明跟祁小燕说起这事,他要出门接林芬奇,被祁小燕拦下了。祁小燕说:"我去吧。"她会开车,徐明不会。但一会儿她却一个人回来了。"今天平安去那边了。"祁小燕一脸惊讶。徐明看了次卧一眼,门依然关着,他也不知道徐平安什么时候出去的。祁小燕说:"他居然要在那边跟你妈一起过节。"徐明在脑中把儿子跟林芬奇的关系捋一遍。很一般,不见得特别亲,主要徐平安跟谁都亲不起来,搬到大成小区后,从不独自往林芬奇那边跑,为什么今天突然去?

祁小燕想起什么,碎步跑进卧室,一会儿再出来时,上身绣花红裤子,下身纱质绿肥裤,脚上则是红布鞋,手里还握着一把圆形绢扇。"好看吗?"她双肩微张,又把扇子握到小腹前,转一圈。"好看吧,是不是很好看?"徐明"嗯嗯"两声。祁小燕应该听出他在敷衍,但情绪并没有消减下来。"后天我们要演出,跳《梨花颂》。你也去看吧,舞友们都把家属喊去围观了。"徐明又嗯了一声。这一阵祁小燕的手机里循环响着一个又尖又脆的嗓音,"梨花开,春带雨……",据说是一个男人唱的,男人捏着嗓子唱得比女人还女人。居然要演出了?

祁小燕把扇子一挥,单腿转一圈,再翘着兰花指比划一下,说:"去吧去吧,就在公园里啊。我们公园成先进了,有领导来视察,还有电视台的人跟着。是不是很意外?我们跳的舞说不定可以上电视哇。"

徐明眼皮眨了眨,他意外的其实是祁小燕。他十七岁进厂就认识她了,那时起直到她退休,他从来不知道祁小燕能跟跳舞这件事沾边。也许所有女人都有演员梦吧。林芬奇有吗?不知道,看不出来。

第三天早上祁小燕不到五点就起来了,煎三个蛋,摆好面包牛奶,就提着服装出门了。她走时徐明也起床了,正在洗漱。祁小燕喊:"徐明,早点去噢!"徐明还没答,门已经砰地一声关上了。

来视察的领导说是九点到,徐明八点十分出门。应该事先安排好的,公园里到处是煞有介事地舞剑打拳踢毽跳绳唱歌的人,甚至踩着单杠整个身子一圈圈地甩出三百六十度。他们头发白了,看上去年纪都比他大,但一个个都打算活三百岁似的,荷尔蒙爆棚。公园中央喷水池旁,十几个女人穿着上红下绿的衣服,头上斜插着硕大的红绢花,化极浓的妆,腮鲜唇艳,大都额上泛一层汗,正拿着镜子用纸巾小心地按压着。眼光扫一遍,徐明终于在她们中找到祁小燕。很陌生,即使祁小燕昨天

451

已经穿着这套衣服在他面前摆弄过,他仍然觉得怪异。祁小燕也看到他了,很高兴地站起来,摆了摆手。

太阳非常大,是一种热烈过头的秋高气爽。九点过了,九点半又过了,围着看的人近一半是家属,另一些显然是特地组织来的,默默刷着手机,脸上都是见惯世面的淡定。徐明想走,他不刷手机,也没有认识的人可交谈。他忽然觉得自己跟公园里这些人根本就不是一个星球的,也许从九岁那个阴天,他就直接跳到老年,所谓年轻,他不清楚究竟是什么滋味。

人群突然抽搐般动起来,两个拿对讲机的中年男人微躬着身子跑来,压低嗓子连声说:"快快,来了,来了!"

音乐很快就响了,红衣绿裤的女人刚才已经像一堆捞到盆子里的鱼,奄奄残喘着,这会儿水猛地灌下,霎时活蹦乱跳起来,排好队,脸上摆出夸张的笑。"梨花开,春带雨……"歌好听,在这么好听的歌声中,拿扇子的女人们僵硬地扭来扭去。真丑,像一堆在菜市场上摆了一上午卖不出去的青菜与红萝卜。徐明下意识转过头。九岁之前他常被徐刚健带去部队礼堂看演出,之后再也没去过,连电视晚会都不看,对舞蹈他真不懂,这会儿竟还是看出了丑,那就是真丑了。但显然祁小燕她们都有不同看法,一个个仰着脸,咧着红艳艳的大嘴使劲陶醉……真的醉了。相比较,祁小燕个子高,身体协调性不错,虽然肩颈也僵硬,手臂每次往上举都像抡起的棍子,却仍算是她们中最好的一个。

徐明突然意识到,祁小燕活在任何地方,似乎都可以是最好的,整个村子唯一被招工进城的,整个红星厂年轻人中唯一进了厂办公室的,徐家的人中唯一会跳舞的。

一阵脚步声,围着看的人脸齐刷刷转向后面。先是扛摄像机的人跑在前方,边拍摄边后退。然后是一群人,以中年男人为主,大都穿着精白的长袖衬衫,中间那个微胖,中等个,细眼,三七开的分头梳得极其工整……

原本围成一圈的人群,已经被分流出一个缺口,恰好可以让这群新来的人站定。

"梨花开,春带雨。梨花落,春入泥。此生只为一人去,道他君王情也痴。天生丽质难自弃,长恨一曲千古谜,长恨一曲千古思。"祁小燕她们立即从头跳一遍,曲子终时,她们高低不同举起扇子摆出个古怪的造型。掌声,是站中间的那个男人带头鼓起的。接下去是握手,合影。一个显然是当陪同的女人很高兴,大声说:"欢迎夏市长发表重要讲话。"

马上是一片更尖利的掌声。

徐明往旁退了两步。刚才他在愣神片刻之后,已经认出迎面走来的这个男人与那天电视上做报告的是同一个人。夏伟伟!夏伟伟说:"我市群众性文体活动真是丰富多彩啊。你们跳得非常好,一点不比市里、省里,甚至中央电视台的春晚节目差,啊……"

他的话被鼓掌声和叫好声打断。徐明看了一眼祁小燕,他没弄清祁小燕之前是否已经知道今天来视察的就是夏伟伟。

"就是你们这个服装……"夏伟伟笑了笑,"要是换一套服装,会不会跟这首京剧味的歌更协调呢?"

陪同的女人马上说:"对对对,市长说得太对了,我刚才也这么觉得。"

徐明只看到这个女人的背影,她上身白衬衫,下身黑色一步裙。可能腰围太松了,中间那道本来应该从屁股中间竖下来

452

的车缝，这会儿已经往旁边歪去，裙摆下的那个开口也就斜斜地向旁张开。从女人的肩膀穿过来，是一个熟悉的身影，虽然又宽又大的手机横在脸前，应该正拍着视频，但后脑勺扁平的脑袋，驼得像半截括号的背，还能是别人？他一怔，徐平安，徐平安居然也来了？

这时夏伟伟挥了挥手说："没关系啊，群众性的活动大家高兴就好，不用那么讲究。"

看上去视察已经接近尾声了，夏伟伟欠欠身子，正要走，那堆青菜红萝卜突然动起来，其中一株猛地脱离队伍，向前急走几步。是祁小燕。

"市长，夏市长！我是祁小燕啊，我给您写过很多信……"

旁边几个人立刻伸过手拦住祁小燕，想把她推开。夏伟伟停住，对旁边的人摆了摆手。

祁小燕大声说："我是徐明的爱人，您还记得他吗？他是您小学的同学啊。噢，他在那！徐明，徐明快过来见夏市长！"

徐明像被人打了一棒，双脚虚浮地定定立在那里。所有人都扭头看着他，每一道目光都像一束火扑过来。他闭上眼，天地一下子黑下来，什么都不见了，再睁开时，夏伟伟已经站在跟前。

七

从公园回来，家里是空的。徐平安还在公园？徐明先去撒泡尿，然后在镜子前站了许久。他不是自己看自己，而是以另一个人的眼光看——对，是市长夏伟伟的。镜子里的人眼睛仍然像两枚横下来的橄榄，眸子却不黑了，泛不出光，连眼梢也不再

上翘，而是呈下垂的八字形了。左眼比右眼木，瞳孔上还有个米粒大的白点，但如果不细看，外人并不能看出异样。夏伟伟算不算外人？

"你好啊。"当时夏伟伟这么说，还一下子伸过手来握。

徐明只觉得手心软了一下，像一块面团塞过来，温热，细腻，柔顺。以前他握过这双手？肯定没有。事实上他想不起自己曾跟谁握过手，突然夏伟伟以市长的身份站到眼前，说你好，说好久不见。脑子嗡嗡响，他只往对方瞥了一下，就犯了错似的立即闪开，垂下眼帘。在那块铁片飞来之前，他们是能够四目相对的，如今却只剩三目互相看，他不敢看。但在低头的一瞬，他看到夏伟伟眼光在他左眼定了两秒。那么夏伟伟其实是记得的？

祁小燕已经挤过来，因为抹着厚厚的浓妆，整张脸变得像一具塑料模型，上面浮着一层粉，又黑又长的假睫毛像两片毛刷僵硬地横在那里。"夏市长夏市长！"她一只手直直戳向徐明，"他就是徐明，您小学同学徐明……"

"徐明你好。"夏伟伟在徐明手背上拍了拍，笑得很平稳。

徐明点点头，现在他已经适应了，可以抬着脸看着夏伟伟。上次见到是四十六年前，在奋发路上，那个有红星的拱门前，夏伟伟把铁片托在掌心，哗哗哗地抛着，然后跟陈力力扭在一起，巴掌突然被拍，铁片飞起，到了徐明眼里。

祁小燕抓住夏伟伟的胳膊："夏市长您真记得他呀！"

站在夏伟伟旁边的中年男人贴过来，隐蔽而坚定地把祁小燕的手从夏伟伟胳膊上扯开，然后巧妙地挡在祁小燕和夏伟伟

胳膊之间。祁小燕还要往前挤,边挤边喊:"夏市长,夏市长……"

徐明瞥了她一眼,她嘴张得很大,口红把她嘴唇的边缘清晰勾勒出来,像古地图中的城郭,比平时大,又比平时难看。徐明把脸左右转两下,人群中一转头有徐平安,再一转又找不到了。他低下头,朝鞋尖处看了看。如果下面有缝隙,他会像条蚯蚓一头钻下去。

夏伟伟摆摆手,这个动作不是对徐明做的,而是对四周的人。然后夏伟伟又特地对徐明也摆手:"老同学,见到你很高兴啊,我还有事,以后我们找机会再聊啊。"

徐明没答,他清楚夏伟伟也不需要他答。果然话音未落,那个中年男人已经侧过身,站到夏伟伟和徐明之间,并且手臂向前伸,做出"请"的姿势,顺便把旁边的人向外挡去,转眼他们就只剩下一堆背影,谁也没有回过头来。

徐明就是在这时也转过身,朝另一方向走去。祁小燕在后面叫他,问他去哪里。他没理,脚像被她的话给推了一下,竟越走越快。还能去哪里?他无非是回家,回到阳台的沙发上。

祁小燕是一个多小时后才回来的,妆还在,红衫绿裤倒是换掉了。她先去厨房噼噼叭叭忙了一阵,才进卫生间把妆卸掉,然后边用纸巾擦着脸,边走到阳台,问:"哎,我今天跳得怎么样?"

徐明没有答。祁小燕又问:"中午吃面可以吗?"

徐明还是不答。吃什么不重要,他一直无所谓,什么都能吃,少吃一两顿也无关紧要。祁小燕以前从来不会征求他意见,端上什么就是什么。祁小燕说:"要不要炒几样菜,再来点酒,庆贺一下?"徐明眼皮一抬,侧过身子瞥了她一眼:"庆贺什么?"他确实脑子没转过来。祁小燕笑起,说:"庆贺你和夏伟伟终于见面了嘛。"

徐明猛地把眼重新闭上,有一股气流正从肚子里冲上来,顶到喉咙。他打个嗝,鼻孔长长呼出一口气。

祁小燕转身要走,马上又回过头,说:"你等着,他肯定会找我们的。今天当着这么多人的面哩,还能再不理?"

徐明眉头一皱。你等着?他什么时候等了?他为什么要让夏伟伟理一下?他侧过头,重新看祁小燕,只看到祁小燕的背影,屁股仿佛被改造成另一种东西,腰间的螺丝松了,随着脚步向两侧边走边有节奏地荡来荡去。她的肢体似乎还留在《梨花颂》里,仍缓缓春带雨中。

午饭前徐平安才回来,徐明问:"你今天也去公园了?"徐平安头都不抬,也不答,洗了手就坐到饭桌旁。饭桌是长方形的,三个人分坐在桌子的两边,祁小燕与徐平安并排,徐明独自坐他们对面,这个格局从住进这个小区第一天起就形成了。一般徐明和徐平安都不怎么开口,说话的主要是祁小燕,话的内容都围绕着菜,这个有营养、那个要多吃。说这些时她总是侧过脸冲着徐平安,或者干脆边说边把菜夹进徐平安碗里。徐平安很烦这样,徐明看着也烦。儿子要是生在旧社会,这岁数都快能当爷爷了,祁小燕还是把他当婴儿。

把一块煎带鱼夹到徐平安碗里时,祁小燕侧着头问:"哎平安,如果市长帮你安排工作,你想去哪里?"

徐平安马上眉头拧起来,说:"哪里都不去,我不要工作!"

祁小燕说:"你怎么这样?不工作怎么办呀?这种关系别人求都求不来……"

徐平安把碗筷重重一放，站起走掉，进了自己房间，关上门。

徐明也站起，走到阳台，贴着玻璃往下看，脚马上一虚，连忙后退两步。房子买太高了，以前老房子在五楼，他都不敢往下看，现在十六层，要不是林芬奇用玻璃围起来，他都没法到阳台上来。他坐下，闭上眼。这次夏伟伟来公园视察，祁小燕之前一定是知道的，却没告诉他。为什么不说？如果提前知道今天会在公园见到夏伟伟，他会去吗？不会。祁小燕还是了解他的。并不是所有人的生活里都需要一个市长的，看上去祁小燕需要。祁小燕想给徐平安找工作，可是徐平安不乐意。

第二天一大早祁小燕又去公园跳舞了，她刚走，林芬奇就开门进来。每次来她都像来灾区，总是先拐去超市买一堆鱼肉菜，然后大包小包提来。把鱼肉清洗，分袋装好，再放进冰箱后，见徐明坐在阳台上，她也过来，在旁边小凳子上坐下，手在腿上拍两下，说："徐明我跟你说一件事。"

徐明欠欠身子看着她。虽然入秋了，天气其实仍很燥热，家里的空调从夏天一路开下来，还没断过，林芬奇却已经穿着长袖衬衫，外面再套一件双层灰马甲。她是真瘦，背也驼了，脖子好像已经扛不住脑袋，斜斜向前倾去，整个人看上去就像随时打算向什么地方钻去。以前林芬奇不是这样的，翻徐刚健留下的旧相册，在每一张照片里年轻的林芬奇都清新鲜艳，长辫子时系着蝴蝶结，短发时烫着大波浪，衣服从列宁装到布拉吉，都雅致得体，微微领首，嘴轻抿，笑得花好月圆。

那样的林芬奇早已不见了。

林芬奇眉头皱了皱，嘴里还小声嘀咕一句什么，在手机上拨几下，然后把手机递过来。她用的是徐华换下来的旧智能机。徐明瞥过去一眼，屏幕上是一个发富的中年男人，脸圆圆的，泛出红光，下巴堆着三层肉。

林芬奇问："这个人你认得吗？"

徐明探过身子看了看，摇头。他认识的人很少，以前在红星厂他连三分之一的人都认不全，大家都知道他视力不好，不认人是正常的。厂里不用上班后，他见到的人更少了，他确实也没有认识谁的念头。

林芬奇说："他是陈力力啊！"

徐明半晌没反应过来。

林芬奇说："就是那年，跟夏伟伟一起把你眼睛弄破的那个人！"

徐明太阳穴猛跳几下。陈力力？他想起这个名字了。那年陈力力也只有九岁，很胖，是结实茁壮的胖，跟现在的臃肿完全不一样。隔着几十年的光阴哩，他怎么记得？

林芬奇叹了口气，收回手机，把屏幕搁在膝盖上搓两下，好像手机刚才被徐明看脏了："你知道他是干什么的吗？你根本想不到，他居然是做房地产的。我们市里最大的房地产公司是哪家？大成集团。陈力力就是大成集团的老板。啧啧啧，大成集团啊，都上市了。我们都像个死人，这房子其实就是大成集团建的，可是当初买房子时，我一点都不知道。我要是知道就好了……"

徐明缓缓坐直，转过身看着林芬奇，半晌才问："你现在又是怎么知道的？"

林芬奇头微仰着，看着上方的玻璃："徐明啊，都怪我，那天我要是不发神经把全班学生留下来补课，你就能早早到家，然后晚上我们一起去看电影。看个电影多好啊，什么都不会发生……你一直很恨我吧？"

"没有！"徐明脱口答道，他真的不恨，事情太大了，那块铁片一下子把他眼前的东西撕碎，他当时根本来不及恨，后来好像又忘了该去恨一恨谁。

林芬奇又叹了口气，说："我们都太笨了，傻乎乎的，这么多年一直吃着哑巴亏。还是小燕聪明，她一直说冤有头债有主……"

徐明一怔，马上问："陈力力是祁小燕找到的？"

林芬奇犹豫了片刻，才小心地点点头。她看着徐明，嘴唇动了动，还没开口，徐明抢先问："祁小燕找陈力力干吗？"

林芬奇伸过手在徐明胳膊上拍了拍。"你呀，我以前真的很担心你找不到老婆……你爸当初老嫌祁小燕素质低，但她对你对这个家不差啊，是不是？好歹人家也没不三不四地搞外遇，还给我们家生个儿子。而且，她脑子确实比我们都活络……徐明啊，她怕夏伟伟找你，你不理人家，特地让我来劝一劝。要是夏伟伟真找你了，你不许不理啊。做亏心事的又不是我们，干吗我们要避开呢？"

徐明定定地看着林芬奇："他找我干吗？"

林芬奇眼皮垂下，好像在思考什么，一会儿再抬起时，眉头微微拧起来。"徐明啊，"她语气里很清晰地夹着几丝不满，"他是市长，我们跟他有来往，总不是坏事。平安这么大了，再怎么样也得替他考虑了。是不是这个理？不要任性，你看你这样子小燕都一直守着这个家……"

徐明打断她："我什么样子？"

林芬奇一愣，局促笑起，摆了摆手，说："唉，我又乱说话了。我的意思是，小燕也不容易，她脑子比我们都好使，就听她的吧。如果人家真的找你，你不要使性子，好不好？"

徐明闭上眼，嘴唇抿住。

林芬奇又说："你答应我，好不好？"

徐明迟疑了一下，点了点头。他突然想，在公园里见面时，当着那么多人面，夏伟伟没多说什么，私下再联系他，会不会专程为了道歉？

八

三天后徐明午睡还没醒，手机响了，是陌生电话。他接起，一个外地口音的男人问："请问你是徐明先生吗？"

徐明局促地应一声，他被人称为"先生"还是第一次。

对方说："您好，我姓齐，是大成集团董事长办公室的，您喊我小齐就行。董事长请您抽空聚一聚。请问明天晚上有空吗？"

"董事长？"

"我们董事长叫陈力力，您是他小学同学吧？"

"噢……对。"徐明终于回过神来。

"那就好，徐先生我们董事长请您明天晚上吃饭，具体地点我已把定位发给您太太了。"

"你说……太太？"徐明犹豫了一下，还是问了。

"噢，刚才我已经跟您太太通过电话了，还加了微信。她让我再直接给您打个电话。"

直接？一直到放下手机，这个词仍跟石块似的硌在徐明胸口。祁小燕跟人家都说妥了之后，还要让对方再给他一个电话，她是怕自己说了他不信或者不听？他从床上下来，在屋里各处转一圈，没有看到祁小燕。

天黑下来后祁小燕才回来，左右手各提着两个纸袋，脸上显见是兴奋的，嘴咧着，但来不及说话，先冲进厨房开始忙晚饭。等到吃过饭，收拾好了，她才把纸袋里的东西掏出来：一双中跟黑皮鞋、一件紫碎花连衣裙。"好看吗？"她问。徐明瞥一眼，没有答。祁小燕又去敲开徐平安的门，问好不好看。徐平安眯起眼打量一下，不置可否地歪了歪头，就把门重新关上了。

徐明走到阳台，往外看几眼，又俯看几眼。要看什么他并不知道，也许什么都没有看进去，只是把看的姿势做一遍罢了。可能因中秋的时候月亮把该亮的都亮过了，相比之下，这一阵总是显得又瘦又窄，仿佛疲倦了，连光泽度都减下去。月朗星就稀，现在月不朗，星也仍是稀的。明晚呢？在这样相似的月色中，他将和几十年前的小学同学陈力力见面，这个人当年在奋发路上突然出现，向夏伟伟的手掌猛地拍去，如果不是他，夏伟伟掌心里的铁片不会挥起来，再落下，然后划破徐明的眼球。

徐明觉得左眼隐隐有点疼，他闭上眼，用手揉了揉。明天他要带着这只早就破掉的眼睛去见陈力力？之前祁小燕一直要见夏伟伟，在公园里算是见上了吧？然后轮到陈力力。

为什么陈力力要请他吃饭？

很奇怪，一直到第二天傍晚去酒店前，祁小燕都不提这事，徐明几次想问，又觉得不问也罢。他本来以为只是自己一个人去，看时间差不多了，让祁小燕把地址给他。祁小燕从卫生间里出来，已经穿上那套紫色碎花连衣裙了，还化了妆，连假睫毛都粘上了。"你要地址干吗？"她很诧异，抹上口红的嘴唇微微噘起，突然艳起来的唇把牙齿衬得又涩又黄，"我开车呀，可以导航嘛。——平安，平安快点，要走了！"

徐明怔怔地看看她，又转过头看向儿子的卧室。门恰好开了，徐平安穿一套西装出来，打着领带。他平时从来都穿运动休闲服，西装什么时候买的？徐明不知道。"他也去？"他问祁小燕。祁小燕头一晃，说："是啊。"

徐明继续问："你们都去？"

"是啊。"边答着祁小燕边走到门后，打开鞋柜，取出新买的黑色中跟皮鞋，套上，拉开门。徐平安跟在她背后也出了门，徐明还原地站着不动。"快走啊。"祁小燕喊。

徐明不想走了，一动都懒得动。陈力力请他吃饭，祁小燕一起去已经算过分了，还要再加上徐平安，这都算什么事呀。祁小燕好像猜明白了，踩着中跟鞋大步进来，把手上的黑色小坤包往他腿上一甩，说："怎么回事你，跟人家都说好了，快点！"

徐明往门外瞄一眼，儿子正侧着身子低头看手机，手指头在屏幕上利索地划来划去。

徐明问："是他们让你们去，还是你们自己提出要去？"

祁小燕说："有什么区别？快走吧，今晚说是陈力力请客，其实夏伟伟也会去的。人家是市长哩，你不能让人家等着你。"

夏伟伟也去？徐明脑子嗡了一下。但不容他多想，胳膊被祁小燕拉住了，她用上了力气，把徐明往门外推去。

吃饭不在酒店，而是一家外表很朴素，内里装饰却非常华丽的私人会所。一个中年男子站在门口，一见到车来就迎上前，躬着腰问："是徐先生吧？"

祁小燕连忙摇下车窗答:"对对对。"

中年男人保持着刚才的姿势，脸上的笑更多了，说:"我是小齐。曾给您打过电话。"

祁小燕朗声说:"原来齐先生就是您啊，太好啦。我们……"

小齐往旁招了招手，马上有个穿灰色中式制服的清瘦男孩小跑上前。小齐说:"请你们下车，泊车交给他。"三个人在车内都怔着，最先明白过来的是徐平安，他打开后车门一脚跨下来，回头招呼还愣坐着的徐明和祁小燕:"下来，你们下来呀!"

徐明打开车门，在伸出脚即将跨下去的一瞬，突然记起一件事。他返过身对祁小燕说:"别跟他们提起我们家住哪里!"祁小燕眉头微微皱一下，马上又笑开了。她不是对徐明笑，而是把脸朝向车外，紧接着就利索地跨下来。

车果然被服务生开走，三人跟着小齐进了屋。房间还是空的，但几盏罩着米色绢缎的方形吊灯已经全亮了，光柔和富贵。屋子非常大，足以摆下五六张八仙桌，却只在中央孤零零放着一张直径三米左右的圆桌，铺着精白的桌布，已摆放好餐具。椅子是红木的，窗上嵌着雕花玻璃，地面铺着松柔厚实的羊毛地毯，有隐约的香水味和细微的音乐轻缓飘着。小齐招呼他们先在圆桌旁的茶台边坐下，话一说完就匆匆转身出去了。他一走，三个穿旗袍美女就出现了，端着茶盘，分别走到徐明、祁小燕和徐平安脚旁半跪下，先是递来热毛巾，紧接着几杯热茶也依次摆好了。

徐明没想到现在酒店是这样伺候人的，他捏住热毛巾，以为是让他擦脸的，举到半空，看徐平安只是在手上擦了擦，连忙也依样画葫芦。正拿着热毛巾不知放哪里，门外传来声响，小齐小跑着出现在门口，仍然微躬着身子，先对门外做出"请"的动作，又转过脸说:"董事长到了。"

徐平安一下子站起来，接着祁小燕也站起，徐明手里的热毛巾已经被美女用夹子取走，他却仍愣着没反应过来。董事长到了，董事长就是陈力力。陈力力从门外进来，肚子顶在最前头，一脸是笑。小齐指了指徐明，说:"董事长，徐明先生在这里。"

"哎呀，徐明啊徐明!"陈力力张大双臂，声调拉得高，边说边大步向前。

徐明从椅子上站起，脚下意识地向后微微一退。小时候徐刚健抱过他，九岁铁片划过他眼珠那天，林芬奇跑进医院一把抱住他，哭得呜呜响，之后他不记得还被谁在大庭广众之下搂抱过，连祁小燕好像都没有。但其实是他多虑了，陈力力手臂只是象征性地张了张，并没有往下持续，他甚至立住，脸转向圆桌，说:"怎么不上桌呢?来，坐下坐下。"

祁小燕小声问:"夏市长……"

陈力力好像没听到，挥了挥手，说:"坐下，来徐明，我们坐下，坐下。"

陈力力径自坐到主位，中年男子让徐明坐陈力力左边，祁小燕坐右边，徐平安坐正对面。小齐走到陈力力边上俯身问了一句什么，陈力力马上手掌举起来一甩，说:"上菜吧。"小齐"好好好"连声说了几句，就退出了。徐明心里嘀咕了一下，眼光在小齐背上追了片刻。硕大的圆桌旁只有四张椅子，仅仅四张，徐明是这会儿才意识到的，刚才进门时他并未发现。不是夏伟伟也来吗?来了坐哪里?

陈力力转过脸，看着徐明，说:"今天本来伟伟要来，临时开会，走不开。不管

458

他了，我们自己吃吧。唉，这么多年没见到你，跟做梦似的，对不对？眨眼间我们也都老了，你看你儿子都这么大了，时光无情啊。"

服务员开始上菜了，都是即位式的，每一道菜都提前分了四碗或者四碟。鲍鱼、龙虾、大闸蟹、海参，还有一些海鲜徐明叫不上名，见都没见过。祁小燕很高兴，她的脸一直侧向陈力力，筷子极少提起，提了也仅夹一点，偷吃般缓缓放进撮成小圆形的嘴里。

徐明对此没有太意外，或者说他所有的意外都集中给徐平安了。知子莫如父这句话现在一点都不适用，突然之间徐平安变陌生了，坐到这张圆桌旁，他的嘴仿佛霎时换了一张，唇一直忙乎地上下翕动，倒不是胡说乱说，该停时停，该歇时歇，一旦陈力力开口，他马上直直看着，不时以脆亮的笑声应和。话题不稳定，东跳西跳，包括国际局势、个人打拼经历、股票、地铁……这期间，夏伟伟不时被提起。"伟伟"，陈力力都是这么喊，说得好像是位跟他恋爱一百年的女人。可是那天在奋发路上，陈力力突然从树后出来，明明是和夏伟伟打成一团。他们不打，铁片就不会飞起，更不会落进徐明的眼里。

陈力力对红星厂兴趣也很大，问了又问，徐明只是"嗯嗯""就那样"应付着。工厂不是他的，他在里头混了一辈子，实在所知不多。他惊讶的是徐平安居然对红星厂很熟悉，厂里目前的情况说得一清二楚，包括徐明现在工资和祁小燕的退休金。徐明第一次知道徐平安居然酒量这么好，每隔几分钟就要站起，端着酒杯过来，向陈力力敬酒。有一次他甚至把瘦高的分酒器直接提过来："敬您啊，我是晚辈，先干为敬了。"话音未落，分酒器已经底朝天贴住嘴唇，仿佛他嘴里又长出一个透明的舌头。

桌子上开的是瓶茅台，徐平安一个人至少喝掉六成。

祁小燕要开车，喝的是饮料，脸竟也红扑扑的。她说："董事长，我们家就是买您大成的房子哩。"

"咦？"陈力力马上转过脸盯着祁小燕，"哪里？"

徐明嘴巴动了动，刚想把话岔开，祁小燕已经开口了："大成江山一期啊。"

"噢。"陈力力点点头，转过头问徐明："那个小区不错吧？旁边有公园，小区外不是正在修地铁吗？到时有个站就设在小区外，出行太方便了。"

徐平安马上问："地铁站真能建起来吗？前一阵停工过哩。"

陈力力说："不是又开工了吗？停不了，谁敢停？"

徐平安提着酒杯过来，俯身问："夏市长肯定大力支持了吧？"

陈力力在徐平安背上拍了拍，说："这还要问吗，年轻人？你问问你爸，伟伟跟我是什么交情。哈，反正你们房子买对了！"

徐明一口酒都没喝。怕酒刺激眼睛，林芬奇以前从来都不让他沾酒，连煮菜当佐料都不行。奇怪的是整晚没有人劝过他酒，他坐在陈力力边上，陈力力不停让他快吃，多吃点，却一次都没有劝他喝点，他前面的酒杯始终是空的，没有倒上酒。

变化太大了。陈力力父亲腿被车撞断，母亲一个人扫地养活一家人，九岁时这个人穷得没有买一袋水果去医院看望他，跟他说句对不起，现在却富成这样，公司上市了，能呼风唤雨，而徐明住的则是他建好出售的房子。

九

祁小燕要加陈力力微信，陈力力犹豫一下，对，犹豫了，这个徐明看到了，但只一瞬陈力力就掏出手机，嘀一声，加了祁小燕微信。轮到徐明，陈力力主动把手机伸过来，说："我扫你。"徐明坐着没反应，祁小燕连忙说："他呀，用的是老人机，上不了网。"

陈力力脖子一挺，显然很意外，然后手向上一举，小齐马上从门外跑进，耳朵伸到陈力力嘴边。陈力力说了句什么，小齐点点头，转身小跑出去。几分钟后小齐再进来，双手托着一个白色的长方形小盒子，盒子上有手机的照片。小齐把盒子递给陈力力，陈力力没接，下巴往前伸了伸，小齐就转过身，把盒子递给徐明。

"什么意思？"徐明一直到这时候都没反应过来。他身子向后仰去，试图离盒子远一点，眉微皱着，垂着眼睑看着盒子。

陈力力说："我车上刚好多一部新手机，用不了。手机更新换代太快了，放着就旧了。别嫌弃啊，徐明，麻烦你了，帮我用一用啊。"

徐明仍盯着小盒子一动不动。

这时祁小燕走过来，从小齐手里接过盒子。她笑得眼都只剩两条细线了："哎呀还有这种好事啊，董事长你待我们家徐明太好了。"

徐明侧过脸看着祁小燕，祁小燕却不看他。

陈力力的手机响了，他接起，嗯嗯两声，马上站起。他屁股离开椅子的那一瞬，小齐就出现在门口了，然后碎步跑进，弯腰抵近陈力力。陈力力收了手机，对小齐说："临时有事，我得先走，你好好陪徐明一家再多吃点。拣好菜上，别总是一桌子烂菜！"

小齐连忙点头，说了七八个"是"。

陈力力在徐明肩上拍了拍，说："徐明啊，真是不好意思，今晚我本来什么电话都不接，专程陪你喝一场。你看我们好不容易见个面，最后还是被一个破事给搅掉的。没办法，我得先走，身不由己啊。以后找时间好好再聚聚，叙个旧。哎呀，多少话要说啊，是不是？"

徐明坐着没动，祁小燕已经站起，掏出手机说："哎呀董事长，能跟你合个影吗？"。

陈力力不置可否地嘴咧了咧，祁小燕马上把手机递给徐平安，自己站到陈力力边上，头微微靠过来。

拍过照，陈力力双拳抱起作个揖，说："得罪了得罪了。"

徐平安跨前一步，站到陈力力跟前，问："董事长，据说我们小区前面修地铁，挖出了东汉古城，市里的文史专家一直反对，是不是真的啊？"

徐平安说这话时，陈力力正低头取放在桌上的手机。徐明仍坐着，他是仰起头，从下往上看的，他看到陈力力伸过来的手曾停了半秒。待完全站起，又一脸乐呵呵的了。看错了？徐明只有一只眼管用，他眼神不好，但那半秒非常清晰摊在面前，应该不会错。

"怎么可能啊？"陈力力声音一下子大了，"我跟你说，那些地方志专家为什么闹你知道吗？他们想买大成的房子，要求我们打折。房子那么俏，一开盘就卖光了，你说干吗打折啊？打折其实是对业主的损害，是不是？"

祁小燕附和道："就是就是。想得美，就是你们要打折，我们也不同意！"

陈力力好像被逗乐了，双手往半空中一张，又朗声笑起，边笑边大步往外走。走到门口，马上要闪身时，头也不回丢下一句话："徐明，我们再约啊。"

小齐跟在背后跑去，几秒钟后又返回。

徐明已经站起，他要走了。小齐拦住他："哎呀徐先生，我本来要送董事长，但他不让送，要我回来陪你们再吃点……"

祁小燕说："就是，刚才我还没吃什么东西，肚子还是饿的。"

徐明脚没有停，他说："那你吃吧，我先回去了。"

徐明很快就听到后面熟悉的脚步声了，徐平安几个大步跨到他前面，说："我也回，我去开车。"

"别别别，我开，你车不熟。"说着祁小燕已经冲到徐平安前面去了。

小齐也追来，很为难地躬着身子说："哎呀，你们都走了，我怎么向董事长交代呢？"

徐平安突然站住了，看着小齐，问："齐先生房子也在大成吗？"

小齐讪讪笑起："见笑见笑，我哪买得起那房子啊？"

徐平安又问："你知道我们大成小区那边挖地铁，下面挖出东汉古城吗？"

小齐后退一步，连连摆手说："我刚到公司上班两个多月，不知道啊，真的不知道……"

到门口了，祁小燕把车开过来。小齐冲过来开车门，徐明和徐平安钻进去。车子刚动，小齐身子弯下，头探进来，说：

"不好意思，董事长要是问，您就说今晚你们又继续吃了很多啊，拜托拜托！"

徐明正犹豫着要不要答，徐平安身子探长了，把手机伸出窗外说："齐先生我们加个微信吧。"

小齐有点意外，从裤兜里慌忙掏出手机。两部手机重叠一起时，嘀的一声。徐平安一收回身子，祁小燕就把车开动了。徐明扭过头从后车窗看出去，见小齐立在那里，举着手摇着。看不清他脸上的表情，灯光在他背后，不过徐明猜他应该仍嘴角上扬，挤出笑来。他多大了？比徐平安大不了七八岁吧？刚才门外明明没看到他，结果陈力力手一扬，他怎么就冲进来了？他们坐下吃饭，他却没坐下，这会儿还饿着肚子？

红灯，车停下，祁小燕回过头说："徐明，人家好好请我们吃饭，你干吗整个晚上都在叹气？"

徐明一怔，叹气了？这顿饭他吃得不舒服，但他一点都没发现自己整个晚上都在叹气。

两天后刚吃过晚饭，小齐找上门来了。门铃响后是徐明去开的门，看到两手拎着几袋花花绿绿的礼品盒的小齐，他嘴马上咧到最大："你怎么知道我住这？"

小齐笑笑，把手里的东西往上举了举，好像是它们领的路。

祁小燕正在洗碗，听到动静从厨房冲出来，很惊喜："哎呀，快进来坐。是啊，你怎么知道我们家在这幢这间？"

小齐脱鞋进屋，把手里的东西放在客厅茶几上，转动身子四下看了看，说："这房子不错吧，南北通透的，结构好，功能区分非常合理。你们是一手房还是二手房？"

祁小燕说:"一手。"

小齐嘴一噘,脖子同时往前一伸,做出一种敬仰与羡慕相交织的表情。

祁小燕端出水果,开始泡茶,让小齐坐。小齐正要坐下,突然身子一紧,转过头看向徐平安的卧室。不知什么时候徐平安已经打开门,靠着门框,静静看着。小齐喊:"平安兄您在家啊。"

徐明眉头皱了一下。徐平安看上去明明比小齐小多了,居然成"兄"了?

小齐已经不往下坐了,他对徐明和祁小燕欠欠身子,小声说:"不好意思啊,我能跟平安兄单独聊一聊吗?"

徐明没有答,嘴反而抿紧了。

祁小燕显然也很意外,但她马上说:"可以可以,你们随便聊。噢,就坐这里聊吧?"

小齐边说着"好好好",边向徐平安走去。走近了,两人非常默契地对看一眼,一起进了屋子,门马上关上了。

徐明坐着不动,祁小燕怔了片刻,走到徐明身边,揪住徐明的胳膊往厨房拖。"怎么回事?"祁小燕一脸都是不解。徐明摇摇头,他确实不知道。"很奇怪啊,是不是?"祁小燕又说。徐明点头。小齐是陈力力的手下,他突然来,准确无误敲开门,然后进了徐平安的屋子。他找徐平安干什么?

"会不会是……"祁小燕好像想起什么,"噢,其实那天晚上从酒楼一回来,我就给陈力力发过微信了……你别瞪我,我只是想让平安去陈力力公司上班。刚才我以为这个小齐来是为这事,可是也不像啊。上个班光明正大的,还要单独说话?"

徐明叹口气,不知说什么好。

祁小燕很不满他的叹气,说:"你除了叹气,还会什么?儿子这么大的人,整天呆在家不出去工作怎么行?老婆都找不到。陈力力公司财大气粗,又有你们这一层关系,安排个好职位这辈子就不愁了。我们就这个儿子,不管管他,以后怎么办呀?"

徐明眉头皱起。徐平安能有个正当的工作当然好,可是隐约又觉得有哪里不太好。他往徐平安的卧室瞥一眼,门仍然关着,关就关吧,两个大男人在里头而已,还能弄出什么是非来?他转身去了阳台,把屁股陷进褐色沙发里。世界太大了,而他有这几平方米就足够。没有星也没有月,天凉下来了也不需要风。地铁工地咚咚的声响很清晰传来,从这里却看不到。市里有规定夜间不许开工扰民,这里却通宵都没有停下。专家越闹,工期越要往前赶?他把玻璃门推上,闭上眼,咚咚咚还是反复灌进耳朵。一个多小时后他听到小齐从徐平安房间出来,站在客厅跟祁小燕的道别声,祁小燕先是挽留他再坐坐,小齐不坐,祁小燕就把他送出门,结果祁小燕自己也一起出了门,过二十多分钟门才重新开了。祁小燕趿着拖鞋进来,走到阳台,推开玻璃门看他一眼,似乎想说什么,又走掉了。

这个晚上剩下的时间都很安静,洗漱,上床,三人各忙各的,都没有话。躺上床,关掉灯后,祁小燕左转右转。徐明想,可能祁小燕有话要说,如果她不说,也就算了。过了一阵徐明已经开始迷糊了,祁小燕还是开口了,她问:"哎,你知道小齐今晚来干吗吗?"

徐明身体向外侧着,不答。

祁小燕摇摇他,再问:"你猜他来干什么?"

徐明含糊地说:"不知道。"理论上他

是这个家的男主人,可第一次登门的客人离开时却不向他告别。把他忘了?忘了就忘了吧,无所谓,这个人来干啥他也无所谓。

祁小燕可能在说与不说之间又犹豫了片刻,才缓缓开口。她的话很简练,归纳起来是下面两点:

一、小齐说陈力力让徐平安去公司上班,月薪三万起,但徐平安拒绝了;

二、徐平安有一台手持高清摄像机和一架小型无人机。被报社末位淘汰后,他开始做视频放网上,以前内容以游戏为主,他自己怎么打,再教别人怎么打。这些天他突然转向关注社会问题,动不动就拿地铁工地说事。

十

早上五点多林芬奇就来了,她先敲了徐明和祁小燕睡的主卧门,再去敲徐平安的门。徐明从床上下来,揉着眼走到客厅。林芬奇青着脸问:"还睡得着啊,你们!"徐明没答,坐下。他差不多一整夜都没睡着,是啊,他怎么睡得着?

一会儿祁小燕也出来了,她肯定也没睡好,眼袋浮肿,从内眼角、鼻翼、嘴角向下拉出好几根八字形的线条。林芬奇朝徐平安房间瞥一眼,正要再过去敲门,祁小燕拦住她。"妈,"她低声喊,"我们再商量商量。"林芬奇愣一下,点点头,两人同时向主卧走去。祁小燕走两步,回头看一眼徐明:"你也来!"徐明只好跟上。一进屋,祁小燕就关上了门。

主卧只有两张椅子,徐明坐到床铺上。他不知道接下去要干什么,一只腿别起来,双手搁上面,木然看着两个女人。林芬奇问:"你们是死人吗,居然都不知道?"

徐明垂下头。房间里现在阴盛阳衰,之前整套房子都是,祁小燕统揽家里一切,两个男人这也行那也行,都随她便。可是眨眼间,阵地上却只剩下徐明一人了。他什么都不知道不奇怪,祁小燕怎么也没发现徐平安根本不是曾经的那个徐平安?

"平安要干什么?"这个问题是徐明从昨夜到现在都没弄明白的。

祁小燕摇了摇头:"昨晚小齐一说平安偷偷录音录像,我整个人都懵了,谁会想到呢?还无人机,天哪!回到家我马上问他这些东西哪里来的,他说网购的。问他买了干什么,他说不用你们管。妈,我知道徐明从来不管,所以昨晚那么迟了还给你打电话。我是真的六神无主了。你们说平安到底怎么了?"

林芬奇说:"我想了一夜,我们家平安会不会是特务?"

"什么特务?"祁小燕一下子坐直了。

林芬奇重重舞了一下手,说:"徐明啊,以前你爸说过他们部队抓到水鬼,会同时缴获发报机之类的东西,都是往台湾那边发情报用的。你们说平安居然买了那么多设备,普通人要那些干什么?徐明,你说话呀!"

徐明嗯了一声。"特务"这个词已经很陌生了,突然冒出来,他虽然不相信,心里还是急跳了几下。

祁小燕嘴唇动几下,重重呼一口气,站起:"妈,不用跟这种人商量,浪费时间!"说着她把林芬奇往屋外拉去。林芬奇回头看几眼,大概觉得祁小燕说得有理,也就出去了,还把门又带上。

徐明继续呆坐一会儿,索性一仰,躺下了,揪过被子盖住肚子,闭上眼。困,这是他此时最真实的感受。还真睡着了,醒来时已经十点多，起来发现家里非常安静。走到徐平安的门外，以为他还睡着，拧了拧把手，门居然开了，里头空无一人。迟疑一下，徐明走进去。他记不起上次进来是什么时候，每天他要下楼，在小区草坪里走走，再去公园散散步，这屋子对他来说，竟比小区和公园还陌生。床、柜、桌、椅，以及桌上的电脑和一部小游戏机，看上去没什么特别。录音机、无人机、手持摄像机呢？拉了拉抽屉，上锁了。飞机那么大，无人机究竟多小，难道也能藏得进抽屉？屋角立有一个半人多高的铁架子，顶部是个巴掌大的横向支架。徐明提起掂了掂，不重，他没弄懂这是干什么的。

从桌旁那扇门出去，是比桌子大不了多少的阳台。住进来快两年了，徐明到这个阳台来过吗？没有，应该没有。从十六层往下看，看到小区围墙外的马路，中央被围起来的那部分横七竖八的，挖出深坑，堆着钢筋、木板、推车、挖掘机以及各种杂物，几部打桩机和吊车架子高高朝天立着。路一下子变丑了，也许所有东西刨开来都是不堪的，包括人的肚子，五脏六腑也没一个会是悦目的。原来从这里可以这么清晰地俯瞰到工地，但很奇怪，工地非常安静，一个工人都没有，所有机器都是静止的。刚才他其实已经觉得不对，明明昨晚施工声还非常响，这会儿却突然歇下了，原先留着让工人和水泥车进出的缺口也挡上了。又停工了？他不敢久待，主要他不习惯来徐平安房间，徐平安肯定更不习惯他来，所以还是走吧，万一撞上了，彼此别扭。

餐桌上是空的，什么都没有，这种情况之前从来没过。祁小燕有很多问题，但对家里人是尽心的，有了这一点，他才睁一眼闭一眼——他本来就只剩一只眼，另一只九岁那年闭上了。他去厨房转一圈，没发现什么可吃的，连一块饼干都没找到，那就算了，不吃反正也死不了。

中午十二点过了，外面才有动静。林芬奇和祁小燕回来了，两人的声音从客厅传来，很快就没了。徐明出去转转，发现她们正在厨房里忙着。看到他，林芬奇上前两步，把他拉到餐桌边坐下。徐明想，自己已经两顿没坐到桌旁吃上东西了，这会儿桌上仍然是空的，让他坐下算什么？

"平安去哪里了？"林芬奇问。

徐明摇头。

林芬奇说："早上我和小燕出门时，他还反锁在里头睡，这会儿不在里头了。"

徐明问："他去哪儿了？"

林芬奇头往后一仰，大声喊起："问你哩，你问我？我这辈子到底作了什么孽呀，生出你这样的废……"

徐明点点头。林芬奇虽然把后面的话吞下去了，但意思已经表达出来了。废什么？当然是废物。这时祁小燕端了一碗面出来，转身又进厨房三次，一共端出四碗面摆在桌子上。徐明往她脸上瞄一眼，从碗里蒸腾起来的热气把她五官遮模糊了，但也可能跟热气无关，只是他眼神不好，看不清她脸上的神情。

"吃吧。"祁小燕说得有气无力。

徐明眼睛闭了一会儿。胃想吃，脑子却不想吃。最后脑取胜，他站起，转身又走到阳台，坐进褐色沙发。祁小燕很快就过来，说："快去吃吧。"他一动不动，眼都不眨。过一会儿林芬奇也过来，恼火地揪住他胳膊往上拉。他仍然一动不动，眼也不眨。林芬奇说："唉，都是人，这几十年，我从早到晚心里塞得满满的都是你这个儿子儿子儿子,可是你呢,你的儿子你什么时候上过学?"

徐明眼仍闭住,鼻子却突然酸了。林芬奇再上心,他也不过成这样,九岁左眼就戳进铁片。徐平安至少眼没瞎,而且大学毕业,这怎么比?这时他听到轻微的窸窣声,眼不好的人耳朵总是格外好。他抬起眼皮瞥了一眼,祁小燕巴掌挡在嘴前,正趴在林芬奇耳边嘀咕着什么。两个女人对视一下,微微点了点头。祁小燕嫁进来三十多年了,虽然对林芬奇一直作出客气恭敬状,却从未如此水乳交融过。原来身边两个女人蓦然和谐起来,竟有几分吓人。

"你起来,"林芬奇上前拉徐明,"来,我们要跟你谈一谈。"

徐明从沙发起来时,祁小燕已经先离去了,她坐到餐桌旁,双臂像小学生上课似的工整交叉在桌面,脸却错开,呆呆望着屋角。

林芬奇也坐下,顺手拖了一张椅子让徐明坐。徐明站片刻,只能坐下。说什么?他想到徐平安。果然,林芬奇开口了,她向徐明前倾着身子,问:"你知道什么叫网红吗?什么是直播吗?"

徐明犹豫了一下。网红他能猜个大概,至于直播,电视里不是经常有吗?但他马上意识到林芬奇显然不是指春晚、体育比赛之类的,就又摇了摇头。

林芬奇眉头拧得更紧了一些:"徐明啊,平安不仅仅拍视频,他还开抖音、微视什么什么的,把拍的很多东西放到网上。"

徐明没有答。抖音、微视都是什么?连林芬奇都懂了,他却不懂。

林芬奇手在桌上重重一拍,说:"你知道这一阵他做直播吗?"

"不行!"祁小燕猛地站起,"他这样肯定会惹祸,惹大祸的!"

徐明浑身紧了一下。"什么事?"他像是怕惊醒了什么,问得很小声。

祁小燕白了他一眼,用快得有些失真的语速,说了徐平安的大致情况。徐明上半身微微探出,一条胳膊支在膝上,像棵台风中被支住的树。老实说他听得不是太明白,但他没问,不问也大致猜得出来了:徐平安在网上突然红了,有很多粉丝。他用无人机拍下面的地铁工地,有时还站在阳台上直播,或者把之前拍摄的视频剪成短片播放。徐明不明白的就在这里,建地铁有什么好拍的?拍了又有什么可看的。年初地铁开建,路挖了,圈起围挡,他每次路过,最多往围挡上设置的不停喷射的水雾瞥一眼,起初不知道它们要干吗,后来明白是为了降低粉尘的飞扬,还感动于建设者为往来的人着想。难道是拍这个?

突然他意识到另一个问题。他问:"你们怎么知道这些的?"是啊,怎么知道的?

林芬奇看了祁小燕一眼,祁小燕点点头。林芬奇这才开口:"上午我和小燕去大成公司,本来要找陈力力,他不在,我们就去找小齐了。他其实不想跟我们说,是被我们一点点挤出来的。"

"找陈力力干吗?"徐明不懂。

"你怎么还不明白,"林芬奇坐直了,嗓子一下子大起来,"平安就是冲着陈力力啊!"

"妈您别急。"祁小燕这时候倒平静下来了,"这事最后可能只有徐明出面才有用了,陈力力铁片伤的人毕竟是徐明,这个账怎么也都记着。徐明,妈的意思还是要让平安去大成公司上班,我们今天找陈力力,就是想让他给我们平安安排个更好的职位。职位高,收入就高。以前那个,平

465

安可能嫌钱少吧，钱多了他就会去。去了，这些乱七八糟的事就没时间弄了。妈，你说是不是？"

林芬奇点点头，手指在桌上叩几下，说："徐明啊，你真的得向小燕学一学。"

徐明长吸一口气，又悄然吐掉。周围的所有人一下子都如此陌生，他能学谁？他谁都不想学。

十一

电话响了，是徐华打来的，她居然想买大成三期的房子。买就买呗，难道还要徐明同意？徐华说："我昨天就找小燕了，她拽得要死，爱理不理的。哎还是你去找那个陈力力给我打个折吧。"徐明马上说不行，打折哪是件小事啊？徐华马上不高兴了，她说："祁小燕前几天跟陈力力拍那么亲密的合影，今天还去陈力力办公室，这是什么关系啊，打个折算什么？"徐明马上问："你怎么知道的？"徐华说："她自己晒朋友圈啊，我还能杜撰？"徐明心里噢了一声，就把手机摁掉了。徐华又打来，他不接。

祁小燕跟陈力力合影他知道，祁小燕上午和林芬奇一起去找陈力力他刚才也知道了。但他不知道祁小燕没找到陈力力，只是见到小齐，却拍了陈力力办公室的照片，然后晒到朋友圈去了。他没微信，手机不能上网，他一时想不明白祁小燕为什么要把照片发上网，不发徐华就看不见。

徐明仍坐在餐桌旁，他相信自己跟徐华通话的内容，林芬奇和祁小燕肯定也听出大概。他把手机重重捏在巴掌里，看着祁小燕，祁小燕却不看他，眼下垂，盯着手机。她用的是陈力力给的那部新手机，手机里传来的是徐平安的声音——徐明一怔，站起，走到祁小燕身后。他果然看到徐平安一张脸正装在屏幕里，徐平安在说话，说得很快，头晃着，手不时舞动。然后祁小燕手指往下一划，另一个徐平安穿着另一套衣服又出现了，还是很快地说，头动手动。

祁小燕手指再在屏幕上一划，徐平安不见了，但声音仍然是他。是一个片子，镜头从上往下拍，越来越大，变成了特写。十几个工人俯身在地面捡着什么，旁边站着几个穿干净T恤和白衬衫的人，双手叉腰，戴着草帽，看不清脸。徐平安在说什么呢？嗡嗡嗡，还是地铁地铁。

徐明喘一口气。所谓嗡嗡嗡不是徐平安咬字不清，是他脑子仿佛塞满了乱草，连耳朵也堵上了，他听不清。"你为什么要把跟陈力力的合影还有他办公室的照片发上网？"徐明觉得这个问题他得先弄明白一下。

祁小燕把手机一摁，徐平安和地铁一下子都消失了。"你怎么知道的？"她眼斜过来，问。

徐明说："徐华看到了，刚才她不是要买房吗？"

"噢，"祁小燕嘴角向左扯了一下，"我自己朋友圈不能发吗？徐华看就看吧，她这么有钱，已经有那么多房子了，居然还要再买。"说到这里她瞥了一眼林芬奇。林芬奇刚要说什么，门响了，徐平安进来了，背着一个鼓鼓囊囊的双肩包。祁小燕先小跑过去，问："平安，你去哪了，我给你打了好多电话，怎么都不接？"徐平安没吱声，直接进了自己的卧室，关上门，过了几分钟才出来，走到餐桌边坐下，说："饿了。"

林芬奇已经在厨房了。刚才徐平安的面温在锅里，这会儿端上来。徐平安抓起筷子，快速往嘴里扒去，嗞溜嗞溜的声音一下子荡开。

祁小燕问："你去哪里了？"

祁小燕又问："你为什么要拍地铁的施工？"

林芬奇马上插上一句："你干吗要去惹事啊？陈力力发达了，得让他把以前亏欠的补偿给我们。平安你还是好好去他公司上班吧。"

徐平安脸趴在碗上方，没有答。

"对啊，"祁小燕站在徐平安旁边，手搭在他后背上，"大成公司多牛啊，在里头上班我们也有面子。你现在这样做，有什么好处？"

徐平安头也不抬，说："没好处。"

林芬奇骂道："那你为什么还这样？小齐说了，他们公司好不容易才把东汉古城的事摆平了，结果却被你坏事了。你听听今天地铁有施工吗？听听！工人全撤了……"

徐平安仰头把面汤倒进嘴，放下筷子，站起，肩一耸，说："撤得好。"

"撤了？"徐明话一出口就开始后悔。上午在徐平安的房间阳台往下看时，他已经看到工地是空的。撤了难道跟徐平安有关？他想问的其实是这个。可是没有人理他，谁也没打算回答他，他完全像不存在。

祁小燕说："平安啊，东汉都多少年以前了，关我们屁事，快把那些视频都删了吧！"

"干吗删？"徐平安站起，大步进了自己的卧室，关上门。

祁小燕和林芬奇对看几眼，表情很一致，都呵着嘴，脸色难看。她们都不看徐明，徐明就也走了，到阳台上，坐进沙发。他得缓一口气，理一理头绪。小区前面在修地铁，施工挖地时挖出东汉古城，祁小燕认为是屁事，徐平安不知道怎么认为的，但徐平安把这些拍下来，放到网上……怎么拍的？

铃声响了，是徐明装在裤兜里的手机。平时他手机几天都不会响一次，今天特殊，刚才徐华打过，这会儿又响，屏幕上显示的是一串陌生的号码。接起，是小齐。小齐说："徐先生，有空吗？我们董事长想见您。"徐明像被烫着，脱口说："没空！"小齐说："就一会儿时间，我开车过去接您，可以吗？"徐明说："不行。真的没空。"

放下电话时，他心跳得很快，可是他做错了什么？

祁小燕仍坐在餐桌前，低着头，盯着手机，里头仍然传出熟悉的声音，是徐平安，一会儿变成老年人沙哑的嗓音，很激动地扯大嗓子说东汉古城有多重要，接着则是几句听起来耳熟的话："怎么可能啊？我跟你说，那些地方志专家为什么闹你知道吗？他们想买大成的房子，要求我们打折。房子那么俏，一开盘就卖光了，你说干吗打折啊？打折其实是对业主的损害，是不是？"

徐明一怔，他记起了，这几句陈力力是在那晚餐桌上说的。俯下身盯住屏幕，看到那张直径三米的餐桌上的自己，还有陈力力和祁小燕。

祁小燕脸色也变了。那天晚上徐平安一直不停地说话喝酒，他什么时候拍的，又用什么录了？徐明大跨几步，站到徐平安卧室外，没有犹豫，他先是拧动门把，拧不动，马上又举起手重重拍打着。

"平安，开门！"喊的人是祁小燕，她

和林芬奇也跟过来了。

又敲门，又喊，三个人接连喊了好一阵，徐平安才打开门，脑袋上罩着一副大耳机，手仍抓住门沿，随时打算再关上。徐明向前一步，身子抵住门，祁小燕马上挤了进去。结婚这么多年了，夫妻间从来没有这么默契过。

"你们干什么？"徐平安很不高兴。

徐明盯着徐平安。这个人因为那副耳机，头一下子大了一圈，变得陌生且奇怪。自己生的儿子，也许他从来就没有熟悉过。

"你在直播？"祁小燕问。

徐平安把耳机扯下，耸了耸肩，说："没有。"

徐平安的声音又响起来了，不是从徐平安嘴里，而是从祁小燕手机里。然后祁小燕把手机递过去，另一只手指着手机屏幕。

徐平安眼皮一垂，笑起："你居然也有抖音啊。不是直播，发了一个短视频而已。"

徐明问："什么时候发的？"

徐平安侧脸瞥了一眼徐明，显然他有点意外，说："刚才啊，你也有抖音？"

徐明说："快删了！"

徐平安噘噘嘴："为什么要删？"

林芬奇揪住徐平安的胳膊说："你叫平安，只要平平安安就行了。还是删了，回头去他公司上班吧。"

祁小燕也上前一步："就是啊，干吗这么傻去得罪他？他欠我们的，得把钱赚回来。"

徐平安很不耐烦："这多劲爆，劲爆才有流量嘛，上传才这么一小会，你们看看阅读量多少了。别管我，你们不懂，走吧走吧。"

徐明手机又响，接起，没想到是陈力力："徐明，有话好说，你们这样就没意思了。"

徐明用舌头舔舔唇，唇一下子成两片沙漠，非常干。

陈力力说："至于嘛？过去的事早就是陈芝麻烂谷子了，那时我们几岁，现在又是几岁？"

"嗯……"徐明嘴张了几下，还是说不出话来。

陈力力说："房子你们当时买多少钱？我可以退你，白送你一套房行吗……"

徐明打断他："不行。"

陈力力大概没有料到徐明会这么说，手机里安静了几秒："嫌少？大成的房子现在一平米多少你也知道。"

徐明说："不知道。我不要你钱。"

陈力力说："那你想怎样？"

徐明觉得耳疼——是头疼，胸口也疼。他重重地吸一口气，说："抱歉，我还不太懂……"

陈力力呵呵笑起："徐明啊，装傻就没必要了。这么多年我什么风浪没经历过？你要是念旧情，大家还是朋友。过分了就不好，你说是不是啊？就这样吧，我还有事。"

手机传来嘟嘟嘟的信号音，断了。徐明把手机从耳旁取下，无措地盯着上面看。这部机子已经用好多年了，屏幕只有一小块豆腐那么大，亮了一会儿，很快就黑屏了。他左右一看，林芬奇和祁小燕不知什么时候起已经站在他两侧了。

"谁呀？"林芬奇盯着他问。

祁小燕问："是陈力力？"

徐明去倒了杯水，喝下。居然这么渴，仿佛体内的水分在陈力力那通电话中都顺着电流跑光了。

祁小燕突然叫起，她把手机往上举，大声说："哇，没了！"

林芬奇问："什么没了？"

"你们看。"祁小燕把手机立起，转一圈，全屏是黑的，中间一块白，写着"此账号已被封禁"。

场面静止了片刻，徐平安转身到桌前抓起自己的手机点开，然后嘟囔一句："靠，被封号了？本事这么大啊。"

"你看你看，"林芬奇说，"现在知道人家是何等人物了吧？"

徐平安恼怒地走过来，把三人推出去，重重地关上门。

徐明走到阳台，坐到褐色沙发上，仰起头，闭上眼。很不舒服，像有几个拳头在心里头横七竖八地击打着。这一天都发生了什么事啊，一大早林芬奇就来，然后祁小燕和林芬奇去大成公司，然后小齐和陈力力打来电话，所有的一切都围绕着徐平安，徐平安拍地铁施工，徐平安拍了那天晚上吃饭——是偷拍！

徐明猛地坐直，头向上仰，这个瞬间眼前一黑，如同九岁那年，他走在奋发路上，从夏伟伟掌心蹦起的铁片迎面而来，插进他眼球。

十二

晚饭徐平安不出来吃，祁小燕去敲门，他隔着门说已经带外卖回来了。

徐明早餐忘了吃，午餐吃不下，这会儿肚子也不饿，但还是被林芬奇拖去吃了几口，然后又回到阳台的褐色沙发上。一会儿林芬奇跟出来，坐到矮凳上，僵着身子，双掌按住膝盖："这几十年我没有一天心里是踏实的，总是怕出事，现在你看还是出事了。人家有钱有势，平安真是太傻了。好好的大款不去傍，反而这样。他会不会被抓走啊？而且，要是门口地铁建不成了，小区里的人不也恨死我们？他们会不会气得打平安？"

徐明长长叹了口气，胸口那里像一枚充气中的气球，正不断胀大撑起。为什么要偷拍呢？他掏出手机，给徐平安打了电话，他说："我在阳台，你来一下。"徐平安嗯了一声，但十几分钟后才出来。"为什么要偷拍呢？"徐明问的还是这个。

徐平安噘着嘴一笑，一种你懂什么的意思布满全脸。

徐明想自己是不懂，所以得问："为什么要偷拍呢？"他重复一句。

徐平安身子往玻璃门上一靠，问："眼睛这事，你真的从来都不介意吗？"

徐明不知道怎么答。九岁一只眼就坏了，神仙才不介意吧？中秋前一天徐平安曾问过他，如果换过来，是他弄坏夏伟伟眼睛，他能不能当市长？不能，不是谁都能当市长的，但至少他和夏伟伟的距离不会像现在这么大啊。

林芬奇仰起头问："平安你是不是要报仇才这样做的啊？"

徐平安耸耸肩："也不是，只是巧，反正让我赶上了。这事有含金量，含金量等于流量。你们忘了我大学是学什么的吧？"

林芬奇说："你就别乱搞了，听话，还是老老实实去大成公司上班吧。"

"什么叫乱搞？"徐平安一下子不高兴了，"东汉古城你知道有多珍贵吗？那样破坏性乱挖，良心不痛吗？从地铁开工到现在，专家一直在呼吁，不能挖，文物不可再生，毁了就没了。我采访了好几个专家，他们急得不行，说着说着都掉眼泪了。"

祁小燕从客厅出来，推了推徐平安："听说挖出来的都是破砖烂瓦，那些东西送我都不要，根本没意思。"

徐平安往旁闪了闪，说："你把跟人家的合影晒到朋友圈虚荣一下就有意思了？"

徐明站起，看着徐平安，问："你到底是不舍得古城，还是为了做那个什么流量？"

徐平安已经提不起劲回答了，斜着眼问："都有，不行吗？"

徐明说："流量干什么用？"

徐平安说："赚钱啊。"

徐明不知道流量是怎么赚钱的，但现在这已经不是他想知道的问题，他问："为什么要偷拍？不管为了什么，都不能偷拍。偷是下流的，你干吗偷？"

徐平安鼻孔里哼了一声，转身走掉。徐明要追出去，祁小燕说："算了，反正他账号都已经被封，再也发不出来了。"

徐平安已经走到客厅，这时候冲这边喊道："封得住吗？越封我越要放大招。"话音一落，就传来重重的关门声。

徐明猛地从沙发上站起，粗粗喘着气，一会儿又身子一松，颓然坐下了，双手支在膝上，勾着头。夏伟伟能管一座城，陈力力有那么大的公司，他却连一个儿子都无能为力。

"平安的大招是什么？"林芬奇很紧张，声音有点打结。

祁小燕说："我一起跳舞的姐妹也有开抖音的……"

林芬奇打断她："也是说地铁的事？"

祁小燕说："不是，是专门发自己跳舞的。我向她们打听过了，号一封，就发不了视频了，更不能直播。"

"噢。"林芬奇吁一口气，将信将疑。

徐明伸手把林芬奇一撮散乱下来的头发捋起，往她耳后夹去。"妈，"他说，"今晚迟了，你别回去，就在客房睡下吧。"

林芬奇摇头："我自己的床睡习惯了。公交车还没停，我这就回。你们也累了，我在这里，你们也睡不好。"

林芬奇走时，徐明把她送出门，被林芬奇拦住。徐明不说话，也不回。电梯里没有人，灯从头顶罩下，把林芬奇一头白发和佝偻的背一下子放大了——也许本来就是这样了，只是徐明之前没有细看。他也很久没注意过林芬奇的步态，僵硬、迟缓，每一步都迈得细碎微颤，眨眼间她就这么老了。

到小区大门时，林芬奇说："你回吧，早点睡。"

徐明突然把手插进她胳膊，这是他从来没有做过的动作，林芬奇也愣了一下。这时手机响了，徐明接起，是祁小燕打来的，祁小燕说："你们等等，我在车库里了。我开车送妈回去。"徐明把这消息告诉林芬奇，林芬奇显然有点意外。其实徐明也意外，祁小燕对林芬奇一直只是嘴上乖巧顺从，实质性的东西却不多。

车到了，徐明给林芬奇开了后座门，他也坐进去。林芬奇这会儿没阻拦，她来这边多少次了，从来没人开车送过她，突然被送一次，似乎都不知所措了。从大成小区到老房子不算远，不过七八公里的路程，一路上谁都没开口。到了，林芬奇下车，徐明也下，再次把手插到她胳膊上，扶住她，跟她一起上楼。走台阶时林芬奇手按在膝盖，每跨一次身子都歪一下，先把一只脚支撑住，再把另一只脚提上来，嘴呵着，用力呼出气。徐明咽一下口水，突然想起徐华说过的，徐刚健说不定是爬

470

楼梯累死的。大成小区是电梯房,他已经习惯上上下下都不需要费力气了,他多久没爬楼梯了?他气也喘。"妈,"他小声喊。林芬奇可能没听到,一点反应都没有。"妈,要不以后搬我那边住吧。"他又说。林芬奇还是没反应,她低着头,正一心一意对付台阶。

到五楼了,林芬奇让他快走,祁小燕的车还在楼下哩。徐明下楼,每一步都跨得犹豫。这台阶他从小到大走了几十年,每一寸都是熟悉的,现在,在昏暗的灯光下却如此陌生恐怖。终于到楼下,爬上车,祁小燕很不满,问:"怎么去这么久?"徐明不觉得久或不久。祁小燕又说:"急死了,刚才打你电话也不接!"徐明摸了裤兜,刚才他没听到铃声。祁小燕把手机往他跟前一递,说:"看,平安干什么了!"

屏幕里在动,画面一闪一闪的。车内很暗,发动机还没点火,车灯也没开。祁小燕坐在驾驶座上,头向后仰,无力地靠在椅背上。这是徐明最不想用眼的环境,他不能在黑暗中看动和亮的东西,可是现在他必须看了。年轻的穿军装的徐刚健、同样年轻的烫着大波浪的林芬奇、年幼的瞪着大眼看镜头的徐明,这些照片都曾被徐刚健工整装在相册里。徐平安在说话,他有时露出脸,有时候人没了只剩下声音。他说铁片,对,飞进九岁徐明眼中的那块铁片,这样饭桌上陈力力就出现了,不时说着"伟伟",公园里和跳《梨花颂》大妈在一起的夏伟伟也出现了,他跟徐明握着手,说"你好徐明"……徐明仿佛置身于一台轰鸣的机器中,眼前有很多光影在闪,他忽然想起两个字:大招。

"你不是说号封了就发不出来了吗?"他像跟自己说,声音低得甚至有点浑沌。

祁小燕说:"不是发抖音,他把你和夏伟伟、陈力力的这件事做成纪录片了,发在自己的微信公众号上,这是完整的视频。他还有一大堆微博、微视、视频号、西瓜视频等等,有的整个发,有的分段发。真的疯了!"

徐明说:"你知道他还有那些东西,也不制止!"

祁小燕身子猛地从椅子靠背上跳起:"我哪里知道了?刚才都是小齐发给我看的。小齐本来想处理好这事,他要买到公司折扣低的房子,可是因为平安发那些抖音,他已经被开除了。你懂吗?你什么都不懂!"轰的一声响起,点火了,祁小燕手动得很快,仿佛是方向盘得罪了她。车子拐上大路,车和人都不多了,两旁路灯在树丛间泛出塑料感十足的光。树很密,树干发黑,枝叶往路中央聚拢,遮住了天空,跟奋发路很像……噢,就是奋发路啊。徐明拨直身子,摇下车窗,盯着外面看。恰好正经过一个宽阔的大门,门前加了栏杆,站着保安,拱形门上有颗硕大的红星。

市委机关宿舍大院!作为市长的夏伟伟应该也住在里头吧?还有夏伟伟的老婆。他收回身子瞥了祁小燕一眼,想让祁小燕停车,他要下去走走。祁小燕在他左边,他左眼坏了,就把全脸都侧了过来。其实只有一瞬,马上又转开了。正开车,祁小燕专注盯着前方是对的,但也有不对的地方。这会儿她脸上堆满了恼怒、委屈、厌恶,灯光从前车窗打进来,她的脸一会儿亮一会儿暗。夏伟伟和陈力力的老婆什么样的?他突然想到这个,一个是市长,一个是董事长,他们的老婆美色和素质哪里是问题呢?有问题也可以换。而他,按林芬奇的说法,他这样的人,只能娶到身体

471

正常没缺陷的祁小燕。一个小铁片把他和夏伟伟、陈力力分隔到两个世界里了。

徐平安卧室门关着，祁小燕一进屋就直接走过去敲门。"平安，开门！"这一句她重复了十几次，但门一直没开。祁小燕一扭身抓起沙发靠垫往门上扔去，靠垫是软的，撞击声比巴掌更小，不过恰好这时徐平安打开门，靠垫往他怀里冲去，他一把抱住，像抱着一个婴儿。

"把那些删了，你要惹大祸啊，快删掉！"祁小燕弓起身子，声音嘶哑地吼。

徐平安嘴一撇，说："反正他们都会删的，不急，让子弹先飞一会儿。"

徐明唇动了动："为什么要偷拍呢？偷是下流的。"除了这句话，他不知道还能说什么。一路上祁小燕都气呼呼的，在小区地下车库停好车，也自己先下来，径自往前走，走出十几米，等徐明也下了车关上车门，她把手里的钥匙远远一按，嘟的一声锁上了，头也没回。然后进电梯，然后进家门。她从来没发过这么大的火，可是徐平安却若无其事，似乎不过多吃了一个苹果。

他猛地转身向外走去。祁小燕喊道："你去哪里？"他没答，带上门，下了电梯。

小区里已经很安静，夜越来越深，人也越来越少，但大部分屋里的灯光还亮着。他在楼下的草坪上坐下，双手环在膝上。能去哪里？哪里都去不了。一个灰暗的夜晚，月亮根本就不知去向，天上像铺着一块厚厚的粗布。他取出手机，屏幕在暗处亮得格外刺眼，他忍住了，调出最后通话，那是陈力力打来的，他回拨过去。嘟嘟嘟一声接一声地响，没有通，最后一个女声出来，说"您好，您拨打的号码暂时无人接听，请您稍后再拨"。

找陈力力什么事？他握着手机愣了一会儿。

这一阵祁小燕急着找夏伟伟，徐平安又把夏伟伟和陈力力都弄到网上去。他不上网，但听过网的厉害。九岁那年，他一个仰头，然后一切都变了。现在徐平安把这些弄上网，夏伟伟会丢官吗？陈力力会做不成生意吗？铁片不是故意落进眼睛的，偷拍就不一样了，偷都是害人。

他又拿起电话，这回调出的是倒数第二个通话。他记得这是小齐的，小齐已经辞职，但说不定仍然愿意帮忙找陈力力呢？徐平安发上网的那些东西，陈力力得尽快知道，陈力力知道了，夏伟伟也就知道了。删掉，封掉，处理掉。可是仿佛约好的，小齐也没接，那个女声同样让他稍后再拨。

楼在七八米外，他仰头看着，一层层往上数，数到第十六层，停住了。太高了，其实已经糊成一团，只剩栏杆上立着被铝合金白格子固定住的玻璃墙隐隐约约，微弱的灯从客厅里透出来。他的家，刚才他匆匆出门，原来是要向陈力力通消息。可是他打不通电话，也不知道他们住哪里。他站起，腿有点麻。在原地立会儿，再走出小区。风过，有点凉，他紧了紧身子，把衣服扣起，步子也加快了，几乎是小跑。

然后他就到那个顶上有红星的拱门前了。奋发路早就拓宽了一倍，原来左边的那排树现在立在路中央，拓宽出来的路旁新种下的也是大树，扎根几年，叶子已经茂盛地与原先的树融合一起。仍然是一条没有天空的路，在夜色里向上看，更是什么都看不清。

今晚他已经第二次到这条路上了。红星门内有保安，肯定不会让他进去。他只是贴近了，在门外角落里站着。夏伟伟会不会这时候恰好进出?

汽车喇叭突然从背后传来,他扭过头,看到几米外停着车,车门开了,一个女人跳下来,跑向他。祁小燕!

"回去睡觉吧,"祁小燕揪住他衣角,说得声音轻缓,"平安的那些视频都被删掉了,删光了。走,回去。"

徐明鼻子猛地一酸。祁小燕只在跟他刚交往的那些日子,用这种腔调跟他说过话。他问:"真删了?"

祁小燕点点头,衣角一直揪着,把徐明往车上拖。徐明顺从地走着,上了副驾驶室。车开了,他整个人后仰在椅背上,仰得非常彻底,整张脸与车顶天空形成两个平面。这几十年他一直刻意回避这个动作,连睡觉都必须侧躺,头向下勾,用手臂挡住。脖子那里的零件似乎坏了,他仰不动头,原来竟可以。"小燕。"他叫。

祁小燕轻轻按一下喇叭算是回答了。

徐明唇动了动,又闭拢了。他本来想告诉祁小燕,明天他要去找陈力力,最好也找到夏伟伟。不该偷拍,很抱歉,但不是他指使的,无论他们信不信,这一点他都必须亲口解释一下,再当面道个歉。

另外,路下面真的是东汉古城吗?古城真的像徐平安说的那么重要吗?他只有一只眼睛,很多事都不懂,也一直懒得懂,但这个他想弄明白。是文物,地铁就该绕道,不能再挖!这话他也要大声对夏伟伟和陈力力说出来。

他重重地吸口气又重重吐掉,突然觉得一直蜷起来的心舒缓了很多。

梦 城

默 音

> **授奖词**
>
> 故事虽然置放于近未来的日本，但科幻和异域的设定背后所探索的是当下人心领神会的社会症结，尤其是知识分子因战争的黑暗记忆而深深苦恼并全力肉搏的存在主义大哉问：何为个体的真实，何为自由的生命，何为存在的根基。年轻世代的华语写作者向了不起的一代知识分子精神致敬，纵使时空间隔，文学依旧能将美好和深邃的心灵并联在一起，成为照亮黑暗隧道的炬火。（金理）

每天早上观看自家电视台的晨梦，是深町吾郎多年不动的习惯。

今天这集《富士日记》基本是过渡情节。傍晚，远处的山上有人在焚烧山林。时间正值昭和四十一（1966）年，富士山麓的荒坡悄然迎来变化，烧山是为了开辟建筑用地。Y夫人走出被称作"山庄"的二层小楼，注视昏暗中随风飞到近旁的火星。那些火星宛如自有意志一般。担心引发火灾，她在房子周围洒了水。第二天，她去了富士山宾馆的游泳池。她的丈夫、作家T不肯同去，声称，我讨厌在积水里游泳。池子的角落漂着叶子之类，很烦。根据日记原文，Y夫人觉得地面滑溜溜的更衣室有些恶心。她还在墙壁上看见一块鼻屎。不能让观众一大早就遭遇生理不适的体验，深町和他的制作团队把游泳地点从宾馆改成山中湖。湖面如同一大块绿色的翡翠，Y将自己投入其中。

Y畅游的同时，深町给碗里的谷物碎倒上牛奶，用勺子搅了搅。晨梦的完成度很高。他在很少使用因而不显脏的厨房里，同时置身于山中湖的湖水中央。拜辅助脑的科技所赐，人可以同时在此又在彼。他选的是Y夫人视角，此时，又凉又滑的湖水亲密地拥住"我"，比情人的怀抱更温柔细腻。

深町对效果很满意。现在扮演Y的高桥晴子是第二任，共感力比第一任出色。T的演员也换了，不过是临时的。上一个患了抑郁症，经纪公司不得不将其送去疗养。

晨梦的全称是"晨间视梦"，延续了从前的晨间剧的时长，十五分钟容纳不了多少情节，重要的是日常感和伴随性。各家电视台三百六十五天在播晨梦，竞争不可谓不激烈。

深町工作的星尘台曾以《安妮日记》引领收视率的高峰。然而，全剧播完不到一周，安妮的主演因服用药物过量身亡，而且新东京市的自杀死亡曲线出现震颤的高峰。这些事件与晨梦是否有关，到现在也没有哪家机构给出确切的解释。

有件事连小孩都懂。晨梦的表演和观看建立在辅助脑的基础上。我看即我在。演员成了安妮，观众代入演员，同样在每天十五分钟活过安妮的人生。

不妨假设，虽然剧集没有讲述安妮的死亡，如同天边乌云般不断逼近并终将吞噬少女的命运，将不祥的阴影投在观众的脑髓深处，驱动他或她动手结束真实的生命体验。

其中几名死者的家属向星辰台提出诉讼，要求赔款。台里找了多名专家，作了公开声明，以示观众的死与晨梦无关。当时安妮带来的伤痛已消散，新一季历史剧的收视数字惨烈。对手电视台在议会搞了一系列动作，新规草草颁布，禁止晨梦出现血腥暴力场面，并要求主角不能以悲剧结束。那之后，星尘台一直没出过能再现辉煌的晨梦，直到去年开播的《富士日记》。为了区分，台里把新剧叫作《新日记》。

新日记在技术上做了创新，双主角叙事，观众可以选择Y夫人或T先生视角。从统计看，观众群体的五分之四选了Y。毕竟她是日记的执笔者，作家夫妻生活的顶梁柱。她采买，负责开车往返东京市区与山梨县的山庄，做饭，洗晒，种花，遛狗，游泳，爬山，在冬季和女儿玩简易雪橇车，与周边各色人等打交道。如果用游戏作比喻，她才是主线任务。舍她选T，大多数时候将沉浸于思考、写作和观望，够无聊的。

深町换上西服打好领带，离开公寓楼。倘若有所谓的上帝视角，俯瞰他居住的区域，会看见若干枚巨大的圆环铺在地表。环形公寓的中央是公共活动区和菜园，有兴趣种植的住户可以认领一块地，出品的菜蔬由物业的网店统一销售。曾经，深町和妻子女儿住在近郊的独栋，过着堪称体面的中产生活。如今他孑然一身，搬到位于十一区的公寓单间。只能自我安慰，至少尚未沦落到脏乱差的四区或九区。

城铁车厢一如既往的拥塞，充斥着发胶摩丝、香水和除臭剂的气味。乘客们大多正在观看视梦、目录或和亲朋好友脑话聊天，人人双眼空无，直视前方。深町忍住了查看收视率数字的诱惑，拿出口袋本的《富士日记》。全套三本书，他反复读了两遍，自以为记得大部分细节，有时仍有初见的惊艳。

《富士日记》的作者Y夫人在文学史上是个特例。她一直作为T的贤内助，打理家务，担任司机，T晚年身体衰弱，她负责记录他的口述，整理稿件和邮寄。乍看之下，她是他的附庸，唯有两件事体现出她本质上的独立。她偷偷学了车，自作主张在富士山麓买了一块地，后来盖了山庄。T不知道妻子隔三岔五外出是去练车，还以为她有了外遇，内心惴惴。日记始于昭和三十九年七月，那年她三十九岁，T五十二岁。写日记是丈夫的要求。他可能早就看出妻子的文学潜力，找了个借口，说让她给富士山的生活留些记录，亲自备了本子，画了封面，并写下"富士日记"四个字。

日记持续十三年，直到T过世。除了大雪封山的季节，夫妻俩在东京市区和富士山之间往返生活。房子虽然地处偏僻，每日里打交道的人不少。管理处，杂货店，修车厂，住在附近的作家大冈升平，T的好友竹内好。

深町随手翻到的这一页，竹内好第一次来了山庄，三人围炉吃寿喜烧。Y写道，"牛肉带了点紫色，还煮出了泡，我想着吃了会不会有人死掉，结果吃起来味道正常。"这一情节在去年刚开播不久出现，尽管技术上无法实现味觉的再生，但收视率数字颇佳。

"我们两天没有吃饭镜头了对吧？"深町发消息在群里。

蚯蚓最先回复道："明后天的大纲也没有。所以是五天。"

"那不行，得改一下，后天让他们吃饭。"

为什么人们愿意以视梦的形式进餐呢？深町搞不懂。不懂也没关系，观众爱看什么，我们就做什么。幸运的是，Y对饮食的记录近乎强迫症，节目组得以翔实地再现。扮演Y的首任女演员是公开的素食主义者，深町在面试时对她说，不能假吃，我们好不容易搞到这些食材，可不是什么人造肉，为的就是逼真感，你别浪费了。她睁大眼睛，仿佛在说，真残忍。当然她不可能说不。她出道以来第一次有机会演主角，要不是晨梦的收视数字几年来一直不佳，也轮不到她这样的新人。

从城铁车站到电视台大楼，短短五分钟的路程，深町接了三个工作电话。他不喜欢用脑内通话，边走边说出声，引得行人侧目。第三个电话来自蚯蚓，她有轻微的社恐，总是尽量打字，看来情况紧急。

"长冈来了。"蚯蚓的嗓音听着像个女高中生。她是技术员出身，随着新日记热播，升任制作总控。按理也算个中层，可惜外号根深蒂固，几乎没人记得她的原名叫鬼见薰。

深町讶异道："这么早？约的十点。你让他在会客室坐一会儿，我马上到。"

长冈透是最近炙手可热的男明星，生于高天原。

自从国土的大部分被淹没在海底，政府在高海拔地区新建了若干聚居区，新东京、新大阪、新名古屋。新东京位于从前的那须高原。城市被巨大的防护罩包裹，气候全由人造。深町并不特别怀念旧时代，一方面是小时候的记忆早已模糊。像他这样满足于现状的人，也会对高天原怀有某种程度的好奇心。据说那是富人们扎堆的所在，具体位置连住户也不清楚，总之是某个高原，甚至可能不在旧有的日本版图。地球表面在这几十年间的变化不小。

总之，长冈在和普通人不同的世界出生和长大。至于他为什么选择当演员，他本人在不同的访谈讲过十来个版本，应该没有一个是真的。

如今的制作微调手段足够精细，视梦的人物形象和真人可以完全不同。按理，演员长什么样已不重要，但并非如此。要成为演员，首先得容貌俊美，身材超群，另外，综合评定的共感力也不能差。毕竟视梦的主角是以"感受"牵引观众。至于他者的感受为何能投射到自我，个中机制，只有蚯蚓他们那帮技术出身的人懂。对深町来说，事情很简单。共感力数值显示这人是个好演员，OK，那就让他演，收视数字会证明他到底行不行。

让长冈出演T是上头的决定，收到通知后，深町上网查过关于长冈的评价。对他来说，年轻一代的日语相当费解，充斥着缩略语、黑话和符号。看起来，很多人为长冈的脸和身体疯狂。也有人讨厌他，说他缺乏共感力。如果把那些表达晦涩的网络行话翻译成标准日语，大概是：我绝不会选长冈演的角色作为主视角，简直就像喝了隔夜的尿。

为求客观，深町花钱点开一部由长冈演主角的影梦。是个关于冲浪的片子。透过长冈饰演的年轻男人的视角，深町感觉到阳光、海风、海水在冲浪板下的波动。共感力还行。深町得出结论，看了十分钟就关了。

深町对蚯蚓说："你觉得长冈怎么样？"
她像是困惑地答："很帅。怎么？"

深町本想接着问，你对长冈的共感力和网上的差评之间的错位怎么看？转念作罢。问了也不会改变什么。

看到坐在会客室沙发上的长冈，深町的第一印象是，不能相信视梦和网络。真人的皮肤黑很多。

两人寒暄，聊了几句后，他对长冈说："不好意思，我没明白您的意思。"

"我刚说过了，我想演Y夫人。除了她，其他的角色我没兴趣。"

深町飞速思考。反串的例子少见，倒不是没有。反正五分之四的观众选的是Y的主人公视角，对"我"来说，性别只是概念。至于那些选了T的观众，可以靠后期制作把他们眼中的长冈变成女性。他不敢自己定夺，用脑话接通副部长井上。长冈说他只能接受Y夫人的角色，之前怎么没人向我透露？

井上的回复在大脑一隅闪现，宛如一个念头。没事，答应他。

高桥晴子怎么办？

新日记火了，需要更有名气的女演员，半年前，素食小姐被换成了晴子。原本深町有过上不了台面的念头，等长冈来演T，可以适时放话给媒体，让他们炒作男女主演的绯闻。现在变成"双男主"，想想就让人崩溃。

井上说：给她违约金。好好哄一下。

事情就这么定了。井上肯定不是此刻刚听说长冈的异想天开。头头们向来预先知道一切，做出评估和考量，拈出弃子，置放新子。男明星扮演Y夫人，会成为新的关注焦点。

挂断脑话，深町冲长冈摆出尽可能诚恳的笑。"好的，回头我们和您的事务所谈一下合同细节。您想从哪天开始？棚里正在拍明天早上的一集，您愿意的话可以观摩。"他边说边再次琢磨长冈为什么这么黑。新东京的阳光经过防护罩的过滤，紫外线的含量不足以让皮肤变色。那不像是特意用紫外灯晒的，更像是毫不掩饰的阳光造成的。

某个地方有那样的太阳，还有不一样的空气和风。

冒出来的念头不合时宜，深町把它用力塞回去，带长冈到制作室。这是间顶棚高达三层楼的大房间，实拍影像与三维建模叠加，投射在房间中央。

Y正在隧道里开车，周围黑乎乎的。出了隧道，她像是松了口气，停车往椅背上一靠，拿起副驾驶的纸包，从里面抽出一片什么塞进嘴里。

那是烤鱿鱼干。深町知道，她刚去过杂货店。车经过的隧道会有一场重要的戏，原定下周拍。到时候坐在车里的Y将不再是晴子，而是长冈。

长冈拿了头盔戴上。制作中的剧集需要外接设备才能和辅助脑连接。深町径自走到正在忙碌的蚯蚓的身后。她是房间里唯一没戴头盔的工作人员，面前九个屏幕正在呈现实拍、叠加、建模和其他信息。她仰头盯视屏幕，肥胖的手指在虚拟键盘上舞动，这架势总让他想起进食的章鱼。他敲了敲她的肩，她抖了一下，像从梦中惊醒。

深町低声说："晴子要被换下了。"

蚯蚓说："哦。"

"替换她的是长冈透。"

她眨动眼睛，这才看向他。他给出善意的提示，"在你身后。"

蚯蚓的脸红了。白年糕变成染色年糕。他饶有兴致地观望她的反应，虽然体重超过两百斤，毕竟是个年轻女孩。

"我们……也换成长冈吧？"

他说得隐晦，她听懂了，脸上的红潮迅速退去。

"深町老师，还是算了吧。真的。"

这不是她第一次拒绝帮他做事。

晴子开始演Y夫人之后，有一家公司找上深町，说愿意高价购买晴子的拍摄素材。他没问对方打算拿这些素材做什么，心知肯定是用于色情梦。他找了蚯蚓，让她打包数据。蚯蚓做人低调，不过谁都知道她是台长的亲戚，他觉得由她执行操作会安全些。

就这样，晴子各个角度的脸，细微的表情，被分门别类地存储，送到了中间商的手中。最终，购买色情梦的消费者获得快感，做事的人拿钱，深町觉得很合理。

然而只过了一个月，蚯蚓就不肯干了。起因很可笑，是因为她在城铁上遇到一个色狼。深町搞不懂为什么色狼会盯上一个超重的女孩，可能有些人的品味比较独特。

对深町讲述自身遭遇的时候，她哭了，边哭边说，没有人帮我。每个人都连在辅助脑上，看他们的股票、社交媒体、视梦或游戏。当时的感觉特别不真实。正好车在一个站停了，我赶紧挤出去。离台里还有几站，我也顾不了那么多了。我想过报警，可又羞于把我的经历给人看，所以只是去车站洗手间洗了裙子。

她所说的"给人看"，指的是辅助脑的日录。有不少年轻人习惯全天开着，截取有趣的片段上传，分享自己的视角。不像经过精密制作的视梦包含味觉以外的各项感官，流窜于社交媒体的日录只有视觉和听觉的部分。

她边擦眼泪边说，您不觉得满天飞的素材很可怕吗？谁都不知道自己什么时候就会被人拍了拿去卖。

那一次，深町花了好一番功夫，总算让蚯蚓放弃了退出的想法。他讲的都是些寻常道理。晴子作为一个女演员，素材总会从这里那里泄露出去。我们不做，自然有人做。你觉得外面流通的以她为原型的色情梦会伤害到她？才不会。那样的制作越多，说明她越红。

蚯蚓以前爱穿宽大的印花连衣裙，让人想起蓬松的沙发靠垫，露在外面的肥白的腿像两根白萝卜。自从那次城铁的不快遭遇，她的裙子变长了，拖到脚踝，颜色也尽是肃穆的单色。

今天的蚯蚓一身铁灰色的直筒裙，整个人如同大铁块上面顶个脑袋。深町有些怀念她倒霉的花裙子。准确地说，他怀念听话的她。

"你又怎么了？"他尽可能温和地问。

"我，我没什么。"她一紧张就有些结巴。

"可以给你加两个点。"

她沉默片刻。"不是钱的问题。别在这里说吧。我是真的觉得不合适。"

女人惯有的含糊其辞。一个"不合适"，可以有多种解读。她感到不安全。她的道德感再次泛滥。甚至有可能，她是长冈秘而不宣的粉丝，不愿背叛偶像。深町有些遗憾自己不是宋晨，没法和她打友情牌。蚯蚓在台里唯一的好友宋晨是中国来的技术员，三年的劳务合同还剩半年，他失踪了。台里为善后颇为焦头烂额了一阵。

无论蚯蚓拒绝的理由是什么，深町认为自己肯定难以理解。他向来不会怀着道德上的优越感轻视做色情梦的同行。大家都是造梦人，并无高下之分。说到底，人的欲望就那么些，吃好吃的食物，和好看的人性交，看不一样的风景。

成为不一样的人。

最后这一项才是视梦的本质。你可以成为安妮、Y或T，尽管你无法逃离你自己。

可能的话，深町很想把向高桥晴子宣布解约的工作直接推给法务部门。但业界就这么大，考虑到以后还有打交道的时候，他请晴子收工后到附近的咖啡馆一叙。

银桥咖啡馆据说有一百多年的历史，内部陈设和旧东京时代一个样，可见店主的阔绰。店面不大，照明幽微。长吧台边上五个圆凳，隔着走道有三组小圆桌，一边单人座，另一边的长沙发座靠墙，硬皮靠背与坐垫呈九十度角，并不舒适。深町进店的时候，高桥晴子坐在最里面的沙发座上，双膝并拢斜放。资深女演员总是随时摆出面对镜头的状态。深町在她对面坐了。

店内以低音量流淌着几十年前的老歌，深町依稀记得小时候听过。那时他和妈妈住在秩父。妈妈在家庭餐厅打工，顾客主要是周边居民，大多从事牧场的工作。年幼的深町喜欢去牛舍玩。空气里有干草味儿、奶味儿和牛身上的气味。他的理想很简单，长大以后要成为牧场的一员，踩着长胶靴，身上是塑料围裙。他上小学的时候，牧草地变成了建筑工地，机器的噪音取代了从前的宁静。国内的空气满是动荡，有些人相信专家们的预言，逃往高地，有些人坚持留在原处。然后是那一天，在电视上看见东京被海水吞没。他起初以为是灾难片。东京、纽约、上海、巴黎，大城市在电影电视中毁灭过太多次。

"坐在这里，好像在看晨梦。"晴子见他迟迟不开口，主动说道。

他微笑，"晨梦里的咖啡能有这么香？"

"我听说长冈要来。"

她把话题扯到长冈，正合他意。"你们

打过交道吗？"

"没有。我很期待和他共演。"

深町努力做出兼具困惑和同情的表情，"很遗憾，长冈是来接替你的。"

她咬住嘴唇。深町做好被泼洒咖啡的心理准备，却没有等到。高桥晴子是个淑女。他有时不禁好奇，她本人上网看过吗？那些有她"出镜"的、无数直逼想象力尽头的色情梦。

"原来如此，他绕过了T，相当精明呢。他是不是听到什么传言？"

"传言？"

"现在演T的那个……"她停住了。

深町提醒道："朴银河。"

朴银河是韩裔，和因抑郁症退场的上一任T先生属于同一家经纪公司，被塞过来作为临时替补。晴子和他搭档将近一个月，连他的名字也没记住。

她急切道："朴银河最近怪怪的。我总觉得是受了T先生的影响。组里都在传，T活着的时候每天喝那么多酒，写那种晦涩的小说，他的内心是极度抑郁的。"

"T早就死了。"深町在心里补了一句，就连他的书也完蛋了。

文学的时间性不由人的意志转移。T和Y的时代，无疑Y在别人眼里仅仅是"T的妻子"。随着时间过去，Y的日记拥有了越来越多的拥趸，T的书逐渐过时，如今更是成了有权限才能读到的"不良书籍"。

"我知道，我们只是演绎。但你有没有想过，替代品也可能变成正品的影子？"

"就像观看视梦的人以为自己在经历真正的人生？"深町哼了一声，"观众会有错觉，我可以理解，但演员……朴银河怎么想不重要，我比较关心你的想法。我们会按合约履行赔款。你如果有什么想法，也可以对我讲。"

她嫣然一笑，"如果是几个月以前，你们这样突然把我撤掉，我肯定难过死了。但现在就还好。我觉得和我演了Y夫人有关。她是那么强悍，发自内心的。而且我确实也想休息，我最近一直觉得颈椎有问题。"

上个月的剧集包含一场车祸。下山刚过转弯道，Y驾驶的车被疲劳驾驶的货车司机追尾。货车司机哀求她不要报警，说愿意私了。她在路边找了间店铺，打电话给熟人，让对方来做中间人。等熟人来的过程中，旁观车祸的闲人过来和她说，太太，你这样要吃亏的，那边是两个男的，你一个女人，而且你看，他们正不怀好意地盯着你看呢。Y朝货车望去，驾驶座上是沮丧的司机，副驾驶坐的居然是T。可能是为了安慰肇事司机，T跑去和他一块儿待着，还在旁边喝起了啤酒。

制作组内部曾经为要不要做这集内容有过分歧。有些人认为内容太过莫名其妙，不适合拍；蚯蚓等人则要求制作。当然，他们当中不管是哪一方都没读过《富士日记》。制作组的依据是深町的资料包。最后蚯蚓他们赢了，理由是T的举动很滑稽，观众们喜欢他们看不懂的人和事。

隔了两集，关于车祸有段后续。司机付了修理费用，又特地上门道歉。来开门的Y的脖子上缠着纱布。她当时没事，过了两天才发现颈椎伤到了。见此情景，司机愈发惶恐，话都说不清了。Y说，这不怪你，谁让我当时没事呢。她请司机吃了鳗鱼饭。

现代人无法理解在肇事司机的车上与其聊天的T，当然也理解不了Y对司机略显冰冷的善意。仿佛是再次证明了蚯蚓等

480

人说的"看不懂才好",鳗鱼饭一集的收视率陡然增高了几个百分点。

此刻听到晴子说颈椎有问题,深町苦笑着想,绝对是心理作用吧。总之,晴子不多加纠缠,不漫天要价,他已经谢天谢地了,当下敷衍道,那你好好休养。

难得的休息天,深町坐在疗养院的休息室里,落地窗外是一片草坪,围绕草坪,墨绿色的山茶树篱缀着红色的球形花朵,仿佛这样就能将此地与外面乱哄哄的工地隔开。旧时的记忆提醒他,山茶是秋冬的花,不该在夏天开放。如今什么都乱了套。

旁边的几个人看不出是病人还是家属。除了一对窃窃私语的中年女人,另外几人一脸呆滞地坐着看电视。他不记得上次看到电视机这种古董是什么时候。疗养院有若干禁止事项,观看视梦是头一条。无事可做,深町将视线投向屏幕。不连接辅助脑直接看到的节目也好广告也好,总让人想起儿童乐园的表演,生气勃勃的背后是矫揉造作。

新能源公司的广告出现频率最高,就这么一会儿看了好几条。有一条是向日葵女孩出演的甲烷水合物广告。抹成桃红色的嘴唇张成夸张的弧度,白皙的胳膊和小腿挥来舞去。"MH!"女孩们大喊,"M——H——支撑我们的生活。M——H——不用担心污染。用爱,将MH送到你的身边——"

深町从来没搞懂五个女孩到底谁是谁。之前井上放话说,如果晨梦收视率还是这么半死不活的,你就去做综艺。得感谢新日记,他才不用涉足最烦人的领域。

和视梦不同,综艺等于是赤裸裸的抢钱。要进入场内观众视角,需要花上一笔钱。如果选择主持人视角,即你可以和嘉宾近距离接触,起码得付出普通人一个月的工资。这还不算完,观众们在观看过程中不断给自己喜欢的嘉宾刷礼物,主持人随时关注嘉宾们的收入值,累计越高的嘉宾,获得的互动机会越多,不然就只能在旁边当人形背景板。综艺制作人在业内被称作"马会",场内的一个个嘉宾就如赛马场上的马,流向节目组的钱分分钟可见,为了获得最大效益,得把群马的出场位次排好了。深町从来没干过这个,想想就头疼。

辅助脑传来要求通话的轻微脉冲,又断了。这里禁止脑话,可能有信号屏蔽。他走出一侧的玻璃门,切到语音拨回去。那边一听见他的声音就说:"我刚接到通知。长冈演Y夫人?简直乱套了!"

导演藤原和深町年纪相仿,二十岁之前在中国生活,也就是说,他在国外经历了迁移年。比起日本,中国被海平面吞没的地区只占全国国土面积的一小部分。藤原总是想到什么就立即说出来。深町认为,要么是过于安稳的迁移,要么是中国人特有的直率,造就了此人让人难以招架的风格。

深町说:"我也只比你早两天知道。是上面的意思。"

"我还以为最多再拍三个月,现在长冈来了,难道要继续延个一年?"

晨梦的正常跨度是每周五天,持续半年到十个月。大受好评的新日记迄今已播了十三个月。继续做不是问题,素材有的是。只是因为制作组没人知道究竟何时完结,有些重要情节到底该不该往后压,成了难题。藤原在公开和私下的场合均表示过,他已经做厌了,想换个题材。当初选中藤原,是由于另一个导演没有档期。谁也没想到新日记能火成这样,以前只能算二流导演的藤原倒是因此有了发话的筹码。

深町冷淡地说:"如果收视率够稳,延一年就一年吧。总之还是要看上面怎么定。"

"没有了晴子,我怀疑能撑多久。"

藤原是晴子的粉丝?之前没看出来啊。深町正在讶异,那边又说:"奇梦网上,晴子的小电影可是卖疯了。"

"是吗?我都不知道。你兴趣真广泛。"奇梦网是付费色情站点之一。向他买素材的是中间商,下家肯定不止一家。

"我比对过,他们用的素材,有些是我们这里流出去的。你别太小看这些网站。没了来源,他们说不定会借机使什么坏。晴子对我们来说是重要的女演员,对他们也一样。也许还更重要。"

深町愕然,这是在威胁我吗?他不禁怀疑藤原是不是和某些网站有什么牵连。他无意识地揪了一片山茶的叶子,眼前闪动通告。您刚才有破坏绿化的行为,罚款一千。银行账户数据随之变化。干净利落。他苦笑,转头看向落地玻璃窗内,正好看见护士推着轮椅,轮椅上坐着个面无表情的少女。他的心轻微地揪起来。女儿如今和她母亲有七分相似。

"我在秀子这里。回头再说。"他挂断通话,回到休息室。

护士见了他便说:"刚才的检查,各项指标没什么变化,请放心。"

很难说没有变化是好事还是坏事。秀子没有进一步恶化,却也没有半点恢复的征兆。深町蹲下身,让视线与女儿齐平。秀子的瞳孔纹丝不动。她的视力正常,然而她早已放弃观看,或是她的视神经不听从大脑的指令。深町不知道女儿的问题究竟出在哪里,是意识?还是身体?她患有游戏梦综合征,还有另一个名字拗口的病,代表身体机能失调。

女儿发病前,曾长时间沉浸于角色扮演型游戏梦,并辅以刺激大脑的药物,就像在大脑深处点了一把火,烧得痛快,连渣也不剩。和她一起玩游戏的另外三人都死了。秀子是唯一的幸存者。因为无法确认到底是谁从黑市买的药,幸存者家庭成了被问责的对象。深町打输了官司,为了赔偿那三家,耗尽存款不说,还不得不卖了房子。他知道,台里有人在背后讲,他老婆就是为此跑掉的。他简直佩服那些人的想象力之单调。妻离开家比秀子发生事故早一年。他有时想,至少当妈的不用看到女儿变成痴傻僵硬的模样,接着又自嘲道,她会在意吗?她要是在意女儿、我和我们的家,也不会有当初的选择。

女儿的病是深町堕落的开始。要在以前,把演员素材私自卖给色情站点的行为,他是不屑做的。疗养院的开销很大,就像有只吞噬兽蹲在他的账户余额边上,不断吞下数字。他不得不注册了一家位于太平洋某国的公司——那地方绝对在海平面以下,连个尖尖都不剩——用来收款和洗钱,再辗转把钱打进疗养院的账户。

他陪秀子在休息室看了半个小时电视,不时和她讨论节目,感觉像对墙说话。向日葵女孩又出现了。他扭头说:"还记得吗,你以前也想去参加海选,要不是我拦着你……"

秀子的手指轻微地动了一下。

他惊慌地按下轮椅一侧的呼叫钮,跳起来就往休息室的另一头跑。刚到和走廊的口,护士迈着小碎步来了。帽子的颜色表明这是个资深护士。

"怎么了?"对方问。

482

"秀子的手指动了。就刚才。"

接下来的流程是深町在两年来多次经历过的。看着秀子被搬到呈一百二十度弯曲的病床上，她的后颈、手指和脚趾被贴上连接线缆的贴片，几部仪器开始分析，一名医生两名护士在周围忙来忙去，让人想起围绕蜂后喂食的工蜂。

半小时后，医生说："很抱歉，可能是您的错觉……"

这同样不是第一次。深町忍住叹气，鞠躬说："给诸位添麻烦了。"他知道医生护士都不会表露哪怕一丝的不耐烦，毕竟他出了钱。他有时会以为，这就像一幕脚本现成的视梦，他和其他人都是演员，按部就班地完成。他总是扮演那个大惊小怪的父亲。医生扮演安慰者。安慰从来都像疲软的风，他的心湖泛不起半片涟漪。

从疗养院出来，深町没有回位于城西的家，去了西北部的十三区。

新东京的区名以数字编号，据说当初有议员提议沿用旧东京的区名，被否决了。这事每隔几年被翻出来重提。议会根本是浪费纳税人金钱的存在，成日为琐事争论不休。最近的议会议程提到农场人手不足的问题，在野党的草案可谓异想天开，说要采取抽签的方式，从各大城市抽调人手。

农场位于保护罩外，条件恶劣。向来只有几种人在那里充任劳动力：城里混不下去的，犯了轻罪被施以一段时期的社会服务责罚的，以及被彻底驱逐的反能源人士。第三种人在任何时代都有，顶着不同的名头——反美国驻军、反迁移、反阶层分化。

T也属于第三种人。他的一生可谓多姿多彩，出生于寺庙家庭，本该继承家业当住持，大学念了中国文学系，其间参与反战活动被捕，最后还是被送上战场。不知什么原因，他被连队开除，回国后写了《司马迁》，是他后来一系列中国题材创作的开端。日本战败的时候，他在上海一个莫名其妙的学会工作，那段经历在其晚年被写成小说《上海之萤》。几年后，他再次回国，和一干文人每天喝假酒喝得醉醺醺的，在"兰波"酒吧认识了服务生Y。

早在大迁移之前，国家删除了和那场战争有关的记录，从历史文献到小说随笔。如果不是深町因为做新日记得以接触到被封存的T的作品，他甚至不会知道有过一场战争。组里的其他人对此的反应淡漠，顶多说一句，哦，原来日本以前还敢打仗。

从前的岛国，现在的"群岛国"日本，脆弱如浮萍，很多方面需要仰仗其他国家，同时又在内部大搞抓捕外国间谍那一套。弱者特有的神经质。要不是有新能源作为支撑，说不定整个国家会像肥皂泡一样破裂。

我们在做的又何尝不是肥皂泡呢？

怀着这种感想，深町读了T最著名的《富士》，故事发生在战争期间的精神病院，隐喻嵌套隐喻，情节冗长。他开始理解，为什么Y后来的文名超过了丈夫。和她笔下的日常接触，如同分享她的生命力。T的文字只会让人郁闷。于是，一百多年后的今天，以晨梦的形式，T与妻子的日常被大众窥视，代入，嚼碎了吞下去。

T本质上是个哲人。自家的车被人追尾那次，他爬上肇事者的车，其举动让新日记的制作组以及观众们茫然不解，同时莫名受到吸引，觉得其中有超越我们这个时代的荒诞和无稽，犹如命运本身。

其实，T在一本随笔中写过他当时的

心境。他坐在司机的旁边，感觉到——

他的卡车，他的服装，他周围的一切附着的贫穷的气味，往我这边渗过来……我本该不让他逃跑，可我此刻只想尽快喝醉，忘掉自己的没用。妻拥有家里的一切大臣的地位，外交、军事、内务、大藏、通产、邮政、建设，我感到，我的任务仅仅是做她的丈夫。被撞了的我（小说家）和撞车的他（运石头的），究竟该聊什么呢？如果没有撞与被撞，我们对于对方的生存甚至永远一无所知，不是吗？

读到这一段，深町起了一身寒栗，却说不出缘由。他无端地想到，T如果能预知未来，肯定不会让Y留下日记。

深町到十三区是为了找蚯蚓。他们要谈的事不能在辅助脑留下通讯记录，只能跑一趟。以她的收入住不起这个区，估计是家里出的钱。以前来过一回，从城铁车站要走二十多分钟。他舍不得乘出租车。个人使用能源移动，在这个时代是一种奢侈，除了钱还要付出点数。和工资不同，点数按社会贡献值分配。算法复杂，政府有个部门专管这个。他还记得小时候公路上到处是车，烧汽油的、用电的。那时国内说话最有分量的公司是东京电力，时代变迁，新能源公司登上舞台，最大的股东是能源部，如果相信街头巷尾的传说，背后是美国政府。世界发生了巨变，同时在某些方面一成不变。

缺乏锻炼，他走得有些喘，在便利店买了水，找了个小公园歇脚。公园空地的一角有棵大树，树冠上满是千纸鹤模样的白色花朵。玉兰，不该是春天的花吗？新东京的绿地总是如此随心所欲，反正园艺部门可以对每块地做气候微调。男孩女孩蹲在沙坑里玩。滑梯和秋千也被尖叫大笑的孩子们占据。旁边的长椅上坐着保姆机器人，几个一组，似乎没有空位……

他的视线停驻在最里面一张长椅。蚯蚓和一个保姆机器人亲密无间地坐在那里，显得突兀。他拎着还剩一半的瓶子走过去，"我正要找你。"

蚯蚓一惊，和保姆机器人一起抬头望过来。保姆机器人是个苗条的女性，和真人有六七成相似，眼睛大得不成比例。

深町看过租用简介，她们会说话，会笑，会照顾学龄前儿童的各种需要。据说其人造感来自削减成本的要求，而且议会曾通过法令，安装AI的机器人不能太像人类。他最后还是没租，嫌贵，作为折中方案，让妻子辞工照顾年幼的女儿。

从蚯蚓的表情判断，自己好像撞见了什么了不得的事。深町问："你紧张什么？"

"没，没什么。你怎么来了？"

"还不是为了长冈的事。电话里说不方便。"深町瞥一眼保姆机器人，"你家的？"

"什么？"

"保姆。"

"哦，对，我家的。"蚯蚓显得心不在焉。这么大的人还用保姆机器人，看来真不是寻常富裕人家。

"有名字吗？"深町知道有些人爱给保姆机器人取名，仿佛那是家里的宠物。

蚯蚓张开嘴瞪着他，胖脸显得傻气。外表是假象。她的智商远超电视台其他人。肥胖据说是激素失衡导致。科技昌明的现在，仍有医生解决不了的问题，如秀子，如蚯蚓。

"堇。"人工合成的低沉女声说。没听过保姆机器人会主动和外人聊天。深町皱眉问蚯蚓："你没做什么手脚改过她的参数吧？我们在这里讲话安全吗？"

"安全的,安全的。"蚯蚓连声保证。深町转入正题,"我和那边递过信了,在等回音,如果他们报价合适,你真的不愿意重新考虑一下吗?"

如果有可能,深町也不想这么低声下气地求一个下属。主要他不懂技术上的事,重新找人合伙,意味着增加新的风险。

蚯蚓叹了口气,"深町老师——"

他不等她往下说,举手打断,"你就当为了秀子。"

这么说显得卑鄙,但他别无他法。保姆机器人像是对他们的谈话缺乏兴趣,脸朝着前方。

"您去网上搜过长冈吗?"蚯蚓问。

"当然。我总要对未来的主演有个了解,不过当时我没想到他要演Y夫人。"

"我不是指关于他的评价……网上没有他的色情梦。"她说出最后三个字的表情,像吃了什么腐败的东西。

深町的脑子转得很快,"不会吧?你是指,他背后有什么大人物,杜绝了这种可能性?这也太夸张了。"

"我不知道为什么。我只是阐述事实。或者您先等等看客户的回复吧。"

两个人默然片刻。蚯蚓又说:"您看过长冈出道的影梦吗?《无雪之城》。"

深町摇头。他知道那部片子,长冈演一个在农场长大的男孩,成年后才装上辅助脑,来到新东京。萧伯纳《卖花女》的现代版改编。这年头的创作者只会从历史的灰堆里扒拉尚可利用的碎屑。

"和那时比,长冈的进步很快。简直判若两人。您有兴趣的话可以看看。"她仿佛意味深长地说。

深町离开公园的时候,孩子们仍在玩耍,保姆机器人们继续监护主人家的小孩。

见惯的城市风景在他眼中显得暗淡了几分。他无法想象,失去额外进账后,该怎么办。在别人眼里,他是身居高位的制作人,只有他自己知道,生活早已千疮百孔。

回到家刚洗了个澡,脑话响了。是深町的私人号码。投射在眼球的通话信息显示,对方是大学时代的朋友柳泽。这都将近三十年没联系了,他不明所以地接起来。你好,我是深町。

那边说:好久不见。方便喝一杯吗?我来新东京出差。

行啊。什么时候?

今晚。我明天就回去了。

临时约人显得缺乏诚意,不过想到冰箱里让人没胃口的晚餐调理包,深町答应了。外面的食物和酒虽然也是人工合成品,有人一起吃,少些凄凉。

他们约在十一区的一家餐馆,离深町家不远,他可以步行过去。他在正式和休闲打扮之间踌躇片刻,选了前者。怕多年未见的老同学觉得自己在装年轻。

深町和柳泽同级不同系,两人课外活动都选了皮划艇部,念大学的时候常一起玩。学传媒的深町是他那届唯一进电视台的,在同班同学眼里,他曾是成功的代名词。工作为他带来的不只是名声和收入,还有婚姻。和妻相识之初,她在台里担任音效师助理。自从妻离开,女儿住院,他不再参加任何同学聚会。倒不是出于自尊心,是不想别人嘘寒问暖,彼此累得慌。今天之所以答应邀约,是因为他认为,柳泽应该不知道自己的近况。

柳泽比他晚几分钟到店里,刚落座就说:"我可是《富士日记》的忠实粉丝。"

深町哭笑不得,所以这才是一起吃喝的动机吗,接下来不会是要明星签名吧？他谨慎地说："谢谢。可以问问你选了谁吗？"

"当然是T先生。"柳泽要了啤酒。

深町来了兴致，"为什么？"

他注意到，柳泽身上早已没有皮划艇划手的矫健，代之以中年人特有的疲惫。估计自己在别人眼里也差不多。如今的退休年龄是八十五岁，也有人延退到九十岁。深町明年五十，仍属壮年。如果放在以前，算是老年吗？也未必，T动笔写《富士》是在五十七岁那年。

柳泽坦然答："这还用说吗？可以每天看到那么有活力的老婆，谁都愿意啊。我的同事们有不少人选Y，但那样不就得每天对着没用又乏味的T？我可是理解不了。"

没用又乏味？深町笑了。数据部门每周对网上的反馈加以整理汇总，发给制作组。从宏观层面上，他了解观众们的心理。像这样直接听人讲，感受又不一样。他和柳泽的话题从新日记转到各自的近况，他撒谎道，我忙工作，不太沾家，家里全靠老婆打理。我家就一个女儿，今年十七。听到柳泽的儿子已经工作并育有一子，他骇笑道，所以你是爷爷了，在这个年纪？真少见。

他又一次感到自己在按照脚本扮演，这次演的是旧友、父亲和制作人。直到两人分开各自回住处，他才想起，自己甚至没有问柳泽的职业，奇怪的是对方也没提，只说在新名古屋工作。或许信息工程专业的柳泽任职于某个保密部门。

与人交谈带来比平时更锋利的孤独感。

深町很晚都上不来睡意，索性连上奇梦网。眼前跳出提示：您于20××年×月×日注册过账号，是否用旧账号登录？

是妻离开的年份。那年的许多事在他脑海中的印象甚至不如同时期看过的晨梦清晰。他苦笑一下，登进去，按蚯蚓说的，试着查找长冈"主演"的小电影。为了不引起侵权纠纷，色情梦公司当然不会明晃晃地打出明星的名字，用户可以用某个明星的照片做相似度搜索。

结果为零。

尽管有心理准备，他还是觉得一片空白显得太不寻常。换上晴子的照片，出现了两千多条搜索结果，标价不一，其中一个假装是历史正剧的特别贵。观众将会扮演德川家某一代的将军，晴子则是"我"的大奥中的一员。大奥由一众女明星组成，所以价格才这么离谱。

色情梦的行当看来比我们的工作赚钱多了。深町的自尊心稍微受挫，也就没兴致再花钱看蚯蚓提到的那部三年前的影梦。他还记得《无雪之城》评价很糟，奇怪的是不影响长冈的走红。也许长冈背后真的有什么人。

Y夫人从晴子换成长冈之后的五天，新日记的收视率涨了三点五个百分点。制作组的人没有不意外的。都知道长冈红，没想到影响如此巨大。

深町个人更加讶异的是，长冈是有演技的。

受到老同学的影响，最近深町一直从T视角观看Y（长冈）的一举手一投足。男人演女人容易显得矫揉造作，深町和组里打过招呼，实在不行就用半替，即除了表情用长冈的，身体用AI模拟。结果根本用不着，经过面部和身体微调的长冈映在T的眼中，的的确确就是Y。

可以每天看到那么有活力的老婆，谁都愿意啊。柳泽的话激起内心的涟漪。深町让数据部门把 T 视角观众的分析报告做出来。和他想的一样,选 T 的人变多了。观众们喜欢看到长冈扮演的 Y。

这一天,深町比平时早到台里,发现蚯蚓来得更早。其他技术员的座位空着。他去茶水间给自己和蚯蚓倒了咖啡。深町一向没什么领导架子,蚯蚓自然地接过咖啡道谢。他倚着她旁边的桌子问:"你是不是一直都没用年休假?不想去哪里玩一下吗?"

"我在攒点数,想去欧洲。不过得等新日记播完才好请假吧。"

机场位于保护罩外。不管你是去其他城市还是国外,每出入一次保护罩,都要耗费点数,离开的时间越长,使用点数越多。深町在刚工作的头几年也想出国去看看,不时查看点数余额,等他发现国外的开销有多贵,就不再看了。

不过,如果不是女儿的缘故,靠他现在的收入,也不是出不去。

蚯蚓生得晚,对只要买张机票就能随意出行的时代缺乏概念。深町小时候被爸妈带着去过一次鹿儿岛的爷爷家。没想到那成了他仅有的飞行记忆。都说人类科技持续在进步,仅就交通的便利性而言,让人无法苟同。此外,他小时候有许多的海外影视,来自各个国家各个语种,配音或原音带字幕的。视梦影梦终结了这种全球联通,说是技术上尚未实现不同语种的辅助脑勾连。舍得花点数到国外玩的人也只能连接日本的服务器。深町觉得,那等于只有肉身到了异国,精神还停留在原地,所以他年纪越大,对出国越缺乏兴趣。

想到这里,深町说:"可惜啊,在国外也看不了当地的视梦。"

蚯蚓抿嘴,露出一个介于微笑和嘲讽之间的表情。她啜着咖啡说:"深町老师,您觉得 AI 和我们最大的区别是什么?"

这是个五岁小孩都能回答的问题。高智商的人整天琢磨这些吗?他随口答:"AI 没有共感力。怎么,你还有别的见解?"

她不答反问:"您看了吗?《无雪之城》。"

"太忙了,还没顾上。"他搞不懂,蚯蚓怎么老揪着这部陈年影梦不放。说不定她就是长冈的粉丝吧,只是不肯承认罢了。这时其他人陆续来了。今天要拍的是重要的一集,关于隧道。Y 开车,车上坐着 T,经过隧道的时候,车轮轮罩掉了下来。隧道只能走车不能走人,Y 正在查看车的情况,T 忽忽悠悠走进了隧道——

对饰演那两位的朴和长冈来说,他们不过是坐在传送带上"飞驰"的车里。隧道也好隧道外的风景也好,都是三维成像。棚里的实拍影像同步经过后期合成,转化为辅助脑可感的事实。

深町戴上头盔,这一次他没选 T,潜入 Y 夫人的世界。

隧道内没有照明,一片昏暗。顶棚不断往下滴水,路面坑坑洼洼。每次走这条隧道,能作为路的指引的,唯有前车的尾灯。当灯左右晃动,说明路有大坑,我便小心地踩下刹车减速通行。

今天走在前面的是辆大卡车,遇上坑,它很容易就过了,我没来得及刹车,咣当一下过了坑。又是咣当一声,接着是什么东西滚远的声响。

出了隧道停车一看,右后轮的轮罩没了。我逐一查看四个轮子,一转头,丈夫正往隧道口走。

"不要了!没了也能开!危险,快回

来！"他没听到我的喊叫，就像被隧道吸进去一般，背影消失在黑暗中。

……

隧道内传来刹车声和骂声。我蹲在地上。仿佛等了很久很久，丈夫从隧道出来了。双手双脚和裤腿沾满了泥。他来到我跟前，说："没找到。"

按照原书，此时，Y吐了，吐在了T的鞋面上。过于紧张之后倏然放松导致的生理反应。毕竟家家户户吃早饭看晨梦，这一段被删了，剧本只写了"Y哭泣"。

Y（长冈）的情绪缠绕过来，让深町的鼻子发酸。恰如其分的共感力，比冲浪那部片子更具实感。网上那些人为什么说长冈不行？是故意抹黑吗？好像就连妻离开家的时候，他都没这么难过。现代人习惯了在辅助脑体验中释放情绪，更加自我更加私人的感受，反倒让他们茫然失措。

莫名其妙地，他想起了T的《富士》。以第一人称写就的小说中，"我"在精神病院工作，研究课题是尼采，论文名为《战争与疯狂》。"我"在医院目睹了太多因为参与或逃避战争导致的精神病症状，于是大胆推测，尼采从被诊断到死亡，其间十一年半的疯狂，恐怕不仅源自梅毒，更和他仅仅两星期的战场经历有关。

进入隧道又回来的T。去过中国战场，回国后作为文学研究者再度去往上海的T。

深町知道，T的余生，包括和妻子女儿在山庄的静谧岁月，其实都在黑暗中。

他取下头盔，努力挣脱晨梦带来的爱人失而复得的震颤，忍不住在心里骂了一句：长冈简直不是人，这也太逼真了。

下班后，深町去了公司附近的神社。

穿过朱红色鸟居的同时，辅助脑与外部的通讯断开了。断网无声无息。深町有种错觉，仿佛脑袋深处有什么"咔哒"一响。他条件反射地伸手抚摸耳后的突起。生在大迁移之后的人，通常在六岁植入辅助脑的末端。像深町这种旧时代的遗民要晚一些。深町装上辅助脑是在十二岁。那是第一代产品，后来更换过两回。就像以前的人依赖手机，现代人没了辅助脑便寸步难行。

宗教场所是禁网的。

据说是为了逃避税务机关的核查。断网，也就意味着在神社佛寺等地可以有不留记录的金钱交易。信徒们事先买好购物卡，往里充值，然后丢进赛钱箱。购物卡常用于人际往来和公司的奖金，总能找个项目用来报税，深町给蚯蚓的报酬也采用这一形式。

这间天满宫神社同时还是个小小的黑市。深町没理会路两边的摊子和四下转悠的顾客们，顺着甬道往里走。他在正殿按规矩做了参拜。站在赛钱箱的一侧，扔购物卡，怕引起别人的注意，所以没摇铃，鞠两次躬，拍掌两次，合掌祈祷，再鞠一个躬。现在的小年轻不懂，有些人站在赛钱箱正中央的位置，挡住了神的道路。

若干年前，深町的妈妈住在疗养院期间，他每个星期到神社祈祷。他觉得这事很矛盾。要寻求安慰，更实在的做法是看一集视梦。对着看不见摸不着的神灵念念叨叨，还为此陷入断网的茫然无措，其实并无帮助。可能只因为他小时候，妈妈常在下班时带他去神社。那是个小得可怜的稻荷神社，鸟居也是窄窄小小的，久未刷漆，原本的朱红褪成了一种迟疑的颜色，旁边有两只狐狸雕像，眼角上扬、嘴巴咧

488

开，像在笑。

接到疗养院发来的死亡通知的那天，深町照常上班，没请假。回到家，妻抱住他说，你如果想哭就哭出来吧。他呆滞地说，下周，下周有一集会死人，那时就能哭出来了。

结束拜神，他下了台阶，绕到正殿的侧面。三层的木架上挂满了绘马，像一串串不会响的风铃。此地神灵主掌考试运，绘马上手写的祝祷大多和考试有关，也有几块写的是找到男朋友女朋友，还有家人健康之类。他用手捞开左上角挡住视线的几枚绘马，目标映入眼帘。一周前，他买了块绘马，写了字挂在这里。"长冈透，新的可能。F.G."现在那底下多了一行字。"不用了，谢谢。Y.S."

Y.S.是那边的交易人山口纱野的缩写，正如F.G.是他的名字缩写。他只见过山口一回。是个瘦削的缺乏表情的女人，言谈举止远比容貌老，可能整过容。她建议用神社作为讯息传递点。她说，任何通讯工具都可能留下记录，唯有这法子万无一失。

先是蚯蚓提出要退出，如今买家也说不要长冈的素材。深町感到挫败。他想起自己上网也没搜到长冈的小电影，不禁犯嘀咕。为什么？和长冈的身份有关吗？莫非那小子真是什么惹不起的大人物？

意外的是，往神社出口走的时候，他看见了长冈。

没了辅助脑的在线功能，视野与平时略有不同。高个子深色皮肤的男人站在卖旧书和陶瓷器的摊子跟前，正低头打量货品，其肤色让深町认出了他。和长冈比，苍白的摊主像昏暗的培养室里长出的蘑菇。附近有个女的也盯着长冈看。

深町迟疑片刻，上前打招呼，"来买东西？"

长冈见到他，像是并不意外，点了点头，"明天有发布会，你接到通知了吗？"

"没。这里没信号，我进来有一阵了。什么事？"

"朴银河死了。"

深町盯着他看，"怎么回事？"

"自杀。反正头头们会和你讲一遍，我就不具体解释了。"

深町一时无语。长冈又说："对了，我注意到一件事。"

"啊？"

"新日记的背景资料是你亲自做的，不是AI。"

辅助脑的便利让大多数人放弃阅读。毕竟文字由视觉到大脑的过程很不经济，用于看一本书的时间，可以从辅助脑获得三倍甚至五倍的知识、经历和感受。另一方面，辅助脑诞生前的大部分人类思维的存档仍是文字的形式，就需要一个转化的过程。通常，完成这项转化的是AI。

制作组每制作一部新的晨梦，都会由AI对背景资料做整理和归纳。接下来，从剧作家到演员，每个人的辅助脑里都有AI建立的全局观。深町觉得那就像吃别人嚼过的渣。他要求剧作家阅读文本，但他也知道，他们就是做做样子。

对深町来说，有井上那句"如果收视率不行你就去做综艺梦"的威胁在先，他这次的紧迫感尤为强烈。此外，他对T和Y有些私人兴趣。T比Y年长十三岁，两人之间有个女儿。和深町的家庭情况完全一样。那对夫妻一同走到了最后，不像他，中途失败，且至今仍在品尝苦果。他想知道为什么。为什么别人的婚姻能稳固，仅仅是因为所谓的爱情吗？T在很多方面具有创作者特有的自私，他的时间、精力和兴趣都放在自己身上，Y一直是服务和奉献的角色，尤其在T身体逐渐衰弱的晚年。他们和女儿的关系也很奇妙。作家父亲和生活上雷厉风行的母亲对她似乎并无期望，让她肆意生长。在他们看来，女儿做什么都做不好，不过没关系，因为那就是她本来的样子。

T和Y的女儿后来成了摄影师。她也有摄影集和散文集留下。

深町读了他们一家三口加起来十几本书，仍未能搞懂为什么T没有像自己一样搞砸了。但他确实触摸到某些意想不到的东西，其中之一是战争。他们这一代人距离一百五十多年前的战争太过遥远，更由于国家刻意的遗忘而陷入无知的状态。T背负着战争经历者的黑暗。对深町来说，T太复杂，太立体，太难以捉摸。

说不定，两任T先生先后出事的原因，就在于此。

他不想因为长冈的话显出慌乱，故意笑了一声。

"是我做的，怎么了？你们这些演员反正只要用辅助脑连一下背景资料就行，谁做还不都一样。"

"确实，理论上是一样的。不过，你为什么亲自看书和做资料？本来不需要制作人做这些。"

"一句不需要可以让太多人放弃。现在还有什么人真正在读书，在思考？当然有，只是很少。就好像来这里买书的人，永远只是百分之几。人不用亲自经历什么。看看视梦，看看别人分享的目录，就等于自己过了相应的人生。我其实挺烦这样的。不知道你明不明白我的意思。"

要在平时，深町不会这么说话。可能是和辅助脑断开让他心浮气躁，而且，不联网意味着在这里的交谈不会被任何人以任何方式记录。

"可是，你看了书，也不等于你就过了他的人生。"长冈像是字斟句酌地说。

深町做了个否定的手势。"等你下次自己看完一本书，也许会改变想法。"说着他想到，说不定长冈还真的看过书，既然他一个人来到黑市。

"好吧，我说不过你。再问一个问题，朴银河的死，你是不是感到内疚？"

深町盯着长冈看。对方一脸的高深莫测。

"你什么意思？"

"听到他死了的时候，你看起来很内疚。"

深町咽了口唾沫，喉咙依旧干涩。

"你看错了。我，我太吃惊了。毕竟认识的人突然死了，谁都会……"

"你认为，他自杀，是因为你做的背景资料。"

所以绕了这么一圈，死小子是为了把我带到他早就挖好的坑边。深町说："你有证据吗？"

长冈耸了下肩，"我没有。放心，我也不会去举报你。和你聊这些，纯属好奇。"

"AI没有潜意识。"

这回轮到长冈盯着他看了，好像他刚说了句什么了不得的话，如同牛顿宣称发现了地心引力。

"我们都在学校里学过，AI和我们最大的区别，是他们没有共感力。我相信AI有一天会变得比现在更像人，毕竟现在限制他们的是法律而不是技术。我们用AI的虚拟像拍片，把AI装进机器人，让他们当保姆，总有一天，我们会做出和人类一样的AI，就像你我。长得像不像其实不重要，他们将会拥有共感力，和我们一样用辅助脑，分享相互之间的见闻。当然了，考虑到他们的思维速度，我们很可能被他们踩在脚下，成为进化途中的失败范本。可不管如何失败，我相信存在另一个把我们和他们区分开的边界。没人提到过，我自己琢磨的。人有潜意识，AI没有。你想想看，T死了将近一百年了，为什么一个死人会影响活人的思维？要说新日记和之前的晨梦有什么不一样，就像你说的，是我，而不是AI做了资料。新日记的演员，两任T先生都出了事，我当然会想，是因为我吗？是我在阅读那些书的过程中汲取了什么藏着魔鬼的细节吗？我不知道。没人知道自己的潜意识里有什么。"

长冈微微一笑，"虽然你的假设仍然没有任何论据，听起来倒是很合理。我简直想给你鼓掌。"深町搞不懂他笑什么。一个人疯了，一个人死了，可长冈的表情就像刚捡了一个便宜。黝黑脸庞的明星敛起笑容，又说："你回家好好休息吧，深町老师，我感觉你太累了。"

长冈没说错。回到家，比平时更深重的疲惫感包裹了深町。他从冰箱拿出一罐啤酒，也没倒进杯子，按下拉环就喝了起来。他闭着眼，室内照明被眼皮阻挡，投下微红的阴影。一角有数字闪动，是辅助脑在提醒他体内的酒精摄入量。该死的健康监控，喝点酒有什么不行！他正要关掉显示，脑话的提示音响起。副部长井上。

你在家还是在台里？井上问。

在家。他边回答边意识到，脑话不像声音通话那样出卖你的情绪，否则井上会发现他是多么沮丧。此刻是傍晚，按自己工作狂的劲头，确实应该在台里。好在井上没注意到异常，径自说：出事了。朴银河自杀了。

他索性一屁股坐在厨房的地上。合成塑胶地面冰凉的感触隔着裤子传来。他摩挲着开始出汗的啤酒罐，问：什么时候的事？

一个小时前。他吃了肌肉抑制剂然后去游泳，如果不是疯了，就是存心找死。

为什么？

我还想问你为什么！上一个是抑郁，这个干脆直接去死！你们这个角色没什么问题吧？

以前从没有过这样的事，应该，应该不是角色的问题。

大概是嫌脑话不足以表达愤慨，井上切换到声音通话，"公关部门那边我已经交代过了，他们会给你发回答问题的模板。明天早上有个新闻发布会，你带上长冈。藤原不太会讲话，他就不用出席了。"

"行。"

"别像个保姆机器人一样只会说'行'。你给我查清楚到底为什么会发生这种事！上头发话了，我给你一个星期的期限。还有，在报告没出来之前，暂停让观众选T视角，万一哪个观众也自杀了，我们可兜不住。你没忘记安妮的教训吧？"

"当然没忘。问题是，接下来谁演T？我们现在只有三天的余量。"

"已经安排好了，我稍后发一个联系人给你。"

那头挂了。深町和井上发来的人通话。那头并非他以为的经纪公司，是著名IT企业的子公司。按照初次联系的礼仪，他用了声音。寒暄过后，他发现自己被接进一个视频多方会议，顿觉尴尬。他敞着衬衫领口，背景一看就是居家而非办公室，表

491

情因酒精变得松弛，整个人显得很不专业。好在没人在意他的形象，众人依序开始向他说明新的合作项目的内容。他听了十几分钟，总算搞懂了井上所说的"安排好了"是什么意思。

接替朴银河的不是任何一个他听过或没听过的演员，而是AI。也就是说，这次是全替。

深町抗议道："等一下，我们的观众通过Y的视角和T打交道，是近距离接触，你们确定让AI扮演不会出纰漏吗？毕竟AI只是虚拟影像，他看起来足够像人类吗？"

其中一个窗口的年轻女子说："因为是初次合作，您有这样的顾虑，也可以理解。我们可以用最简单的例子说明。"

他的眼前出现了熟悉的画面：向日葵女孩们唱唱跳跳，M——H——支撑我们的生活……

另一个人说："她们五个都是AI。"

深町让脊背贴近橱柜，感觉坚硬的触碰。他忽然明白了长冈最后那个意味深长的笑。他刚在神社的庭院里发表了慷慨激昂的关于AI的演说，转眼间，他口中的"未来"就以现在时砸在眼前。

看起来像领导的人说："恕我直言，您对AI的概念有些过时了。不用担心，我们会给出一个让制作组和观众都满意的T先生。具体怎么磨合，等试拍一集，就会有大致脉络。"

深町在迷迷糊糊的状态下又开了半个小时的会，好不容易熬到散会。他缓缓起身，在地上坐久了，腰和膝盖仿佛不是自己的。他又开了一罐啤酒。

深町没能参加关于朴银河之死的发布会。

如果按顺序叙述，首先，他在凌晨被敲门声吵醒。

上次有人敲门是两年前。警察来告诉他，你好，你的配偶因违反第XX项法律，被送往农场。他后来托了一些人，试图厘清妻的离开背后的真相。获得的消息越多，他越迷茫。他被工作占据了太多的时间，从来没想过她在家都在做些什么打发时间，尤其在女儿念了住宿制学校之后。妻的最主要的罪名，是她参与了一个反新能源组织。他当然知道有类似的组织存在，一直以为那是与自己生活无关的一群吃饱了撑着的人。他终于发现，自己对妻的了解是多么有限，甚至可能他从来就不曾了解过对方。对他来说，受伤的更多是自尊心而非感情。现在回想，女儿开始沉迷游戏梦，和妻的消失也脱不了干系。女儿出事后，他更多地把自己埋进工作，仿佛可以借此逃避。

寺院的晚钟铛铛铛。学校食堂里，有人在用勺敲碗。同桌说，你知道吗，有种新技术叫作辅助脑！啄木鸟笃笃笃地敲出一个洞。树干变成了一本书。他成了啄木鸟。他用尖锐的喙从书上挖了一个字，两个字……

他惊醒过来，意识到刚才的声音和影像只是大脑的幻境，有人在敲外面的门。他从嘴里吐出一大口淤积的空气，起身出了卧室，穿过浴室和厨房旁边的走道，来到门口。门禁系统和辅助脑是连通的，他在几步之间已看到门口站的是谁。不，应该说，是个什么。

保姆机器人。

虽然保姆机器人看起来都差不多，他凭借直觉猜到，门外的是蚯蚓家那个。叫什么来着？她的名字是一种花。

辅助脑从记忆搜取了答案扔给他：堇。

他开了门。还没等他张口问她为什么在凌晨五点多来这里，她举起一个巴掌大小的银色物体，往他身上一按。巨大的冲击袭来。不是肉体上而是精神上。不像进入神社的那一声"咔哒"，仿佛有道飓风呼啸而过。风过处，只余白茫茫一片。没有网络。甚至没有离线的辅助脑。从十二岁以后，他不再有过这种感受。就像赤身裸体站在大街上。他忍不住颤抖起来。

"你你你是谁？你要做什么？"

"我是宋晨。蚯蚓被抓了。他们还不知道我的事。我来带你走。"

宋晨？你不是失踪了吗？他们是谁？深町感到脑子不够用。也可能仅仅因为没了辅助脑，导致他方寸大乱。

自称是宋晨同时叫作堇的保姆机器人不由分说地拉住他的手，嘴里说："来不及收拾，快！具体的我上车再和你解释！"

车？深町的脑子更乱了。他跟着她从楼梯下到一楼，穿过广阔的圆形庭院，从另一端的出口出去。楼外确实停着一辆车，银蓝色的表面反射着街灯。以深町的级别，也只是偶尔动用台里的车，他还在愣神，她开了车门，把他塞进前排，她在另一侧坐了。六座车，两个人显得浪费。安全带自动扣上。她发动车子。居然不是自动驾驶。深町愈加迷乱，眼下自己莫不是在做梦？还是说，这是被新日记影响的梦，以为自己是T，坐在Y的旁边？

堇，或者说宋晨，边开车边说："深町老师，蚯蚓被抓，是因为她帮你干的私活。现在还没人知道事情和你有关，我带你去机场。"

"你真是宋晨？"

"没错。你一定想知道我为什么会变成现在这样。说来话长，反正我们有时间。蚯蚓有没有和你讲过，她有一次上班路上遇到色狼？"

深町点头。她继续说："遇上色狼够倒霉的，更倒霉的是，那是一场有预谋的骚扰。色狼有个同伴，把她的全部反应拍成日录，放到网上。在有些人眼里大概很有趣，一个胖姑娘那么惊慌失措，那么绝望。他们可能以为胖子都不够聪明，像那种笨笨的虫，你戳它一下，它就往边上爬两步。可是蚯蚓很聪明。她当时确实吓坏了，等到回过神，她立刻去搜当天同一时段有没有人发布日录。她本来是想留作证据，虽然还没有想好要不要找警察，结果她看见自己被当作恶作剧的对象，被肆意传播，被嘲笑。以她的技术，当然可以把网上的那些碎片删干净，她觉得那样还不够。她来找我，给我看了她被拍到的日录，对我说，这些人应该受到惩罚。

我也是年轻气盛，没多想就答应帮她。哦对了，当时她刚开始帮你倒腾素材没多久，经过这件事的打击，想要退出。是我劝她，再坚持一阵吧，我们要做的不是小动作，需要用钱。再说了，女演员的素材和普通人不一样，她不做自有别人补上。我没和她说的是，我喜欢晴子，买了不少关于她的色情梦。

有些事不去钻研不知道，其中的水很深。在城铁猥亵年轻女孩然后上传日录，看起来是小混混的个人举动，其实背后有个完整的产业。拍的人不知道自己是产业的末端，可能只是有人告诉他，这个好玩，又能来钱，他就做了。如果把整个产业比作一棵树，他们不过是一片树叶。产业的枝干是整个娱乐业。视梦，影梦，综艺梦，日录，游戏梦……辅助脑能够提供的娱乐，所有你想得到的，甚至你想不到的。太庞大了。

哦对了，应该解释下我当初为什么来日本。你不知道日本在国外是个什么形象。对我们来说，你们在一百年前曾经引领娱乐行业，动漫、偶像，后来你们的国土被淹了，各方面都没落了。我来之前，朋友们劝我，为什么去日本，劳务输出有的是更好的选择，日本闭关锁国，到了那边连日常联系都断绝，出了事，家里人都不会知道。其实我就是好奇，有传言说你们闷头搞娱乐嘛，和其他国家的技术都不一样。签了保密协议才来的。来了以后发现，玩娱乐，还是你们强。辅助脑在我们国家只是个工具，帮人更好地应对现实。你们这什么梦体验，简直太夸张了。我怀疑国内的头头们不是不知道，但不敢推行这个。中文有个词叫'醉生梦死'，你懂吗？不懂没关系，总之就是日本现在的样子。人人都活在梦里。"

听她用保姆机器人平稳的女声说出年轻中国男子的心声，深町有种浑身发毛的感觉。他一直以为全世界的娱乐业是一个路数，听宋的意思，居然是日本独有的。如果不是这个保姆机器人故障了疯狂了，说不定是自己出了什么问题。他忍着没有辅助脑的不适，沉默着往下听。

"你有没有听过一个老故事，盲人摸象？国王让几个盲人告诉他大象是什么，有人摸到了耳朵，说大象长得像一把蒲扇；有人摸到了鼻子，说大象是一根长棍子；有人摸到了腿，说大象就好比柱子。我在网络深处越挖越深，我就像一个摸到大象局部的盲人，手里一会儿是这个形状，一会儿是那个。我看不到大象。"

"蚯蚓走了和我不一样的路子。她开始关心各种理念之下的集会。这年头，每天都有人私下集会。任何事物都可能是他们的抨击对象，新能源、游戏梦、日录。要我说，技术本身没有好坏之分，但既然是日常生活赖以生存的技术，有时就会反过来危害到个人的生活。有人拥护有人反对，也是常理。蚯蚓带我去了两次集会，我觉得蛮无聊的，一群人在那儿义愤填膺地说啊说，无非是宣泄情绪，没什么实在的。怕被查，所有的集会都用了辅助脑干扰。"

深町终于插话："你刚才给我用的那个？"

"哦，那是个小型的，只能管三十分钟。集会现场用的是大机器，一进门辅助脑就宕机了，像被剥光了似的。"

深町想，所以这种赤裸的感觉，是人所共通的。他开始觉得宋的叙述过于不着边际，也可能此人这么久以来没和蚯蚓以外的人聊天，憋得慌。

"你变成现在这样……和集会有关？"提问的时候，深町的脑子里闪过妻的影子。

"原因和结果之间，不一定能画出一条直线。"宋的侧脸呈现保姆机器人特有的人造感，"对我来说，整件事就像踩到狗屎。第二次去集会的时候，我看到一个人，认出了他。"

"谁？"

"长冈透。"

"他去集会？没必要吧。"

"你的反应和蚯蚓那时候一模一样。"宋毫无热忱地哈哈一笑，"来自高天原的明星，社会金字塔的尖尖，他确实没必要去集会。你们的思维方式是固有的，可我一个外国人，和你们的逻辑不同。我想，他也许就是闲得慌。这倒让我有些好奇了,然后我在网上查了他。你猜我发现了什么?"

"猜不到,你直说吧。"

"他的过去是空白。三年前他进入演艺界,那之前,世界上没有长冈透这个人。"

"可能只是你权限不够。"深町说着,忽然有什么在心头一撞。向日葵女孩是AI,那么有没有可能——

宋说出了梗在深町的喉咙口的答案,"长冈透是AI。"

"不可能,AI没有共感力。"深町脱口而出,接着开始自我怀疑。T先生马上将由AI出演。长冈透即便是AI,也没什么好奇怪的。他自己不久以前还对长冈讲过,总有一天,AI会演化到和我们一样。更可笑的是,倘若长冈真是AI,那么他便是对着一个AI说,AI没有人所具有的潜意识。好像他多有优越似的。

宋平淡地说:"他在不断升级,或者说学习。我猜,参加集会也是他的学习的一部分。你没看过网上的评论吗?他以前的共感力真的很糟。我听蚯蚓说,他最近的表现惊人。"

"的确。"

"总之,这个事实就是我踩到的狗屎。做技术的都沉迷于自己不知道的。我换了方向,从黑客们那里东一块西一块地搞了很多关于AI的东西,还和蚯蚓一起做实验。她比我底子好,很快成了个中高手。然后有一天,警察来了,带走了我作为人类的肉身。"

"等一下,你,你不是宋——"

"我是啊。或者说我是宋和堇的混合体。我们的小小实验的一次成果。我有宋的全部记忆,从小时候的,到来到日本的这几年。"她转头对他一笑。保姆机器人的笑容总是温柔的,深町却感到寒意。

"记忆。"深町说。他脑子里飞快地闪过一个念头。个体在怎样的情况下能宣称自我的存在?如果仅仅凭借记忆,就能宣称我是"我",那么,被锁在失效的肉体当中的女儿,她如果能逃离那个肉体,如果她的精神确实仍有理智的残片,她就能继续存在。他深吸一口气:"我们不去机场。"

"不去你就等着被抓吧,查到你是迟早的事。"宋显得没有耐心。

"你为什么要帮我?"

"你还没搞明白吗?蚯蚓一直暗恋你,虽然我搞不懂你哪里值得她喜欢。一个没了老婆,女儿也废了的工作狂。我不想让她伤心,所以我会送你走。"

"不,不去机场,我要去我女儿的医院!求你了!你可以救她!"深町不顾安全带的束缚,往左一挣,抓住她的胳膊。隔着衣物,人造肌肉和皮肤的触感摸起来很像真人。

她甩开了,"你有没有搞错?我救你一个已经够意思的!"

"求你了……"

他过了一会儿才意识到自己在哭。有多久没为自己哭过了?母亲过世,妻子离开,女儿住院,他一次都不曾落泪。他所有的情绪都只能在视梦中释放。此刻,腺体全然不受控制,鼻涕和眼泪糊了满脸。

他只是个普通人,他不关心娱乐业的秘密或AI的兴起。纵然全国的民众成为只会做梦的无用之人,和他有什么关系?

新日记中有一幕,T的旧友死去,T哭得像个老人,像个受伤的孩子,像宇宙中的一切都在远离和破碎。他感到自己的什么也碎了。他此刻没了辅助脑,可见的是,他将会失去职业、收入和其他立身的根基。

他很清楚，就算宋答应帮他将女儿的意识挪进某个机器人，也未必能重新寻回女儿。就算找回来了，他难道要带着女儿东躲西藏一辈子？还是该直接去农场？他和女儿能在那么艰苦的环境活下去吗？妻会不会在那里？未来茫然无期。他如同踉跄行走在长长的看不到尽头的隧道中。

2021
收获文学榜榜单

长篇小说榜

榜 首
余 华《文 城》
北京十月文艺出版社,新经典文化 2021 年 3 月

第二名
林 棹《潮汐图》
《收获》2021 年第 5 期 / 上海文艺出版社 2021 年 11 月

第三名
林 白《北 流》
《十月》2021 年双月号第 3 期、第 4 期

第四名
东 西《回 响》
《人民文学》2021 年第 3 期 / 人民文学出版社 2021 年 6 月

第五名
范 稳《太阳转身》
《当代》2021 年第 5 期 / 人民文学出版社 2021 年 11 月

长篇非虚构榜

榜　首
陈福民《北纬四十度》
《收获》2018~2021/ 上海文艺出版社 2021 年 8 月

第二名
陈　冲《轮到我的时候我该说什么》
《上海文学》2021 年第 7~11 期

第三名
李兰妮《野地灵光：我住精神病院的日子》
人民文学出版社 2021 年 8 月

第四名
李红梅、刘仰东《向北方》
江苏人民出版社 2021 年 6 月

第五名
杨　潇《重走：在公路、河流和驿道上寻找西南联大》
上海文艺出版社 2021 年 5 月

中篇小说榜

榜　首
孙　频《以鸟兽之名》
《收获》2021 年第 2 期

第二名
黄立宇《制琴师》
《野草》2021 年第 6 期

第三名
艾　伟《过　往》
《钟山》2021 年第 1 期

第四名
韩松落《我父亲的奇想之屋》
《花城》2021 年第 2 期

第五名
尹学芸《鬼指根》
《收获》2021 年第 5 期

第六名
白　琳《玫瑰在额头上》
《收获》2021 年第 5 期

第七名
王　凯《星　光》
《十月》2021 年单月号 -3

第八名
李宏伟《月球隐士》
《芙蓉》2021 年第 2 期

第九名
林那北《仰头一看》
《收获》2021 年第 6 期

第十名
默　音《梦　城》
《湘江文艺》2021 年第 3 期

短篇小说榜

榜 首
钟求是《地上的天空》
《收获》2021 年第 5 期

第二名
赵 松《等下雪》
《小说界》2021 年第 1 期

第三名
铁 凝《信 使》
《北京文学》2021 年第 6 期

第四名
叶昕昀《孔 雀》
《收获》2021 年第 4 期

第五名
万玛才旦《水果硬糖》
《收获》2021 年第 3 期

第六名
董夏青青《冻土观测段》
《收获》2021 年第 4 期

第七名
三 三《晚 春》
《人民文学》2021 年第 7 期

第八名
路 内《跳 马》
《小说界》2021 年第 4 期

第九名
石一枫《半张脸》
《野草》2021 年第 5 期

第十名
迟子建《喝汤的声音》
《作家》2021 年第 7 期

图书在版编目（CIP）数据

收获文学榜2021中短篇小说 /《收获》文学杂志社编.
-- 上海：上海文艺出版社，2022
ISBN 978-7-5321-8311-1
Ⅰ.①收… Ⅱ.①收… Ⅲ.①中篇小说－小说集－中国－当代
②短篇小说－小说集－中国－当代 Ⅳ.①I247.7
中国版本图书馆CIP数据核字(2022)第028957号

发 行 人：毕　胜
责任编辑：李伟长　张诗扬　金　辰
封面设计：陈安栋
内文制作：艺　美

书　　名：收获文学榜2021中短篇小说
编　　者：《收获》文学杂志社 编
出　　版：上海世纪出版集团　上海文艺出版社
地　　址：上海市闵行区号景路159弄A座2楼　201101
发　　行：上海文艺出版社发行中心
　　　　　上海市闵行区号景路159弄A座2楼206室　201101　www.ewen.co
印　　刷：苏州市越洋印刷有限公司
开　　本：710×1000　1/16
印　　张：31.5
插　　页：2
字　　数：661,000
印　　次：2022年3月第1版　2022年3月第1次印刷
Ｉ Ｓ Ｂ Ｎ：978-7-5321-8311-1/I.6561
定　　价：88.00元
告 读 者：如发现本书有质量问题请与印刷厂质量科联系　T:0512-68180628